Wilhelm Hauff

Lichtenstein

Eine romantische Sage
aus der württembergischen Geschichte

Wilhelm Hauff: Lichtenstein. Eine romantische Sage aus der württembergischen Geschichte

Erstdruck: Stuttgart (Franckh) 1826.

Neuausgabe mit einer Biographie des Autors
Herausgegeben von Karl-Maria Guth
Berlin 2016

Der Text dieser Ausgabe folgt:
Wilhelm Hauff: Sämtliche Werke in drei Bänden. Nach den Originaldrucken und Handschriften. Textredaktion und Anmerkungen Sibylle von Steinsdorff, München: Winkler, 1970.

Die Paginierung obiger Ausgabe wird hier als Marginalie zeilengenau mitgeführt.

Umschlaggestaltung von Thomas Schultz-Overhage

Gesetzt aus der Minion Pro, 11 pt

Verlag: Henricus - Edition Deutsche Klassik GmbH
Mörchinger Str. 33, 14169 Berlin, info@henricus-verlag.de
Druck: Libri Plureos GmbH, Friedensallee 273, 22763 Hamburg

Die Ausgaben der Sammlung Hofenberg basieren auf zuverlässigen Textgrundlagen. Die Seitenkonkordanz zu anerkannten Studienausgaben machen Hofenbergtexte auch in wissenschaftlichem Zusammenhang zitierfähig.

ISBN 978-3-8430-9125-1

Bibliografische Information der Deutschen Nationalbibliothek

Die Deutsche Nationalbibliothek verzeichnet diese Publikation in der Deutschen Nationalbibliografie; detaillierte bibliografische Daten sind im Internet über www.dnb.de abrufbar.

Erster Teil

Einleitung.

Von der Parteien Gunst und Haß verwirrt
Schwankt sein Charakterbild in der Geschichte;
Doch euren Augen soll ihn jetzt die Kunst
Auch euren Herzen menschlich näher bringen: –
Sie sieht den Menschen in des Lebens Drang
Und wälzt die größre Hälfte seiner Schuld
Den unglückseligen Gestirnen zu.

Schiller

Die Sage, womit sich die folgenden Blätter beschäftigen, gehört jenem Teil des südlichen Teutschlands an, welcher sich zwischen den Gebirgen der Alb und des Schwarzwaldes ausbreitet: das erstere dieser Gebirge schließt von Nordwest nach Süden in verschiedener Breite sich ausdehnend, in einer langen Bergkette dieses Land ein, der Schwarzwald aber ziehet sich von den Quellen der Donau bis hinüber an den Rhein und bildet mit seinen schwärzlichen Tannenwäldern einen dunklen Hintergrund für die schöne, fruchtbare, weinreiche Landschaft, die vom Neckar durchströmt an seinem Fuße sich ausbreitet und Württemberg heißt.

Dieses Land schritt aus geringem, dunklem Anfang unter mancherlei Kämpfen siegend zu seiner jetzigen Stellung unter den Nachbarstaaten hervor. Es erregt dies um so größere Bewunderung, wenn man die Zeit bedenkt, in welcher sein Name zuerst aus dem Dunkel tritt; jene Zeit, wo mächtige Grenznachbarn, wie die Stauffen, die Herzoge von Teck, die Grafen von Zollern um seine Wiege gelagert waren; wenn man die inneren und äußeren Stürme bedenkt, die es durchzogen und oft selbst seinen Namen aus den Annalen der Geschichte zu vertilgen drohten.

Gab es ja doch sogar eine Zeit, wo der Stamm seiner Beherrscher auf ewig aus den Hallen ihrer Väter verdrängt schien, wo sein unglücklicher Herzog aus seinen Grenzen fliehen und in drückender Verbannung leben mußte, wo fremde Herren in seinen Burgen hausten, fremde Söldner das Land bewachten, und wenig fehlte, daß Württemberg aufhörte zu sein, jene blühenden Fluren zerrissen und eine Beute für viele oder eine Provinz des Hauses Österreich wurde.

Unter den vielen Sagen, die von ihrem Lande und der Geschichte ihrer Väter im Munde der Schwaben leben, ist wohl keine von so hohem romantischem Interesse, als die, welche sich an die Kämpfe der eben erwähnten Zeit, an das wunderbare Schicksal jenes unglücklichen Fürsten knüpft. Wir haben versucht, sie wiederzugeben, wie man sie auf den Höhen von Lichtenstein und an den Ufern des Neckars erzählen hört, wir haben es gewagt, auch auf die Gefahr hin, verkannt zu werden. Man wird uns nämlich entgegenhalten, daß sich der Charakter Ulerichs von Württemberg[1] nicht dazu eigne, in einem historischen Romane mit milden Farben wiedergegeben zu werden; man hat ihn vielfach angefeindet, manches Auge hat sich sogar daran gewöhnt, wenn es die lange Bilderreihe der Herzoge Württembergs mustert, mit scheuem Blick vom ältern Eberhard auf Christoph[2] überzuspringen, als seie das Unglück eines Landes nur allein in seinem Herrscher zu suchen, oder als seie es verdienstlich, das Auge mit Abscheu zu wenden von den Tagen der Not.

Und doch möchte es die Frage sein, ob man nicht in Beurteilung dieses Fürsten nur seinem erbittertsten Feinde Ulerich von Hutten nachbetet, der, um wenig zu sagen, hier allzusehr Partei ist, um als leidenschaftloser Zeuge gelten zu können; die Stimmen aber, die der Herzog und seine Freunde erhoben, hat der rauschende Strom der Zeit übertäubt, sie haben die zugleich anklagende und richtende Beredsamkeit seines Feindes, jene donnernde »Philippica in ducem Ulericum« nicht überdauert.

Wir haben fast alle gleichzeitige Schriftsteller, die Stimmen eines längstvergangenen, vielbewegten Jahrhunderts gewissenhaft verglichen und fanden keinen, der ihn geradehin verdammt. Und wenn man bedenkt, welch gewaltigen Einfluß Zeit und Umgebungen auf den Sterbli-

1 *Ulrich von Württemberg*, geb. 1487, wurde 1498 in seinem eilften Jahre als Herzog belehnt mit einer Mitregentschaft, welche in seinem sechzehnten Jahr aufgehoben wurde und Ulerich von 1503 an allein regierte. Er starb im Jahr 1550.

2 Es ist hier Eberhard im Bart gemeint, der, geb. 1445, gest. 1496, sehr weise regierte. Er war der erste Herzog von Württemberg. Christoph, geb. 1515, gest. 1568, ein Fürst, dessen Andenken nicht nur in Württemberg, sondern in ganz Teutschland gesegnet wird. Er ist der Stifter der württembergischen Konstitution.

4

chen auszuüben pflegen, wenn man bedenkt, daß Ulerich von Württemberg unter der Vormundschaft schlechter Räte aufwuchs, die ihn zum Bösen anleiteten um ihn nachher zu mißbrauchen, wenn man sich erinnert, daß er in einem Alter die Zügel der Regierung in die Hände bekam, wo der Knabe kaum zum Jüngling reif ist, so muß man wenigstens die erhabenen Seiten seines Charakters, hohe Seelenstärke und einen Mut, der nie zu unterdrücken ist, bewundern, sollte man es auch nicht über sich vermögen, die Härten damit zu mildern, die in seiner Geschichte das Auge beleidigen.

Das Jahr 1519, in welches unsere Sage fällt, hat über ihn entschieden, denn es ist der Anfang seines langen Unglückes. Doch darf die Nachwelt sagen, es war der Anfang seines Glückes; war ja doch jene lange Verbannung ein läuterndes Feuer, woraus er weise und kräftiger als je hervorging; es war der Anfang seines Glückes, denn seine späteren Regentenjahre wird jeder Württemberger segnen, der die religiöse Umwälzung, die dieser Fürst in seinem Vaterlande bewerkstelligte, für ein Glück ansieht.

In jenem Jahre war alles auf die Spitze gestellt. Der Aufruhr des Armen Konrad war sechs Jahre früher mit Mühe gestillt, doch war das Landvolk hie und da noch schwierig, weil der Herzog sie nicht für sich zu gewinnen wußte, seine Amtleute auf ihre eigene Faust arg hausten und Steuern auf Steuern erhoben wurden. Den Schwäbischen Bund, eine mächtige Vereinigung von Fürsten, Grafen, Rittern und freien Städten des Schwaben- und Frankenlandes hatte er wiederholt beleidigt, hauptsächlich auch dadurch, daß er sich weigerte, ihm beizutreten. So sahen also alle seine Grenznachbarn mit feindlichen Blicken auf sein Tun, als wollten sie nur Gelegenheit abwarten, ihn fühlen zu lassen, welch mächtiges Bündnis er verweigert habe. Der Kaiser Maximilian, der damals noch regierte, war ihm auch nicht ganz hold, besonders seit er im Verdacht war, den Ritter Götz von Berlichingen unterstützt zu haben, um sich an dem Kurfürsten von Mainz zu rächen.

Der Herzog von Bayern, ein mächtiger Nachbar, dazu sein Schwager, war ihm abgeneigt, weil Ulerich mit der Herzogin Sabina nicht zum besten lebte. Zu allem diesem kam, um sein Verderben zu beschleunigen, die Ermordung eines fränkischen Ritters, der an seinem Hofe lebte. Glaubwürdige Chronisten sagen, das Verhältnis des Johann von Hutten zu Sabina sei nicht so gewesen, wie es der Herzog gerne sah; daher griff ihn der Herzog auf einer Jagd an, warf ihm seine Untreue vor, forderte ihn auf, sich seines Lebens zu erwehren und stach ihn nieder. Die Hut-tischen, hauptsächlich Ulerich von Hutten, erhoben ihre Stimmen wider ihn, und in ganz Teutschland erscholl ihr Klage- und Rachegeschrei.

Auch die Herzogin, die durch stolzes, zänkisches Wesen Ulerich schon als Braut aufgebracht und ihm keine gute Ehe bereitet hatte, trat jetzt als Gegnerin auf, entfloh mit Hülfe Dieterichs von Spät, und sie und ihre Brüder traten als Kläger und bittere Feinde bei dem Kaiser auf.[3] Es wurden Verträge geschlossen und nicht gehalten, es wurden Friedensvor-schläge angeboten und wieder verworfen, die Not um den Herzog wuchs von Monat zu Monat, und dennoch beugte sich sein Sinn nicht, denn er meinte, recht getan zu haben. Der Kaiser starb in dieser Zeit; er war ein Herr, der Ulerich trotz den vielen Klagen dennoch Milde bewiesen hatte; an ihm starb dem Herzog ein unparteiischer Richter, den er in diesen Bedrängnissen so gut hätte brauchen können, denn das Unglück kam jetzt schnell.

Man feierte das Leichenfest des Kaisers zu Stuttgart in der Burg, als dem Herzog Kunde kam, daß Reutlingen, eine Reichsstadt, die in seinem Gebiete lag, seinen Waldvogt auf Achalm erschlagen habe. Diese Städtler hatten ihn schon oft empfindlich beleidigt, sie waren ihm verhaßt und sollten jetzt seine Rache fühlen. Schnell zum Zorn gereizt wie er war, warf er sich aufs Pferd, ließ die Lärmtrommeln tönen durch das Land, belagerte die Stadt und nahm sie ein. Der Herzog ließ sich von ihnen huldigen und die Reichsstadt war württembergisch.[4]

Aber jetzt erhob sich der Schwäbische Bund mit Macht, denn diese Stadt war ein Glied desselben gewesen. So schwer es auch sonst hielt, diese Fürsten, Grafen und Städte alle aufzubieten, so weilten sie doch hier nicht, sondern hielten zusammen, denn der Haß ist ein fester Kitt.

9

---

3 Christ. Tubingii Chron. Blabur ad annum 1516: Maximilianus Caesar ex suggestione Ducis Bavariae et sororis uxoris Udalrici aliorumque non multum Udalrico deinceps favere cepit.

4 Das Nähere über diese Einnahme ist in der trefflichen Geschichte Würt-tembergs von C. Pfaff I. 291, und Sattler, Geschichte der Herzoge von Württemberg. II 5, hauptsächlich aber bei Pedius Tethinger in comment. de reb. Würtemb. sub Ulrico Lib. I. in fine und ap. Schradii script. rerum germ. Tom. II. pag. 885 zu lesen.

Umsonst waren Ulerichs schriftliche Verteidigungen[5]; das Bundesheer sammelte sich bei Ulm und drohte mit einem Einfall.

So war also in dem Jahr 1519 alles auf die Spitze gestellt. Konnte der Herzog das Feld behaupten, so behielt er recht und es war nicht zu zweifeln, daß er dann großen Anhang bekommen würde; gelang es dem Bunde, den Herzog aus dem Felde zu schlagen, dann wehe ihm, wo so vieles zu rächen war, durfte er keine Schonung erwarten.

Die Blicke Teutschlands hingen bange an dem Erfolg dieses Kampfes, sie suchten begierig durch den Vorhang des Schicksals zu dringen und zu erspähen, was die künftigen Tage bringen werden, ob Württemberg gesiegt, ob der Bund den Walplatz behauptet habe. Wir rollen diesen Vorhang auf, wir lassen Bild an Bild vorüberziehen, möge das Auge nicht zu frühe ermüdet sich davon abwenden.

10 Oder sollte es ein zu kühnes Unternehmen sein, eine historische Sage der Vorzeit in unsern Tagen wieder zu erzählen? Sollte es unbillig sein, zu wünschen, daß sich die Aufmerksamkeit des Lesers einige kurze Stunden nach den Höhen der Schwäbischen Alb und nach den lieblichen Tälern des Neckars wende?

Die Quellen des Susquehanna und die malerischen Höhen von Boston, die grünen Ufer des Tweed und die Gebirge des schottischen Hochlandes, Alt-Englands lustige Sitten und die romantische Armut der Galen, leben, Dank sei es dem glücklichen Pinsel jener berühmten Novellisten, auch bei uns in aller Munde. Begierig liest man in getreuen Übertragungen, die wie Pilze aus der Erde zu wachsen scheinen, was vor sechzig oder sechshundert Jahren in den Gefilden von Glasgow oder in den Wäldern von Wallis sich zugetragen. Ja, wir werden bald die Geschichte der drei Reiche so genau innehaben, als hätten wir sie nach den gelehrtesten Forschungen ergründet. Und doch ist es meist nur der große Unbekannte, der uns die Bücher seiner Chroniken erschloß und Bild an Bild in unendlicher Reihe vor dem staunenden Auge vorüberführte; er ist es, der diesen Zauber bewirkte, daß wir in Schottlands Geschichte beinahe besser bewandert sind, als in der unserigen, und daß wir die religiösen und

---

5   Der Herzog hatte mit Landgraf Philipp von Hessen ein Bündnis errichtet auf zweihundert Reiter und sechshundert zu Fuß, ebenso mit Markgraf Ernst von Baden, aber sie entschuldigen sich beide, daß sie selbst mit einem Einfall bedroht seien.

weltlichen Händel unserer Vorzeit bei weitem nicht so deutlich kennen, als die Presbyterianer und Episkopalen Albions.

Und in was besteht der Zauber, womit jener unbekannte Magier unsere Blicke und unsere Herzen nach den »bergigten Heiden« seines Vaterlandes zog? Vielleicht in der ungeheuern Masse dessen, was er erzählt, in der grauenvollen Anzahl von hundert Bänden, die er uns über den Kanal schickte? Aber auch wir haben mit Gottes und der Leipziger Messen Hülfe Männer von achtzig, hundert und hundertundzwanzig! Oder haben vielleicht die Berge von Schottland ein glänzenderes Grün, als der teutsche Harz, der Taunus und die Höhen des Schwarzwaldes; ziehen die Wellen des Tweed in lieblicherem Blau als der Neckar und die Donau, sind seine Ufer herrlicher als die Ufer des Rheins? Sind vielleicht jene Schotten ein interessanterer Menschenschlag als der, den unser Vaterland trägt, hatten ihre Väter röteres Blut als die Schwaben und Sachsen der alten Zeit, sind ihre Weiber liebenswürdiger, ihre Mädchen schöner als die Töchter Teutschlands? Wir haben Ursache daran zu zweifeln, und hierin kann also jener Zauber des Unbekannten nicht liegen.

Aber darin liegt er wohl, daß jener große Novellist auf historischem Grund und Boden geht, nicht als ob der unserige weniger geschichtlich wäre, aber wir haben ja schon seit Jahrhunderten uns angewöhnt, unter fremdem Himmel zu suchen, was bei uns selbst blühte, und wie wir die rohen Stoffe ausführen, um sie in *anderer Form* mit Bewunderung und Ehrfurcht als teure Kleinode wieder in unsere Grenzen aufzunehmen, so bewundern wir jedes Fremde und Ausländische nicht, weil es groß oder erhaben, sondern weil es nicht in unseren Tälern gewachsen ist.

Doch auch wir hatten eine Vorzeit, die reich an bürgerlichen Kämpfen, uns nicht weniger interessant dünkt als die Vorzeit des Schotten; darum haben auch wir gewagt, ein historisches Tableau zu entrollen, das, wenn es auch nicht jene kühnen Umrisse der Gestalten, jenen zauberischen Schmelz der Landschaft aufweist, und wenn das an solche Herrlichkeiten gewöhnte Auge umsonst die süße, bequeme Magie der Hexerei und den von Zigeunerhand geschürzten Schicksalsknoten darin sucht, ja wenn sogar unsere Farben matt, unser Crayon stumpf erscheint, doch *eines* zur Entschuldigung für sich haben möchte, ich meine die historische Wahrheit.

I.

Was soll doch dies Trommeten sein?
Was deutet dies Geschrei?
Will treten an das Fensterlein,
Ich ahne, was es sei.

L. Uhland

Nach den ersten trüben Tagen des März 1519 war endlich am 12. ein recht freundlicher Morgen über der Reichsstadt Ulm aufgegangen. Die Donaunebel, die um diese Jahreszeit immer noch drückend über der Stadt liegen, waren schon lange vor Mittag der Sonne gewichen, und immer freier und weiter wurde die Aussicht in die Ebene über den Fluß hinüber.

Aber auch die engen kalten Straßen mit ihren hohen dunkeln Giebelhäusern hatte der schöne Morgen heller als sonst beleuchtet, und ihnen einen Glanz, eine Freundlichkeit gegeben, die zu dem heutigen festlichen Ansehen der Stadt gar trefflich paßte. Die große Herdbruckergasse – sie führt von dem Donautor an das Rathaus – stand an diesem Morgen gedrängt voll Menschen, die sich Kopf an Kopf wie eine Mauer an den beiden Seiten der Häuser hinzogen, nur einen engen Raum in der Mitte der Gasse übriglassend; ein dumpfes Gemurmel gespannter Erwartung lief durch die Reihen, und brach nur in ein kurzes Gelächter aus, wenn etwa die alten, strengen Stadtwächter eine hübsche Dirne, die sich zu vorlaut in den freigelassenen Raum gedrängt hatte; etwas unsanft mit dem Ende ihrer langen Hellebarde zurückdrängten, oder wenn ein Schalk sich den Spaß machte, »Sie kommen, sie kommen«, rief, alles lange Hälse machte und schaute, bis es sich zeigte, daß man sich wieder getäuscht habe.

Noch dichter aber war das Gedränge da, wo die Herdbruckergasse auf den Platz vor dem Rathaus einbiegt; dort hatten sich die Zünfte aufgestellt; die Schiffer-Gilde mit ihren Altmeistern an der Spitze, die Weber, die Zimmerer, die Bräuer, mit ihren Fahnen und Gewerbzeichen, sie alle waren im Sonntagswams und wohlbewaffnet zahlreich dort versammelt.

Bot aber schon die Menge hier unten einen fröhlichen, festlichen Anblick dar, so war dies noch mehr der Fall mit den hohen Häusern der Straßen selbst. Bis an die Giebeldächer waren alle Fenster voll geputz-

ter Frauen und Mädchen, um welche sich die grünen Tannen und Ta-
xuszweige, die bunten Teppiche und Tücher, mit welchen die Seiten geschmückt waren, wie Rahmen um liebliche Gemälde zogen.

Das anmutigste Bild gewährte wohl ein Erkerfenster im Hause des
Herrn Hans von Besserer. Dort standen zwei Mädchen, so verschieden
an Gesicht, Gestalt und Kleidung, und doch beide von so ausgezeichneter
Schönheit, daß, wer sie so von der Straße betrachtete, eine Weile zweifelhaft war, welcher er wohl den Vorzug geben möchte.

Beide schienen nicht über achtzehn Jahre zu haben, die eine größere
war zart gebaut; reiches braunes Haar zog sich um eine freie Stirne, die
gewölbten Bogen ihrer dunkeln Brauen, das ruhige blaue Auge, der
feingeschnittene Mund, die zarten Farben der Wangen – sie gaben ein
Bild, das unter unsern heutigen Damen für sehr anziehend gelten würde,
das aber in jenen Zeiten, wo noch höheren Farben, volleren Formen der
Apfel zuerkannt wurde, nur durch seine gebietende Würde neben der
andern Schönen sich geltend machen konnte.

Diese, kleiner und in reichlicherer Fülle als ihre Nachbarin, war eines
jener unbesorgten immer heiteren Wesen, welche wohl wissen, daß sie
gefallen. Ihr hellblondes Haar war nach damaliger Sitte der Ulmer Damen
in viel Löckchen und Zöpfchen geschlungen, und zum Teil unter ein
weißes Häubchen voll kleiner künstlicher Fältchen gesteckt, das runde
frische Gesichtchen war in immerwährender Bewegung, noch rastloser
glitten die lebhaften Augen über die Menge hin, und der lächelnde Mund,
der alle Augenblicke die schönen Zähne sehen ließ, zeugt deutlich, daß
es unter den vielerlei abenteuerlichen Gruppen und Gestalten nicht an
Gegenständen fehle, die ihrer fröhlichen Laune zur Zielscheibe dienen
mußten.

Hinter den beiden Mädchen stand ein großer bejahrter Mann; seine
tiefen strengen Züge, seine buschigen Augenbrauen, sein langer dünner,
schon ins Graue spielender Bart, selbst sein ganz schwarzer Anzug, der
wunderlich gegen die reichen bunten Farben um ihn her abstach, gaben
ihm ein ernstes, beinahe trauriges Aussehen, das kaum ein wenig milder
wurde, wenn ein Schimmer von Freundlichkeit, hervorgelockt durch die
glücklichen Einfälle der Blondine, wie ein Wetterleuchten durch das
finstere Gesicht zog. Diese Gruppe, so verschieden in sich durch Farbe
und Schattierung, wie durch Charakter und Jahre, zog hin und wieder
die Aufmerksamkeit der Untenstehenden auf sich. Manches Auge hing
an den schönen Mädchen, und sie beschäftigten eine Weile durch ihre

überraschende Erscheinung jene müßige Menge, die schon ungeduldig zu werden anfing, daß das Schauspiel, dessen sie harrten, noch immer sich nicht zeigen wollte.

Es ging schon stark auf Mittag; die Menge wogte immer ungeduldiger, preßte sich stärker, und hin und wieder hatte sich schon einer oder der andere aus den Reihen der ehrsamen Zünfte auf den Boden gelagert, da tönten drei Stückschüsse von der Schanze auf dem Luginsland herüber, die Glocken des Münsters begannen tiefe volle Akkorde über die Stadt hinzurollen, und im Augenblick hatten sich die verworrenen Reihen geordnet.

»Sie kommen, Marie, sie kommen«, rief die Blonde im Erkerfenster, und schlang ihren Arm um den Leib ihrer Nachbarin, indem sie sich weiter zum Fenster hinausbeugte. Das Haus des Herrn von Besserer bildete die Ecke der vorerwähnten Straße, von dem Erker konnte man hinab beinahe bis an das Donautor, und hinüber bis in die Fenster des Rathauses, sehen, und die Mädchen hatten also ihren Standpunkt trefflich gewählt, um das Schauspiel, dessen sie harrten, ganz zu genießen.

Die Gasse zwischen den beiden Reihen des Volkes war indes mit Mühe weiter gemacht worden, die Stadtwächter stellten sich mit weit ausgestreckten Hellebarden auf, tiefe Stille herrschte unter der ungeheuren Menge, nur das Geläute der Glocken tönte noch fort.

Jetzt hörte man den dumpfen Schall der Pauken, vermischt mit den hohen Klängen der Zinken und Trompeten, und durch das Tor herein bewegte sich ein langer glänzender Zug von Reitern. Die Stadtpauker und Trompeter, die berittene Schar der Ulmer Patriziersöhne war eine zu alltägliche Erscheinung, als daß das Auge lange darauf verweilt hätte. Als aber das schwarze und weiße Banner der Stadt, mit dem Reichsadler, als Fahnen und Standarten aller Größen und Farben, zum Tor hereinschwankten, da gedachten die Zuschauer, daß jetzt der rechte Augenblick gekommen sei.

Auch unsere Schönen im Erkerfenster schärften jetzt ihre Blicke, als man die Menge am untern Teil der Straße ehrerbietig die Mützen abnehmen sah.

Auf einem großen starkknochigen Rosse nahte ein Mann, dessen kräftige Haltung, dessen heiteres, frisches Ansehen in sonderbarem Kontrast stand, mit der tief gefurchten Stirne und dem schon ins Graue spielenden Haar und Bart. Er trug einen zugespitzten Hut mit vielen Federn, einen Brustharnisch über ein enganschließendes rotes Wams,

Beinkleider von Leder mit Seide ausgeschlitzt, die wohl von neuem recht hübsch gewesen sein mochten, aber durch Regen und Strapazen eine einförmige dunkelbraune Farbe erhalten hatten. Weite schwere Reiterstiefel schlossen sich unter den Knien an. Seine einzige Waffe ein ungewöhnlich großes Schwert mit langem Griffe ohne Korb, vollendet das Bild eines gewaltigen, unter Gefahren früh ergrauten Kriegers. Der einzige Schmuck dieses Mannes war eine lange goldene Kette von dicken Ringen, fünfmal um den Hals gelegt, an welcher ein Ehrenpfennig von gleichem Metall auf die Brust herabhing.

»Sagt geschwind, Oheim! wer ist der stattliche Mann, der so jung und alt aussieht«, rief die Blonde, indem sie das Köpfchen ein wenig nach dem schwarzen Herrn, der hinter ihr stand, zurückbeugte.

»Das kann ich dir sagen, Berta«, antwortete dieser, »es ist Georg von Frondsberg[6], oberster Feldhauptmann des bündischen Fußvolkes, ein wackerer Mann, wenn er einer besseren Sache diente!«

»Behaltet Eure Bemerkungen für Euch, Herr Württemberger«, entgegnete ihm die Kleine, indem sie lächelnd mit dem Finger drohte, »Ihr wißt, daß die Ulmer Mädchen gut bündisch sind!«

Der Oheim aber, ohne sich irremachen zu lassen, fuhr fort: »Jener dort auf dem Schimmel ist Truchseß Waldburg, der Feldlieutenant[7], dem auch etwas von unserem Württemberg wohl anstünde; dort hinter ihm kommen die Bundesobersten; weiß Gott, sie sehen aus wie Wölfe, die nach Beute gehen.«

»Pfui! verwitterte Gestalten!« bemerkte Berta, »ob es wohl auch der Mühe wert war, Bäschen Marie, daß wir uns so putzten? Aber siehe da, wer ist der junge schwarze Reiter auf dem Braunen? sieh nur das bleiche Gesicht und die feurigen schwarzen Augen! Auf seinem Schilde steht, *ich hab's gewagt.*«

»Das ist der Ritter Ulerich von Hutten«, erwiderte der Alte, »dem Gott seine Schmähworte gegen unsern Herzog verzeihen wolle. Kinder!

---

6 Georg von Frondsberg, geb. 1475, gest. 1528, einer der berühmtesten Feldherren seiner Zeit, der in Teutschland, Frankreich, Italien, den Niederlanden sich mit Ruhm bedeckte. Er ist derselbe, der 1521 zu Luther, der auf dem Reichstag zu Worms geladen war, jene denkwürdigen Worte sagte: »Munchlein, Munchlein, du gehst jetzt einen gefährlichen Gang usw.«

7 So nennt ihn Sattler, Geschichte der Herzoge II. 8.

das ist ein gelehrter frommer Herr; er ist zwar des Herzogs bitterster Feind, aber ich sage so, denn was wahr ist, muß wahr bleiben![8]

Und siehe, da sind Sickingens[9] Farben, wahrhaftig da ist er selbst; schaut hin Mädchen, das ist Franz von Sickingen, sie sagen, er führe tausend Reiter in das Feld, der ist's mit dem blanken Harnisch und der roten Feder.«

»Aber sagt mir Oheim«, fragte Berta wieder, »welches ist denn Götz von Berlichingen, von dem uns Vetter Kraft so viel erzählt; er ist ein gewaltiger Mann und hat eine Faust von Eisen; reitet er nicht mit den Städten?«

»Götz und die Städtler nenne nie in *einem* Atem«, sprach der Alte mit Ernst; »er hält zu Württemberg.«[10]

Ein großer Teil des Zuges war während diesem Gespräch am Fenster vorübergezogen, und mit Verwunderung hatte Berta bemerkt, wie gleichgültig und teilnahmslos ihre Base Marie hinabschaue. Es war zwar sonst des Mädchens Art, sinnend, zuweilen wohl auch träumend auszusehen, aber heute, bei einem so glänzenden Aufzug so ganz ohne Teilnahme zu sein, deuchte ihr ein großes Unrecht. Sie wollte sie eben zur Rede stellen, als ein Geräusch von der Straße her, ihre Aufmerksamkeit auf sich zog. Ein mächtiges Roß bäumte sich in der Mitte der Straße unter Ihrem Fenster, wahrscheinlich scheue gemacht durch die flatternden

---

8   Ulerich von Hutten, geb. 1488, starb 1523 in Ufnau am Zürchersee. Er ist berühmt durch eine große Anzahl Schriften und als kühner Beförderer der Reformation. Er griff Ulerich von Württemberg in Gedichten, Briefen und Reden an, die der gelehrte Nicolaus Barbatus zu Marburg in sehr geläufigem Latein mit triftigen Gründen widerlegt. Vergl. Schradius II. 385. Bekannt ist sein Wahlspruch: »Jacta alea esto.«

9   Franz von Sickingen, ein berühmter Zeitgenosse des letzteren; er wird in diesem Krieg von Sattler als österreichischer Rat aufgeführt.

10   Götz von Berlichingen erzählt in seinem Leben (Ausgabe von Franck von Steigerwald, Nürnberg 1731) weitläufig wie es sich zugetragen, daß er zum Herzog Ulerich gehalten habe. Seite 142 fährt er fort: »Da zog der Herzog vor Reutlingen und gewann es auch, darum sich auch Ihre fürstliche Gnaden und mein Unglück anheben tat, daß Ihre fürstliche Gnaden verjagt worden, und ich darob zu scheitern ging.« Denn der Schwäbische Bund nahm nicht Rücksicht darauf, daß Götz kurz vorher dem Herzog seine Dienste aufgesagt hatte, sondern belagerte ihn in Möckmühl und nahm ihn gefangen.

Fahnen der Zünfte. Sein hoch zurückgeworfener Kopf verdeckte den Reiter, so daß nur die wehenden Federn des Baretts sichtbar waren; aber die Gewandtheit und Kraft, mit welcher er das Pferd herunterriß und zum Stehen brachte, ließ einen jungen mutigen Reiter ahnen. Das lange hellbraune Haar war ihm von der Anstrengung über das Gesicht herabgefallen, als er es zurückschlug, traf sein Blick das Erkerfenster.

»Nun dies ist doch einmal ein hübscher Herr«, flüsterte die Blonde ihrer Nachbarin zu, so heimlich, so leise, als fürchte sie von dem schönen Reiter gehört zu werden, »und wie er artig und höflich ist! siehe nur, er hat uns gegrüßt ohne uns zu kennen!«

Aber das stille Bäschen Marie schien der Kleinen nicht viel Aufmerksamkeit zu schenken; ein glühendes Rot zog über die zarten Wangen. Ja! wer die ernste Jungfrau gesehen hatte, wie sie so kalt auf den Zug hinabsah, hätte wohl nie geahnet, daß so viel holde Freundlichkeit um diesen Mund, so viel Liebe in diesem sinnenden Auge wohnen könnte, als in jenem Augenblick sichtbar wurde, wo sie durch ein leichtes Neigen des Hauptes den Gruß des jungen Reiters erwiderte.

Der kleinen Schwätzerin war unsere flüchtige aber wahre Bemerkung über dem Anblick des schönen Mannes völlig entgangen; »Nur schnell Oheim«, rief sie und zog den alten Herrn am Mantel, »wer ist dieser in der hellblauen Binde mit Silber? Nun?«

»Ja liebes Kind«, antwortete der Oheim, »den habe ich in meinem Leben nicht gesehen. Seinen Farben nach steht er in keinem besonderen Dienst, sondern reitet wohl auf seine eigene Faust gegen meinen Herzog und Herrn, wie so viele Hungerleider, die sich an unseren Töpfen laben wollen.«

»Mit Euch ist doch nichts anzufangen«, sagte die Kleine und wandte sich unmutig ab; »die alten und gelehrten Herren kennet Ihr alle auf hundert Schritte und weiter; wenn man aber einmal nach einem hübschen, höflichen Junker fragt, wißt Ihr nichts. Du bist auch so Marie, machtest Augen auf den Zug hinunter, als ob es eine Prozession an Fronleichnam wäre; ich wette, du hast das Schönste von allem nicht gesehen, und hattest noch den alten Frondsberg im Kopfe, als ganz andere Leute vorbeiritten!«

Der Zug hatte sich während dieser Strafrede Bertas vor dem Rathause aufgestellt, die bündische Reiterei, die noch vorüberzog, hatte wenig Interesse mehr für die beiden Mädchen, als daher die Herren abgesessen und zum Imbiß ins Rathaus gezogen waren, als die Zünfte ihre Glieder auflösten und das Volk sich allmählich zu verlaufen begann, zogen auch sie sich vom Fenster zurück.

Berta schien nicht ganz zufrieden zu sein. Ihre Neugier war nur halb befriedigt. Sie hütete sich übrigens wohl, vor dem alten, ernsten Oheim etwas merken zu lassen. Als aber dieser das Gemach verließ, wandte sie sich an ihre Base, die noch immer träumend am Fenster stand:

»Nein! wie einen doch so etwas peinigen kann! Ich wollte viel darum geben, wenn ich wüßte, wie er heißt; daß du aber auch gar keine Augen hast, Marie! Ich stieß dich doch an, als er grüßte. Siehe, hellbraune Haare, recht lang und glatt, freundliche dunkle Augen, das ganze Gesicht ein wenig bräunlich, aber hübsch, sehr hübsch. Ein Bärtchen über dem Mund, nein! ich sage dir – Wie du jetzt nur wieder gleich rot werden kannst«, fuhr die Blonde in ihrem Eifer fort, »als ob zwei Mädchen, wenn sie allein sind, nicht von dem schönen Mund eines jungen Herrn sprechen dürften. Dies geschieht oft bei uns; aber freilich bei deiner seligen Frau Muhme in Tübingen und bei deinem ernsten Vater in Lichtenstein, kamen solche Sachen nicht zur Sprache, und ich sehe schon, Bäschen Marie träumt wieder, und ich muß mir ein Ulmer Stadtkind suchen, wenn ich auch nur ein klein wenig schwatzen will.«

Marie antwortete nur durch ein Lächeln, das wir vielleicht etwas schelmisch gefunden hätten; Berta aber nahm den großen Schlüsselbund vom Haken an der Türe, sang sich ein Liedchen und ging, um noch einiges zum Mittagessen zu rüsten. Denn wenn man ihr auch etwas zu große Neugierde vorwerfen konnte, so war sie doch eine zu gute Haushälterin, als daß sie über der flüchtigen Erscheinung des *höflichen Reiters* das Zugemüse und den Nachtisch vergessen hätte.

Sie hüpfte hinaus und ließ ihre Base allein bei ihren Gedanken; und auch wir stören sie nicht, wenn sie jetzt die schönen Bilder der Erinnerung durchgeht, die jene Erscheinung mit einemmal aus dem tiefen, treuen Herzen hervorgerufen hatte, wenn sie jener Zeit gedenkt, wo ein flüchtiger Blick von ihm, ein Druck seiner Hand, ihre Tage erhellte, wenn sie jener Nächte gedenkt, wo sie im stillen Kämmerlein, unbelauscht von der seligen Muhme, jene Schärpe flocht, deren freudige Farben sie heute aus ihren Träumen weckten; wir lauschen nicht, wenn sie errötend und mit niedergeschlagenen Augen sich fragt, ob Bäschen Berta den sü-

ßen Mund des Geliebten richtig beschrieben habe?

II.

Steigt deine Hoffnung wieder?
Ist nicht dein Herz entbrannt?
Du fühlst dich, Jüngling wieder
Im alten Schwabenland.

G. Schwab

Der festliche Aufzug, den wir auf den letzten Blättern beschrieben haben, galt den Häuptern und Obersten des Schwäbischen Bundes, der an diesem Tage, auf seinem Marsch von Augsburg, wo er sich versammelt hatte, in Ulm einzog. Der Leser kennt aus der Einleitung die Lage der Dinge. Herzog Ulerich von Württemberg hatte durch die Unbeugsamkeit, mit welcher er trotzte, durch die allzuheftigen Ausbrüche seines Zornes und seiner Rache, durch die Kühnheit, mit welcher er, der *einzelne,* so vielen verbündeten Fürsten und Herren die Stirne bot, zuletzt noch durch die plötzliche Einnahme der Reichsstadt Reutlingen den bittersten Haß des Bundes auf sich gezogen. Der Krieg war unvermeidlich, denn es stand nicht zu erwarten, daß man Ulerich, nachdem man so weit gegangen, friedliche Vorschläge tun werde.

Hiezu kamen noch die besonderen Rücksichten, die jeden leiteten. Der Herzog von Bayern, um seiner Schwester Sabina Genugtuung zu verschaffen, die Schar der Huttischen um ihren Stammesvetter zu rächen, Dieterich von Spät[11] und seine Gesellen, um ihre Schmach in Württembergs Unglück abzuwaschen, die Städte und Städtchen, um Reutlingen wieder gut bündisch zu machen, sie alle hatten ihre Banner entrollt und sich mit blutigen Gedanken und lüstern nach gewisser Beute eingestellt.

Bei weitem friedlicher und fröhlicher waren bei diesem Einzug die Gesinnungen Georgs von Sturmfeder, jenes »artigen Reiters«, der Bertas Neugierde in so hohem Grade erweckt, dessen unerwartete Erscheinung Mariens Wangen mit so tiefem Rot gefärbt hatte. Wußte er doch kaum selbst, wie er zu diesem Feldzug kam, da er, obgleich den Waffen nicht fremd, doch nicht zunächst für das Waffenwerk bestimmt war. Aus einem

---

11 Die Herren von Spät waren der Herzogin auf ihrer Flucht aus dem Lande behülflich gewesen. Der Herzog hatte bittere Rache an ihren Gütern genommen.

armen aber angesehenen Stamme Frankens entsprossen, war er frühe verwaist von einem Bruder seines Vaters erzogen worden. Schon damals hatte man angefangen, gelehrte Bildung als einen Schmuck des Adels zu schätzen. Daher wählte sein Oheim für ihn diese Laufbahn. Die Sage erzählt nicht, ob er auf der hohen Schule in Tübingen, die damals in ihrem ersten Erblühen war, in Wissenschaften viel getan. Es kam nur die Nachricht bis auf uns, daß er einem Fräulein von Lichtenstein, die bei einer Muhme in jener Musenstadt lebte, wärmere Teilnahme schenkte, als den Lehrstühlen der berühmtesten Doktoren. Man erzählt sich auch, daß das Fräulein mit ernstem, beinahe männlichem Geiste alle Künste, womit andere ihr Herz bestürmten, gering geachtet habe. Zwar kannte man schon damals alle jene Kriegslisten, ein hartes Herz zu erobern, und die Jünger der alten Tubinga hatten ihren Ovid vielleicht besser studiert als die heutigen, es sollen aber weder nächtliche Liebes-klagen, noch fürchterliche Schlachten und Kämpfe um ihren Besitz die Jungfrau erweicht haben. Nur einem gelang es, dieses Herz für sich zu gewinnen, und dieser *eine* war Georg. Sie haben zwar, wie es stille Liebe zu tun pflegt, niemand gesagt, wann und wo ihnen der erste Strahl des Verständnisses aufging und wir sind weit entfernt, uns in dieses süße Geheimnis der ersten Liebe eindrängen zu wollen, oder gar Dinge zu erzählen, die wir geschichtlich nicht belegen können; doch können wir mit Grund annehmen, daß sie schon bis zu jenem Grad der Liebe gedie-hen waren, wo man, gedrängt von äußeren Verhältnissen, gleichsam als Trost für das Scheiden, ewige Treue schwört; denn als die Muhme in Tübingen das Zeitliche gesegnete, und Herr von Lichtenstein sein Töchterlein zu sich holen ließ, um sie nach Ulm, wo ihm eine Schwester verheiratet war, zu weiterer Ausbildung zu schicken, da merkte Rose, Mariens alte Zofe, daß so heiße Tränen und die Sehnsucht, mit welcher Maria noch einmal und immer wieder aus der Sänfte zurücksah, nicht den bergigten Straßen, denen sie Valet sagen mußten, *allein* gelte.

Bald darauf langte auch ein Sendschreiben an Georg an, worin ihm sein Oheim die Frage beibrachte, ob er jetzt nach vier Jahren noch nicht gelehrt genug sei? Dieser Ruf kam ihm erwünscht; seit Mariens Abreise waren ihm die Lehrstühle der gelehrten Doktoren, die finstere Hügelstadt, ja selbst das liebliche Tal des Neckars verhaßt geworden. Mit neuer Kraft erfrischte ihn die kalte Luft, die ihm von den Bergen entgegenströmte, als er an einem schönen Morgen des Februar aus den Toren Tübingens seiner Heimat entgegenritt, wie die Sehnen seiner Arme in dem frischen

Morgen sich straffer anzogen, wie die Muskeln seiner Faust kräftiger in die Zügel faßten, so erhob sich auch seine Seele zu jenem frischen heiteren Mute, der diesem Alter so eigen ist, wenn die Gewißheit eines süßen Glückes im Herzen lebt, und vor dem Auge, das Erfahrung noch nicht geschärft, Unglück noch nicht getrübt hat, die Zukunft heiter und freundlich sich ausbreitet. Wie der klare See, der das heitere Bild, das auf ihn herabschaut, nicht minder freundlich zurückwirft, und mit diesen reizenden Farben seine Tiefe verhüllt, so hat gerade das Ungewisse dieser Zukunft seinen eigentümlichen Reiz. Man glaubt im Kopf und Arm Kraft genug zu tragen, um dem Glück seine Gunst abzuringen, und dies Vertrauen auf sich selbst gibt bei weitem mutigere Zuversicht, als die mächtigste Hülfe von außen.

So war die Stimmung Georgs von Sturmfeder, als er durch den Schönbuchwald seiner Heimat zuzog. Zwar brachte ihn dieser Weg dem Liebchen nicht näher, zwar konnte er nichts sein nennen als das Roß, das er eben ritt und die Burg seiner Väter, von welcher der Volkswitz sang:

> Ein Haus auf drei Stützen,
> Wer vorn hereinkommt,
> Kann hinten nicht sitzen.

Aber er wußte, daß dem festen Willen hundert Wege offenstehen, um zum Ziel zu gelangen, und der alte Spruch des Römers: »Fortes fortuna juvat«, hatte ihm noch nie gelogen.

Wirklich schienen auch seine Wünsche nach einer tätigen Laufbahn bald in Erfüllung zu gehen.

Der Herzog von Württemberg hatte Reutlingen, das ihn beleidigt hatte, aus einer Reichsstadt zur Landstadt gemacht und es war kein Zweifel mehr an einem Krieg.

Der Erfolg schien aber damals sehr ungewiß. Der Schwäbische Bund, wenn er auch erfahrenere Feldherrn und geübtere Soldaten zählte, hatte doch in allen Kriegen durch Uneinigkeit sich selbst geschadet. Ulerich, auf seiner Seite, hatte vierzehntausend Schweizer, tapfere kampfgeübte Männer geworben, aus seinem eigenen Lande konnte er, wenn auch minder geübte, doch zahlreiche und tüchtige Truppen ziehen und so stand die Waage im Februar 1519 noch ziemlich gleich.

Wo alles um ihn her Partei nahm, glaubte Georg nicht müßig bleiben zu dürfen. Ein Krieg war Ihm erwünscht; es war eine Laufbahn, die ihn seinem Ziele, um Marie würdig freien zu können, bald nahebringen konnte.

Zwar zog ihn sein Herz weder zu der einen, noch zu der andern Partei. Vom Herzog sprach man im Lande schlecht, des Bundes Absichten schienen nicht die reinsten. Als aber durch Geld und Klagen der Huttischen und durch die Aussicht auf reiche Beute bestochen achtzehn Grafen und Herren, deren Besitzungen an sein Gütchen grenzten, auf einmal[12] dem Herzog ihre Dienste aufsagten, da schien es ihn zum Bunde zu ziehen. Den Ausschlag gab die Nachricht, daß der alte Lichtenstein mit seiner Tochter in Ulm sich befinde; auf jener Seite, wo Marie war, durfte er nicht fehlen, und so bot er dem Bunde seine Dienste an.

Die fränkische Ritterschaft unter Anführung Ludwigs von Hutten, zog sich am Anfang des März gegen Augsburg hin, um sich dort mit Ludwig von Bayern und den übrigen Bundesgliedern zu vereinigen. Bald hatte sich das Heer gesammelt, und ihr Weg glich einem Triumphzug, je näher sie dem Gebiete ihres Feindes kamen.

Herzog Ulerich war bei Blaubeuren, der äußersten Stadt seines Landes gegen Ulm und Bayern hin, gelagert. In Ulm sollte jetzt noch einmal zuvor im großen Kriegsrat der Feldzug besprochen werden, und dann hoffte man in kurzer Zeit die Württemberger zur entscheidenden Schlacht zu nötigen. An friedliche Unterhandlungen wurde, da man so weit gegangen war, nicht mehr gedacht, Krieg war die Losung und Sieg der Gedanke des Heeres als ein frischer Morgenwind ihnen die Grüße des schweren Geschützes von den Wällen der Stadt entgegentrug, als das Geläute aller Glocken zum Willkomm vom anderen Ufer der Donau herübertönte.

Wohl schlug auch Georgs Herz höher bei dem Gedanken an seine erste Waffenprobe; aber wer je in ähnlicher Lage sich befand, wird ihn nicht tadeln, daß auch friedlichere Gedanken in seiner Seele aufzogen und ihn Kampf und Sieg vergessen ließen. Als zuerst, noch in weiter Ferne, das kolossale Münster aus dem Nebel auftauchte, als nachher der verhüllende Dunstschleier herabfiel und die Stadt mit ihren dunkeln Backsteinmauern, mit ihren hohen Tortürmen sich vor seinen Blicken ausbreitete, da kamen alle Zweifel, die er früher tief in die Brust zurück-

12   Siehe C. Pfaffs Geschichte. I. 278.

gedrängt hatte, schwerer als je über ihn. »Schließen jene Mauern auch die Geliebte ein? hat nicht ihr Vater seinem Herzog treu, vielleicht in die feindlichen Scharen sich gestellt, und darf der, dessen ganze Hoffnung darauf beruht, den Vater zu gewinnen, darf er sich jenem gegenüberstellen, ohne sein ganzes Glück zu vernichten? Und ist der Vater auf feindlicher Seite, kann Marie möglicherweise noch in jenen Mauern sein. Und wenn alles gut wäre, wenn unter der festlichen Menge, die sich zum Anblick des einziehenden Heeres drängt, auch Marie auf ihn herabschaut, hat sie auch die Treue noch bewahrt, die sie geschworen? –«

22

Doch der letzte Gedanke machte bald einer freudigeren Gewißheit Raum, denn wenn sich auch alles Unglück gegen ihn verschwor, Mariens Treue, er wußte es, war unwandelbar. Mutig drückte er die Schärpe, die sie ihm gegeben, an seine Brust, und als jetzt die Ulmer Reiterei sich an den Zug anschloß, als die Zinken und Trompeten ihre mutigen Weisen anstimmten, da kehrte seine alte Freudigkeit wieder, stolzer hob er sich im Sattel, kühner rückte er das Barett in die Stirne, und als der Zug in die festlich geschmückten Straßen einbog, musterte sein scharfes Auge alle Fenster der hohen Häuser, um sie zu erspähen.

Da gewahrte er sie, wie sie ernst und sinnend auf das fröhliche Gewühl hinabsah, er glaubte zu erkennen, wie ihre Gedanken in weiter Ferne den suchten, der ihr so nahe war, schnell drückte er seinem Pferde die Sporen in die Seite, daß es sich hoch aufbäumte und das Pflaster von seinem Hufschlag ertönte. Aber als sie sich zu ihm herabwandte, als Auge dem Auge begegnete, als ihr freudiges Erröten dem Glücklichen sagte, daß er erkannt und noch immer geliebt sei, da war es um die Besinnung des guten Georg geschehen; willenlos folgte er dem Zuge vor das Rathaus und es hätte nicht viel gefehlt, so hätte ihn seine Sehnsucht alle Rücksichten vergessen lassen, und unwiderstehlich zu dem Eckhaus mit dem Erker hingezogen.

Schon hatte er die ersten Schritte nach jener Seite getan, als er sich von kräftiger Hand am Arm angefaßt fühlte.

»Was treibet Ihr, Junker«, rief ihm eine tiefe wohlbekannte Stimme ins Ohr, »dort hinauf geht es die Rathaustreppe. Wie? ich glaube, Ihr schwindelt, wäre auch kein Wunder, denn das Frühstück war gar zu mager. Seid getrost, Freundchen, und kommt. Die Ulmer führen gute Weine, wir wollen Euch mit altem Remstaler anstreichen.«

Wenn auch der Fall aus seinem Freudenhimmel, in welchem er einige Minuten geschwebt hatte, auf den Rathausplatz in Ulm etwas unsanft war, so wußte er doch dem alten Herrn von Breitenstein, seinem nächsten Grenznachbar in Franken, Dank, daß er ihn aus seinen Träumen aufgeschüttelt und von einem übereilten Schritte zurückgehalten hatte.

23 Er nahm daher freundlich den Arm des alten Herrn und folgte mit ihm den übrigen Rittern und Herren, die sich von dem scharfen Morgenritte an der guten Mittagskost, die ihnen die freie Reichsstadt aufge-
24 setzt hatte, wieder erholen wollten.

III.

Ich höre rauschende Musik, das Schloß ist
Von Lichtern hell. Wer sind die Fröhlichen?

Schiller

Der Saal des Rathauses, wohin die Angekommenen geführt wurden, bildete ein großes, längliches Viereck. Die Wände und die zu der Größe des Saales unverhältnismäßig niedere Decke waren mit einem Getäfer von braunem Holz ausgelegt, unzählige Fenster mit runden Scheiben, worauf die Wappen der edlen Geschlechter von Ulm mit brennenden Farben gemalt waren, zogen sich an der einen Seite hin, die gegenüberstehende Wand füllten Gemälde berühmter Bürgermeister und Ratsherrn der Stadt, die beinahe alle in der gleichen Stellung, die Linke in die Hüfte, die Rechte auf einen reichbehängten Tisch gestützt, ernst und feierlich auf die Gäste ihrer Enkel herabsahen. Diese drängten sich in verworrenen Gruppen um die Tafel her, die in Form eines Hufeisens aufgestellt, beinahe die ganze Weite des Saales einnahm. Der Rat und die Patrizier, die heute im Namen der Stadt die Honneurs machen sollten, stachen in ihren zierlichen Festkleidern mit den steifen schneeweißen Halskrausen wunderlich ab gegen ihre bestaubten Gäste, die in Lederwerk und Eisenblech gehüllt, oft gar unsanft an die seidenen Mäntelein und samtenen Gewänder streiften. Man hatte bis jetzt noch auf den Herzog von Bayern gewartet, der einige Tage vorher eingetroffen, zu dem glänzenden Mittagsmahl zugesagt hatte, als aber sein Kämmerling seine Entschuldigung brachte, gaben die Trompeten das ersehnte Zeichen, und alles drängte sich so ungestüm zur Tafel, daß nicht einmal die gastfreundliche Ordnung des Rates, die je zwischen zwei Gäste einen Ulmer setzen wollten, gehörig beobachtet wurde.

Breitenstein hatte Georg auf einen Sitz niedergezogen, den er ihm als einen ganz vorzüglichen anpries. »Ich hätte Euch«, sagte der alte Herr, »zu den Gewaltigen da oben, zu Frondsberg, Sickingen, Hutten und Waldburg setzen können, aber in solcher Gesellschaft kann man den Hunger nicht mit gehöriger Ruhe stillen. Ich hätte Euch ferner zu den Nürnbergern und Augsburgern führen können, dort unten, wo der gebratene Pfau steht – weiß Gott sie haben keinen übeln Platz –, aber ich weiß, daß Euch die Städtler nicht recht behagen, darum habe ich Euch hieher gesetzt. Schauet Euch hier um, ob dies nicht ein trefflicher Platz ist? Die Gesichter umher kennen wir nicht, also braucht man nicht viel zu schwatzen. Rechts haben wir den geräucherten Schweinskopf mit der Zitrone im Maul, links eine prachtvolle Forelle, die sich vor Vergnügen in den Schwanz beißt, und vor uns diesen Rehziemer, so fett und zart wie auf der ganzen Tafel keiner mehr zu finden ist.«

Georg dankte ihm, daß er mit so viel Umsicht für ihn gesorgt habe, und betrachtete zugleich flüchtig seine Umgebung. Sein Nachbar rechts war ein junger zierlicher Herr, von etwa 25 bis 30 Jahren. Das frischge-kämmte Haar, duftend von wohlriechenden Salben, der kleine Bart, der erst vor einer Stunde mit warmen Zänglein gekräuselt worden sein mochte, ließen Georg, noch ehe ihn die Mundart davon überzeugte, einen Ulmer Herrn erraten. Der junge Herr, als er sah, daß er von seinem Nachbar bemerkt wurde, bewies sich sehr zuvorkommend, indem er Georgs Becher aus einer großen silbernen Kanne füllte, auf glückliche Ankunft und gute Nachbarschaft mit ihm anstieß, und auch die besten Bissen von den unzähligen Rehen, Hasen, Schweinen, Fasanen und wilden Enten, die auf silbernen Platten umherstanden, dem Fremdling aufs Teller legte.

Doch diesen konnte weder seines Nachbars zuvorkommende Gefällig-keit noch Breitensteins ungemeiner Appetit zum Essen reizen. Er war noch zu sehr beschäftigt mit dem geliebten Bilde, das sich ihm beim Einzug gezeigt hatte, als daß er die Ermunterungen seiner Nachbarn befolgt hätte. Gedankenvoll sah er in den Becher, den er noch immer in der Hand hielt, und glaubte, wenn die Bläschen des alten Weines zersprangen und in Kreisen verschwebten, das Bild der Geliebten aus dem goldenen Boden des Bechers auftauchen zu sehen. Es war kein Wunder, daß der gesellige Herr zu seiner Rechten, als er sah, wie sein Gast, den Becher in der Hand, jede Speise verschmähe, ihn für einen unverbesserlichen Zechbruder hielt. Das feurige Auge, das unverwandt in den Becher sah, der lächelnde Mund des in seinen Träumen versun-kenen Jünglings schien ihm einen jener echten Weinkenner anzuzeigen, die auf fein geübter Zunge den Gehalt des edlen Trankes lange zu prüfen pflegen.

Um der Ermahnung des wohledlen Rates, den Gästen das Mahl so angenehm als möglich zu machen, gehörig nachzukommen, suchte er auf der entdeckten schwachen Seite dem jungen Mann beizukommen. Es war zwar gegen die Gewohnheit des jungen Ulmers, Wein zu trinken, aber dem jungen Mann zulieb, der etwas so Hohes und Gebietendes an sich hatte, mußte er schon ein übriges tun. Er schenkte sich seinen Becher wieder voll und begann: »Nicht wahr, Herr Nachbar, das Weinchen hat Feuer und einen feinen Geschmack? Freilich ist es kein Würzburger, wie Ihr ihn in Franken gewohnt sein werdet, aber es ist echter Ellfinger aus dem Ratskeller und immer seine achtzig Jahre alt.«

Verwundert über diese Anrede, setzte Georg den Becher nieder und antwortete mit einem kurzen »Ja, ja –« der Nachbar ließ aber den einmal aufgenommenen Faden nicht so bald wieder fallen. »Es scheint«, fuhr er fort, »als munde er Euch doch nicht ganz, aber da weiß ich Rat. Heda! gebt eine Kanne Uhlbacher hieher. – Versuchet einmal diesen, der wächst zunächst an des Württembergers Schloß; in diesem müßt Ihr mir Bescheid tun: Kurzen Krieg, großen Sieg!«

Georg, dem dieses Gespräch nicht recht zusagte, suchte seinen Nachbar auf einen anderen Weg zu bringen, der ihn zu anziehenderen Nachrichten führen konnte: »Ihr habt«, sprach er, »schöne Mädchen hier in Ulm, wenigstens bei unserem Einzug glaubte ich deren viele zu bemerken.«

»Weiß Gott«, entgegnete der Ulmer, »man könnte damit pflastern.«

»Das wäre vielleicht so übel nicht«, fuhr Georg fort, »denn das Pflaster Eurer Straßen ist herzlich schlecht. Aber sagt mir, wer wohnt dort in dem Eckhaus mit dem Erker, wenn ich nicht irre, schauten dort zwei feine Jungfrauen heraus, als wir einritten.«

»Habt Ihr diese auch schon bemerkt?« lachte jener, »wahrhaftig, Ihr habt ein scharfes Auge und seid ein Kenner. Das sind meine lieben Basen mütterlicherseits, die kleine Blonde ist eine Besserer, die andere ein Fräulein von Lichtenstein, eine Württembergerin, die auf Besuch dort ist.«

Georg dankte im stillen dem Himmel, der ihn gleich mit einem so nahen Verwandten Mariens zusammenführte. Er beschloß den Zufall zu benützen, und wandte sich so freundlich er nur konnte, zu seinem Nachbar: »Ihr habt ein paar hübsche Mühmchen, Herr von Besserer...«

»Dieterich von Kraft nenne ich mich«, fiel er ein, »Schreiber des Großen Rates –«

»Ein paar schöne Kinder, Herr von Kraft; und Ihr besuchet sie wohl recht oft?«

»Ja wohl«, antwortete der Schreiber des Großen Rates, »besonders seit die Lichtenstein im Hause ist. Zwar will mein Bäschen Berta etwas eifersüchtig werden, denn im Vertrauen gesagt, wir waren vorher ein Herz und eine Seele, aber ich tue als merke ich es nicht, und stehe mit Marien um so besser.«

Diese Nachricht mochte nicht so gar angenehm in Georgs Ohren klingen, denn er preßte die Lippen zusammen und seine Wangen färbten sich dunkler.

»Ja lachet nur«, fuhr der Ratsschreiber fort, dem der ungewohnte Geist des Weines zu Kopfe stieg, »wenn Ihr wüßtet, wie sie sich beide um mich reißen. Zwar – die Lichtenstein hat eine verdammte Art freundlich zu sein, sie tut so vornehm und ernst, daß man nicht recht wagt, in ihrer Gegenwart Spaß zu machen, noch weniger läßt sie ein wenig mit sich schäkern wie Berta, aber gerade das kommt mir so wunderhübsch vor, daß ich eilfmal wiederkomme, wenn sie mich auch zehnmal fortgeschickt hat. Das macht aber«, murmelte er nachdenklicher vor sich hin, »weil der gestrenge Herr Vater da ist, vor dem scheut sie sich, laßt nur den einmal über der Ulmer Markung sein, so soll sie schon kirre werden.«

Georg wollte sich nach dem Vater noch weiter erkundigen, als sonderbare Stimmen ihn unterbrachen. Schon vorher hatte er mitten durch das Geräusch der Speisenden diese Stimmen zu hören geglaubt, wie sie in schleppendem, einförmigem Ton ein paar kurze Sätze hersagten, ohne zu verstehen was es war. Jetzt hörte er dieselben Stimmen ganz in der Nähe, und bald bemerkte er welchen Inhaltes ihre eintönigen Sätze waren. Es gehörte nämlich in den guten alten Zeiten, besonders in Reichsstädten zum Ton, daß der Hausvater und seine Frau, wenn sie Gäste geladen hatten, gegen die Mitte der Tafel aufstanden, und bei jedem einzelnen umhergingen, mit einem herkömmlichen Sprüchlein zum Essen und Trinken zu nötigen.

Diese Sitte war in Ulm so stehend geworden, daß der Hohe Rat beschloß, auch an diesem Mahl keine Ausnahme zu machen, sondern ex officio einen Hausvater samt Hausfrau aufzustellen, um diese Pflicht zu üben. Die Wahl fiel auf den Bürgermeister und den ältesten Ratsherrn.

Sie hatten schon zwei Seiten der Tafel »nötigend« umgangen, kein Wunder, daß ihre Stimmen durch die große Anstrengung endlich rauh und heiser geworden waren, und ihre freundschaftliche Aufmunterung wie Drohung klang. Eine rauhe Stimme tönte in Georgs Ohr: »Warum esset Ihr denn nicht, warum trinket Ihr denn nicht?« Erschrocken wandte sich der Gefragte um, und sah einen starken, großen Mann mit rotem Gesicht – ehe er noch auf die schrecklichen Töne antworten konnte, begann an seiner andern Seite ein kleiner Mann mit einer hohen dünnen Stimme:

> »So esset doch und trinket satt
> was der Magistrat Euch vorgesetzt hat.«

»Hab ich's doch schon lange gedacht, daß es so kommen würde«, fiel der alte Breitenstein ein, indem er ein wenig von der Anstrengung, mit welcher er den Rehziemer bearbeitet hatte, ausruhte.

»Da sitzt er und schwatzt, statt die köstlichen Braten zu genießen, die uns die Herren in so reichlicher Fülle vorgesetzt haben.«

»Mit Verlaub«, unterbrach ihn Dieterich von Kraft, »der junge Herr ißt nichts, er ist ein Zechbruder und trefflicher Weinschmecker; hab ich's nicht gleich weggehabt, daß er gerne zu tief ins Glas guckt? Darum tadle ihn keiner, wenn er sich lieber an den Uhlbacher hält.«

Georg wußte gar nicht wie er zu dieser sonderbaren Schutzrede kam; er war im Begriff sich zu entschuldigen, als ihn ein neuer Anblick überraschte. Breitenstein hatte sich jetzt über den Schweinskopf mit der Zitrone im Maul, erbarmt, hatte die Zitrone geschickt aus dem Rachen des Tieres operiert, und begann mit großem Behagen und geübter Hand die weitere Sektion vorzunehmen, da trat der Bürgermeister auch zu ihm, und eben als er an einem guten Bissen kaute, hub er an: »Warum esset Ihr denn nicht, warum trinket Ihr denn nicht?« Dieser sah den Nötigenden mit starren Blicken an, zum Reden hatten seine Sprachorgane keine Zeit. Er nickte daher mit dem Haupte und deutete auf die Reste des Rehziemers; der kleine Mann mit der Fistelstimme ließ sich aber nicht irremachen, sondern sprach freundschaftlichst:

> »So esset doch und trinket satt
> was der Magistrat Euch vorgesetzt hat.«

28

So war es nun in den »guten alten Zeiten«! Man konnte sich wenigstens nicht beklagen, nur zu einem Schauessen geladen worden zu sein. Bald aber bekam die Tafel eine andere Gestalt. Die großen Schüsseln und Platten wurden abgetragen und geräumigere Humpen, größere Kannen, gefüllt mit edlem Weine, aufgesetzt. Die Umtränke und das in Schwaben schon damals sehr häufige Zutrinken begann, und nicht lange, so äußerte auch der Wein seine Wirkungen. Dieterich Spät und seine Gesellen sangen Spottlieder auf Herzog Ulerich und bekräftigten jeden Fluch oder schlechten Witz, den einer ausbrachte mit Gelächter oder einem guten Trunke. Die fränkischen Ritter würfelten um die Güter des Herzogs und tranken einander das Tübinger Schloß im Weine ab. Ulerich von Hutten und einige seiner Freunde hielten in lateinischer Sprache eine laute Kontrovers mit einigen Italienern wegen des Angriffes auf den römischen Stuhl, den kurz zuvor ein unberühmter Mönch in Wittenberg unternommen hatte; die Nürnberger, Augsburger und einige Ulmer Herren, die sich zusammengetan hatten, waren über den Glanz ihrer Republiken in Streit geraten, und so füllte Gelächter, Gesang, Zanken und der dumpfe Klang der silbernen und zinnernen Becher, den Saal.

Nur am oberen Ende der Tafel herrschte anständigere, ruhigere Fröhlichkeit. Dort saß Georg von Frondsberg, der alte Ludwig Hutten, Waldburg Truchseß, Franz von Sickingen und noch andere ältliche, gesetzte Herren.

Dorthin wandte jetzt auch der Bundeshauptmann Hans von Breitenstein, nachdem er sich genugsam gesättigt hatte, seine Blicke und sprach zu Georg: »Das Lärmen um uns her will mir gar nicht behagen, wie wäre es, wenn ich Euch jetzt dem Frondsberger vorstellte, wie Ihr in den letzten Tagen gewünscht habt?«

Georg, dessen Wunsch schon lange war, dem Kriegsobersten bekannt zu werden, stand freudig auf, um dem alten Freunde zu folgen. Wir werden ihn nicht tadeln, daß sein Herz bei diesem Gange ängstlicher pochte, seine Wangen sich höher färbten, seine Schritte je näher er kam, ungewisser und zögernder wurden. Wen haben nicht in seiner Jugend, wenn er einem glänzenden, ruhmbekränzten Vorbild nahte, ähnliche Gefühle bestürmt? Wem sank da nicht sein eigenes Ich zur Unbedeutendheit zusammen, während der Gefeierte zum Riesen wuchs. Georg von Frondsberg galt schon damals für einen der berühmtesten Feldherren seiner Zeit. Italien, Frankreich und Teutschland erzählten von seinen Siegen, und die Kriegskunst wird ihn ewig in ihren Annalen nennen, denn er war der Stifter und Gründer eines geordneten, in Reihen und Gliedern fechtenden Fußvolkes. Sagen und Chroniken erhielten das Bild dieses Helden bis auf unsere Tage, und wer gedenkt nicht unwillkürlich jener homerischen Helden wenn er von diesem Manne liest: »Er war so stark an Gliedern, wenn er den Mittelfinger der rechten Hand ausstreckte, daß er damit den stärksten Mann, so sich steif stellte, vom Platz stoßen, ein rennendes Pferd beim Zaum ergreifen und stellen, die großen

Büchsen und Mauerbrecher allein von einem Ort zum andern führen konnte?« Zu ihm führte Breitenstein den Jüngling.

»Wen bringt Ihr uns da, Hans?« rief Georg von Frondsberg, indem er den hochgewachsenen, schönen, jungen Mann mit Teilnahme betrachtete.

»Seht ihn Euch einmal recht an, werter Herr«, antwortete Breitenstein, »ob Euch nicht beifällt, in welches Haus er gehören mag?«

Aufmerksamer betrachtete ihn der Feldhauptmann, auch der alte Truchseß von Waldburg wandte prüfend sein Auge herüber. Georg war schüchtern und blöde vor diese Männer getreten; aber sei es, daß die freundliche, zutrauliche Weise Frondsbergs ihm Mut machte, sei es, daß er fühlte, wie wichtig der Augenblick für ihn sei, er bekämpfte die Scham den Blicken so vieler berühmter Männer ausgesetzt zu sein, und sah ihnen entschlossen und mutig ins Gesicht.

»Jetzt, an diesem Blick erkenne ich dich«, sagte Frondsberg und bot ihm die Hand, »du bist ein Sturmfeder?«

»Georg Sturmfeder«, antwortete der junge Mann, »mein Vater war Burkhardt Sturmfeder, er fiel, wie man mir sagte, in Italien an Eurer Seite.«

»Er war ein tapferer Mann«, sprach der Feldhauptmann, dessen Auge immer noch sinnend auf Georgs Zügen ruhte, »an manchem warmen Schlachttag hat er treu zu mir gehalten, wahrlich sie haben ihn allzu frühe eingescharrt! Und du«, setzte er freundlicher hinzu, »du hast dich eingestellt, um seiner Spur zu folgen? Was treibt dich schon so frühe aus dem Neste und bist kaum flick?«

»Ich weiß schon«, unterbrach ihn Waldburg mit rauher, unangenehmer Stimme; »das Vögelein will sich ein paar Flöckchen Wolle suchen, um das alte Nest zu flicken!«

Diese rohe Anspielung auf die verfallene Burg seiner Ahnen jagte eine hohe Glut auf die Wangen des Jünglings. Er hatte sich nie seiner Dürftigkeit geschämt, aber dieses Wort klang so höhnend, daß er sich zum ersten Male dem reichen Spötter gegenüber recht arm fühlte. Da fiel sein Blick über Truchseß Waldburg hin durch die Scheiben auf jenes wohlbekannte Erkerfenster; er glaubte Mariens Gestalt zu erblicken und sein alter Mut kehrte wieder. »Ein jeder Kampf hat seinen Preis, Herr Ritter«, sagte er, »ich habe dem Bund Kopf und Arm angetragen; *was* mich dazu treibt, kann *Euch* gleichgültig sein.«

»Nun, nun!« erwiderte jener, »wie es mit dem Arm aussieht, werden wir sehen, im Kopfe muß es aber nicht so ganz hell sein, da Ihr aus Spaß gleich Ernst macht.«

Der gereizte Jüngling wollte wieder etwas darauf erwidern, Frondsberg aber nahm ihn freundlich bei der Hand: »Ganz wie dein Vater, lieber Junge, nun du willst zeitlich zu einer Nessel werden.[13] Und wir werden Leute brauchen, denen das Herz am rechten Flecke sitzt. Daß du dann nicht der letzte bist, darfst du gewiß sein.«

Diese wenigen Worte aus dem Munde eines durch Tapferkeit und Kriegskunst unter seinen Zeitgenossen hochberühmten Mannes, übten so besänftigende Gewalt über Georg, daß er die Antwort, die ihm auf der Zunge schwebte, zurückdrängte, und sich schweigend von der Tafel in ein Fenster zurückzog, teils um die Obersten nicht weiter zu stören, teils um sich genauer zu überzeugen, ob die flüchtige Erscheinung, die er vorhin gesehen, wirklich Marie gewesen sei?

Als Georg die Tafel verlassen hatte, wandte sich Frondsberg zu Waldburg: »Das ist nicht die Art, Herr Truchseß, wie man tüchtige Gesellen für unsere Sache gewinnt, ich wette, er ging nicht mit halb soviel Eifer für die Sache von uns, als er zu uns brachte.«

»Müßt Ihr dem jungen Laffen auch noch das Wort reden?« fuhr jener auf, »was braucht es da? er soll einen Spaß von seinem Oberen ertragen lernen.«

»Mit Verlaub«, fiel ihm Breitenstein ins Wort, »das ist kein Spaß, sich über unverschuldete Armut lustig zu machen, ich weiß aber wohl, Ihr seid seinem Vater auch nie grün gewesen.«

»Und«, fuhr Frondsberg fort, »sein Oberer seid Ihr ganz und gar noch nicht. Er hat dem Bunde noch keinen Eid geleistet, also kann er noch immer hinreiten, wohin er will; und wenn er auch unter Euren eigenen Fahnen diente, so möchte ich Euch doch nicht raten, ihn zu hänseln, er sieht mir nicht darnach aus, als ob er sich viel gefallen ließe!«

Sprachlos vor Zorn über den Widerspruch, den er in seinem Leben nie ertragen konnte, blickte Truchseß den einen und den andern an, mit so wutvollen Blicken, daß sich Ludwig von Hutten schnell ins Mittel warf, um noch ärgeren Streit zu verhüten: »Laßt doch die alten Geschichten!« rief er. »Oberhaupt wäre es gut, wir heben die Tafel auf. Es dunkelt

---

13   Es sind dies Frondsbergs eigene Worte, die er zu Götz von Berlichingen sprach, und die dieser in seiner Geschichte, Seite 83, anführt.

draußen schon stark und der Wein wird zu mächtig. Dieterich Spät hat schon zweimal des Württembergers Tod ausgebracht, und die Franken dort unten sind nur noch nicht einig, ob man seine Schlösser niederbrennen oder verteilen soll.«

»Laßt sie immer«, lachte Waldburg bitter, »die Herren dürfen ja heute machen was sie wollen, Frondsberg wird ihnen doch das Wort reden.«

»Nein«, antwortete Ludwig Hutten; »wenn einer von so etwas reden darf, bin ich es, als der Bluträcher meines Sohnes; aber ehe noch der Krieg erklärt ist, müssen solche Reden unterbleiben. Mein Vetter Ulerich spricht mir auch zu heftig mit den Italienern, über den Mönch von Wittenberg, und er verschwatzt sich zu sehr, wenn er in Zorn geratet. Laßt uns aufbrechen.«

Frondsberg und Sickingen stimmten ihm bei, sie standen auf, und als die nächsten um sie her ihrem Beispiel folgten, war der Aufbruch allgemein.

32

IV.

Wollt ihr wissen was die Augen sein,
Womit ich sie sehe durch alle Land?
Es sind die Gedanken des Herzens mein,
Damit schau ich durch Mauer und Wand.

Walther von der Vogelweide

Georg hatte in dem Fenster, wohin er sich zurückgezogen, nicht so entfernt gestanden, daß er nicht jedes Wort der Streitenden gehört hätte.
Er freute sich der warmen Teilnahme, mit welcher Frondsberg sich des
unberühmten, verwaisten Jünglings angenommen hatte, zugleich aber
konnte er es sich nicht verbergen, daß sein erster Schritt in die kriegerische Laufbahn ihm einen mächtigen, erbitterten Feind zugezogen hatte.
Der Truchseß war zu bekannt im Heere wegen seines unversöhnlichen
Stolzes, als das Georg hätte glauben dürfen, Huttens vermittelnde und
besänftigende Worte haben jede Erinnerung an diesen Streit verlöscht,
und daß Männer von Gewicht, wie Waldburg, in solchen Fällen, der
vielleicht unschuldigen Ursache ihres Zornes die Schuld nicht erlassen,
war ihm aus manchen Fällen wohlbekannt. Ein leichter Schlag auf seine
Schulter unterbrach seine Gedanken und er sah, als er sich umwandte,
seinen freundlichen Nebensitzer, den Schreiber des Großen Rates vor
sich.

»Ich wette, Ihr habt Euch noch nach keinem Quartier umgesehen«,
sprach Dieterich von Kraft, »und es möchte Euch auch jetzt etwas schwer
werden, denn es ist bereits dunkel und die Stadt ist überfüllt.«

Georg gestand, daß er noch nicht daran gedacht habe, er hoffe aber,
in einer der öffentlichen Herbergen noch ein Plätzchen zu bekommen.

»Da möchte ich doch nicht so sicher darauf bauen«, entgegnete jener,
»und gesetzt, Ihr fändet auch in einer solchen Schenke einen Winkel, so
dürft Ihr doch sicherlich darauf rechnen, daß Ihr schlecht genug bedient
seid. Aber wenn Euch meine Wohnung nicht zu gering scheint, so steht
sie Euch mit Freuden offen.«

Der gute Ratsschreiber sprach mit so viel Herzlichkeit, daß Georg
nicht Anstand nahm, sein Anerbieten anzunehmen, obgleich er beinahe
befürchtete, die gastfreundliche Einladung möchte seinen Wirt gereuen,
wenn die gute Laune zugleich mit den Dünsten des Weines verflogen

sein werde. Jener aber schien über die Bereitwilligkeit seines Gastes hoch erfreut; er nahm mit einem herzlichen Handschlag seinen Arm und führte ihn aus dem Saal.

Der Platz vor dem Rathaus bot indes einen ganz eigenen Anblick dar. Die Tage waren noch kurz und die Abenddämmerung war über der Tafel unbemerkt hereingebrochen; man hatte daher Fackeln und Windlichter angezündet, ihr dunkelroter Schein erhellte den großen Raum nur sparsam und spielte in zitternden Reflexen an den Fenstern der gegenüberstehenden Häuser und auf den blanken Helmen und Brustharnischen der Ritter. Wildes Ruten nach Pferden und Knechten scholl aus der Halle des Rathauses, das Klirren der nachschleppenden Schwerter, das Hin- und Herrennen der vielen Menschen mischte sich in das Gebell der Hunde, in das Wiehern und Stampfen der ungeduldigen Rosse, eine Szene, die mehr einem in der Nacht vom Feinde überfallenen Posten, als dem Aufbruch von einem friedlichen Mahle glich.

Überrasche blieb Georg unter der Halle stehen. Der Anblick so vieler, fröhlicher Gesichter, der kräftigen Gestalten, die in jugendlichem Mute ansprengten, kühne Reiterkünste übten und dann singend und jubelnd in kleinen Haufen abzogen und in der Nacht verschwanden, dieser nächtliche, flüchtige Anblick erinnerte ihn, wie ungewiß, wie schnell auch diese Tage vorübergehen werden, wie alle diese fröhlichen Gesellen dem tiefen Ernste des Krieges entgegenziehen, wie mancher, noch ehe der Frühling völlig heraufginge, mit seinem Körper den grünenden Rasen decken werde. Wie sie gefallen sein werden, ohne mit ihrem Blute etwas eingelöst zu haben, als die Träne eines Kameraden und den kurzen Ruhm als brave Männer vor dem Feinde geblieben zu sein.

Unwillkürlich streifte sein Auge nach jener Seite hin, wo er seinen Kampfpreis wußte. Er sah dort viele Leute an den Fenstern stehen, aber der schwärzliche Rauch der Fackeln, der wie eine Wolke über den Platz hinzog, verhüllte die Gegenstände wie mit einem Schleier und ließ sie nur wie ungewisse Schatten sehen; unbefriedigt wandte er sein Auge ab. »So ist auch meine Zukunft«, sagte er zu sich, »das Jetzt ist helle, aber wie dunkel, wie ungewiß das Ziel!«

Sein freundlicher Wirt riß ihn aus diesem düstern Sinnen mit der Frage: wo seine Knechte mit seinen Pferden seien? Wenn der Platz, worauf sie standen, heller erleuchtet gewesen wäre, so hätte vielleicht der gute Kraft eine flüchtige aber brennende Röte, die bei dieser Frage über Georgs Wangen zog, bemerken können. »Ein junger Kriegsmann«, antwortete er schnell gefaßt, »muß sich so viel möglich selbst zu helfen wissen, daher habe ich keine Diener bei mir. Mein Pferd aber habe ich Breitensteins Knechten übergeben.«

Der Ratsschreiber lobte im Weiterschreiten die Strenge des jungen Mannes gegen sich selbst, gestand aber, daß er, wenn er einmal zu Feld ziehe, den Dienst nicht so strenge lernen werde. Ein Blick auf sein zierlich geordnetes Haar und den fein gekräuselten Bart, überzeugten Georg, daß sein Begleiter aus voller Seele spreche, und die zierliche, bequeme Wohnung, in welcher sie bald darauf anlangten, widersprach diesem Glauben nicht.

Das Hauswesen des Herrn von Kraft war eine sogenannte Junggesellenwirtschaft, denn Herrn Dieterichs Eltern waren längst abgeschieden, als er in das Mannesalter und zugleich in seinen Posten beim Großen Rat eintrat. Er hätte sich vielleicht längst um eine Genossin seiner Herrlichkeit umgesehen, wenn nicht die Anmut des Junggesellenlebens, der nicht zu verachtende Vorteil, von allen jungen Damen der Stadt als eine gute Partie (nach heutigen Begriffen) angesehen und honoriert zu werden, vor allem aber, wie man sich ins Ohr flüsterte, die entschiedene Abneigung, die seine alte Amme und Haushälterin vor einer jungen Gebieterin hegte, ihn immer von diesem Schritte abgehalten hätte.

Herr Dieterich hatte ein großes Haus nicht weit vom Münster, einen schönen Garten am Michelsberg, sein Hausgeräte war im besten Stande, die großen eichenen Kasten voll des köstlichsten Linnenzeuges, das die Kraftinnen und ihre Zofen seit vielen Generationen in den langen Winterabenden zusammengesponnen hatten, die eiserne Truhe im Schlafzimmer enthielt eine erkleckliche Anzahl von Goldgülden, Herr Dieterich selbst war ein hübscher, solider Herr, ging immer geschniegelt und gebügelt, mit gesetztem, anständigem Gang in den Rat, hatte einen guten Haus- und Ratverstand, war aus einer alten Familie, war es ein Wunder, wenn die ganze Stadt sein Leben pries und jedes hübsche Ulmer Stadtkind sich glücklich geschätzt hätte, in diesen bequem ausstaffierten Ehehimmel zu kommen?

Georg kamen übrigens diese Verhältnisse bei näherer Besichtigung nichts weniger als lockend vor. Die einzigen Hausgenossen des Ratsschreibers waren, ein alter grauer Diener, zwei große Katzen und die unförmlich dicke Amme. Diese vier Geschöpfe starrten den Gast mit großen, bedenklichen Augen an, die ihm bewiesen, wie ungewohnt ihnen ein solcher Zuwachs der Haushaltung sei. Die Katzen umgingen ihn schnurrend, mit gekrümmtem Rücken, die Amme schob unmutig an der ungeheuren Buckelhaube von Golddraht und fragte, ob sie für *zwei* Personen das Abendessen zurichten solle? Als sie aber nicht nur ihre Frage bestätigen hörte, sondern auch den Auftrag (man war ungewiß, war es Bitte oder Befehl) bekam, das Eckzimmer im zweiten Stock für den Gast zuzurüsten, da schien ihre Geduld erschöpft; sie ließ einen wütenden Blick auf ihren jungen Gebieter schießen und verließ mit ihrem Schlüsselbund rasselnd das Gemach. Georg hörte noch lange die hohltönenden Treppen unter ihren schweren Tritten erbeben, und die öde Stille des großen Hauses gab in vielfältigem Echo das Gepolter der Türen zurück, welche sie im Grimme hinter sich zuwarf.

Der graue Diener hatte indessen einen Tisch und zwei große Armstühle an den ungeheuren Ofen gerückt; den Tisch besetzte er mit einem schwarzen Kasten, stellte zu beiden Seiten desselben ein Licht und einen silbernen Becher mit Wein und entfernte sich dann, nachdem er einige leise Worte mit seinem Herrn gewechselt hatte. Herr Dieterich lud seinen Gast ein, an seiner gewöhnlichen Abendunterhaltung teilzunehmen. Er öffnete den schwarzen Kasten, es war ein Brettspiel.

Georg graute vor dieser Unterhaltung seines Gastfreundes, als er ihm erzählte, daß er seit seinem zehenten Jahre alle Abende mit der Amme an diesem Spiele sich ergötze. Wie öde, wie unheimlich kam ihm das ganze Haus vor. Das Rennen und Laufen der Amme hatte doch noch an Leben und Bewegung erinnert, jetzt aber lag Grabesstille über den weiten Gängen und Gemächern, nur zuweilen vom Knistern der Lichter, vom Ticken des Holzwurmes im schwärzlichen Getäfer und dem eintönigen Rollen der Würfel unterbrochen. Das Spiel hatte nie etwas Anziehendes für ihn gehabt, seine Gedanken waren auch ferne davon und die tiefe Melancholie der öden Gemächer und der Gedanke, nur wenige Straßen von ihr entfernt, doch den langersehnten Anblick der Geliebten entbehren zu müssen, breitete düstere Schatten über seine Seele. Nur die ungeheuchelte Freude Herrn Dieterichs, beinahe alle Spiele zu gewinnen, die seinem gutmütigen Gesicht etwas Angenehmes verlieh, entschädigte ihn für den Verlust der langsam hinschleichenden Stunden.

Mit dem Schlag der achten Stunde führte Dieterich seinen Gast zum Abendbrot, das die Amme trotz ihres Unmutes, trefflich bereitet hatte, denn sie wollte der Ehre des Kraftischen Hauses nichts vergeben. Hier öffnete auch der Ratsschreiber wieder die Schleusen seiner Beredsamkeit, indem er seinem Gaste das Mahl durch Gespräch zu würzen suchte.

Aber umsonst spähete dieser, ob er nicht von seinem schönen Mühmchen reden werde; nur *eine* Ausbeute bekam er, Kraft zählte unter den württembergischen Rittern, die in Ulm anwesend seien, auch den Ritter von Lichtenstein auf. Doch schon dieses Wort erweckte dankbare Gefühle gegen die Wendung seines Schicksales in ihm. Jetzt erst freute er sich, einer Partei beigetreten zu sein, die ihm sonst außer den berühmten Namen, die sie an der Spitze trug, ziemlich gleichgültig war. So aber hatte auch *ihr* Vater sich in dem Sammelplatze des Heeres eingefunden, und durfte er auch nicht hoffen, daß ihm das Glück vergönnen werde, an der Seite des teuren Mannes zu fechten, so trug er doch die Gewißheit in der Brust, ihm beweisen zu können, daß Georg von Sturmfeder nicht der letzte Kämpfer im Heere sei.

Der Hausherr führte ihn nach aufgehobener Tafel in sein Schlafgemach und schied von ihm mit einem herzlichen Glückwunsch für seine Ruhe. Georg sah sich das Gemach, das man ihm angewiesen hatte, näher an, und fand, daß es ganz zu dem öden Hause passe. Die runden, vom Alter geblendeten Scheiben der Fenster, das dunkle Täferwerk an Wand und Decke, der große weit vorspringende Ofen, selbst das ungeheure Bette mit breitem Himmel und steifen, schweren Gardinen, sie gewährten ein düsteres, beinahe trauriges Aussehen. Aber dennoch war alles zu seiner Bequemlichkeit eingerichtet. Frische, schneeweiße Linnen blinkten ihm einladend aus dem Bette entgegen, als er die Vorhänge zurückschlug; der Ofen verbreitete eine angenehme Wärme, eine Nachtlampe war an der Decke aufgehängt, und selbst der Schlaftrunk, ein Becher wohlgewürzten warmen Weines, war nicht vergessen. Er zog die Gardinen vor, und ließ die Bilder des vergangenen Tages an seiner Seele vorüberziehen. Geordnet und freundlich kamen sie anfangs vorüber, dann aber verwirrten sie sich, in buntem Gedränge führten sie seine Seele in das Reich der Träume, und nur ein teures Bild ging ihm heller auf, es war das Bild

der Geliebten.

V.

-Ist's kein Wahn?
Will der Holde, Vielgetreue,
Dem ich Herz und Leben weihe,
Heute noch zu Gruß und Kusse nahn?

F. Haug

Georg wurde am anderen Morgen durch ein bescheidenes Pochen an seiner Türe erweckt. Er schlug die Vorhänge seines Bettes zurück und sah, daß die Sonne schon ziemlich hoch stehe. Es wurde wieder und stärker gepocht, und sein freundlicher Wirt, schon völlig im Putz, trat ein. Nach den ersten Erkundigungen wie sein Gast geschlafen habe, kam Herr Dieterich gleich auf die Ursache seines frühen Besuches. Der Große Rat hatte gestern abend noch beschlossen, die Ankunft der Bundesgenossen auch durch einen Tanz zu feiern, der am heutigen Abend auf dem Rathause abgehalten werden sollte. Ihm, als dem Ratsschreiber, kam es zu, alles anzuordnen, was zu dieser Festlichkeit gehörte, er mußte die Stadtpfeifer bestellen, die ersten Familien feierlich und im Namen des Rates dazu einladen, er mußte vor allem zu seinen lieben Mühmchen eilen, um ihnen dieses seltene Glück zu verkündigen.

Er erzählte dies alles mit wichtiger Miene seinem Gaste und versicherte ihn, daß er vor dem Drang der Geschäfte nicht wisse, wo ihm der Kopf stehe. Doch Georg hatte nur für *eines* Sinn; er durfte hoffen, Marien zu sehen und zu sprechen, und darum hätte er gerne Herrn Dieterich für seine gute Botschaft an das freudig pochende Herz gedrückt.

»Ich sehe es Euch an«, sagte dieser, »die Nachricht macht Euch Freude und die Tanzlust leuchtet Euch schon aus den Augen. Doch Ihr sollt ein paar Tänzerinnen haben, wie Ihr sie nur wünschen könnt; mit meinen Bäschen sollt Ihr mir tanzen, denn ich bin ihr Führer bei solchen Gelegenheiten und werde es schon zu machen wissen, daß Ihr und kein anderer zuerst sie aufziehen sollet; und wie werden sie sich freuen, wenn ich ihnen einen so flinken Tänzer verspreche!« Damit wünschte er seinem Gast einen guten Morgen und ermahnte ihn, wenn er ausgehe, sein Haus zu merken und das Mittagessen nicht zu versäumen.

Herr Dieterich hatte als sehr naher Verwandter schon so frühe am Tag Zutritt im Hause des Herrn von Besserer, besonders heute, da ihn seine vielen Geschäfte bei diesem Morgenbesuche entschuldigten.

Er fand die Mädchen noch beim Frühstück. Wohl hätte dort manche unserer heutigen Damen ein elegantes Dejeuner von gemaltem Porzellain und den, nach den schönsten, antiken Vasen geformten Schokoladebecher vermißt. Aber, wenn es wahr ist, daß natürliche Anmut und Würde auch im geringsten Kleide sich dem Auge nicht verhüllen, so dürfen wir schon mit mehr Mut gestehen, daß Marie und die fröhliche Berta an jenem Morgen ein Biersüppchen verspeisten. Ob aber dieses Geständnis der ästhetischen Haltung dieser Damen nicht Eintrag tut? Es mag sein; wer übrigens Marien und Berta in dem weißen Morgenhäubchen, in dem reinlichen Hauskleide gesehen hätte, würde gewiß auch wie Vetter Kraft, Verlangen getragen haben, dieses Frühstück mit den holden Mädchen zu teilen.

»Ich sehe dir es an, Vetter«, begann Berta, »du möchtest gar zu gerne von unserer Suppe kosten, weil dir deine Amme heute einen Kinderbrei vorgesetzt hat; aber schlage dir diese Gedanken nur gleich aus dem Sinne; du hast Strafe verdient und mußt fasten –«

»Ach, wie wir so sehnlich auf Euch gewartet haben«, unterbrach sie Marie.

»Ja wohl«, fiel ihr Berta in die Rede, »aber bilde dir nur nicht ein, daß wir eigentlich *dich* erwarteten; nein, ganz allein deine Neuigkeiten.«

Der Ratsschreiber war schon gewohnt von Berta so empfangen zu werden; er wollte daher, um sie zu versöhnen, daß er nicht gestern abend noch ihre Neugierde befriedigt habe, seine Nachrichten in desto längerem Strome geben; aber Berta unterbrach ihn: »Wir kennen«, sagte sie, »deine breiten Erzählungen, und haben auch das meiste vom Erker aus selbst mit angesehen; von eurem Trinkgelage, wo es arg genug hergegangen sein soll, will ich auch nichts wissen, darum antworte mir auf meine Frage.« Sie stellte sich mit komischem Ernst vor ihn hin und fuhr fort: »Dieterich von Kraft, Schreiber eines wohledlen Rates, habt Ihr unter den Bündischen keinen jungen, überaus höflichen Herrn gesehen, mit langem hellbraunem Haar, einem Gesicht, nicht so milchweiß wie das Eure, aber doch nicht minder hübsch, kleinem Bart, nicht so zierlich wie der Eure, aber dennoch schöner, hellblauer Schärpe mit Silber...«

»Ach, das ist kein anderer als mein Gast«, rief Herr Dieterich, »er ritt einen großen Braunen, trug ein blaues Wams, an den Schultern geschlitzt und mit Hellblau ausgelegt?«

»Ja, ja, nur weiter«, rief Berta, »wir haben unsere eigenen Ursachen, uns nach ihm zu erkundigen.«

Marie stand auf und suchte ihr Nähzeug in dem Kasten, indem sie den beiden den Rücken zukehrte; aber die Röte, die alle Augenblicke auf ihren Wangen wechselte, ließ ahnen, daß sie kein Wort von Herrn Dieterichs Erzählung verlor.

»Nun das ist Georg von Sturmfeder«, fuhr der Ratschreiber fort; »ein schöner, lieber Junge. Sonderbar; auch ihr seid ihm gleich beim Einzug aufgefallen« – und nun erzählte er, was am Gastmahl vorgegangen sei, wie ihm der hohe Wuchs, das Gebietende und Anziehende in des Jünglings Mienen gleich anfangs aufgefallen, wie ihn der Zufall zu seinem Nachbar gemacht, wie er ihn immer lieber gewonnen und endlich in sein Haus geführt habe.

»Nun, das ist schön von dir, Vetter«, sagte Berta als er geendet hatte, und reichte ihm freundlich die Hand, »ich glaube, es ist das erstemal, daß du es wagst, Gäste zu haben. Aber das Gesicht der alten Sabine hätte ich sehen mögen, als Junker Dieter so spät noch einen Gast brachte.«

»Oh, sie war wie der Lindwurm gegen Sankt Georg; aber als ich ihr ganz verblümt zu verstehen gab, es könne wohl geschehen, daß ich bald eine meiner schönen Basen heimführen werde...«

»Ach, geh doch!« entgegnete Berta, indem sie ihm hoch errötend ihre Hand entreißen wollte; aber Herr Dieterich, dem sein Mühmchen noch nie so hübsch als in diesem Augenblicke geschienen hatte, drückte die weiche Hand fester, und Mariens ernsteres Bild verlor von Sekunde zu Sekunde an Gehalt, und die Waagschale der fröhlichen Berta, die jetzt in holder Verschämtheit vor ihm saß, stieg hoch in den Augen des glücklichen Ratschreibers.

Marie hatte indes schweigend das Gemach verlassen, und Berta ergriff mit Freuden diese Gelegenheit ein anderes Gespräch einzuleiten.

»Da geht sie nun wieder«, sagte sie und sah Marien nach, »und ich wollte darauf wetten, sie geht in ihre Kammer und weint. Ach, sie hat gestern wieder so heftig geweint, daß ich auch ganz traurig geworden bin.«

»Was hat sie nur?« fragte Dieterich teilnehmend.

»Ich habe so wenig wie früher die Ursache ihrer Tränen erfahren«, fuhr Berta fort, »ich habe gefragt und immer wieder gefragt, aber sie schüttelt dann nur den Kopf, als wenn ihr nicht zu helfen wäre; ›der unselige Krieg!‹ war alles, was sie mir zur Antwort gab.«

»So ist der Alte noch immer entschlossen, mit ihr nach Lichtenstein zurückzugehen?«

»Ja wohl«, war Bertas Antwort, »du hättest nur hören sollen, wie der alte Mann gestern beim Einzug auf die Bündischen schimpfte. Nun – er ist einmal seinem Herzog mit Leib und Seele ergeben, darum mag es ihm hingehen; aber sobald der Krieg erklärt ist, will er mit ihr abreisen.«

Herr Dieterich schien sehr nachdenklich zu werden; er stützte den Kopf auf die Hand und hörte seiner Muhme schweigend zu.

»Und denke«, fuhr diese fort, »da hat sie nun gestern nach dem Ein-ritte der Bündischen so heftig geweint. Du weißt, sie war zwar vorher schon immer ernst und düster, und ich habe sie an manchem Morgen in Tränen gefunden; aber als habe schon dieser Einzug über das ganze Schicksal des Krieges entschieden, so untröstlich gebärdete sie sich. Ich glaube Ulm liegt ihr nicht so am Herzen, aber ich vermute«, setzte sie geheimnisvoll hinzu, »sie hat eine heimliche Liebe im Herzen.«

»Ach freilich, ich habe es ja schon lange gemerkt«, seufzte Herr Diete-rich, »aber was kann ich denn davor?«

»Du? was du davor kannst?« lachte Berta, auf deren Gesicht bei diesen Worten alle Trauer verschwunden war; »nein! du bist nicht schuld an ihrem Schmerz. Sie war schon so, ehe du sie nur mit einem Auge gesehen hast!«

Der ehrliche Ratschreiber war sehr beschämt durch diese Versicherung. Er glaubte in seinem Herzen nicht anders, als der Abschied von ihm, gehe der armen Marie so nahe, und fast schien ihr wehmütiges Bild in seinem wankelmütigen Herzen wieder das Übergewicht zu bekommen. Berta aber ließ nicht ab, ihn mit seiner törichten Vermutung zu höhnen, bis ihm auf einmal der Zweck seines Besuches wieder einfiel, den er während des Gespräches ganz aus den Augen verloren hatte. Sie sprang mit einem Schrei der Freude auf, als ihr der Vetter die Nachricht von dem Abendtanz mitteilte.

»Marie, Marie!« rief sie in hellen Tönen, daß die Gerufene bestürzt und irgendein Unglück ahnend, herbeisprang. »Marie, ein Abendtanz auf dem Rathaus!« rief ihr die beglückte Berta schon unter der Türe entgegen.

Auch diese schien freudig überrascht von dieser Nachricht. »Wann? kommen die Fremden dazu?« waren ihre schnellen Fragen, indem ein hohes Rot ihre Wangen färbte, und aus dem ernsten Auge, das die kaum geweinten Tränen nicht verbergen konnte, ein Strahl der Freude drang.

Berta und der Vetter waren erstaunt über den schnellen Wechsel von Schmerz und Freude, und der letztere konnte die Bemerkung nicht unterdrücken, daß Marie eine leidenschaftliche Tänzerin sein müsse. Doch wir glauben, er habe sich hierin nicht weniger geirrt als wenn er Georg für einen Weinkenner hielt.

Als der Ratschreiber sah, daß er jetzt, wo die Mädchen sich in eine wichtige Beratung über ihren Anzug verwickelten, eine überflüssige Rolle spiele, empfahl er sich, um seinen wichtigeren Geschäften nachzugehen. Er beeilte sich, seine Anordnungen zu treffen, und die hohen Gäste und die angesehensten Häuser zu laden. Überall erschien er als ein Bote des Heils, denn wie die Sage erzählt, ist die Freude am Tanzen nicht erst in unseren Tagen über die Mädchen gekommen.

Auch seine Anordnungen waren bald getroffen. Es war noch nicht zum Grundsatz geworden, daß man nur in einer langen Reihe von Zimmern, bei flimmernden Lustres, umgeben von jenen unzähligen, unwesentlichen Dingen, welche die Mode als notwendig preist, fröhlich sein könne. Der Rathaussaal gab hinlänglichen Raum, und die kunstlosen Lampen, die an den Wänden aufgehängt waren, hatten bisher Helle genug verbreitet, die schönen Jungfrauen von Ulm in ihrer Pracht zu sehen.

Doch nicht seine Anordnungen allein waren dem Ratsschreiber gelungen, er hatte nebenbei auch manche geheime Nachricht erspäht, die bis jetzt nur der engere Ausschuß des Rates mit den Bundesobersten teilte.

Zufrieden mit dem Erfolg seiner vielen Geschäfte kam er gegen Mittag nach Hause und sein erster Gang war nach seinem Gaste zu sehen. Er traf ihn in sonderbarer Arbeit. Georg hatte lange in einem schöngeschriebenen Chronikbuch, das er in seinem Zimmer gefunden hatte, geblättert. Die reinlich gemalten Bilder, womit die Anfangsbuchstaben der Kapitel unterlegt waren, die Triumphzüge und Schlachtenstücke, welche mit kühnen Zügen entworfen, mit besonderem Fleiße ausgemalt, hin und wieder den Text unterbrachen, unterhielten ihn geraume Zeit. Dann fing er an, erfüllt von den kriegerischen Bildern, die er angeschaut hatte, seinen Helm und Harnisch, und das vom Vater ererbte Schwert zu reinigen und blank zu machen, indem er, zu großem Ärgernis der Frau Sabine, bald lustige bald ernstere Weisen dazu sang.

So traf ihn sein Gastfreund. Schon unten an der Treppe hatte er die angenehme Stimme des Singenden vernommen; er konnte sich nicht enthalten noch einige Zeit an der Türe zu lauschen, ehe er den Gesang unterbrach.

Es war eine jener ernsten, beinahe wehmütig tönenden Weisen, wie sie durch ihren innern Wert erhalten und fortgetragen, bis auf unsere Tage herabkamen. Noch heute leben sie in dem Munde der Schwaben, und oft und gerne haben wir, ergriffen von ihrer einfachen Schönheit, von den gehaltenen Klängen ihrer vollen Akkorde, an den lieblichen Ufern des Neckars sie belauscht.

Der Sänger begann von neuem:

»Kaum gedacht
War der Lust ein End gemacht.
Gestern noch auf stolzen Rossen,
Heute durch die Brust geschossen,
Morgen in das kühle Grab.

Doch was ist
Aller Erden Freud und Lüst'.
Prangst du gleich mit deinen Wangen,
Die wie Milch und Purpur prangen,
Sieh, die Rosen welken all.

Darum still
Geb ich mich, wie Gott es will.
Und wird die Trompete blasen,
Und muß ich mein Leben lassen,
Stirbt ein braver Reitersmann.«

»Wahrlich, Ihr habt eine schöne Stimme«, sagte Herr von Kraft, als er in das Gemach eintrat, »aber warum singet Ihr so traurige Lieder? Ich kann mich zwar nicht mit Euch messen, aber was ich singe, muß fröhlich sein, wie es einem jungen Mann von achtundzwanzig geziemt.«

Georg legte sein Schwert auf die Seite und bot seinem Gastfreunde die Hand. »Ihr mögt recht haben«, sagte er, »was Euch betrifft; aber wenn man zu Feld reitet wie wir, da hat ein solches Lied große Gewalt und Trost, denn es gibt auch dem Tode eine milde Seite.«

»Nun, das ist ja gerade was ich meine«, entgegnete der Schreiber des Großen Rates, »wozu soll man das auch noch in schönen Verslein besingen, was leider nur zu gewiß nicht ausbleibt. Man soll den Teufel nicht an die Wand malen, sonst kommt er, sagt ein Sprüchwort; übrigens hat es damit keine Not, wie jetzt die Sachen stehen.«

»Wie? ist der Krieg nicht entschieden?« fragte Georg neugierig. »Hat der Württemberger Bedingungen angenommen?«

»*Dem* macht man gar keine mehr«, antwortete Dieterich mit wegwerfender Miene, »er ist die längste Zeit Herzog gewesen, jetzt kommt das Regieren auch einmal an uns. Ich will Euch etwas sagen«, setzte er wichtig und geheimnisvoll hinzu, »aber bis jetzt bleibt es noch unter uns; die Hand darauf. Ihr meint der Herzog habe 14000 Schweizer? Sie sind wie weggeblasen. Der Bote, den wir nach Zürch und Bern geschickt haben, ist zurück; was von Schweizern bei Blaubeuren und auf der Alb liegt – muß nach Haus.«

»Nach Haus zurück?« rief Georg erstaunt, »haben die Schweizer selbst Krieg?«

»Nein«, war die Antwort, »sie haben tiefen Frieden, aber kein Geld; glaubt mir, ehe acht Tage ins Land kommen, sind schon Boten da, die das ganze Heer nach Haus zurückrufen.«

»Und werden sie gehen?« unterbrach ihn der Jüngling, »sie sind auf ihre eigene Faust dem Herzog zu Hülfe gezogen, wer kann ihnen gebieten, seine Fahnen zu verlassen?«

»Das weiß man schon zu machen; glaubt Ihr denn, wenn an die Schweizer der Ruf kommt, bei Verlust ihrer Güter und bei Leib- und Lebensstrafe nach Haus zu eilen[14], sie werden bleiben? Ulerich hat zuwenig Geld, um sie zu halten, denn auf Versprechungen dienen sie nicht.«

»Aber ist dies auch ehrlich gehandelt«, bemerkte Georg, »heißt das nicht dem Feinde, der in ehrlicher Fehde mit uns lebt, die Waffen stehlen und ihn dann überfallen?«

»In der Politica, wie wir es nennen«, gab der Ratschreiber zur Antwort, und schien sich dem unerfahrenen Kriegsmann gegenüber kein geringes Ansehen geben zu wollen, »in der Politica wird die Ehrlichkeit höchstens

43

---

14 Die Eidgenossen verboten zuerst nur die Werbungen des Herzogs in ihren Landen, wie aus Sattler, Beilage Nr. 8 zum zweiten Teil der Herzoge erhellt. Nachher riefen sie ihre Leute ganz zurück, und zwar auf die Vorstellungen des Schwäbischen Bundes.

zum Schein angewandt; so werden die Schweizer z.B. dem Herzog erklären, daß sie sich ein Gewissen daraus machen, ihre Leute gegen die freien Städte dienen zu lassen; aber die Wahrheit ist, daß wir dem großen Bären mehr Goldgülden in die Tatze drückten als der Herzog.«

»Nun, und wenn die Schweizer auch abziehen«, sagte Georg, »so hat doch Württemberg noch Leute genug, um keinen Hund über die Alb zu lassen.«

»Auch dafür wird gesorgt«, fuhr der Schreiber in seiner Erläuterung fort, »wir schicken einen Brief an die Stände von Württemberg, und ermahnen sie, das unleidliche Regiment ihres Herzogs zu bedenken, demselben keinen Beistand zu tun, sondern dem Bunde zuzuziehen.«[15]

»Wie?« rief Georg mit Entsetzen, »das hieße ja den Herzog um sein Land betrügen; wollt Ihr ihn denn zwingen, der Regierung zu entsagen, und sein schönes Württemberg mit dem Rücken anzusehen?«

»Und Ihr habt bisher geglaubt, man wolle nichts weiter als etwa Reutlingen wieder zur Reichsstadt machen? Von was soll denn Hutten seine 42 Gesellen und ihre Diener besolden? Wovon denn Sickingen seine 1000 Reiter und 12000 zu Fuß, wenn er nicht ein hübsches Stückchen Land damit erkämpft? Und meint Ihr, der Herzog von Bayern wolle nicht auch sein Teil? Und wir? Unsere Markung grenzt zunächst an Württemberg –«

»Aber die Fürsten Teutschlands«, unterbrach ihn Georg ungeduldig, »meint Ihr, sie werden es ruhig mit ansehen, daß Ihr ein schönes Land in kleine Fetzen reißet? Der Kaiser, wird er es dulden, daß Ihr einen Herzog aus dem Lande jagt?«

Auch dafür wußte Herr Dieterich Rat. »Es ist kein Zweifel, daß Karl seinem Vater als Kaiser folgt; ihm selbst bieten wir das Land zur Obervormundschaft an, und wenn Österreich seinen Mantel darauf deckt, wer kann dagegen sein? Doch, sehet nicht so düster aus; wenn Euch nach Krieg gelüstet, da kann Rat dazu werden. Der Adel hält noch zum Herzog, und an seinen Schlössern wird sich noch mancher die Zähne einbrechen. Wir verschwatzen übrigens das Mittagsmahl, kommt bald nach, daß wir erfahren was Frau Sabina uns gekocht hat.« Damit verließ der Schreiber des Großen Rates von Ulm, so stolzen Schrittes, als wäre

15 Ein gedrucktes Schreiben »des Bundes zu Schwaben an gemeine Landschaft zu Württemberg« dieses Inhaltes vom 24. Mart. 1519 findet sich in der Beilage Nr. 12 bei Sattler.

er selbst schon Obervormund von Württemberg, das Zimmer seines Gastes.

Georg sandte ihm nicht die freundlichsten Blicke nach. Zürnend schob er seinen Helm, den er noch vor einer Stunde mit so freudigem Mute zu seinem ersten Kampf geschmückt hatte, in die Ecke; mit Wehmut betrachtete er sein altes Schwert, diesen treuen Stahl, den sein Vater in manchem guten Streite geführt, den er sterbend seinem verwaisten Knaben als einziges Erbe vom Schlachtfeld gesendet hatte. »Ficht ehrlich«, war das Symbolum, das der Waffenschmied in die schöne Klinge gegraben hatte, und er sollte sie für eine Sache führen, die ihre Ungerechtigkeit an der Stirne trug? Wo er der Kriegskunst erfahrener Männer, der Tapferkeit des einzelnen die Entscheidung zutraute, da sollten geheime Ränke, die Politica, wie Herr Dieterich sich ausdrückte entscheiden? Wo ihn der fröhliche Glanz der Waffen, die Aussicht auf Ruhm gelockt hatte, da sollte er nur den habgierigen Planen dieser Menschen dienen? Ein altes Fürstenhaus, dem seine Ahnen gerne gedient hatten, sollte er von diesen Spießbürgern vertreiben sehen? Unerträglich wollte ihm auch 45 der Gedanke scheinen, von diesem Kraft sich belehren lassen zu müssen.

Doch dem Unmut über seinen gutmütigen Wirt, konnte er nicht lange Raum geben, wenn er bedachte, daß ja jene Plane nicht in seinem Kopfe gewachsen seien; und daß Menschen, wie dieser politische Ratschreiber, wenn sie einmal ein Geheimnis, einen großen Gedanken in Erfahrung gebracht haben, ihn hegen und pflegen wie ihren eigenen; daß sie sich mit dem adoptierten Kinde brüsten, als wäre es Minerva und aus ihrem eigenen, harten Kopfe entsprungen.

Mit milderen Gedanken kam er zu seinem Gastfreund, als man ihn zu Tisch rief.

Ja, die ganze Ansicht der Dinge wurde ihm nach einigen Stunden bei weitem erträglicher, als er sich erinnerte, daß ja auch Mariens Vater dieser Partei folge; es war ihm, als möchte die Sache doch nicht so schwarz sein, welcher Männer, wie Frondsberg ihre Dienste geliehen.

> Schnell fertig ist die Jugend mit dem Wort,
> Das schnell sich handhabt wie des Messers Schneide –
> – Gleich heißt ihr alles schändlich oder würdig,
> Bös oder gut. –

Dieses wahre Wort des Dichters möge die Gesinnung Georgs bezeichnen, die Gesinnung Georgs, der vielleicht allzuschnell seine Ansicht über jene Dinge änderte. Und wie die düsteren Falten des Unmuts, auf einer jugendlichen Stirne sich schneller glätten, wie selbst schmerzliche Eindrücke in des Jünglings Seele von freundlichen Bildern leicht verdrängt werden, so erhellte auch Georgs Seele der freudige Gedanke an den Abend.

Man hat uns erzählt, daß unter die schönsten Stunden im Leben der Liebe, die gehören, wo die Erwartung sich an schöne Erinnerungen knüpft. Der Geist seie da ahnungsvoller, das Herz gehobener. So mochte auch Georg fühlen. Er träumte von den schönen Augenblicken, wo es ihm vergönnt sein werde, die Geliebte zu sehen, sie zu sprechen, ihre Hand zu fassen und in ihrem Auge zu lesen.

VI.

Und als er sie schwingt nun im luftigen Reigen,
Da flüstert sie leise, sie kann's nicht verschweigen.

L. Uhland

Wenn es möglich gewesen wäre, auf einem Trödelmarke oder in der
Auktion eines Antiquars ein »Taschenbuch zum geselligen Vergnügen,
mit neuen Tanztouren vom Jahr 1519« aufzufinden, wir hätten nicht
leicht so angenehm überrascht werden können, als durch einen Fund
ähnlicher Art, den uns der Zufall in die Hände spielte.

Wir waren nämlich in vorliegender Historie bis an dieses Kapitel gekommen, das um der Sage zu folgen, von einem Abendtanz handeln
soll; da fiel uns mit einem Male der Gedanke schwer aufs Herz, daß wir
ja nicht einmal wissen, wie und was man in jenen Zeiten getanzt habe.

Wir hätten zwar schlechthin sagen können, »sie tanzten«; aber wie
leicht wäre es geschehen gewesen, daß eine unserer freundlichen Leserin-
nen einen Anachronismus gemacht, und etwa Georg von Frondsberg in
ihren Gedanken einen Cotillon hätte vortanzen lassen. In dieser Verlegenheit stießen wir auf das sehr selten gewordene Buch: »Vom Anfang,
Ursprung und Herkommen der Turniere im heiligen römischen Reich.
Frankfurt 1564.« Wir fanden in diesem teuren Folianten, unter andern
trefflichen Holzschnitten einige, die einen solchen Abendtanz vorstellten,
wie er zu Zeiten Kaiser Maximilians, etwa ein Jahr vor dieser Historie,
gehalten wurde.

Wir dürfen beinahe mit Gewißheit annehmen, daß der Abendtanz im
Ulmer Rathaussaal sich in nichts von jenem angeführten unterschied,
und man wird sich den deutlichsten Begriff eines solchen Vergnügens
machen, wenn wir eines dieser Bilder beschreiben.

Den Vordergrund nehmen Zuschauer und die Pfeifer, Trommler und
Trompeter ein, die, nach dem Ausdrucke des Turnierbuches, »eins auf-
blasen«. Zu beiden Seiten, mehr dem Hintergrunde zu, steht die tanzlu-
stige Jugend, in reiche schwere Stoffe gekleidet. In unseren Tagen siehet
man bei solchen Gelegenheiten nur zwei Grundfarben, Schwarz und
Weiß, worein sich die Herren und Damen, wie in Nacht und Tag geteilt
haben; anders zu jenen Zeiten. Ein überraschender Glanz der Farben
strahlt uns aus jenem Bilde entgegen. Das herrlichste Rot vom brennend-

sten Scharlach bis zum dunkelsten Purpur, jenes brennende Blau, das uns noch heute an den Gemälden alter Meister überrascht, sind die freudigen Farben ihrer malerisch drapierten Gewänder. Die Mitte der Szene nimmt der eigentliche Tanz ein. Er hat am meisten Ähnlichkeit mit der Polonaise, denn er ist ein Umzug im Saale. Den Zug eröffnen vier Trompeter mit langen Wappenfahnen an den Instrumenten; diesen folgt der Vortänzer und seine Dame, diese Stelle begleitet bei jedem Tanze wieder ein anderer, und es entschied hiebei nicht die Geschicklichkeit, sondern der Rang des Tänzers. Auf diese folgen zwei Fackelträger und dann Paar um Paar der lange Zug der Tanzenden. Die Damen schreiten ehrbar und züchtig einher, die Männer aber setzen ihre Füße wunderlich, wie zu kühnen Sprüngen, einige scheinen auch mit den Absätzen den Takt zu stampfen, wie wir auf jeder Kirchweihe in Schwaben noch heutzutage sehen können.

So war der Abendtanz zu Ulm. Man blies schon längst zum ersten auf, als Georg von Sturmfeder in den Rathaussaal eintrat. Seine Blicke schweiften durch die Reihen der Tanzenden, und endlich trafen sie Marien. Sie tanzte mit einem jungen, fränkischen Ritter seiner Bekanntschaft, schien aber der eifrigen Rede, die er an sie richtete, nicht Gehör zu geben. Ihr Auge suchte den Boden, ihre Miene konnte Ernst, beinahe Trauer ausdrücken; ganz anders als die übrigen Fräulein, die in der wahren Tanzseligkeit schwimmend, ein Ohr der Musik, das andere dem Tänzer liehen, und die freundlichen Augen bald ihren Bekannten, um den Beifall in ihren Mienen zu lesen, bald ihren Tänzern zuwandten, um zu prüfen, ob ihre Aufmerksamkeit auch ganz gewiß auf sie gerichtet sei?

In gehaltenen Tönen hielten jetzt die Zinken und Trompeten aus und endeten; Herr Dieterich Kraft hatte seinen Gastfreund bemerkt und kam ihn, wie er versprochen, zu seinen Muhmen zu führen. Er flüsterte ihm zu, daß er selbst schon für den nächsten Tanz mit Bäschen Berta versagt sei, doch habe er soeben um Mariens Hand für seinen Gast geworben.

Beide Mädchen waren auf die Erscheinung des ihnen so interessanten Fremden vorbereitet gewesen, und dennoch bedeckte die Erinnerung dessen, was sie über ihn gesprochen, Bertas angenehme Züge mit hoher Glut, und die Verwirrung, in welche sie sein Anblick versetzte, ließ sie nicht bemerken, welches Entzücken ihm aus Mariens Auge entgegenstrahlte, wie sie bebte, wie sie mühsam nach Atem suchte, wie ihr selbst die Sprache ihre Dienste zu versagen schien.

»Da bringe ich euch Herrn Georg von Sturmfeder, meinen lieben Gast«, begann der Ratschreiber, »der um die Gunst bittet, mit euch zu tanzen.«

»Wenn ich nicht schon diesen Tanz an meinen Vetter zugesagt hätte«, antwortete Berta schneller gefaßt als ihre Base, »so solltet Ihr ihn haben, aber Marie ist noch frei, die wird mit Euch tanzen.«

»So seid Ihr noch nicht versagt, Fräulein von Lichtenstein?« fragte Georg, indem er sich zu der Geliebten wandte.

»Ich bin an Euch versagt«, antwortete Marie. So hörte er denn zum ersten Male wieder die Stimme, die ihn so oft mit den süßesten Namen genannt hatte, er sah in diese treuen Augen, die ihn noch immer so hold anblickten, wie vormals.

Die Trompeten schmetterten in den Saal; der Oberfeldlieutenant Waldburg Truchseß, dem man den zweiten Tanz gegeben hatte, schritt mit seiner Tänzerin vor, die Fackelträger folgten, die Paare ordneten sich, und auch Georg ergriff Mariens Hand und schloß sich an. Jetzt suchten ihre Blicke nicht mehr den Boden, sie hingen an denen des Geliebten; und dennoch wollte es ihm scheinen, als mache sie dieses Wiedersehen nicht so glücklich wie ihn, denn noch immer lag eine düstere Wolke von Schwermut oder Trauer um ihre Stirne. Sie sah sich um, ob Dieterich und Berta, das nächste Paar nach ihnen, nicht allzu nahe sei. – Sie waren ferne.

»Ach Georg«, begann sie, »welch unglücklicher Stern hat dich in dieses Heer geführt!«

»Du warst dieser Stern, Marie«, sagte er, »dich habe ich auf dieser Seite geahnet, und wie glücklich bin ich, daß ich dich fand! Kannst du mich tadeln, daß ich die gelehrten Bücher beiseite legte und Kriegsdienste nahm? Ich habe ja kein Erbe als das Schwert meines Vaters; aber mit diesem Gute will ich wuchern, daß der deinige sehen soll, daß seine Tochter keinen Unwürdigen liebt.«

»Ach Gott; du hast doch dem Bunde noch nicht zugesagt?« unterbrach sie ihn.

»Ängstige dich doch nicht so, mein Liebchen, ich habe noch nicht völlig zugesagt; aber es muß nächster Tage geschehen. Willst du denn deinem Georg nicht auch ein wenig Kriegsruhm gönnen; warum magst du um mich so bange haben? Dein Vater ist alt und zieht ja doch auch mit aus.«

»Ach, mein Vater, mein Vater!« klagte Marie, »er ist ja – doch brich ab, Georg, brich ab – Berta belausche uns; aber ich muß dich morgen sprechen, ich *muß* , und sollte es meine Seligkeit kosten. Ach! wenn ich nur wüßte wie?«

»Was ängstigt dich denn nur so?« fragte Georg, dem es unbegreiflich war, wie Marie statt sich der Freude des Wiedersehens hinzugeben, nur an die Gefahren dachte, denen er entgegengehe? »Du stellst dir die Gefahren größer vor als sie sind«, flüsterte er ihr tröstend zu: »Denke an nichts, als daß wir uns jetzt wiederhaben, daß ich deine Hand drücken darf, daß Auge in Auge sieht wie sonst. Genieße jetzt die Augenblicke, sei heiter!«

»Heiter? o diese Zeiten sind vorbei, Georg! höre und sei standhaft – mein Vater ist nicht bündisch!«

»Jesus Maria! was sagst du«, rief der Jüngling und beugte sich, als habe er das Wort des Unglücks nicht gehört, herab zu Marien; »o sage, ist denn dein Vater nicht hier in Ulm?«

Sie hatte sich stärker geglaubt; sie konnte nicht mehr sprechen; bei dem ersten Laut wären ihre Tränen unaufhaltsam geflossen; sie antwortete nur durch einen Druck der Hand, und ging mit gesenktem Haupt nach Kraft suchend, ihren Schmerz zu bekämpfen, neben Georg her. Endlich siegte der starke Geist dieses Mädchens über die Schwäche ihrer Natur, die einem so großen, tiefen Kummer beinahe erlegen wäre. »Mein Vater«, flüsterte sie, »ist Herzog Ulerichs wärmster Freund, und sobald der Krieg entschieden ist, führt er mich heim auf den Lichtenstein!«

Betäubend wirbelten jetzt die Trommeln, in volleren Tönen schmetterten die Trompeten, sie begrüßten den Truchseß, der eben an dem Musikchor vorüberzog; er warf ihnen, wie es Sitte war, einige Silberstücke zu, und von neuem erhob sich ihr betäubender Jubel.

Das leise Gespräch der Liebenden verstummte vor der rauhen Gewalt dieser Töne, aber ihr Auge hatte sich in diesem Schiffbruch ihrer Liebe um so mehr zu sagen, und sie bemerkten nicht einmal wie ein Geflüster über sie im Saal erging, das sie als das schönste Paar pries.

Aber nur *zu* wohl hatte Berta diese Bemerkungen der Menge gehört. Sie war zu gutmütig, als daß Neid darüber in ihre Seele gekommen wäre, aber sie setzte sich doch im Geiste an Mariens Platz, und fand, daß man vielleicht das Paar nicht minder schön gefunden hätte. Auch das Gespräch, das zwischen den beiden begonnen hatte, fiel ihr auf. Die ernste Base, die selten oder nie mit einem Mann lange sprach, schien mehr und angelegentlicher zu reden, als ihr Tänzer. Die Musik hinderte sie zu verstehen, was gesprochen wurde; die Neugierde, die man vielleicht nicht mit Unrecht jungen Mädchen ausschließlich zuschreibt, wurde in ihr rege, sie zog ihren Tänzer näher an das vordere Paar, um – ein wenig zu lauschen; aber war es Zufall oder Absicht, das Gespräch verstummte als sie näher kam, oder wurde so leise geführt, daß sie nichts davon verstand.

Ihr Interesse an dem schönen, jungen Mann wuchs mit diesen Hindernissen; noch nie war ihr der gute Vetter Kraft so lästig geworden, als in diesen Augenblicken; denn die zierlichen Redensarten, womit er ihr Herz zu umspinnen gedachte, verhinderten sie, jene genauer zu beobachten. Sie war froh, als endlich der Tanz sich endigte. Denn sie durfte hoffen, daß der nächste an des jungen Ritters Seite desto angenehmer für sie sein werde.

Sie täuschte sich nicht in ihrer Hoffnung Georg kam, sie um den nächsten Tanz zu bitten, der auch so gleich begann, und sie hüpfte fröhlich an seiner Seite in die Reihen. Aber es war nicht mehr derselbe, der vorhin mit Marien so freundlich gesprochen hatte. Verstört, einsilbig, in tiefe Gedanken versunken, war der junge Mann an ihrer Seite, und es war nur zu sichtbar, daß er sich immer erst wieder sammeln mußte, wenn er eine ihrer Fragen beantworten sollte.

War dies jener »höfliche Reiter«, welcher sie, ohne daß sie sich je gesehen hatten, so freundlich grüßte? War es derselbe, welcher so heiter, so fröhlich war, als ihn Vetter Kraft zu ihnen führte? Derselbe, der mit Marien so eifrig sich unterredet hatte? Oder sollte diese – –? ja es war klar. Marie hatte ihm besser gefallen, ach! vielleicht weil sie die erste war, die mit ihm tanzte. Je weniger Berta gewohnt war, sich der ernsten Marie nachgesetzt zu sehen, um so mehr befremdete sie dieser Sieg ihrer Base, um so mehr glaubte sie sich beeifern zu müssen, ihren Rang, ihre Gaben geltend zu machen. Sie setzte daher mit ihrer heiteren Geschwätzigkeit das Gespräch über den bevorstehenden Krieg, das sie mit Mühe angesponnen hatte, fort, als sie nach Beendigung des Tanzes zu Marie und dem Ratsschreiber traten. »Nun? und der wievielte Feldzug ist es denn, Herr von Sturmfeder, dem Ihr jetzt beiwohnet?«

»Es ist mein erster«, antwortete dieser kurz abgebrochen, denn er war unmutig darüber, daß jene ihn noch immer im Gespräch halte, da er mit Marie so gerne gesprochen hätte.

»Euer erster?« entgegnete Berta verwundert, »Ihr wollt mir etwas weismachen, da habt Ihr ja schon eine mächtige Narbe auf der Stirne.«

»Die bekam ich auf der hohen Schule«, antwortete Georg.

»Wie? Ihr seid ein Gelehrter?« fragte jene eifrig weiter. »Nun, und da seid Ihr gewiß recht weit weg gewesen; etwa in Padua oder Bologna, oder gar bei den Ketzern in Wittenberg.«

»Nicht so weit als Ihr meint«, entgegnete er, indem er sich zu Marien wandte; »ich war in Tübingen.«

»In Tübingen?« rief Berta voll Verwunderung. Wie ein Blitz erhellte dies einzige Wort, alles was ihr bisher dunkel war, und ein Blick auf Marien, die mit niedergeschlagenen Augen, mit der Röte der Scham auf den Wangen, vor ihr stand, überzeugte sie, daß die lange Reihe von Schlüssen, die sich an jenes Wort anschlossen, ihren nur zu sicheren Grund haben. Jetzt war ihr auf einmal klar, warum sie der artige Reiter begrüßte, warum Marie weinte, die ihn gewiß gerne auf der feindlichen Seite gesehen hätte, warum er so viel mit jener gesprochen, warum er bei ihr selbst so einsilbig war. Es war keine Frage, sie kannten sich, sie mußten sich längst gekannt haben.

Beschämung war das erste Gefühl, das bei dieser Entdeckung Bertas Herz bestürmte, sie errötete vor sich selbst, wenn sie sich gestand, nach der Aufmerksamkeit eines Mannes gestrebt zu haben, dessen Seele ein ganz anderer Gegenstand beschäftigte. Unmut über Mariens Heimlichkeit verfinsterte ihre Züge. Sie suchte Entschuldigung für ihr eigenes Betragen, und fand sie nur in der Falschheit ihrer Base. Hätte diese ihr gestanden, in welchem Verhältnis sie zu dem jungen Manne stehe, sie hätte ihr nie ihre Teilnahme an ihm gezeigt, er wäre ihr dann, meinte sie, höchst gleichgültig geblieben, sie hätte nie diese Beschämung erfahren. Wir haben es von guter Hand, daß junge Damen große Beleidigungen, tiefere Schmerzen im Gefühl ihrer Würde mit Anstand zu ertragen wissen; daß sie aber oft, wenn es sich um geringe Dinge handelt, nicht Gleichmut genug besitzen, um das Wahre vom Falschen zu unterscheiden, nicht Großmut genug, um zu vergessen.

Berta hat an diesem Abend den unglücklichen jungen Mann keines Blickes mehr gewürdigt, was ihm übrigens über dem größeren Schmerz, der seine Seele beschäftigte, völlig entging. Sein Unglück wollte es auch, daß er nie mehr Gelegenheit fand, Marien wieder allein und ungestört zu sprechen; der Abendtanz ging zu Ende, ohne daß er über Mariens Schicksal und über die Gesinnungen ihres Vaters gewisser wurde, und

Marie fand kaum noch auf der Treppe Gelegenheit ihm zuzuflüstern, er möchte morgen in der Stadt bleiben, weil sie vielleicht irgendeine Gelegenheit finden würde, ihn zu sprechen.

Verstimmt kamen die beiden Schönen nach Hause. Berta hatte auf alle Fragen Mariens kurze Antwort gegeben, und auch diese, sei es, daß sie ahnete, was in ihrer Freundin vorgehe, sei es, weil sie selbst ein großer Schmerz beschäftigte, war nach und nach immer düsterer, einsilbiger geworden.

Aber auf beiden lastete die Störung ihres bisherigen freundschaftlichen Verhältnisses erst recht schwer, als sie ernst und schweigend in ihr Gemach traten. Sie hatten sich bisher alle jene kleinen Dienste geleistet, welche junge Mädchen nur noch zu engerer Freundschaft verbinden. Wie ganz anders war es heute! Berta hatte die silberne Nadel aus dem reichen blonden Haar gezogen, daß es in langen Ringellocken über den schönen Nacken herabströmte. Sie versuchte, es unter das Nachthäubchen zu stecken; ungewohnt, diese Arbeit ohne Mariens Hülfe zu verrichten, kam sie nicht damit zustande, aber zu stolz, ihre Feindin, wie sie Marien in ihrem Sinne nannte, ihre Verlegenheit merken zu lassen, warf sie das Häubchen in die Ecke und ergriff ein Tuch, um es um das Haar zu winden.

Schweigend nahm Marie das verworfene Häubchen wieder auf, und trat hinzu, das Haar ihrer Base nach gewohnter Weise zu ordnen und aufzubinden.

»Hinweg, du Falsche!« rief die erzürnte Berta, indem sie die hilfreiche Hand zurückstieß.

»Berta, hab ich dies um dich verdient?« sprach Marie mit Ruhe und Sanftmut. »O wenn du wüßtest, wie unglücklich ich bin, du würdest sanfter gegen mich sein!«

»Unglücklich?« lachte jene laut auf, »unglücklich; vielleicht weil der artige Herr nur einmal mit dir tanzte?«

»Du bist recht hart, Berta«, antwortete Marie, »du bist böse auf mich, und sagst mir nicht einmal warum?«

»So? Du willst also nicht wissen, daß du mich betrogen hast? nicht wissen, wie mich deine Heimlichkeiten dem Spott und der Beschämung aussetzen? Ich hätte nie geglaubt, daß du so schlecht, so falsch an mir handeln würdest!«

Von neuem erwachte in Berta das kränkende Gefühl, sich hintangesetzt zu sehen; ihre Tränen strömten, sie legte die heiße Stirne in die Hand und die reichen Locken flossen über ihr zusammen und verhüllten die Weinende.

Tränen sind die Zeichen milderen Schmerzens; Marie kannte diese Tränen und fuhr mit mehr Vertrauen fort: »Berta! Du schiltst meine Heimlichkeit; ich sehe du hast erraten, was ich nie von selbst sagen konnte. Setze dich selbst in meine Lage; ach, du selbst, so heiter und offen du bist, du selbst hättest mir dein Geheimnis nicht vertrauen können. Aber jetzt ist es ja aus; du weißt, was meine Lippen auszusprechen sich scheuten; ich liebe ihn, ja ich werde geliebt, und nicht erst von gestern her. Willst du mich hören? darf ich dir alles sagen?«

Bertas Tränen flossen noch immer; sie antwortete nicht auf jene Fragen, aber Marie hub an zu erzählen, wie sie Georg im Hause der seligen Muhme kennengelernt habe; wie sie ihm gut gewesen, lange ehe er ihr seine Liebe gestanden; alle jene schönen Erinnerungen lebten in ihr auf, mit glühenden Wangen, mit strahlendem Auge führte sie die Vergangenheit herauf; sie erzählte von so mancher schönen Stunde, vom Schwur ihrer Treue, von ihrem Abschied. »Und jetzt«, fuhr sie mit wehmütigem Lächeln fort, »jetzt hat ihn dieser unglückliche Krieg auf diese Seite geführt; er hört, wir seien hier in Ulm, er glaubt nicht anders, als mein Vater sei dem Bunde beigetreten, er hofft, mich durch sein Schwert zu verdienen, denn er ist arm, recht arm! O Berta, du kennst meinen Vater; er ist so gut, aber auch so strenge, wenn etwas seiner Meinung widerspricht. Wird er einem Manne seine Tochter geben, der sein Schwert gegen Württemberg gezogen hat? Siehe, das waren meine Tränen! Ach, ich wollte dir so oft sagen, warum sie fließen, aber eine unbesiegbare Scham schloß meine Lippen; kannst du mir noch zürnen? Muß ich mit dem Geliebten auch die Freundin verlieren?«

Auch Mariens Tränen flossen, und Berta fühlte den eigenen Schmerz von dem größern Kummer der Freundin besiegt. Sie umarmte Marien schweigend und weinte mit ihr.

»In den nächsten Tagen«, fuhr diese fort, »will mein Vater Ulm verlassen, und ich muß ihm folgen. Aber noch einmal muß ich Georg sprechen, nur ein Viertelstündchen; Berta, du kannst gewiß Gelegenheit geben; nur ein ganz kleines Viertelstündchen!«

»Du willst ihn doch nicht der guten Sache abwendig machen?« fragte Berta.

»Was nennst du die gute Sache?« antwortete Marie. »Des Herzogs Sache ist vielleicht nicht minder gut als die eure; du sprichst so, weil ihr bündisch seid; ich bin eine Württembergerin, und mein Vater ist seinem Herzoge treu. Doch sollen wir Mädchen über den Krieg entscheiden? Laß uns lieber auf Mittel sinnen, ihn noch einmal zu sehen.«

Berta hatte über der Teilnahme, mit welcher sie der Geschichte ihrer Base zugehört hatte, ganz vergessen, daß sie ihr jemals gram gewesen war. Sie war überdies für alles Geheimnisvolle eingenommen, daher kamen ihr diese Mitteilungen erwünscht; sie fühlte, wie wichtig und ehrenvoll der Posten einer Vertrauten sei und gab sich daher alle mögliche Mühe, dem liebenden Paare mit ihrem Scharfsinn zu dienen.

»Ich hab's gefunden«, rief sie endlich aus, »wir laden ihn geradezu in den Garten.«

»In den Garten?« fragte Marie schüchtern und ungläubig, »und durch wen?«

»Sein Wirt, der gute Vetter Dieterich muß ihn selbst bringen«, antwortete sie, »das ist herrlich, und dieser darf auch kein Wörtchen davon merken, laß nur mich dafür sorgen.«

Marie, entschlossen und stark bei großen Dingen, zitterte doch bei diesem gewagten Schritte. Aber ihre mutige, fröhliche Base wußte ihr alle Bedenklichkeiten auszureden, und mit zurückgekehrter, mit erneuerter Hoffnung und befreit von der Last des Geheimnisses, umarmten sich die Mädchen, ehe sie sich zur Ruhe legten. ₅₅

VII.

Und wie ein Geist schlingt um den Hals
Das Liebchen sich herum:
»Willst mich verlassen, liebes Herz
Auf ewig?« und der bittere Schmerz
Macht 's arme Liebchen stumm.

Schubart

Sinnend und traurig saß Georg am Mittag nach dem festlichen Abend
in seinem Gemach. Er hatte Breitenstein besucht und wenig Tröstliches
für seine Hoffnungen erfahren. Der Kriegsrat hatte sich an diesem
Morgen versammelt und unwiderruflich war der Krieg beschlossen
worden. Zwölf Edelknaben waren, die Absagebriefe des Herzogs von
Bayern, der Ritterschaft und gesamter Städte an ihre Lanzen geheftet,
zum Gögglinger Tor hinausgejagt, um die Feindesbotschaft dem Württemberger nach Blaubeuren zu bringen. Auf den Straßen rief man einander fröhlich diese Nachricht zu, und die Freude, daß es jetzt endlich ins
Feld gehen werde, stand deutlich auf allen Gesichtern geschrieben. Nur
einen traf diese Kunde wie das schreckliche Machtwort seines Schicksals.
Der Gram trieb ihn aus dem Kreise der fröhlichen Gesellen, die jetzt
den Weinstuben zuzogen, um in lautem Jubel das Geburtsfest des Krieges
zu begehen und das Los künftiger Siege im Würfelspiel zu belauschen.
Ach! ihm waren ja schon die Würfel gefallen! ein blutiges Schlachtfeld
dehnte sich zwischen ihm und seiner Liebe aus, sie war ihm auf lange,
vielleicht auf ewig verloren.

Eilige Tritte, welche die Treppe heraufstürmten, weckten ihn aus seinem Brüten. Der Ratsschreiber steckte den Kopf in die Türe. »Glück
auf, Junker!« rief er, »jetzt hebt der Tanz erst recht an. Aber Ihr wißt es
vielleicht noch gar nicht? der Krieg ist angekündigt, schon vor einer
Stunde sind unsere Absageboten ausgeritten.«

»Ich weiß es«, antwortete sein finsterer Gast.

»Nun, und hüpft Euch das Herz nicht freier? Habt Ihr auch gehört –
nein, das könnt Ihr nicht wissen«, fuhr Dieterich fort, indem er zutraulich
näher zu ihm trat, »daß die Schweizer bereits abziehen?«

»Wie, sie ziehen?« unterbrach ihn Georg, »also hat der Krieg schon
ein Ende?«

»Das möchte ich nicht gerade behaupten«, fuhr der Ratsschreiber bedenklich fort, »der Herzog von Württemberg ist noch ein junger, mutiger Herr und hat noch Ritter und Dienstleute genug. Zwar wird er wohl keine offene Feldschlacht mehr wagen, aber er hat feste Städte und Burgen. Da ist einmal der Höllenstein und darin Stephan von Lichow, ein Mann wie Eisen. Da ist Göppingen, das Philipp von Rechberg auch nicht auf den ersten Stückschuß ergeben wird; da ist Schorndorf, Rothenberg und Asperg, da ist vor allem Tübingen, das er tüchtig befestigt hat. Es wird noch mancher ins Gras beißen, bis Ihr Eure Rosse im Neckar tränket.

Nun, nun!« fuhr er fort, als er sah, daß seine Nachrichten die finstere Stirne seines schweigenden Gastes nicht aufheitern konnten. »Wenn Ihr diese kriegerischen Botschaften nicht freundlich aufnehmet, so schenkt Ihr vielleicht einem friedlicheren Auftrag ein geneigtes Ohr. Sagt einmal, habt Ihr nicht irgendwo eine Base?«

»Base? ja, warum fragt Ihr?«

»Nun sehet, jetzt erst verstehe ich die verwirrten Reden, die vorhin Berta vorbrachte. Als ich aus dem Rathaus kam, winkte sie mir hinauf und befahl mir, meinen Gast heute nachmittag in ihren Garten an der Donau zu führen. Marie habe Euch etwas sehr Wichtiges an Eure Base, die sie sehr gut kenne, aufzutragen. Ihr müßt mir schon den Gefallen tun, mitzugehen. Solche Geheimnisse und Aufträge sind zwar gewöhnlich nicht weit her und ich wollte wetten, sie geben Euch ein Müsterlein für den Webstuhl oder eine Probe feiner Wolle, oder ein tiefes Geheimnis der Kochkunst, oder gar ein paar Körnlein von einer seltenen Blume mit, denn Marie ist eine große Gärtnerin – doch, wenn Ihr gestern an dem Mädchen Gefallen gefunden habt, gehet Ihr wohl selbst gerne mit.«

Mitten in den schmerzlichen Gedanken an die Scheidestunde mußte Georg über die List der Mädchen lachen; freundlich bot er dem guten Boten die Hand und schickte sich an, ihn in den Garten zu begleiten.

Dieser lag an der Donau, ungefähr zweitausend Schritte unter der Brücke; er war nicht groß, zeugte aber von Sorgfalt und Fleiß. Die schönen Obstbäume waren zwar noch nicht belaubt und die in wunderlichen Formen abgestochenen Beete hatten noch keine Blumen, aber ein langer Taxusgang, der an dem Ufer des Flusses sich hinzog, und in eine geräumige Laube endete, gab durch sein helles Grün einen lebhaften Anblick und hinlänglichen Schutz gegen die, einem weißen Hals und schönen Armen so gefährlichen Strahlen der Märzsonne. Dort, auf dem breiten bequemen Steinsitze, wo die Lücken der Laube eine freie Aussicht die Donau hinauf und hinab gewährten, hatten die Mädchen unter mancherlei Gesprächen der jungen Männer geharrt.

Marie saß traurig, in sich gekehrt; sie hatte den schönen Arm auf eine Lücke der Laube aufgestützt, und das von Gram und Tränen müde Köpfchen in die Hand gelegt. Ihr dunkles, glänzendes Haar hob die Weiße ihres Teint um so mehr heraus, als stiller Kummer ihre Wangen gebleicht, und schlaflose Nächte dem lieblichen blauen Auge seinen sonst so überraschenden Glanz geraubt und ihm einen matteren, vielleicht nur um so anziehenderen Schimmer von Melancholie gegeben hatten. Das vollendete Bild fröhlichen Lebens, saß die frische, runde, rosige Berta neben ihr. Wie ihre gelblichen Locken mit Mariens dunklen Haaren, ihr rundes, frisches Gesichtchen mit den ovalen, schärferen Formen ihrer Base, wie ihre freundlichen, beweglichen hellbraunen Augen in auffallendem Kontrast stunden mit dem sinnenden, geistvollen Blick Mariens: so wurde auch jede ihrer raschen, lebhaften Bewegungen zum Gegensatz gegen jene stille Trauer.

Berta schien ihre rosigste Laune hervorgeholt zu haben, um ihre Base zu trösten oder doch ihren großen Schmerz zu zerstreuen. Sie erzählte und schwatzte, sie lachte und ahmte die Gebärde und Sprache vieler Leute nach, sie versuchte alle jene tausend kleinen Künste, womit die Natur ihre fröhliche Tochter ausstattete; aber wir glauben, daß sie wenig ausrichtete, denn nur hie und da gleitete ein wehmütiges, schnell verschwebendes Lächeln über Mariens feine Züge hin.

Endlich ergriff sie, als gar nichts mehr helfen wollte, ihre Laute, die in der Ecke stand. Marie besaß auf diesem Instrument große Fertigkeit, und Berta hätte sich sonst nicht leicht bewegen lassen, vor der Meisterin zu spielen. Doch heute hoffte sie durch ihr Geklimper wenigstens ein Lächeln ihrer Base zu entlocken. Sie setzte sich mit großem Ernste nieder und begann:

>>Fragt mich jemand, was ist Minne?
Wüßt ich gern auch darum meh(r).
Wer nun recht darüber sinne
Sag mir, warum tut sie weh?
Minne ist Liebe, tut sie wohl;
Tut sie weh, heißt sie nicht Minne.
Oh, dann weiß ich, wie sie heißen soll.<<

»Wo hast du dies alte, schwäbische Liedchen her?« fragte Marie, die der einfachen Musik und dem lieblichen Text gerne ihr Ohr lieh.

»Nicht wahr, es ist hübsch? aber es kommt noch viel hübscher, wenn du hören willst«, antwortete Berta; »das hat mich in Nürnberg ein Meistersänger, Hans Sachs, gelehrt, es ist übrigens nicht von ihm, sondern von Walther von der Vogelweide, der wohl vor dreihundert Jahren gelebt und geliebt hat. Höre nur weiter:

> Ob ich recht erraten könne,
> Was die Minne sei? so sprecht ja;
> Minne ist zweier Herzen Wonne;
> Teilen sie gleich, so ist sie da.
> Doch – soll ungeteilt sein,
> So kann ein Herz allein sie nicht enthalten;
> Willst du mir helfen, traute Jungfrau mein?

Nun hast du geteilt mit dem armen Junker?« fragte die schelmische Berta ihre errötende Base. »Vetter Kraft möchte gerne auch mit mir teilen, einstweilen kann er aber seinen ganzen Part allein tragen. Doch du wirst mir wieder ernst, ich muß schon noch ein Liedchen des alten Herrn Walthers singen:

> Ich weiß nicht, wie es damit geschah,
> Meinem Auge ist's noch nie geschehen,
> Seit ich sie in meinem Herzen sah
> Kann ich sie auch ohne Augen sehen;
> Da ist doch ein Wunder mit geschehen,
> Denn wer gab es, daß es ohne Augen
> Sie zu aller Zeit mag sehen?

> Wollt ihr wissen, was die Augen sein,
> Womit ich sie sehe durch alle Land,
> Es sind die Gedanken des Herzens mein
> Damit schau ich durch Mauer und Wand,
> Und hüten diese sie noch so gut,
> Es schauen sie mit vollen Augen
> Das Herz, der Wille und mein Mut.«

Marie lobte das Lied des Herrn Walther von der Vogelweide als einen guten Trost beim Scheiden; Berta bestätigte es. »Ich weiß noch einen Reim«, sagte sie lächelnd, und sang:

> »Und zog sie auch weit in das Schwabenland,
> Seine Augen schauen durch Mauer und Wand,
> Seine Blicke bohren durch Fels und Stein,
> Er schaut durch die Alb nach dem Lichtenstein!«

Als Berta noch im Nachspiel zu ihrem Liedchen begriffen war, ging die Gartenpforte; Männertritte tönten den Gang herauf, und die Mädchen standen auf, die Erwarteten zu empfangen.

»Herr von Sturmfeder«, begann Berta nach den ersten Begrüßungen, »verzeihet doch, daß ich es wagte, Euch in meines Vaters Garten einzuladen; aber meine Base Marie wünscht Euch Aufträge an eine Freundin zu geben. – Nun, und daß wir andern nicht zu kurz kommen«, setzte sie zu Herrn Kraft gewandt hinzu, »so wollen wir eines plaudern und den Abendtanz von gestern mustern.« Damit ergriff sie ihres Vetters Hand und zog ihn mit sich den Gang hinab.

Georg hatte sich zu Marie auf die Bank gesetzt. Sie lehnte sich an seine Brust und weinte heftig. Die süßesten Worte, die er ihr zuflüsterte, vermochten nicht, ihre Tränen zu stillen. »Marie«, sagte er, »du warst ja sonst so stark, wie kannst du nun gerade jetzt allen Glauben an ein besseres Geschick, alle Hoffnung aufgeben?«

»Hoffnung?« fragte sie wehmütig, »mit unserer Hoffnung, mit unserem Glück ist es für ewig aus.«

»Siehe«, antwortete Georg, »eben dies kann ich nicht glauben; ich trage die Gewißheit unserer Liebe in mir so innig, so tief, und ich sollte jemals glauben, daß sie untergehen könne?«

»Du hoffst noch? So höre mich ganz an. Ich muß dir ein tiefes Geheimnis sagen, an dem das Leben meines Vaters hängt. Mein Vater ist so sehr ein bitterer Feind des Bundes, als er ein Freund des Herzogs ist; er ist nicht nur deswegen hier, um sein Kind heimzuholen, nein, er sucht die Plane des Bundes zu erforschen und mit Geld und Rede zu verwirren. Und glaubst du, ein so bitterer Gegner des Bundes werde seine einzige Tochter einem Jüngling geben, der in unserem Verderben sich emporzuschwingen sucht? Einem, der sich an Menschen anschließt, die kein Recht, sondern nur Raub suchen?«

»Dein Eifer führt dich zu weit, Marie«, unterbrach sie der Jüngling; »du mußt wissen, daß mancher Ehrenmann in diesem Heere dient!«

»Und wenn dies wäre«, fuhr jene eifrig fort, »so sind sie betrogen und verführt, wie auch du betrogen bist.«

»Wer sagt dir dies so gewiß«, entgegnete Georg, welcher errötete, die Partei, die er ergriffen, von einem Mädchen so erniedrigt zu sehen, obgleich er ahnete, daß sie so unrecht nicht habe; »wer sagt dir dies so gewiß? kann nicht dein Vater auch verblendet und betrogen sein? Wie mag er nur mit so vielem Eifer die Sache dieses stolzen, herrschsüchtigen Mannes führen, der seine Edlen ermordet, der seine Bürger in den Staub tritt, der an seiner Tafel das Mark des Landes verpraßt und seine Bauern verschmachten läßt?«

»Ja, so schildern ihn seine Feinde,« antwortete Marie, »so spricht man von ihm in diesem Heere, aber frage dort unten an den Ufern des Neckars, ob sie ihren angestammten Fürsten nicht lieben, wenngleich seine Hand zuweilen schwer auf ihnen ruht. Frage jene Männer, die mit ihm ausgezogen sind, ob sie nicht freudig ihr Blut für den Enkel Eberhards geben, ehe sie diesem stolzen Herzog von Bayern, diesen räuberischen Edlen, diesen Städtlern ihr Land abtreten.«

Georg schwieg eine Zeitlang nachdenklich; »Aber wie entschuldigen denn diese warmen Verteidiger den Mord des Hutten?« fragte er.

»Ihr sprecht immer von Eurer Ehre«, antwortete Marie, »und wollt nicht leiden, daß ein Herzog seine Ehre verteidige? Hutten ist nicht meuchelmörderisch gefallen, wie seine Anhänger in alle Welt ausgeschrieen haben, sondern im ehrlichen Kampfe, worin der Herzog selbst sein Leben einsetzte. Ich will nicht alles verteidigen, was er tat; aber man soll nur auch bedenken, daß ein junger Herr, wie der Herzog, von schlechten Räten umgeben, nicht immer weise handeln kann. Aber er ist gewiß gut, und wenn du wüßtest, wie mild, wie leutselig er sein kann!«

»Es fehlt nur noch, daß du ihn auch den schönen Herzog nennst«, sagte Georg bitter lächelnd, »du wirst reichen Ersatz finden für den armen Georg, wenn er es der Mühe wert hält, mein Bild aus deinem Herzen zu verdrängen.«

»Wahrlich, dieser kleinlichen Eifersucht habe ich dich nicht fähig gehalten«, antwortete Marie, indem sie sich mit Tränen des Unmuts, im Gefühl gekränkter Würde abwandte. »Glaubst du denn, das Herz eines Mädchens könne nicht auch warm für die Sache ihres Vaterlandes schlagen?«

»Sei mir nicht böse«, bat Georg, der mit Reue und Beschämung einsah, wie ungerecht er sei, »gewiß, es war nur Scherz!«

»Und kannst du scherzen, wo es unser ganzes Lebensglück gilt?« entgegnete Marie; »morgen will der Vater Ulm verlassen, weil der Krieg entschieden ist; wir sehen uns vielleicht lange, lange nicht mehr, und du magst scherzen? Ach, wenn du gesehen hättest, wie ich so manche Nacht mit heißen Tränen zu Gott flehte, er möge dein Herz hinüber auf unsere Seite lenken, er möge uns vor dem Unglück bewahren, auf ewig getrennt zu sein, gewiß du könntest nicht so grausam scherzen!«

»Er hat es nicht zum Heil gelenkt«, antwortete Georg, düster vor sich hinblickend.

»Und sollte es nicht noch möglich sein«, sprach Marie, indem sie seine Hand faßte und mit dem Ausdruck bittender Zärtlichkeit, mit der gewinnenden Sanftmut eines Engels ihm ins Auge sah, »sollte es nicht noch möglich sein? Komm mit uns, Georg, wie gerne wird der Vater einen jungen Streiter seinem Herzog zuführen. Ein Schwert wiegt viel in solchen Zeiten, sagte er oft, er wird es dir hoch anschlagen, wenn du ihm folgst, an seiner Seite wirst du kämpfen, mein Herz wird dann nicht zerrissen, nicht geteilt sein, zwischen jenseits und diesseits; mein Gebet, wenn es um Glück und Sieg fleht, wird nicht zitternd zwischen beiden Heeren irren!«

»Halt ein!« rief der Jüngling und bedeckte seine Augen, denn der Sieg der Überzeugung strahlte aus ihren Blicken, die Gewalt der Wahrheit hatte sich auf ihren süßen Lippen gelagert. »Willst du mich bereden, ein Überläufer zu werden? Gestern zog ich mit dem Heere ein, heute wird der Krieg erklärt und morgen soll ich zu dem Herzog hinüberreiten? Kann dir meine Ehre so gleichgültig sein?«

»Die Ehre?« fragte Marie und Tränen entstürzten ihrem Auge; »sie ist dir also teurer als deine Liebe? wie anders klang es, als mir Georg ewige Treue schwur. Wohlan! sei glücklicher mit ihr als mit mir! Aber möge dir, wenn dich der Herzog von Bayern auf dem Schlachtfeld zum Ritter schlägt, weil du in unsern Fluren am schrecklichsten gewütet, wenn er dir ein Ehrenkettlein umhängt, weil du Württembergs Burgen am tapfersten gebrochen, möge dir der Gedanke deine Freude nicht trüben, daß du ein Herz brachst, das dich so treu, so zärtlich liebte!«

»Geliebte!« antwortete Georg, dessen Brust widerstreitende Gefühle zerrissen, »dein Schmerz läßt dich nicht sehen, wie ungerecht du bist. Doch es sei! daß du siehest, daß ich den Ruhm, der mir so freundlich winkte, der Liebe zum Opfer zu bringen weiß, so höre mich: Hinüber zu euch darf ich nicht. Aber ablassen will ich von dem Bunde, möge kämpfen und siegen wer da will – mein Kampf und Sieg war ein Traum, er ist zu Ende!«

Marie sandte einen Blick des Dankes zum Himmel und belohnte die Worte des jungen Mannes mit süßem Lohne. »O glaube mir«, sagte sie, »ich fühle, wieviel dich dieses Opfer kosten muß. Aber siehe mir nicht so traurig an dein Schwert hinunter; wer frühe entsagt, der erntet schön, sagt mein Vater, es muß uns doch auch einmal die Sonne des Glückes scheinen. Jetzt kann ich getrost von dir scheiden; denn wie auch der Krieg sich enden mag, du kannst ja frei vor meinen Vater treten, und wie wird er sich freuen, wenn ich ihm sage, welch schweres Opfer du gebracht hast!«

Bertas helle Stimme, die der Freundin ein Zeichen gab, daß der Ratsschreiber nicht mehr zurückzuhalten sei, schreckte die Liebenden auf. Schnell trocknete Marie die Spuren ihrer Tränen und trat mit Georg aus der Laube.

»Vetter Kraft will aufbrechen«, sagte Berta, »er fragt, ob der Junker ihn begleiten wolle?«

»Ich muß wohl, wenn ich den Weg nach Hause nicht verfehlen soll«, antwortete Georg; so teuer ihm die letzten Augenblicke vor einer langen Trennung von Marie gewesen wären, so kannte er doch die strenge Sitte seiner Zeit zu gut, als daß er ohne den Vetter, als Landfremder bei den Mädchen geblieben wäre.

Schweigend gingen sie den Garten hinab, nur Herr Dieterich führte das Wort, indem er in wohlgesetzten Worten seinen Jammer beschrieb, daß seine Base morgen schon Ulm verlassen werde. Aber Berta mochte in Georgs Augen gelesen haben, daß ihm noch etwas zu wünschen übrigbleibe, wobei der uneingeweihte Zeuge überflüssig war; sie zog den Vetter an ihre Seite und befragte ihn so eifrig über eine Pflanze, die gerade zu seinen Füßen mit ihren ersten Blättern aus der Erde sproßte, daß er nicht Zeit hatte, zu beobachten, was hinter seinem Rücken vorgehe.

Schnell benützte Georg diesen Augenblick, Marien noch einmal an sein Herz zu ziehen, aber das Rauschen von Mariens schwerem, seidenen Gewande, Georgs klirrendes Schwert weckten den Ratsschreiber aus seinen botanischen Betrachtungen; er sah sich um, und o Wunder! er erblickte die ernste, züchtige Base in den Armen seines Gastes.

»Das war wohl ein Gruß an die liebe Base in Franken?« fragte er, nachdem er sich von seinem Erstaunen erholt hatte.

»Nein, Herr Ratsschreiber«, antwortete Georg, »es war ein Gruß an mich selbst, und zwar von der, die ich einst heimzuführen gedenke. Ihr habt doch nichts dagegen, Vetter?«

»Gott bewahre! ich gratuliere von Herzen«, antwortete Herr Dieterich, der von dem ernsten Blick des jungen Kriegsmannes und von Mariens Tränen etwas eingeschüchtert wurde. »Aber der Tausend, das heiß ich veni, vidi, vici; ich scherwenzte schon ein Vierteljahr um die Schöne, und habe mich kaum eines Blickes erfreuen können. Und heute muß ich nun gar den Marder selbst herausführen, der mir das Täubchen vor dem Mund wegstiehlt.«

»Verzeihe den Scherz, Vetter, den wir uns mit dir machten«, fiel ihm Berta ins Wort, »sei vernünftig und laß dir die Sache erklären.« Sie sagte ihm, was er zu wissen brauchte, um gegen Mariens Vater zu schweigen. Mehr durch die freundlichen Blicke Bertas besänftigt, versprach er zu schweigen, unter der Bedingung, setzte er schalkhaft hinzu, daß sie etwa auch einen solchen Gruß an ihn bestelle.

Berta verwies ihm, wiewohl nicht allzu strenge, seine unartige Forderung, und fragte ihn neckend an der Gartentüre noch einmal um die Naturgeschichte des ersten Veilchens, das die Sonne hervorgelockt hatte. Er war gutmütig genug, eine lange und gelehrte Erklärung darüber zu geben, ohne weder durch Mariens leises Weinen, noch durch Georgs klirrendes Schwert sich unterbrechen zu lassen. Ein dankender Blick Mariens, ein freundlicher Handschlag von Berta belohnte ihn dafür beim Scheiden, und noch lange wehten die Schleier der schönen Bäschen, über den Gartenzaun hin, den Scheidenden nach.

VIII.

Im stillen Klostergarten
Eine bleiche Jungfrau ging;
Der Mond beschien sie trübe,
An ihrer Wimper hing
Die Träne zarter Liebe.

L. Uhland

Ulm glich in den nächsten Tagen einem großen Lager. Statt der friedlichen Landleute, der geschäftigen Bürger, die sonst ehrbaren und ruhigen Schrittes ihrem Gewerbe nach, durch die Straßen gingen, sah man überall nur wunderliche Gestalten mit Sturmhauben und Eisenhüten, mit Lanzen, Armbrüsten und schweren Büchsen. Statt der Ratsherren, in ihrer einfachen schwarzen Tracht, zogen stolze Ritter, mit wehenden Helmbüschen, ganz mit Stahl bedeckt, begleitet von einer großen Schar bewaffneter Dienstleute, über die Plätze und Märkte. Noch lebhafter war dies kriegerische Bild vor den Toren der Stadt; auf einem Anger an der Donau übte Sickingen seine Reiterei, auf einem großen Blachfelde gegen Söflingen hin, pflegte Frondsberg sein Fußvolk zu tummeln.

An einem schönen Morgen, etwa drei bis vier Tage nachdem Marie von Lichtenstein mit ihrem Vater Ulm verlassen hatte, sah man eine ungeheure Menge Menschen aus allen Ständen auf jener Wiese versammelt, um diesen Übungen Frondsbergs zuzusehen. Sie betrachteten diesen Mann, dem ein so großer Ruf vorangegangen war, vielleicht mit nicht geringerem Interesse als wir, wenn wir die kaiserlichen oder königlichen Söhne des Mars, die Dienste eines Feldherrn verrichten sahen. Knüpft sich ja doch gerade an die Person eines ausgezeichneten Führers das Interesse, das dem ganzen Heere gilt, ja wir meinen oft die Schlachten, von denen uns die Sage oder öffentliche Blätter erzählen, um so deutlicher zu verstehen, wenn wir uns die Gestalt des Heerführers vor das Auge zurückrufen können.

So mochte es wohl auch damals den Bewohnern von Ulm zumut sein, wenn sie ihre engen Straßen verließen, um den Mann des Tages in seinem Handwerk zu sehen. Die Geschicklichkeit, mit der er sein Fußvolk, das sonst in zerstreuten Haufen gefochten hatte, zu geschlossenen Massen vereinigte; die Schnelligkeit, womit sie sich nach seinem Winke nach allen Seiten schwenkten oder in furchtbare, von Piken und Donnerbüchsen starrende Kreise zusammenzogen; seine mächtige Stimme, die selbst die Trommeln übertönte, seine erhabene, kriegerische Gestalt, dies alles gewährte ein so neues, anziehendes Bild, daß auch die bequemsten Bürger es nicht scheuten, einen langen Vormittag auf dem Anger zu stehen, und unbeweglich dieses Schauspiel zu genießen.

Der Feldhauptmann schien an diesem Morgen noch freundlicher und fröhlicher zu sein, als sonst. Mochte ihn der warme Anteil, den die guten Ulmer an ihm nahmen, und der auf allen Gesichtern geschrieben stand, erfreuen? Mochte ihm hier außen in dem schönen Morgen, unter seinen Waffenübungen wohler sein, als in den engen, kalten Straßen der Stadt? Er blickte so freundlich auf die Menge hin, daß jeder glaubte, von ihm besonders beachtet und begrüßt zu werden, und der Ausruf: »Ein wackerer Herr, ein braver Ritter«, jedem seiner Schritte folgte.

Besonders freundlich schien er immer an einer Stelle zu sein; wenn er vorübersprengte, so durfte man gewiß sein, daß er dort mit dem Schwerte oder der Hand herübergrüßte und traulich *nickte*.

Die Hintersten stellten sich auf die Zehen, um den Gegenstand seiner freundlichen Winke zu sehen; die Näherstehenden sahen sich fragend an und verwunderten sich, denn keiner der versammelten Bürger schien dieser Auszeichnung würdig. Als Frondsberg wieder vorübersprengte, und die Zeichen seiner Gnade wiederholte, gaben wohl hundert Augen recht genau acht, und es fand sich, daß die Grüße einem großen, schlanken, jungen Mann gelten mußten, der in der vordersten Reihe der Zuschauer stand. Das Wams von feinem Tuch und Seidenschlitzen, die hohen Barettfedern, mit welchen der Morgenwind spielte, sein langes Schwert und eine Feldbinde oder Schärpe zeichneten ihn auf den ersten Blick vor seinen Nachbarn aus, die minder geschmückt als er, auch durch untersetztere Figuren und breite Gesichter sich nicht zu ihrem Vorteil von ihm unterschieden.

Der Jüngling schien aber zum Ärgernis der guten Spießbürger nicht sehr erfreut über die hohe Gnade, die ihm vor ihren Augen zuteil ward. Schon seine Stellung, das Haupt gesenkt, die Arme über die Brust gekreuzt, schienen nicht anständig genug für einen feinen Junker, wenn er von einem alten Kriegshelden gegrüßt wurde. Überdies errötete er bei jedem Gruß des Feldhauptmanns, dankte nur durch ein leichtes Neigen, und sah ihm mit so düsteren Blicken nach, als gälte es ein langes Scheiden, und dieser Gruß wäre der letzte eines lieben Freundes gewesen.

»Ein sonderbarer Kauz der Junker dort«, sagte der Obermeister aller Ulmer Weber zu seinem Nachbar, einem wackeren Waffenschmidt; »ich gäbe mein Sonntagswams um einen solchen Gruß von dem Frondsberger, und dieser da muckt nicht darüber. Hieß es nicht in der ganzen Stadt, ›was hat der Meister Kohler mit dem Frondsberg; waren ja neulich miteinander wie zwei Brüder? Oh, die kennen einander schon lange‹, hieß es dann, ›und sind gute Freunde von alters her.‹ Ich kann mich ordentlich ärgern, daß ein so gescheuter und gewaltiger Herr solch einen Laffen all Paternosterlang grüßt!«

Der Waffenschmidt, ein kleiner, alter Kerl hatte ihm seinen Beifall zugenickt: »Gott straf mich, Ihr habt recht, Meister Kohler! Stehen nicht dort ganz andere Leut, die er grüßen könnte; ist nicht der Herr Bürgermeister auf dem Platz, und steht dort nicht mein Gevatter, der Herr von Besserer am Eck? Ich wollt dem Junker den Kopf beugen lernen, wenn ich Herr wäre; aber glaubt mir, *der* da beugt seinen Nacken nicht, und wenn der Kaiser selbst käme. Er muß auch etwas Rechtes sein; denn der Ratsschreiber, mein Nachbar, der sonst allen Gästen feind ist, hat ihn in seiner Behausung.«

»Der Kraft?« fragte der Weber verwundert, »ei, ei! aber halt, dahinter steckt ein Geheimnis. Das ist gewiß so ein junger Potentat, oder gar des Bürgermeisters von Köln sein Sohn, der auch unter dem Heer mitreiten soll. Steht nicht dort des Kraften alter Johann?«

»Weiß Gott er ist's«, fiel der Waffenschmidt ein, den die Vermutungen des Webers neugierig gemacht hatten; »er ist's, und ich will ihn beichten lassen, trotz dem Probst von Elchingen.« Aber so klein auch der Raum zwischen den beiden Bürgern und dem alten Diener des Kraftischen Hauses war, so konnte doch der Schmied nicht zu ihm durchkommen, so dicht standen die Zuschauer. Endlich drang die gewichtige Miene des Obermeisters aller Weber durch, denn er war reich und angesehen in der Stadt; er erwischte den alten Johann, und zog ihn zu dem Schmied. Doch auch der alte Johann konnte wenig Bescheid geben, er wußte nichts, als daß sein Gast ein Herr von Sturmfeder sei; »übrigens muß er nicht ›weit her‹ sein«, setzte er hinzu, »denn er reitet ein Landpferd und hat keine Dienstleute mit sich; meinem Herrn aber wird der Gast übel bekommen, denn unsere alte Sabine, die Amme ist wie ein Drache, daß er die Hausordnung stört, und ungefragt, nur so mir nichts dir nichts ein fremdes Menschenkind mit Stiefel und Sporen ins Haus schleppt.«

»Nichts für ungut«, fiel ihm der Obermeister in die Rede, »Euer Herr, Johann, ist ein Narr! Die alte Hexe – Gott verzeih mir's – hätte ich schon lange auf die Straße geworfen, wo sie hingehört. Hat der Herr doch sein gutes Alter, und soll sich behandeln lassen, als läge er noch in den Windeln.«

»Ihr habt gut reden, Meister Kohler«, antwortete der alte Diener, »aber das versteht Ihr doch nicht recht. Auf die Gasse werfen? Wer soll denn nachher haushalten?«

»Wer?« schrie der erhitzte Weber; »wer? ein Weib soll er nehmen, eine Hausfrau wie ein anderer Christ und Ulmer Bürger auch; was hat er nötig als Junggeselle zu leben? und allen Mädchen in der Stadt nachzulaufen? Hab ich ihn nicht neulich angetroffen, wie er meiner Katharine schöngetan hat? Schiff und Geschirr hätte ich ihm mögen an den Kopf werfen, dem gestrengen Herrn; so aber – seine Mutter selig hat manch schönes Tafelstück bei mir weben lassen, die brave Frau – so mußt ich meine Mütze abziehen und sagen: ›Gehorsamen guten Abend, und was befehlen Euer Wohledlen!‹ Daß dich der –«

»Ei schau einer!« sagte Johann mit unmutigem Gesicht; »ich habe immer gedacht, ein Herr wie der Ratsschreiber, mein Herr, könne in allen Ehren mit Eurem Töchterlein ein Wort wechseln, ohne daß die böse Welt –«

»So? ein Wort wechseln, und abends nach der Versperglock im März? Er heiratet sie doch nicht, und meint Ihr, meines Kindes guter Ruf müsse nicht so rein sein, wie Eures Herrn seine weiße Halskrause? Das könnt ich brauchen!«

Der Obermeister hatte während seinen eifrigen Reden den alten Johann an der Brust gepackt und seine Stimme so erhoben, daß die Umstehenden aufmerksam wurden; der Meister Schmidt hielt es daher für das beste, den Erzürnten mit Gewalt wegzuziehen, und er verhütete so zwar weitere Streitigkeiten, doch konnte er nicht verhüten, daß es schon um Mittag in der ganzen Stadt hieß: Herr von Kraftens Johann habe noch in seinen alten Tagen eine Liebschaft mit des Obermeisters Töchterlein, und seie von dem erzürnten Vater auf der Wiese darüber zur Rede gestellt worden.

Die Übungen des Fußvolkes waren indes zu Ende gegangen, das Volk verlief sich, und auch den jungen Mann, der die unschuldige Ursache zu jenem Streit gewesen war, sah man seine Schritte der Stadt zuwenden; sein Gang war langsam und ungleich, sein Gesicht schien bleicher als sonst, seine Blicke suchten noch immer den Boden oder schweiften mit dem Ausdruck von Sehnsucht oder stillem Gram nach den fernen blauen Bergen, den Grenzmauern von Württemberg.

Noch nie hatte sich Georg von Sturmfeder so unglücklich gefühlt, als in diesen Stunden. Marie war mit ihrem Vater abgereist; sie hatte ihn noch einmal beschwören lassen, seinem Versprechen treu zu sein, und wie unglücklich machte ihn dieses Versprechen! Wohl hatte es ihn damals nicht geringen Kampf gekostet es zu geben; aber der betäubende Schmerz des Abschiedes, der Gram des geliebten Mädchens hatten überwunden. Doch jetzt, wo er mit festerem Blicke seinen Umgebungen, seiner Zukunft ins Auge sah, wie traurig, wie schwierig erschien ihm seine Lage! Nichts davon zu sagen, daß alle seine goldenen Träume, alle jene kühnen Hoffnungen von Ruhm und Ehre mit einemmal verschwanden, nichts davon zu sagen, daß auch sein Ziel, das so nahe lag, Marien durch Kriegsdienste zu verdienen, ungewiß in die Weite hinausgerückt war – er sollte auf die Gefahr hin, von Männern, deren Achtung ihm teuer war, verkannt zu werden, diese Fahnen verlassen, gerade in einem Augenblick, wo man der Entscheidung entgegenging. Von Tag zu Tag, so-lange es ihm nur möglich war, verschob er diese Erklärung; wo sollte er Gründe, wo Worte hernehmen, vor dem alten, tapfern Degen Breitenstein, seinem väterlichen Freunde seinen Abzug zu rechtfertigen; mit welcher Stirne sollte er vor den edlen Frondsberg treten? Ach, jene freundlichen Grüße, womit er den Sohn seines tapfern Waffengenossen zu freudigem Kampfe aufzumuntern schien, hatten ihn mit tausend Qualen gefoltert. An seiner Seite war sein Vater gefallen, er hatte gehört, wie der Sterbende den Ruhm seines Namens und ein leuchtendes Beispiel als einziges Erbe dem unmündigen Knaben zusandte; dieser Mann war es, der ihm jetzt so liebevoll die Schranken öffnete, und auch ihm mußte er in so zwei-deutigem Lichte erscheinen.

Er hatte sich unter diesen trüben Gedanken langsam dem Tore der Stadt genähert, als er sich plötzlich am Arm ergriffen fühlte; er sah sich um, ein Mann, dem Anschein nach ein Bauer, stand vor ihm.

»Was willst du«, fragte Georg etwas unwillig, in seinen Gedanken unterbrochen zu werden.

»Es kommt darauf an, ob Ihr auch der Rechte seid«, antwortete der Mann. »Sagt einmal, was gehört zu *Licht* und *Sturm*?«

Georg wunderte sich ob der sonderbaren Frage und betrachtete jenen genauer. Er war nicht groß aber kräftig; seine Brust war breit, seine Ge-stalt gedrungen. Das Gesicht von der Sonne braun gefärbt, wäre flach und unbedeutend gewesen, wenn nicht ein eigener Zug von List und Schlauheit um den Mund, und aus den grauen Augen Mut und Verwegenheit geleuchtet hätten. Sein Haar und Bart war dunkelgelb und gerollt; er trug einen langen Dolch im ledernen Gurt, in der einen Hand hielt er eine Axt, in der andern eine runde, niedere Mütze von Leder, wie man sie noch heute bei dem schwäbischen Landvolk sieht.

Während Georg diese flüchtigen Bemerkungen machte, wurden auch seine Züge lauernd beobachtet.

»Ihr habt mich vielleicht nicht recht verstanden, Herr Ritter«, fuhr jener nach kurzem Stillschweigen fort; »was paßt zu Licht und Sturm, daß es zwei gute Namen gibt?«

»Feder und Stein!« antwortete der junge Mann, dem es auf einmal klarwurde, was unter jener Frage verstanden sei; »was willst du damit?«

»So seid Ihr Georg von Sturmfeder«, sagte jener, »und ich komme von Marien von –«

»Um Gottes willen, sei still Freund, und nenne keine Namen«, fiel Georg ein, »sage schnell, was du mir bringst.«

»Ein Brieflein, Junker!« sprach der Bauer, indem er die breiten, schwarzen Kniegürtel, womit er seine ledernen Beinkleider umwunden hatte, auflöste, und einen Streifen Pergament hervorzog.

Mit hastiger Freude nahm Georg das Pergament; es waren wenige Worte mit glänzend schwarzer Dinte geschrieben; den Zügen der Schrift sah man aber an, daß sie einige Mühe gekostet haben mochten, denn die Mädchen von 1519 waren nicht so flink mit der Feder, um ihre zärtlichen Gefühle auszudrücken, als die in unseren Tagen, wo jede Dorfschöne ihrem Geliebten zum Regiment eine Epistel, so lange als die 3. St. Johannis schreiben kann. Die Chronik, woraus wir diese Historie genommen, hat uns jene Worte aufbewahrt, welche Georgs gierige Blicke aus den verworrenen Zügen des Pergamentes entzifferten:

»Bedenk deinen Eid. – Flieh beizeit.
Gott dein Geleit. – Marie dein in Ewigkeit.«

Es liegt ein frommer, zarter Sinn in diesen Worten; und wer sich ein liebendes Herz dazu denkt, wie es mit diesen Zeilen in die Ferne fliegen möchte, ein Auge voll Zärtlichkeit umflort von einem Schleier stiller Tränen, einen holden Mund, der das Blättchen noch einmal küßt, verschämte Wangen, die bei diesem geheimnisvollen Gruße erröten – wer dies hinzudenkt, der wird es Georg nicht verargen, daß er einige Augenblicke wie trunken war. Ein freudiger, glänzender Blick, nach den fernen blauen Bergen hin, dankte der Geliebten für ihren tröstenden Spruch und wahrlich er war auch zu keiner andern Zeit nötiger gewesen als gerade jetzt, um den gesunkenen Mut des jungen Mannes zu erheben. Wußte er doch, daß ein Wesen, das teuerste was für ihn auf der Erde lebte, ihn nicht verkannte. Der Schluß jener Zeilen erhob sein Herz zur alten Freudigkeit, er bot dem guten Boten die Hand, dankte ihm herzlich und fragte, wie er zu diesen Zeilen gekommen sei.

»Dacht ich's doch«, antwortete dieser, »daß das Blättchen keinen bösen Zauberspruch enthalten müsse. Denn das Fräulein lächelte so gar freundlich, als sie es mir in die rauhe Hand drückte. Es war vergangenen Mittwoch, daß ich nach Blaubeuren kam wo unser Kriegsvolk stand. Es ist dort in der Klosterkirche ein prächtiger Hochaltar, worauf die Geschichte meines Patrons des Täufers Johannes vorgestellt ist. Vor sieben Jahren als ich in großer Not und einem schmählichen Ende nahe war, gelobt ich alle Jahre um diese Zeit eine Wallfahrt dahin. So hielt ich es alle Jahre seit der Zeit, daß mich der Heilige durch ein Wunder von Henkers Hand errettet hat. Wenn ich nun mein Gebet verrichtet hatte, ging ich allemal zum Herrn Abt, um ihm ein paar schöne Gänse oder ein Lamm zu bringen, oder was er sonst gerade gerne hat. – Aber ich mache Euch Langeweile mit meinem Geschwätz, Junker?«

»Nein, nein, erzähle nur weiter«, antwortete Georg, »komm, setze dich zu mir auf jene Bank.«

»Das würde sich schön schicken!« entgegnete der Bote, »wenn ein Bauer an des Junkers Seite sitzen wollte, den der Oberfeldhauptmann vor aller Augen so oft grüßte; erlaubt mir, daß ich mich vor Euch hinstelle.«

Georg ließ sich auf einen Steinsitz am Wege nieder, der Bauer aber fuhr auf seine Axt gestützt, in seiner Erzählung fort: »Ich hatte diesmal bei den unruhigen Zeiten wenig Lust zur Wallfahrt, aber ›gebrochener Eid, tut Gott leid‹, heißt es, und so mußte ich mein Gelübde vollbringen. Wie ich vom Gebet aufstund, um dem Abt zu bringen was recht ist, sagte mir einer der Pfaffen, daß ich diesmal nicht zu seiner Ehrwürden könne, weil viele Herren und Ritter dort zu Besuch seien. Ich bestand aber doch darauf, denn der Abt ist ein leutseliger Herr, und hätte mir's nicht verziehen, wenn ich ihn nicht heimgesucht hätte. Wenn Ihr je ins Kloster hinauskommt, so vergesset nicht nach der Treppe zu schauen, die vom Hochaltar zum Dorment führt. Sie geht durch die dicke Mauer, welche die Kirche ans Kloster schließt, und ist lang und schmal. Dort war es, wo mir das Fräulein begegnet ist. Es kommt mir nämlich ein feines Weibsbild im Schleier mit Brevier und Rosenkranz die Treppe herab, entgegen; ich drücke mich an die Wand um sie vorbeizulassen, sie aber bleibt stehen und spricht: ›Ei Hanns, woher des Wegs?‹ «

»Woher kennt Euch denn das Fräulein?« unterbrach ihn Georg.

»Meine Schwester ist ihre Amme und –«

»Wie, die alte Rose ist Eure Schwester?« rief der junge Mann. »Habt Ihr sie auch gekannt?« sagte der Bote, »ei seh doch einer! aber daß ich weiter sage: ich hatte eine große Freude sie wiederzusehen, denn ich besuchte meine Schwester häufig in Lichtenstein, und habe das Fräulein gekannt als man sie noch in ihres Vaters Schwertkuppel gehen lernte. Aber ich hätte sie kaum wiedererkannt, so groß war sie geworden, und die roten Wangen sind auch weg wie der Schnee am ersten Mai. Ich weiß nicht wie es ging, aber mich dauerte ihr Anblick in der Seele, und ich mußte fragen was ihr fehle, und ob ich ihr nicht etwas helfen könne? Sie besann sich eine Weile und sagte dann: ›Ja, wenn du verschwiegen wärest, Hanns, könntest du mir wohl einen großen Dienst leisten!‹ Ich sagte zu, und sie bestellt mich bis nach der Vesper.«

»Aber wie kommt sie nur in das Kloster«, fragte Georg; »sonst darf ja doch kein Weiberschuh über die Schwelle.«

»Der Abt ist mit ihrem Vater befreundet, und da so viel Volk in Blaubeuren liegt, so ist sie dort besser aufgehoben als im Städtchen, wo es toll genug zugeht. Nach der Vesper, als alles still war, kam sie ganz leise in den Kreuzgang. Ich sprach ihr Mut zu, wie es eben unsereins versteht, da gab sie mir dies Blättchen und bat mich, Euch aufzusuchen.«

»Ich danke dir herzlich, guter Hanns«, sagte der Jüngling. »Aber hat sie dir sonst nichts an mich aufgetragen?«

»Ja«, antwortete der Bote, »mündlich hat sie mir noch etwas aufgetragen; Ihr sollt Euch hüten, man habe etwas mit Euch vor.«

»Mit mir?« rief Georg; »das hast du nicht recht gehört, wer und was soll man mit mir vorhaben?«

»Da frage Ihr mich zuviel«, entgegnete jener, »aber wenn ich es sagen darf, so glaube ich die Bündischen. Das Fräulein setzte noch hinzu, ihr Vater habe davon gesprochen, und hat nicht der Frondsberg Euch heute zugewinkt und Euch geehrt wie des Kaisers Sohn, daß sich jedermann darob verwunderte? Glaubt nur es hat allemal etwas zu bedeuten, wenn solch ein Herr so freundlich ist.«

Georg war überrascht von der richtigen Bemerkung des schlichten Bauers; er entsann sich auch, daß Mariens Vater tief in die Geheimnisse der Bundesobersten eingedrungen sei, und vielleicht etwas erfahren habe, was sich zunächst auf ihn bezöge? Aber er mochte sinnen wie er wollte, so konnte er doch nichts erfinden, was zu dieser geheimnisvollen Warnung Mariens gepaßt hätte. Mit Mühe riß er sich aus diesem Gewebe von Vermutungen, indem er den Boten fragte, wie er ihn so schnell gefunden habe?

»Dies wäre ohne Frondsberg so bald nicht geschehen«, antwortete er; »ich sollte Euch bei Herrn Dieterich von Kraft aufsuchen. Wie ich aber die Straße hereinging, da sah man viel Volk auf den Wiesen. Ich dachte, eine halbe Stunde mache nichts aus, und stellte mich auch hin, um das Fußvolk zu betrachten. Wahrlich der Frondsberg hat es weit gebracht. – Nun da war mir's, als hörte ich nahe bei mir Euren Namen nennen, ich sah mich um, es waren drei alte Männer, die sprachen von Euch und deuteten auf Euch hin, ich aber merkte mir Eure Gestalt und folgte Euren Schritten, und weil ich meiner Sache doch nicht ganz gewiß war, so gab ich Euch das Rätsel von Sturm und Licht auf.«

»Das hast du klug gemacht«, sagte Georg lächelnd »aber dennoch komme in mein Haus, daß man dir etwas zu essen reiche; wann kehrst du wieder heim?«

Hanns bedachte sich eine Weile; endlich aber sagte er, indem ein schlaues Lächeln um seinen Mund zog: »Nichts für ungut, Junker, aber ich habe dem Fräulein versprechen müssen, nicht eher von Euch zu weichen, als bis Ihr dem bündischen Heer Valet gesagt habt!«

»Und dann?« fragte Georg.

»Und dann gehe ich stracks nach Lichtenstein, und bringe ihr die gute Nachricht von Euch; wie wird sie sich sehnen! alle Tage steht sie wohl im Gärtchen auf dem Felsen, und sieht ins Tal hinab, ob der alte Hanns noch nicht kommt!«

»Die Freude soll ihr bald werden«, antwortete Georg, »vielleicht reite ich schon morgen, und dann schreibe ich vorher noch ein Brieflein.«

»Aber greifet es doch klug an«, sagte der Bote, »das Pergament darf nicht breiter sein als jenes, das ich brachte. Denn ich muß es wieder im Kniegürtel verstecken. Man weiß nicht, was einem in so unruhiger Zeit begegnen kann, und dort sucht es niemand.«

»Es sei so«, antwortete Georg, indem er aufstand. »Für jetzt lebe wohl, um Mittag komme zu Herrn von Kraft, nicht weit vom Münster. Gib dich für meinen Landsmann aus Franken aus, denn die Ulmer sind den Württembergern nicht grün.«

»Sorgt nicht, Ihr sollt zufrieden sein«, rief Hanns dem Scheidenden zu. Er sah dem schlanken Jüngling nach und gestand sich, daß das holde Pflegekind seiner Schwester keine üble Wahl getroffen habe, wenn auch die rosigen Wangen des Kindes bei der ersten Liebe der Jungfrau etwas von ihren blühenden Farben verloren hatten.

IX.

Was unter dieser Sonne kann es geben,
Das ich nicht hinzuopfern eilen will,
Wenn Sie es wünschen? – Fliehen Sie!

Schiller

Georg war es von Anfang bange, wie sich sein neuer Bekannter in dem Kraftischen Hause benehmen werde. Er fürchtete nicht ohne Grund, jener möchte sich durch seine Mundart, durch unbedachte Äußerungen verraten, was ihm höchst unangenehm gewesen wäre; denn, je fester er bei sich beschlossen hatte, das Bundesheer in den nächsten Tagen zu verlassen, um so weniger mochte er in Verdacht geraten, in Verbindung nach dem Württemberg hinüber zu stehen. Konnte und durfte er ja doch im schlimmen Falle, wenn der Bote entdeckt würde, wenn er bekannte, an ihn geschickt worden zu sein, die Geliebte nicht verraten. Er wollte umkehren und den Mann aufsuchen, ihn bitten, sich so bald als möglich zu entfernen, aber als er bedachte, daß dieser schon längst von dem Platz ihrer Unterredung sich entfernt haben müsse, daß er indes zu Kraft kommen könne, schien es ihm geratener, dahin vorauszueilen, um jenem dort die nötigen Winke zu geben und ihn vor Unvorsichtigkeit zu bewahren.

Und doch, wenn er sich das kühne Auge, die kluge verschlagene Miene des Mannes ins Gedächtnis rief, glaubte er hoffen zu dürfen, daß Marie, obgleich ihr keine große Wahl übrigblieb, keinem unsicheren Mann diese Botschaft anvertraut haben konnte.

Und wirklich traute er seinem Auge, seinem Ohr kaum, als ihm um Mittag ein Landsmann aus Franken gemeldet, und sein Liebesbote hereingeführt ward. Welche Gewalt mußte dieser Mensch über sich haben. Es war derselbe, und doch schien er ein ganz anderer. Er ging gebückt, die Arme hingen schlaff an dem Körper herab, selten schlug er die Augen auf, sein Gesicht hatte einen Ausdruck von Blödigkeit, der Georg ein unwillkürliches Lächeln abnötigte. Und als er dann zu sprechen anfing, als er ihn in fränkischer Mundart begrüßte, und mit der geläufigen Zunge eines geborenen Franken dem Herrn von Kraft auf seine mancherlei Fragen antwortete, da kam er in Versuchung, an übernatürliche Dinge zu glauben; die Märchen seiner Kindheit stiegen in seinem Gedächtnisse auf, wo ein freundlicher Zauberer oder eine huldreiche Fee in allerlei Gestalten dem Dienst zweier Liebenden sich widmet, und sie glücklich mitten durch das feindselige Schicksal hindurchführt.

Der Zauber war zwar bald gelöst, als er mit dem Boten auf seinem Zimmer allein war, und ihn der gute Schwabe von seiner Persönlichkeit versicherte, aber doch konnte er ihm seine Bewunderung nicht versagen, über die Rolle, die er so gut gespielt.

»Glaubt deshalb nicht minder an meine Ehrlichkeit«, antwortete der Bauer, »man wird oft genötigt, von Jugend auf durch solche Künste sich fortzuhelfen, sie schaden keinem und tun doch dem gut, der sie kann.«

Georg versicherte, ihm nicht minder zu trauen als vorher, der Bote aber bat dringend, er möchte doch jetzt auch auf seine Abreise denken, er möchte bedenken wie sehr sich das Fräulein nach dieser Nachricht sehne, daß er nicht früher heimkehren dürfe, als bis er diese Gewißheit bringen könne.

Georg antwortete ihm, daß er nur noch den Abmarsch des Bundesheeres abwarten wolle, um in seine Heimat zurückzukehren.

»Oh, da braucht Ihr nicht mehr lange zu warten«, antwortete der Bote; »wenn sie morgen nicht aufbrechen, so ist es übermorgen, denn das Land ist offen bis ins Herz hinein. Ich darf Euch trauen, Junker, darum sag ich Euch dies.«

»Ist es denn wahr, daß die Schweizer abgezogen sind«, fragte Georg, »und daß der Herzog keine Feldschlacht mehr liefern kann?«

Der Bote warf einen lauernden Blick im Zimmer umher, öffnete behutsam die Türe, und als er sah, daß kein Lauscher in der Nähe sei, begann er:

»Herr! ich war bei einem Auftritt, den ich nie vergesse, und wenn ich neunzig Jahre alt werde! Schon unterwegs waren mir auf der Alb große Scharen der heimziehenden Schweizer begegnet; ihre Räte und Landamtmänner hatten sie heimgerufen; bei Blaubeuren standen aber noch über achttausend Mann, jedoch lauter gute Württemberger und nichts andres drunter.«

»Und der Herzog«, unterbrach ihn Georg, »wo war denn dieser? –«

»Der Herzog hatte in Kirchheim zum letztenmal mit den Schweizern unterhandelt, aber sie zogen ab, weil er sie nicht bezahlen konnte.[16] Da

16 Sie zogen den 17. März ab. Der Herzog reiste sogleich nach Kirchheim um sie aufzuhalten, allein hier kam eine zweite Ordre unter Bedrohung des Verlustes ihrer Güter und der Leib- und Lebensstrafe nach Haus zu eilen.

kam er gen Blaubeuren, wo sich sein Landvolk gelagert hatte. Gestern morgen wurde durch Trommelschlag bekannt gemacht, daß sich bis neun Uhr alles Volk auf den Klosterwiesen einstellen solle. Es waren viele Männer, die dort versammelt waren, aber jeder dachte ein und dasselbe. Seht, Junker! der Herzog Ulerich ist ein gestrenger Herr, und weiß den Bauer nicht für sich zu gewinnen. Die Steuern sind hart, der Jagdfrevel ist scharf und grausam, am Hof aber wird verpraßt was man uns genommen hat. Aber wenn ein solcher Herr im Unglück ist, da ist es gleich ein anderes Ding. Jetzt fiel uns allen nur ein, daß er ein tapferer Mann und unser unglücklicher Herzog sei, dem man wolle das Land mit Gewalt entreißen. Es ging ein Gemurmel unter uns, daß der Herzog wolle eine Schlacht liefern, und jeder drückte das Schwert fester in der Hand, grimmig schüttelten sie ihre Speere und riefen den Bündlern Verwünschungen zu. Da kam der Herzog –«

»Du sahst den Herzog, du kennst ihn?« rief Georg neugierig. »O sprich, wie sieht er aus? –«

»Ob ich ihn kenne?« sagte der Bote mit sonderbarem Lächeln, »wahrhaftig ich sah ihn als es ihm nicht wohl war mich zu sehen. Der Herr ist noch ein junger Mann, wenn es viel ist, ist er zweiunddreißig Jahr. Er ist stattlich und kräftig, und man sieht ihm an, daß er die Waffen zu führen weiß. Augen hat er wie Feuer, und es lebt keiner, der ihm lange hineinschaute. – Der Herzog trat in den Kreis, den das bewaffnete Volk geschlossen hatte, und es war Totenstille unter den vielen Menschen. Mit vernehmlicher Stimme sprach er, daß er sich also verlassen, nimmer zu helfen wüßte.[17] Diejenigen, worauf er gehofft, seien ihm benommen, seinen Feinden sei er ein Spott; denn ohne die Schweizer könne er keine Schlacht wagen. Da trat ein alter, eisgrauer Mann hervor, der sprach: ›Herr Herzog! habt Ihr unsern Arm schon versucht, daß Ihr die Hoffnung aufgebt? schaut, diese alle wollen für Euch bluten; ich habe Euch auch meine vier Buben mitgebracht, hat jeder einen Spieß und ein Messer, und so sind hier viele Tausend; seid Ihr des Landes so müde, daß Ihr uns verschmäht?‹ Da brach dem Ulerich das Herz; er wischte

Sattler II. §. 6. Tethinger pag. 66. Interim cum Helvetiorum primoribus agunt foederati, missis in urbes eorum legatis, ne Ducis Huldrichi negotio belloque se nunc immisceant suos abscedere jubeant.

17   Sattler §. 6. Ausführlich führt diese Rede an: Tethinger comment. de reb. Würtemb. p. 66.

sich Tränen aus dem Auge und bot dem Alten seine Hand. ›Ich zweifle nicht an eurem Mut‹, sprach er mit lauter Stimme. ›Aber wir sind unserer zu wenig; so daß wir nur sterben können aber nicht siegen. Geht nach Haus ihr guten Leute und bleibet mir treu. Ich muß mein Land verlassen und im bittern Elend sein. Aber mit Gottes Hülfe hoffe ich auch wieder hereinzukommen.‹ So sprach der Herzog, unsere Leute aber weinten und knirschten mit den Zähnen und zogen ab in Trauer und Unmut. –«[18]

»Und der Herzog?« fragte Georg.

»Von Blaubeuren ist er weggeritten, wohin weiß man nicht. In den Schlössern aber liegt die Ritterschaft, sie zu verteidigen, bis der Herzog vielleicht andere Hülfe bekommt.« –

Der alte Johann unterbrach hier den Boten und meldete, daß der Junker auf zwei Uhr in den Kriegsrat beschieden sei, der in Frondsbergs Quartier gehalten werde; Georg war nicht wenig erstaunt über diese Nachricht; was konnte man von ihm im Kriegsrat wollen? Sollte Frondsberg schon ein Mittel gefunden haben, ihn zu empfehlen?

»Nehmt Euch in acht, Junker«, sprach der Bote, als der alte Johann das Gemach verlassen hatte, »und bedenkt das Versprechen, das Ihr dem Fräulein gegeben, vor allem erinnert Euch, was sie Euch sagen ließ: Ihr sollt Euch hüten, weil man etwas mit Euch vorhabe. Mir aber erlaubt, als Euer Diener in diesem Haus zu bleiben; ich kann Euer Pferd besorgen und bin zu jedem Dienst erbötig.«

18 Diese Ergebenheit und Treue der Württemberger beschreibt am angeführten Ort Tethinger. Als einen sehr wichtigen Grund gegen die Angriffe Huttens führt sie auch Nicolaus Barbatus in seiner zu Marburg gehaltenen Rede auf. Vergl. Schradius II. 386. Wir machen auf diesen Umstand besonders aufmerksam, weil man gewöhnlich annimmt, es sei den Württembergern recht gewesen, daß man Ulerich verjagte; Tethingers Worte sind: »Als dies die Württemberger hörten, beklagten sie ihr Schicksal heftig, das ihnen nicht vergönne zu fechten. – Magno fremitu fortunam suam questi.« – Noch merkwürdiger sind die Worte Nicolai Barbati; er sucht die Beschuldigungen Ulerichs von Hutten zu widerlegen: »Welcher Tyrann war den Seinigen wert? Ulerich lieben die Seinigen. Welcher Tyrann wird, wenn er verjagt ist, von seinen Untergebenen zurückgewünscht? Mit Bitten und Gebet wünschen sich seine Untergebenen den Herzog zurück und bitten die Götter, sie möchten ihnen den Herrn zurückgeben usw.«

Georg nahm das Anerbieten des treuen Mannes mit Dank an und Hanns trat auch sogleich in seinen Dienst, denn er band seinem jungen Herrn das Schwert um, und setzte ihm das Barett zurecht. Er bat ihn noch unter der Türe, seines Schwures und jener Warnung eingedenk zu sein.

Dem unbegreiflichen Ruf in den Kriegsrat und der sonderbar zutreffenden Warnung Mariens nachsinnend, ging Georg dem bezeichneten Hause zu; man wies ihn dort eine breite Wendeltreppe hinan, wo er in der ersten Türe rechts, die Kriegsobersten versammelt finden sollte. Aber der Eingang in dieses Heiligtum ward ihm nicht so bald verstattet; ein alter bärtiger Kriegsmann fragte, als er die Türe öffnen wollte, nach seinem Begehr, und gab ihm den schlechten Trost, es könne höchstens noch eine halbe Stunde dauern, bis er vorgelassen werde; zugleich ergriff er die Hand des jungen Mannes und führte ihn einen schmalen Gang hindurch, nach einem kleinen Gemach, wo er sich einstweilen gedulden solle.

Wer je in besorgter Erwartung einsam und allein auf der Marterbank eines Vorzimmers saß, der kennt die Qual, die Georg in jener Stunde auszustehen hatte. Das ungeduldige Herz pocht der Entscheidung entgegen, alle Nerven sind gespannt, das Auge möchte die Türe durchbohren, das Ohr schärft sich, wenn in der Ferne eine Türe knarrt, Schritte über den Hausgang rauschen oder undeutliche Stimmen im anstoßenden Zimmer lauter werden. Aber die Türen haben umsonst getönt, die Schritte immer näher und näher kommend, gehen vorüber, der ungleiche Ton der Stimmen sinkt zum Geflüster herab. Die Bretter des Fußbodens und die Fenster des Nachbarhauses sind bald gezählt, und schon wieder zeigt der helle Ton der Glocke eine umsonst verlebte halbe Stunde an. Das Ohr begleitet alle Glocken und Uhren der Stadt, bemerkt ihre hohen und tiefen Töne – auch sie haben ausgeschlagen. Man steht auf, man macht einen Gang durch das enge Gemach, horch! da geht wieder eine Türe, gewichtige Schritte kommen den Gang herauf, die Klinke der Türe bewegt sich nach so langer Zeit wieder –

»Georg von Frondsberg läßt Euch seinen Gruß vermelden«, sprach der alte Kriegsmann, der nach so langer Zeit wieder zu Georg kam, »es könnte vielleicht noch eine Weile dauern; doch sei dies ungewiß, darum sollet Ihr hierbleiben. Er schickt Euch hier einen Krug Wein zum Vespern.«

Der Diener setzte den Wein auf den breiten Fenstersims des Zimmers, denn ein Tisch war nicht vorhanden, und verließ das Gemach.

Georg sah ihm staunend nach; er hätte dies nicht für möglich gehalten; über eine Stunde war schon verschwunden, und noch nicht? Er griff zu dem Wein, er war nicht übel, aber wie konnte ihm in seiner traurigen Einsamkeit das Glas munden?

Es ist ein gewöhnlicher Fehler junger Leute in Georgs Jahren, daß sie sich für wichtiger halten, als es ihre Stellung in der Welt eigentlich mit sich bringt. Der gereiftere Mann wird eine Beeinträchtigung seiner Würde eher verschmerzen oder wenigstens sein Mißfallen zurückhalten, während der Jüngling empfindlicher über den Punkt der Ehre leichter und schneller aufbraust. Kein Wunder daher, daß Georg, als er nach zwei tödlich langen Stunden in den Kriegsrat abgeführt wurde, nicht in der besten Laune war. Er folgte schweigend dem ergrauten Führer, der ihn hieher geleitet hatte, den langen Gang hin.

An der Türe wandte sich jener um und sagte freundlich: »Verschmäht den Rat eines alten Mannes nicht, Junker, und legt die trotzige, finstere Miene ab; es tut nicht gut bei den gestrengen Herren da drinnen.«

Georg war in dem Augenblick zu wenig Herr über sich, als daß er den wohlgemeinten Rat hätte befolgen können, er dankte ihm durch einen Händedruck, ergriff dann rasch die gewaltige eiserne Türklinke und die schwere, eichene Zimmertüre drehte sich ächzend auf.

Um einen großen, schwerfälligen Tisch saßen acht ältliche Männer, die den Kriegsrat des Bundes bildeten. Einige davon kannte Georg. Jörg Truchseß, Freiherr von Waldburg, nahm als Oberster-Feldlieutenant den obersten Platz an dem Tische ein, auf beiden Seiten von ihm saßen Frondsberg und Franz von Sickingen, von den übrigen kannte er keinen, als den alten Ludwig von Hutten; aber die Chronik hat uns ihre Namen treulich aufbewahrt, es saßen dort noch Christoph Graf zu Ortenberg, Alban von Closen, Christoph von Frauenberg und Diepolt von Stein; bejahrte, im Heere angesehene Männer.

Georg war an der Türe stehengeblieben, Frondsberg aber winkte ihm freundlich näher zu kommen. Er trat bis an den Tisch, und überschaute nun mit dem freien kühnen Blick, der ihm so eigen war, die Versammlung. Aber auch er wurde von den Versammelten beobachtet, und es schien, als fänden sie Gefallen an dem schönen, hochgewachsenen Jüngling, denn mancher Blick ruhte mit Wohlwollen auf ihm, einige nickten ihm sogar freundlich zu.

Der Truchseß von Waldburg hob endlich an: »Georg von Sturmfeder, wir haben uns sagen lassen, Ihr seid auf der Hochschule in Tübingen gewesen, ist dem also?«

»Ja Herr Ritter«, antwortete Georg.

»Seid Ihr in der Gegend von Tübingen genau bekannt?« fuhr jener fort.

Georg errötete bei dieser Frage; er dachte an die Geliebte, die ja nur wenige Stunden von jener Stadt entfernt, auf ihrem Lichtenstein war; doch er faßte sich bald und sagte: »Ich kam zwar nicht viel auf die Jagd, auch habe ich sonst die Gegend wenig durchstreift, doch ist sie mir im allgemeinen bekannt.«

»Wir haben beschlossen«, fuhr Truchseß fort, »einen sicheren Mann in jene Gegend zu schicken, auszukundschaften was der Herzog von Württemberg bei unserem Anzug tun wird. Es soll auch über die Befestigung des Schlosses Tübingen, über die Stimmung des Landvolkes in jener Gegend genaue Nachricht eingezogen werden; ein solcher Mann kann dem Württemberger durch Klugheit und List mehr Abbruch tun als hundert Reiter, und wir haben – – Euch dazu ausersehen.«

»Mich?« rief Georg voll Schrecken.

»Euch, Georg von Sturmfeder; zwar gehört Übung und Erfahrung zu einem solchen Geschäft, aber was Euch dran abgeht, möge Euer Kopf ersetzen.«

Man sah dem Jüngling an, daß er einen heftigen Kampf mit sich kämpfte. Sein Gesicht war bleich, sein Auge starr, seine Lippen fest zusammengeklemmt. Die Warnung Mariens war ihm jetzt auf einmal klar; aber wie fest er auch bei sich beschloß, den Antrag auszuschlagen, wie erwünscht beinahe diese Gelegenheit erschien, um dem Bunde zu entsagen, so kam ihm die Entscheidung doch zu überraschend, er scheute sich, vor den berühmten Männern seinen Entschluß auszusprechen.

Der Truchseß rückte ungeduldig auf seinem Stuhl hin und her, als der junge Mann so lange mit seiner Antwort zögerte: »Nun? wird's bald? warum besinnt Ihr Euch so lange?« rief er ihm zu.

»Verschonet mich mit diesem Auftrag«, sagte Georg nicht ohne Zagen, »ich kann, ich darf nicht.«

Die alten Männer sahen sich erstaunt an, als trauten sie ihren Ohren nicht. »Ihr dürft nicht, Ihr könnt nicht«, wiederholte Truchseß langsam, und eine dunkle Röte, der Vorbote seines aufsteigenden Zornes lagerte sich auf seine Stirne und um seine Augen.

Georg sah, daß er sich in seinen Ausdrücken übereilt habe; er sammelte sich und sprach mit freierem Mute: »Ich habe Euch meine Dienste angeboten um ehrlich zu fechten, nicht aber um mich in Feindesland zu schleichen und hinterrücks nach seinen Gedanken zu spähen. Es ist wahr, ich bin jung und unerfahren, aber so viel weiß ich doch, um mir von meinen Schritten Rechenschaft geben zu können; und wer von Euch, der Vater eines Sohnes ist, möchte ihm zu seiner ersten Waffentat raten, den Kundschafter zu machen?«

Der Truchseß zog die dunkeln, buschigen Augenbrauen zusammen, und schoß einen durchdringenden Blick auf den Jüngling, der so kühn war, anderer Meinung zu sein als er. »Was fällt Euch ein, Junker!« rief er; »Eure Reden helfen Euch jetzt nichts, es handelt sich nicht darum, ob es sich mit Eurem kindischen Gewissen verträgt was wir Euch auftragen; es handelt sich um Gehorsam, wir wollen es, und Ihr *müßt!*«

»Und ich *will* nicht!« entgegnete ihm Georg mit fester Stimme. Er fühlte, daß mit dem Zorn über Waldburgs beleidigenden Ton sein Mut von Minute zu Minute wachse, er wünschte sogar, der Truchseß möchte noch weiter in seinen Reden fortfahren, denn jetzt glaubte er sich jeder Entscheidung gewachsen.

»Ja freilich, freilich!« lachte Waldburg in bitterem Grimm, »das Ding hat Gefahr, so allein in Feindesland herumzureiten. Ha! Ha! Da kommen die Junker von Habenichts und Binnichts und bieten mit großen Worten und erhabenen Gesichtern ihren Kopf und ihren tapferen Arm an, und wenn es drauf und dran kommt, wenn man etwas von ihnen haben will, so fehlt es am Herz. Doch Art läßt nicht von Art, der Apfel fällt nicht weit vom Stamm – und wo nichts ist: da hat der Kaiser das Recht verloren.«

»Wenn dies eine Beleidigung für meinen Vater sein soll«, antwortete Georg erbittert, »so sitzen hier Zeugen, die ihm bezeugen können, daß er in ihrem Gedächtnisse als ein Tapferer lebt. Ihr müßt viel getan haben in der Welt, daß Ihr Euch herausnehmt auf andere so tief herabzusehen!«

»Soll ein solcher Milchbart mir vorschreiben was ich reden soll?« unterbrach ihn Waldburg; »was braucht es da das lange Schwatzen? ich will wissen, Junkerlein, ob Ihr morgen Euer Pferd sattelt, und Euch nach unseren Befehlen richten wollet oder nicht!«

»Herr Truchseß«, antwortete Georg mit mehr Ruhe als er sich selbst zugetraut hatte; »Ihr habt durch Eure scharfe Reden nichts gezeigt, als daß Ihr wenig wisset, wie man mit einem Edelmann, der dem Bunde seine Dienste anbot, wie man mit dem Sohn meines tapfern Vaters sprechen müsse. Ihr habt aber als Oberster dieses Rates im Namen des Bundes zu mir gesprochen und mich so tief beleidigt, als ob ich Euer ärgster Feind wäre, darum kann ich nichts tun, als wie Ihr selbst befehlt, mein Roß satteln, aber gewiß nicht zu Eurem Dienst. Es ist mir nicht länger Ehre, diesen Fahnen zu folgen, nein, ich sage mich los und ledig von Euch für immer; gehabt Euch wohl!«

Der junge Mann hatte mit Nachdruck und Festigkeit gesprochen, und wandte sich, zu gehen.

»Georg!« rief Frondsberg, indem er aufsprang, »Sohn meines Freundes! –«

»Nicht so rasch, Junker«, riefen die übrigen, und warfen mißbilligende Blicke auf Waldburg; aber Georg war, ohne sich umzusehen, aus dem Gemach geschritten, die eiserne Klinke schlug klirrend ins Schloß und die gewaltigen Flügel der eichenen Pforte lagerten sich zwischen ihn und den wohlmeinenden Nachruf der besser gesinnten Männer; sie schieden Georg von Sturmfeder auf ewig von dem Schwäbischen Bunde.

81

X.

O wenn die Nacht des Grames dich umschlinget,
Mit schwerem Leid dein wundes Herz oft ringet,
Wenn nur der Stern, der nach der Sonne stehet,
Der Liebe Stern in dir nicht untergehet.

P. Conz

Georg fühlte sich leichter, als er auf seinem Zimmer über das Vorgefallene nachdachte. Jetzt war ja entschieden, was zu *entscheiden* er so lange gezögert hatte, entschieden auf eine Weise, wie er sie besser nicht hätte wünschen können. So hatte er jetzt einen guten Grund, das Heer sogleich zu verlassen, und der Oberstfeldlieutenant mußte die Schuld sich selbst beimessen.

Wie schnell hatte sich doch alles in den vier Tagen gewendet; wie verschieden waren die Gesinnungen, mit denen er in diese Stadt einzog, von denen, die ihn aus ihren Mauern hinaustrieben! Damals, als der Donner der Geschütze, der feierliche Klang aller Glocken, die lockenden Töne der Trompeten ihn begrüßten, wie schlug da sein Herz dem Kampf entgegen, um Marien zu verdienen. Und als er das erstemal vor jenen Frondsberg geführt wurde, wie erhebend war der Gedanke, unter den Augen dieses Mannes zu streiten, aus seinem Munde sich Ruhm zu erwerben! – Und wie erkaltete bald darauf sein Eifer, als der Bund in seinen Augen jenen Glanz verlor, mit welchem ihn seine jugendliche Phantasie umgeben hatte; wie schämte er sich, sein Schwert für die zu ziehen, die nur von Eigennutz und Habgier getrieben, das schöne Land sich zur Beute ausersehen hatten! Wie schrecklich der Gedanke, Marie und die Ihrigen auf der feindlichen Seite zu wissen, treu ergeben dem unglücklichen Fürsten, den auch er aus seinen Grenzen zu jagen helfen sollte? Um eine solche Sache sollte er jenes teure Herz brechen, das unter jedem Wechsel treu für ihn schlug? »Nein! Du hast es wohl mit mir gemeint«, sprach er, indem sein Auge dem Strahl der Abendsonne, der durch die runden Scheiben hereinfiel, hinauf zu dem blauen Himmel folgte; »du hast es wohl mit mir gemeint, was jedem andern, der heute an meiner Stelle stand, zum Verderben gewesen wäre, hast du für mich zum Heil gelenkt!« Jene Heiterkeit, die, seit er wußte, wie furchtbar sich das Geschick zwischen ihn und die Geliebte stellte, einem trüben Ernste gewichen war, kehrte wieder auf seine Stirne, um seinen Mund zurück; er sang sich ein frohes Lied, wie in seinen *frohesten* Augenblicken. –

Erstaunt betrachtete ihn der eintretende Herr von Kraft. »Nun das ist doch sonderbar«, sagte er, »ich eile nach Haus, um meinen Gast in seinem gerechten Schmerz zu trösten, und finde ihn so fröhlich wie nie; wie räume ich das zusammen?«

»Habt Ihr noch nie gehört, Herr Dieterich«, entgegnete Georg, der für geratener hielt, seine Fröhlichkeit zu verbergen, »habt Ihr nie gehört, daß man auch aus Zorn lachen und im Schmerz singen könne?«

»Gehört hab ich es schon, aber gesehen nie bis zu diesem Augenblick«, antwortete Kraft.

»Nun, und Ihr habt also auch von der verdrüßlichen Geschichte gehört«, fragte Georg, »man erzählt sich es gewiß schon auf allen Straßen?«

»O nein«, antwortete der Ratsschreiber, »man weiß nirgens etwas davon, man hätte ja zugleich Eure geheime Sendung nach Württemberg damit ausposaunen müssen. Nein! ich habe, Gott sei Dank, so meine eigenen Quellen, und erfahre manches noch in *der* Stunde wo es getan oder gesprochen wurde. Aber nehmt mir's nicht übel, Ihr habt da einen dummen Streich gemacht!«

»So?« antwortete Georg lächelnd, »und warum denn?«

»Bot sich Euch nicht die schönste Gelegenheit, Euch auszuzeichnen? Wem wären die Bundesobersten mehr Dank schuldig als –«

»Sagt es nur heraus«, unterbrach ihn Georg, »– als dem Kundschafter in des Feindes Rücken. Es ist nur schade, daß mein Vater und die Ehre meines Namens mich *vor,* nicht *hinter* den Feind bestimmt haben, es sei denn, daß er vor mir fliehe.«

»Dies sind Bedenklichkeiten, die ich nicht bei Euch gesucht hätte; wahrlich, wenn ich so bekannt in jener Gegend wäre, wie Ihr, man hätte es mir nicht zweimal sagen dürfen.«

»Ihr habt hierzuland vielleicht andere Grundsätze über diesen Punkt«, sagte Georg nicht ohne Spott, »als wir in unserem Franken, das hätte Truchseß von Waldburg bedenken und einen Ulmer schicken sollen.«

»Ihr bringt mich da eben recht noch auf etwas anderes; der *Oberfeldlieutenant!* Wie habt Ihr ihn Euch so zum Feinde machen mögen, denn daß dieser Euch das Geschehene in seinem Leben nicht verzeiht, dürft Ihr gewiß sein.«

»Das ist mein geringster Kummer«, antwortete Georg, »aber eines tut mir weh, daß ich den Übermütigen, der schon meinem Vater Böses getan, wo er konnte, nicht vor meine Klinge stellen, und ihm zeigen kann, daß der Arm nicht so ganz zu verachten ist, den er heute von sich gestoßen hat.«

»Um Gottes willen«, fiel Kraft ein, »sprecht nicht so laut, er könnte es hören; überhaupt müßt Ihr Euch sehr zusammennehmen, wenn Ihr ferner im Heere unter ihm dienen wollt!«

»Ich will den Herrn Truchseß von meinem verhaßten Anblick bald befreien; so Gott will, habe ich die Sonne zum letztenmal in Ulm untergehen sehen!«

»So wäre es wahr«, fragte Herr von Kraft mit Staunen, »was man noch dazusetzte und was ich nicht glauben konnte: Georg von Sturmfeder will wegen dieser Kleinigkeit unsere gute Sache verlassen?«

»Verletzung der Ehre ist nirgends eine Kleinigkeit«, antwortete Georg ernst, »am wenigsten bei einem Stand wie der unserige; was aber Eure gute Sache betrifft, so habe ich nachgerade eingesehen, daß ich weder für eine gute Sache noch für eine gute Meinung, sondern für ein paar große Herren und für ein paar Mauern voll Spießbürger mich schlagen sollte.«

Der unangenehme Eindruck, den besonders die letzten Worte auf den Ratsschreiber machten, entging ihm nicht, er fuhr daher, indem er seine Hand ergriff und drückte, ruhiger fort: »Nehmt mir meine scharfen Worte nicht übel, mein freundlicher Wirt, weiß Gott, ich habe Euch nicht damit beleidigen wollen; aber aus Eurem eigenen Munde habe ich die Gesinnungen und Zwecke der verschiedenen Parteien in diesem Heere erfahren, schreibt es Euch selbst zu, wenn ich meinen eigenen Weg einschlage, da *Ihr* mir die Binde von den Augen genommen habt.«

»Ihr habt so unrecht gerade nicht, guter Junker; es wird bunt hergehen, wenn die Herren erst das schöne Land da drüben unter sich teilen. Aber da habe ich gedacht, es gehe ja in einem hin, Ihr könntet Euch auch Euer Scherflein dabei verdienen. Man sagt, Ihr dürft es mir aber nicht übelnehmen, Euer Haus sei etwas herabgekommen, da meinte ich –«

»Nichts davon«, fiel Georg rasch ein, gerührt von der Gutmütigkeit seines Gastfreundes, »das Haus meiner Väter zerfällt, unsere Tore hängen auf gebrochenen Angeln, auf der Zugbrücke wächst Moos, und auf dem hohen Wartturm hausen Eulen. In fünfzig Jahren steht vielleicht noch ein Turm oder ein Mäuerchen, und erinnert den Wanderer, daß hier einst ein ritterliches Geschlecht hauste. Aber, wenn auch die morschen Mauern über mir zusammenstürzen, und den letzten meines Stammes unter ihren Trümmern begraben, niemand soll von mir sagen: ich habe für ungerechtes Gut das Schwert meines Vaters gezogen.«

»Jeder nach seiner Weise«, antwortete Dieterich, »es klingt dies alles recht schön, aber ich für meinen Teil würde mir schon etwas gefallen lassen, um mein Haus anständig und wohnlich wieder herzustellen. – Möget Ihr übrigens Euren Entschluß ändern oder nicht, auf jeden Fall hoffe ich, werdet Ihr es Euch noch einige Tage bei mir gefallen lassen.«

»Ich erkenne Eure Güte«, antwortete Georg, »aber Ihr seht, daß ich unter den gegenwärtigen Umständen nichts mehr in dieser Stadt zu tun habe. Ich gedenke mit Anbruch des Morgens zu reiten.«

»Nun, und kann man Euch Grüße mitgeben?« sagte der Ratsschreiber mit überaus schlauem Lächeln; »Ihr reitet doch den nächsten Weg nach Lichtenstein?«

Der junge Mann errötete bis in die Stirne hinauf. Es war zwischen ihm und seinem Gastfreund seit Mariens Abreise noch nie über diesen Gegenstand zu Sprache gekommen, um so mehr überraschte ihn jetzt die schlaue Frage seines Gastfreundes. »Ich sehe«, sagte er, »daß Ihr mich noch immer falsch verstehet. Ihr glaubet, ich habe dem Bunde nur deswegen den Rücken zugewandt, um mich an die Feinde anzuschließen? Wie möget Ihr nur so schlimm von mir denken!«

»Ach, geht mir doch!« entgegnete der kluge Ratsschreiber; »niemand anders als mein reizendes Bäschen hat Euch von uns abwendig gemacht. Ihr hättet wohl zu allem, was der Bund getan, ein Auge zugedrückt, wenn der alte Lichtenstein auch mitgemacht hätte; nun er auf der anderen Seite steht, glaubt Ihr auch schnell umsatteln zu müssen!«

Georg mochte sich verteidigen wie er wollte, der Ratsschreiber war zu fest von seiner eigenen Klugheit überzeugt, als daß er sich diese Meinung hätte ausreden lassen. Er fand diesen Schritt auch ganz natürlich, und sah nichts Böses oder Unehrliches darin. Mit einem herzlichen Gruß an die Base in Lichtenstein verließ er das Zimmer seines Gastes. Doch auf der Schwelle wandte er sich noch einmal um. »Fast hätte ich das Wichtigste vergessen«, sagte er, »ich begegnete Georg von Frondsberg auf der Straße; er läßt Euch bitten heute abend noch zu ihm in sein Haus zu kommen.«

Georg hatte sich zwar selbst vorgestellt, daß ihn Frondsberg nicht ohne Abschied werde ziehen lassen, und doch war ihm bange vor dem Anblick dieses Mannes, der es so gut mit ihm gemeint, und dessen freundliche Plane er so schnell durchkreuzt hatte. Er schnallte unter den

Gedanken an diesen schweren Gang sein Schwert um, und wollte eben seinen Mantel zurecht richten, als ein sonderbares Geräusch von der Treppe her seine Aufmerksamkeit auf sich zog. Schwere Tritte vieler Menschen näherten sich seiner Türe, er glaubte Schwerter und Hellebarden auf dem Estrich seines Vorsaales klirren zu hören, er machte schnell einige Schritte gegen die Türe, um sich von dem Grund seiner Vermutung zu überzeugen.

Aber noch ehe er die Türe erreicht hatte, ging diese auf, das matte Licht einiger Kerzen ließ ihn mehrere bewaffnete Kriegsknechte sehen, die seine Türe umstellt hatten. Jener alte Kriegsmann, der ihn heute vor dem Kriegsrat empfangen hatte, trat aus ihrer Mitte hervor:

»Georg von Sturmfeder!« sprach er zu dem Jüngling, der mit Staunen zurücktrat, »ich nehme Euch auf Befehl eines Hohen Bundesrates gefangen.«

»Mich? gefangen?« rief Georg mit Schrecken. »Warum? wessen beschuldigt man mich denn?«

»Das ist nicht meine Sache«, antwortete der Alte mürrisch, »doch wird man Euch vermutlich nicht lange in Ungewißheit lassen. Jetzt aber seid so gut und reicht mir Euer Schwert und folgt mir auf das Rathaus.«

»Wie? Euch soll ich mein Schwert geben?« entgegnete der junge Mann mit dem Zorn beleidigten Stolzes, »wer seid Ihr, daß Ihr mir meine Waffen abfordern könnet? da muß der Rat ganz andere Leute schicken als Euch, so viel verstehe ich auch von Eurem Handwerk!«

»Um Gottes willen, gebt doch nach«, rief der Ratsschreiber, der sich bleich und verstört an seine Seite gedrängt hatte, »gebt nach; Widerstand kann Euch wenig nützen; Ihr habt es mit dem Truchseß zu tun«, flüsterte er heimlicher; »das ist ein böser Feind, bringt ihn nicht noch ärger gegen Euch auf.«

Der alte Kriegsmann unterbrach die Einflüsterungen des Ratsschreibers: »Es ist wahrscheinlich das erstemal, Junker«, sagte er, »daß Ihr in Haft genommen werdet, deswegen verzeihe ich Euch gern die unziemlichen Worte gegen einen Mann, der oft in *einem* Zelt mit Eurem Vater schlief. Euer Schwert möget Ihr auch immerhin behalten; ich kenne diesen Griff und diese Scheide, und habe den Stahl, den sie verschließt, manchen rühmlichen Kampf ausfechten sehen. Es ist löblich, daß Ihr viel darauf haltet, und es nicht in jede Hand kommen lassen möget. Aber aufs Rathaus müßt Ihr mit, denn es wäre töricht, wenn Ihr der Gewalt Trotz bieten wolltet.«

Der Jüngling, dem alles wie ein Traum erschien, ergab sich schweigend in sein Schicksal, er trug dem Ratsschreiber heimlich auf, zu Frondsberg zu gehen und diesen von seiner Gefangenschaft zu unterrichten. Er wickelte sich tiefer in seinen Mantel, um auf der Straße bei diesem unangenehmen Gang nicht erkannt zu werden, und folgte dem ergrauten Führer und seinen Lanzknechten. 87

XI.

Die Eisentür geht auf, des Kerkers schwarze Wand
Erhellt ein blasser Schein, er höret jemand gehen
Und stemmt sich auf, und sieht –

Wieland

Die Truppe, den Gefangenen in der Mitte, bewegte sich schweigend dem Rathaus zu. Nur eine einzige Fackel leuchtete ihnen voran, und Georg dankte dem Himmel, daß sie nur sparsame Helle verbreitete; denn er glaubte, alle Menschen, die ihn begegneten, müßten es ihm ansehen, daß er ins Gefängnis geführt werde. Nächst diesem beschäftigte ihn unterwegs vorzüglich *ein* Gedanke: es war das erste Mal in seinem Leben, daß er in ein Gefängnis geführt wurde, er dachte daher nicht ohne Grauen an einen feuchten, unreinlichen Kerker; das Burgverlies in seinem alten Schlosse, das er als Knabe einmal besucht hatte, kam ihm immer vor das Auge; er war einigemal im Begriff, seinen Führer darüber zu befragen, doch drängte der Gedanke, man möchte es für kindische Furcht ansehen, seine Frage immer wieder zurück.

Nicht wenig war er daher überrascht, als man ihn in ein geräumiges, schönes Zimmer führte, das zwar nicht sehr wohnlich aussah, denn es enthielt nur eine leere Bettstelle und einen ungeheuern Kamin, aber in Vergleichung mit den Bildern seiner Phantasie eher einem Prunkgemach als einem Gefängnis glich. Der alte Kriegsmann wünschte dem Gefangenen gute Nacht und zog sich mit seinen Knechten zurück, ein kleiner, hagerer, sehr ältlicher Mann trat ein; der große Schlüsselbund, welcher an seiner Seite hing und jeden seiner Schritte wie mit Kettengerassel bezeichnete, gab ihn als den Rathausdiener oder Schließer kund. Er legte schweigend einige große Scheite Holz ins Kamin und bald loderte ein behagliches Feuer auf, das dem jungen Mann in der kalten Märznacht sehr zustatten kam. Auf die Bretter der breiten, leeren Bettstelle breitete der Schließer eine große, wollene Decke, und das erste Wort, das Georg aus seinem Munde hörte, war die freundliche Einladung an den Gefangenen, sich's bequem zu machen. Die harten Brettchen nur mit einer dünnen Decke überlegt, mochten nun freilich nicht sehr einladend aussehen, doch lobte Georg die Bemühungen des Alten und sein Gefängnis.

»Das ist halt die Ritterhaft«, belehrte ihn der Schließer, »die für den gemeinen Mann ist unter der Erde und nicht so schön; doch ist sie dafür desto besuchter.«

»Hier war wohl seit langer Zeit niemand?« fragte Georg, indem er das öde Gemach musterte.

»Der letzte war vor sieben Jahren ein Herr von Berger, er ist in jenem Bett verschieden; Gott sei seiner armen Seele gnädig! Es schien ihm aber hier zu gefallen, denn er ist schon in mancher Mitternacht aus seiner Bahre heraufgestiegen, um sein altes Zimmer zu besuchen.«

»Wie?« sagte Georg lächelnd, »hieher soll er sich nach seinem Tode noch bemüht haben?«

Der Schließer warf einen scheuen Blick in die Ecken des Zimmers, die von dem unruhigen Flackern des Kaminfeuers kaum erhellt, sich bald vor-, bald zurückzudrängen schienen; er legte das Holz mehr zurecht und brummte: »Man spricht so mancherlei.«

»Und auf jener Decke ist er verschieden?« rief Georg, den bei allem jugendlichen Mut doch ein unwillkürlicher Schauder überlief.

»Ja, Herr!« flüsterte der Schließer leise, »dort auf jener Decke ist er abgefahren, Gott gebe, daß es nicht tiefer als ins Fegefeuer ging. Wir nennen deswegen die Decke nur das Leichentuch, das Zimmer aber heißt des Ritters Totenkammer!« Mit leisen Schritten, als fürchte er, durch jeden Laut den Toten zu erwecken, schlich er aus dem Gemach, desto vernehmlicher rauschten außen seine Schlüssel in dem Türschloß, als feierten sie seinen Triumph, einem greulichen Spuk entflohen zu sein.

»Also auf dem Leichentuch in des Ritters Totenkammer?« dachte Georg und fühlte, wie sein Herz lauter pochte. Man hatte zwar damals das menschliche Gemüt noch nicht wie in unsern Tagen durch eigene Gespenster- und Schauerbücher für das Grauenhafte empfänglich gemacht; doch hatten Ammen und alte Knechte hinlänglich dafür gesorgt, den Geist des Junkers Georg mit diesem reichlich wuchernden Unkraut anzupflanzen.

Er war daher unschlüssig, ob er sich auf das Leichentuch legen sollte oder nicht? Aber er sah keinen Stuhl, keine Bank in der ganzen Totenkammer, der Boden mit Backsteinen zierlich ausgelegt, war noch kälter als das kalte feuchte Leichentuch; er begann sich dieser Untersuchungen, dieses Zögerns zu schämen, und bald nahm ihn das gastliche Lager des Verstorbenen auf.

Auch das härteste Lager ist weich für den, der mit gutem Gewissen zur Ruhe geht. Georg hatte sein Nachtgebet gesprochen und war bald entschlummert. Aber aus dem Leichentuch stiegen wunderliche Träume auf und lagerten sich bange über den jungen Mann; er sah deutlich, wie der alte Schließer zu dem großen Schlüsselloch hereinguckte und sich segnete, daß er auf der anderen Seite der Türe stehe, denn in der Totenkammer begann es recht unheimlich zu werden. Es fing an, wunderlich umherzurauschen, auf den Backsteinen schlurften alte Sohlen in häßlichen Tönen; Georg glaubte zu träumen, er ermannte sich, er horchte, er horchte wieder, aber es war keine Täuschung; schwere Tritte tönten im Gemach. Jetzt wurde das Feuer heller angeschürt; der ungewisse Schein der Flamme spielte um eine große dunkle Gestalt; sie bewegte sich, der Weg vom Kamin zum Bette war gar nicht weit. Die Schritte kommen näher, das Leichentuch wird angefaßt und geschüttelt; Georg, von unabwendbarer Furcht befallen, drückt die Augen zu, aber als die Decke gerade neben seinem Haupte gefaßt wurde, als eine kalte, schwere Hand sich auf seine Stirne legte, da riß er sich los aus seiner Angst, er sprang auf, und maß mit ungewissen Blicken jene dunkle Gestalt, die jetzt dicht vor ihm stand; hell flackerten die Flammen im Kamine, sie beleuchteten die wohlbekannten Züge Georgs von Frondsberg.

»Ihr seid es, Herr Feldhauptmann?« rief Georg, indem er freier atmete und seinen Mantel zurecht richtete, um den Ritter nach Würde zu empfangen.

»Bleibt, bleibt«, sagte jener und drückte ihn sanft auf sein Lager nieder; »ich setze mich zu Euch auf das Bett und wir plaudern noch ein Halbstündchen, denn es ist auf allen Glocken erst neun Uhr und in Ulm schläft noch niemand als dieser Sprudelkopf, dem man zur Abkühlung heute nacht recht hart gebettet hat.« Er faßte Georgs Hand und setzte sich zu seinen Füßen auf das Bett.

»Oh, wie kann ich diese milde Nachsicht verdienen«, sprach Georg, »stehe ich nicht in Euren Augen als ein Undankbarer da, der Euer Wohlwollen zurückstößt, und was Ihr gütig für ihn angesponnen, mit rauher Hand zerreißt?«

»Nein, mein junger Freund!« antwortete der freundliche Mann, »du stehst vor meinen Augen als der echte Sohn deines Vaters; geradeso schnell fertig mit Lob und Tadel, mit Entschluß und Rede war er; daß er ein Ehrenmann dabei war, weiß ich wohl; aber ich weiß auch, wie unglücklich ihn sein schnelles Aufbrausen, sein Trotz, den er für Festigkeit ausgab, machten.«

»Aber saget selbst, edler Herr!« entgegnete Georg, »konnte ich heute anders handeln? Hatte mich nicht der Truchseß aufs Äußerste gebracht?«

»Du konntest anders handeln, wenn du die Weise und Art dieses Mannes beachtetest, welche sich dir letzthin schon kundgab. Auch hättest du denken können, daß Leute genug da waren, die dir kein Unrecht geschehen ließen. Du aber schüttetest das Kind mit dem Bade aus und liefst weg.«

»Das Alter soll kälter machen«, erwiderte der junge Mann »aber in der Jugend hat man heißes Blut; ich kann alles ertragen, Härte und Strenge, wenn sie gerecht sind und meine Ehre nicht kränken. Aber kalter Spott, Hohn über das Unglück meines Hauses kann mich zum wütenden Wolf machen. Wie kann ein so hoher Mann nur Freude daran haben, einen so zu quälen?«

»Auf diese Art äußert sich immer sein Zorn«, belehrte ihn Frondsberg; »je kälter und schärfer er aber von außen ist, desto heißer kocht in ihm die Wut. Er war es, der auf den Gedanken kam, dich nach Tübingen zu senden, teils weil er sonst keinen wußte, teils auch um dir das Unrecht, das er dir angetan, wiedergutzumachen. Denn in seinem Sinne war diese Sendung höchst ehrenvoll. Du aber hast ihn durch deine Weigerung gekränkt und vor dem Kriegsrat beschämt.«

»Wie?« rief Georg; »der Truchseß hat mich vorgeschlagen? So kam also jene Sendung nicht von Euch?«

»Nein«, gab ihm der Feldhauptmann mit geheimnisvollem Lächeln zur Antwort; »nein! ich habe ihm sogar mit aller Mühe abgeraten, dich zu senden, aber es half nichts, denn die wahren Gründe konnte ich ihm doch nicht sagen. Ich wußte, ehe du eintratst, daß du dich weigern würdest, dies Amt anzunehmen. – Nun reiße doch die Augen nicht so auf, als wolltest du mir durch das lederne Koller ins Herz hineinschauen. Ich weiß allerlei Geschichten von meinem jungen Trotzkopf da!«

Georg schlug verwirrt die Augen nieder. »So kamen Euch die Gründe nicht genügend vor, die ich angab?« sagte er; »was wolle Ihr denn so Geheimnisvolles von mir wissen?«

»Geheimnisvoll? nun so gar geheimnisvoll ist es gerade nicht, denn merke für die Zukunft: wenn man nicht verraten sein will, so muß man weder bei Abendtänzen sich gebärden wie einer, der von Sankt Veits Tanz befallen ist, noch nachmittags um drei Uhr zu schönen Mädchen gehen. Ja, mein Sohn! ich weiß allerlei«, setzte er hinzu, indem er lächelnd mit dem Finger drohte, »ich weiß auch, daß dieses ungestüme Herz gut württembergisch ist.«

Georg errötete und vermochte den lauernden Blick des Ritters nicht auszuhalten. »Württembergisch?« entgegnete er, indem er sich mit Mühe gefaßt hatte, »da tut Ihr mir unrecht; nicht mit Euch zu Feld ziehen zu wollen, heißt noch nicht sich an den Feind anschließen; gewiß ich schwöre Euch –«

»Schwöre nicht«, fiel ihm Frondsberg rasch ins Wort, »ein Eid ist ein leichtes Wort, aber es ist doch eine drückend schwere Kette, die man bricht oder von der man zerbrochen wird. Was du tun wirst, das wird so sein, daß es sich mit deiner Ehre verträgt. Nur *eines* mußt du dem Bunde an Eidesstatt geloben, und dann erst wirst du deiner Haft entlassen: in den nächsten vierzehn Tagen nicht gegen uns zu kämpfen.«

»So legt Ihr mir also dennoch falsche Gesinnungen unter?« sprach Georg bewegt; »das hätte ich nicht gedacht! und wie unnötig ist dieser Schwur! Für wen, und mit wem sollte ich denn auf jener Seite kämpfen? Die Schweizer sind abgezogen, das Landvolk hat sich zerstreut, die Ritterschaft liegt in den Festungen und wird sich hüten, den nächsten besten, der vom Bundesheer herüberläuft, in ihre Mauern aufzunehmen, der Herzog selbst ist enflohen –«

»Entflohen?« rief Frondsberg aus, »entflohen? das weiß man noch nicht so gewiß; warum hätte der Truchseß dann die Reiter ausgeschickt?« setzte er hinzu; »und überhaupt, wo hast du diese Nachrichten alle her? Hast du den Kriegsrat belauscht? oder sollte es wahr sein, was einige behaupten wollen, daß du verdächtige Verbindungen nach Württemberg hinüber unterhältst?«

»Wer wagt dies zu behaupten?« rief Georg erblassend.

Frondsbergs durchdringende Augen ruhten prüfend auf den Zügen des jungen Mannes. »Höre, du bist mir zu jung und ehrlich zu einem Bubenstücke«, sagte er, »und wenn du etwas solches im Schilde führtest, hättest du dich wohl nicht vom Bunde losgesagt, sondern auch ferner Württembergs Spion gemacht.«

»Wie? spricht man so von mir?« unterbrach ihn Georg; »wenn Ihr nur ein Fünkchen Liebe zu mir habt, so nennt mir den schlechten Kerl, der so von mir spricht!«

»Nur nicht gleich wieder so aufbrausend«, entgegnete Frondsberg und drückte die Hand des jungen Mannes; »du kannst denken, daß, wenn ein solches Wort öffentlich gesprochen würde, oder ich an diese Einflüsterungen glaubte, Georg von Frondsberg nicht zu dir käme. Aber etwas muß denn doch an der Sache sein. Zu dem alten Lichtenstein kam öfters ein schlichter Bauersmann in die Stadt; er fiel nicht auf zu einer Zeit, wo so vielerlei Menschen hier sind. Aber man gab uns geheime Winke, daß dieser Bauer ein verschlagener Mann und ein geheimer Botschafter aus Württemberg sei. Der Lichtensteiner zog ab, und der Bauer und sein geheimnisvolles Treiben war vergessen. Diesen Morgen hat er sich wieder gezeigt. Er soll vor der Stadt lange Zeit mit dir gesprochen haben, auch wurde er in deinem Haus gesehen. Wie verhält sich nun diese Sache?«

Georg hatte ihm mit wachsendem Staunen zugehört. »So wahr ein Gott über mir ist«, sagte er, als Frondsberg geendet hatte, »ich bin unschuldig. Heute frühe kam ein Bauer zu mir und –«

»Nun, warum verstummst du auf einmal«, fragte Frondsberg, »du glühst ja über und über, was ist es denn mit diesem Boten?«

»Ach! ich schäme mich, es auszusprechen, und dennoch habt Ihr ja schon alles erraten; er brachte mir ein paar Worte von – meinem Liebchen!« Der junge Mann öffnete bei diesen Worten sein Wams und zog einen Streifen von Pergament hervor, den er dort verborgen hatte. »Seht, dies ist alles, was er brachte«, sagte er, indem er es Frondsberg bot.

»Das ist also alles?« lachte dieser, nachdem er gelesen hatte; »armer Junge! und du kennst also diesen Mann nicht näher? Du weißt nicht, wer er ist?«

»Nein, er ist auch weiter nichts, als unser Liebesbote, dafür wollte ich stehen!«

»Ein schöner Liebesbote, der nebenher unsere Sachen auskundschaften soll; weißt du denn nicht, daß es der gefährlichste Mann ist? es ist der Pfeifer von Hardt.«

»Der Pfeifer von Hardt?« fragte Georg, »zum erstenmal höre ich diesen Namen; und was ist es dann, wenn er der Pfeifer von Hardt ist?«

»Das weiß niemand recht, er war im Aufstand vom Armen Konrad einer der schrecklichsten Aufrührer, nachher wurde er begnadigt; seit der Zeit führt er ein unstetes Leben, und ist jetzt ein Kundschafter des Herzogs von Württemberg.«

»Und hat man ihn aufgefangen?« forschte Georg weiter, denn unwillkürlich nahm er wärmeren Anteil an seinem neuen Diener.

»Nein, das gerade ist das Unbegreifliche; man machte uns so still als möglich die Anzeige, daß er sich wieder in Ulm sehen lasse; in Eurem

Stall soll er zuletzt gewesen sein, und als wir ihn ganz in geheim aufheben wollten, war er über alle Berge. Nun, ich glaube deinem Wort und deinen ehrlichen Augen, daß er in keinen andern Angelegenheiten zu dir kam. – Du kannst dich übrigens darauf verlassen, daß er, wenn es derselbe ist, den ich meine, nicht allein deinetwegen sich nach Ulm wagte. Und solltest du je wieder mit ihm zusammentreffen, so nimm dich in acht, solchem Gesindel ist nicht zu trauen. Doch der Wächter ruft zehn Uhr. Lege dich noch einmal aufs Ohr und verträume deine Gefangenschaft. Vorher aber gib mir dein Wort wegen der vierzehn Tage, und das sage ich dir, wenn du Ulm verläßt ohne dem alten Frondsberg Lebewohl zu sagen –«

»Ich komme, ich komme«, rief Georg, gerührt von der Wehmut des verehrten Mannes, die jener umsonst unter einer lächelnden Miene zu verbergen suchte. Er gab ihm Handtreue, wie es der Kriegsrat verlangte, der Ritter aber verließ mit langsamen Schritten die Totenkammer.

XII.

Nur einmal noch laß leuchten
Mir deiner Augen Strahl,
Laß hören deine Stimme
Nur noch ein einzig Mal!

C. Grüneisen

Die Mittagssonne des folgenden Tages sendete drückende Strahlen auf einen Reiter, welcher über den Teil der Schwäbischen Alb, der gegen Franken ausläuft, hinzog. Er war jung, mehr schlank als fest gebaut, und ritt ein hochgewachsenes Pferd von dunkelbrauner Farbe; er war wohl- bewaffnet mit Brustharnisch, Dolch und Schwert; einige andere Stücke seiner Armatur, als der Helm und die aus Eisenblech getriebenen Arm- und Beinschienen, waren am Sattel befestigt. Die hellblau und weiß ge- streifte Feldbinde, die von der rechten Schulter sich über die Brust zog, ließ erraten, daß der junge Mann von Adel war, denn diese Auszeichnung war damals ein Vorrecht höherer Stände.

Er war auf einem Berggipfel angekommen, welcher eine weite Aussicht ins Tal hinab gewährte. Er hielt sein schnaubendes Roß an, wandte es zur Seite und genoß nun den schönen Anblick, der sich vor seinem Auge ausbreitete. Vor ihm eine weite Ebene von waldigen Höhen be- grenzt, durchströmt von den grünen Wellen der Donau; zu seiner Rechten die Hügelkette der württembergischen Alb, zu seiner Linken in weiter, weiter Ferne die Schneekuppen der Tiroler Alpen. In freundlichem Blau spannte der Himmel seinen Bogen über diese Szene, und seine sanften lichten Farben kontrastierten sonderbar mit den schwärzlichen Mauern Ulms, das am Fuße des Berges lag, mit seinem dunkelgrauen, ungeheuren Münsterturm. Die dumpfen Glocken dieser alten Kirche begannen in diesem Augenblick den Mittag einzuläuten, ihre Töne zogen in langen, beruhigenden Akkorden über die Stadt über die weite Ebene, bis sie sich an den fernen Bergen brachen, und zitternd in das Blau der Lüfte verschwebten, als wollten sie auf ihrer melodischen Leiter die Wünsche der Menschen zum Himmel tragen.

»So begleitet ihr also den Scheidenden wie ihr seinen Eintritt begrüßt habt«, rief der junge Reiter, »mit denselben Tönen, mit denselben feier- lichen Akkorden sprechet ihr zu ihm, wann er kommt und geht; wie anders, wie so ganz anders deutete ich eure ehernen Stimmen, als mein Ohr euch zum erstenmal lauschte. Da vernahm ich in euch verwandte Töne, es klang mir wie ein Ruf zur Geliebten! Und jetzt, da ich scheide, ohne Aussicht, ohne Freude, jetzt ruft ihr mir dieselben Töne entgegen? Die Geburt meiner seligen Hoffnung habt ihr ebenso eingeläutet, wie jetzt das Grabgeläute meiner Hoffnung? Das Bild des Lebens!« setzte er wehmütig hinzu, indem er nach einem langen Abschiedsblick auf dieses Tal, auf diese Mauern, sein Pferd wandte. »Das Bild des Lebens! Um Wiege und Sarg schweben sie in gleichen Tönen, und die Glocken meiner Hauskapelle haben an jenem fröhlichen Tage, wo man mich zur Taufe trug, mir ebenso getönt, wie sie mir tönen werden, wenn man den letzten Sturmfeder zu Grabe trägt!«

Das Gebirge wurde jetzt steiler, und Georg, denn als diesen haben unsere Leser den jungen Reiter schon längst erkannt, Georg ließ sein Pferd langsam hinschreiten, indem er seinen Gedanken nachhing. Es war der Weg nach seiner Heimat, und die Vergleichungen, die er zwischen dieser Heimkehr und dem fröhlichen Auszug anstellte, mochten nicht dazu beitragen, seine düsteren Gefühle aufzuhellen. Der gestrige Tag, der schnelle Wechsel heftiger Empfindungen, seine Verhaftung, zuletzt noch heute der Abschied von Männern, die ihm wohlwollten, hatte ihn heftig angegriffen.

Wie treuherzig und gutmütig hatte Dieterich von Kraft sein zierlicher Gastfreund seine Abreise bedauert; wie gleich war sich dieser gute Mensch in seinem Wohlwollen gegen ihn geblieben, vom ersten Becher an, den er mit ihm im Rathaussaale geleert, bis zum Abschiedstrunk, den er seinem Gast noch auf das Pferd hinauf kredenzte; und wie hatte er ihm gelohnt? Beschäftigt mit sich selbst hatte er ihn wenig geachtet, übersehen. Wie hatte er dem biedern Breitenstein, wie dem Helden Frondsberg, der ihn vor den Augen eines Heeres wie seinen Liebling ausgezeichnet hatte, wie hatte er ihnen vergolten? Wahrlich, es ist für ein edles Gemüt kein Gedanke drückender, als der, für undankbar zu gelten bei Männern, in deren Augen wir geachtet sein möchten.

Er hatte unter diesen trüben Gedanken eine gute Strecke auf dem Gebirgsrücken zurückgelegt. Die Strahlen der Märzsonne wurden immer drückender, die Pfade rauher, und er beschloß, unter dem Schatten einer breiten Eiche sich und seinem Pferde Mittagsruhe zu gönnen. Er stieg ab, schnallte den Sattelgurt leichter und ließ das ermüdete Tier die sparsam hervorkeimenden Gräser aufsuchen. Er selbst streckte sich unter der Eiche nieder, und so gerne er sich dem Schlafe überlassen hätte, wozu nach dem ermüdenden Ritte ihn der kühle Schatten einlud, so hielt ihn doch die Besorgnis, in so unruhigen Zeiten in einem Lande, das so nahe dem Schauplatz des Krieges lag, um sein Roß und vielleicht gar um seine Waffen zukommen, einige Zeit wach, bis er in jenen Zustand versank, wo die Seele zwischen Wachen und Schlafen umsonst mit dem Körper kämpft, der ungestüm seine Rechte fordert.

Er mochte wohl ein Stündchen so geschlummert haben, als ihn das Wiehern seines Pferdes aufschreckte; er sah sich um und gewahrte einen Mann, der, ihm den Rücken gekehrt, sich mit dem Tier beschäftigte. Sein erster Gedanke war, daß man seine Unachtsamkeit benützen, und das Pferd entführen wolle; er sprang auf, zog sein Schwert und war in drei Sprüngen dort. »Halt! was hast du da mit dem Pferd zu schaffen!« rief er, indem er seine Hand etwas unsanft auf die Schulter des Mannes legte.

»Habt Ihr mich denn schon wieder aus Eurem Dienst entlassen, Junker?« antwortete dieser und wandte sich zu ihm; in den listigen, kühnen Augen, an dem lächelnden Mund erkannte Georg sogleich den Boten, den ihm Marie gesandt hatte: er war noch unschlüssig, wie er sich gegen ihn benehmen sollte, denn Frondsbergs Warnung schreckte ihn ab, Mariens Zuversicht empfahl ihn, doch der Bauer fuhr fort, indem er ihm eine gute Handvoll Heu vorzeigte: »Ich konnte mir wohl denken, daß Ihr keinen Futtersack mitnehmen werdet; auf den Bergen da oben sieht es noch schlecht aus mit dem Gras, da habe ich denn Eurem Braunen einen Armvoll Heu mitgebracht; es hat ihm trefflich behagt.« So sprach der Bauer, und fuhr ganz gelassen fort dem Pferd das Futter hinzureichen.

»Und woher kommst du denn?« fragte Georg, nachdem er sich ein wenig von seinem Erstaunen gesammelt hatte.

»Nun, Ihr seid ja so schnell von Ulm weggeritten, daß ich Euch nicht gleich folgen konnte«, antwortete jener.

»Lüge nicht!« unterbrach ihn der junge Mann; »sonst kann ich dir fürder nicht vertrauen. Du kommst jetzt nicht aus jener Stadt her?«

»Nun, Ihr werdet mich doch nicht schelten, daß ich mich etwas früher auf den Weg machte als Ihr?« sagte der Bauer und wandte sich ab; doch entging Georg nicht, daß jenes listige Lächeln wieder über sein Gesicht zog.

»Laß mein Pferd jetzt stehen«, rief Georg ungeduldig, »und komm mit mir unter die Eiche dort; da setze dich hin und sprich, aber ohne auszuweichen, warum hast du gestern abend so plötzlich die Stadt verlassen?«

»An den Ulmern lag es nicht«, entgegnete jener, »sie wollten mich sogar einladen länger bei ihnen zu bleiben, und wollten mir freie Kost und Wohnung geben.«

»Ja, ins tiefste Verlies wollten sie dich stecken, wo weder Sonne noch Mond hinscheint, und wohin die Kundschafter und Späher gehören.«

»Mit Verlaub, Junker«, erwiderte der Bote, »da wäre ich, wiewohl ein paar Stockwerke tiefer, in dieselbe Behausung gekommen wie Ihr?«

»Hund von einem Aufpasser!« rief der Junker ungeduldig, indem Zorn seine Wangen rötete, »willst du meines Vaters Sohn in eine Reihe stellen mit dem Pfeifer von Hardt!«

»Was sprecht Ihr da?« fuhr der Mann an seiner Seite mit wilder Miene auf; »was nennt Ihr für einen Namen? kennt Ihr den Pfeifer von Hardt?« Er hatte vielleicht unwillkürlich bei diesen Worten die Axt, die neben ihm lag, in seine nervige Rechte gefaßt. Seine gedrungene feste Gestalt, seine breite Brust, gaben ihm trotz seiner nicht ansehnlichen Größe, doch das Ansehen eines nicht zu verachtenden Kämpfers; sein wildrollendes Auge, sein eingepreßter Mund möchten manchen einzelnen Mann außer Fassung gebracht haben.

Der Jüngling aber sprang mutig auf, er warf sein langes Haar zurück, und ein Blick voll Stolz und Hoheit begegnete dem finsteren Auge jenes Mannes; er legte seine Hand an den Griff seines Schwertes und sagte ruhig und fest: »Was fällt dir ein, dich so vor mich hinzustellen und mit dieser Stirne mich zu fragen; du bist, wenn ich nicht irre, der, den ich nannte, du bist dieser Meuter und Anführer von aufrührerischen Hunden; pack dich fort, auf der Stelle, oder ich will dir zeigen wie man mit solchem Gesindel spricht!«

Der Bauer schien mit seinem Zorn zu ringen; er hieb die Axt mit einem kräftigen Schwung in den Baum, und stand nun ohne Waffe vor dem zürnenden, jungen Mann. »Erlaubet«, sagte er, »daß ich Euch für ein andermal warne, daß Ihr Euren Gegner, und sei er auch nur ein geringer Bauersmann wie ich, nicht zwischen Euch und Eurem Braunen stehen lasset; denn wenn ich Euren Befehl, mich fortzupacken, hätte aufs schnellste befolgen wollen, wäre er mir trefflich zustatten kommen.«

Ein Blick dahin überzeugte Georg, daß der Bauer wahr gesprochen habe; errötend über diese Unvorsichtigkeit, die beweisen konnte, wie wenig er noch Erfahrung im Kriege besitze, ließ er seine Hand von dem

Griff seines Schwertes sinken, und setzte sich, ohne etwas zu erwidern, auf die Erde nieder. Der Bauer folgte, jedoch in ehrerbietiger Entfernung, seinem Beispiel und sprach: »Ihr habt ganz recht, daß Ihr mir grollt, Herr von Sturmfeder, aber wenn Ihr wüßtet, wie weh mir jener Name tut, würdet Ihr vielleicht meine schnelle Hitze verzeihen! Ja! ich bin der, den man so nennt, aber es ist mir ein Greuel, mich also rufen zu hören; meine Freunde nennen mich Hanns, aber meinen Feinden gefällt jener Name, weil ich ihn hasse.«

»Was hat dir dieser unschuldige Name getan?« fragte Georg, »warum nennt man dich so? warum willst du dich nicht so nennen lassen?«

»Warum man mich so nennt?« antwortete jener; »ich bin aus einem Dorf, das heißt Hardt, und liegt im Unterland nicht weit von Nürtingen; meinem Gewerbe nach bin ich ein Spielmann, und musiziere auf Märkten und Kirchweihen, wenn die ledigen Bursche und die jungen Mägdlein tanzen wollen. Deswegen nannte man mich den Pfeifer von Hardt. Aber dieser Name hat sich mit Untat und Blut befleckt in einer bösen Zeit, darum habe ich ihn abgetan und kann ihn nimmer leiden.«

Georg maß ihn mit einem durchdringenden Blick, indem er sagte: »Ich weiß wohl, in welcher bösen Zeit; als ihr Bauern gegen euern Herzog rebelliert habt, da warst du einer von den ärgsten. Ist's nicht also?«

»Ihr seid wohlbekannt mit dem Schicksal eines unglücklichen Mannes«, sagte der Bauer finster zu Boden blickend; »Ihr müßt aber nicht glauben, daß ich noch derselbe bin. Der Heilige hat mich gerettet und meinen Sinn geändert, und ich darf sagen, daß ich jetzt ein ehrlicher Mann bin.«

»Oh, erzähle mir«, unterbrach ihn der Jüngling, »wie ging es zu in jenem Aufruhr? wie wurdest du gerettet, wie kommt's, daß du jetzt dem Herzog dienst?«

»Das alles will ich auf ein andermal versparen«, entgegnete jener; »denn ich hoffe nicht zum letztenmal an Eurer Seite zu sein; erlaubt mir dafür, daß ich auch Euch etwas frage; wo soll Euch denn dieser Weg hinführen? da geht nicht die Straße nach Lichtenstein!«

»Ich gehe auch nicht nach Lichtenstein«, antwortete Georg niedergeschlagen; »mein Weg führt nach Franken zu dem alten Oheim; das kannst du dem Fräulein vermelden, wenn du nach Lichtenstein kommst.«

»Und was wollt Ihr beim Oheim? Jagen? das könnt Ihr anderswo ebensogut; Langeweile haben? *die* kauft Ihr allerorten wohlfeil; kurz und gut, Junker«, setzte er gutmütig lächelnd hinzu, »ich rate Euch, wendet

Euer Roß und reitet so ein paar Tage mit mir in Württemberg umher; der Krieg ist ja so gut als beendigt; man kann ganz ungehindert reisen.«

»Ich habe dem Bund mein Wort gegeben, in vierzehn Tagen nicht gegen ihn zu fechten; wie kann ich also nach Württemberg gehen?«

»Heißt denn das gegen ihn fechten, wenn Ihr ruhig Eure Straße ziehet? So also, vierzehn Tage lang, in vierzehn Tagen glauben sie den Krieg vollendet? Wird noch mancher nach vierzehn Tagen den Kopf verstoßen an den Mauern von Tübingen. Kommt mit, es ist ja nicht gegen Euren Eid!«

»Und was soll ich in Württemberg«, rief Georg schmerzlich, »soll ich recht in der Nähe sehen, wie meine Kriegsgesellen bei Eroberung der Festen sich Ruhm erwerben? Soll ich den Bundesfahnen, denen ich auf ewig Lebewohl gesagt und den Rücken gekehrt, noch einmal begegnen? Nein! nach Franken will ich ziehen, in meine Heimat«, sagte er düster, indem er die umwölkte Stirn in die Hand stützte, »in meine alte Mauern will ich mich begraben, und träumen, wie ich hätte glücklich sein können!«

»Das ist ein schöner Entschluß für einen jungen Mann von Euerm Schrot und Korn! Habt Ihr denn in Württemberg gar nichts zu tun, als des armen Herzogs Burgen zu stürmen? Nun, reitet immerhin«, fuhr er fort, indem er den Jüngling mit listigem Lächeln anblickte, »versucht einmal, ob der Lichtenstein nicht im Sturm genommen werden könne?«

Der junge Mann errötete bis in die Stirne hinauf, »wie magst du nur jetzt deinen Scherz treiben«, sagte er, halb in Unmut, halb lächelnd, »wie magst du mit meinem Unglück spaßen?«

»Fällt mir nicht ein, Scherz mit meinem gnädigen Junker zu treiben«, antwortete sein Gefährte; »es ist mein voller Ernst, daß ich Euch bereden möchte, dorthin zu ziehen.«

»Und was dort tun?«

»Nun! den alten Herrn für Euch gewinnen, und die Tränen des bleichen Fräuleins stillen, das wegen Euch Tag und Nacht weint!«

»Und wie soll ich auf den Lichtenstein kommen? der Vater kennt mich nicht, wie soll ich mit ihm bekannt werden?«

»Seid Ihr der erste Rittersmann, der nach Sitte der Väter eine freie Zehrung in einem Schloß fordert? Lasset nur mich dafür sorgen, so sollt Ihr bald auf den Lichtenstein kommen!«

Der Jüngling sann lange Zeit nach, er erwog alle Gründe für und wider, er bedachte, ob es nicht gegen seine Ehre sei, statt vom Schauplatz des

Krieges sich zu entfernen, in eine Gegend zu reisen, wohin sich der Krieg notwendig ziehen mußte. Doch als er bedachte, wie mild die Bundesober- sten selbst seinen Abfall angesehen hatten, wie sie sogar im Fall seines völligen Übertrittes zum Feinde nur vierzehn Tage Frist angesetzt hatten, als ihm Mariens trauernde Miene, ihre stille Sehnsucht auf ihrem einsamen Lichtenstein vorschwebte, da neigte sich die Schale nach Württemberg.

»Noch einmal will ich sie sehen, nur noch einmal sie sprechen«, dachte er. – »Nun wohlan«, rief er endlich, »wenn du mir versprichst, daß nie davon die Rede sein soll, mich an die Württemberger anzuschließen; daß ich nicht als Anhänger eures Herzogs, sondern als Gast in Lichtenstein behandelt werde, wenn du dies versprichst, so will ich folgen.«

»Für mich kann ich dies wohl versprechen«, antwortete der Bauer, »aber wie kann ich etwas geloben für den Ritter von Lichtenstein?«

»Ich weiß, wie du mit ihm stehst, und daß du oft zu ihm nach Ulm kamst und er sein Vertrauen in dich setzt; so gut du ihm geheime Botschaft aller Art bringen konntest, nicht minder kannst du ihm auch dies beibringen!«

Der Pfeifer von Hardt sah den jungen Mann lange staunend an: »Woher wißt Ihr dies?« rief er, »doch – die, welche mich verfolgten, können auch dies gesagt haben. Nun gut, ich verspreche Euch, daß Ihr überall so angesehen sein sollt, als Ihr wollet; besteiget Euer Roß, ich will Euch führen, und Ihr sollt willkommen sein auf Lichtenstein!«

XIII.

Da spricht der arme Hirte: »Des mag noch werden Rat,
Ich weiß geheime Wege, die noch kein Mensch betrat,
Kein Mensch mag sie ersteigen, nur Geißen klettern dort,
Wollt Ihr sogleich mir folgen, ich bring Euch sicher fort.«

L. Uhland

Von jenem Bergrücken, wo Georg den Entschluß gefaßt hatte, seinem geheimnisvollen Führer zu folgen, gab es zwei Wege in die Gegend von Reutlingen, wo Mariens Bergschloß, der Lichtenstein, lag. Der eine war die offene Heerstraße, welche von Ulm nach Tübingen führt. Sie führte durch das schöne Blautal, bis man bei Blaubeuren wieder an den Fuß der Alb kam, von da quer über dieses Gebirge, vorbei an der Feste Hohen-Urach, gegen Sankt Johann und Pfullingen hin. Dieser Weg war sonst für Reisende, die Pferde, Sänften oder Wagen mit sich führten, der bequemere. In jenen Tagen aber, wo Georg mit dem Pfeifer von Hardt über das Gebirge zog, war es nicht ratsam, ihn zu wählen. Die Bundestruppen hatten schon Blaubeuren besetzt, ihre Posten dehnten sich über die ganze Straße bis gegen Urach hin, und verfuhren gegen jeden, der nicht zum Heer gehörte, oder zu ihnen sich bekannte, mit großer Strenge und Erbitterung. Georg hatte seine Gründe, diese Straße nicht zu wählen, und sein Führer war zu sehr auf seine eigene Sicherheit bedacht, als daß er dem jungen Mann von diesem Entschluß abgeraten hätte.

Der andere Weg, eigentlich ein Fußpfad, und nur den Bewohnern des Landes genau bekannt, berührte auf einer Strecke von beinahe zwölf Stunden nur einige einzeln stehende Höfe, zog sich durch dichte Wälder und Gebirgsschluchten, und hatte, wenn er auch hie und da, um die Landstraße zu vermeiden, einen Bogen machte, und für Pferde ermüdend und oft beinahe unzugänglich war, doch den großen Vorteil der Sicherheit.

Diesen Pfad wählte der Bauer von Hardt und der Junker willigte mit Freuden ein, weil er hoffen durfte, hier auf keine Bündischen zu stoßen. Sie zogen rasch fürbaß, der Bauer war immer an Georgs Seite, wenn die Stellen schwierig wurden, führte er sorgsam sein Pferd und bewies überhaupt so viele Aufmerksamkeit und Sorgfalt für Reiter und Roß, daß in Georgs Seele jene Warnungen Frondsbergs vor diesem Manne immer mehr an Gewicht verloren und er nur einen treuen Diener in ihm sah.

Georg unterhielt sich gerne mit ihm; er urteilte über manche Dinge, die sonst außer dem Kreise des Landmanns liegen, klug und scharfsinnig und mit einem so schlagenden Witz, daß er dem sonst ernsten, jungen Mann, den seine zweifelhafte Lage oft trübe stimmte, unwillkürlich ein Lächeln abnötigte. Von jeder Burg, die in der Ferne aus den Wäldern auftauchte, wußte er eine Sage zu erzählen, und die Klarheit und Lebendigkeit, mit welcher er vortrug, bewies, daß er bei manchem Hochzeitschmaus, bei manchem Kirchweihtanz neben seinem Amt als Spielmann auch das eines Erzählers übernommen haben müsse. Nur sooft Georg auf sein eigenes Leben, besonders auf jene Periode kommen wollte, wo der Pfeifer von Hardt eine bedeutende Rolle in dem Aufruhr des Armen Konrad gespielt hatte, brach er düster ab, oder wußte mit mehr Geläufigkeit, als man dem schlichten Mann zugetraut hätte, das Gespräch auf andere Gegenstände zu bringen.

101

So waren sie ohne Aufenthalt fortgereist; Hanns wußte immer voraus, wann wieder ein Gehöfte kam, wo sie Erfrischung für sich und gutes Futter für das Pferd finden würden. Überall war er bekannt, überall wurde er freundlich, wiewohl, wie es Georg schien, meistens mit Staunen aufgenommen. Er flüsterte dann gewöhnlich ein Viertelstündchen mit dem Hausvater, während die Hausfrau dem jungen Ritter emsig und freundlich mit Brot, Butter und unvermischtem Äpfelwein aufwartete und die »Büebla« und »Mädla« den hohen, schlanken Gast, seine schönen Kleider, seine glänzende Schärpe, die wallenden Federn seines Barettes, bewunderten. War dann das kleine Mahl verzehrt, hatte Georgs Pferd wieder Kräfte gesammelt, so begleitete das ganze Haus den Scheidenden bis an die Türe, und der junge Reiter konnte zu seiner Beschämung niemals die Gastfreundschaft der guten Leute belohnen, mit abwehrenden Blicken auf den Pfeifer von Hardt, weigerten sie sich standhaft, seine kleinen Gaben anzunehmen. Auch dieses Rätsel löste ihm sein Begleiter nicht; denn seine Antwort: »Wenn die Leute nach Hardt kommen, kehren sie auch wieder bei mir ein«, schien nur eine ausweichende Antwort zu sein.

Die Nacht brachten sie ebenfalls in einem dieser zerstreuten Höfe zu, wo die Hausfrau ihrem vornehmen Gast mit nicht geringerer Bereitwilligkeit auf der Ofenbank ein Bett zurechtmachte, als sie ihm zu Ehren ein paar Tauben geopfert und einen dickgeschmälzten Haberbrei aufgetragen hatte.

Den folgenden Tag setzten sie ihre Reise auf dieselbe Art fort, nur kam es Georg vor, als ob sein Führer mit noch mehr Vorsicht als gestern zu Werke gehe; denn er ließ, wenn sie sich einem Hof nahten, den Reiter wohl fünfhundert Schritte davon haltmachen, nahte sich behutsam den Gebäuden, und erst, nachdem er alles sorgfältig ausgespähet hatte, winkte er dem Junker, zu folgen. Georg befragte ihn umsonst, ob es in dieser Gegend gefährlicher sei, ob die Bundestruppen schon in der Nähe seien? er sagte nichts Bestimmtes darüber.

Doch gegen Mittag, als die Gegend lichter wurde, und der Weg sich mehr gegen das ebene Land herabzuziehen schien, schien auch die Reise gefährlicher zu werden; denn der Spielmann von Hardt schien sich von jetzt an gar nicht mehr den Wohnungen nähern zu wollen, sondern hatte sich in einem Hof mit einem Sack versehen, der Futter für das Pferd und hinlängliche Viktualien für sie beide enthielt; es schien, als ob er meist noch einsamere Pfade als bisher aufsuche; auch glaubte Georg zu bemerken, daß sie nicht mehr dieselbe Richtung befolgen wie früher, sondern sehr stark zur Rechten einbiegen.

Am Rand eines schattigen Buchenwäldchens, wo eine klare Quelle und frischer Rasen zur Ruhe einlud, machten sie halt; Georg stieg ab, und sein Führer bereitete aus seinem Sack ein gutes Mittagsmahl. Nachdem er das Pferd versehen hatte, setzte er sich zu den Füßen des jungen Ritters und begann mit großem Appetit zuzugreifen.

Georg hatte seinen Hunger gestillt und betrachtete jetzt mit aufmerksamem Auge die Gegend. Es war ein schönes breites Tal, in welches sie hinabsahen. Ein kleines Flüßchen eilte schnell durchhin, die Felder, wovon es begrenzt war, schienen gut und fleißig angepflanzt, eine freundliche Burg erhob sich auf einem Hügel am andern Ende des Tales, die ganze Gegend war freundlicher als der Gebirgsrücken, über welchen sie gezogen waren.

»Es scheint, wir haben die Alb verlassen?« sagte der junge Mann, indem er sich zu seinem Gefährten wandte, »dieses Tal, jene Hügel sehen bei weitem freundlicher aus, als der Felsenboden und die öden Weideplätze, die wir durchzogen. Selbst die Luft weht hier milder und wärmer als oben, wo uns die Winde oft so hart anfaßten.«

»Ihr habt recht geraten, Junker«, sagte Hanns, indem er die Reste ihrer Mahlzeit sorgfältig in den Sack legte; »diese Täler gehören schon zum Unterland, und jenes Flüßchen, das Ihr sehet, strömt in den Neckar.«

»Wie kommt es aber, daß wir so weit vom Weg abbiegen?« fragte Georg; »es kam mir schon oben im Gebirge vor, als haben wir die alte Richtung verlassen, aber du wolltest nie darauf hören. Dieser Weg muß, soviel ich die Lage von Lichtenstein kenne, viel zu weit rechts führen.«

»Nun, ich will es Euch jetzt sagen«, antwortete der Bauer, »ich wollte Euch auf der Alb nicht unnötig bange machen, jetzt aber sind wir, so Gott will, in Sicherheit; denn im schlimmsten Fall sind wir keine vier Stunden mehr von Hardt, wo sie uns nichts mehr anhaben sollen!«

»In Sicherheit?« unterbrach ihn Georg verwundert, »wer soll uns etwas anhaben?«

»Ei, die Bündischen«, erwiderte der Spielmann, »sie streifen auf der Alb und oft waren ihre Reiter keine tausend Schritte mehr von uns; mir für meinen Teil wäre es nicht lieb gewesen, in ihre Hände zu fallen, denn sie sind mir, wie Ihr wohl wisset, gar nicht grün; und auch Euch wäre es vielleicht nicht ganz recht, gefangen vor den Herrn Truchseß geführt zu werden!«

»Gott soll mich bewahren!« rief der Junker; »vor den Truchseß? lieber lasse ich mich auf der Stelle totschlagen. Was wollen sie denn aber hier? Es ist ja hier in der Nähe keine Feste von Württemberg, und du sagtest mir ja doch, sie können ungehindert durchs Land ziehen; wornach streifen sie denn?«

»Seht Junker! es gibt überall schlechte Leute; was ein rechter Württemberger ist, der läßt sich eher die Haut abziehen, als daß er den Herzog verrät, nach welchem die Bündler jetzt ein Treibjagen halten. Aber der Truchseß soll unter der Hand einen ganzen Haufen Gold versprochen haben, wenn man ihn fängt; er hat seine Reiter ausgeschickt, diese streifen jetzt überall und die Leute sagen, es gebe einige unter den Bauern, die sich vom Gold blenden lassen, und den Spürhunden alle Klingen und Schlupfwinkel zeigen.«[19]

19 Ulerich beklagt sich mehreremal über die Nachstellungen seiner Feinde. Im Jahr 1534 soll ein für ihn von Dieterich Spät gedungener Meuchelmörder gefangen worden sein. Sattler, Gesch. d. Herzoge, 3, Seite 47. Im Jahr 1536 wurde im Amt Dornstätten ein Zigeuner verhaftet, welcher aussagte, von Herzog Wilhelm in Bayern für Ermordung des Herzogs drei Gulden be-

»Nach dem Herzog sollen sie streifen? Der ist ja aus dem Lande geflohen, oder wie andere sagen, in Tübingen, auf seinem festen Schlosse, wo ihn vierzig Ritter beschützen.«

»Ja, die vierzig Edlen sind dort«, antwortete der Bauer mit schlauer Miene; »auch des Herzogs Söhnlein, der Christoph ist dort, das hat seine Richtigkeit, ob aber der Herzog selbst dort ist, weiß niemand recht. Im Vertrauen gesagt, wie *ich* ihn kenne, schließt er sich auch nur zur höchsten Not in eine Feste ein; er ist ein kühner, unruhiger Herr; und es ist ihm wohler in den Wäldern und Bergen, wenn es auch Gefahr hat.«

»Den Herzog also suchen sie? also müßte er hier in der Nähe sein?«

»Wo er ist, weiß ich nicht«, erwiderte der Pfeifer von Hardt, »und ich wollte wetten, dies weiß niemand als Gott; aber wo er sein wird, weiß ich«, setzte er hinzu, und es schien Georg, als ob ein Strahl von Begeisterung aus dem Auge dieses Mannes breche: »wo er sein wird, wenn die Not am höchsten ist, wo seine Getreuen sich zu ihm finden werden, wo manche treue Brust zur Mauer werden wird, um den Herrn in der Not gegen diese Bündler zu schützen. Denn ist er auch ein strenger Herr, so ist er doch ein Württemberger, und seine schwere Hand ist uns lieber als die gleißenden Worte des Bayern und des Österreichers.«

»Und wenn sie den unglücklichen Fürsten erkennen, wenn sie auf ihn stoßen? hat er nicht seine Gestalt verhüllt und unkenntlich gemacht? Du hast mir einmal sein Gesicht beschrieben und ich glaube ihn beinahe vor mir zu sehen, besonders sein gebietendes, glänzendes Auge. Aber wie ist seine Gestalt?«

»Er mag kaum acht Jahre älter sein als Ihr«, entgegnete jener, »er ist nicht so groß, als Ihr, aber in vielem Euch ähnlich an Gestalt; besonders wenn Ihr zu Pferd saßet und ich hinter Euch ging, da gemahnte es mich oft und ich dachte, so, geradeso sah der Herzog aus, in den Tagen seiner Herrlichkeit.«

Georg war aufgestanden, um nach seinem Pferd zu sehen; die Worte des Bauern hatten ihn um seine Sicherheit besorgt gemacht, und er sah jetzt erst ein, wie töricht er gehandelt, in diesem Kriegesstrudel sich durch ein okkupiertes Land stehlen zu wollen. Es wäre ihm höchst unangenehm gewesen, in diesem Augenblicke gefangen zu werden; zwar

kommen zu haben. C. Pfaff, Geschichte I. 288. Ein Beweis, daß solche Versuche vorkamen.

konnte er nach seinem Eide reisen wohin er wollte, wenn er nur in den nächsten vierzehn Tagen keinen *tätlichen* Anteil an dem Kampfe gegen den Bund nahm; aber er fühlte, welch nachteiliges Licht es dennoch auf ihn werfen müßte, in dieser Gegend, so weit von dem Weg nach seiner Heimat aufgegriffen zu werden, und dazu noch in Gesellschaft eines Mannes, der den Bundesobersten sehr verdächtig, sogar gefährlich geschienen hatte. Umzukehren war keine Möglichkeit, denn es ließ sich beinahe mit Gewißheit annehmen, daß die Bundestruppen bereits die ganze Breite der Alb eingenommen haben; das sicherste schien, sich zu beeilen, über die äußersten Posten des Heeres hinauszukommen; man hatte dann die Gefahr im Rücken, vor und neben sich aber freie Bahn.

Das sonst so muntere Tier, das seinen Herrn über diese Gefahren hinaustragen sollte, hing die Ohren; die große Eile und die ermüdenden, steinigen Fußpfade hatten seine Kraft geschwächt; zu seinem großen Verdruß bemerkte Georg sogar, daß es auf dem linken Vorderfuß nicht gerne auftrete, was nach einem achtstündigen Weg über scharfe, eckigte Felsen nicht zu verwundern war. Der Bauer bemerkte die Verlegenheit des Junkers; er untersuchte das Tier, und riet, es noch einige Stunden stehen zu lassen, gab aber zugleich den Trost, er seie der Gegend so kundig, daß sie eine große Strecke in der Nacht zurücklegen können.   105

XIV.

Es ziehen vom Schwabenbunde
Die Jäger durchs Gefild,
Die spüren in die Runde
Nach einem Fürstenwild.

G. Schwab

Der junge Mann ergab sich in sein Schicksal, und suchte Zerstreuung in der lieblichen Aussicht, die sich noch bei weitem herrlicher seinen Augen öffnete, als ihn der Bauer etwa fünfzig Schritte höher geführt hatte. Sie standen auf einer Felsenecke, die einen schönen Ausläufer der Schwäbischen Alb begrenzte. Ein ungeheures Panorama breitete sich vor den erstaunten Blicken Georgs aus, so überraschend, von so lieblichem Schmelz der Farben, von so erhabener Schönheit, daß seine Blicke eine geraume Zeit wie entzückt an ihnen hingen. Und wirklich, wer je mit reinem Sinn für Schönheiten der Natur, ohne himmelhohe Alpen, ohne Täler wie das Rheingau zu suchen, die Schwäbische Alb bestiegen hat, dem wird die Erinnerung eines solchen Anblickes unter die lieblichsten der Erde gehören.

Man denke sich eine Kette von Gebirgen, die von der weitesten Entfernung, dem Auge kaum erreichbar, durch alle Farben einer herrlichen Beleuchtung von sanftem Grau, durch alle Nüancen von Blau, am Horizont sich herzieht, bis das dunkle Grün der näher liegenden Berge mit seinem sanften Schmelz die Kette schließt. Auf diesen Gipfeln eines langen Gebirgsrücken erkennt das Auge Schlösser und Burgen ohne Zahl, die wie Wächter auf diese Höhen sich lagern und über das Land hinschauen. Jetzt sind ihre Türme zerfallen, ihre stattlichen Tore sind gebrochen, den tiefen Burggraben füllen Trümmer und Moos, und die Hallen, in welchen sonst laute Freude erscholl, sind verstummt, aber damals, als Georg auf dem Felsen von Beuren stand, ragten sie noch fest und herrlich; sie breiteten sich wie eine undurchbrochene Schar gewaltiger Männer zwischen den Heldengestalten von Staufen und Hohenzollern aus.

»Ein herrliches Land dieses Württemberg«, rief Georg, indem sein Auge von Hügel zu Hügel schweifte; »wie kühn, wie erhaben diese Gipfel und Bergwände, diese Felsen und ihre Burgen; und wenn ich mich dorthin wende gegen die Täler des Neckars wie lieblich jene sanften Hügel, jene Berge mit Obst und Wein besetzt, jene fruchtbaren Täler mit schönen Bächen und Flüssen, dazu ein milder Himmel und ein guter, kräftiger Schlag von Menschen.«

»Ja«, fiel der Bauer ein, »es ist ein schönes Land; doch hier oben will es noch nicht viel sagen, aber was so unter Stuttgart ist, das wahre Unterland, Herr! da ist es eine Freude im Sommer oder Herbst, am Neckar hinabzuwandeln; wie da die Felder so schön und reich stehen, wie der Weinstock so dicht und grün die Berge überzieht, und wie Nachen und Flöße den Neckar hinauf- und hinabfahren, wie die Leute so fröhlich an der Arbeit sind, und die schönen Mädchen singen wie die jungen Lerchen!«

»Wohl sind jene Täler an der Rems und dem Neckar schöner«, entgegnete Georg, »aber auch dieses Tal zu unsern Füßen, auch diese Höhen um uns her haben eigenen, stillen Reiz; wie heißen jene Burgen auf den Hügeln? sage, wie heißen jene fernen Berge?«

Der Bauer überblickte sinnend die Gegend, und zeigte auf die hinterste Bergwand, die dem Auge kaum noch sichtbar aus den Nebeln ragte. »Dort hinten zwischen Morgen und Mittag ist der Roßberg, in gleicher Richtung herwärts, jene vielen Felsenzacken sind die Höhen von Urach. Dort, mehr gegen Abend ist Achalm, nicht weit davon, doch könnt Ihr ihn hier nicht sehen, liegt der Felsen von Lichtenstein.«

»Dort also«, sagte Georg stille vor sich hin, und sein Auge tauchte tief in die Nebel des Abends, »dort wo jenes Wölkchen in der Abendröte schwebt, dort schlägt ein treues Herz für mich; jetzt auch steht sie vielleicht auf der Zinne ihres Felsens und sieht herüber in diese Welt von Bergen, vielleicht nach diesem Felsen hin. O daß die Abendlüfte dir meine Grüße brächten, und jene rosigen Wolken dir meine Nähe verkündeten!«

»Weiter hin, Ihr sehet doch jene scharfe Ecke, das ist die Teck; unsere Herzoge nennen sich Herzoge von Teck, es ist eine gute feste Burg; wendet Eure Blicke hier zur Rechten, jener hohe, steile Berg war einst die Wohnung berühmter Kaiser, es ist Hohenstaufen.«

»Aber wie heißt jene Burg, die hier zunächst aus der Tiefe emporsteigt«, fragte der junge Mann; »sieh nur, wie sich die Sonne an ihren hellen weißen Wänden spiegelt, wie ihre Zinnen in goldenen Duft zu tauchen scheinen, wie ihre Türme in rötlichem Lichte erglänzen.«

»Das ist Neuffen, Herr! auch eine starke Feste, die dem Bunde zu schaffen machen wird.«

Die Sonne des kurzen, schönen Märztages begann während diesem Zwiegespräch der Wanderer hinabzusinken. Die Schatten des Abends rollten dunkle Schleier über das Gebirge, und verhüllten dem Auge die ferneren Gipfel und Höhen. Der Mond kam bleich herauf, und überschaute sein nächtliches Gebiet. Nur die hohen Mauern und Türme von Neuffen rötete die Sonne noch mit ihren letzten Strahlen, als sei dieser Felsen ihr Liebling, von welchem sie ungern scheide. Sie sank, auch diese Mauern hüllten sich in Dunkel, und durch die Wälder zog die Nachtluft, geheimnisvolle Grüße flüsternd dem heller strahlenden Mond entgegen.

»Jetzt ist die wahre Tageszeit für Diebe und für flüchtige Reisende, wie wir«, sagte der Bauer, als er des Junkers Pferd aufzäumte; »sei es noch um eine Stunde, so ist die Nacht kohlschwarz, und dann soll uns, bis die Sonne wieder aufgeht, kein bündischer Reiter ausspüren!«

»Glaubst du es habe Gefahr?« sagte Georg, indem er seine Hand nach dem Helm ausstreckte, und das dünne Barett abnahm. »Meinst du nicht, wir sollen uns besser wappnen?«

»Laßt hängen, Junker«, rief der Bauer lachend, »solch eine Sturmhaube ist an sich schon kalt, und gibt in einer frischen Nacht nicht sehr warm; lasset immer Euer Barett sitzen; in dieser Gegend suchen sie den Herzog nicht, und sollten sie kommen, wir zwei fürchten ihrer vier nicht.«

Der junge Mann ließ zögernd seinen schönen Helm am Sattelknopf hängen, er schämte sich, weniger Mut zu zeigen als sein Begleiter, der unberitten, nur durch eine dünne lederne Mütze geschützt, und mit einer einfachen Axt schlecht bewaffnet war. Er schwang sich auf. Sein Führer ergriff die Zügel des Rosses, und schritt voran den Berg hinab.

»Du meinst also«, fragte Georg nach einer Weile, »bis hieher werden sich die bündischen Reiter nicht wagen?«

»Es ist nicht wohl möglich«, antwortete der Pfeifer, »Neuffen ist ein starkes Schloß und hat gute Besatzung; sie werden es zwar in kurzer Zeit mit Heeresmacht belagern, aber Gesindel wie die Handvoll Reiter des Truchseß wagt sich doch nicht in die Nähe einer feindlichen Burg.«

»Schau! wie hell und schön der Mond scheint«, rief der Jüngling, der, noch immer erfüllt von dem Anblick auf dem Berge, die wunderlichen Schatten der Wälder und Höhen, die hellglänzenden Felsen betrachtete;
»siehe wie die Fenster von Neuffen im Mondlicht schimmern!«

»Es wäre mir lieber er schiene heute nacht nicht«, entgegnete sein Führer, indem er sich zuweilen besorgt umsah; »dunkle Nacht wäre besser für uns, der Mond hat schon manchen braven Mann verraten. Doch jetzt steht er gerade über dem Reißenstein, wo der Riese gewohnt hat, es kann nicht mehr lange dauern, so ist er hinunter.«

»Was schwatzt du da von einem Riesen, der auf dem Reißenstein gewohnt hat?«

»Ja, dort hat vor langer Zeit ein Riese gewohnt[20], das hat seine Richtigkeit; dort über dem Berg, gerade wo jetzt der Mond steht, liegt ein Schloß, das heißt der Reißenstein; es gehört jetzt den Helfensteinern; es liegt auf jähen Felsen, weit oben in der Luft, und hat keine Nachbarschaft als die Wolken und bei Nacht den Mond. Geradeüber von der Burg auf einem Berge, worauf jetzt der Heimenstein steht, liegt eine Höhle, und darinnen wohnte vor alters ein Riese. Er hatte ungeheuer viel Gold, und hätte herrlich und in Freuden leben können, wenn es noch mehr Riesen und Riesinnen außer ihm gegeben hätte. Da fiel es ihm ein, er wolle sich ein Schloß bauen, wie es die Ritter haben auf der Alb. Der Felsen gegenüber schien ihm gerade recht dazu.

Er selbst aber war ein schlechter Baumeister; er grub mit den Nägeln haushohe Felsen aus der Alb und stellte sie aufeinander, aber sie fielen immer wieder ein und wollten kein geschicktes Schloß geben. Da legte er sich auf den Beurener Felsen, und schrie ins Tal hinab nach Handwerkern, Zimmerleute, Maurer, Steinmetze, Schlosser, alles solle kommen und ihm helfen; er wolle gut bezahlen.

Man hörte sein Geschrei im ganzen Schwabenland vom Kocher hinauf bis zum Bodensee, vom Neckar bis an die Donau, und überallher kamen die Meister und Gesellen, um dem Riesen das Schloß zu bauen. – Reitet aus dem Mondschein, Junker, hieher in den Schatten, Euer Harnisch glänzt wie Silber, und könnte leicht den Spürhunden in die Augen glänzen!

Nun, um wieder auch den Riesen zu kommen, so war es lustig anzusehen, wie er vor seiner Höhle im Sonnenschein saß, und über dem Tal drüben auf dem hohen Felsen sein Schloß bauen sah, die Meister und Gesellen waren flink an der Arbeit und bauten wie er ihnen über das

---

20 Diese Sage erzählt G. Schwab, der treue, freundliche Wegweiser über die Schwäbische Alb. Er hat sie in einer Romanze: »Der Bau des Reißensteins« der Nachwelt aufbehalten.

Tal hinüber zuschrie; sie hatten allerlei fröhlichen Schwank und Kurzweil mit ihm, weil er von der Bauerei nichts verstand. Endlich war der Bau fertig und der Riese zog ein, und schaute aus dem höchsten Fenster aufs Tal hinab, wo die Meister und Gesellen versammelt waren, und fragte sie, ob ihm das Schloß gut anstehe, wenn er so zum Fenster herausschaue. Als er sich aber umsah, ergrimmte er, denn die Meister hatten geschworen, es sei alles fertig, aber an dem obersten Fenster wo er heraussah, fehlte noch ein Nagel.

Die Schlossermeister entschuldigten sich und sagten, es habe sich keiner getraut vors Fenster hinaus in die Luft zu sitzen und den Nagel einzuschlagen. Der Riese aber wollte nichts davon hören, sondern zahlte den Lohn nicht aus, bis der Nagel eingeschlagen sei.

Da zogen sie alle wieder in die Burg, die wildesten Bursche vermaßen sich hoch und teuer, es sei ihnen ein geringes, den Nagel einzuschlagen, wenn sie aber an das oberste Fenster kamen und hinausschauten in die Luft, und hinab in das Tal, das so tief unter ihnen lag, und ringsum nichts als Felsen, da schüttelten sie den Kopf und zogen beschämt ab. Da boten die Meister zehnfachen Lohn, wer den Nagel einschlage, und es fand sich lange keiner.

Nun war ein flinker Schlossergeselle dabei, der hatte die Tochter seines Meisters lieb und sie ihn auch, aber der Vater war ein harter Mann und wollte sie ihm nicht zum Weibe geben, weil er arm war. Der faßte sich ein Herz und gedachte, er könne hier seinen Schatz verdienen oder sterben; denn das Leben war ihm verleidet ohne sie; er trat vor den Meister, ihren Vater, und sprach: ›Gebt Ihr mir Eure Tochter, wenn ich den Nagel einschlage?‹ der aber gedachte seiner auf diese Art loszuwerden, wenn er auf die Felsen hinabstürze und den Hals breche, und sagte ja.

Der flinke Schlossergeselle nahm den Nagel und seinen Hammer, sprach ein frommes Gebet und schickte sich an zum Fenster hinauszusteigen, und den Nagel einzuschlagen für sein Mädchen. Da erhob sich ein Freudengeschrei unter den Bauleuten, daß der Riese vom Schlaf aufwachte und fragte was es gebe. Und als er hörte, daß sich einer gefunden habe, der den Nagel einschlagen wolle, kam er, betrachtete den jungen Schlosser lange und sagte: ›Du bist ein braver Kerl und hast mehr Herz als das Lumpengesindel da; komm ich will dir helfen.‹ Da nahm er ihn beim Genick, daß es allen durch Mark und Bein ging, hob ihn zum Fenster hinaus in die Luft und sagte: ›Jetzt hau draufzu; ich lasse dich nicht fallen.‹

Und der Knecht schlug den Nagel in den Stein, daß er fest saß; der Riese aber küßte und streichelte ihn, daß er beinahe ums Leben kam, führte ihn zum Schlossermeister und sprach, ›diesem gibst du dein Töchterlein.‹ Dann ging er hinüber in seine Höhle, langte einen Geldsack heraus, und zahlte jeden aus bei Heller und Pfenning. Endlich kam er auch an den flinken Schlossergesellen; zu diesem sagte er: ›Jetzt gehe heim, du herzhafter Bursche, hole deines Meisters Töchterlein, und ziehe ein in diese Burg, denn sie ist dein.‹

Des freuten sich alle; der Schlosser ging heim und – –«

»Horch! hörtest du nicht das Wiehern von Rossen?« rief Georg, dem es in der Schlucht, die sie durchzogen, ganz unheimlich wurde. Der Mond schien noch hell, die Schatten der Eichen bewegten sich, es rauschte im Gebüsch, und oft wollte es ihm bedünken, als sehe er dunkle Gestalten im Wald neben ihm hergehen.

Der Pfeifer von Hardt blieb stehen, ungeduldig, daß ihn der Junker nicht bis zum Ende erzählen lasse: »Es kam mir vorhin auch so vor, aber es war der Wind, der in den Eichen ächzt, und der Schuhu rief im Gebüsch. Wären wir nur das Wiesental noch hinüber, da ist es so offen und hell, wie bei Tag; jenseits fängt wieder der Wald an, da ist es dann dunkel, und hat keine Not mehr. Gebt Eurem Braunen die Sporen und reitet Trab über das Tal hin, ich laufe neben Euch her.«

»Warum denn jetzt auf einmal Trab«, fragte der junge Mann; »meinst du, es hat Gefahr? Gestehe nur, nicht wahr, du hast sie auch gesehen die Gestalten im Wald, die neben uns herschlichen. Glaubst du, es sind Bündische?«

»Nun ja«, flüsterte der Bauer, indem er sich umsah, »mir war es auch, als ob uns jemand nachschleiche; drum sputet Euch, daß wir aus dem verdammten Hohlweg herauskommen, und dann im Trab über das Tal hinüber, weiterhin hat es keine Gefahr.«

Georg machte sein Schwert locker in der Scheide, und nahm die Zügel seines Rosses kräftiger in die Faust. Schweigend zogen sie die Schlucht hinab, beleuchtet von so hellem Mondschein, daß der junge Mann jeden Zug seines Gefährten erkennen konnte und deutlich sah, daß er seine Axt auf die Schulter nahm, und ein Messer, das er im Wams verborgen hatte, herausnahm und in den Gürtel steckte.

Sie wollten eben am Ausgang des Hohlweges in das Tal einbiegen, da rief eine Stimme im Gebüsch: »Das ist der Pfeifer von Hardt, drauf Gesellen, der dort auf dem Roß muß der Rechte sein.«

»Fliehet, Junker, fliehet«, rief sein treuer Führer, und stellte sich mit seiner Axt zum Kampf bereit; doch Georg zog sein Schwert, und in demselben Augenblick sah er sich von fünf Männern angefallen, während sein Gefährte schon mit drei andern im Handgemenge war.

Der enge Hohlweg hinderte ihn, sich seiner Vorteile zu bedienen, und auf die Seiten auszubiegen. Einer packte die Zügel seines Rosses, doch in demselben Augenblick traf ihn Georgs Klinge auf die Stirne, daß er ohne Laut niedersank, doch die andern, wütend gemacht durch den Fall ihres Genossen, drangen noch stärker auf ihn ein und riefen ihm zu, sich zu ergeben; aber Georg, obgleich er schon am Arm und Fuß aus mehreren Wunden blutete, antwortete nur durch Schwerthiebe.

»Lebendig oder tot«, rief einer der Kämpfenden, »wenn der Herr Herzog nicht anders will, so mag er's haben.« Er rief's, und in demselben Augenblick sank Georg von Sturmfeder, von einem schweren Hieb über den Kopf getroffen, nieder. In tödlicher Ermattung schloß er die Augen, er fühlte sich aufgehoben und weggetragen, und hörte nur das grimmige Lachen seiner Mörder, die über ihren Fang zu triumphieren schienen.

Nach einer kleinen Weile ließ man ihn auf den Boden nieder, ein Reiter sprengte heran, saß ab und trat zu denen, die ihn getragen hatten. Georg raffte seine letzte Kraft zusammen, um die Augen noch einmal zu öffnen. Er sah ein unbekanntes Gesicht das sich über ihn herabbeugte; »Was habt ihr gemacht?« hörte er rufen, »dieser ist es nicht, ihr habt den Falschen getroffen. Macht, daß ihr fortkommt, die von Neuffen sind uns auf den Fersen.« Matt zum Tode schloß Georg sein Auge, nur sein Ohr vernahm wilde Stimmen und das Geräusch von Streitenden, doch auch dieses zog sich ferne; feuchte Kälte drang aus dem Boden des Wiesentales, und machte seine Glieder erstarren, aber ein süßer Schlummer senkte sich auf den Verwundeten herab, und mit dem letzten

Gedanken an die Geliebte entschwanden seine Sinne.

Zweiter Teil

I.

Von vieler Burgen Walle
Des Bundes Fahnen wehn,
Die Städte huld'gen alle,
Kein Schloß mag widerstehn,
Nur Tübingen, die Feste
Verspricht noch Wehr und Trutz.

G. Schwab

Der Schwäbische Bund war mit Macht in Württemberg eingedrungen, von Tag zu Tag gewann er an Boden, von Woche zu Woche wurden seine Heere furchtbarer. Zuerst war nach langer mutiger Gegenwehr der Höllenstein, das feste Schloß von Heidenheim gefallen. Ein tapferer Mann, Stephan von Lichow hatte dort befehligt, aber mit seinem Paar Feldschlangen, mit einer Handvoll Knechte konnte er den Tausenden des Bundes und der Kriegskunst eines Frondsberg nicht widerstehen. Bald nachher fiel Göppingen. Nicht minder tapfer als der von Lichow hatte sich Philipp von Rechberg gewehrt, hatte sogar für sich und seine Knechte freien Abzug erfochten; aber das Schicksal des Landes vermochte er nicht abzuwenden. Teck, damals noch eine starke, feste Burg, fiel durch Unvorsichtigkeit der Besatzung; am mutigsten hielt sich Meckmühl, es schloß einen Mann in seinen Mauern ein, der sich allein mit zwanzig der Belagerer geschlagen hätte; sein eiserner Wille war oft nicht minder schwer als seine eiserne Hand auf ihnen gelegen. Auch diese Mauern wurden gebrochen, und Götz von Berlichingen fiel in des Bundes Hand. Auch Schorndorf konnte den Kanonen Georgs von Frondsberg nicht widerstehen; es war die festeste Stadt gewesen, mit ihr fiel das Unterland.[21]

---

21 Ausführlicher beschreibt diese Operationen des Bundes Sattler in seiner Gesch. d. Herz. v. W. II. §. 6 usw. Man vergleiche hierüber auch die Geschichte des Herrn von Frondsberg. 2. Buch und Friedrich Stumphardt von Cannstatt, Chronik der gewaltsamen Verjagung des Herzogs Ulerich. 1534. und Spener, Histor. Germ. univers. L. III. C. 4. 23.

So war nun ganz Württemberg bis herauf gegen Kirchheim in der Bündischen Gewalt, und der Bayern Herzog brach sein Lager auf, um mit Ernst an Stuttgart zu gehen. Da kamen ihm Gesandte entgegen nach Denkendorf, die um Gnade flehten. Sie durften zwar nicht wagen vor dem erbitterten Feind ihren Herzog zu entschuldigen, aber sie gaben zu bedenken, daß ja *er*, die Ursache des Krieges, nicht mehr unter ihnen sei, daß man nur gegen seinen unschuldigen Knaben, den Prinzen Christoph und gegen das Land Krieg führe. Aber vor der ehernen Stirne Wilhelms von Bayern, vor den habgierigen Blicken der Bundesglieder fanden diese Bitten keine Gnade. Ulerich habe diese Strafe verdient, gab man zur Antwort, das Land habe ihn unterstützt, also mit gefangen, mit gehangen – auch Stuttgart mußte seine Tore öffnen.[22]

Aber noch war der Sieg nichts weniger als vollständig; der größte Teil des Oberlandes hielt noch zu dem Herzog, und es schien nicht, als ob er sich auf den ersten Aufruf ergeben wollte. Dieses höher gelegene Gebirgsland wurde von zwei festen Plätzen, Urach und Tübingen, beherrscht, solange diese sich hielten, wollten auch die Lande umher nicht abfallen. In Urach hielt es die Bürgerschaft mit dem Bunde, die Besatzung mit dem Herzog. Es kam zum Handgemenge, worin der tapfere Kommandant erstochen wurde, die Stadt ergab sich den Bündischen.

Und so war in der Mitte des April nur Tübingen noch übrig; doch dieses hatte der Herzog stark befestigt; dort waren seine Kinder und die Schätze seines Hauses; dem Kern des Adels, vierzig wackeren, kampfgeübten Rittern und zweihundert der tapfersten Landeskindern war das Schloß anvertraut. Diese Feste war stark; mit Kriegsvorräten wohl versehen, an ihr hingen jetzt die Blicke der Württemberger; denn aus diesen Mauern war ihnen schon manches Schöne und Herrliche hervorgegangen, von diesen Mauern aus konnte das Land wieder dem angestammten Fürsten erobert werden, wenn es sich so lange hielt, bis er Entsatz herbeibrachte. Und dorthin wandten sich jetzt die Bündischen mit aller Macht. Ihrer Gewappneten Schritte tönten durch den Schönbuch, die Täler des Neckars zitterten unter dem Hufschlag ihrer Rosse; auf den Fildern zeigten tiefe Spuren, wohin die schweren Feldschlangen, Falkonen und Bombarden, die Kugel- und Pulverwagen, der ganze furchtbare Apparat einer langen Belagerung gezogen war.

22 Dieser Verrat von Teck fand wirklich also statt. Vergl. z.B. Sattler II. §. 7.

Diese Fortschritte des Krieges hatte Georg von Sturmfeder nicht gesehen. Ein tiefer, aber süßer Schlummer hielt wie ein mächtiger Zauber seine Sinne viele Tage lang gefangen; es war ihm in diesem Zustand wohl zumut wie einem Kinde, das an dem Busen seiner Mutter schläft, nur hin und wieder die Augen ein wenig öffnet, um in eine Welt zu blicken, die es noch nicht kennt, um sie dann wieder auf lange zu verschließen. Schöne beruhigende Träume aus besseren Tagen gaukelten um sein Lager, ein mildes, seliges Lächeln zog oft über sein bleiches Gesicht und tröstete die, welche mit banger Erwartung seiner pflegten.

Wir wagen es, den Leser in die niedere Hütte zu führen, die ihn gastfreundlich aufgenommen hatte, und zwar am Morgen des neunten Tages, nachdem er verwundet wurde.

Die Morgensonne dieses Tages brach sich in farbigen Strahlen an den runden Scheiben eines kleinen Fensters, und erhellte das größere Gemach eines dürftigen Bauernhauses. Das Geräte, womit es ausgestattet war, zeugte zwar von Armut, aber von Reinlichkeit und Sinn für Ordnung. Ein großer eichener Tisch stand in einer Ecke des Zimmers, auf zwei Seiten von einer hölzernen Bank umgeben. Ein geschnitzter, mit hellen Farben bemalter Schrein mochte den Sonntagsstaat der Bewohner, oder schöne selbstgesponnene Leinwand enthalten; das dunkle Getäfer der Wände trug ringsum ein Brett, worauf blanke Kannen, Becher und Platten von Zinn, irdenes Geschirr mit sinnreichen Reimen bemalt, und allerlei musikalische Instrumente eines längst verflossenen Jahrhunderts, als Zimbeln, Schalmeien und eine Zither aufgestellt waren. Um den großen Kachelofen, der weit vorsprang, waren reinliche Linnen zum Trocknen aufgehängt, und sie verdeckten beinahe dem Auge eine große Bettstelle, mit Gardinen von großgeblümtem Gewebe, die im hintersten Teil der Stube aufgestellt war.

An diesem Bette saß ein schönes, liebliches Kind, von etwa sechzehn bis siebzehn Jahren. Sie war in jene malerische Bauerntracht gekleidet, die sich teilweise bis auf unsere Tage in Schwaben erhalten hat. Ihr gelbes Haar war unbedeckt, und fiel in zwei langen, mit bunten Bändern durchflochtenen Zöpfen über den Rücken hinab. Die Sonne hatte ihr freundliches, rundes Gesichtchen etwas gebräunt, doch nicht so sehr, daß es das schöne jugendliche Rot auf der Wange verdunkelt hätte; ein munteres, blaues Auge blickte unter den langen Wimpern hervor. Weiße faltenreiche Ärmel bedeckten bis an die Hand den schönen Arm, ein rotes Mieder mit silbernen Ketten geschnürt, mit blendend weißen, zierlich genähten Linnen umgeben, schloß eng um den Leib; ein kurzes, schwarzes Röckchen fiel kaum bis über die Knie herunter; diese schmucken Sachen und dazu noch eine blanke Schürze und schneeweiße Zwickelstrümpfe mit schönen Kniebändern, wollten beinahe zu stattlich aussehen zu dem dürftigen Gemach, besonders da es Werktag war.

Die Kleine spann emsig feine, glänzende Fäden aus ihrer Kunkel, zuweilen lüftete sie die Gardinen des Bettes und warf einen verstohlenen Blick hinein. Doch schnell, als wäre sie auf bösen Wegen erfunden worden, schlug sie die Vorhänge wieder zu und strich die Falten glatt, als sollte niemand merken, daß sie gelauscht habe.

Die Türe ging auf, und eine runde, ältliche Frau in derselben Tracht wie das Mädchen, aber ärmlicher gekleidet, trat ein. Sie trug eine dampfende Schüssel Suppe zum Frühstück auf und stellte Teller auf dem Tische zurecht. Indem fiel ihr Blick auf das schöne Kind am Bette, sie staunte sie an und wenig hätte gefehlt, so ließ sie den Krug mit gutem Apfelwein fallen, den sie eben in der Hand hielt.

»Was fällt der aber um Gottes willa ei', Bärbele«, sagte sie, indem sie den Krug niedersetzte und zu dem Mädchen trat, »was fällt der ei', daß de am Wertich da nuia rauta Rock zum Spinna anziehst? und au 's nui Mieder hot se an, und, ei daß di! – au a silberne Kette. Und en frischa Schurz und Strümpf no so mir nix dir nix aus em Kasta reiß? Wer wird denn en solcha Hochmuat treiba, du dumms Ding, du? Woißt du net, däß mer arme Leut sind? und daß du es Kind voma ouglückliche Mann bist? –«[A1]

Die Tochter hatte geduldig die ereiferte Frau ausreden lassen; sie schlug zwar die Augen nieder, aber ein schelmisches Lächeln, das über ihr Gesicht flog, zeigte, daß die Strafpredigt nicht sehr tief gehe. »Ei, so lasset uich doch b'richta«, antwortete sie, »was schadet's denn dem Rock, wenn

---

A1 Wir setzen für Leser, welche dieses Idiom nicht verstehen, hier eine getreue Übersetzung bei: »Was fällt dir aber um Gottes willen ein, daß du am Werktag den neuen roten Roch zum Spinnen anziehst? Auch das neue Mieder hat sie an und eine silberne Kette. Und einen frischen Schurz und frische Strümpfe ungefragt aus dem Kasten reißen! wer wird solchen Hochmut treiben? Dummes Kind, weißt du nicht daß wir arme Leute sind, daß du die Tochter eines unglücklichen Mannes bist?«

i ihn au amol amma christliche Wertag ahan? an der silberna Kette wird au nix verderbt, und da Schurz kann i jo wieder wäscha!«[A2]

»So? als wemma et immer gnuag z'wäscha und z'putza hätt? So sag mer no, was ist denn in de gfahra, daß de so strählst und schöa machst?«[A3]

»Ah was!« flüsterte das errötende Schwabenkind, »wisset Er denn net, daß heut der acht' Tag ist? hot et der Ätti g'sait, der Junker werd' am heutiga Morga verwacha, wenn sei Tränkle guete Wirking häb? und do hanne eba denkt –«[A4]

»Ist's um dui Zeit?« entgegnete die Hausfrau freundlicher; »da host wärle reacht; wenn er verwacht und sieht älles so schluttich und schlampich, se ist et guot und könnt Verdruß gä beim Ätte. Ih sieh au aus wie na Drach. Gang Bärbele; holmer mei schwaarz Wammas, mei rauts Miader und en frischa Schurz.«[A5]

»Aber Muater«, gab die Kleine zu bedenken. »Er wendt Ich doch ett do atau wella? wenn der Junker jetzt no grad verwacha tät? ganget lieber uffe und teant Ich droban a, i bleib derweil bei em.«[A6]

»Da host et aureacht, Mädle«[A7], murmelte die Alte, ließ selbst das Frühstück stehen und ging, um sich in ihren Putz zu werfen. Die Tochter aber öffnete das Fenster der frischen erquickenden Morgenluft, sie streute Futter auf den breiten Sims, viele Tauben und Sperlinge flogen

A2   »Lasset Euch doch berichten! was schadet es denn diesem Rock, wenn ich ihn einmal an einem christlichen Werktag anhabe; an der silbernen Kette wird auch nichts verdorben, und den Schurz kann man wieder waschen!«

A3   »So? als hätte man nicht genug zu waschen? Sag mir nur, was ist denn in dich gefahren, daß du dich so aufputzt und schön machst?«

A4   »Ach! wißt Ihr denn nicht, daß heute der achte Tag ist? hat nicht der Vater gesagt, der Junker werde am heutigen Morgen erwachen, wenn sein Trank gute Wirkung hat, da dachte ich nun –«

A5   »Ist's um diese Zeit? wahrlich du hast recht! wenn er erwacht und sieht alles so ohne Ordnung! es wäre nicht gut und könnte beim Vater Verdruß geben. Ich sehe aus wie ein Drache. Gehe, bringe mir mein schwarzes Wams, mein rotes Mieder und einen frischen Schurz.«

A6   »Aber Mutter, Ihr werdet Euch doch nicht hier ankleiden wollen? wenn der Junker gerade jetzt erwachte! gehet hinauf, kleidet Euch oben an; ich bleibe bei ihm.«

A7   »Du hast nicht unrecht.«

heran, und verzehrten mit Gurren und Zwitschern ihr Frühstück; die Lerchen in den Bäumen vor den Fenstern antworteten in einem vielstimmigen Chorus, und das schöne Mädchen sah, von der Morgensonne umstrahlt, lächelnd ihren kleinen Kostgängern zu.

In diesem Augenblick öffneten sich die Gardinen des Bettes der Kopf eines schönen, jungen Mannes sah heraus; wir kennen ihn, es ist Georg.

Ein leichtes Rot, der erste Bote wiederkehrender Gesundheit lag auf seinen Wangen; sein Blick war wieder glänzend wie sonst; sein Arm stemmte sich kräftig auf das Lager. Erstaunt blickte er auf seine Umgebungen; dieses Zimmer, diese Geräte waren ihm fremd, er selbst, seine ganze Lage kam ihm ungewohnt vor. Wer hatte ihm diese Binde um das Haupt gebunden? Wer hatte ihn in dieses Bett gelegt; es war ihm wie einem, der mit fröhlichen Brüdern eine Nacht durchjubelt, die Besinnung endlich verliert, und auf einem fremden Lager aufwacht.

Lange sah er dem Mädchen am Fenster zu; dieses Bild, das erste, das ihm bei seinem Erwachen aus langem Schlafe, entgegentrat, war so freundlich, daß er das Auge nicht davon abwenden konnte; endlich siegte die Neugierde, über das, was mit ihm vorgegangen war, gewisser zu werden; er machte ein Geräusch, indem er die Gardinen des Bettes noch weiter zurückschlug.

Das Mädchen am Fenster schien zusammenzuschrecken; sie wandte sich um, über ihr schönes Gesicht flog ein brennendes Rot, freundliche blaue Augen staunten ihn an; ein roter, lächelnder Mund schien vergebens nach Worten zu suchen, den Kranken bei seiner Rückkehr ins Leben zu begrüßen. Sie faßte sich, und eilte mit kurzen Schrittchen an das Bette, doch machte sie unterwegs mehreremal halt, als besinne sie sich, ob er denn wirklich wieder aufgewacht sei, ob es sich auch schicke, daß sie zu ihm trete, da er jetzt wieder lebe wie ein anderer Mensch.

Der junge Mann, nachdem er der Verlegenheit des schönen Kindes lächelnd zugesehen hatte, brach zuerst das Stillschweigen.

»Sag mir, wo bin ich? wie kam ich hieher?« fragte Georg, »wem gehört dieses Haus, worin ich, mir scheint aus einem langen Schlaf erwacht bin?«

»Sind Er wieder ganz bei Ich?« rief das Mädchen, indem sie vor Freude die Hände zusammenschlug. »Ach, Herr Jeses, wer hett des denkt?

Er gucket oin doch au wieder g'scheit an und et so duselig, daß oims ällamol angst und bang wora ist.«[A8]

»Ich war also krank?« forschte Georg, der das Idiom des Mädchens nur zum Teil verstand. »Ich lag einige Stunden ohne Bewußtsein?«

»Ei wie schwäzet Er doch«, kicherte das hübsche Schwabenkind und nahm das Ende des langen Zopfbandes in den Mund, um das laute Lachen zu verbeißen; »a baar Stund, saget Er? Heit nacht wird's grad nei Tag, daß se Ich brocht hent.«[A9]

Der Jüngling staunte sie mit ernsten Blicken an. Neun Tage ohne zu Marien zu kommen! Zu Marien? mit diesem himmlischen Bilde kehrte wie mit *einem* Schlag seine Erinnerung wieder, er erinnerte sich, daß er vom Bunde sich losgesagt habe; daß er sich entschlossen habe nach Lichtenstein zu reisen, daß er über die Alb auf geheimen Wegen gezogen sei, daß – er und sein Führer überfallen, vielleicht gefangen wurde; »gefangen?« rief er schmerzlich, »sage Mädchen, bin ich gefangen?«

Diese hatte mit wachsender Angst gesehen, wie sich die klaren Blicke des jungen Ritters verfinstert hatten, wie seine freundlichen Züge ernst, beinahe wild wurden. Sie glaubte, er falle in jenen schrecklichen Zustand zurück, wo er vom Wundfieber hart angefallen, einige Stunden lang gerast hatte; und der schwermütige Ton seiner Frage konnte ihre Furcht nicht mindern. Unschlüssig, ob sie bleiben oder um Hülfe rufen sollte, trat sie einen Schritt zurück.

Der junge Mann glaubte in ihrem Schweigen, in ihrer Angst die Bestätigung seiner Frage zu lesen. »Gefangen, vielleicht auf lange, lange Zeit«, dachte er, »vielleicht weit von ihr entfernt, ohne Hoffnung, ohne den Trost, etwas von ihr zu wissen!« Sein Körper war noch zu erschöpft, als daß er der trauernden Seele widerstanden hätte; eine Träne stahl sich aus dem gesenkten Auge.

Das Mädchen sah diese Träne, ihre Angst löste sich augenblicklich in Mitleiden auf, sie trat näher, sie setzte sich an sein Bett, sie wagte es, die herabhängende Hand des Jünglings zu ergreifen. »Er müesset et greina«,

---

A8 »Seid Ihr wieder ganz bei Euch? Ach Herr Jesus! wer hätte das gedacht! Ihr schauet doch auch wieder vernünftig aus den Augen, und nicht so verwirre, daß man Bange bekam!«

A9 »Wie schwatzet Ihr doch! Ein paar Stunden? heute nacht wird es neun Tage, daß man Euch gebracht hat.«

sagte sie; »Euer Gnada sind jo jetzt wieder g'sund, und – Er kennet jo jetzt bald wieder fortreita«,[A10] setzte sie wehmütig lächelnd hinzu.

»Fortreiten?« fragte Georg, »also bin ich nicht gefangen?«

»G'fanga? noi, g'fanga send Er net; es hätt zwor a baarmol sei kenna, wia dia vom Schwäbischa Bund vorbeizoga send, aber mer hent Ich ällemol guet versteckt; der Vater hot gsait, mer solle da Junker koin Menscha seah lau.«[A11]

»Der Vater?« rief der Jüngling, »wer ist der gütige Mann? wo bin ich denn?«

»Ha, wo werdet Er sei?« antwortete Bärbele, »beiaus send Er in Hardt.«

»In Hardt?« ein Blick auf die musikalisch ausstaffierten Wände gab ihm Gewißheit, daß er Freiheit und Leben jenem Mann zu verdanken habe, der ihm wie ein Schutzgeist von Marien zugesandt war. »Also in Hardt? und dein Vater ist der Pfeifer von Hardt? nicht wahr?«

»Er hot's et gern, wemmar em so ruaft«, antwortete das Mädchen, »er ist freile sei's Zoiches a Spielma, er hairt's am gernsta, wemmer Hanns zua nem sait.«[A12]

»Und wie kam ich denn hieher?« fragte jener wieder.

»Ja wisset Er denn au gar koi Wörtle meh?« lächelte das hübsche Kind, und bediente sich wieder des Zopfbandes. Sie erzählte, ihr Vater sei schon seit einigen Wochen nicht zu Hause gewesen, da sei er einesmals vor neun Tagen in der Nacht an das Haus gekommen und habe stark gepocht, bis sie erwacht sei. Sie habe seine Stimme erkannt, und sei hinabgeeilt, um ihm zu öffnen. Er sei aber nicht allein gewesen, sondern noch vier andere Männer bei ihm, die eine, mit einem Mantel verdeckte Tragbahre in die Stube niedergelassen haben. Der Vater habe den Mantel zurückgeschlagen, und ihr befohlen zu leuchten, sie sei aber heftig erschrocken, denn ein blutender, beinahe toter Mann sei auf der Bahre gelegen. Der Vater habe ihr befohlen, das Zimmer schnell zu wärmen,

A10 »Ihr müßt nicht weinen! Euer Gnaden sind ja jetzt wieder gesund und können jetzt wieder weiterreiten.«

A11 »Gefangen? nein gefangen seid Ihr nicht, zwar es hätte ein paarmal sein können, wie die vom Schwäbischen Bund vorbeigezogen sind doch wir haben Euch immer gut versteckt, der Vater hat gesagt, wir sollen den Junker keinen Menschen sehen lassen.«

A12 »Er hört es nicht gerne; freilich ist er seinem Gewerbe nach ein Spielmann, aber er hört es am gernsten wenn man Hans zu ihm sagt.«

indessen habe man den Verwundeten, den sie seinen Kleidern nach für einen vornehmen Herrn erkannt habe, auf das Bett gebracht; der Vater habe ihm seine Wunden mit Kräutern verbunden, habe ihm dann auch selbst einen Trank bereitet, denn er verstehe sich trefflich auf die Arzneien: für Tiere und Menschen. Zwei Tage lang seien sie alle besorgt gewesen, denn der Junker habe gerast und getobt; nach dem zweiten Tränklein aber sei er stille geworden, der Vater habe gesagt, am achten Morgen werde er gesund und frisch erwachen, und wirklich sei es auch so eingetroffen.

Der junge Mann hatte mit wachsendem Erstaunen der Rede des Mädchens zugehört; er hatte sie oft unterbrechen müssen, wenn er ihre zierlichen Ausdrücke nicht recht verstand oder wenn sie in ihrer Rede abschweifte, um die Kräuter zu beschreiben, woraus der Pfeifer von Hardt seine Arzneien bereitet hatte.

»Und dein Vater«, fragte er sie, »wo ist er?«

»Was wisset mier wo er ist«, antwortete sie ausweichend, doch als besinne sie sich eines Besseren, setzte sie hinzu »Uich kammes jo saga, denn Ihr müesset guet Freund sei mit em Vater; er ist nach Lichtastoi.«

»Nach Lichtenstein?« rief Georg, indem sich seine Wangen höher färbten; »und wann kommt er zurück?«

»Ja er sott schau seit zwoi Tag da sei, wie ner gsait hot. Wennem no nix gschea ist; d' Leut saget, dia bündische Reiter bassenem uf.«[A13]

Nach Lichtenstein – dorthin zog es ja auch ihn; er fühlte sich kräftig genug wieder einen Ritt zu wagen, und die Versäumnis der neun Tage einzuholen. Seine nächste und wichtigste Frage war daher nach seinem Roß; und als er hörte, daß es sich ganz wohl befinde und im Kuhstall seiner Ruhe pflege, war auch der letzte Kummer von ihm gewichen. Er dankte seiner holden Pflegerin für seine Wartung, und bat sie um sein Wams und seinen Mantel. Sie hatte längst alle Spuren von Blut und Schwerthieben aus den schönen Gewändern vertilgt, mit freundlicher Geschäftigkeit nahm sie die Habe des Junkers aus dem geschnitzten und gemalten Schrein, wo sie neben ihrem Sonntagsschmuck geruht hatte; lächelnd breitete sie Stück vor Stück vor ihm aus, und schien sein Lob, daß sie alles so schön gemacht habe, gerne zu hören. Dann enteilte sie

---

A13 »Schon seit zwei Tagen sollte er hier sein, wenn ihm nur nichts geschehen ist; die Leut sagen, die bündischen Reiter passen ihm auf.«

dem Gemach, um die frohe Botschaft, daß der Junker ganz genesen sei, der Mutter zu verkündigen.

Ob sie der Mutter auch gestanden, daß sie schon seit einer halben Stunde mit dem schönen, freundlichen Herrn geplaudert habe, wissen wir nicht; wir haben aber Ursache daran zu zweifeln, denn jene ältliche, runde Frau hatte Erfahrung aus ihrer Jugend, und glaubte ihrem Töchterlein die Warnung nie genug wiederholen zu können: Sie solle sich wohl hüten, mit einem jungen Burschen länger als ein Ave Maria lang zu sprechen.

II.

–Was kümmert's dich? Du fragst
Nach Dingen, Mädchen, die dir nicht geziemen.

Schiller

Als die runde Frau und Bärbele von der Bodenkammer herabstiegen, war ihr erster Gang, nicht in das Gemach, wo ihr Gast war, sondern nach der Küche. Und zwar aus zweierlei Gründen. Einmal, weil jetzt dem Gast ein kräftiges Habermus gekocht werden mußte, und dann – von der Küche ging ein kleines Fenster in die Stube, dorthin stellte sich die Mutter, um die Mienen des Junkers zu rekognoszieren.

Bärbele stellte sich auf die Zehen und schaute ihrer Mutter über die Schulter durchs Fensterlein. Sie staunte und ihr Herz pochte seit siebzehn Jahren zum erstenmal recht ungestüm, denn so hübsch hatte sie sich doch den Junker nicht gedacht. Sie war zwar oft von seinem Anblick bis zu Tränen gerührt gewesen, wenn er mit starren Augen ohne Bewußtsein, beinahe ohne Leben, dalag; seine bleichen, noch im Kampf mit dem Tode so schönen Züge hatten sie oft angezogen, wie ein rührendes, erhabenes Bild den frommen Sinn einer Betenden anziehet, aber jetzt, sie fühlte es, jetzt war es was ganz anderes. Die Augen waren wieder gefüllt von schönem, mutigem Feuer, es wollte »dem Bärbele auf den Zehen« bedünken, als habe sie, so alt sie geworden, noch gar keine solche gesehen. Das Haar lag nicht mehr in unordentlichen Strängen um die schöne Stirne, es fiel geordnet und reich in den Nacken hinab.

Seine Wangen hatten sich wieder gerötet, seine Lippen waren so frisch wie die Kirschen an Peter und Paul; und wie ihn das seidengestickte Wams gut kleidete; und der breite weiße Halskragen, den er über das Kleid herausgelegt hatte. Aber das konnte das Mädchen nicht ergründen, warum er wohl immer auf eine aus weiß und blauer Seide geflochtene Schärpe niedersah; so fest, so eifrig, als wären geheimnisvolle Zeichen eingewoben, die er zu entziffern bemüht sei. Ja, es kam ihr sogar vor als drücke er die Feldbinde an das Herz, als führe er sie an die Lippen voll Andacht und Inbrunst, wie man Reliquien zu verehren pflegt.

Die runde Frau hatte indessen ihre Forschungen durch das Fensterlein vollendet. »'s ist a Herr wie na Prenz«, sagte sie, indem sie das Habermus umrührte; »was er a Wammes a hot; dia Herra z' Stuagerd kennets et schöner hau. Was duet er no mit dem Fetza, won er in der Hand hot? Er guckta jo schier ausenander! Es ist, ka sei, a bisle Bluat na komma, daß ens verzirnt.«[A14]

»Noi sell isch et«, entgegnete Bärbele, die jetzt bequemer das Zimmer übersehen konnte; »aber wisseter Muater wia mers fürkommt? er macht so gar fuirige Auga druf na; sell ist gewiß ebbes von seim Schaz.«[A15]

Die runde Frau konnte sich nicht enthalten, über die richtige Vermutung ihres Kindes etwas weniges zu lächeln, doch schnell nahm sie ihre mütterliche Würde wieder zusammen, indem sie entgegnete: »A, was woist du von Schäz! So na Kind wia du muaß gar an nix so denka. Gang jetzt weg vom Fensterle dort, lang mir sell Häfele her. Der Herr wird a fürnehms Fressa gwohnt sei, i muaß am a bisle viel Schmalz in da Brei dauh.«[A16]

Bärbele verließ etwas empfindlich das Fenster: sie wußte, daß sie ihrer Mutter nicht widersprechen dürfe, aber diesmal hatte sie offenbar unrecht. Ging nicht das Mädchen schon seit einem Jahr in den Lichtkarz, wo von den Mädchen des Dorfes über Schätzchen und Liebe viel gesprochen und gesungen wurde, hatten nicht einige ihrer Gespielinnen, die wenige Wochen älter waren als sie, schon jede einen erklärten Schatz, und sie allein sollte nicht davon sprechen, nicht einmal etwas davon wissen dürfen? Nein, es war recht unbillig von der runden Frau, ihrem Töchterlein, das, wenn sie sich auf die Zehen stellte, der Mutter über die Schulter sehen konnte, solche Wissenschaft geradehin zu verbieten. Aber wie es zu geschehen pflegt: das Verbot reizt gewöhnlich zur Übertretung, und Bärbele nahm sich vor, nicht eher zu ruhen, als bis sie wisse, warum der junge Ritter mit so gar »fuirigen Augen« auf seine Feldbinde hinschaue.

A14 »Es ist ein Herr wie ein Prinz, welch ein Wams er anhat, die Herren in Stuttgart können es Nicht schöner haben, was tut er nur mit dem Fleckchen, das er in der Hand hat? er sieht es ja beinahe auseinander. Vielleicht kam ein wenig Blut dorthin, und er ist darüber erzürnt.«

A15 »Nein, das ist es Nicht! aber wißt Ihr was ich denke? er macht so feurige Augen darauf hin, es ist gewiß etwas von seinem Mädchen.«

A16 »Was weißt du von einem Schatz; ein Kind wie du soll nichts dergleichen denken. Gehe jetzt weg vom Fenster, reiche mir das Töpfchen dort. Der Herr wird vornehm zu essen gewohnt sein, ich muß ihm ein wenig viel Schmalz in den Brei tun.«

Das Frühstück des Junkers war indessen fertig geworden, es fehlte nichts mehr als ein Becher guten alten Weines; auch dieser war bald herbeigebracht, denn der Pfeifer von Hardt war zwar ein geringer Mann, aber nicht so arm, daß er nicht für feierliche Gelegenheiten ein Fäßchen im Keller liegen hatte; das Mädchen trug den Wein und das Brot, und die runde Frau ging im vollen Sonntagsstaat, die Schüssel mit Habermus in beiden Fäusten, ihrem holden Töchterlein voran in die Stube.

Es kostete den jungen Mann nicht geringe Mühe, den vielen Knicksen der Pfeifersfrau Einhalt zu tun; sie hatte in ihrer Jugend einmal auf dem Schloß zu Neuffen gedient, und wußte was Lebensart war; daher blieb sie mit der rauchenden Schüssel an ihrer eigenen Schwelle stehen, bis ihr der gestrenge Junker ernstlich befahl, vorzutreten. Die Tochter aber stand errötend hinter der runden Frau, und ihr verschämtes Gesicht ward nur auf Augenblicke sichtbar, wenn die Mutter sich recht tief verneigte. Auch sie machte die gehörige Anzahl Knickse, doch mochten sie nicht so ungemein ehrerbietig sein, denn sie hatte ja schon ein halb Stündchen mit ihm geplaudert.

Das Mädchen deckte jetzt den Tisch mit frischen Linnen; setzte dem Junker das Habermus und den Wein an den Ehrenplatz in der Ecke der Bank unter dem Kruzifix; dann steckte sie einen zierlich geschnitzten hölzernen Löffel in das Mus; er blieb aufrecht darin stehen, und es war dies ein gutes Zeichen, daß das Frühstück delikat bereitet sei. Als der Junker sich niedergelassen hatte, setzten sich auch Mutter und Tochter an den Tisch zu ihrem Suppennapf, doch in bescheidener Entfernung und nicht ohne das Salzfaß zwischen sich und ihren vornehmen Gast zu stellen. Denn so wollte es die Sitte in den guten, alten Zeiten.

Georg hatte, während sie das Frühmahl verzehrten, Muße genug, die beiden Frauen zu betrachten. Er gestand sich, daß die Hausehre des Pfeifers von Hardt eine stattliche Frau sei, die vielleicht manchen weniger kühnen Mann als seinen Führer und Erretter unter die Stelzen ihrer gewichtigen Schuhe (Pantoffel hatte sie wohl nicht) gebracht hätte. Auch das Kind des Spielmanns dünkte ihm eine liebliche Dirne, und ein so schöner Kopf, solche freundliche Augen hätten vielleicht in seinem Herzen einen nicht zu verachtenden Raum gewonnen, wäre es nicht von *einem* Bild schon ganz erfüllt gewesen, wäre nicht die Kluft so unendlich groß gewesen, welche Geburt und Verhältnisse zwischen den Erben des Namens Sturmfeder und der geringen Tochter des Pfeifers von Hardt befestigt hatte. Nichtsdestoweniger ruhten seine Blicke mit Wohlgefallen auf ihren reinen, unschuldigen Zügen, und wäre die runde Frau nicht mit ihrer Suppe zu beschäftigt gewesen, so wäre ihr wohl die Röte nicht entgangen, die auf den Wangen ihres Kindes aufstieg, wenn zufällig einer ihrer verstohlenen Blicke dem Auge des jungen Mannes begegnete.

»Der Napf ist leer, jetzt ist es Zeit zu schwatzen.« Dieser richtige Spruch galt auch hier sobald das Tischtuch weggenommen war. Georg lagen vornehmlich zwei Dinge am Herzen; er mußte gewiß sein, wann der Pfeifer von Lichtenstein zurückkommen würde, weil er nur seine Nachrichten über die Geliebte abwarten wollte, um dann sogleich zu ihr zu eilen; und zweitens war es ihm sehr wichtig, zu erfahren, wo das Heer des Bundes in diesem Augenblick stehe. Über das erstere konnte er keine weitere Auskunft erhalten, als was ihm das Mädchen früher schon gesagt hatte; der Vater sei etwa seit sechs Tagen abwesend; habe aber versprochen am fünften Abend wieder hier zu sein, und sie erwarten ihn daher stündlich. Die runde Frau vergoß Tränen, indem sie dem Junker klagte, daß ihr Mann, seitdem dieser Krieg begonnen, kaum einige Stunden zu Haus gewesen sei; er sei von früheren Zeiten her schon als ein unruhiger Mann berüchtigt; jetzt murmeln die Leute auch wieder allerlei über ihn, und gewiß bringe er seine Frau und sein Kind durch sein gefährliches Leben noch in Unglück und Jammer.

Georg suchte alle Trostgründe hervor, um ihre Tränen zu stillen; es gelang ihm wenigstens insoweit, daß sie ihm seine Fragen nach dem Bundesheer beantwortete.

»Ach Herr«, sagte sie; »des ist a Graus und a Jomer; 's ist grad wie wenn der wild Jäger uf de Wolka reitet, und mit seine g'schpenstige Hund übers Land wegzieht. 's ganz Unterland hent se schau, und jetzt got's mit em hella Haufa ge Tibenga.«

»So sind die Festungen alle schon in ihrer Hand?« fragte Georg verwundert; »Höllenstein, Schorndorf, Göppingen, Teck, Urach? Sind sie alle schon eingenommen?«

»Älles hent se; a Mann vo Schorndorf hot's g'sait, daß se de Hollastoi, Schorndorf und Göppenga hent. Aber von Teck und Aurich kane Uich ganz gnau berichta, mer send jo koine drei, vier Stund davo.« Sie erzählte nun, am dritten April sei das Heer vor Teck gezogen; sie haben einen Teil des Fußvolkes vor das eine Tor gesetzt, und sich mit der Besatzung über die Übergabe besprochen. Da seien alle Knechte zu diesem Tor geeilt und haben zugehört, und indessen sei das andere Tor von den Feinden bestiegen worden. Im Schloß Urach aber seien vierhundert herzogliche Fußknechte gewesen; diese habe die Bürgerschaft nicht in die Stadt lassen wollen, als der Feind anrückte. Es sei zum Gefecht zwischen ihnen gekommen, worin die Knechte auf den Markt gedrungen seien, dort aber sei der Vogt von einer Kugel getroffen, und nachher mit Hellebarden niedergestoßen worden; die Stadt habe sich dem Bunde ergeben. »Es ist koi Wunder«, schloß die runde Frau ihre Erzählung, »älle Burga und Schlösser nemmet se ei; denn se hent lange Feldschlanga und Bombardierstuck, wo se Kugla draus schießt, graißer als mei Kopf, daß älle Maura zema brecha, und älle Tirn eifalle müaßet.«

Georg konnte nach diesem Bericht ahnen, daß eine Reise von Hardt nach Lichtenstein nicht minder gefährlich sein werde, als jener Ritt über die Alb, denn er mußte gerade die Linie zwischen Urach und Tübingen durchschneiden. Doch war Urach schon seit mehreren Tagen von dem Heere verlassen; die Belagerung von Tübingen mußte notwendig viele Mannschaft erfordern, und so konnte Georg dennoch hoffen, daß keine eigentlichen Posten mehr den Strich Landes, den er zu durchreisen hatte, besetzt halten werden.

Mit Ungeduld erwartete er daher die Ankunft seines Führers. Seine Kopfwunde war geheilt; sie war nicht tief gewesen, denn die Federn seines Barettes und sein dichtes Haar hatten dem Hiebe, der nach ihm geführt worden war, seine Schärfe benommen; doch war der Schlag noch immer kräftig genug gewesen, um ihn auf so viele Tage des Bewußtseins zu berauben. Auch seine übrigen Wunden an Arm und Beinen waren geheilt, und die einzige körperliche Folge jener unglücklichen Nacht war eine Mattigkeit, die er dem Blutverlust, dem langen Liegen und dem Wundfieber zuschrieb; doch auch diese schwand von Stunde zu Stunde, denn ein frischer Mut und sehnsüchtige Gedanken in die Ferne, verjagen gar bald solche schlimme Gäste.

Es gehörte übrigens dieser frische Mut und ein wenig jugendliche Neugierde dazu, ihm die langsam hinschleichenden Stunden erträglich zu machen; es gehörte die muntere Tochter des Pfeifers dazu, um ihn vergessen zu lassen, wie unerträglich lange ihr Vater auf sich warten lasse. Er sah hier, was er sich schon lange zu sehen gewünscht hatte, eine echte, schwäbische Bauernwirtschaft. Wie drollig kamen ihm ihre Sitten, ihre Sprache vor; sein Franken, so nahe es an dieses Württemberg grenzte, hatte doch wieder einen anderen Schlag von Leuten; es deuchte ihm, seine Bauern seien pfiffiger, verschlagener, in manchen Dingen weniger roh als diese. Aber die gutmütige Ehrlichkeit dieser Leute, die aus ihren Augen, aus ihrer Sprache, aus ihrem ganzen Wesen hervorblitzte; ihre muntere, unverdrossene Arbeitsamkeit; ihre Reinlichkeit, die ihrer Armut ein ehrbares, sogar schmuckes Ansehen gab, dies alles machte, daß er zu fühlen glaubte, es haben diese Leute als Menschen mehr inneren Gehalt als die, welche er in seinen Gauen kennengelernt hatte, wenn sie auch in manchen Dingen nicht so viel Verschlagenheit zeigten.

Bewundern mußte er auch die trauliche gutmütige Geschwätzigkeit des Mädchens. Die runde Frau mochte schmälen wie sie wollte, mochte sie noch so oft ermahnen, den hohen Stand des Ritters zu bedenken, sie ließ es sich nicht nehmen, ihren Gast zu unterhalten, besonders da sie ihren geheimen Plan, zu erforschen, ob sie in Hinsicht auf die Feldbinde besser geraten habe als die Mutter, noch nicht aufgegeben hatte. Sie hatte hierüber noch ihre ganz besonderen Gedanken; als nämlich der Junker so gar krank gelegen, war sie in der Nacht noch lange aufgeblieben, um dem Vater Gesellschaft zu leisten, der am Bette des Verwundeten wachte. Doch bald schlief sie über ihrer Arbeit ein; es mochte ungefähr zehn Uhr in der Nacht sein, da sie von einem Geräusch im Zimmer aufgeschreckt wurde. Sie sah einen Mann mit dem Vater angelegentlich sprechen; seine Züge entgingen ihr nicht, obgleich er sich in eine große Kappe gehüllt hatte, sie glaubte einen Diener des Ritters von Lichtenstein, der schon oft auf geheimnisvolle Weise zu dem Pfeifer von Hardt gekommen war, und bei dessen Anwesenheit sie immer das Zimmer hatte verlassen müssen, in ihm zu erkennen.

Neugierig, endlich einmal zu hören was dieser Mann bei dem Vater zu tun habe, schloß sie ihre Augen wieder fest zu, denn es war ihr wahrscheinlich, daß ihr Vater sie nur im Zimmer ließ, weil er sie für fest eingeschlafen hielt. Der Mann erzählte von einem Fräulein, die über eine gewisse Nachricht untröstlich sei. Sie habe den fremden Mann gebeten und gefleht nach Hardt zu gehen und Nachricht einzuziehen, sie habe geschworen, wenn er nicht gute Nachricht bringe, ihrem Vater alles zu sagen, und zur Pflege des Kranken selbst zu kommen. Solches hatte der Lichtensteiner heimlich gesprochen; der Vater hatte darauf das Fräulein beklagt, hatte dem Boten den ganzen Zustand des Kranken geschildert und versprochen, daß er, sobald sich der Kranke gebessert habe, selbst kommen werde, um dem Fräulein diesen Trost zu bringen. Der fremde Mann hatte sodann dem Kranken ein Löckchen von seinen langen Haaren abgeschnitten, es in ein Tuch geschlagen und unter dem Wams wohl verwahrt; darauf war er vom Vater geführt, aus der Stube gegangen, und kurz nachher hörte sie ihn bei Nacht und Nebel wieder wegreiten.

Diese Begebenheit hatten die vielerlei Geschäfte der folgenden Tage bald wieder aus dem leichten, jugendlichen Sinn der Tochter des Pfeifers von Hardt verdrängt, sie erwachten aber jetzt aufs neue, aufgeregt durch das, was Bärbele durchs Küchenfenster gesehen hatte. Sie wußte, daß der Ritter von Lichtenstein eine Tochter habe, denn die Schwester des Spielmanns war ja ihre Amme. Und dieses Fräulein mußte es wohl sein, die den Lichtensteiner Knecht gesandt hatte, um sich so angelegentlich nach dem Kranken zu erkundigen, die sogar selbst kommen wollte, um ihn zu pflegen.

Alle Sagen von liebenden Königstöchtern, von Rittern, die krank in Gefangenschaft gelegen, und von holden Fräulein errettet wurden, alles, was über dieses Kapitel jemals in der traulichen Spinnstube erzählt worden war – und es gab viele »grausige« Geschichten hierüber –, kam ihr in das Gedächtnis. Sie wußte nun zwar nicht, wie es mit der Minne so vornehmer Leute beschaffen sei, aber sie dachte, es werde den hohen Fräulein wohl ungefähr ebenso ums Herz sein, wie den Mädchen von Hardt, wenn sie an einen schmucken Burschen von Ober-Ensingen oder Köngen ihr Herz verschenkt haben. Und in dieser Hinsicht kam ihr das Verhältnis, dem sie in Gedanken nachspürte, gar reizend vor, besonders dachte sie sich den Schmerz des Fräuleins auf ihrer fernen, hohen Burg recht grausam und rührend, wie sie nicht wisse, ob ihr Schatz lebendig oder tot sei, wie sie nicht zu ihm könne, um ihn zu sehen und zu pflegen.

Sie wußte ein Lied, das man oft im Lichtkarz sang; es hatte eine 128 schöne Weise, und kam ihr unwillkürlich auch jetzt in den Sinn; es hieß:

> »Wenn i im Bett lieg und bi krank,
> Wer führt mer mei Schätzle zum Tanz;
> Und wenn i im Grab lieg und faule,
> Wer kußt no ihr Honigmaule?«

Tränen traten ihr in die sonst so fröhlichen Augen, als sie bedachte, wie leicht der Junker seinem Liebchen hätte wegsterben können, und wie sie dann so einsam und ohne Liebe gewesen wäre, und doch war sie gewiß recht schön und eines vornehmen reichen Ritters Kind. Doch ist nicht der Junker noch viel schlimmer daran? dachte das gutherzige Schwaben-kind weiter; dem Fräulein hatte ja der Vater jetzt Nachricht von ihm gebracht, aber er, er wußte ja seit vielen Tagen kein Wörtchen von ihr; denn früher wußte er nichts von sich selbst, und seit er wieder ganz bei Leben war, konnte er auch nichts wissen; darum hatte er wohl die Binde, die er gewiß von ihr hatte, so beweglich angeschaut und ans Herz und den Mund gedrückt? Sie nahm sich vor ihm zu erzählen, was in jener Nacht vorgegangen sei, vielleicht ist es ihm doch ein Trost, dachte sie.

Georg hatte bemerkt, wie die fröhliche Miene des spinnenden Bärbeles nach und nach ernster geworden war, wie sie über etwas nachzusinnen schien, ja er glaubte sogar eine Träne in ihrem Auge bemerkt zu haben. »Was hast du, Mädchen«, sagte er, als die Mutter gerade das Zimmer verlassen hatte; »warum wirst du auf einmal so still und ernst? und netzt ja sogar deine Fäden mit Tränen?«

»Send denn Ihr so lustig, Junker?« fragte Bärbele, und sah ihm recht fest ins Auge; »i han gmoint, es sei vorig ebbes aus Eure Auga grollt, was selle Binde dort gnetzt hot. Sell hent Er gwiß vo Eurem Schätzle, und jetzt tuet Ichs loid, daß Er et bei er sind.«[A17]

Sie mochte nahe ans Ziel getroffen haben, denn der junge Mann errötete tief über ihre Frage. »Du hast vielleicht recht« sagte er lächelnd, »doch bin ich deswegen nicht gar zu traurig ich werde sie bald wiedersehen.«

»Ach, was des für a Freud sein wird in Lichtastoi«, entgegnete Bärbele mit einem schelmischen Seitenblick.

Georg erstaunte; sollte ihr der Vater von dem Geheimnis seiner Liebe etwas gesagt haben? »In Lichtenstein?« fragte er sie, »was weißt du von mir und Lichtenstein?«

»Ach, i mag's dem gnädigen Fräule wohl gönna, daß se wieder amol a Freud hot; mer hot mer gsait, sie häb rechtschaffa g'jomeret, wie Er so krank gwe send.«[A18]

»Gejammert sagst du?« rief Georg, indem er aufsprang und zu ihr trat; »so wußte sie um meine Krankheit? O sage, was weißt du von Marie? kennst du sie? Was sagte der Vater von ihr?«

A17 »Seid Ihr denn fröhlich? ich meinte doch es sei vorhin etwas aus Euren Augen gerollt, was jene Binde genetzt hat. Das habt Ihr gewiß von Eurem Liebchen, und jetzt tut es Euch weh, daß Ihr nicht bei ihr seid?«

A18 »Ach ich mag es dem gnädigen Fräulein wohl gönnen, daß sie einmal wieder eine Freude hat. Man sagte mir, sie habe gejammert, wie Ihr so krank gewesen.«

»Der Vater hot koi Sterbeswörtle zu mer gsait, und i wißt au net, daß es a Fräule von Lichtastoi geit, wenn et mei Bas ihr Amm wär. Aber Er müeßet mer's et übel nemma, Junker, dasse a bissele g'horcht hau; gucket des Ding ist so ganga:«[A19] Sie erzählte dem Junker wie sie hinter das Geheimnis gekommen sei, und daß der Vater, wahrscheinlich um guten Trost zu bringen, nach Lichtenstein gegangen sei.

Georg wurde schmerzlich bewegt durch diese Nachricht, er hatte bis jetzt geglaubt, Marie werde die Nachricht seines Unfalls zugleich mit der tröstlichen Kunde seiner Genesung erhalten; und jetzt mußte er erfahren, daß sie mehrere bange Tage in Ungewißheit geschwebt sei; in der schrecklichen Ungewißheit, ob er nicht hier noch entdeckt werde, ob er gerettet werde, ob sie ihn je wiedersehen würde; er kannte ihr treues Herz, und wie lebhaft konnte er sich ihren Kummer denken! Wahrlich, sein eigenes Unglück schien ihm gering und nicht zu beachten, wenn er sich den Jammer des teuren Mädchens vorstellte. Wieviel hatte sie in Ulm gelitten, wie schmerzlich war ihr der Abschied von ihm geworden; und kaum hatte ihr Herz wieder freier geatmet in dem Gedanken, daß er des Bundes Fahnen verlassen werde, kaum hatte sie ein wenig heiterer in die Zukunft gesehen, so kam ihr die Schreckensbotschaft von der tödlichen Wunde. Und dieses alles vor den Blicken des Vaters verschließen zu müssen, diesen großen Schmerz allein tragen müssen, ohne eine, auch nur *eine* Seele zu haben, bei welcher sie weinen, bei welcher sie Trost suchen konnte. Jetzt füllte er erst, wie notwendig es sei, schnell nach Lichtenstein zu eilen, und seine Ungeduld wurde zum Unmut, daß jener, sonst so kluge Mann, gerade in diesen kostbaren Augenblicken so lange ausbleibe.

Das Mädchen mochte seine Gedanken erraten, »I sieh wohl, Er möchtet gern von ich fort; wenn no der Vater do wär, denn alloi fendet Er da Weg noch Lichtastoi net; Er send koi Witaberger, des merke an der Sproch, und so kennet Er leicht verirra. Wisseter was? i lauf em Vater entgege und mach, daß er bald kommt.«[A20]

A19 »Der Vater hat kein Wörtchen zu mir gesagt, und ich wüßte auch nicht, daß es ein Fräulein von Lichtenstein gibt, wenn nicht meine Muhme ihre Amme wäre. Ihr müßt es mir nicht übelnehmen, daß ich ein wenig horchte; sehet die Sache ging so:«

A20 »Allein könnt Ihr den Weg nicht finden. Ihr seid kein Württemberger, man merkt es an der Sprache, Ihr könnet leicht verirren, doch ich, laufe meinem Vater entgegen und bewirke, daß er schneller kommt.«

»Du wolltest ihm entgegengehen?« sagte Georg, gerührt von der Gut-mütigkeit des Mädchens, »weißt du denn, ob er schon in der Nähe ist; vielleicht ist er noch stundenweit entfernt, und in einer Stunde wird es Nacht!«

»Und wär's so Nacht, daß mer da Weg mit de Händ greifa müeßt, und müeßet e laufa bis Lichtastoi, i wett's gern dauh, Er kommet jo no bälder zu –«^{A21} errötend schlug sie die Augen nieder, denn trieb sie auch ihr gutes Herz, sich zum Liebesboten des Ritters anzubieten, so schämte sie sich doch, jenes zarte Verhältnis, das ihr heute so klar, wie noch nie zuvor einleuchtete, zu berühren.

»Und willst du mir zulieb gehen bis Lichtenstein, so wäre es ja töricht von mir, zurückzubleiben, und erst deinen Vater zu erwarten. Ich sattle geschwind mein Roß und reite neben dir her, und du zeigst mir den Weg, bis ich ihn nicht mehr verfehlen kann!«

Das Mädchen von Hardt schlug die Augen nieder und spielte mit dem langen Zopfband; »aber es wird jo scho enera Stund Nacht«,^{A22} flüsterte sie kaum hörbar.

»Ei, was schadet das, dann bin ich um den Hahnenschrei in Lichten-stein«, antwortete Georg, »du wolltest dich ja vorhin selbst bei Nacht und Nebel auf den Weg machen.«

»Ja i wohl«, entgegnete Bärbele ohne aufzusehen, »aber Euch ist's gwiß et gsund, wo ner erst krank gwä sent, so in der kühla Nacht en Weg von sechs Stund z'macha.«^{A23}

»Das kann ich nicht beachten«, rief Georg, »und die Wunde ist ja geheilt, ich bin gesund wie zuvor; nein! rüste dich immer, gutes Kind, wir brechen sogleich auf, ich gehe mein Pferd zu satteln.« Er nahm den Zaum von einem Nagel an der Wand, wo er aufgehängt war, und schritt zur Türe.

»Herr! Euer Gnaden!« rief ihm das Mädchen ängstlich nach; »lasset's lieber geh. Gucket, 's tuet se et, daß mer so selbander in der Nacht fortganget. D'Leut in Hardt send so gar wunderlich, und mer tät mer

A21 »Und wäre es so Nacht, daß man den Weg mit den Händen greifen müßte, ich laufe bis Lichtenstein, ich wollte es gerne tun. Ihr kommet dann bälder zu –«

A22 »Es wird ja schon in einer Stunde Nacht!«

A23 »Ich wohl, aber Euch ist es gewiß nicht gesund, da Ihr kaum genesen seid, in einer kühlen Nacht den Weg von sechs Stunden zu machen.«

gwiß ebbes ahänga, wenne –.[A24] Wartet lieber bis morga früh, so wille Ich meitwega führa bis Pfullinga.«

Der Junker ehrte die Gründe des guten Mädchens, und hing schweigend den Zaum wieder an die Wand. Es möchte ihm freilich lieber gewesen sein, wenn die Leute von Hardt weniger geneigt waren, Böses zu denken; doch es war hier nichts zu tun, als sich schweigend in sein Schicksal zu ergeben. Er beschloß daher diesen Abend und die folgende Nacht noch auf den Pfeifer zu warten; käme er nicht, so wollte er mit dem frühesten Morgen zu Pferd sein, und unter Leitung seiner schönen Tochter nach Lichtenstein aufbrechen.

132

A24 »Lasset es doch! es schickt sich nicht, daß wir zusammen in der Nacht fortgehen; die Leute in Hardt sind wunderlich, man könnt mir manches nachsagen, wenn ich –«

III.

Die linden Lüfte sind erwacht,
Sie schaffen und weben Tag und Nacht,
Sie säuseln an allen Enden,
O frischer Duft, o neuer Klang!
Nun, armes Herze, sei nicht bang!
Nun muß sich alles, alles wenden.

L. Uhland

132

Aber der Pfeifer von Hardt kehrte auch in dieser Nacht nicht nach Haus zurück, und Georg, der seine Sehnsucht nach der Geliebten nicht mehr länger zügeln konnte, sattelte, als der Morgen graute, sein Pferd. Die runde Frau hatte nach einigen harten Kämpfen, mit ihrem Töchterlein, erlaubt, daß sie den Junker geleiten dürfe. Sie wußte zwar, daß ein so unerhörtes Ereignis viele Abende zur Unterhaltung in den Spinnstuben von Hardt dienen werde, und sah es deswegen nicht ganz gerne. Wenn sie aber bedachte, wieviel ihrem Eheherrn an dem jungen Ritter gelegen sein müsse, weil er ihn in sein Haus aufgenommen, und wie einen Sohn gepflegt hatte, so glaubte sie doch diesen letzten Dienst ihrem Gast nicht abschlagen zu dürfen; doch machte sie die Bedingung, daß Bärbele vorausgehen, und ihn eine Viertelstunde hinwarfst an einem Markstein erwarten müsse.

Georg nahm gerührt Abschied von der stattlichen, runden Frau, die ihm zu Ehren heute noch einmal in ihrem Sonntagsstaat prangte; er hatte in den geschnitzten Schrank einen Goldgulden gelegt, ein wichtiges Geschenk für die damalige Zeit, und eine bedeutende Summe für die Reisekasse Georgs von Sturmfeder. Der Pfeifer von Hardt soll übrigens nie etwas von diesem Depositum erfahren haben; sei es nun, daß die gute runde Frau den Goldgulden nicht gefunden hat, oder daß sie ihrem Eheherrn nichts davon berichtete, aus Angst, er möchte den Junker durch die Rückgabe des Geschenkes beleidigen. Nur so viel ist gewiß, daß die Frau des Spielmanns kurze Zeit nach diesem Vorfall mit einem nagelneuen Rock in der Kirche erschien, zur Verwunderung aller Weiber in der Gegend, und daß ihre Tochter Bärbele ein schönes Mieder von feinem Tuch mit Goldborden auf der nächsten Kirchweihe trug, das man früher nie an ihr gesehen. Auch soll sie jedesmal errötet sein, wenn die Mädchen das neue Mieder befühlten und lobten. Welch großen Staat konnte man in den guten Zeiten um einen Goldgulden machen!

Georg traf seine Führerin auf dem bezeichneten Markstein sitzen. Sie sprang auf, als er herankam, und ging mit raschen Schritten neben ihm her. Das Mädchen kam ihm heute noch viel hübscher vor als gestern. Ihre Wangen hatte der frische Aprilmorgen mit hohem Rot bedeckt, und ihre Augen glänzten freundlich. Ihre Tracht eignete sich ganz gut zu einem weiten Marsch, denn das kurze Röckchen hinderte den Fuß nicht, flink auszuschreiten. Sie hatte ein Körbchen an den Arm gehängt, als wolle sie zu Markt in die Stadt gehen. Sie trug aber weder Gemüs noch Früchte darin, was sie wohl sonst in die Stadt zu bringen pflegte, sondern ein Regentuch, mit dem sie sich gegen die wechselnden Launen eines Apriltages versehen hatte. Der Junker dachte bei sich, als sie so schmuck und rüstig neben ihm hinging, daß das Mädchen wohl einmal eine gute, tüchtige Hausfrau zu werden verspreche, und pries den jungen Burschen glücklich, der einst das Kleinod des Spielmannes von Hardt für sich gewinnen werde.

Sie hatte unstreitig viel von dem lebhaften Geiste ihres Vaters geerbt. Denn, wie auch jener bei der Reise über die Alb seinem vornehmen Gefährten durch Erzählungen und Hindeutungen auf die Gegend den Weg zu verkürzen bemüht gewesen war, so wußte auch sie, sooft das Gespräch zu stocken begann, entweder auf einen schönen Punkt in den Tälern und Bergen umher, aufmerksam zu machen, oder sie teilte ihm unaufgefordert eine und die andere Sage mit, die sich an ein Schloß, an ein Tal oder einen Bach knüpften.

Sie wählte meistens Nebenwege, und führte den Reiter höchstens zwei- bis dreimal durch Dörfer, von zwei zu zwei Stunden aber machten sie halt. Endlich nach vier solchen Stationen sah man in der Entfernung von einer kleinen halben Stunde ein Städtchen liegen; der Weg schied sich hier, und ein Fußpfad führte links ab in ein Dorf. An diesem Scheidepunkt blieb das Mädchen stehen und sagte: »Was Er dort sehet ist Pfullinga, von dort kann Ich jedes Kind da Weg nach Lichtastoi zeiga.«

»Wie? Du willst mich schon verlassen?« fragte Georg, der sich an die munteren, sinnigen Reden seiner Begleiterin so gewöhnt hatte, daß ihn der Abschied überraschte; »warum gehst du nicht wenigstens mit mir bis Pfullingen? Dort kannst du in der Herberge etwas essen und trinken; du willst doch nicht geradezu nach Haus laufen?«

Das Mädchen suchte freundlich auszusehen und zu scherzen, doch konnte sie einen schmerzlichen Zug um den Mund und trübe Augen nicht verbergen; denn wohl mochte auch ihr die Nähe ihres schönen Gastes teurer geworden sein, als sie vielleicht selbst wußte. »Do mueß i von Ich geh, gnädiger Herr«, sagte sie, »so gerne au no weiters mitging; aber d'Muetter will's so; dort in dem Dörfle am Berg hanne a Baas, und bei der bleibe heut, und morga gange wieder noch Hardt. Jetzt b'hüet Ich Gott der Herr und d' heilig Jungfrau und älle seine Heilige nemmet Ich in Schutz. Grüeßet mer de Vater und au«, setzte sie lächelnd hinzu, indem sie schnell eine Träne abschüttelte, »grüeßet mer sell Frähla, die Er so gern hent.«[A25]

»Dank dir Bärbele«, entgegnete Georg, und reichte ihr die Hand zum Abschied vom Pferd hinab. »Ich kann dir deine treue Pflege nicht vergelten. Aber wenn du nach Haus kommst, so schau in den geschnitzten Schrank, dort wirst du etwas finden, das vielleicht zu einem neuen Mieder oder zu einem Röckchen für den Sonntag reicht. Nun, und wenn du es dann zum erstenmal anhast und dein Schatz dich darin küßt, so denke an Georg von Sturmfeder!«

Der junge Mann gab seinem Pferde die Sporen, und trabte über die grüne Ebene hin dem Städtchen zu. Zweihundert Schritte weit entfernt, schaute er sich noch einmal nach der Tochter des Spielmannes um. Sie stand noch dort, wo er sie verlassen hatte, im roten Mieder, im kurzen Röckchen, mit langen Zöpfen und weißen Strümpfen, sie war es und keine andere; aber sie hielt die Hand vor die glänzenden Augen, und Georg war ungewiß, ob sie die Strahlen der Sonne dadurch abhalten wolle, indem sie ihm nachblickte, oder ob sie vielleicht jene Träne verwische, die er in ihren Wimpern blinken sah, als sie Abschied nahm.

Bald war er am Tor der kleinen Stadt angelangt. Er fühlte sich ermüdet und durstig, und fragte daher auf der Straße nach einer guten Herberge. Man wies ihn nach einem kleinen düsteren Haus, wo ein Spieß über der Türe und ein Schild mit einem springenden Hirsch geziert, zur Einkehr einluden. Ein kleiner barfußiger Junge führte sein Pferd in den Stall, ihn

A25 »Hier muß ich Scheiden; so gerne ich noch weiter mitginge. Die Mutter will es so. Dort in dem Dorf am Berge habe ich eine Muhme. Bei ihr bleibe ich heute nacht. Behüt Euch Gott. Grüßt mir den Vater und jenes Fräulein, das Ihr liebt!«

selbst aber empfing in der Türe eine junge, freundliche Frau und führte ihn zur Trinkstube.

Es war dies ein weites, finsteres Zimmer, an dessen Wänden sich schwere eichene Tische und Bänke hinzogen. Die ungeheure Menge von Kannen und Bechern, die blank gescheuert von den Gestellen am Getäfer herabblinkte, bewies, daß die Herberge zum Hirsch sehr besucht sein müsse. In der Tat saßen auch, obgleich es erst Mittag war, schon viele Gäste beim Wein. Sie schauten den stattlichen jungen Ritter prüfend an, als er an ihren Tischen vorüber zum Ehrenplatz, in ein sechseckiges, wie eine Laterne aus lauter Fenstern erbautes Erkerlein geführt wurde; doch ließen sie sich in ihrem Gespräch durch den vornehmen Gast nicht lange stören, sondern schwatzten weiter über Krieg und Frieden, über Schlachten und Belagerungen, wie ehrsame Spießbürger in so unruhigen Zeiten, wie etwa anno 1519, zu tun pflegen.

Die Wirtin schien an ihrem Gast Gefallen zu finden. Sie schaute mit lächelnder Miene nach ihm herüber, wenn sie am Erkerlein vorbeiging, und als sie ihm eine Kanne alten Heppacher und einen silbernen Becher vorsetzte, zog sich ihr etwas großer Mund zu holdseliger Freundlichkeit. Sie versprach ihm auch, ein junges Huhn zu braten und einen Tisch zu decken, wenn er sich nur ein wenig gedulden wolle; einstweilen solle er sich den Wein gut bekommen lassen. Das laternenförmige Erkerlein lag um zwei Stufen höher als die übrige Trinkstube, Georg konnte daher mit Muße die Tische übersehen und trinkend die Gäste mustern. Obgleich er nicht viel in Herbergen und Weinstuben sich herumzutreiben pflegte, so hatte er doch, vielleicht dadurch, daß er weniger sprach als beobachtete, einen eigenen Takt in Beurteilung solcher Umgebungen gewonnen, der ihn auch bei seinen jetzigen Beobachtungen unterstützte.

Die Gesellschaft, die um einen der großen eichenen Tische saß, bestand aus etwa zehn bis zwölf Männern. Sie unterschieden sich auf den ersten Anblick nicht sehr voneinander; große Bärte, kurze Haare, runde Mützen, dunkle Wämser gehörten dem einen so gut wie dem anderen an. Doch sonderte ein schärferer Blick bald vorzüglich drei von den übrigen. Der eine, er saß Georg am nächsten, war ein kleiner, fetter freundlicher Mann. Sein Haar war im Nacken etwas länger als das der anderen, er hatte es sorgfältiger gekämmt, auch schien sein dunkler Bart besser gepflegt zu sein. Ein Mantel von feinem schwarzem Tuch, und ein Filzhut mit spitzigem Kopf und breiter Krempe, die hinter ihm an einem Nagel hingen, bezeichneten einen Mann von einigem Gewicht, vielleicht gar einen

Ratsherrn. Er mochte auch eine bessere Sorte trinken als die übrigen, denn er schlürfte bedächtig, und wenn er mit dem Deckel an seinem Krug das Zeichen gab, daß er leer sei, tat er dies mit einem gewissen Anstand, und vernehmlicher als die übrigen. Er sah bei allem, was gesprochen wurde, überaus fein und listig aus, als wisse er noch manches, ohne es gerade hier preisgeben zu wollen. Auch hatte er das Vorrecht, das Kellnermädchen in die Wangen zu kneipen oder ihren runden Arm zu »tätscheln«, wenn sie ihm die gefüllte Kanne brachte.

Ein anderer Mann, der am entgegengesetzten Ende des Tisches saß, stach nicht minder gegen seine Umgebungen ab, als der Fette; alles war an ihm länglich und hager. Sein Gesicht, von der Stirne bis zu dem langen, zugespitzten Kinn, maß wohl eine gute Mannesspanne; seine Finger, mit welchen er auf dem Tische den Takt eines Liedes spielte, das er leise vor sich hin pfiff, hatten etwas Spinnenartiges, und als sich Georg einmal zufällig bückte, gewahrte er zu seinem großen Erstaunen, daß der hagere Mann lange, dünne Beine, beinahe unter dem ganzen Tisch hin, ausgestreckt hatte. Er hatte um seine Nase etwas Hochfahrendes, das sich auch in der Art, wie er allem, was die Bürger vorbrachten, widersprach, ausdrückte; er sah aus, wie einer der viel mit vornehmen Herren umgegangen ist, ihre Art und Weise angenommen hat, aber doch nicht recht bequem damit zurechtkommt. Er konnte nicht aus dem Städtchen sein, denn er hatte die Wirtin nach seinem Pferd gefragt. Nach Georgs Mutmaßungen war er ein reisender Arzt, wie sie zu jener Zeit im Land umherzogen, um die Menschen künstlich umzubringen.

Der dritte Mann, der dem Gast im Erker auffiel, sah etwas zerrissen und zerlumpt aus; er hatte übrigens etwas Bewegliches, Listiges in seinem Wesen, das ihn von der gutmütigen, behaglichen Ruhe der Spießbürger merklich unterschied. Er hatte über dem einen Auge ein großes Pflaster, das andere aber blickte kühn und offen um sich. Ein großer Reisestock mit eiserner Spitze, der neben ihm lag, und sein lederbesetzter Rücken, worauf er gewöhnlich einen Korb oder eine Kiste tragen mochte, ließen schließen, daß er entweder ein Bote sei, oder wahrscheinlicher noch einer jener herumziehenden Krämer, die auf Märkte und Kirchweihen, nebst wunderbaren Nachrichten aus fernen Landen, für die Weiber wirksame Mittel gegen verhextes Vieh, und für die Mädchen schöne bunte Bänder und Tücher bringen.

Diese drei waren es auch, die das Gespräch führten, das nur hin und wieder durch einen Ausruf der Verwunderung oder durch ein Klopfen mit den Krugdeckeln von den übrigen ehrsamen Bürgern unterbrochen wurde.

Diese Männer handelten übrigens eine Materie ab, die Georgs Interesse sehr in Anspruch nahm. Sie sprachen über die Unternehmungen des Bundes im württembergischen Unterland. Der Krämer mit dem ledernen Rücken hatte erzählt, daß Meckmühl, worin sich Götz von Berlichingen eingeschlossen, von den Bündischen erstürmt, und jener tapfere Mann gefangen worden sei.[23]

Der Ratsherr hatte zu dieser Nachricht listig gelächelt, und einen guten Zug von seiner besseren Sorte getrunken; der Hagere ließ aber den Lederrücken nicht aussprechen, er schlug den Takt mit den langen Fingern etwas vernehmlicher, und sagte mit hohler Stimme: »Das ist erstunken und erlogen, Freund! seht, das ist gar nit möglich, denn der Berlichingen versteht die schwarze Kunst und ist fest, das muß ich wissen; und überdies hat er allein mit seiner eisernen Hand in mancher Schlacht zweihundert Mann maustot geschlagen, was wird er sich denn fangen lassen?«

»Mit Verlaub«, unterbrach ihn der fette Herr; »dem ist nicht also, sondern Götz ist in der Tat gefangen, und sitzt in Heilbronn. Aber nicht weil er erlegen ist, denn sein Schloß in Meckmühl ist nicht erstürmt worden, sondern die Bündischen haben ihm und den Seinigen freien Abzug versprochen; wie er aber aus dem Tor kam, wurde er überfallen, seine Knechte getötet und er gefangen. Seht, das ist nicht recht, und da hat der Bund schändlich gehandelt.«

»Da muß ich doch bitten, Herr«, sprach der Lange, »daß man nicht also von den Bundesobersten spricht; ich kenne viele Herren davon genau, wie z.B. Herr Truchseß von Waldburg mein geneigter Herr und Freund ist.«

Der fette Herr schien etwas erwidern zu wollen, spülte aber das, was ihm auf der Zunge lag, mit einigem Wein hinunter. Jedoch die Bürger brachen bei Erwähnung so vornehmer Bekanntschaften in ein Gemurmel des Staunens aus, und lüfteten ehrerbietig ihre Mützen.

»Nun, wenn Ihr bei dem Bunde so gut bekannt seid«, sagte der Zerlumpte mit etwas trotziger Miene, »so werdet Ihr uns die beste Nachricht geben können, wie es um Tübingen aussieht.«

---

23 Lebensbeschreibung Götzens von Berlichingen. (von ihm selbst geschrieben), edit. Pistorius. Nürnberg. 1731.

»Es pfeifet auf dem letzten Loch«, antwortete der Gefragte; »ich war vor kurzer Zeit dort, und sah die fürtrefflichen und schrecklichen Anstalten zur Belagerung.«

»Ei, – So, – Wie«, flüsterten die Bürger und rückten näher zusammen, als erwarteten sie wichtige Kunde.

Der hagere Mann lehnte sich an die Lehne seines Stuhles zurück, steckte die langen Finger in die Degenkuppel, streckte die Beine um einige Zoll länger aus und sprach: »Ja, ja ihr Leute, dort sieht es arg aus; alle Ortschaften in der Nachbarschaft sind in großem Schaden, denn die Obstbäume sind alle abgehauen, man schießt mit aller Macht auf Stadt und Schloß, und die Stadt hat sich schon ergeben; im Schloß liegen vierzig Ritter, aber sie können die paar Mäuerlein nicht mehr lange 138 halten!«

»Was? ein paar Mäuerlein?« rief der fette Herr und setzte seine Kanne klirrend auf den Tisch; »wer je das Schloß von Tübingen gesehen hat, kann nicht von ein paar Mäuerlein reden. Hat es nicht auf den Seiten, wo es an den Berg stößt, zwei tiefe Graben, daß die Bündler mit keiner Leiter hinaufkönnen, und Mauern zwölf Schuh dick, und Türme, aus welchen sie ihre Feldschlangen nicht übel spielen lassen.«

»Umgeschossen, umgeschossen!« rief der lange Mann mit so greulich hohler Stimme, daß die erschrockenen Bürger die Türme von Tübingen krachen zu hören glaubten; »den neuen Turm, den der Ulerich neulich aufbaute, hat der Frondsberg umgeschossen, wie wenn er nie dagestanden wäre.«[24]

»Aber damit ist noch nicht alles hin«, antwortete der Zerlumpte. »Und die Ritter machen Ausfälle aus dem Schloß, und haben schon manchen auf dem Wörth am Neckar schlafen gelegt. Und dem Frondsberg haben sie den Hut vom Kopf geschossen, daß er heute noch Ohrensumsen hat.«[25]

»Da seid Ihr falsch berichtet«, sprach der Hagere nachlässig; »Ausfälle? dafür haben die Belagerer leichte Reiter wie die Teufel; es sind Griechen, ich weiß nicht vom Ganges oder Epiros, man heißt sie Stratioten; die

24 Sattler II. §. 9. Hierüber ist vorzüglich zu vergleichen Fried. Stumphardt, Chron. §. III. Die Geschichte der Herren v. Frondsberg. Frankfurt a. M. 2. Buch, und Tethinger, Commentarius de Würt. reb. gest. Lib. II.

25 Bei dieser Belagerung wurde Georg von Frondsberg das Barett vom Kopf geschossen. So erzählen Sattler, Stumphardt, Tethinger u.a.

haben einen Obersten, den Georg Samares, der läßt keinen Hund aus dem Loch ausfallen.«[26]

»Der hat halt auch ins Gras beißen müssen«, entgegnete der zerlumpte Mann mit einem höhnischen Seitenblicke; »die Hunde, wie Ihr sie nennt, sind dennoch ausgefallen, obgleich der Grieche vor dem Loch stand, und haben ihn gebissen und gefangen, und –«

»Gefangen? den Samares?« rief der Lange aus seiner vornehmen Ruhe aufgeschreckt; »Freund, das habt Ihr falsch gehört!«

»Nein«, antwortete jener sehr ruhig, »ich habe die Glocken läuten hören, als man ihn in Sankt-Jörgen-Kirche begraben hat.«

Die Bürger schauten aufmerksam nach dem langen Fremden um zu erforschen, was für einen Eindruck diese Nachricht auf ihn mache? Er ließ seine buschigen Augenbrauen herab, daß von seinen Augen nichts mehr zu sehen war, zwirbelte seinen langen dünnen Knebelbart, schlug mit der knöchernen Hand auf den Tisch und sagte: »Und wenn sie ihn auch in zehn Stücke zerhauen hätten, den Griechen, es hilft doch nichts! das Schloß muß über, da hilft nichts, und hat man Tübingen, dann gute Nacht Württemberg. Der Ulerich ist zum Land hinaus, und meine gnädige Herren und Gönner sind Meister.«

»Wer steht Euch davor, daß er nicht wiederkommt? und dann? – –« sagte der kluge, fette Herr, und klappte den Deckel zu.

»Was? wiederkommen«, schrie jener; »der Bettelmann? wer sagt das, daß er wiederkommt; wer wagt es? He?«

»Was geht es uns an?« murmelten die Gäste unmutig; – »wir sind friedliche Bürger, uns ist's einerlei, wer Herr im Land ist, wenn nur die Steuern anders werden. – Wenn man in der Herberg ist, wird doch auch noch ein Wort erlaubt sein?« So sprachen sie, und der Hagere schien zufrieden, daß ihm keiner etwas Ernstliches entgegnete. Er sah einen um den andern mit stechendem Blicke an, zog dann sein Gesicht in freundlichere Falten und sagte: »Es war nur zur Erinnerung, daß wir den Herzog fürder nicht mehr brauchen; mein Seel, mir ist er wie Gift und Operment, darum gefällt mir auch das Paternoster so gut, das einer

---

26   Diese Griechen sind eine sonderbare Erscheinung bei der Belagerung von Tübingen: man hieß sie Stratioten; ihr Hauptmann war Georg Samaras aus Corona in Albanien. Er ist in der Stiftskirche in Tübingen begraben. Ausführlich beschreibt sie Tethinger, Comment. de Würt. gest. 931. Crusius nennt sie vorzüglich berühmt im Lanzenschwingen. κονταρια φορουσιν

auf ihn gemacht hat; ich will es einmal singen.« Die Bürger sahen finster vor sich hin, und schienen nicht sehr begierig auf den Spottgesang, der ihrem unglücklichen Herzog galt. Jener aber befeuchtete seine Kehle mit einem guten Trunk, und sang mit heiserer, unangenehmer Stimme:

»Vater unser
Reutlingen ist unser.
Der du bist
Eßlingen hat nicht lange Frist.
Geheiligt werde dein Nam';
Heilbronn und Weil wollen wir han,
Zukomm uns dein Reich,
Ulm sieht uns auch gleich.
Dein Will geschehe
Die Münz' hat gereiht ein anderes Geprähe.
Unser täglich Brot
Wir haben Geschütz für alle Not.
Gib uns heut und vergib uns unsere Schuld,
Wir haben des Königs in Frankreich Huld,
Als wir vergeben unseren Schuldigern,
Wir wollen dem Bund das Maul zusperrn!
Laß uns nicht versucht werden
Wir wöllen bald Kaiser werden.
Sondern erlös uns vom Übel. Amen!
So behalten wir des Kaisers Namen.«[27]

Er schloß seinen Gesang mit einem fatalen, zitternden Schnörkel, der weiter keinen Effekt hervorbrachte, als daß die Bürger einander heimlich anstießen, und über die jämmerlichen Töne des Sängers, die Achsel zuckten. Er aber schaute stolz in dem Kreise umher, als wolle er in den Mienen seiner Zuhörer den gerechten Beifall lesen.

»Ihr habt da ein gar frommes Lied gesungen«, sagte der Zerlumpte, »so fein kann ich's nicht, aber doch weiß ich auch ein neues Lied, und will es mit Eurem Verlaub singen.«

27 Man vergleiche über diesen Volkswitz des Freiherrn von Aretin Beiträge zur Geschichte und Literatur 1805. 5. Stück, Seite 438.

Der Hagere sah ihn scheel und spöttisch an, die Bürger aber nickten ihm zu, und er begann mit einem angenehmen Tenor, indem er die Augen halb zuschloß, aber doch hin und wieder auf den langen Mann hinüberschielte, als beobachte er, welchen Eindruck sein Gesang mache:[28]

»O weh, wo bleibet deine Kraft,
Württemberg, du arme Landschaft;
Ich klag dich billig hart und sehr,
Denn der Bader von Ulm, der ist dein Herr.

Der zu Nürnberg die Wetschger macht,
Der Weber von Augsburg treibt auch sein Pracht,
Der Salzsieder von Schwäbisch Hall,
Von Ravenspurg die Krämer all.

Von Rottweil die neuen Schweizerknaben
Wollten der Gans auch ein Feder haben,
Und der Schneider von Memming ist in der Sach
Und auch der Kürschner von Biberach.«

Lärmender Beifall und Gelächter unterbrach den Sänger; sie langten über den Tisch herüber, schüttelten dem Zerlumpten die Hand und lobten sein Lied. Der Hagere sprach kein Wort, sondern warf finstere Blicke auf die Gesellschaft; man war ungewiß, ob er den Beifall des Zerlumpten beneidete, oder ob der Gegenstand des Liedes ihn beleidigte. Der fette Herr aber sah ungemein klug aus, brummte die Weise des Liedes mit, und nickte bei jeder Kraftstelle mit dem Haupt.

Der Sänger mit dem ledernen Rücken fuhr fort:

»Den Saymer von Kempten ich euch meld
Und Holzhauer von dem Herdtfeld

28 In der Chronik des Georg Stumphardt über die gewaltsame Verjagung des Herzogs Ulerich, findet sich als eigener Artikel ein: »*gereimter Spruch also lautend*«, wo in einer großen Menge Knittelversen das Unglück des Herzogs und des Landes beschrieben ist. Aus diesem Gedicht sind jene Verse im Text entlehnt.

Und andere, die ich nit nennen will
Der Haufen ist groß und wird gar zu viel.

Und auch der ist in dem Strauß,
Der richt' alles mit Ungeld aus,
Ich mein' Junker Ermlich und sein Gesind
Des reichen Barchetwebers Kind.«

»Daß Euch der Kuckuck in den Hals fahr! Ihr Lumpenhund«, fuhr der
lange Mann auf, als er die letzten Worte hörte; »ich weiß wohl, wen Ihr
mit dem Barchetweber meint; meinen gnädigen Gönner den Herrn von
Fugger. Den soll mir ein solcher Landläufer verunglimpfen?« Er begleitete diese Worte mit einem ausdrucksvollen Mienespiel, und mit
schrecklicher Gebärde.

Doch der mit dem ledernen Rücken ließ sich nicht einschüchtern; er
stellte seine ungemein muskulöse Faust vor sich hin und sagte: »Den
Landläufer könnt Ihr für Euch behalten, Herr Calmus, man weiß wohl
wer Ihr seid; und wenn Ihr nicht augenblicklich Euer Maul haltet, so
will ich Euch Eure Rührlöffelarme vom Leib schlagen.«

Der Hagere stand auf und bedauerte sich selbst, daß er in so gemeine
Gesellschaft geraten sei; er zahlte seinen Wein und ging vornehmen
142 Schrittes aus der Trinkstube.

IV.

Weh mir, ich habe die Natur verändert.
Wie kommt der Argwohn in die freie Seele?
Vertrauen, Glaube, Hoffnung ist dahin.
Denn alles log mir, was ich hochgeachtet.

Schiller

Als dieser Mann das Zimmer verlassen hatte, sahen die Gäste erstaunt einander an; es war ihnen zumut, als hätten sie ein schweres Gewitter aufsteigen sehen, es hätte gekracht, als ob die Erde bersten wollen, ja, als wäre ein erschrecklicher, tötender Blitz auf sie herabgefahren, und siehe da, es war nur ein »kalter Schlag«. Dem Mann mit dem Lederrücken dankten sie, daß er den ungezogenen, übermütigen Gast so schnell entfernet habe, und fragten, was er wohl von dem hageren Fremden wisse?

»Den kenne ich wohl«, antwortete dieser, »das ist unseres Herrgotts Tagdieb, ein fahrender Arzt, der den Leuten Pillen verkauft gegen die Pest, den Hunden den Wurm schneidet und die Ohren stutzt, die Mädchen von dicken Hälsen befreit und den Weibern Augenwasser gibt, daß sie blind werden. Er heißt eigentlich Kahlmäuser, aber weil er ein Gelehrter sein will, heißt er sich Doktor Calmus. Er nistet sich bei allen großen Herren ein, und wenn ihn einer einmal einen Esel geheißen hat, so meint er schon, er sei sein bester Freund.«

»Mit dem Herzog muß er aber nicht gut stehen«, bemerkte der schlaue Herr, »denn er hat doch lästerlich über ihn geschimpft.«

»Ja, mit Herrn Ulerich steht er freilich nicht gut; das ging aber so: der Herzog hatte einen schönen dänischen Jagdhund, der hatte sich im Schönbuch einen Dorn tief in die Pfote getreten. Den Herzog dauerte der Hund, er forschte nach einem geschickten Mann, der das Tier heilen könnte, und zufällig war der Kahlmäuser da, und bot sich mit wichtigem Gesicht dazu an. Er bekam im Schloß in Stuttgart alle Tage gut zu essen und eine Maß Wein; das schmeckte ihm nun so gut, daß er über ein Vierteljahr an der Hundspfote dokterte. Da ließ ihn eines Tages der Herzog samt dem Hund rufen und fragte, was er ausgerichtet habe. Er soll viel gelehrtes Zeug geschwatzt haben, doch der Herr hat nicht darauf geachtet, sondern die Pfote selbst untersucht, und da fand es sich, daß sie schon ganz schwarz und brandig war. Da nahm der Herzog den

Kahlmäuser, so lang er war, trug ihn an die lange Treppe, auf der man bis in den zweiten Stock hinaufreiten kann, und warf ihn hinunter, daß er halb tot unten ankam. Und seit der Zeit ist der Doktor Calmus nicht gut auf den Herzog zu sprechen. Andere sagen auch, er sei der Kundschafter gewesen zwischen dem Hutten und Frau Sabina, und habe nur deswegen den Hund übernommen, weil er dadurch ins Schloß kam.«

»So? mit dem Hutten hat er es gehalten?« sagte einer der Bürger. »Das hätten wir wissen sollen, so hätten wir ihm das Fell recht gegerbt, dem Lumpendoktor! Der Hutten ist doch an all dem unseligen Kriege schuld, mit seiner Liebelei, und der dürre Kahlmäuser hat ihm dazu geholfen.«

»De mortuis nil nisi bene; man muß die Toten schonen, sagen die Lateiner«, entgegnete der fette Herr; »der arme Teufel hat es mit dem Leben teuer genug bezahlt.«

143 »Aber es ist ihm recht geschehen«, rief jener Bürger mit großer Hitze; »an des Herzogs Stelle hätte ich's gerade auch so gemacht, ein jeder Mann muß sein Hausrecht wahren.«

»Reitet Ihr zuweilen mit dem Vogt auf die Jagd?« fragte der fette Herr mit überaus schlauem Lächeln, »da habt Ihr die beste Gelegenheit; ein Schwert habt Ihr ja, und eine Eiche wird sich auch finden, wohin Ihr seinen Leichnam hängen könnet.«

Ein schallendes Gelächter der Bürger von Pfullingen, belehrte den Gast im Erker, daß jener eifrige Verteidiger des Hausrechts in seinem eigenen Hause nicht so ganz strenge Justiz üben müsse. Er errötete und murmelte einige unverständliche Worte in seinen Becher hinein.

Der Zerlumpte aber, der als Fremder nicht mitlachen wollte, nahm sich seiner an: »Ja wohl hat der Herzog ganz recht gehabt; denn er hätte den Hutten auf der Stelle hängen können, ohne daß er erst mit ihm focht, er ist ja Freischöff vom westfälischen Stuhl, vom heimlichen Gericht, und darf einen solchen Ehrenschänder ohne weiteres abtun. Und er hatte die besten Beweise gleich bei der Hand; kennt Ihr das schöne Liedlein? Ich will einmal ein paar Verse daraus singen:

Und im Wald er sich zum Hutten wandt:
›Was flimmert dort an deiner Hand?‹
›Herr Herzog 's ist ein Ringelein
Das hab ich von meiner Liebsten fein.‹

›Ei Hanns, du bist ein stattlich Mann
Hast auch ein gülden Kettlein an!‹
›Das hat mir auch mein Schatz geschenkt,
Zum Zeichen, daß sie mein gedenkt.‹

Dann heißt es weiter:

O Hutten, gib dei’m Gaul die Sporn,
Des Herzogs Auge rollt voll Zorn,
O Hutten, fleuch, noch ist es Zeit,
Er reißt das Schwert schon aus der Scheid –«

»Laßt es lieber gut sein«, unterbrach ihn der fette Herr mit ernster
Miene; »es ist nicht gut, daß man in solchen Zeiten dies Lied in der
Herberge singt; dem Herzog kann es nicht mehr nützen, und die Bündischen sind rings um uns; es könnte leicht einer etwas davon hören«, 144
setzte er mit einem stechenden Blick auf Georg hinzu, »und dann hieße
es gleich: Pfullingen zahlt hundert Gulden Brandsteuer mehr.«

»Weiß Gott, Ihr habt recht«, sagte der Zerlumpte; »es ist nicht mehr
wie früher, wo man ein freies Wort sprechen und singen durfte beim
Wein in der Trinkstube; da muß man immer umschauen ob nicht dort
ein Herzoglicher, und auf der andern Seite ein Bündler sitzt; aber den
letzten Vers will ich noch singen, trotz Bayern und dem Schwabenbund:

Es steht eine Eich’ im Schönbuchwald,
Gar breit in den Ästen und hoch gestalt’t;
Die wird zum Zeichen Jahrhunderte stahn:
Dort hing der Herzog den Hutten dran.«

Er hatte ausgesungen, das Gespräch der Bürger sank jetzt zum Geflüster
herab, und Georg glaubte zu bemerken, daß sie über ihn ihre Glossen
machen. Auch die freundliche Wirtin schien neugierig, zu wissen, wen
sie in ihrem Erkerlein beherberge. Sie setzte die Speisen, die sie ihm bereitet hatte, vor ihn hin, nachdem sie ein schönes Tafeltuch über den
runden Tisch ausgebreitet hatte; dann nahm sie selbst an der entgegengesetzten Seite Platz und befragte ihn, wiewohl sehr bescheiden, über
das Woher? und Wohin?

Der junge Mann war nicht gesonnen, ihr über den eigentlichen Zweck seiner Reise genaue Auskunft zu geben. Das Gespräch der Gäste an der langen Tafel hatte ihn belehrt, daß es hier nicht minder gefährlich sei, zu gar keiner Partei zu gehören, als sich für irgendeine bestimmt zu erklären, er sagte daher, er komme aus Franken und werde noch weiter hinauf ins Land, in die Gegend von Zollern reisen, und schnitt somit jede weitere Frage ab; denn die Wirtin war zu bescheiden, als daß sie sich den Ort wohin er gehe, noch näher hätte bezeichnen lassen. Es schien ihm aber eine gute Gelegenheit, sich nach Marien zu erkundigen, denn er war glücklich, wenn ihm die Wirtin zum Goldenen Hirsch, auch nur ihren Namen nennen, nur den Saum ihres Kleides beschreiben würde. Er fragte daher nach den Burgen umher und nach den ritterlichen Familien, die in der Nachbarschaft wohnen.

Die Wirtin schwatzte gerne; sie gab ihm in weniger als einer Viertelstunde die Chronik von fünf bis sechs Schlössern aus der Gegend, und bald kam auch Lichtenstein an die Reihe. Der junge Mann holte tiefer Atem bei diesem Namen, und Schob die Schüssel weit hinweg, um seine Aufmerksamkeit ganz der Erzählerin zu widmen.

»Nun, die Lichtensteiner sind gar nicht arm, im Gegenteil, sie haben schöne Felder und Wälder, und keine Rute Landes verpfändet: da ließe sich der Alte lieber seinen langen Bart abscheren, obgleich er gar viel darauf hält und ihn immer streichelt, wenn er mit den Leuten spricht. Er ist ein strenger, ernster Mann; was er einmal haben will, das muß geschehen, und sollte es biegen oder brechen. Er ist auch einer von denen, die es so lange mit dem Herzog hielten; die Bündischen werden es ihm übel entgelten lassen.«

»Wie ist denn seine..., ich meine Ihr sagtet, er habe eine Tochter, der Lichtenstein?«

»Nein«, antwortete die Wirtin, indem sich ihr sonst so heiteres Gesicht in grämliche Falten zog, »von der habe ich gewiß nicht gesprochen, daß ich es wüßte. Ja, er hat eine Tochter, der gute alte Mann, und es wäre ihm besser, er führe kinderlos in die Grube, als daß er aus Jammer über sein einziges Kind abfährt.«

Georg traute seinen Ohren nicht; was konnte die Wirtin gerade von Marien so Arges denken, daß sie den Vater glücklich pries, wenn er dieses Kind nicht hätte? »Was ist es denn mit diesem Fräulein«, fragte er, indem er sich vergebens abmühte, recht scherzhaft auszusehen; »Ihr macht mich neugierig, Frau Wirtin; oder ist es ein Geheimnis, das Ihr nicht sagen dürft?«

Die Frau zum Goldenen Hirsch schaute aus dem Erker heraus nach allen Seiten, ob niemand lausche, aber die Bürger waren ruhig in ihrem Gespräch begriffen, und achteten nicht auf sie, und sonst war niemand in der Nähe, der sie hören konnte. »Ihr seid ein Fremder«, hub sie nach diesen Forschungen an, »Ihr reiset weiter und habt nichts mit dieser Gegend zu schaffen, darum kann ich Euch wohl sagen, was ich nicht jedem vertrauen möchte. Das Fräulein dort oben auf dem Lichtenstein ist ein – ein – ja bei uns Bürgersleuten würde man sagen, sie ist ein schlechtes Ding, eine lose Dirne –«

»Frau Wirtin!« rief Georg.

»So schreiet doch nicht so, verehrter Herr Gast, die Leute schauen sich ja um. Meinet Ihr denn, ich sage, was ich nicht ganz gewiß weiß? Denkt Euch, alle Nacht Schlag elf Uhr läßt sie ihren Liebsten in die Burg. Ist das nicht schrecklich genug, für ein sittsames Fräulein?«

»Bedenket, was Ihr sprechet! Ihren Liebsten?«

»Ja leider, nachts um elf Uhr ihren Liebsten; es ist eine Schande und ein Spott! Es ist ein ziemlich großer Mann, der kommt in einen grauen Mantel gehüllt ans Tor. Sie hat es zu machen gewußt, daß zu dieser Zeit alle Knechte vom Tor entfernt sind, und nur der alte Burgwart, der ihr auch in ihrer Kindheit zu allen losen Streichen half, um den Weg ist; da kommt sie nun allemal, wenn es drüben in Holzelfingen elf Uhr schlägt, selbst herunter in den Hof, die Nacht mag so kalt sein als sie will, und bringt den Schlüssel zur Zugbrücke, den sie zuvor ihrem alten Vater vom Bette stiehlt; dann schließt der alte Sünder, der Burgwart, auf, die Brücke fällt nieder, und der Mann im grauen Mantel eilt in die Arme des Fräuleins.«

»Und dann?« fragte Georg, der beinahe keinen Atem mehr in der Brust, kein Blut mehr in den Wangen hatte; »und dann?«

»Ja, dann wird Braten, Brot und Wein geholt; so viel ist gewiß, daß der nächtliche Liebste einen ungeheuren Hunger haben muß, denn er hat in mancher Nacht einen halben Rehziemer rein aufgezehrt, und zwei, drei Nössel Wein dazu getrunken; was weiter geschieht, weiß ich nicht; ich will nichts vermuten, nichts sagen, aber das weiß ich«, setzte sie mit einem christlichen Blick gen Himmel hinzu, »beten werden sie nicht.«

Georg schalt sich nach kurzem Nachdenken selbst aus, daß er nur einen Augenblick gezweifelt habe, daß diese Erzählung eine Lüge, von irgendeinem müßigen Kopf ersonnen sei; oder wenn auch etwas Wahres darin wäre, so konnte es doch nichts sein, das Marien zur Unehre gereicht hätte.

Wenn es wahr ist, daß die Liebe eines Jünglings in den guten alten Zeiten zwar nicht weniger leidenschaftlich war, als in unseren Tagen, aber mehr den Charakter reiner anbetender Ehrfurcht trug, daß nach der Sitte der Zeit die Geliebte nicht auf gleicher Stufe mit ihrem Verehrer, sondern um eine höher stand, wenn wir den romantischen Erzählungen alter Chroniken und Minnebücher trauen dürfen, die so viele Beispiele aufführen, daß sich edle Männer, wenn sie in Liebe sind, für die Treue und Reinheit ihrer Dame, auf der Stelle totschlagen lassen, so ist es nicht zu verwundern, daß Georg von Sturmfeder wenigstens auf *diese* Indizien hin, von Marien nichts Schlechtes denken konnte. So rätselhaft ihm selbst jene nächtlichen Besuche vorkommen mochten, so sah er doch klar, es sei weder bewiesen, daß der Vater nichts darum wisse noch daß der geheimnisvolle Mann gerade ein Liebhaber sein müsse. Er trug diese Zweifel auch seiner Wirtin vor.

»So? meint Ihr, der Vater wisse um die Geschichte?« sprach sie; »dem ist nicht so. Sehet, ich weiß das gewiß, denn die alte Rosel, die Amme des Fräuleins –«

»Die alte Rosel hat es gesagt?« rief Georg unwillkürlich; ihm war ja diese Amme, die Schwester des Pfeifers von Hardt, so wohlbekannt; freilich wenn diese es gesagt hatte, war die Sache nicht mehr so zweifelhaft; denn er wußte, daß sie eine fromme Frau und dem Fräulein sehr zugetan war.

»Ihr kennt die alte Rosel?« fragte die Wirtin, erstaunt über den Eifer, womit ihr fremder Gast nach dieser Frau fragte.

»Ich? sie kennen? nein, erinnert Euch nur, daß ich heute zum erstenmal in diese Gegenden komme; nur der Name Rosel fiel mir auf.«

»Sagt man bei Euch nicht so? Rosel heißt Rosina bei uns, und so nennt man die alte Amme in Lichtenstein; nun seht, diese hält viel auf mich, und kommt hie und da zu mir, dann koche ich ein süßes Weinmüschen, was sie für ihr Leben gerne ißt, und zum Dank vertraut sie mir allerlei Neues. Von ihr habe ich auch was ich Euch sagte. Der Vater weiß gar nichts von diesen nächtlichen Besuchen, denn er geht schon um acht Uhr zu Bette, die Amme schickte das Fräulein jedesmal um acht Uhr in ihre Kammer. Das fiel nun nach ein paar Tagen der guten Rosel auf. Sie stellt sich, als gehe sie zu Bette, und siehe da, was geschieht? Kaum ist

alles ruhig im Schloß, so macht das Fräulein, das sonst keinen Span an-
rührt, eigenhändig ein Feuer auf den Herd; kocht und bratet, was sie
kann und weiß, holt Wein aus dem Keller, holt Brot aus dem Schrank,
und deckt in der Herrenstube den Tisch. Dann schaut sie zum Fenster
hinaus, in die kalte schwarze Nacht, und richtig wenn es drüben eilf Uhr
schlägt, rasselt die Zugbrücke nieder, der nächtliche Geselle wird eingelassen, und geht mit dem Fräulein in die Herrenstube; sie hat auch schon
gehorcht, die Rosel, was wohl drinnen vorgehe, aber die eichenen Türen
sind gar dick; dann lugte sie auch einmal durchs Schlüsselloch, sah aber
nichts als den Kopf des Fremden.«

»Nun, und ist er schon alt? Wie sieht er aus?«

»Alt? wo denket Ihr hin! Die sieht mir auch darnach aus, daß sie es
mit einem Alten hätte! Jung ist er und schön, wie mir die Rosel sagt; er
hat einen dunkeln Bart um Mund und Kinn, schönes gerolltes Haar auf
dem Kopf, und sah recht freundlich und liebreich aus.«

»Daß ihm der Satan den Bart Haar für Haar auszwicke«, murmelte
Georg, und strich mit der Hand über das Kinn, das noch ziemlich glatt
war. »Frau! besinnt Euch, habt Ihr denn dies alles so recht gehört von
der Frau Rosel? hat sie dies alles so gesagt? machet Ihr nicht noch mehr
dazu?«

»Gott bewahre mich, daß ich über jemand lästere! Da kennt Ihr mich
schlecht, Herr Ritter! Das alles hat mir Frau Rosel gesagt, und noch mehr
hat sie vermutet, und mir ins Ohr geflüstert, was eine ehrliche Frau einem
schönen jungen Herrn nicht wiedersagen kann. Und denket Euch, wie
recht schlecht das Fräulein ist, sie hat noch einen andern Liebhaber gehabt, und dem ist sie also untreu geworden!«

»Noch einen?« fragte Georg aufmerksam, denn die Erzählung schien
ihm mehr und mehr an Wahrscheinlichkeit zuzunehmen.

»Ja noch einen; es soll ein gar schöner, lieber Herr sein, sagte mir die
Rosel; sie war mit dem Fräulein einige Zeit in Tübingen, und da war
ein Herr von – von – ich glaube Sturmfittich heißt er – der war auf der
hohen Schule; und da lernten sich die beiden Leutchen kennen, und die
Amme schwört, es sei nie ein schmuckeres Paar erfunden worden im
ganzen Schwabenland. Sie hat ihn auch ganz schrecklich liebgehabt, das
ist wahr und sei sehr traurig gewesen um ihn, als sie von Tübingen ging;
nun ist sie dem armen Jungen untreu geworden, das falsche Herz; und
die Amme heult, wenn sie nur an den schönen, treuen Herrn denkt, er
soll noch viel, viel schöner gewesen sein als der, den sie jetzt hat.«

»Frau Wirtin, wie oft lasset Ihr mich denn klopfen, bis ich einen vollen Becher bekomme«, rief der fette Herr aus der Trinkstube herauf; denn die Frau Wirtin hatte über ihrer Erzählung alles übrige vergessen.

»Gleich, gleich!« antwortete sie, und flog an den Schenktisch hin, den durstigen Herrn mit seiner besseren Sorte zu versehen; und von da ging es zum Keller, und Boden und Küche nahmen sie in Anspruch, so daß der Gast im Erker gute Weile hatte, einsam über das, was er gehört hatte, nachzusinnen.

Den Kopf auf die Hand gestützt, saß er da, und schaute unverrückt in die Tiefe seines silbernen Bechers, so saß er am Nachmittag, so saß er am Abend, die Nacht war schon lange eingebrochen, und er saß noch immer so hinter dem runden Tisch im Erker, tot für die Welt umher, nur hin und wieder verriet ein tiefes Seufzen, daß noch Leben und Empfindung in ihm sei. Die Wirtin wußte nicht, was sie aus ihm machen sollte; sie hatte sich wenigstens zehnmal neben ihn gesetzt; hatte versucht, mit ihm zu sprechen, aber er hatte ihr gedankenlos mit starren Augen ins Gesicht geschaut und nichts geantwortet; es war ihr ganz angst dabei geworden, denn geradeso hatte sie ihr seliger Mann angestarrt, als er das Zeitliche gesegnete, und ihr den Goldenen Hirsch hinterließ.

Sie beriet sich mit dem fetten Herrn, und auch der Mann mit dem Lederrücken gab seine Meinung preis. Die Wirtin behauptete, entweder sei er verliebt bis über die Ohren, oder man habe es ihm angetan. Sie belegte ihre Behauptungen mit einer schrecklichen Geschichte von einem jungen Ritter, den sie gesehen, und der auch aus lauter Liebe am ganzen Leib erstarrt sei, bis er am Ende gestorben.

Der Zerlumpte war nicht dieser Meinung; er glaubte, dem jungen Mann sei vielleicht ein Unglück geschehen, wie jetzt oft im Kriege vorkomme, und er sei deswegen in so tiefe Trauer versenkt. Der fette Herr aber blinzelte einigemal nach dem stummen Gast im Erker hinauf, und fragte dann mit sehr pfiffiger Miene, von welchem Gewächs und Jahrgang der Ritter trinke?

»Nun ich hab ihm Heppacher gegeben von 1480. Es ist das Beste, was der Goldene Hirsch hat.«

»Da haben wir es!« rief der kluge Mann; »ich kenn den Heppacher Achtz'ger, den kann solch ein Junkerlein nicht führen, und der ist ihm zu Kopf gestiegen. Laßt ihn sitzen, laßt ihn immer sitzen, seinen schweren Kopf in der Hand, ich wette, ehe es acht Uhr schlägt, hat er ausgeschlafen und ist wieder so frisch wie der Fisch im Wasser.«

Der Zerlumpte schüttelte den Kopf und sagte nichts dazu, die Wirtin aber belobte den gewohnten Scharfsinn des fetten Herrn, und fand seine Vermutung am wahrscheinlichsten.

Es war neun Uhr in der Nacht, die täglichen Zechgäste hatten schon alle die Trinkstube verlassen, und auch die Wirtin wollte sich zum Abendsegen rüsten, als der fremde Herr aus seinem Zustand erwachte. Er sprang auf, machte einige Gänge durchs Zimmer, und blieb endlich vor der Hausfrau stehen. Er sah düster und verstört aus, und die wenigen Stunden vom Mittag bis jetzt, hatten seinen sonst so freundlichen offenen Zügen tiefe Spuren des Grames eingedrückt.

Die Wirtin dauerte sein Anblick, sie wollte ihm, eingedenk des klugen fetten Herrn, noch ein heilsames Süpplein kochen, und ihm dann ein treffliches, weiches Bett anweisen, doch er schien für diese Nacht ein rauheres Lager sich erwählt zu haben.

»Wann sagt Ihr«, hub er mit leiser, unsicherer Stimme an, »wann geht der nächtliche Gast nach Lichtenstein, und wann kommt er zurück?«

»Um eilf Uhr, lieber Herr, geht er hinein, und um den ersten Hahnenschrei kommt er wieder über die Zugbrücke.«

»Lasset mein Pferd satteln, und besorget mir einen Knecht, der mich nach Lichtenstein geleite.«

»Jetzt in der Nacht?« rief die Wirtin, und schlug vor Verwunderung die Hände zusammen. »Jetzt wollet Ihr ausreiten? Ei geht doch, Ihr treibt Spaß mit mir.«

»Nein, gute Frau, es ist mein wahrer Ernst; aber sputet Euch ein wenig, ich habe Eile.«

»Die habt Ihr den ganzen Tag nicht gehabt«, entgegnete jene; »und jetzt wollt Ihr auf einmal über Hals und Kopf in die Nacht hinaus. Zwar die frische Luft kann nichts schaden bei solchen Kranken; aber weiß Gott Euer Pferd lasse ich nicht aus dem Stall, Ihr könnt mir herunterfallen oder allerlei Unglück anrichten, und dann hieße es, wo hat denn die Hirschwirtin wieder den Kopf gehabt, daß sie die Leute so laufen läßt.«

Der junge Mann hatte ihre Rede ganz überhört, denn er war wieder in sein düsteres Sinnen zurückgesunken; als sie aufhörte zu sprechen schrak er auf und wunderte sich, daß sie seinen Befehl noch nicht befolgt habe.

Er ging, als sie noch immer zauderte, um sein Pferd selbst zu besorgen; da gedachte sie, daß sie doch keine Gewalt habe, ihn zurückzuhalten und daß es geratener sein möchte, ihn ziehen zu lassen. »Lasset dem

Herrn seinen Braunen herausführen«, rief sie, »und der Andres soll sich rüsten, heute nacht noch ein Stück Weges zu gehen! – Er hat recht, daß er jemand mitnehmen will«, sprach sie für sich weiter; »der kann ihn doch im Notfall halten; zwar sagt man, sie haben ein paar Sinne mehr, wenn sie etwas im Kopf haben, und es falle keiner so leicht vom Pferd, wenn er auch hin und her schwankt, wie der Schwingel in der großen Glocke, aber besser ist besser. – Was Ihr schuldig seid, Herr Ritter? nun Ihr habt gehabt eine Maß Alten, macht zwölf Kreuzer, und das Essen – nun, es ist nicht der Rede wert, was Ihr gegessen habt; Ihr habt ja mein Huhn kaum angesehen. Nun, wenn Ihr für den Stall und das Essen noch zwei Kreuzer zulegen wollt, so wird Euch eine arme Witfrau schön danken.«

Nachdem die Rechnung in dem niederen Münzfuß der guten, alten Zeiten berichtigt war, entließ die Wirtin zum Goldenen Hirsch ihren Gast; sie war ihm zwar nicht mehr so gewogen wie heute mittag, als er herrlich wie der junge Tag in ihre Trinkstube getreten war, aber dennoch konnte sie sich nicht verhehlen, als er beim Schein der Kienfackeln sich aufs Pferd schwang, daß sie nicht leicht einen schöneren Mann gesehen habe, und sie schärfte daher ihrem Knecht, der ihn begleitete, um so sorgfältiger ein, recht genau auf ihn achtzuhaben, weil es bei diesem Herrn »doch nicht ganz richtig im Kopfe sei«.

Vor dem Tor von Pfullingen fragte der Knecht den nächtlichen Reiter, wohin er reiten wolle; und auf seine Antwort »Nach Lichtenstein!« schlug er einen Weg rechts ein, der zum Gebirge führte. Der junge Mann ritt schweigend durch die Nacht hin; er sah nicht rechts, er sah nicht links, er sah nicht auf nach den Sternen, nicht hinaus in die Weite, seine gesenkten Blicke hafteten am Boden. Es war ihm wie damals, als ihn die Mörder am Wege niedergeschlagen hatten, seine Gedanken standen stille, er hoffte nicht mehr, er hatte zu leben, zu lieben und zu wünschen aufgehört. Und doch war ihm damals wohler gewesen, als ihm auf dem kühlen Teppich des Wiesentales, die Besinnung schwand, er war ja entschlummert mit dem erhebenden Gedanken an sie, und die erstarrenden Lippen hatten noch einmal einen süßen Namen ausgesprochen.

Aber jetzt war die Leuchte verlöscht, die seinen Pfad durchs Leben erhellt hatte. Es war ihm, als habe er nur noch einen kurzen Weg im Dunkeln hinzugehen, und dann in lichteren Höhen als auf dem Lichtenstein seine Ruhe zu finden; und unwillkürlich zuckte seine Rechte hie und da ans Schwert, als wolle er sich versichern, daß ihm dieser Gefährte wenigstens treu geblieben sei, als sei dies der gewichtige Schlüssel, der die Pforte sprengen sollte, die aus dem Dunkel zum Lichte führt.

Der Wald hatte längst die Wanderer aufgenommen, steiler wurden die Pfade, und das Roß strebte mühsam unter der Last des Reiters und seiner Rüstung bergan; doch der Reiter bemerkte es nicht. Die Nachtluft wehte kühler, und spielte mit den langen Haaren des Jünglings, er fühlte es nicht; der Mond kam herauf und beleuchtete seinen Pfad, beleuchtete 152 kühne Felsenmassen und die hohen, gewaltigen Eichen, unter welchen er hinzog, er sah es nicht; unbemerkt von ihm, rauschte der Strom der Zeit an ihnen vorüber, Stunde um Stunde verging, ohne daß ihm der Weg lang bedünkte.

Es war Mitternacht, als sie auf der höchsten Höhe ankamen. Sie traten heraus aus dem Wald, und getrennt durch eine weite Kluft von der übrigen Erde lag auf einem einzelnen, senkrecht aus der nächtlichen Tiefe aufsteigenden Felsen der Lichtenstein.

Seine weißen Mauern, seine zackigten Felsen schimmerten im Mondlicht, es war, als schlummere das Schlößchen, abgeschieden von der Welt im tiefen Frieden der Einsamkeit.

Der Ritter warf einen düsteren Blick dorthin und sprang ab. Er band das Pferd an einen Baum, und setzte sich auf einen bemoosten Stein, gegenüber von der Burg. Der Knecht stand erwartend, was sich weiter begeben werde, und fragte mehreremal vergeblich, ob er seines Dienstes jetzt entlassen sei?

»Wie weit ist's noch bis zum ersten Hahnenschrei?« fragte endlich der stumme Mann auf dem Steine.

»Zwei Stunden, Herr!« war die Antwort des Knechtes.

Der Ritter reichte ihm reichlichen Lohn für sein Geleite, und winkte ihm zu gehen. Er zögerte, als scheue er sich, den jungen Mann in diesem unglücklichen Zustand zu verlassen; als aber jener ungeduldig seinen Wink wiederholte, entfernte er sich stille nur einmal noch sah er sich um, ehe er in den Wald eintrat, der schweigende Gast saß noch immer, die Stirne in die Hand gestützt, im Schatten einer Eiche, auf dem bemoosten Stein. – 153

V.

Durch diese hohle Gasse muß er kommen, es führt kein andrer
Weg nach Küßnacht – Hier Vollend ich's – die Gelegenheit
ist günstig.

Schiller

Man hat zu allen Zeiten viel Schönes und Wahres über die Torheit der
Eifersucht geschrieben, und dennoch sind die Menschen seit Urias' Zeiten
darin nicht weiser geworden. Leute von überaus kühler Konstitution
werden zwar sagen, wenn jener berühmte jüdische Hauptmann nicht
die Torheit begangen hätte, seine schöne junge Frau nur für sich allein
haben zu wollen, oder gar auf den König David eifersüchtig zu werden,
so wäre der berüchtigte Uriasbrief nie geschrieben worden, und besagter
Hauptmann hätte es vielleicht noch weit im Dienste bringen können.
Andere aber, denen die Natur heißes Blut und einen Stolz, ein Gefühl
der Ehre gegeben hat, das durch Hintansetzung oder Treuebruch leicht
aufgeregt und beleidigt wird, werden beim eintretenden Falle jenem unglücklichen Übel unterliegen, wenn sie auch mit allen Beweisgründen
der kälteren Vernunft sich selbst die Torheit ihres Beginnens vorpredigen.

Georg von Sturmfeder war nicht von so kühlem Blute, daß ihn die
Nachricht, die er heute erhielt, nicht aus allen Schranken der Billigkeit
und Mäßigung herausgejagt hätte; er war überdies in einem Alter, wo
zwar die offene Seele sich noch nicht daran gewöhnt hat, den Menschen
a priori zu mißtrauen, wo aber ein solcher Fall um so überraschender
ist, um so gefährlicher wirkt, eben weil das arglose Herz ihn nie gedacht
hat. Da kocht das Gefühl der gekränkten Treue, da braust der Stolz auf,
der sich beleidigt dünkt; den prüfenden Verstand, der das Falsche vom
Rechten zu sondern pflegt, umziehen trübe, düstre Wolken, und verhüllen
ihm das Wahre; *ein* Wörtchen Wahrscheinlichkeit in einem Gewebe von
Lüge überzeugt ihn; die Sonne der Liebe sinkt hinab, und es wird Nacht
in der Seele. Dann schleichen sich jene nächtlichen Gesellen: Verachtung,
Wut, Rache, in das von allen guten Engeln verlassene Herz, und die
unendliche Stufenleiter der Empfindungen, welche von Liebe zu Haß
führt, hat die Eifersucht in wenigen Augenblicken zurückgelegt.

Georg war auf jener Stufe der düsteren, stillen Wut und der Rache
angekommen; über diese Empfindungen brütend, saß er unempfindlich

gegen die Kälte der Nacht auf dem bemoosten Stein, und sein einziger, immer wiederkehrender Gedanke war, den nächtlichen Freund »*zu stellen, und ein Wort mit ihm zu sprechen*«.

Es schlug zwei Uhr in einem Dorf über dem Walde, als er sah, daß sich Lichter an den Fenstern des Schlosses hin bewegten, erwartungsvoll pochte sein Herz, krampfhaft hatte seine Hand den langen Griff des Schwertes umfaßt. Jetzt wurden die Lichter hinter den Gittern des Tores sichtbar, Hunde schlugen an, Georg sprang auf und warf den Mantel zurück. Er hörte, wie eine tiefe Stimme, ein vernehmliches »Gute Nacht« sprach. Die Zugbrücke rauschte nieder und legte sich über den Abgrund, der das Land von Lichtenstein scheidet, das Tor ging auf, und ein Mann, 154 den Hut tief ins Gesicht gedrückt, den dunkeln Mantel fest umgezogen, schritt über die Brücke, und gerade auf den Ort zu, wo Georg Wache hielt.

Er war noch wenige Schritte entfernt, als dieser mit einem dröhnenden: »Zieh Verräter, und wehr dich deines Lebens« auf ihn einstürzte; der Mann im Mantel trat zurück und zog; im Augenblick begegneten sich die blitzenden Klingen und rasselten klirrend aneinander.

»Lebendig sollst du mich nicht haben«, rief der andere, »wenigstens will ich mein Leben teuer genug bezahlen!« Zugleich sah ihn Georg tapfer auf sich eindringen, und an den schnellen und gewichtigen Hieben merkte er, daß er keinen zu verachtenden Gegner vor der Klinge habe. Georg war kein ungeübter Fechter, und er hatte manch ernstlichen Kampf mit Ehre ausgefochten, aber hier hatte er seinen Mann gefunden. Er fühlte, daß er sich bald auf die eigene Verteidigung beschränken müsse, und wollte eben zu einem letzten gewaltigen Stoß ausfallen, als plötzlich sein Arm mit ungeheurer Gewalt festgehalten wurde; sein Schwert wurde ihm in demselben Augenblicke aus der Hand gewunden, zwei mächtige Arme schlangen sich um seinen Leib und fesselten ihn regungslos, und eine furchtbare Stimme schrie: »Stoßt zu, Herr, ein solcher Meuchelmörder verdient nicht, daß er noch einen Augenblick zum letzten Paternoster habe!«

»Das kannst du verrichten, Hanns«, sprach der im Mantel, »ich stoße keinen Wehrlosen nieder; dort ist sein Schwert, schlag ihn tot, aber mach es kurz.«

»Warum wollt Ihr mich nicht lieber selbst umbringen, Herr!« sagte Georg mit fester Stimme; »Ihr habt mir meine Liebe gestohlen, was liegt an meinem Leben?«

»Was habe ich?« fragte jener und trat näher.

»Was Teufel ist das für eine Stimme?« sprach der Mann, der ihn noch immer umschlungen hielt; »die sollte ich kennen!« Er drehte den jungen Mann in seinen Armen um, und wie von einem Blitz getroffen, zog er die Hände von ihm ab: »Jesus, Maria und Joseph! da hätten wir bald etwas Schönes gemacht! aber welcher Unstern führt Euch auch gerade hieher, Junker? was denken auch meine Leute, daß sie Euch fort lassen, ohne daß ich dabei bin!«

Es war der Pfeifer von Hardt, der Georg also anredete, und ihm die Hand zum Gruß bot; dieser aber schien nicht geneigt, dieses freundschaftliche Zeichen einem Manne zu erwidern, der noch soeben das Handwerk des Henkers an ihm verrichten wollte; wild blickte er bald den Mann im Mantel, bald den Pfeifer an. »Meinst du«, sagte er zu diesem, »ich hätte mich von deinen Weibern in Gefangenschaft halten lassen sollen, daß ich deine Verräterei hier nicht sehe? Erbärmlicher Betrüger! Und Ihr«, wandte er sich zu dem andern, »wenn Ihr ein Mann von Ehre seid, so steht mir, und fallet nicht zu zwei über einen her; wenn Ihr wißt, daß ich Georg von Sturmfeder bin, so mögen Euch meine früheren Ansprüche auf das Fräulein nicht unbekannt sein, und mit Euch mich zu messen, bin ich hierhergekommen. Darum befehlet diesem Schurken, daß er mir mein Schwert wiedergebe, und laßt uns ehrlich fechten, wie es Männern geziemt.«

»Ihr seid Georg von Sturmfeder?« sprach jener mit freundlicher Stimme und trat näher zu ihm. »Es scheint mir, Ihr seid etwas im Irrtum hier. Glaubet mir ich bin Euch sehr gewogen, und hätte Euch längst gerne gesehen. Nehmet das Ehrenwort eines Mannes, daß mich nicht die Absichten in jenes Schloß führen, die Ihr mir unterleget, und seid mein Freund.«

Er bot dem überraschten Jüngling die Hand unter dem Mantel hervor, doch dieser zauderte; die gewichtigen Hiebe dieses Mannes hatten ihm zwar gesagt, daß er ein Ehrenwerter und Tapferer sei, darum konnte und mußte er seinen Worten trauen aber sein Gemüt war noch so verwirrt, von allem was er gehört und gesehen, daß er ungewiß war, ob er den Handschlag dessen, den er noch vor einem Augenblick als seinen bittersten Feind angesehen hatte, empfangen sollte oder nicht? »Wer ist es, der mir die Hand beut?« fragte er; »ich habe Euch meinen Namen genannt, und könnte wohl billigerweise dasselbe von Euch verlangen.«

Der Unbekannte schlug den Mantel auseinander, schob das Barett zurück, und der Mond beleuchtete ein Gesicht voll Würde, und Georg begegnete einem glänzenden Auge, das den Ausdruck gebietender Hoheit trug. »Fraget nicht nach Namen«, sprach er, indem ein Zug von Wehmut um seinen Mund blitzte »ich bin ein Mann, und dies mag Euch genug sein; wohl führte auch ich einst einen Namen in der Welt, der sich mit dem ehrenwertesten messen konnte, wohl trug auch ich die goldenen Sporen und den wallenden Helmbusch, und auf den Ruf meines Hüfthorns lauschten viele hundert Knechte, er ist verklungen. Aber eines ist mir geblieben«, setzte er mit unbeschreiblicher Hoheit hinzu, indem er die Hand des jungen Mannes fester drückte, »ich bin ein Mann und trage ein Schwert,

> Si fractus illabatur orbis
> Impavidum ferient ruinae.«

Er drückte das Barett wieder in die Stirne, zog seinen Mantel hoch herauf, und ging vorüber in den Wald.

Georg stand in stummem Erstaunen auf sein Schwert gestützt. Der Anblick dieses Mannes – es war ihm unbegreiflich – hatte alle Gedanken der Rache in seinem Herzen ausgelöscht. Dieser gebietende Blick, dieser gewinnende, wohlwollende Zug um den Mund, das tapfere, gewaltige Wesen dieses Mannes, erfüllten seine Seele mit Staunen, mit Achtung, mit Beschämung. Er hatte geschworen, mit Marien in keiner Berührung zu stehen, er hatte es bekräftigt mit jener tapfern Rechten, die noch eben die gewichtige Klinge leicht wie ein Spiel geführt hatte; er hatte es bestätigt mit einem jener Blicke, deren Strahl Georg wie den der Sonne nicht zu ertragen vermochte, eine Bergeslast wälzte sich von seiner Brust, denn er *glaubte,* er *mußte* glauben.

Wenn man bedenkt, wie sehr zu jener Zeit körperliche Eigenschaften gewogen und angeschlagen wurden, wie man Tapferkeit auch an dem Feinde hochschätzte und achtete, wie das Wort eines anerkannt tapferen Mannes so fest stand, wie der Schwur auf die Hostie, wenn man ferner bedenkt, wie groß die Wirkung eines anmutigen, oder aber eines imponierenden Äußern auf ein jugendliches Gemüt ist, so wird man sich über die Veränderung nicht zu sehr wundern, welche in diesen kurzen Augenblicken mit der Gesinnung des Jünglings vorging.

»Wer ist dieser Mann?« fragte Georg den Pfeifer, der noch immer neben ihm stand.

»Ihr hörtet ja, daß er keinen Namen hat, und auch ich weiß ihn nicht zu nennen.«

»Du wüßtest nicht, wer er sei?« entgegnete Georg, »und doch hast du ihm beigestanden, als er mit mir focht? gehe! Du willst mich belügen!«

»Gewiß nicht Junker«, antwortete der Pfeifer; »es ist, Gott weiß es, wahr, daß jener Mann *derzeit* keinen Namen hat, wenn Ihr übrigens durchaus erfahren wollet, was er ist, so wisset, er ist ein Geächteter, den der Bund aus seinem Schloß vertrieb; einst aber war er ein mächtiger Ritter im Schwabenland.«

157 »Der Arme! darum also ging er so verhüllt? und mich hielt er wohl für einen Meuchelmörder! ja ich erinnere mich, daß er sagte, er wolle sein Leben teuer genug verkaufen.«

»Nehmt mir nicht übel, werter Herr«, sagte der Bauer, »auch ich hielt Euch für einen, der dem Geächteten auf das Leben lauern soll, darum kam ich ihm zu Hülfe, und hätte ich nicht Eure Stimme noch gehört, wer weiß, ob Ihr noch lange geatmet hättet. Wie kommt Ihr aber auch um Mitternacht hieher, und welches Unheil führt Euch gerade dem geächteten Mann in den Wurf. Wahrlich, Ihr dürft von Glück sagen, daß er Euch nicht in zwei Stücke gehauen, es leben wenige die vor seinem Schwert standgehalten hätten. Ich vermute, die Liebe hat Euch da einen argen Streich gespielt!«

Georg erzählte seinem ehemaligen Führer, welche Nachrichten ihm im Hirsch in Pfullingen mitgeteilt worden seien. Namentlich berief er sich auf die Aussage der Amme, des Pfeifers Schwester, die ihm so höchst wahrscheinlich gelautet habe.

»Dacht ich's doch, daß es so was sein müsse«, antwortete der Pfeifer. »Die Liebe hat manchem noch ärger mitgespielt, und ich weiß nicht was ich in jungen Jahren in ähnlichem Fall getan hätte. Daran ist aber wieder niemand schuld als meine Rosel, die alte Schwätzerin; was hat sie nötig der Wirtin im Hirsch, die auch nichts bei sich behalten kann, zu beichten?«

»Es muß aber doch etwas Wahres an der Sache sein«, entgegnete Georg, in welchem das alte Mißtrauen hin und wieder aufblitzte. »So ganz ohne Grund konnte doch Frau Rosel nichts ersinnen!«

»Wahr? etwas Wahres müsse daran sein? allerdings ist alles wahr nach der Reihe; die Knechte werden zu Bett geschickt und die alte Aufpasserin auch, um eilf Uhr kommt *der Mann,* vor das Schloß, die Zugbrücke fällt herab, die Tore tun sich ihm auf, das Fräulein empfängt ihn und führt ihn in die Herrenstube –«

»Nun? siehst du«, rief Georg ungeduldig, »wenn dieses alles wahr ist, wie kann dann jener Mann schwören, daß er mit dem Fräulein – –«

»Daß er mit dem Fräulein ganz und gar nichts wolle?« antwortete der Pfeifer, »allerdings kann er das schwören; denn es ist nur ein Unterschied bei der ganzen Sache, den die Gans, die Rosel freilich nicht gewußt hat, nämlich, daß der Ritter von Lichtenstein in der Herrenstube sitzt, das Fräulein aber sich entfernt, wenn sie ihre heimlich bereiteten Speisen aufgetragen hat. Der Alte bleibt bei dem geächteten Mann bis um den ersten Hahnenschrei, und wenn er gegessen und getrunken, und die er-starrten Glieder am Feuer wieder erwärmt hat, verläßt er das Schloß, wie er es betreten.«

»O ich Tor! daß ich dies alles nicht früher ahnete. Wie nahe lag die Wahrheit und wie weit ließ ich mich irreleiten. Aber verflucht sei die Neugierde und Lästersucht dieser Weiber, die in allem noch etwas ganz Besonderes zu sehen glauben, und denen das Unwahrscheinlichste und Grellste gerade das Liebste ist! – Aber sprich«, fuhr Georg nach einigem Nachsinnen fort; »auffallend ist es mir doch, daß dieser geächtete Mann alle Nacht ins Schloß kömmt; in welch unwirtlicher Gegend wohnt er denn, wo er keine warme Kost, keinen Becher Weines und keinen war-men Ofen findet? – Höre, wenn du mich dennoch belögest!«

Des Pfeifers Auge ruhte mit einem beinahe spöttischen Ausdruck auf dem jungen Mann. »Ein Junker wie Ihr«, antwortete er, »weiß freilich wenig wie weh Verbannung tut; Ihr wißt es nicht was es heißt, sich vor den Augen seiner Mörder verbergen, Ihr wißt nicht, wie schaurig sich's in feuchten Höhlen, in unwirtlichen Schluchten wohnt, Ihr kennt die Wohltat nicht, die ein warmer Bissen und ein feuriger Trunk dem ge-währe, der bei den Eulen speist und bei dem Schuhu in der Miete ist; aber kommt, wenn es Euch gelüstet; der Morgen bricht noch nicht an, und in der Nacht könnet Ihr nicht nach Lichtenstein, ich will Euch dahin führen, wo der geächtete Ritter wohnt, und Ihr werdet nicht mehr fragen, warum er um Mitternacht nach Speise geht!«

Die Erscheinung des Unbekannten hatte Georgs Neugierde zu sehr aufgeregt, als daß er nicht begierig den Vorschlag des Pfeifers von Hardt angenommen hätte, besonders auch da er darin den besten Beweis für die Wahrheit oder Falschheit seiner Aussagen finden konnte. Sein Führer ergriff die Zügel des Rosses und führte es einen engen Waldweg bergab. Georg folgte, nachdem er noch einen Blick nach den Fenstern des Lichtenstein zurückgeworfen hatte. Sie zogen schweigend immer weiter, und dem jungen Mann schien dieses Schweigen nicht unangenehm zu sein, denn er machte keinen Versuch es zu unterbrechen. Er hing seinen Gedanken nach über den Mann, zu dessen geheimnisvoller Wohnung er geführt wurde. Unablässig beschäftigte ihn die Frage, wer dieser Geächtete sein könnte. Er erinnerte sich fast wie aus einem Traum, daß mehrere Anhänger des vertriebenen Herzogs aus ihren Besitzungen gejagt worden seien, ja es deuchte ihm sogar, es sei in der Herberge zu Pfullingen, während seines teilnahmlosen Hinbrütens, von einem Ritter, Marx Stumpf von Schweinsberg, die Rede gewesen, nach welchem die Bündischen fahndeten. Die Tapferkeit und ausgezeichnete Stärke dieses Mannes war in Schwaben und Franken wohlbekannt; und wenn sich Georg die zwar nicht überaus große, aber kräftige Gestalt, die gebietende Miene, das heldenmütige, ritterliche Wesen des Mannes ins Gedächtnis zurückrief, ward es ihm immer mehr zur Gewißheit, daß der Geächtete kein anderer, als der treueste Anhänger Ulerichs von Württemberg, Marx Stumpf von Schweinsberg sei.

Besonders schmeichelhaft für die Phantasie des jungen Mannes war auch der Gedanke, einen gefährlichen Gang mit diesem Tapfern gemacht, und in einem Gefechte seine Klinge mit der seinigen gemessen zu haben, dessen Ausgang zum wenigsten sehr unentschieden war.

So dachte in jener Nacht Georg von Sturmfeder, aber noch viele Jahre nachher, als der Mann, den er in jener Nacht bekämpfte, längst wieder in seine Rechte eingesetzt war, und seinem Hüfthorn wieder Hunderte folgten, rechnete er es unter seine schönsten Waffentaten, dem tapfern, gewaltigen Unbekannten keinen Schritt breit gewichen zu sein.

Die Wanderer waren während diesem Selbstgespräch des jungen Mannes auf einer kleinen, freien Waldwiese angekommen; der Pfeifer band das Pferd seitwärts an, und winkte Georg, zu folgen. Die Waldwiese brach in eine schroffe, mit dichtem Gesträuch bewachsene Abdachung ab; dort schlug der Pfeifer einige verschlungene Zweige zurück, hinter welchen ein schmaler Fußpfad sichtbar wurde, welcher abwärts führte. Nicht ohne Mühe und Gefahr folgte Georg seinem Führer, der ihm an einigen Stellen kräftig die Hand reichte. Nachdem sie etwa achtzig Fuß hinabgestiegen waren, befanden sie sich wieder auf ebenem Grund, aber umsonst suchte der junge Mann nach der Stätte des geächteten Ritters.

Der Pfeifer ging nun zu einem Baum von ungeheurem Umfang, der innen hohl sein mußte, denn jener brachte zwei große Kienfackeln daraus hervor; er schlug Feuer und zündete mit einem Stückchen Schwefel die Fackeln an.

Als diese hell aufloderten, bemerkte Georg, daß sie vor einem großen Portal stehen, das die Natur in die Felsenwand gebrochen hatte; und dies mochte wohl der Eingang zu der Wohnung sein, wo der Geächtete, wie sich der Pfeifer ausdrückte, bei dem Schuhu zur Miete war. Der Mann von Hardt ergriff eine der Fackeln und bat den Jüngling, die andere zu tragen, denn ihr Weg sei dunkel, und hie und da nicht ohne Gefahr. Nachdem er diese Warnung geflüstert, schritt er voran in das dunkle Tor.

Georg hatte eine niedere Erdschlucht erwartet, kurz und eng, dem Lager der Tiere gleich, wie er sie in den Forsten seiner Heimat hin und wieder gesehen, aber wie erstaunte er, als die erhabenen Hallen eines unterirdischen Palastes vor seinen Augen sich auftaten. Er hatte in seiner Kindheit aus dem Munde eines Knappen, dessen Urgroßvater in Palästina in Gefangenschaft geraten war, ein Märchen gehört, das von Geschlecht zu Geschlecht überliefert worden war; dort war ein Knabe von einem bösen Zauberer unter die Erde geschickt worden, in einen Palast, dessen erhabene Schönheit alles übertraf, was der Knabe je über der Erde gesehen hatte; was die kühne Phantasie des Morgenlandes Prachtvolles und Herrliches ersinnen konnte, goldene Säulen mit kristallenen Kapitälern, gewölbte Kuppeln von Smaragden und Saphiren, diamantene Wände, deren vielfach gebrochene Strahlen das Auge blendeten; alles war jener unterirdischen Wohnung der Genien beigelegt. Diese Sage, die sich der kindischen Einbildungskraft tief eingedrückt, lebte auf und verwirklichte sich vor den Blicken des staunenden Jünglings. Alle Augenblicke stand er still von neuem überrascht, hielt die Fackel hoch, und staunte und bewunderte, denn in hohen majestätisch gewölbten Bogen zog sich der Höhlengang hin, und flimmerte und blitzte, wie von tausend Kristallen und Diamanten. Aber noch größere Überraschung stand ihm bevor, als sich sein Führer links wandte, und ihn in eine weite Grotte führte, die wie der festlich geschmückte Saal des unterirdischen Palastes anzusehen war.

Sein Führer mochte den gewaltigen Eindruck bemerken, den dieses Wunderwerk der Natur auf die Seele des Jünglings machte. Er nahm ihm die Fackel aus der Hand, stieg auf einen vorspringenden Felsen, und beleuchtete so einen großen Teil dieser Grotte.

Glänzend weiße Felsen faßten die Wände ein, kühne Schwibbogen, Wölbungen, über deren Kühnheit das irdische Auge staunte, bildeten die glänzende Kuppel; der Tropfstein, aus dem diese Höhle gebildet war, hing voll von vielen Millionen kleiner Tröpfchen, die in allen Farben des Regenbogens den Schein zurückwarfen, und als silberreine Quellen in kristallenen Schalen sich sammelten. In grotesken Gestalten standen Felsen umher, und die aufgeregte Phantasie, das trunkene Auge, glaubte bald eine Kapelle, bald große Altäre mit reicher Draperie, und gotisch verzierte Kanzeln zu sehen. Selbst die Orgel fehlte dem unterirdischen Dome nicht, und die wechselnden Schatten des Fackellichtes, die an den Wänden hin und her zogen, schienen geheimnisvoll erhabene Bilder von Märtyrern und Heiligen in ihren Nischen bald auf- bald zuzudecken.

So schmückte die christliche Phantasie des jungen Mannes, voll Ehrfurcht vor dem geheimnisvollen Wirken der Gottheit, das unterirdische Gemach zur Kirche aus, während jener Aladin mit der Wunderlampe die Säle des Paradieses und die ewig glänzenden Lauben der Huris geschaut hätte.

Der Führer stieg, nachdem er das Auge des Jünglings für hinlänglich gesättigt halten mochte, wieder herab von seinem Felsen. »Das ist die Nebelhöhle«, sprach er; »man kennt sie wenig im Land, und nur den Jägern und Hirten ist sie bekannt; doch wagen es nicht viele hereinzugehen, weil man allerlei böse Geschichten von diesen Kammern der Gespenster weiß. Einem, der die Höhle nicht genau kennt, möchte ich nicht raten, sich herabzuwagen; sie hat tiefe Schlünde und unterirdische Wasser, aus denen keiner mehr ans Licht kommt. Auch gibt es geheime Gänge und Kammern, die nur fünf Männern bekannt sind, die jetzt leben.«

»Und der geächtete Ritter?« fragte Georg.

»Nehmt die Fackel und folget mir«, antwortete jener, und schritt voran in einen Seitengang. Sie waren wieder etwa zwanzig Schritte gegangen, als Georg die tiefen Töne einer Orgel zu vernehmen glaubte. Er machte seinen Führer darauf aufmerksam.

»Das ist Gesang«, entgegnete er, »der tönt in diesen Gewölben gar lieblich und voll. Wenn zwei oder drei Männer singen, so lautet es, als sänge ein ganzer Chor Mönche die Hora.« Immer vernehmlicher tönte der Gesang; je näher sie kamen, desto deutlicher wurden die Wendungen einer angenehmen Melodie. Sie bogen um eine Felsenecke, und von oben herab ertönte ganz nahe die Stimme des Singenden, brach sich an den zackigten Felsenwänden in vielfachem Echo, bis sie sich verschwebend mit den fallenden Tropfen der feuchten Steine und mit dem Murmeln eines unterirdischen Wasserfalles mischte, der sich in eine dunkle, geheimnisvolle Tiefe ergoß.

»Hier ist der Ort«, sprach der Führer, »dort oben in der Felswand ist die Wohnung des unglücklichen Mannes; hört Ihr sein Lied? wir wollen 162 warten und lauschen bis er zu Ende ist, denn er war nicht gewohnt unterbrochen zu werden, als er noch oben auf der Erde war.«

Die Männer lauschten und verstanden durch das Echo und das Gemurmel der Wasser etwa folgende Worte, die der Geächtete sang:

»Vom Turme wo ich oft gesehen
Hernieder auf ein schönes Land,
Vom Turme fremde Fahnen wehen
Wo meiner Ahnen Banner stand.
Der Väter Hallen sind gebrochen,
Gefallen ist des Enkels Los,
Er birgt besiegt und ungerochen
Sich in der Erde tiefem Schoß.

Und wo einst in des Glückes Tagen
Mein Jagdhorn tönte durchs Gefild,
Da meine Feinde gräßlich jagen,
Sie hetzen gar ein edles Wild.
Ich bin das Wild, auf das sie birschen,
Die Bluthund wetzen schon den Zahn,
Sie dürsten nach dem Schweiß des *Hirschen,*
Und sein Geweih[29] steht ihnen an.

Die Mörder han in Berg und Heide
Auf mich die Armbrust aufgespannt,
Drum in des Bettlers rauhem Kleide
Durchschleich ich nachts mein eigen Land;

---

29 Drei Hirschgeweihe, wovon die zwei obersten vier, das untere aber drei Eulen hat, sind das *alte Wappen* von Württemberg.

Wo ich als Herr sonst eingeritten,
Und meinen hohen Gruß entbot,
Da klopf ich schüchtern an die Hütten
Und bettle um ein Stückchen Brot.

Ihr warft mich aus den eignen Toren
Doch einmal klopf ich wieder an,
Drum Mut! noch ist nicht all' verloren,
Ich hab ein Schwert und bin ein Mann.
Ich wanke nicht; ich will es tragen,
Und ob mein Herz darüber bricht,
So sollen meine Feinde sagen:
Er war ein Mann und wankte nicht.«

Er hatte geendet, und der tiefe Seufzer, den er den verhallenden Tönen seines Liedes nachsandte, ließ ahnen, daß er im Gesang nicht viel Trost gefunden habe. Dem rauhen Manne von Hardt war während dem Liede eine große Träne über die gebräunte Wange gerollt, und Georg war es nicht entgangen, wie er sich anstrengte, die alte feste Fassung wieder zu erhalten und dem Bewohner der Höhle eine heitere Stirne und ein ungetrübtes Auge zu zeigen. Er gab dem Junker auch die zweite Fackel in die Hand und klimmte den glatten schlüpfrigen Felsen hinan, der zu der Grotte führte, woraus der Gesang erklungen war. Georg dachte sich, daß er ihn vielleicht dem Ritter melden wolle, und bald sah er ihn mit einem tüchtigen Strick zurückkehren. Er klimmte die Hälfte des Felsen wieder herab und ließ sich die Fackeln geben, die er geschickt in eine Felsenritze an der Seite steckte; dann warf er Georg den Strick zu und half ihm so die Felsenwand erklimmen, was ihm ohne diese Hülfe schwerlich gelungen wäre. Er war oben und wenige Schritte noch so stand er vor dem Felsengemach des Geächteten.[30]

30 Diese merkwürdige Höhle haben wir nach der Natur zu zeichnen versucht. Es bleibt noch übrig hier einige Notizen über ihre inneren Verhältnisse zu geben. Die Vorhöhle beträgt etwas über 150 Fuß im Umfange, von hier aus laufen zwei Gänge nach verschiedenen Richtungen, die aber nach einer Länge von beinahe 200 Fuß, wieder zusammentreffen. Auf diesen Wegen trifft man zwei Felsensäle, den einen von 100, den andern von 82 Fuß Länge. Wo diese Gänge sich vereinigen, bilden sie wieder eine Grotte; von hier aus rechts gegen Norden, mehr in der Höhe, liegt wieder eine kleinere Kammer, es ist die, in welche wir den Leser zu dem vertriebenen Mann

VI.

-In wunderbaren Gestalten
Ragt aus der dunkeln Nacht das angestrahlte Gestein
Mit wildem Gebüsch versetzt, das aus den schwarzen Spalten
Herabnickt und im Widerschein
Als grünes Feuer brennt. Mit furchtvermengtem Grauen
Bleibt unser Ritter stehn, den Zauber anzuschauen.

Wieland

Der Teil jener großen Höhle, welchen sie jetzt betraten, unterschied sich merklich von den übrigen Grotten und Kammern. Er war von Sandstein und hatte, weil dieser Stein die Feuchtigkeit einschluckt, ein trockenes wohnlicheres Ansehen. Der Boden war mit Binsen und Stroh bestreut, eine Lampe, die an der Wand angebracht war, verbreitete ein hinreichendes Licht auf die Breite und den größten Teil der Länge dieser Grotte. Gegenüber saß jener Mann auf einem breiten Bärenfelle, neben ihm stand sein Schwert und ein Hüfthorn; ein alter Hut und der graue Mantel, mit welchem er sich verhüllt hatte, lagen am Boden. Er trug ein Wams von dunkelbraunem Leder und Beinkleider von grobem, blauem Tuche. Ein unscheinbarer Anzug, der aber seinen kräftigen Körperbau und seine feinen edlen Züge nur noch mehr heraushob. Er mochte ungefähr vierunddreißig Jahre haben, und sein Gesicht war noch immer hübsch und angenehm zu nennen, obgleich die erste Blüte der Jugend von Gefahren und Strapazen abgestreift schien, und der verwilderte Bart ihm zuweilen etwas Furchtbares verlieh; diese flüchtigen Bemerkungen drängten sich Georg auf, als er am Eingang der Grotte stillstand.

»Willkommen in meinem Palatium, Georg von Sturmfeder!« rief der Bewohner der Höhle, indem er sich von dem Bärenfelle aufrichtete, dem Jüngling die Hand bot, und ihm winkte, auf einem ebenso kunstlosen Sitz von Rehfellen sich niederzulassen. »Seid herzlich willkommen; es war kein übler Einfall unseres Spielmanns, Euch in diese Unterwelt

geführt haben. Die weiteste Entfernung vom Eingang der Höhle bis zu ihrem Ende, beträgt 577 Fuß. Man vergleiche hierüber die so interessante als getreue Beschreibung der Schwäb. Alb von G. Schwab. (Metzler. Buchhdlg. 1823) herabzuführen, und mir einen so angenehmen Gesellschafter zu bringen. Hanns! du treue Seele, du warst bisher unser Majordomus, Truchseß und Kanzler, wir ernennen dich jetzt zu unserem Kellermeister und Obermundschenk; siehe, dort hinter jener Säule des schönsten Granit muß ein Krug stehen, worin sich noch ein Rest alten Weines befindet. Nimm meinen Jagdbecher von Buchsbaum, das einzige Tafelgeschirr, das wir jetzt führen, gieß ihn voll bis an den Rand, und kredenze ihn unserm ehrenwerten Gast.«

Georg sah erstaunt auf den geächteten Mann. Er hatte nach dem Schicksal, das ihn betroffen, nach seinen unwirtlichen Umgebungen, zuletzt noch nach dem Klaggesang, den er gehört hatte, einen Mann erwartet, der zwar unbesiegt von den Stürmen des Lebens, aber ernst, vielleicht sogar finster in seinem *Umgang* sein werde; und er fand ihn heiter, unbesorgt, scherzend über seine Lage, als habe ihn auf der Jagd ein Sturm überfallen, und genötigt eine kleine Weile in dieser Höhle Schutz gegen das Wetter zu suchen. Und doch war es ein schrecklicherer Sturm, als der furchtbarste Orkan der Natur, der ihn aus der Burg seiner Väter vertrieb, und doch war er ja das gejagte Wild, das gegen die Geschosse der mordlustigen Jäger hier eine Zuflucht fand!

»Ihr schaut mich verwundert an, werter Gast«, sagte der Ritter, als Georg bald ihn, bald seine Umgebungen mit verwunderten Blicken maß, »vielleicht habt Ihr erwartet, daß ich Euch etwas weniges vorjammern werde? Aber über was soll ich klagen? Mein Unglück kann in diesem Augenblick keiner wenden, darum ziemt es sich, daß man heitere Miene zum bösen Spiele macht. Und saget selbst, wohne ich hier nicht wie Fürsten selten wohnen. Habt Ihr meine Hallen gesehen, und die weiten Säle meines Palastes? glänzen nicht ihre Wände wie Silber? wölben die Decken sich nicht, wie aus Perlen und Diamanten zusammengesetzt? werden sie nicht getragen von Säulen, die von Smaragden und Rubinen, und allen Edelsteinen der Erde prangen? Doch hier kommt Hanns, mein Obermundschenk, mit dem Weine; sprich mein Getreuer! ist das all unser Getränk, was in diesem Becher ist?«

»Wasser so klar als Kristall hat Eure Wohnung«, sprach der Pfeifer, der mit der heiteren Laune seines Gefährten schon vertraut war, »aber auch ein Restchen Wein, das wenigstens noch drei Becher füllt, ist im Krug und – nun wir haben ja heute einen Gast, und können schon etwas draufgehen lassen – ich will es nur gestehen, ich habe heute nacht einen vollen Krug alten Uhlbacher hereingebracht, er steht bei dem andern.«

»Das hast du wohl gemacht«, rief der geächtete Ritter, und ein Strahl der Freude drang aus seinem glänzenden Auge; »glaubet nicht, Herr Georg, daß ich ein Schlemmer und Säufer bin; aber guter Wein ist ein edles Ding, und ich liebe es, in guter Gesellschaft den vollen Becher rundgehen zu lassen. Pflanze die Krüge nur hier auf, werter Kellermeister, wir wollen tafeln, wie in den Tagen des Glückes. Ich bring es Euch, auf den alten Glanz des Hauses Sturmfeder!«

Georg dankte und trank; »Ich sollte die Ehre erwidern«, sagte er, »und doch weiß ich Euren Namen nicht, Herr Ritter. Doch ich bringe es Euch! möget Ihr bald wieder siegreich in die Burg Eurer Väter einziehen, möge Euer Geschlecht auf ewige Zeiten grünen und blühen – es lebe!« Georg hatte die letzten Worte mit starker Stimme gerufen, und wollte eben den Becher ansetzen, als das Geräusch vieler Stimmen vom Eingang der Grotte her, aus der Tiefe emporstieg, die vernehmlich, »Es lebe! lebe!« riefen. Verwundert setzte er den Becher nieder. »Was ist das,« sagte er; »sind wir nicht allein?«

»Es sind meine Vasallen, die Geister«, antwortete der Ritter lächelnd, »oder wenn Ihr so lieber wollt, das Echo, das Eurem freundlichen Rufe beistimmte. Ich habe oft«, setzte er ernster hinzu, »in den Zeiten des Glanzes, das Wohl meines Hauses von hundert Stimmen ausrufen hören, doch hat es mich nie so erfreut und gerührt als hier, wo mein einziger Gast es ausbrachte, und die Felsen dieser Unterwelt es beantworteten. – Fülle den Becher Hanns und trinke auch du, und weißt du einen guten Spruch, so gib ihn preis.«

Der Pfeifer von Hardt füllte sich den Becher, und blickte Georg mit freundlichen Blicken an: »Ich bring es Euch, Junker! und etwas recht Schönes dazu: das Fräulein von Lichtenstein!«

»Halloh, sa! sa! trinkt Junker, trinkt«, rief der Geächtete und lachte, daß die Höhle dröhnte; »aus bis auf den Boden, aus! sie soll blühen und leben für Euch! das hast du gut gemacht, Hans! sieh nur, wie unserem Gast das Blut in die Wangen steigt, wie seine Augen blitzen, als küsse er schon ihren Mund. Dürft Euch nicht schämen! auch ich habe geliebt und gefreit, und weiß wie einem fröhlichen Herzen von vierundzwanzig Jahren zumut ist!«

»Armer Mann!« sagte Georg; »Ihr habt geliebt und gefreit, und mußtet vielleicht ein geliebtes Weib und gute Kinder zurücklassen!?« Er fühlte sich, während er dies sprach, heftig am Mantel gezogen, er sah sich um, und der Spielmann winkte ihm schnell mit den Augen, als sei dies ein

Punkt, worüber man mit dem Ritter nicht sprechen müsse. Und den Jüngling gereueten auch seine Worte, denn die Züge des unglücklichen Mannes verfinsterten sich, und er warf einen wilden Blick auf Georg, indem er sagte: »Der Frost im September hat schon oft verderbt, was im Mai gar herrlich blühte, und man fragt nicht wie es geschehen sei; meine Kinder habe ich in den Händen rauher aber guter Ammen gelassen, sie werden sie, so Gott will, bewahren, bis der Vater wieder heimkommt.« Er hatte dies mit bewegter, dumpfer Stimme gesprochen, doch als wolle er die trüben Gedanken aus dem Gedächtnis abwischen, fuhr er mit der Hand über die Stirne, und wirklich glätteten sich die Falten, die sich dort zusammengezogen hatten, augenblicklich, er blickte wieder heiterer um sich her und sprach:

»Der Hanns hier kann mir bezeugen, daß ich schon oft gewünscht habe, Euch zu sehen, Herr von Sturmfeder; er hat mir von Eurer sonderbaren Verwundung erzählt, wo man Euch wahrscheinlich für einen der Vertriebenen gehalten und angefallen hat, indessen der Rechte Zeit gewann, zu entfliehen.«

»Das soll mir lieb sein!« antwortete Georg. »Ich möchte fast glauben, man hat mich für den Herzog selbst gehalten, denn diesem paßten sie damals auf; und ich will gerne die tüchtige Schlappe bekommen haben, wenn er dadurch gerettet wurde.«

»Ei, das ist doch viel; wisset Ihr nicht, daß der Hieb, der nach Euch geführt wurde, ebensogut tödlich werden konnte?«

»Wer zu Feld zieht«, entgegnete Georg, »der muß seine Rechnung mit der Welt so ziemlich abgeschlossen haben. Es ist zwar schöner in einer Feldschlacht vor dem Feinde bleiben; wenn die Freunde jubeln und die Kameraden umherstehen, um einem den letzten Liebesdienst zu erweisen. – Aber doch wäre ich damals auch gestorben, wenn es hätte sein müssen, um die Streiche dieser Meuchelmörder von dem Herzog abzulenken.«

Der Geächtete sah den Jüngling mit Rührung an und drückte seine Hand. »Ihr scheint großen Anteil an dem Herzog zu nehmen«, sagte er, indem er seine durchdringenden Augen auf ihn heftete, »das hätte ich kaum gedacht, man sagte mir, Ihr seid bündisch.«

»Ich weiß, Ihr seid ein Anhänger des Herzogs«, antwortete Georg, »aber Ihr werdet mir schon ein freies Wort gestatten. Sehet, der Herzog hat manches getan, was nicht recht ist; zum Beispiel die Huttische Geschichte, sie mag nun sein wie sie will, hätte er unterlassen können; sodann mag er mit seiner Frau hart umgegangen sein, und Ihr müßt selbst gestehen, er ließ sich doch zu sehr vom Zorn bemeistern, als er Reutlingen sich unterwarf –«

Er hielt inn', als erwarte er die Antwort des Ritters, doch dieser schlug die Augen nieder und winkte schweigend dem jungen Mann, fortzufahren: »Nun, so dachte ich von dem Herzog, als ich bündisch wurde, so, und nur etwas stärker sprach man von ihm im Heere; aber eine große Fürsprecherin hatte er an Marien, und es ist Euch vielleicht bekannt, daß ich mich auf ihr Zureden lossagte; nun bekamen die Sachen bald eine andere Gestalt in meinen Augen, sei es weil ich von Natur mitleidig bin, und niemand ungerecht mißhandeln sehen kann, oder auch weil ich die Absichten der Bündischen besser durchschaute – ich sah, daß dem Herzog zu viel geschehe, denn der Bund hatte offenbar kein Recht, den Herzog aus allen seinen Besitzungen, und sogar von seinem Fürstenstuhl zu vertreiben und ihn ins Elend zu jagen. Und da gewann der Herzog wieder in meinen Augen; er hätte ja vielleicht noch eine Schlacht wagen können, aber er wollte nicht das Blut seiner Württemberger auf ein so gewagtes Spiel setzen; er hätte können den Leuten Geld abpressen und die Schweizer damit halten, aber er war größer als sein Unglück, und sehet – das hat mich zu seinem Freunde gemacht.«

Der Ritter schlug die Augen auf, seine Brust schien höher zu schlagen, seine edle Gestalt richtete sich stolzer empor, er sah Georg lange an und drückte seine Hand an sein pochendes Herz. »Wahrlich«, sagte er, »es lebt eine heilige, reine Stimme in dir, junger Freund! ich kenne den 168 Herzog wie mich selbst, aber ich darf sagen wie du sagtest, er ist größer als sein Unglück, und – besser als der Ruf von ihm sagt. Aber er hat wenige gefunden, die ihm Probe gehalten haben! Ach, daß er nur hundert gehabt hätte, wie du bist, und es hätte kein Fetzen der bündischen Paniere auf einer württembergischen Zinne geweht. Daß du sein Freund werden könntest! doch es sei ferne von mir, dich einzuladen sein Unglück mit ihm zu teilen, es ist genug, daß deine Klinge und ein Arm wie der deinige, nicht mehr seinen Feinden gehört; mögen deine Tage heiterer sein als die seinigen, möge der Himmel dir deine guten Gesinnungen gegen einen Unglücklichen belohnen.«

Es wehte ein Geist in den Worten des geächteten Ritters, der manch verwandte Saite in dem Herzen des Jünglings anschlug. War es die Anerkennung seines persönlichen Wertes, der ihm aus dem Munde eines Tapferen so ermunternd klang, war es die Ähnlichkeit des Schicksales dieses Unglücklichen mit seiner eigenen Armut und mit dem Unglück seines Hauses, war es die romantische Idee nicht für das siegende Unrecht, sondern für die gerechte Sache, gerade weil sie im tiefsten Unglück war, sich zu erklären. – Georg fühlte sich unwiderstehlich zu diesem geächteten Mann, zu der Sache, für die er litt, hingezogen, begeistert faßte er seine Hand und rief: »Es spreche mir keiner von Vorsicht, nenne es keiner Torheit, sich an das Unglück anzuschließen! mögen andere dieses schöne Land dort oben teilen, und in den Gütern des unglücklichsten Fürsten schwelgen – ich fühle Mut in mir, mit ihm zu tragen was er trägt, und wenn er sein Schwert zieht, seine Lande wieder zu erobern, so will ich der erste sein, der sich an seine Seite stellt. Nehmt meinen Handschlag, Herr Ritter, ich bin, wie es auch komme, Ulerichs Freund für immer!«

Eine Träne glänzte in dem Auge des Geächteten, indem er den Handschlag zurückgab. »Du wagst viel, aber du bist viel, wenn du Ulerichs Freund bist. Das Land da oben gehört jetzt den Räubern und Dieben, aber hier unten ist noch gut Württemberg. Hier vor mir sitzt der Ritter und der Bürger, vergesset einen Augenblick, daß ich ein armer Ritter und ein unglücklicher geächteter Mann bin, und denket ich sei Fürst des Landes, wie ich der Herr der Höhle bin. Ha! noch gibt es ein Württemberg wo diese drei zusammenhalten, und sei es auch tief im Schoß der Erde. Fülle den Becher Hanns, und lege deine rauhe Hand in die unsrigen, wir wollen den Bund besiegeln!«

Hanns ergriff den vollen Krug und füllte den Becher. »Trinkt edle Herren, trinkt«, sagte er, »ihr könnet euch in keinem edleren Wein Bescheid tun, als in diesem Uhlbacher.«

Der Geächtete trank in langen Zügen den Becher aus, ließ ihn wieder füllen und reichte ihn Georg. »Wie ist mir doch?« sagte dieser, »blühte nicht dieser Wein um Württembergs Stammschloß? Ich glaube man nennt also den Wein, der auf jenen Höhen wächst?«

»Es ist so«, antwortete der Geächtete; »Rotenberg heißt der Berg, an dessen Fuß dieser Wein wächst, und auf seinem Gipfel steht das Schloß, das Württembergs Ahnen gebaut haben. – Oh, ihr schönen Täler des Neckars, ihr herrlichen Berge voll Frucht und Wein! von euch, von euch auf immer?!« Er rief es mit einer Stimme, die aus einem gebrochenen Herzen voll Schmerz und Kummer heraufstieg, denn die Wehmut hatte die Decke gesprengt, womit der feste, unbeugsame Sinn dieses Mannes seine kummervolle Seele verhüllt hatte!

Der Bauer kniete nieder zu ihm, ergriff seine Hand und weckte ihn aus dem düsteren Hinbrüten, dem er sich einige Augenblicke hingegeben hatte. »Seid stark, guter Herr! Ihr werdet sie wiedersehen, fröhlicher als Ihr sie verlassen habt.«

»Ihr werdet sie wiedersehen, die Täler Eurer Heimat«, rief Georg, »wenn der Herzog einrückt in sein Land, wenn er einziehet in die Burg seiner Ahnen, wenn die Täler des Neckars und seine weinreichen Höhen widerhallen vom Jubel des Volkes, dann werdet auch Ihr Eurer Wohnung wieder entgegenziehen. Verscheuchet die trüben Gedanken, nunc vino pellite curas, trinket, vergesset nicht, was wir vorhin gesprochen haben, ich tue Euch Bescheid in diesem Württemberger Weine – der Herzog und seine Treuen! –«

Ein angenehmes Lächeln ging wie ein Sonnenblick bei diesen Worten auf den düsteren Zügen des Ritters auf. »Ja!« rief er, »Treue ist das Wort das Genesung gibt dem gebrochenen Herzen, wie ein kühler Trank dem einsamen Wanderer in der Wüste. Vergesset meine Schwäche, Junker; verzeihet sie einem Mann, der sonst seinem Kummer nicht Raum gibt. Aber wenn Ihr je vom Gipfel des Rothenberges hinabgesehen hättet, auf das Herz von Württemberg, wie der Neckar durch grüne Ufer zieht, wie mannshohe Halmen in den Feldern wogen, wie sanfte Hügel am Fluß sich hinauf ziehen, bepflanzt mit köstlichem Weine, wie dunkle, schattige Forsten die Gipfel der Berge bekränzen, wie Dorf an Dorf mit seinen freundlichen roten Dächern aus den Wäldern von Obstbäumen hervorschauen, wie gute fleißige Menschen, kräftige Männer, schöne Weiber auf diesen Höhen, in diesen Tälern walten, und sie zu einem Garten anbauen – hättet Ihr dieses gesehen, Junker, gesehen mit *meinen* Augen, und säßet jetzt hier unten, hinausgeworfen, verflucht, vertrieben, umgeben von starren Felsen, tief im Schoß der Erde! Oh, der Gedanke ist schrecklich und oft zu mächtig für ein Männerherz!«

Georg bangte, der Ritter möchte durch die traurige Gegenwart und seine schöneren Erinnerungen wieder in seine Wehmut zurückgeführt werden, daher suchte er schnell dem Gespräch, eine andere Wendung zu geben: »Ihr waret also oft um den Herzog, Herr Ritter? O saget mir, ich bin ja jetzt sein Freund, saget mir, wie ist er im Umgang? wie sieht er aus? nicht wahr, er ist sehr veränderlich und hat viele Launen?«

»Nichts davon«, entgegnete der Geächtete, »Ihr werdet ihn sehen und lernet ihn am besten ohne Beschreibung kennen. Aber schon zu lange haben wir von fremden Angelegenheiten gesprochen, von Euren eigenen saget Ihr gar nichts? nichts von dem Zweck Eurer jetzigen Reise, nichts von dem schönen Fräulein von Lichtenstein? – Ihr schweiget und schlaget die Augen nieder? glaubet nicht, daß es Neugierde sei, warum ich frage; nein, ich glaube Euch in dieser Sache nützlich sein zu können.«

»Nach dem was diese Nacht zwischen uns geschehen ist«, antwortete Georg, »ist von meiner Seite keine Zurückhaltung, kein Geheimnis mehr nötig. Es scheint auch, Ihr wußtet längst, daß ich Marien liebe, vielleicht auch, daß sie mir hold ist?«

»O ja«, entgegnete der Ritter lächelnd, »wenn ich anders die Zeichen der Liebe verstehe und richtig deuten kann; denn sie schlug, wenn von Euch die Rede war, die Augen nieder, und errötete bis in die Stirne, auch nannte sie Euren Namen mit eigenem, so eigenem Ton, als gäben alle Saiten ihres Herzens den Akkord zu diesem Grundton an.«

»Ich glaube, Euer scharfes Auge hat richtig bemerkt, und deswegen will ich nach Lichtenstein. Ich war von Anfang willens, als ich mich vom Bunde lossagte, nach Haus zu ziehen, aber die Alb ist schon halbwegs von Franken hieher, da dachte ich, ich könnte das Fräulein noch einmal zuvor sehen. Der Mann hier führte mich über die Alb; Ihr wisset was meine Reise um acht Tage verzögerte; sobald der Morgen herauf ist, will ich oben im Schloß einsprechen, und ich hoffe, ich komme dem alten Herrn jetzt willkommner, da ich das neutrale Gebiet verlassen und zu seiner Farbe mich geschlagen habe.«

»Wohl werdet Ihr ihm willkommen sein, wenn Ihr als Freund des Herzogs kommt, denn er ist ihm treu und sehr ergeben. Doch könnte es sein, daß er Euch nicht traute, denn er soll ein wenig mißtrauisch und grämlich gegen fremde Menschen sein. Ihr wisset, wie ich mit ihm stehe, denn er ist der barmherzige Samariter der mich, wenn ich nachts aus meiner Höhle steige, mit warmer Speise und mit noch wärmerem Trost für die Zukunft labt; ein paar Zeilen von mir mögen Euch bei ihm besser empfehlen als ein Freibrief des Kaisers, und zum Zeichen für ihn und manchen andern, nehmet diesen Ring und traget ihn zum Andenken an diese Stunde, er wird Euch als einen Freund der gerechten Sache Württembergs verkünden.« Er zog bei diesen Worten einen breiten Goldreif vom Finger. Ein roter Stein war in die Mitte gefaßt, und in den drei Hirschgeweihen mit dem Jagdhorn auf dem Wappenhelm, die darin eingegraben waren, erkannte der junge Mann das Zeichen Württembergs; um den Ring standen erhaben geprägte Buchstaben, deren Sinn er nicht verstand. Sie hießen:

U. H. Z. W. U. T. »Uhzwut? was bedeutet dieser Name?« fragte er. »Ist es etwa ein Feldgeschrei für die Anhänger des Herzogs?«

»Nein, mein junger Freund«, antwortete der geächtete Ritter; »diesen Ring trug der Herzog lange an seiner Hand, und er war mir immer sehr wert, ich habe aber noch viele andere Andenken von ihm, und konnte dieses an keinen Besseren abtreten. Die Zeichen heißen Ulrich, Herzog Zu Württemberg Und Teck!«

»Er wird mir ewig teuer sein«, erwiderte Georg, »als ein Andenken an den unglücklichen Herrn, dessen Namen er trägt, und als schöne Erinnerung an Euch, Herr Ritter, und die Nacht in der Höhle.«

»Wenn Ihr an die Zugbrücke von Lichtenstein kommet«, fuhr der Ritter fort, »so gebet dem nächsten besten Knecht den Zettel, den ich Euch schreiben werde, und diesen Ring, solches dem Herrn des Schlosses zu bringen, und Ihr werdet gewiß empfangen werden, als wäret Ihr des Herzogs eigener Sohn. Doch für das Fräulein müßt Ihr Eure eigenen Zeichen haben, denn auf sie erstreckt sich mein Zauber nicht; etwa ein herzlicher Händedruck, die geheimnisvolle Sprache der Augen, oder ein süßer Kuß auf ihren roten Mund; doch, um gehörig vor ihr zu erscheinen, habt Ihr Ruhe nötig, denn Eure Augen möchten nach einer durchwachten Nacht etwas trübe sein. Daher folget meinem Beispiel, strecket Euch auf die Rehfelle nieder, und leget Euren Mantel als Kopfkissen unter. Und du würdiger Majordomus, oberster Kämmerer und Mundschenk, Hanns, getreuer Gefährte im Unglück, reiche diesem Paladin noch einen Becher zum Schlaftrunk, daß ihm jene Felle zum weichen Pfühl, diese Felsengrotte zum Schlafklosett werde, und ihn der Gott der Träume mit seinen lieblichsten Bildern besuche!«

Die Männer tranken und legten sich zur Ruhe, und Hanns setzte sich, wie ein treuer Hund, an die Pforte der Felsenkammer. Bald kam Morpheus mit leisen Tritten zu dem Lager des Jünglings und streute seine Schlummerkörner über ihn, und er hörte nur noch halb im Traume, wie der geächtete Mann sein Nachtgebet sprach, und mit frommer Zuversicht zu dem Lenker der Schicksale flehte über ihn und jenes unglückliche Land, in dessen tiefem Schoß er jetzt ruhte, seinen Schutz und seine Hülfe herabzusenden.

172

173

VII.

Aus einem tiefen grünen Tal
Steigt auf ein Fels als wie ein Strahl,
Drauf schaut das Schlößlein Lichtenstein
Vergnüglich in die Welt hinein.

Schwab

Georg konnte sich anfangs nicht recht auf seine Lage, und die Gegenstände umher besinnen, als er von dem Pfeifer von Hardt aus dem Schlaf
aufgeschüttelt wurde; allmählich aber kehrten die Bilder der vergangenen
Nacht in seine Seele zurück, und er erwiderte freudig den Handschlag,
mit welchem ihn der geächtete Ritter begrüßte. »So gerne ich Euch noch
tagelang in meinem Palast beherbergen würde«, sprach dieser, »so
möchte ich Euch doch raten, nach Lichtenstein aufzubrechen, wenn Ihr
anders ein warmes Frühstück haben wollet. In meiner Höhle kann ich
Euch leider keines bereiten lassen, denn wir machen niemals Feuer auf,
weil der Rauch uns gar zu leicht verraten könnte.«

Georg stimmte seinen Gründen bei, und dankte ihm für seine Beher-
bergung. »Wahrlich«, sagte er, »ich habe selten eine fröhlichere Nacht
beim Becher verlebt, als in dieser Höhle. Es hat etwas Reizendes, so tief
unter den Füßen der Menschen zu atmen und mit Freunden sich zu
besprechen. Ich gebe nicht den herrlichsten Saal des schönsten Schlosses
um diese Felsenwände!«

»Ja, unter Freunden, wenn der Becher munter kreist«, entgegnete der
Bewohner der Höhle; »aber unfreiwillig hier zu sitzen, tagelang einsam
in diesen Kellern über sein Unglück zu brüten, wenn das Herz sich
hinaussehnt in den grünen Wald, unter den blauen Himmel, wenn das
Auge, müde dieser unterirdischen Pracht, hineintauchen möchte in die
reizende Landschaft, hinüberschweifen möchte über lachende Täler zu
den fernen Bergen der Heimat; wenn das Ohr, betäubt von dem eintönigen Gemurmel dieser Wasser, die Tropfen um Tropfen von den Wänden
rieseln, und gesammelt in bodenlose Tiefen hinabstürzen, sich hinaussehnt, den Gesang der Lerche zu hören, zu lauschen wie das Wild in
den Büschen rauscht!«

»Armer Mann! es ist wahr, eine solche Einsamkeit muß schrecklich
sein!«

»Und dennoch«, fuhr jener fort und richtete sich höher auf, indem ein stolzer Trotz aus seinen Augen blitzte; »und dennoch preise ich mich glücklich, mit Hülfe guter Leute diese Zuflucht gefunden zu haben. Ja ich wollte lieber noch hundert Faden tief hinabsteigen, wo die Brust keine Luft mehr zu atmen findet, als in die Hände meiner Feinde fallen und ihr Gespött werden; und wenn sie dahin mir nachkämen, die blutgierigen Hunde des Bundes, so wollte ich mich mit meinen Nägeln weiter hineinscharren in die härtesten Felsen, ich wollte hinabsteigen tiefer und immer tiefer, bis wo der Mittelpunkt der Erde ist. Und kämen sie auch dorthin, so wollte ich die Heiligen lästern, die mich verlassen haben, und wollte dem Teufel rufen, daß er die Pforten der Finsternis aufreiße, und mich berge gegen die Verfolgung dieses übermütigen Gesindels.« Der Mann war in diesem Augenblick so furchtbar, daß Georg unwillkürlich vor ihm zurückbebte. Seine Gestalt schien größer, alle seine Muskeln waren angespannt, seine Wangen glühten, seine Augen schossen Blitze, als suchten sie einen Feind, den sie vernichten sollten, seine Stimme dröhnte hohl und stark, und das Echo der Felsen sprach ihm in schrecklichen Tönen seine Verwünschungen nach. Obgleich diese Gradation dem Jüngling zu stark vorkommen mochte, so konnte er doch die Gefühle eines Mannes nicht tadeln, den man, weil er seinem Herrn treu geblieben war, aus seinen Besitzungen hinausgeworfen hatte, den man wie ein angeschossenes Wild suchte, um ihn zu töten. »Es liegt ein Trost in dieser Gesinnung«, sagte er zu dem Geächteten, »und Ihr werdet Euer Unglück leichter tragen, wenn Ihr den Gegensatz recht scharf ins Auge fasset. Ich bewundre Euch, um Eurer Seelenstärke, Herr Ritter! aber eben dieses Gefühl der Bewunderung nötigt mir eine Frage ab, die vielleicht noch immer zu unbescheiden klingt, doch Ihr habt mich in der letzten Nacht zu oft Freund genant, als daß ich sie nicht wagen dürfte; nicht wahr, Ihr seid Marx Stumpf von Schweinsberg?«

Es mußte etwas Lächerliches in dieser Frage liegen, das Georg nicht finden konnte, denn der Ernst, der noch immer auf den Zügen des Ritters gelegen, war wie weggeblasen, er lachte zuerst leise vor sich hin, dann aber brach er in lautes Gelächter aus, in welches, wie auf ein gegebenes Zeichen, auch der Spielmann einstimmte.

Georg sah bald den einen, bald den andern fragend an, aber seine verlegenen Blicke schienen nur die Lachlust der beiden Männer noch mehr zu reizen. Endlich faßte sich der Geächtete: »Verzeihet, werter Gast, daß ich das Gastrecht so gröblich verletzte, und mir nicht lieber die Zunge abgebissen habe, ehe ich etwas von Euch lächerlich fand; aber wie kommt Ihr nur auf den Marx Stumpf? Kennet Ihr ihn denn?«

»Nein, aber ich weiß, daß er ein tapferer Ritter ist, daß er wegen des Herzogs vertrieben wurde, und daß die Bündischen auf ihn lauern; und paßt dieses nicht alles ganz gut auf Euch?«

»Danke Euch, daß Ihr mich für so tapfer haltet, aber das möchte ich Euch doch raten, daß Ihr dem Stumpf nicht bei Nacht in den Weg kommet wie mir, denn dieser hätte Euch ohne weiteres zu Kochstücken zusammengehauen. Der Schweinsberg ist ein kleiner dicker Kerl, einen Kopf kleiner als ich, und darum kam mir unwiderstehlich das Lachen. Übrigens ist er ein ehrenwerter Mann, und einer von den wenigen, die ihren Herrn im Unglück nicht verließen.«

»So seid Ihr nicht dieser Schweinsberg?« entgegnete Georg traurig, »und ich muß gehen ohne zu wissen, wer mein Freund ist?«

»Junger Mann!« sagte der Geächtete mit Hoheit, die nur durch den gewinnenden Ausdruck der Freundlichkeit gemildert wurde, »Ihr habt einen Freund gefunden, durch Euer tapferes, ehrenvolles Wesen, durch Euren offenen, freien Blick, durch Eure warme Teilnahme an dem unglücklichen Herzog. Es sei Euch genug, diesen Freund gewonnen zu haben, fraget nicht weiter, ein Wort könnte vielleicht dieses trauliche Verhältnis zerstören, das mir so angenehm ist. Lebet wohl, denket an den geächteten Mann ohne Namen, und seid versichert, ehe zwei Tage vorbeigehen, sollt Ihr von mir und meinem Namen hören!« Es wollte Georg dünken, als stehe dieser Mann, trotz seines unscheinbaren Kleides, vor ihm wie ein Fürst, der seinen Diener huldreich entläßt, so groß war jene unbeschreibliche Hoheit, die ihm auf der Stirne thronte, so erhaben der Glanz, der aus seinem Auge drang.

Der Pfeifer hatte unter diesen Worten die Fackeln angezündet, und stand erwartend am Eingang der Grotte, der geächtete Ritter drückte einen Kuß auf die Lippen des Jünglings und winkte ihm zu gehen. Er ging und wußte nicht wie ihm geschah, noch nie war ihm ein Mensch so freundlich nahe, und doch zugleich so unendlich hoch über ihm gestanden, noch nie hatte er gefühlt, wie in jenen Augenblicken, daß ein Mann entkleidet von jenem irdischen Glanze, der das Leben schmückt, selbst in ärmlicher Hülle und Umgebung eine Erhabenheit und Größe von sich strahlen könne, die das Auge blendet, und das Gefühl des eigenen Ichs so plötzlich überrascht und hinabdrückt. Mit diesem Gedanken beschäftigt, ging er durch die Höhle; die erhabene Pracht der Natur, die beim Eintritt sein Auge überrascht und gefesselt hatte, ging für ihn verloren; er staunte nicht mehr, daß sie im Schoße eines unscheinbaren Berges sich so herrlich und großartig ausgesprochen habe. War ja doch sein inneres Auge mit einem Gegenstand beschäftigt, in welchem sie sich noch imposanter und großartiger aussprach, als in der nächtlichen Pracht dieser Felsen, denn er bewunderte die Erhabenheit des menschlichen Geistes über jedes irdische Verhältnis, und dachte nach über die Majestät einer großen Seele, die auch im Gewande des Bettlers ihren angeborenen Adel nicht verleugnen kann.

Ein heller freundlicher Tag empfing sie, als sie aus der Nacht der Höhle zum Licht heraufstiegen. Georg atmete freier und leichter in der kühlen Morgenluft, denn der feuchte Dunst, der in den Gängen und Grotten der Höhle umzieht, und wovon sie vielleicht den Namen Nebelhöhle trägt, lagert sich beengend auf die Brust. Sie fanden das Pferd des jungen Ritters noch an derselben Stelle angebunden, munter und frisch wie sonst, und selbst die Waffenstücke, die am Sattel befestigt waren, hatten durch den Nachttau nicht Schaden gelitten, wie Georg befürchtet hatte, denn der Pfeifer von Hardt hatte ein grobes Tuch, das ihm beim Unwetter gegen Regen und Kälte dienen mochte, über den Rücken des Pferdes ausgebreitet. Georg machte seine Kleidung und das Zeug des Rosses zurecht, während der Bauer diesem einige Händevoll Heu zum Morgenbrot reichte, und dann ging es weiter den Berg hinan. Sie waren noch wenige Schritte vorgerückt, als der Klang einer Glocke aus dem Tal herauftönte, die feierliche Stille des Morgens unterbrach, eine andere antwortete, drei bis vier stimmten ein, bis die melodischen Töne von wenigstens zwölf Glocken von den Höhen umher und aus den Tälern aufstiegen. Überrascht, hielt der junge Mann sein Pferd an; »Was ist das!« rief er, »brennt es irgendwo, oder wie, sollten wir heute ein Fest im Kalender haben? Weiß Gott, ich bin durch meine Krankheit so aus aller Zeit herausgekommen, daß ich den Sonntag nur daran erkenne, daß die Mädchen neue Röcke und frische Schürzen anhaben.«

»Es ist wohl schon manchem Kriegsmann so gegangen«, antwortete Hanns der Spielmann; »ich selbst habe mich oft erst auf die Zeit besinnen müssen, wenn ich wichtigere Dinge im Kopf hatte als Mess' und Predigt, aber heute ist es ein anderes Ding«, setzte er ernster hinzu und schlug ein Kreuz, »heut ist Karfreitag. Gelobt sei Jesus Christus!«

»In Ewigkeit!« erwiderte der Jüngling. »Es ist das erste Mal in meinem Leben, daß ich den Tag nicht würdig begehe, wie ich soll; und dieser

Tag erinnert mich an manche schöne Stunde meiner Kindheit. Damals lebte noch mein Vater; ich hatte eine sanfte, gute Mutter und ein ganz kleines Schwesterlein. Wir beide freuten uns immer, wenn der Karfreitag kam; wir wußten nichts von der Bedeutung des Tages, aber wir rechneten dann, daß es nur noch zwei Tage bis Ostern sei, wo uns die Mutter schöne Sachen bescherte. Requiescant in pace«, setzte er hinzu, indem er seitwärts blickte, um eine Träne zu verbergen; »sie sind drüben alle drei, und feiern dort ihren heiligen Freitag.«

»Man sollte nicht von so unheiligen Dingen sprechen«, sagte der Pfeifer nach einigem Stillschweigen, »aber mein Beichtiger mag es mir schon vergeben. Ich denke, Ihr solltet nicht traurig sein, Junker! Denen die schlafen, ist es wohl, und *die,* die wachen, sollen vorwärts und nicht rückwärts sehen. So würde ich an Eurer Stelle daran denken, wie Ihr einst auch Euren Kindlein das Ostern bescheren könnet, und wie sie sich freuen werden am Karfreitag. Seid Ihr nicht auf der Brautfahrt, und ¹⁷⁷ wird ein gewisses Fräulein nicht auch eine gute, sanfte Mutter werden?«

Georg suchte umsonst ein Lächeln zu unterdrücken, das dieser sonderbare Trostspruch hervorgelockt hatte. »Höre, guter Freund«, entgegnete er, »dir ist zur Not ein solches Wort erlaubt; doch möchte ich keinem andern raten, meine Ohren durch solche sündige Gedanken zu entweihen.«

»Nichts für ungut, Herr! ich wollte weder Euch noch das Fräulein damit beleidigen; soll auch nicht mehr geschehen. Aber sehet Ihr nicht dort schon den Turm aus den Wipfeln ragen? Noch eine kleine Viertelstunde, und wir sind oben.«

»Soviel ich gestern in der Nacht bemerken konnte, ist das Schloß auf einen einzelnen, jähen Felsen hinausgestellt? bei Gott, ein kühner Gedanke, da konnte wohl niemand hinüberkommen, wer nicht mit den Geiern im Bunde war und fliegen gelernt hatte; freilich jetzt könnte man mit Stückschüssen sehr zusetzen.«

»Meint Ihr? nun es stehen auch vier gute Doppelhaken in der Halle, die auch ein Wörtchen antworten würden. Wenn Ihr recht gesehen habt, so müßt Ihr bemerkt haben, daß der Felsen ringsum durch ein breites Tal von den Bergen umher gesondert ist, dorther könnte man nicht viel Schaden tun; die einzige Seite, die näher an dem Berge liegt, ist die, wo die Zugbrücke herübergeht. Pflanzet einmal dort Geschütz auf und sehet zu, ob es Euch der Lichtensteiner nicht in den Grund schießt, ehe Ihr nur ein Fenster aufs Korn genommen habt. Und wie wollet Ihr Geschütz heraufführen in diesen Schluchten und Bergen, ohne daß Euch wenige entschlossene Männer mehr Schaden tun, als das ganze Nest wert ist?«

»Da habt Ihr recht«, antwortete Georg; »ich möchte wissen, wer den Gedanken gehabt hat, auf den Felsen ein Schloß zu bauen.«

»Das will ich Euch sagen«, erwiderte der Spielmann, der mit allen Sagen seines Landes vertraut war; »es lebte einmal vor vielen Jahren eine Frau; die mußte viele Verfolgung dulden, und wußte sich nicht mehr zu raten. Da kam sie an diesen Felsen, und sah, wie ein großer Geier mit seiner Familie und allem Haushalt dort lebte, und gegen alle Nachstellung sicher war. Da beschloß sie den Geier zu verdrängen. Sie ließ das Schloß dorthin bauen, und als alles fertig war, ließ sie die Brücke aufziehen, stieg auf die Zinne ihres Turmes und sprach; ›Nun bin ich Gottes Freund und aller Welt Feind.‹ Und es konnte ihr keiner mehr etwas anhaben. Aber sehet, da sind wir schon. Lebet wohl, vielleicht daß ich Euch schon heute nacht wiedersehe. Ich steige jetzt ins Land hinab, und bringe dann dem Herrn in der Höhle Kundschaft, wie es dort unten aussieht. Vergesset nicht, an der Brücke Brief und Ring dem Herrn des Schlosses zu senden, und hütet Euch, das Siegel selbst zu brechen.«

»Sei ohne Sorgen! ich danke dir für dein Geleite, und grüße meinen werten Gastfreund in der Höhle.« Georg sprach es, trieb sein Pferd an, und in wenigen Augenblicken war er vor der äußeren Verschanzung von Lichtenstein angelangt.

Ein Knecht, der das Tor bewachte, fragte nach seinem Begehr und rief einen anderen herbei, ihrem Herrn das Brieflein und den Ring zu übergeben. Georg hatte indes Zeit genug, das Schloß und seine Umgebungen zu betrachten. War ihm schon in der Nacht, beim ungewissen Schein des Mondes und in einer Gemütsstimmung, die ihn nicht zum aufmerksamsten Beobachter machte, die kühne Bauart dieser Burg aufgefallen, so staunte er jetzt noch mehr, als er sie vom hellen Tag beleuchtet, anschaute. Wie ein kolossaler Münsterturm steigt aus einem tiefen Albtal ein schöner Felsen, frei und kühn, empor. Weitab liegt alles feste Land, als hätte ihn ein Blitz von der Erde weggespalten, ein Erdbeben ihn losgetrennt, oder eine Wasserflut vor uralten Zeiten das weichere Erdreich ringsum von seinen festen Steinmassen abgespült. Selbst an der Seite von Südwest, wo er dem übrigen Gebirge sich nähert, klafft eine tiefe Spalte, hinlänglich weit, um auch den kühnsten Sprung einer Gemse unmöglich zu machen doch, nicht so breit, daß nicht die erfinderische Kunst des Menschen durch eine Brücke die getrennten Teile vereinigen konnte.

Wie das Nest eines Vogels auf die höchsten Wipfel einer Eiche oder auf die kühnsten Zinnen eines Turms gebaut, hing das Schlößchen auf dem Felsen. Es konnte oben keinen sehr großen Raum haben, denn außer einem Turm sah man nur eine befestigte Wohnung, aber die vielen Schießscharten im unteren Teil des Gebäudes, und mehrere weite Öffnungen, aus denen die Mündungen von schwerem Geschütz hervorragten, zeigten, daß es wohlverwahrt und trotz seines kleinen Raumes eine nicht zu verachtende Feste sei; und wenn ihm die vielen hellen Fenster des oberen Stockes ein freies, luftiges Ansehen verliehen, so zeigten doch die ungeheuren Grundmauern und Strebepfeiler, die mit dem Felsen verwachsen schienen, und durch Zeit und Ungewitter beinahe dieselbe braungraue Farbe, wie die Steinmasse, worauf sie ruhten, angenommen hatten, daß es auf festem Grunde wurzle, und weder vor der Gewalt der Elemente noch dem Sturm der Menschen erzittern werde. Eine schöne Aussicht bot sich schon hier dem überraschten Auge dar, und eine noch herrlichere, freiere, ließ die hohe Zinne des Wartturms und die lange Fensterreihe des Hauses ahnen.

Diese Bemerkungen drängten sich Georg auf, als er erwartend an der äußeren Pforte stand, die wohlverschanzt herwärts über der Kluft, auf dem Lande den Zugang zu der Brücke deckte. Jetzt tönten Schritte über die Brücke, das Tor tat sich auf, und der Herr des Schlosses erschien selbst, seinen Gast zu empfangen. Es war jener ernste, ältliche Mann, den Georg in Ulm mehreremal gesehen, dessen Bild er nicht vergessen hatte; denn die düsteren, feurigen Augen, die bleichen aber edlen Züge, seine große Ähnlichkeit mit der Geliebten, hatten sich tief in die Seele des Jünglings geprägt.

»Ihr seid willkommen in Lichtenstein«, sagte der alte Herr, indem er seinem Gast die Hand bot, und eine gütige Freundlichkeit den gewöhnlichen strengen Ernst seiner Züge milderte. »Was steht ihr müßig da ihr Schlingel!« wandte er sich nach dieser ersten Begrüßung zu seinen Dienern. »Soll etwa der Junker sein Roß mit hinauffahren in die Stube? schnell, hinein mit in den Stall; das Rüstzeug traget auf die Kammer am Saal! – Verzeihet, werter Herr, daß man Euch so lange unbedient stehenließ, aber in diese Bursche ist kein Verstand zu bringen. Wollet Ihr mir folgen?«

Er ging voran über die Zugbrücke, Georg folgte. Sein Herz pochte bei diesem Gang, voll Erwartung, voll Sehnsucht, seine Wangen röteten sich vor Liebe und vor Scham, wenn er an die letzte Nacht und an die Gefühle zurückdachte, die ihn zuerst vor diese Burg geführt hatten. Sein Auge suchte an den Fenstern umher, ob es nicht die Geliebte erspähe, sein Ohr schärfte sich um vielleicht ihre Stimme zu vernehmen, wenn auch ihr Anblick ihm jetzt noch verborgen war. Aber umsonst suchten seine Blicke diese Mauern zu durchbohren, umsonst fing sein scharfes Ohr jeden Laut begierig auf, noch schien sie sich nicht zeigen zu wollen.

Sie gelangten jetzt an das innere Tor. Es war nach alter Art tief, stark gebaut, und mit Fallgattern, Öffnungen für siedendes Öl und Wasser, und allen jenen sinnreichen Verteidigungsmitteln versehen, womit man 180 in den guten alten Zeiten den stürmenden Feind, wann er sich der Brücke bemeistert haben sollte, abhielt. Doch die ungeheuren Mauern und Befestigungen, die sich von dem Tor an rings um das Haus zogen, verdankte Lichtenstein nicht der Kunst allein, sondern auch der Natur; denn ganze Felsen waren in die Mauerlinie gezogen, und selbst der schöne, geräumige Pferdestall und die kühlen Kammern, die statt des Kellers dienten, waren in den Felsen eingehauen. Ein bequemer, gewundener Schneckengang führte in die oberen Teile des Hauses, und auch dort waren kriegerische Verteidigungen nicht vergessen; denn auf dem Vorplatz der zu den Zimmern führte, wo in anderen Wohnungen häusliche Gerätschaften aufgestellt sind, waren hier furchtbare Doppelhaken und Kisten mit Stückkugeln aufgepflanzt. Das Auge des alten Ritters ruhte mit einem gewissen Ausdruck von Stolz auf diesem sonderbaren Hausrat, und in der Tat konnten diese Geschütze damals für ein Zeichen von Wohlhabenheit und selbst Reichtum gelten, denn nicht jeder Privatmann war imstande, seine Burg mit vier oder sechs solchen Stücken zu versehen.

Von hier ging es noch einmal aufwärts in den zweiten Stock, wo ein überaus schöner Saal, ringsum mit hellen Fenstern, den Ritter von Lichtenstein und seinen Gast aufnahm. Der Hausherr gab einem Diener, der ihnen gefolgt war, mehr durch Zeichen als Worte einige Befehle, die ihn aus dem Saale entfernten.[31] 181

31 Crusius beschreibt in seiner Chronik das Schlößchen Lichtenstein, wie wir es hier nacherzählen. Er sah es zu Ende des sechzehnten Jahrhunderts, also etwa siebzig Jahre nach dem Jahr 1519. Dort findet sich auch die hieher gehörige Stelle: »Im oberen Stockwerk ist ein überaus schöner Saal, ringsum mit Fenstern, aus welchen man bis an den Asperg sehen kann: *darin hat*

VIII.

-Und der Graf, gerührt von solches
Hohen Opfers hohem Geiste
Bei der Freude süßer Regung,
Kann der Freundschaft mildem Taue
Der durchs Herz ihm, der durchs Auge
Schon ihm schleicht, nicht widerstehen.

P. Conz

Als die beiden Männer in dem weiten Saale von Lichtenstein allein waren, trat der Alte dicht vor Georg hin, und schaute ihn an, als messe er prüfend seine Züge. Ein Strahl von Begeisterung und Freude drang aus seinen Augen, die Melancholie seiner Stirne war verschwunden, er war heiter, fröhlich sogar, wie der Vater, der einen Sohn empfängt, der von langen Reisen zurückkehrt. Endlich stahl sich eine Träne aus seinem glänzenden Auge, aber es war eine Träne der Freude, denn er zog den überraschten Jüngling an sein Herz.

»Ich pflege nicht weich zu sein«, sprach er nach dieser feierlichen Umarmung zu Georg, »aber solche Augenblicke überwinden die Natur, denn sie sind selten. Darf ich denn wirklich meinen alten Augen trauen? trügen die Züge dieses Briefes nicht? ist dieses Siegel echt und darf ich ihm glauben? doch – was zweifle ich! hat nicht die Natur Euch ihr Siegel auf die freie Stirne gedrückt? sind die Züge nicht echt, die sie auf den offenen Brief Eures Gesichtes geschrieben? nein, Ihr könnet nicht täuschen – die Sache meines unglücklichen Herrn hat einen Freund gefunden!«

»Wenn Ihr die Sache des vertriebenen Herzogs meinet, so habt Ihr recht gesehen, sie hat einen warmen Anhänger gefunden. Der Ruf bezeichnete mir längst den Herrn von Lichtenstein, als einen treuen Freund

der vertriebene Fürst Ulerich, v. Württemberg öfter gewohnt, der des Nachts vor das Schloß kam und nur sagte: ›Der Mann ist da!‹ so wurde er eingelassen.« Wo aber wohnte er den Tag über? wo hielt sich der Vertriebene auf? Die Frage lag sehr nahe. Jetzt ist in die Ruinen des alten Schlosses ein Jägerhaus erbaut, das noch immer den Namen des »Lichtensteiner Schlößleins« trägt, und am fröhlichen Pfingstfest einer lebensfrohen Menge zum Tummelplatz dient.

des Herzogs, und ich wäre vielleicht auch ohne den Rat jenes unglücklichen Mannes, der mich zu Euch schickte, gekommen, Euch zu besuchen.«

»Setzet Euch zu mir, junger Freund«, sagte der Alte, dessen Augen immer noch mit Liebe auf dem Jüngling zu ruhen schienen; »setzet Euch hier und höret was ich sage. Ich liebe es sonst nicht, wenn die Leute ihre Farbe ändern, ich habe in meinem langen Leben gelernt, daß man die Überzeugung eines jeden ehren müsse, und daß ein Mann, wenn er nur sonst reine Absichten hat, nicht gerade deswegen zu verdammen sei, weil er anderer Meinung ist, als wir. Aber wenn man seine Farbe mit so uneigennützigen Absichten ändert wie Ihr, Georg von Sturmfeder, wenn man dem Glück den Rücken kehrt, um sich an das Unglück anzuschließen, da hat die Änderung großen Wert, denn sie trägt das Gepräge einer edlen Tat an der Stirne.«

Georg errötete über sich selbst, als er hörte, wie der Lichtensteiner seine uneigennützigen Absichten pries. War es denn nicht auch die schöne Tochter, was ihn zu der Fahne des Vaters führte? Und mußte er nicht in der Achtung dieses Mannes sinken, wenn über kurz oder lange dieses Motiv seines Übertrittes ans Licht kam? »Ihr seid zu gütig«, antwortete er; »die Absichten eines Menschen liegen oft tiefer verborgen, als man auf den ersten Anblick glaubt; seid versichert, daß mein Übertritt zu Eurer Sache zwar zum Teil von dem empörten Gefühl des Rechtes geleitet wurde; doch könnte es auch einen irdischeren Beweggrund geben, Herr Ritter; und ich möchte nicht, daß Ihr mich für zu gut hieltet, es würde mir um so weher tun, wenn Ihr nachher ungünstiger von mir urteiltet.«

182

»Ich liebe Euch um dieser Offenheit willen nur noch mehr«, entgegnete der Herr des Schlosses, und drückte seinem Gast die Hand. »Doch traue ich meiner Erfahrung und meiner Kenntnis der Gesichter, und von Euch will ich kühn behaupten, daß, wenn Euch auch noch eine andere Absicht leitet, als das Gefühl des Rechtes, diese Absicht doch keine schlechte sein kann. Wer Schlechtes im Schilde führt, ist feig, und wer feig ist, wagt es nicht, den Truchseß, den Herzog von Bayern und den Schwäbischen Bund vor den Kopf zu stoßen und so aufzutreten, wie Ihr aufgetreten seid.«

»Was wisset Ihr von mir«, rief Georg mit freudigem Erstaunen; »habt Ihr denn je von mir gehört vor diesem Augenblick?«

Der Diener, welcher bei diesen Worten die Türe öffnete, unterbrach die Antwort des alten Herrn; er setzte Wildbret und volle Becher vor

Georg hin, und schickte sich an, den Gast zu bedienen. Doch ein Wink seines Herrn entfernte ihn aufs neue. »Verschmähet diesen Morgenimbiß nicht«, sagte er zu dem jungen Mann; »den ersten Becher sollte zwar die Hausfrau kredenzen, wie es die angenehme Sitte heischt; aber die meinige ist schon lange tot, und meine einzige Tochter, Marie, die an ihrer Stelle das Hauswesen versiehet, ist ins Dorf hinabgegangen, um am hohen Feste eine Predigt zu hören und die Messe. Nun, Ihr fragtet mich, ob ich noch nie von Euch gehört hatte? Ihr seid ja jetzt unser, daher darf ich Euch wohl sagen, was man sonst verschweigt. Ich war zur Zeit, als Ihr in Ulm einrücktet, in jener Stadt, um meine Tochter abzuholen, die sich dort aufhielt, hauptsächlich aber, um manches zu erfahren, was für den Herzog zu wissen wichtig war; Gold öffnet alle Pforten«, setzte er lächelnd hinzu, »auch die des Hohen Rates, und so hörte ich täglich, was die Bundesobersten beschlossen. Als der Krieg erklärt wurde, war ich genötigt, abzureisen; ich hielt aber treue Männer in jener Stadt, die mir auch das Geheimste berichteten, was vorging.«

»War nicht einer davon der Pfeifer von Hardt«, fragte Georg, »den ich bei dem Geächteten traf?«

»– Und der Euch über die Alb führte? ja wohl! Diese brachten immer Kundschaft. So erfuhr ich denn auch, daß man beschloß, einen Späher hinter den Rücken des Herzogs zu schicken, etwa in die Gegend von Tübingen, um dem Bunde sogleich Nachricht von unseren Schritten zu erteilen. Ich erfuhr auch, daß die Wahl auf Euch gefallen sei. Nun muß ich Euch redlich gestehen, Ihr und Euer Name war mir ziemlich gleichgültig, nur bedauerte ich Euch, als ich hörte, daß Ihr noch solch ein junges Blut seid, denn sobald Ihr über die Alb kamet als Kundschafter, wäret Ihr ohne Gnade und Barmherzigkeit totgeschlagen oder unter die Erde gesetzt worden, wo keine Sonne und kein Mond hinscheint. Um so überraschender war mir und vielen Männern die Nachricht, wie Ihr es ausgeschlagen, und wie tapfer Ihr vor jenen Herren gesprochen. Auch daß Ihr absagtet und auf vierzehn Tage Urfehde schwören mußtet, erfuhr ich. Und wie freut es mich, daß Ihr nun gar unser Freund geworden seid!«

Die Wangen des jungen Mannes glühten, sein Auge strahlte vor Freude, brach ja doch dieser Augenblick alle Schranken, welche die Verhältnisse zwischen ihm und Marie gezogen hatten. Sein langer Wunsch, dessen Erfüllung oft so weit in die Ferne hinausgerückt schien, war in Erfüllung gegangen, er hatte unbewußt Mariens Vater für sich gewonnen. »Ja, ich habe ihnen abgesagt«, antwortete Georg, »weil ich ihr Wesen nicht mehr leiden mochte, ich bin Euer Freund geworden, doch wäre es möglich, ich hätte mich nicht so bald zu Eurer Sache bekannt; aber als ich unten in der Höhle neben jenem geächteten Mann saß, als ich bedachte, wie man mit den Edeln und selbst mit dem Herrn des Landes umgehe, wie seine gewaltigen Reden so mächtig an meiner Brust anklopften: da war es mir auf einmal hell und klar, hieher müsse ich stehen, hier müsse ich streiten. Und glaubt Ihr, es werde bald etwas zu tun geben? denn ich bin nicht zu Euch herübergeritten, um die Hände in den Schoß zu legen!«

»Das konnte ich mir denken«, sagte der Ritter lächelnd; »vor vierzig Jahren hatte ich auch so rasches Blut, und es ließ mich nicht lange auf einem Fleck. Wie die Sachen stehen, wißt Ihr; man kann sagen eher schlimm als gut. Sie haben das Unterland, sie haben den ganzen Strich von Urach herauf. Auf *eines* kommt alles an: hält Tübingen fest, so siegen wir.«

»Die Ehre von vierzig Rittern bürgt dafür«, rief Georg mit Unmut, »das Schloß ist stark, ich habe kein stärkeres gesehen, Besatzung ist hinlänglich da, und vierzig Männer von Adel werden sich so leicht nicht ergeben. Es kann nicht sein, es darf nicht sein. Haben sie nicht des Herzogs Kinder bei sich und den Schatz des Hauses? sie *müssen* sich halten.«

»Wohl, wenn sie alle dächten wie Ihr. Es kommt gar viel auf Tübingen an. Wenn der Herzog Entsatz bringen kann, so hat er an Tübingen einen festen Punkt, von wo aus er sein Land wieder erobern kann; es sind große Kriegsvorräte, es ist ein großer Teil des Adels dort; solange sie zu seiner Partie halten, ist Württemberg nur dem Boden nach gewonnen, dem Geiste nach ist es noch des Herzogs! aber ich fürchte, ich fürchte!«

»Wie? unmöglich können sich die vierzig ergeben!«

»Ihr habt noch wenig erfahren in der Welt«, erwiderte der Alte, »Ihr wißt nicht, welche Lockungen und Schlingen manchen ehrlichen Mann straucheln machen können. Und es ist mancher in der Burg, dem der Herzog zu viel getraut hat. Er merkt auch wohl, daß es nicht ganz lauter und rein hergeht, denn er schickte den Ritter Marx Stumpf von Schweinsberg an sie mit einem beweglichen Schreiben[32], das Schloß nicht

---

32 Er schickte einen tapfern Ritter, Marx Stumpf von Schweinsberg an sie mit einem beweglichen Schreiben, das Schloß nicht zu übergeben sondern, wo sie solches auch tun wollten, ihm wieder Gelegenheit zu machen, in

zu übergeben, sondern ihm Gelegenheit zu machen, in dasselbe zu kommen, weil er dort zu sterben bereit sei, wenn es Gott über ihn verhänge.«

»Der arme Herr!« rief Georg bewegt. »Aber ich kann nicht glauben, daß der Landesadel so schändlich freveln könne; sie werden ihn einlassen in die Burg, er wird ihren Mut aufs neue beseelen, er wird Ausfälle machen, er wird sie schlagen die Belagerer trotz Bayern und Frondsberg, wir werden uns an ihn anschließen, wir werden fechtend durch das Land ziehen und diese Bündler verjagen.«

»Marx Stumpf ist noch nicht zurück«, sagte der Ritter von Lichtenstein mit besorgter Miene; »auch haben sie seit gestern das Schießen eingestellt. Sonst hörte man jeden Stückschuß hier auf dem Lichtenstein, aber seit gestern ist es still wie im Grabe.«

»Vielleicht schweigt das Geschütz wegen des Festes; gebt acht sie werden morgen oder am Ostermontag wieder donnern lassen, daß es durch Eure Felsen hallt.«

»Was da!« entgegnete jener. »Wegen des Festes? seinem Herzog treu zu dienen ist auch ein frommer Dienst; und es wäre den Heiligen im Himmel vielleicht lieber sie hörten den Donner der Feldschlangen von Tübingens Wällen, als daß sie die Ritter müßig sehen. Müßiggang ist aller Laster Anfang! aber wenn nur der Stumpf in das Schloß kommt, der wird sie aufrütteln aus ihrem Schlummer.«

»Der Herzog hat den Ritter von Schweinsberg nach Tübingen geschickt, sagt Ihr? der Herzog will ins Schloß, weil die Besatzung seit einigen Tagen zu wanken scheint? da kann also Ulerich nicht bis Mömpelgard entflohen sein, wie die Leute sagen; da ist er vielleicht in der Nähe? O daß ich ihn sehen könnte, daß ich mich mit ihm nach Tübingen schleichen könnte!«

Ein sonderbares Lächeln zog flüchtig über die ernsten Züge des Alten; »Ihr werdet ihn sehen, wenn es Zeit ist«, sagte er. »Ihr werdet ihm angenehm sein, denn er liebt Euch schon jetzt. Und ist das Glück gut, so sollt Ihr auch mit ihm nach Tübingen kommen, Ihr habt mein Wort drauf. – Doch jetzt muß ich Euch bitten, Euch ein Stündchen allein zu gedulden. Mich ruft ein Geschäft, das aber bald abgetan sein wird. Nehmt Euch meinen Wein zum Gesellschafter, schauet Euch um in meinem

---

dasselbe zu kommen; weil er in selbigem zu sterben bereit sei, wenn es Gott über ihn verhänge. Sattler, Gesch. der Herz. v. Würtemb. II. 15.

Haus, ich würde Euch einladen auf die Jagd auszureiten, wenn ein solches Vergnügen zum Karfreitag paßte.«

Der alte Herr drückte seinem Gast noch einmal die Hand und verließ das Zimmer; bald nachher sah ihn Georg aus dem Schlosse dem Wald zu reiten.

Als sich der junge Mann allein gelassen sah, fing er an, seinen Anzug ein wenig zu besorgen, der durch den Ritt in der Nacht, durch seinen Aufenthalt in der Höhle etwas außer Ordnung gekommen war. Wer je unter solchen Umständen in die Nähe der Geliebten kam, wird es ihm nicht übelnehmen, wenn er vor einem kleinen Spiegel von poliertem Metall, den er in diesem Gemach vorfand, und der wohl zu Mariens Gerätschaften gehören mochte, Bart und Haare ordnete, das Wams ein wenig reinigte, und jede Spur von Unordnung aus seinem Anzug zu verbannen suchte. Er erging sich dann in dem großen Zimmer, und suchte unter den vielen Fenstern eines auf, von welchem er auf den Felsenweg hinabschauen konnte, den Marie von der Kirche im Tal heraufkommen mußte.

Es waren fröhliche Gedanken, die sich in bunter Menge an seiner Seele vorüberdrängten, schnell und flüchtig wie ein Zug heller Wölkchen, die am blauen Gewölb des Himmels dahingleiten. Dies war die Burg, die er seit mehr als einem Jahre im Wachen geträumt, in Träumen klar gesehen hatte; dies die Berge, die Felsen, von denen sie ihm so oft erzählte, dies die Gemächer ihrer Kindheit! Es hat etwas Anziehendes, in den Zimmern zu verweilen, wo die Geliebte groß geworden ist. Man träumt sich um Jahre zurück, man sieht sie als kleines Mädchen in diesen Kammern, in diesen Gängen sich umtreiben. Man geht um einige Jahre vorwärts, man sieht sie noch klein aber verständig der Mutter jene kleinen Künste der Haushaltung abspähen, die sie viele Jahre nachher als Hausfrau nötig hat. Doch in dem kleinen Köpfchen gestaltet sich schon jetzt ein eigenes Hauswesen; es ist vielleicht jene Ecke, dachte Georg lächelnd, wo sie in kindischer Geschäftigkeit, was sie von den Brosamen der Küche erbeutete, zu Speisen von eigener Erfindung bereitete, wo sie das hölzerne Wesen, das ein Knecht kunstreich schnitzelte, und die Amme mit einigen bunten Fetzen behängt hat, für ein wackeres Kind hält, und es mit wichtiger Miene zu füttern gedenkt.

Und dann jene anmutsvolle Stufe zwischen Kind und Jungfrau! wo ist wohl das stille Plätzchen, wo sich das fünfzehnjährige Fräulein, wenn sie in Garten und Feld nach Kinderweise getobt hatte, sich ernst und feierlich hinsetzte, die Kunkel zur Hand nahm und goldene Fäden zog, während ihr der Vater von der Mutter und von den Tagen seiner Jugend erzählte, oder durch weise Lehren und gewichtige Sprüche den Geist der Jungfrau zu erheben suchte?

Wo ist das Lieblingsfenster, wohin sie sich, immer höher und schöner heranwachsend, gerne setzte, und mit unbewußter, dunkler Sehnsucht in die Ferne sah, über das Leben und ihre eigene Zukunft nachsann, und sich in freundliche Träume versenkte?

Es war ihm so heimisch, so wohl in diesem Hause, es war *ihr* Geist, der hier waltete, der ihn umschwebte, den er, ob sie auch fern war, freundlich begrüßte; dieses Gärtchen auf einem schmalen Raum am Felsen hatte sie besorgt und gepflegt, *diese* Blumen, die in einem Topf auf dem Tische standen, hatte sie vielleicht heute schon gepflückt! er ging hin, diese Zeichen ihres freundlichen Sinnes zu begrüßen.

Er beugte sich herab über die Blumen, er führte die duftenden Veilchen zum Mund. In diesem Augenblick glaubte er ein Geräusch vor der Türe zu vernehmen; er sah sich um – sie war es, es war Marie, die staunend und regungslos, als traue sie ihren Augen nicht, an der Türe stand. Er flog zu ihr hin, er zog sie in seine Arme, und seine Lippen erst schienen sie zu überzeugen, daß es nicht der Geist des Geliebten sei, der ihr hier erscheine. Wie viel hatten sie sich zu fragen, bei weitem mehr als sie nur antworten konnten. Es gab Augenblicke wo sie, wie aus einem Traum erwach, sich ansahen, sich überzeugen mußten, ob sie denn wirklich sich wieder haben?

»Wie viel habe ich um dich gelitten«, sagte Marie, und ihre Wangen straften sie nicht Lügen, »wie schwer wurde mir das Herz, als ich aus Ulm scheiden mußte. Zwar hattest du mir gelobt, vom Bunde abzulassen, aber hatte ich denn Hoffnung, dich so bald wiederzusehen? – und dann, wie mir Hanns die Nachricht brachte, daß du mit ihm nach Lichtenstein kommen wolltest, aber du seiest überfallen, verwundet worden, das Herz wollte mir bald brechen, und doch konnte ich nicht zu dir, konnte dich nicht pflegen!«

Wie beschämt war Georg, wenn er an seine törichte Eifersucht zurückdachte, wie fühlte er sich so klein und schwach Mariens zarter Liebe gegenüber. Er suchte sein Erröten zu verbergen, er erzählte, oft unterbrochen von ihren Fragen, wie sich alles so gefügt habe, wie er dem Bunde abgesagt, wie er über die Alb gezogen sei, wie er überfallen worden, wie er der Pflege der Pfeifersfrau sich entzogen habe, um nach Lichtenstein zu reisen.

Georg war zu ehrlich, als daß ihn Mariens Fragen nicht hin und wieder in Verlegenheit gesetzt hätten; besonders als sie mit Verwunderung fragte, warum er denn so tief in der Nacht erst nach Lichtenstein aufgebrochen sei, wußte er sich nicht zu raten. Die schönen, klaren Augen der Geliebten ruhten so fragend, so durchdringend auf ihm, daß er um keinen Preis eine Unwahrheit zu sagen vermocht hätte.

»Ich will es nur gestehen«, sagte er mit niedergeschlagenen Augen, »die Wirtin in Pfullingen hat mich betört, sie sagte mir etwas von dir, was ich nicht mit Gleichmut hören konnte.«

»Die Wirtin? von mir?« rief Marie lächelnd; »nun was war denn dies, daß es dich noch in der Nacht die Berge herauftrieb?«

»Laß es doch! ich weiß ja, daß ich ein Tor war. Der geächtete Ritter hat mich ja schon längst überzeugt, daß ich völlig unrecht hatte.«

»Nein, nein«, entgegnete sie bittend, »so entgehest du mir nicht; was wußte die Schwätzerin wieder von mir; gestehe nur gleich –«

»Nun lache mich nur recht aus; sie erzählte: du habest einen Liebsten und lassest ihn, wenn der Vater schlafe, alle Nacht in die Burg.«

Marie errötete; Unwille und die Lust über diese Torheit zu lachen, kämpften in ihren schönen Zügen. »Nun, ich hoffe« sagte sie, »du hast ihr darauf geantwortet, wie es sich gehört, und aus Unmut über eine solche Verleumdung ihr Haus verlassen? Dachtest vielleicht, du könntest unser Schloß noch erreichen und hier übernachten?«

»Ehrlich gestanden, das dachte ich nicht. Siehe, ich war noch halb krank, ich glaubte ihr auch anfangs gewiß nicht, aber deine Amme, die alte Frau Rosel wurde aufgeführt, sie hatte es der Wirtin gesagt, sie hatte mich selbst mit ins Spiel gebracht und bedauert, daß ich um meine Liebe betrogen sei, da – o sieh nicht weg, Marie, werde mir nicht bös! Ich schwang mich aufs Pferd und ritt vors Schloß herauf, um ein Wort mit dem zu sprechen, der es wage, Marien zu lieben.«

»Das konntest du glauben«, rief Marie, und Tränen stürzten aus ihren Augen. »Daß Frau Rosel solche Sachen aussagt, ist unrecht, aber sie ist ein altes Weib, klatscht gerne; daß die Frau Wirtin solche Sachen nachsagt, nehme ich ihr nicht übel, denn sie weiß nichts Besseres zu tun; aber du, du Georg konntest nur einen Augenblick so arge Lügen glauben, du wolltest dich überzeugen, daß –« von neuem strömten ihre Tränen, und das Gefühl bitterer Kränkung erstickte ihre Stimme.

Georg zürnte sich selbst, daß er so töricht hatte sein können, aber er fühlte auch, daß wenn er ein großes Unrecht an der Geliebten begangen hatte, es nur die Liebe war, die ihn verleitete. »Verzeihe mir nur diesmal«, bat er; »siehe, wenn ich dich nicht so liebgehabt hätte, ich hätte gewiß nicht geglaubt; aber wenn du wüßtest, was Eifersucht ist!«

»Wer recht liebt kann gar nicht eifersüchtig sein«, sagte Marie unmutig; »aber schon in Ulm hast du etwas solches gesagt, und schon damals hat es mich recht tief betrübt. Aber du kennst mich gar nicht, wenn du mich recht gekannt hättest, wenn du mich geliebt hättest wie ich dich, wärest du nie auf solche Gedanken gekommen.«

»Nein! ungerecht mußt du doch nicht werden«, rief Georg und faßte ihre Hand; »wie kannst du mir vorwerfen, daß ich dich nicht liebe, wie du mich? hätte es denn nicht möglich sein können, daß ein Würdigerer als ich erschienen, daß der arme Georg durch irgendeinen bösen Zauber aus deinem Herzen verdrängt worden wäre; es ist ja doch alles möglich auf der Erde!«

»Möglich?« unterbrach ihn Marie, und jener Stolz, den Georg oft mit Lächeln an der Tochter des Ritters von Lichtenstein betrachtet hatte, schien sie allein zu beseelen. »Möglich? wenn Ihr nur einen Augenblick so Arges von mir für möglich gehalten hättet, ich wiederhole es, Herr von Sturmfeder! so habt Ihr mich nie geliebt; ein Mann muß sich nicht wie ein Rohr hin und her bewegen lassen, er muß fest stehen auf seiner Meinung, und wenn er liebt, so muß er auch glauben.«

»Diesen Vorwurf habe ich von dir am wenigsten verdient«, sagte der junge Mann, indem er unmutig aufsprang; »wohl bin ich ein Rohr, das vom Winde hin und her bewegt wird, und mancher wird mich darum verachten –«

»Es könnte sein!« flüsterte sie, doch nicht so leise, daß es sein Ohr nicht erreichte, und seinen Unmut zum Zorn anblies.

»Auch du wirst mich also darum verachten, und doch bist du es, was mich hin und her bewegt! Ich habe dich auf bündischer Seite gesucht, ich war selig als ich dich dort fand. Du batest mich davon abzulassen, ich ging; ich tat noch mehr; ich kam zu euch herüber, es kostete mich beinahe das Leben, und doch ließ ich mich nicht abschrecken; ich ergriff Württembergs Partei, ich kam zu deinem Vater, er nahm mich wie einen Sohn auf und freute sich, daß ich sein Freund geworden – aber seine Tochter schilt mich ein Rohr, das vom Winde hin und her bewegt wird! aber noch einmal will ich mich – zum letztenmal von dir bewegen lassen;

ich will fort, weil du meine Liebe so vergiltst, noch in dieser Stunde will ich fort!«

Er gürtete unter den letzten Worten sein Schwert um, ergriff sein Barett und wandte sich zur Türe.

»Georg!« rief Marie mit den süßesten Tönen der Liebe, indem sie aufsprang und seine Hand faßte; ihr Stolz, ihr Zorn, jede Wolke des Unmuts war verschwunden, selbst die Tränen hemmten ihren Lauf, und nur bittende Liebe blickte aus ihrem Auge, »um Gottes willen, Georg! ich meinte es nicht so böse; bleibe bei mir, siehe ich will alles vergessen, ich schäme mich, daß ich nur so unwillig werden konnte.«

Aber der Zorn des jungen Mannes war nicht so schnell zu besänftigen, er sah weg, um nicht durch ihre Blicke, durch ihr bittendes Lächeln gewonnen zu werden, denn sein Entschluß stand fest, das Schloß zu verlassen. »Nein!« rief er; »du sollst das Rohr nicht mehr zurückwenden. Aber deinem Vater kannst du sagen, wie du seinen Gast aus seinem Hause vertrieben hast«; die runden Fensterscheiben zitterten vor seiner Stimme, sein Auge blickte wild umher, er entriß seine Hand der Geliebten, gefolgt von ihr schritt er fort, er riß die Türe auf, um auf ewig zu fliehen, als ihn auf der Schwelle eine Erscheinung fesselte, die wir im nächsten Kapitel näher beschreiben werden.

190

IX.

Herrengunst, Aprillenwetter,
Frauenlieb und Rosenblätter,
Würfel, Karten, Federspiel,
Verkehren sich oft, wer's glauben will.

Altes Sprichwort

Als Georg die Türe öffnete, richtete sich aus einer sehr gebückten Stellung die hagere, knöcherne Gestalt der Frau Rosel auf. Es war dies eine jener alten Dienerinnen, die, wenn sie von früher Jugend an in einer Familie bleiben, sich einbürgern, in die Familie verwachsen und gleichsam ein notwendiger Zweig davon werden. Sie hatte ihre Nützlichkeit besonders nach dem Tode der Frau von Lichtenstein erprobt, wo sie Marie mit großer Sorgfalt pflegte und aufzog. Sie war so von einer Zofe zur Kindsfrau, von der Kindsfrau zur Haushälterin, von diesem Posten zu Mariens Oberhofmeisterin und Vertrauten avanciert. Sie hatte aber wie ein kluger Feldherr sich den Rücken gesichert, sie hatte jene Posten, aus denen sie in die höheren Stellen vorgerückt war, nicht wieder besetzen lassen, sondern verwaltete sie alle zusammen, wie sie behauptete, mit großer Gewissenhaftigkeit, und weil es doch sonst niemand verstehe. Sie hatte durch diesen Kunstgriff und durch ihre lange Dienstzeit die Zügel der häuslichen Regierung an sich gebracht, das Gesinde ging und kam nach ihrem Blick und sie gab zu verstehen, daß sie beim Herrn alles gelte, obgleich seine ganze Gnade nur darin bestand, daß er sie nicht in Gegenwart der übrigen auszankte.

Mit dem Fräulein lebte sie in neuern Zeiten nicht mehr im besten Verhältnis. Sie hatte in den Tagen der Kindheit und ersten Jugend ihr ganzes Vertrauen besessen; noch in Tübingen war sie wenigstens halb ins Geheimnis ihrer Liebe gezogen und Frau Rosel nahm wirklich so tätigen Anteil an allem, was ihr Fräulein betraf, daß sie gesagt hätte: »*Wir* lieben den Herrn von Sturmfeder aufs zärtlichste, oder – *uns* will das Herz beinahe brechen, weil wir scheiden müssen.«

Diesem Vertrauen machten aber zwei Dinge ein Ende. Das Fräulein bemerkte, daß Frau Rosel zu gerne schwatze, sie war ihr auf der Spur, daß sie sogar von ihrem Verhältnis zu Georg geplaudert habe. Sie war daher von jetzt an kälter gegen die Alte, und Frau Rosel merkte den

Augenblick, warum dies so geschehe. Als aber bald darauf die Reise nach Ulm angetreten wurde, als Frau Rosel, obgleich sie sich einen neuen Rock von Fries und eine köstliche Haube von Brokat hierzu verfertigt hatte, auf höheren Befehl in Lichtenstein bleiben mußte, da wurde die Kluft noch weiter, denn die Alte glaubte, das Fräulein habe es beim Vater dahin gebracht, daß sie nicht nach Ulm mitreisen dürfe.

Das Vertrauen wurde nicht hergestellt, als Marie von Ulm zurückkehrte. Frau Rosel zwar, die gerner mit der Herrschaft als dem Gesinde lebte, suchte einigemal Erkundigungen über Herrn Georg einzuziehen, und so das alte Verhältnis wieder anzuknüpfen, doch Mariens Herz war zu voll, die Amme ihr zu verdächtig, als daß sie etwas gesagt hätte. Als daher der geächtete Ritter nächtlicherweile ins Schloß kam, als das Fräulein so geheimnisvoll Speisen für ihn bereitete und, wie Frau Rosel glaubte, mit ihm allein war, als sie auch hier nicht mehr ins Geheimnis gezogen wurde, da schüttete sie ihr Herz gegen die Frau Wirtin in Pfullingen aus, und es war Georg nicht so ganz zu verdenken, daß er jenen Worten traute, kannte er ja doch Frau Rosel nur als Vertraute ihres Fräuleins, wußte er ja doch nicht, wie dieses Verhältnis indessen so anders sich gestaltet habe.

Frau Rosel war im Sonntagsstaat mit ihrer Dame diesen Morgen in die Kirche gewallfahrtet. Sie hatte ihre Sünden, worunter Neugierde ziemlich weit obenan stand, dem Priester gebeichtet, auch Absolution dafür erhalten und war mit so viel leichterem Herz und Gewissen auf den Lichtenstein zurückgekehrt, als sie vorher schwer und unter der Last der Sünden seufzend, hinabgestiegen war. Die salbungsvollen Worte des Paters mochten aber doch nicht so tief gedrungen sein, um ihre Sünden mit der Wurzel auszurotten, denn als sie in ihr Kämmerlein hinaufstieg, um Rosenkranz und Sonntagsschmuck abzulegen, hörte sie ihr Fräulein und eine tiefe Männerstimme heftig miteinander sprechen, es wollte ihr sogar bedünken, ihr Fräulein weine.

»Sollte er wohl bei Tag hier sein, weil der Alte ausgeritten?« dachte sie; die natürliche Menschenliebe und ein zartes Mitgefühl zog ihr Auge und Ohr ans Schlüsselloch und sie vernahm in abgebrochenen Worten den Streit, dessen Zeugen auch wir gewesen sind.

Der junge Mann hatte die Türe so rasch geöffnet, daß sie nicht mehr Zeit gehabt hatte, sich zu entfernen, sondern kaum noch aus ihrer gebückten Stellung am Schlüsselloch auftauchen konnte. Doch sie wußte sich zu helfen in solchen mißlichen Fällen, sie ließ Georg nicht an sich vorüber, ließ beide nicht zum Wort kommen, sie ergriff die Hände des jungen Mannes und überströmte ihn mit einem Schwall von Worten:

»Ei, du meine Güte! hätt ich glaubt, daß meine alten Augen den Junker von Sturmfeder noch schauen würden. Und ich mein, Ihr sind noch schöner worden und größer, seit ich Euch nimmer sah! Hätt ich das gewußt! Steh da wie ein Stock an der Tür, denke, ei! wer spricht jetzt mit der gnädigen Fräulein? Der Herr ist's nicht; von den Knechten ist's auch keiner! Ei was man nicht erlebt! jetzt ist's der Junker Georg, der da drin spricht!«

Georg hatte sich während dieser Reden der Frau Rosel vergeblich von ihr loszumachen gesucht. Er fühlte, daß es sich nicht zieme, vor ihr zu zeigen, daß er auf Marien zürne, und doch glaubte er keinen Augenblick mehr bleiben zu können. Er rang endlich eine Hand aus der knöchernen Faust der Alten, aber indem er sie frei fühlte, hatte sie auch schon Marie ergriffen, hatte sie, ohne auf Frau Rosels höhnisches Lächeln zu achten, an ihr Herz gedrückt; er war bei dieser Bewegung einem ihrer Blicke begegnet, die ihn auf ewig zu bannen schienen. Jetzt aber erwachte in ihm ein neuer Kampf, eine neue Verlegenheit. Er fühlte seinen Unmut schwinden, er fühlte, daß es Marie nicht so bös mit ihm gemeint habe – wie sollte er aber jetzt mit Ehren zurückkehren? wie sollte er so ganz ungekränkt scheinen? Wäre er mit Marien allein gewesen, so war es vielleicht noch eher möglich, aber vor diesem Zeugen, vor der wohlbekannten Frau Rosel umzukehren, sich durch einen Händedruck, durch einen Blick erweichen lassen und gefangengeben? Er schämte sich vor diesem Weib, weil er sich vor sich selbst schämte, und wir haben gehört, daß dieses Gefühl der Scham, die Ungewißheit, wie man, ohne zu erröten, zurückkehren könne, schon oft aus einer kurzen Trennung in Unmut, eine dauernde gemacht und die schönsten Verhältnisse gebrochen habe.

Frau Rosel hatte sich einige Augenblicke an der Angst, an dem Gram ihres Fräuleins geweidet, dann aber siegte die ihr angeborne Gutmütigkeit über die kleine Schadenfreude, die in ihr aufgestiegen war. Sie faßte die Hand des Junkers fester: »Ihr werdet uns doch nicht schon wieder verlassen wollen, nachdem Ihr kaum ein Stündchen auf dem Lichtenstein verweilt habt? Ehe Ihr etwas zu Mittag gegessen, läßt Euch die alte Rosel gar nicht weiter, das ist gegen alle Sitte des Schlosses. Und den Herrn habt Ihr wahrscheinlich auch noch nicht begrüßt?«

Es war schon ein großer Gewinn für Mariens Sache, daß Georg *sprach:* »Ich habe ihn schon gesprochen, dort stehen noch die Becher, die wir zusammen leerten.«

»Nun?« fuhr die Alte fort, »da werdet Ihr wohl noch nicht von ihm Abschied genommen haben?«

»Nein, ich sollte ihn im Schloß erwarten.«

»Ei, wer wird dann gehen wollen«, sagte sie, und drängte ihn sanft in das Zimmer zurück; »das wär mir eine schöne Sitte. Der Herr könnte ja wunder meinen, was für einen sonderbaren Gast er beherbergte. Wer bei *Tag* kommt«, setzte sie mit einem stechenden Blick auf das Fräulein hinzu, »wer beim hellen Tag kommt, hat ein gut Gewissen und darf sich nicht *wegschleichen* wie der Dieb in *der Nacht.*«

Marie errötete und drückte die Hand des Jünglings und unwillkürlich mußte dieser lächeln, wenn er an den Irrtum der Alten dachte und die strafenden Blicke sah, die sie auf Marien warf.

»Ja, ja, wie ich sagte«, fuhr Frau Rosel fort, »braucht Euch nicht wegzustehlen wie der Dieb in der Nacht. Wäre vielleicht besser gewesen, Ihr wäret schon früher gekommen; im Sprichwort heißt es: ›Sieh für dich, irren ist mißlich; und wer will haben Ruh, bleib bei seiner Kuh!‹ Aber ich will nichts gesagt haben.«

»Nun ja«, sagte Marie, »du siehst, er bleibt da; was willst du nur mit deinen Reden und Sprüchlein? Du weißt selbst, sie passen nicht immer.«

»So? aber bisweilen treffen sie doch einen, dem es nicht lieb ist; aber ›Reu und guter Rat ist unnütz nach geschehener Tat‹. Ich weiß schon, Undank ist der Welt Lohn, ich kann ja schweigen; ›Wer will haben gute Ruh, der seh und hör und schweig dazu.‹«

»Nun so schweige immerhin«, entgegnete das Fräulein, etwas gereizt; »übrigens wirst du wohl tun, wenn du den Vater nicht geradezu merken läßt, daß du Herrn von Sturmfeder schon kennst; es wäre möglich, er könnte glauben, er sei wegen uns nach Lichtenstein gekommen.«

Frau Rosel kämpfte zwischen guter und böser Laune. Es tat ihr wohl, daß man sie brauche, daß man Stillschweigen von ihr erbitten müsse; auf der andern Seite war sie noch unwillig darüber, daß das Fräulein seit neuerer Zeit so wenig Vertrauen in sie gesetzt habe. Sie murmelte daher nur einige unverständliche Worte vor sich hin, indem sie die Stühle wieder an die Wände stellte, die Becher von dem Tisch nahm und die Flecken abwischte, die der Wein auf der Schieferplatte, womit der Tisch eingelegt war, zurückgelassen hatte. Marie gab Georg, der sich

194

an ein Fenster gestellt hatte und noch nicht völlig mit sich und der Geliebten ausgesöhnt schien, einen Wink, den er nicht unbeachtet ließ. Ihm selbst war viel daran gelegen, daß Mariens Vater noch nichts um ihre Liebe wußte, er fürchtete, jener möchte es als einziges Motiv seines Übertritts zu Württemberg ansehen, er möchte ihn darum weniger günstig beurteilen, als er bisher getan. Dies erwägend, näherte sich Georg der alten Frau Rosel; er klopfte ihr traulich auf die Schultern und ihre Züge hellten sich zusehends auf. »Man muß gestehen«, sagte er freundlich, »Frau Rosalie hat eine schöne Haube; aber dies Band paßt doch wahrlich nicht dazu, es ist alt und verschossen.«

»Ei was!« sagte die Alte etwas ärgerlich, denn sie hatte sich wohl auf eine freundlichere Rede gefaßt gemacht, »was kümmert Euch meine Haube, ›ein jeder fege vor seiner Tür‹. ›Sieh auf dich und auf die Deinen, darnach schilt mich und die Meinen.‹ Ich bin ein armes Weib und kann nicht Staat machen wie eine Reichsgräfin. ›Wenn alle Leute wären gleich, und wären alle sämtlich reich, und wären all' zu Tisch gesessen, wer wollt auftragen Trinken und Essen?‹«

»Nun, so habe ich's nicht gemeint«, sagte Georg besänftigend, indem er eine Silbermünze aus seinem Beutelein zog; »aber mir zu Gefallen ändert Frau Rosalie schon ihr Band; und daß meine Forderung nicht gar zu unbillig klingt, wird sie diesen Dicktaler nicht verschmähen!«

Wer hat nicht an einem Oktobertag trotz Sturm und Wolken die Sonne durchdringen, und Gewölk und Nebel verjagen sehen? So ging es auch am Horizont der Frau Rosel freundlich auf. Die artige Weise des Junkers, ihr Lieblingsname Rosalie, der ihr viel wohltönender dünkte, als das verdorbene Rosel, und endlich der Dicktaler mit dem Krauskopf des Herzogs und dem Wappen von Teck – wie konnte sie so vielen Reizen widerstehen? »Ihr seid doch der alte freundliche Junker!« sagte sie, indem sie, sich tief verneigend, den Taler in die ungeheure lederne Tasche an ihrer Seite gleiten ließ, und den Saum von Georgs Mantel zum Munde führte. »Gerade so wußtet Ihr es in Tübingen zu machen. Stand ich am Jörgenbrunnen, ging ich von der Burgsteig hinab auf den Markt, richtig rief es hinter mir, ›Guten Morgen Frau Rosalie, und wie geht es dem Fräulein?‹ und wie oft und reich habt Ihr mich dort beschenkt; wenigstens zwei Dritteile von dem Rock, den ich hier trage, verdank ich Eurer Gnade!«

»Laß das, gute Frau«, unterbrach sie Georg. »Und was den Herrn betrifft, so wirst du –«

»Was meint Ihr!« erwiderte sie, indem sie die Augen halb zudrückte. »Habe Euch in meinem Leben nicht gesehen. Nein, da könnt Ihr Euch drauf verlassen. ›Was ich nicht weiß, macht mich nicht heiß, und was mich nicht brennt, das blase ich nicht!‹«

Sie verließ bei diesen Worten das Zimmer, und stieg in den ersten Stock hinab, um dort in der Küche ihr Regiment zu verwalten.

Dankbar und freudig zog sie den Taler aus der Ledertasche, und besah ihn hin und her; sie pries bei sich die Freigebigkeit des wackern Junkers, und bedauerte ihn im stillen, daß seine Liebe so schlecht vergolten werde, denn daß es ihr Fräulein mit einem andern habe, war ihr ausgemachte Sache. Vor der Küche stand sie gedankenvoll still. Sie war im Zweifel mit sich, ob sie der Sache ihren Lauf lassen solle, oder ob es nicht besser wäre, dem Junker einige Winke über den nächtlichen Besucher zu geben? »Doch kommt Zeit, kommt Rat, vielleicht sieht er es selbst und braucht mich nicht dazu. Überdies -›Ein Rater in zweier Feinde Mitten, kann es leicht mit beiden verschütten‹; man kann warten und zusehen, denn ›Hitz im Rat, Eil in der Tat, gebären nichts als Schad.‹ ›Wer will haben gute Ruh, der seh und hör und – schweig dazu!‹«

Solchen Rat pflog mit sich selbst Frau Rosel vor der Küche; die Liebenden aber, denen diese Beratung galt, hatten sich nach ihrem Abzug bald wieder gefunden. Georg vermochte nicht den bittenden Blicken Mariens zu widerstehen; und als sie mit den süßesten Tönen der Liebe ihn fragte, ob er ihr wieder gut sei, da vermochte er nicht nein zu sagen, und der Friede war, was selten der Fall ist, in kürzerer Zeit wieder geschlossen, als die Fehde begonnen hatte.

Mit hohem Interesse hörte Marie auf Georgs fernere Erzählung, und es gehörte der feste Glaube des jungen Mannes an die Geliebte und sein Vertrauen in das Wort des Geächteten dazu, um nicht von neuem außer Fassung zu kommen. Denn als er beschrieb, wie er auf den Ritter getroffen, und sich mit ihm geschlagen habe, da errötete sie, sie richtete sich stolzer auf und drückte die Hand des Geliebten, sie gestand ihm, daß er einen wichtigen Kampf bestanden habe, denn jener Mann sei ein tapferer Kämpe. Und als er erzählte, wie sie hinabgestiegen in die Nebelhöhle, wie sie den Geächteten besuchten, wie er tief unter der Erde in ärmlicher Umgebung doch so groß und erhaben geschienen, da stürzten Tränen aus ihren Augen, sie blickte hinauf zum Himmel, als bete sie im stillen, er möchte das traurige Geschick dieses Mannes wenden, und als er fortfuhr und sagte, was sie gesprochen, und wie der Mann der Höhle

196

sich seinen Freund genannt, wie er sich zu Württembergs Sache, zu der Sache der Unterdrückten und Vertriebenen mit Wort und Handschlag verpflichtet habe, da strahlte Mariens Auge von wunderbarem Glanze, sie sah Georg lange an, er glaubte eine Begeisterung in ihrem Auge, in ihren Zügen zu lesen, die nicht die Freude, daß er ihres Vaters Partie ergriffen habe, allein vorbrachte.

»Georg!« sagte sie, »es werden viele sein, die dich einst um diese Nacht beneiden werden. Du darfst es dir auch zur Ehre rechnen, denn glaube mir, nicht jeder hätte Hanns zu dem Vertriebenen geführt.«

»Du kennst ihn«, erwiderte Georg, »du weißt um sein Geheimnis? o sag mir doch, wer ist er? Ich habe selten einen Mann gesehen, dessen Auge, dessen Miene, dessen ganzes Wesen mich so beherrscht hätte, wie dieser. Wo lagen seine Besitzungen, wo ist das Schloß, aus dem er vertrieben ist? Er sagt, er wolle jetzt keinen andern Namen haben als ›der Mann‹, aber sein Arm, dessen Stärke ich gefühlt, sein heller Blick verbürgte mir, daß er einst einen berühmten Namen in der Welt gehabt haben müsse.«

»Er hatte einen Namen«, antwortete Marie, »einen, der sich mit den besten messen konnte. Aber wenn er dir ihn nicht selbst gesagt hat, so darf ich ihn auch nicht nennen; das wäre gegen mein Wort, das ich darauf gegeben. Herr Georg muß sich also schon noch gedulden«, setzte sie lächelnd hinzu, »so hart es ihn auch ankommt, denn er ist ein neugieriger Herr.«

»Mir kannst du es ja doch sagen«, unterbrach sie Georg; »sind wir nicht *eins*? Darf das eine ein Geheimnis haben, ohne daß es der andere Teil wissen muß? Schnell! antworte, wer ist der Mann in der Höhle?«

»Werde nicht böse, siehe, wenn es nur *mein* Geheimnis wäre, so müßtest du es auch wissen und könntest es mit Recht verlangen, aber so – ich weiß zwar, daß es bei dir so sicher wäre als bei mir, aber ich darf nicht.«

197 Sie sprach noch, als die Türe aufsprang und eine Dogge von ungeheurer Größe hereinstürzte.[33] Georg fuhr unwillkürlich auf, denn einen Hund von solcher Größe und Stärke hatte er nie gesehen. Der Hund stellte sich ihm gegenüber, schaute ihn mit rollenden Augen an und fing an zu murren. Es tönte aus seiner breiten Brust herauf dumpf und hohl

33 Diesen merkwürdigen Hund beschreibt Tethinger als einen Liebling Ulerichs ausführlich. A. a. O. S. 1, 58.

wie ein nahender Sturm und die wohlgeordnete Reihe scharfer Zähne, die er vorwies, zeigten ihn als einen Kämpfer, dessen Zorn man nicht reizen dürfe. *Ein* Wort von Marie reichte hin, ihn ruhig und besänftigt zu ihren Füßen zu legen. Sie streichelte seinen schönen Kopf, aus welchem die klugen Augen noch immer bald nach ihr bald nach dem Junker spähten. »Er hat Menschenverstand!« sagte sie lächelnd. »Er kommt, um mich zu warnen, daß ich den Mann in der Höhle nicht verraten soll.«

»Ein herrlicher Hund, wie ich nie einen gesehen! wie er den Kopf so stolz aus dem goldenen Halshand hervorträgt, als gehöre er einem Kaiser oder König!«

»Er gehört *ihm,* dem Vertriebenen«, erwiderte Marie, »und weil ich auf dem Sprung war, den Namen seines Herrn zu nennen, kam er mich zu warnen.«

»Warum aber führt der Ritter seinen Hetzer nicht mit sich? wahrlich, ein Arm wie der seine, unterstützt von einem solchen Tier, darf sechs Mörder nicht fürchten.«

»Das Tier ist wachsam«, antwortete sie, »aber wild, wenn er es in der Höhle unten hätte, so hätte er zwar einen sicheren Schutz; wie aber, wenn durch Zufall ein Mensch in jene Höhle käme? Sie ist so groß, daß man den Mann nicht darin ahnen kann, aber die Dogge würde ihn verraten. Sie würde knurren und anschlagen, sobald sie Tritte hörte, und sein Aufenthalt wäre entdeckt. Darum hat er ihm befohlen, als er wegging, hierzubleiben, er versteht dies Gebot und ich sorge für ihn. Er hat ordentlich das Heimweh nach seinem Herrn, und die Freude solltest du sehen, wenn es Nacht wird; er weiß, daß dann sein Herr bald ins Schloß kommt, und wenn die Zugbrücke niederfällt und die Schritte des Mannes auf dem Hofe tönen, da ist er nicht mehr zu halten, er würde sechsfache Ketten zerreißen, um bei ihm zu sein.«

»Ein schönes Bild der Treue! doch ein schöneres noch ist der Mann, dem dieser Hund gehört. Hing er doch ebenso treu an seinem Herrn, und ließ sich verbannen und ins Elend jagen; es ist töricht von mir«, setzte Georg hinzu, »ich weiß, Neugierde steht einem Mann nicht an, aber wissen möchte ich, wer er ist?«

198

»So gedulde dich doch bis es Nacht wird! wenn der Mann kommt, will ich ihn fragen, ob du es wissen darfst; ich zweifle nicht, er wird es erlauben.«

»Es ist noch lange bis dahin, und jeden Augenblick muß ich an ihn denken; wenn du mir es nicht sagst, so muß ich mich an den Hund wenden, vielleicht ist er gütiger als du.«

»Versuche es immer«, rief Marie lächelnd, »wenn er sprechen kann, so soll er es nur gestehen.«

»Hör einmal, du ungeheurer Geselle«, wandte sich Georg zu dem Hund, der ihn aufmerksam ansah, »sage mir, wie heißt dein Herr?«

Der Hund richtete sich stolz auf, riß den weiten Rachen auf und brüllte in schrecklichen Tönen »U-u-u!«

Marie errötete; »Laß doch die Possen«, sagte sie, und rief den Hund zu sich, »wer wird mit Hunden sprechen, wenn man in menschlicher Gesellschaft ist!«

Georg schien nicht darauf zu hören. »›U!‹ hat er gesagt, der gute Hund? der ist darauf geschult, ich wollte alles wetten! es ist nicht das erste Mal, daß man ihn fragt: wie heißt dein Herr?«

Kaum hatte Georg die letzten Worte gesprochen, so fing der Hund mit noch greulicheren Tönen als vorher, sein U-u-u! zu heulen an. Aufs neue errötete Marie, sie hieß beinahe unwillig den Hund schweigen, er legte sich ruhig zu ihren Füßen.

»Da haben wir's«, rief Georg lachend, »der Herr heißt U! und fing das sonderbare Wort auf dem Ringe, den mir der Ritter gab, nicht auch mit U an? Ungeheuer! heißt dein Herr vielleicht Uffenheim? oder Uxküll? oder Ulm? oder vielleicht gar –«

»Unsinn! der Hund hat gar keinen anderen Laut als U, wie magst du dir nur Mühe geben, daraus etwas zu folgern; doch hier kommt der Vater den Berg herauf, willst du, daß es ihm verborgen bleibe, so nimm dich zusammen und verrate dich nicht. Ich gehe jetzt, denn es ist nicht gut wenn er uns beisammen antrifft.«

Georg gelobte es; er umarmte noch einmal die Geliebte, und versah sich von ihrem süßen Mund auf viele Stunden, um wenigstens an der Erinnerung sich zu erfreuen, wenn die Gegenwart des Vaters jede zärtlichere Annäherung unmöglich machte. Der Hund des Herrn U – sah verwundert auf die liebliche Gruppe; doch, sei es, daß er wirklich Menschenverstand hatte, oder daß er bei seinem Herrn schon Ähnliches erlebt hatte und einsah, daß der Junker das Fräulein nicht umbringen wolle, er machte keine Miene, seiner Dame zu Hülfe zu kommen, und erst der Hufschlag, der von der Brücke heraufscholl, schreckte die Errötende aus den Armen des glücklichen Jünglings.

X.

Der Herzog schaut hinunter lang
Und spricht mit einem Seufzer bang:
»Wie fern, ach von mir abgewandt,
Wie tief, wie tief liegst du mein Land.«

G. Schwab

Karfreitag und Osterfest waren vorübergegangen, und Georg von Sturmfeder befand sich noch immer in Lichtenstein. Der Herr dieses Schlosses hatte ihn eingeladen, bei ihm zu verweilen, bis etwa der Krieg eine andere Wendung nehmen würde oder Gelegenheit da wäre, der Sache des Herzogs wichtige Dienste zu leisten. Man kann sich denken, wie gerne der junge Mann diese Einladung annahm. Unter *einem* Dach mit der Geliebten, immer in ihrer Nähe, oft ein Stündchen mit ihr allein, von ihrem Vater geliebt – er hatte in seinen kühnsten Träumen kein ähnliches Glück ahnen können. Nur eine Wolke trübte den Himmel der Liebenden, die düstere Wolke, die zuweilen auf der Stirne des Vaters lag. Es schien, als habe er nicht die besten Nachrichten von seinem Herzog und dem Kriegsschauplatz. Es kamen zu verschiedenen Tageszeiten Boten in die Burg, aber sie kamen und gingen, ohne daß der Ritter seinem Gast eröffnete was sie gebracht haben. Einigemal glaubte Georg in der Abenddämmerung sogar den Pfeifer von Hardt über die Brücke schleichen zu sehen, er hoffte von diesem vielleicht etwas erfahren zu können, er eilte hinab, um ihn zu begegnen, aber wenn er bis an die Brücke kam, war jede Spur von ihm verschwunden.

Der junge Mann fühlte sich etwas beleidigt über diesen Mangel an Zutrauen, wie er es bei sich und in seinen Äußerungen gegen Marie nannte. »Ich habe doch den Freunden des Herzogs mich ganz und gar angeboten, obgleich ihre Partie nicht viel Lockendes hat, der Mann in der Höhle und der Ritter von Lichtenstein bewiesen mir Freundschaft und Vertrauen, aber warum nur bis auf diesen Punkt? warum darf ich nicht erfahren wie es mit Tübingen steht, warum nicht wie der Herzog operiert um sein Land wiederzuerobern? Bin ich nur zum Dreinschlagen gut, verschmäht man mich im Rat?«

Marie suchte ihn zu trösten. Es gelang oft ihren schönen Augen, ihren freundlichen Reden, ihn diese Gedanken vergessen zu lassen, aber dennoch kehrten sie in manchem Augenblicke wieder, und die sorgenvolle Miene des alten Herrn mahnte ihn immer an die Sache, welcher er beigetreten war.

Am Abend des Osterfestes konnte er endlich dieses Stillschweigen nicht länger ertragen; er fragte auf die Gefahr hin, für unbescheiden zu gelten, wie es mit dem Herzog und seinen Planen stehe, ob man nicht auch seiner endlich einmal bedürfe? Aber der Ritter von Lichtenstein drückte ihm freundlich die Hand und sagte: »Ich sehe schon lange, wackerer Junge, wie es dir das Herz beinahe abdrücken will, daß du nicht teilnehmen kannst an unseren Mühen und Sorgen; aber gedulde dich noch einige Zeit, vielleicht nur *einen* Tag noch, so wird sich manches entscheiden. Was soll ich dich mit ungewissen Nachrichten, mit traurigen Botschaften plagen? Dein heiterer Jugendsinn ist nicht gemacht, bedächtlich in ein Gewebe von Bosheit zu schauen, und die künstlich geschlungenen Fäden wieder loszumachen. Wenn die Entscheidung naht, dann, glaube mir, wirst du ein willkommener Genosse sein, bei Rat und Tat. Nur so viel brauchst du zu wissen, es steht mit unserer Sache weder schlimm noch gut; doch bald muß es sich entscheiden.«

Der junge Mann sah ein, daß der Alte recht haben könne, und doch war er nichts weniger als zufrieden mit dieser Antwort. Auch erfuhr er den Namen des Geächteten nicht. Marie hatte ihn, als er in der nächsten Nacht ins Schloß gekommen war, gefragt, ob sie ihrem Gast seinen Namen nennen dürfe, er hatte nichts darauf gesagt, als: »Noch ist's nicht an der Zeit!«

Noch ein dritter Umstand war es, der Georg beinahe beleidigend vorkam. Er hatte dem Herrn von Lichtenstein gesagt, wie sehr ihn der Mann in der Höhle angezogen habe, wie er nichts Erfreulicheres kenne, als recht oft in dessen Nähe zu sein, und dennoch hatte man ihn nie mit einem Wort eingeladen, eine Nacht mit dem geheimnisvollen Gaste zuzubringen. Er war zu stolz sich aufzudrängen, er wartete von Nacht zu Nacht, ob man ihn nicht herabrufen werde, jenen Mann zu sprechen; es geschah nicht. Er beschloß wenigstens einmal uneingeladen zuzusehen, wie der Fremde in die Burg komme, und betrachtete sich deswegen die Gelegenheit genau. Seine Kammer, wohin er regelmäßig um acht Uhr geführt wurde, lag gegen das Tal hinaus; gerade entgegengesetzt der Seite, wo die Brücke über den Abgrund führte. Von hier war es also nicht möglich, ihn kommen zu sehen. Das große Zimmer im zweiten Stock, das nicht weit entfernt von seiner Kammer lag, wurde jede Nacht abgeschlossen, von dort aus konnte er also auch nicht hinabsehen. Auf dem Vorplatz der die Kammern umher und den Saal verband, gingen zwar zwei Fenster gegen die Brücke hinaus, sie waren aber vergittert und hoch, so daß man zwar ins Freie hinüber, aber nicht hinab auf die Brücke sehen konnte.

Es blieb ihm daher nichts übrig, als sich irgendwo zu verbergen, wenn er den nächtlichen Besuch sehen wollte. Im ersten Stock war dies nicht möglich, weil dort so viele Leute wohnten, daß er leicht entdeckt werden konnte. Doch als er den Torweg und die Ställe musterte, die unter dem Schloß in den Felsen gehauen waren, bemerkte er an der Zugbrücke eine Nische, die von den Torflügeln bedeckt wurde, welche man nur wenn der Feind vor den Toren war, verschloß. Dies war der Ort, der ihm Sicherheit und zugleich Raum genug zu gewähren schien, um zu beobachten, was um ihn her vorging; links vor der Nische, schloß sich die Zugbrücke an das Tor, rechts war die Treppe, die hinaufführte, vor ihm der Torweg, den jeder gehen mußte, der ins Schloß kam. Dorthin beschloß er in der kommenden Nacht sich zu schleichen.

Um acht Uhr kam der Knappe mit der Lampe, um ihm wie gewöhnlich ins Bett zu leuchten. Der Herr des Schlosses und seine Tochter sagten ihm freundlich gute Nacht. Er stieg hinan in seine Kammer, er entließ den Knecht, der ihn sonst entkleidete, und warf sich angekleidet auf das Bette; er lauschte auf jeden Glockenschlag, den die Nachtluft aus dem Dorf hinter dem Walde herübertrug; oft schlossen sich seine Augen, oft schwebte er schon auf jener unsicheren Grenze, zwischen Wachen und Schlafen, wo sich die Seele nur mit ermatteten Kräften gegen die Bande des Schlummers sträubt, aber immer wieder rang er sich los, wenn seine Gedanken klar genug waren, um ihm seinen Zweck ins Gedächtnis zurückzuführen.

Zehn Uhr war längst vorüber; die Burg war still und tot, Georg raffte sich auf, zog die schweren Sporen und Stiefel ab, hüllte sich in seinen Mantel und öffnete behutsam die Türe seiner Kammer. Er hielt den Atem an, um sich nicht durch Schnauben zu verraten, die Angeln seiner Türe garrten, er hielt an, er lauschte, ob niemand diese verräterischen Töne gehört habe? Es blieb alles still; der Mond fiel in mattem Schein auf den Vorplatz, Georg pries sich glücklich, daß ihn dieses trügerische Licht nicht zum zweitenmal verraten werde. Er schlich weiter an die Wendeltreppe, noch einmal hielt er an, um zu lauschen, ob alles stille sei; er hörte nichts als das Sausen des Windes und das Rauschen der

202

Eichen über der Brücke. Er stieg behutsam hinab. In der Stille der Nacht tönt alles lauter, und Dinge erwecken die Aufmerksamkeit, die man am Tage nicht beachtet hätte. Wenn Georgs Fuß auf ein Sandkörnchen trat, so rauschte es auf der gewölbten Wendeltreppe, daß er erschrak und glaubte, man müsse es im ganzen Hause gehört haben. Er kam an dem ersten Stock vorüber; er lauschte, er hörte niemand, aber auf dem Herd in der Küche flatterte ein lustiges Feuer. Jetzt war er unten. Zu dem Weg von seiner Kammer bis zum Tor, den er sonst in einem Augenblick zurücklegte, hatte er eine Viertelstunde verwandt.

Er stellte sich in die Nische und zog den Torflügel noch näher zu sich her, so daß er völlig von ihm bedeckt war. Eine Spalte in der Türe war groß genug, daß er durch sie alles beobachten konnte. Noch war alles still im Schloß. Nur flüchtige Tritte glaubte er über sich zu vernehmen, es war wohl Marie, die geschäftig hin und her ging.

Nach einer tödlich langen Viertelstunde schlug es im Dorfe eilf Uhr. Dies war die Zeit des nächtlichen Besuches, Georg schärfte sein Ohr, um zu vernehmen wann er komme. Nach wenigen Minuten hörte er oben den Hund anschlagen, zugleich rief über dem Graben eine tiefe Stimme: »Lichtenstein!«

»Wer da?« fragte man aus der Burg.

»Der Mann ist da!« antwortete jene Stimme, die Georg von seinem Besuch in der Höhle so wohlbekannt war.

Ein alter Mann, der Burgwart, kam aus einer Kasematte, die in den Grundfelsen gehauen war. Er öffnete mit einem wunderlich geformten Schlüssel das Schloß der Zugbrücke. Indem er noch damit beschäftigt war, stürzte in großen Sprüngen der Hund die Treppe herab; er winselte, er wedelte mit dem Schwanz, er hüpfte an dem Burgwart hinauf, als wolle er ihm behülflich sein, die Brücke für seinen Herrn herabzulassen. Und jetzt kam auch Marie, sie trug ein Windlicht, und leuchtete damit dem Alten, der mit seinem Aufschließen nicht zurechtzukommen schien.

»Spute dich, Balthasar!« flüsterte sie, »er wartet schon eine gute Weile, und draußen ist's kalt, und es weht ein garstiger Wind.«

»Jetzt nur noch die Kette los, gnädiges Fräulein«, antwortete er, »dann sollt Ihr gleich sehen, wie schön meine Brücke fällt. Ich habe auch, wie Ihr befohlen habt, die Fugen mit Öl geschmiert, daß sie nicht mehr garren, und die Frau Rosel aus ihrem sanften Schlaf aufwecken.«

Die Ketten rauschten in die Höhe, die Brücke senkte sich langsam nach außen, und legte sich über den Abgrund; der Mann aus der Höhle, in seinen groben Mantel eingehüllt, schritt herüber. Georg hatte sich das Bild dieses Mannes tief ins Herz geprägt, und doch überraschten ihn aufs neue seine auffallend kühnen Züge, sein gebietendes Auge, seine freie Stirne, das Kräftige, Gewaltige in seinen Bewegungen.

Der Schein des Windlichtes fiel auf ihn und Marie, und noch lange Jahre bewahrte Georg die Erinnerung an diese Gruppe. Die schlanke Gestalt der Geliebten, das dunkle Haar, dessen Flechten aufgegangen waren und nun um den zierlichen Hals herabströmten, die blendende Stirne, das sinnige, blaue Auge, dem die langen, dunklen Wimpern und die schöngeschwungenen Bogen der Brau'n einen eigentümlichen Reiz gaben, der kleine rote Mund, die zarte Farbe ihrer Wangen, dies alles, überstrahlt von dem Lichte, das sie in der Hand hielt, bewirkte, daß Georg glaubte, die Geliebte nie so reizend gesehen zu haben, als in diesem Augenblick, wo der Kontrast gegen die scharfen, kräftigen Formen des Mannes, der neben ihr stand, ihr zartes, liebliches Wesen noch mehr hervorhob.

Der nächtliche Gast half mit beinahe übermenschlicher Kraft dem alten Pförtner die Brücke wieder aufziehen. Dann zog sich der Alte zurück und Georg vernahm folgendes Gespräch:

»Ist Nachricht da von Tübingen? ist Marx Stumpf zurück? Ich lese Unglück in Euren Mienen!«

»Nein, Herr, er ist noch nicht zurück«, sagte Marie, »der Vater erwartet ihn aber noch diese Nacht.«

»Daß ihm der Teufel Füße mache! Ich muß warten, bis er kommt, und sollte es Tag darüber werden. – Hu! *eine kalte Nacht*, Fräulein«, sagte der Geächtete, »meine Schuhu und Käuzlein in der Nebelhöhle muß es auch gewaltig frieren, denn sie schrieen und jammerten in kläglichen Tönen, als ich heraufstieg.«

»Ja, es ist kalt«, antwortete sie, »um keinen Preis möchte ich mit Euch hinabsteigen; und wie schauerlich muß es sein, wenn die Käuzlein schreien; mir graut, wenn ich nur daran denke.«

»Wenn Junker Georg Euch begleitete, ginget Ihr doch mit«, erwiderte jener lächelnd, indem er das errötende Gesicht des Mädchens am Kinn ein wenig in die Höhe hob; »nicht wahr, mit *dem* ginget Ihr in die Hölle? Was das für eine Liebe sein muß! Weiß Gott, Euer Mund ist ganz wund; nein gar zu arg müßt Ihr es doch nicht machen mit Küssen.«

»Ach Herr!« flüsterte Marie, indem sich aufs neue eine dunkle Röte über die zarten Wangen goß; »wie mögt Ihr nur so sprechen. Wißt Ihr, daß ich gar nicht mehr herabkomme, Euch gar nicht mehr koche, wenn Ihr so von mir und dem Junker denket?«

»Nun, einen Scherz müßt Ihr mir schon gelten lassen«, sagte der Ritter, und kniff sie in die errötenden Wangen, »ich habe ja in meiner Behausung da unten so wenig Zeit und Gelegenheit zum Scherzen. Aber was gebt Ihr mir, wenn ich für den Junker ein gutes Wort einlege beim Vater, daß er ihn Euch zum Mann gibt? Ihr wißt, der Alte tut was ich haben will, und wenn ich ihm einen Schwiegersohn empfehle, nimmt er ihn unbesehen.«

Marie schlug die schönen Augen auf, und sah ihn mit freundlichen Blicken an. »Gnädigster Herr«, antwortete sie, »ich will es Euch nicht wehren, wenn Ihr für Georg ein gutes Wort sprechet; übrigens ist ihm der Vater schon sehr gewogen.«

»Ich frage, was ich für ein gutes Wort bekomme, alles hat seinen Preis; nun, was wird mir dafür?«

Marie schlug die Augen nieder. »Ein schöner Dank«, sagte sie; »aber kommt Herr, der Vater wird schon längst auf uns warten.«

Sie wollte vorangehen, der Geächtete aber ergriff ihre Hand und hielt sie auf. Georgs Herz pochte beinahe hörbar, es wurde ihm bald heiß bald kalt, er faßte den Torflügel, und wäre nahe daran gewesen, diese Fürsprache um einen fixen Preis zu verbitten.

»Warum so eilig?« hörte er den Mann der Höhle sagen. »Nun, sei es um ein Küßchen, so will ich loben und preisen, daß dein Vater sogleich den Pfaffen holen läßt, um das heilige Sakrament der Ehe an euch zu vollziehen.« Er senkte sein Haupt gegen Marie herab, Georg schwindelte es vor den Augen, er war im Begriff, aus seinem Hinterhalt hervorzubrechen. Das Fräulein aber sah jenen Mann mit einem strafenden Blicke an. »Das kann unmöglich Euer Gnaden Ernst sein«, sagte sie, »sonst hättet Ihr mich zum letztenmal gesehen.«

»Wenn Ihr wüßtet, wie erhaben und schön Euch dieser Trotz steht«, sagte der Ritter mit unerschütterlicher Freundlichkeit, »Ihr ginget den ganzen Tag im Zorn und in der Wut umher. Übrigens habt Ihr recht, wenn man schon einen andern so tief im Herzen hat, darf man keine solche Gunst mehr ausspenden. Aber feurige Kohlen will ich auf Euer Haupt sammeln, ich will dennoch den Fürsprecher machen. Und an Eurem Hochzeittag will ich bei Eurem Liebsten um einen Kuß anhalten, dann wollen wir sehen, wer recht behält.«

»Das könnet Ihr!« sagte Marie, indem sie ihm lächelnd ihre Hand entzog, und mit dem Licht voranging; »aber machet Euch immer auf eine abschlägige Antwort gefaßt, denn über diesen Punkt spaßt er nicht gerne.«

»Ja er ist verdammt eifersüchtig«, entgegnete der Ritter im Weiterschreiten; »ich könnte Euch davon eine Geschichte erzählen, die mir selbst mit ihm begegnet ist; aber ich habe versprochen zu schweigen. –«

Ihre Stimmen entfernten sich immer mehr und wurden undeutlicher. Georg schöpfte wieder freien Atem. Er lauschte und harrte noch in seiner Nische, bis er niemand mehr auf den Treppen und Gängen hörte. Dann verließ er seinen Platz und schlich nach seiner Kammer zurück. Die letzten Worte Mariens und des Geächteten lagen noch in seinen Ohren. Er schämte sich seiner Eifersucht, die ihn auch in dieser Nacht wieder unwillkürlich hingerissen hatte. Wenn er bedachte, in welch unwürdigem Verdacht er die Geliebte gehabt, und wie rein sie in diesem Augenblick vor ihm gestanden sei! er verbarg sein errötendes Gesicht tief in den Kissen, und erst spät entführte ihn der Schlummer diesen quälenden Gedanken.

Als er am andern Morgen in die Herrenstube hinabging, wo sich um sieben Uhr gewöhnlich die Familie zum Frühstück versammelte, kam ihm Marie mit verweinten Augen entgegen. Sie führte ihn auf die Seite und flüsterte ihm zu, »Tritt leise ein, Georg! der Ritter aus der Höhle ist im Zimmer; er ist vor einer Stunde ein wenig eingeschlummert; wir wollen ihm diese Ruhe gönnen!«

»Der Geächtete!« fragte Georg staunend, »wie kann er es wagen noch bei Tag hier zu sein? ist er krank geworden?«

»Nein!« antwortete Marie, indem von neuem Tränen in ihren Wimpern hingen; »nein! es muß in dieser Stunde noch ein Bote von Tübingen anlangen, und diesen will er erwarten. Wir haben ihn gebeten, beschworen, er möchte doch vor Tag hinabgehen, er hat nicht darauf gehört; hier will er ihn erwarten.«

»Aber könnte denn der Bote nicht auch in die Höhle hinabkommen?« warf Georg ein, »er setzt sich ja umsonst dieser Gefahr aus.«

»Ach, du kennst ihn nicht, das ist sein Trotz, wenn er sich einmal etwas in den Kopf gesetzt hat, so geht er nicht mehr davon ab; und nur zu leicht wird er mißtrauisch; deswegen konnten wir ihm nicht sehr zureden, wegzugehen; er hätte glauben können, wir tun es nur wegen uns. Sein Hauptgrund zu bleiben ist, daß er sich gleich mit dem Vater beraten will, sobald er Nachricht bekommt.«

Sie waren während dieser Reden an die Türe der Herrenstube gekommen, Marie schloß so leise als möglich auf, und trat mit Georg ein.

Die Herrenstube unterschied sich von dem großen Gemach im oberen Stock nur dadurch, daß sie kleiner war. Auch sie hatte die Aussicht nach drei Seiten, durch Fenster mit kleinen runden Scheiben, durch welche sich die Morgensonne in vielfarbigen Strahlen brach. Decke und Wände umzog ein Getäfer von schwarzbraunem Holz mit farbigen Hölzern kunstreich ausgelegt. Einige Ahnenbilder der Lichtensteiner schmückten die Wand, welche kein Fenster hatte, und Tische und Gerätschaften zeigten, daß der Ritter von Lichtenstein ein Freund alter Sitten und Zeiten sei, und seinen Hausrat, wie er ihn vom Großvater empfangen hatte, auch auf die Tochter vererben wolle. Vor einem großen Tisch in der Mitte des Zimmers saß der Herr des Schlosses. Er hatte sein Kinn und den langen Bart auf die Hand gestützt, und schaute finster und regungslos in einen Becher, der vor ihm stand. Die Weinkannen und Deckelkrüge auf dem Tisch, der Becher vor dem alten Herrn machte, daß man ungewiß war, ob er die Nacht beim Becher zugebracht habe, oder er so frühe am Tage sich durch einen guten Trunk Kräfte sammeln wolle.

Er grüßte seinen jungen Gast, als dieser an den Tisch zu ihm getreten war, durch ein leichtes Neigen des Hauptes, indem ein kaum bemerkliches Lächeln um seinen Mund zog. Er wies auf einen Becher und an einen Stuhl zu seiner Seite; Marie verstand den Wink, schenkte einen Becher voll und kredenzte ihn dem Geliebten mit jener holden Anmut, die allem was sie tat, einen eigentümlichen Stempel aufdrückte. Georg setzte sich an die Seite des Alten und trank.

Dieser rückte ihm näher und flüsterte ihm mit heiserer Stimme zu: »Ich fürchte, es steht schlimm!«

»Habt Ihr Nachricht?« fragte Georg ebenso heimlich.

»Ein Bauer sagte mir heute frühe, gestern abend haben die Tübinger mit dem Bunde gehandelt.«

»Gott im Himmel!« rief Georg unwillkürlich aus.

»Seid still und weckt ihn nicht! er wird es nur zu frühe erfahren«; entgegnete ihm jener, indem er auf die andere Seite der Stube deutete.

Georg sah dorthin. An einem Fenster der Seite, die gegen den jähen Abgrund liegt, saß der geächtete Mann. Er hatte den Arm auf den Sims gestützt, die sorgenvolle Stirne, das von Wachen müde Auge lag in der tapferen Hand – – er schlummerte. Sein grauer Mantel war über die Schulter herabgefallen, und ließ ein abgetragenes, unscheinbares Lederkoller sehen, in das die kräftige Gestalt gehüllt war. Sein krauses Haar fiel nachlässig um die Schläfe, und einige Büsche des gerollten Bartes quollen unter der Hand hervor.

Zu seinen Füßen lag sein großer Hund; er hatte seinen Kopf auf den Fuß seines Herrn gelegt, seine treuen Augen hingen teilnehmend an dem Haupt des Geächteten.

»Er schlaft«, sagte der Alte, und zerdrückte eine Träne in den Augen; »die Natur fordert die Schuld an den Körper, und umhüllt die Seele mit einem wohltätigen Schleier. Er atmet leicht; o daß es beruhigende Träume wären, die ihm vorschweben; die Wirklichkeit ist so traurig, wer sollte ihm nicht wünschen, daß er sie im Traume vergißt!«

»Es ist ein hartes Schicksal!« erwiderte Georg, indem er wehmütig auf den Schlafenden blickte. »Vertrieben von Haus und Hof, geächtet, in die Wüste hinausgejagt! sein Leben jedem Buben preisgegeben, der in der Ferne seinen Bolz auf ihn anlegt bei Tag unter der Erde, bei Nacht wie ein Dieb umherschleichen zu müssen; wahrlich es ist hart! Und dies alles, weil er seinem Herrn treu war, und jene Bündler nach seinen Gütern gelüsteten.«

»Der Mann dort hat manches verfehlt in seinem Leben«, sprach der Ritter von Lichtenstein mit tiefem Ernst; »ich habe ihn beobachtet seit den Tagen seiner Kindheit bis zu dieser Stunde; ich kann ihm das Zeugnis geben, er hat das Gute und Rechte gewollt. Zuweilen waren die Mittel falsch, die er anwandte, zuweilen verstand man ihn nicht, zuweilen ließ er sich von der Hitze der Leidenschaft hinreißen – aber wo lebt der Mensch, von dem man dies nicht sagen könnte. Und wahrlich, er hat es grausam gebüßt!« Er hielt inne, als hätte er schon mehr gesagt, als er sagen wollte, und umsonst suchte Georg über den Vertriebenen mehr zu erfahren. Der Alte versank in Stillschweigen und tiefes Sinnen.

Die Sonne war über die Berge heraufgekommen, die Nebel fielen, Georg trat ans Fenster, die herrliche Aussicht zu genießen. Unter dem Felsen von Lichtenstein wohl dreihundert Klafter tief, breitet sich ein liebliches Tal aus, begrenzt von waldigen Höhen, durchschnitten von einem eilenden Waldbach, drei Dörfer liegen freundlich in der Tiefe; dem Auge, das in dieses Tal hinabsieht, ist es, als schaue es aus dem Himmel auf die Erde. Steigt das Auge vom tiefen Tale aufwärts an den waldigen Höhen, so begegnet es malerisch gruppierten Felsen und den Bergen der Alb, hinter dem Bergrücken steigt die Burg Achalm hervor, und begrenzt die Aussicht in der Nähe. Aber vorbei an den Mauern von Achalm, dringt rechts und links das Auge tiefer ins Land. Der Lichtenstein liegt den Wolken so nahe, daß er Württemberg überragt. Bis hinab ins tiefste Unterland können frei und ungehindert die Blicke streifen. Entzückend ist der Anblick, wenn die Morgensonne ihre schrägen Strahlen über Württemberg sendet. Da breiten sich diese herrlichen Gefilde wie ein bunter Teppich vor dem Auge aus; in dunklem Grün, in kräftigem Braun der Berge beginnt es, alle Farben und Schattierungen sind in diesem wundervollen Gewebe, das in lichtem Blau sich endlich mit der Morgenröte verschmilzt. Welche Ferne von Lichtenstein bis Asperg, und welches Land dazwischen! Es ist kein Flachland, keine Ebene; viele Strömungen von Hügeln und Bergen ziehen sich hinauf und herunter, und von Hügeln zu Hügeln, welche breite Täler und Ströme in ihrem Schoße bergen, hüpft das Auge zu dem fernen Horizont.

Georg betrachtete bewundernd; er strengte seine Augen mehr und mehr an, er suchte in die Weite zu dringen, und jedes Schloß jedes Dorf auf der weiten Aussicht zu unterscheiden. Marie stand neben ihm; sie teilte seine Bewunderung, obgleich sie seit ihrer frühesten Kindheit dieses Schauspiel genossen. Sie zeigte ihm flüsternd jeden Fleck, sie wußte ihm jede Turmspitze zu nennen. »Wo ist eine Stelle in teutschen Landen«, sprach Georg in diesen Anblick versunken, »die sich mit dieser messen könnte! Ich habe Ebenen gesehen und Höhen erstiegen, von wo das Auge noch weiter dringt, aber diese lieblichen Gefilde zeigen sie nicht. So reiche Saaten, Wälder von Obst, und dort unten, wo die Hügel bläulicher werden, *ein* Garten von Wein! Ich habe noch keinen Fürsten beneidet, aber hier stehen zu können, hinauszublicken von dieser Höhe und sagen zu können, diese Gefilde sind *mein!*«

Ein tiefer Seufzer in ihrer Nähe schreckte Marien und Georg aus ihren Betrachtungen auf. Sie sahen sich um, wenige Schritte von ihnen stand im Fenster der Geächtete, und blickte mit trunkenen, glänzenden Blicken über das Land hin, und Georg war ungewiß, ob jene Worte oder das Andenken an sein Unglück die Brust dieses Mannes bewegt hatten.

Er begrüßte Georg und reichte ihm die Hand. Dann wandte er sich zu dem Herrn des Schlosses und fragte, ob noch immer keine Botschaft da sei? »Der von Schweinsberg ist noch nicht zurück«, antwortete dieser.

Der Geächtete trat schweigend an das Fenster zurück und schaute in die Ferne. Marie füllte ihm einen Becher. »Seid getrosten Mutes, Herr«, sagte sie, »schauet nicht mit so finsteren Blicken auf das Land. Trinket von diesem Wein, er ist gut württembergisch und wächst dort unten an jenen blauen Bergen.«

»Wie kann man traurig bleiben«, antwortete er, indem er sich wehmütig lächelnd zu Georg wandte, »wenn über Württemberg die Sonne so schön aufgeht, und aus den Augen einer Württembergerin ein so milder blauer Himmel lacht. Nicht wahr, Junker, was sind diese Berge und Täler, wenn uns solche Augen, solche treue Herzen bleiben? Nehmt Euren Becher und laßt uns darauf trinken! Solange wir Land besitzen in den Herzen, ist nichts verloren: *Hie gut Württemberg allezeit.*«[34]

»Hie gut Württemberg allezeit«, erwiderte Georg und stieß an. Der Geächtete wollte noch etwas hinzusetzen, als der alte Burgwart mit wichtiger Miene hereintrat. »Es sind zwei Krämer vor der Burg«, meldete er, »und begehren Einlaß.«

»Sie sind's, sie sind's«, riefen in *einem* Augenblick der Geächtete und Lichtenstein. »Führ sie herauf.«

Der alte Diener entfernte sich; eine bange Minute folgte dieser Meldung; alle schwiegen, der Ritter von Lichtenstein schien mit seinen feurigen Augen die Türe durchbohren, der Geächtete seine Unruhe verbergen zu wollen, aber die schnelle Röte und Blässe, die auf seinen ausdrucksvollen Zügen wechselte, zeigten, wie die Erwartung dessen, was er hören werde, sein ganzes Wesen in Aufruhr brachte. Endlich vernahm man Schritte auf der Treppe, sie näherten sich dem Gemach; der gewaltige Mann zitterte, daß er sich am Tisch halten mußte, seine Brust war vorgebeugt, sein Auge hing starr an der Türe, als wolle er in den Mienen des Kommenden sogleich Glück oder Unglück lesen – jetzt ging die Türe auf.

34 »Hie gut Württemberg alleweg.« Findet sich oft als Wahlspruch dieser Partei. Vergl. Pfaffs Geschichte Württembergs I. S. 306, in d. Anmerkung.

XI.

-- Wie du nun so ganz
Verlassen dastehst und so ganz entblößt,
Und wie nun ich, dein einz'ger Lehensmann,
Der *einz'ge* bin, der dich noch Herzog nennt,
Und wie nun mir allein die Ehre bleibt,
Dir Dienst zu leisten bis zum letzten Hauch.

L. Uhland

Auch Georg hatte erwartungsvoll hingesehen. Er musterte mit schnellem Blick die Eintretenden; in dem einen erkannte er sogleich den Pfeifer von Hardt, der andere war – jener Krämer, den er in der Herberge von Pfullingen gesehen hatte. Der letztere warf seinen Pack, den er auf dem Rücken getragen, ab, riß das Pflaster weg, womit er ein Auge bedeckt hatte, richtete sich aus seiner gebückten Stellung auf, und stand nun als ein untersetzter, starkgebauter Mann, mit offenen, kräftigen Zügen vor ihnen.

»Marx Stumpf!« rief der Geächtete mit dumpfer Stimme, »wozu diese finstere Stirne? Du bringst uns gute Botschaft! nicht wahr, sie wollen uns das Pförtchen öffnen, sie wollen mit uns aushalten bis auf den letzten Mann?«

Marx Stumpf von Schweinsberg warf einen bekümmerten Blick auf ihn. »Machet Euch auf Schlimmes gefaßt, Herr!« sagte er. »Die Botschaft ist nicht gut, die ich bringe.«

»Wie«, entgegnete jener, indem die Röte des Zornes über seine Wangen flog, und die Ader auch seiner Stirne sich zu heben begann; »wie, du sagst, sie zaudern, sie schwanken? Es ist nicht möglich; sieh dich wohl vor, daß du nichts Übereiltes sagst; es ist der Adel des Landes, von dem du sprichst.«

»Und dennoch sage ich es«, antwortete Schweinsberg, indem er einen Schritt weiter vortrat; »im Angesicht vor Kaiser und Reich will ich es sagen, sie sind Verräter.«

»Du lügst!« schrie der Vertriebene mit schrecklicher Stimme. »Verräter, sagst du? Du lügst. Wie wagst du es, vierzig Ritter ihrer Ehre zu berauben? Ha! gestehe, du lügst.«

»Wollte Gott, ich allein wäre ein Ritter ohne Ehre, ein Hund, der seinen Herrn verläßt. Aber alle vierzig haben ihren Eid gebrochen, Ihr habt Euer Land verloren, Herr Herzog! Tübingen ist über.«

Der Mann, dem diese Rede galt, sank auf einen Stuhl am Fenster; er bedeckte sein Gesicht mit den Händen, seine Brust hob und senkte sich, als suche sie vergeblich nach Atem und seine Arme zitterten.

Die Blicke aller hingen gerührt und schmerzlich an ihm. Vor allen Georgs, denn wie ein Blitz hatte der Name des Herzogs das Dunkel erhellt, in welchem ihm bisher dieser Mann erschienen war. Er war es selbst, es war *Ulerich von Württemberg!* In *einem* schnellen Fluge zog es an seiner Seele vorüber, wie er diesen Gewaltigen zuerst getroffen, wie er ihn tief in der Erde Schoß besuchte, welche Worte jener zu ihm gesprochen, wie sein ganzes Wesen ihn schon damals überrascht und angezogen hatte; es war ihm unbegreiflich, daß er nicht längst schon von selbst auf diese Entdeckung gekommen war.

Eine geraume Weile wagte niemand das Schweigen zu brechen. Man hörte nur die tiefen Atemzüge des Herzogs und das Winseln seines treuen Hundes, der sein Unglück zu kennen und zu teilen schien. Endlich winkte Lichtenstein dem Ritter von Schweinsberg, sie traten zu Ulerich, sie faßten sein Gewand und Schienen ihn erwecken zu wollen; er blieb unbeweglich und stumm. Marie hatte weinend in der Ferne gestanden, sie nahte sich jetzt mit unsicheren zagenden Schritten, sie legte ihre schöne Hand auf seine Schulter, sie blickte ihn bange an, sie faßte sich endlich ein Herz und flüsterte: »Herr Herzog! hie ist noch gut Württemberg alleweg!«

Ein tiefer Seufzer löste sich aus seiner gepreßten Brust, aber seine Hände drückten sich fester auf die Augen, er sah nicht auf. Jetzt nahte auch Georg. Unwillkürlich kam ihm der heldenmütige Ausdruck dieses Mannes in die Seele, jene gebietende Erhabenheit, die er ihm, als er ihn zum erstenmal gesehen, gezeigt hatte; jedes Wort, das er damals gesprochen, kehrte wieder, und der junge Mann wagte es, zu ihm zu sprechen: »Warum so kleinmütig, Mann ohne Namen? Si fractus illabatur orbis, impavidum ferient ruinae!«

Wie ein Zauber wirkten diese Worte auf Ulerich von Württemberg. Sei es dieser sein Wahlspruch, sei es jene Mischung von Seelengröße, Trotz und wahrer Erhabenheit über das Unglück, was ihm bei seinen Zeitgenossen den Namen *des »Unerschrockenen«* erwarb – er zeigte sich von diesem Augenblick an, seines Namens würdig.

»Das war das rechte Wort, mein junger Freund«, sprach er zur Verwunderung aller mit fester Stimme, indem er seine Hände sinken ließ, sein Haupt stolzer aufrichtete, und das alte, kriegerische Feuer aus seinen Augen loderte, »das war das rechte Wort. Ich danke dir, daß du mir es zugerufen. Tretet vor, Marx Stumpf, Ritter von Schweinsberg, und berichtet mir über Eure Sendung. Doch reiche mir zuvor einen Becher, Marie!«

»Es war letzten Donnerstag, daß ich Euch verließ«, hob der Ritter an; »Hans steckte mich in diese Kleidung und zeigte mir, wie ich mich zu benehmen habe. In Pfullingen kehrte ich ein, um zu probieren, ob man mich nicht kenne, aber die Wirtin gab mir so gleichgültig einen Schoppen, als habe sie den Ritter Stumpf in ihrem Leben nicht gesehen, und ein Ratsherr, den ich noch vor acht Tagen tüchtig ausgescholten hatte, trank mit mir, als hätte ich zeitlebens den Kram auf dem Rücken getragen. Der junge Herr dort war auch in der Schenke.«

Der Herzog schien sich an dieser Erzählung zu zerstreuen munterer als man bei so großem Unglück hätte denken sollen, fragte er: »Nun Georg, du hast ihn gesehen; sah er so recht aus wie ein schäbiger, filziger Krämer? Wie?«

»Ich denke er hat seine Rolle gut gespielt«, antwortete der junge Mann lächelnd.

»Von Pfullingen zog ich abends noch fürbaß bis nach Reutlingen. Dort war in der Weinstube ein ganzer Trieb Bündischer: Augsburger, Nürnberger, Ulmer, alle mögliche Städtler, und jubelierten mit den Reutlingern, daß man die Hirschgeweihe wieder von ihrem Wappen genommen, die Ihr ihnen aufgesetzt habt.[35] Sie schimpften und sangen Spottlieder über Euch, die bewiesen, wie sehr sie Euch noch immer fürchten. Am Karfreitag früh ging ich nach Tübingen. Das Herz pochte mir, als ich das Burgholz herunterkam und das schöne Neckartal vor meinen Blicken lag, und die festen Türme und Zinnen von Tübingen vom Berg herüberragten.«

Der Herzog preßte die Lippen zusammen, wandte sich ab und sah hinaus ins Weite. Der von Schweinsberg hielt inne und blickte teilnehmend auf seinen Herrn, doch jener winkte ihm, fortzufahren.

---

35 Drei Hirschgeweihe, wovon die zwei obersten vier, das untere aber drei Eulen hat, sind das *alte Wappen* von Württemberg.

»Ich stieg hinab ins Tal und wandelte weiter nach Tübingen. Die Stadt war schon seit vielen Tagen von den Bündischen besetzt, und nur wenige Truppen standen mehr im Lager, das sie über dem Ammertal auf dem Berge geschlagen hatten. Ich beschloß, mich in die Stadt zu schleichen und hinzuhorchen, wie es mit dem Schloß stehe, ehe denn ich auf dem geheimen Wege zur Besatzung ginge. Ihr kennet die Herberge in der oberen Stadt, nicht weit von Sankt-Georgen-Kirche, dort trat ich ein und setzte mich zum Weine. Die bündischen Ritter, so erfuhr ich unterweges, kehrten oft dort ein, daher schien mir dies der beste Platz zu meinem Zweck.«

»Ihr wagtet viel«, unterbrach ihn Herr von Lichtenstein; »wie leicht konnten Leute da sein, die Euch abkaufen wollten, und da wäre der Krämer bald entdeckt gewesen!«

»Ihr vergeßt, daß es Festtag war«, entgegnete jener; »ich hatte also guten Grund mein Bündel nicht aufzupacken und anzupreisen nach Krämersitte. Doch so leicht wäre ich wohl nicht entdeckt worden, habe ich doch an Georg von Frondsberg ein Büchslein mit Wundbalsam verkauft! Weiß Gott ich hätte lieber mit ihm gestritten, daß er es gleich hätte brauchen können. – Es war noch das Hochamt in der Kirche, daher war niemand in der Herberge; vom Wirt aber erfuhr ich, daß die Ritter im Schloß einen Waffenstillstand bis Ostermontag früh gemacht haben. Als die Kirche aus war, kamen richtig wie ich mir gedacht hatte, viele Ritter und Herren in die Herberge zum Frühtrunk. Ich setzte mich in einen Winkel auf die Ofenbank, wie es armen Leuten geziemt in Gegenwart so großer Herren.«

»Wen sahst du dort?« fragte der Herzog.

»Ich kannte einige, andere erriet ich aus dem Gespräch, das sie führten. Es war Frondsberg, Alban von Closen, die Huttischen, Sickingen und noch viele; bald trat auch der Truchseß von Waldburg ein. Ich zog die Kappe tiefer ins Gesicht als ich ihn sah denn er wird noch nicht vergessen haben, wie ich ihn vor fünfzehn Jahren im Lanzenstechen zu Nürnberg von der Mähre warf.«

»Saht Ihr nicht auch den Hauptmann Hans von Breitenstein?« unterbrach ihn Georg.

214

»Breitenstein? daß ich nicht wüßte, doch ja, so hieß wohl jener, der den Hammelschlegel auf *einem* Sitz verzehrte! Jetzt fingen sie an von der Belagerung zu reden und vom Waffenstillstand. Sie sprachen hin und her, oft flüsterten sie auch untereinander, doch ich habe gute Ohren und vernahm was mir nicht lieb war. Der Truchseß nämlich erzählte, daß er einen Pfeil in die Burg habe schießen lassen, mit einem Brieflein an Ludwig von Stadion. Es muß dies schon mehrere Mal geschehen sein, denn die Ritter verwunderten sich nicht als er weiter fortfuhr und sagte, wie er auf demselben Weg eine Antwort erhalten habe.«

Des Herzogs Stirne verfinsterte sich. »Ludwig von Stadion!« rief er schmerzlich. »Ich hätte Häuser auf ihn gebaut! Er war mir so lieb, ich tat ihm alles, was ich ihm an den Augen ansehen konnte – er hat mich zuerst verraten?!«

»Im Brieflein stand, daß er, der Stadion und noch zwölf andere der Fehde müde seien, auch schon halb und halb willens gewesen, sich zu ergeben; Georg von Hewen aber habe ihnen abgeraten.«

»Um den hab ich's nicht verdient«, sagte Ulerich; »ich war ihm gram, weil er mich oft getadelt hat, wenn ich nicht nach seinem Sinne tat. Wie man sich irren kann in den Menschen. Hätte man mich gefragt, wer mich verraten würde und wer dagegen spreche, ich hätte dort den Stadion, hier vielleicht Georg von Hewen genannt!«

»Im Brieflein stand auch noch weiter, daß Euer Durchlaucht vielleicht Entsatz bringen oder, wenn dies nicht möglich, auf geheimen Wegen in die Burg sich begeben wollen. Die Bündischen sprachen mancherlei hierüber. Sie waren aber darin einig, daß man die Besatzung zu einem Vergleich bringen müsse, ehe Ihr heranrücket oder gar ins Schloß kämet. Denn dann, meinten sie, können sie noch lange belagern müssen. Wie ich nun dies alles hörte, schien es mir nicht geraten, durch den geheimen Weg geradezu in die Burg zu gehen und mich zu entdecken, denn wie leicht konnte Stadion schon die Oberhand gewonnen haben, und dann war ich verraten. Ich beschloß den Tag noch zu warten; hörte ich bis Samstag früh nichts Schlimmeres über die Besatzung, so wollte ich ins Schloß dringen und Euer Durchlaucht Schreiben übergeben. Ich streifte im Lager und in der Stadt umher, und niemand hielt mich an; auch suchte ich mich immer in der Nähe der Obersten zu halten; so kam der Nachmittag.«

»Das war noch freitags, an dem Fest?« fragte Lichtenstein.

»Am heiligen Freitag war's. Nachmittags um drei Uhr ritt Georg von Frondsberg mit etlichen andern Hauptleuten vor die Stadtpforte an dem Schloß, und schrie hinauf, ob sie im Schlosse bauen? Ich stand nicht weit davon, und sah wie Stadion auf den Wall kam und antwortete: ›Nein; denn es wäre wider den Pakt des Stillstandes; aber ich sehe, daß

Ihr im Feld bauet.‹ Georg von Frondsberg rief: ›So es geschehen, ist es ohne meinen Befehl geschehen; wer bist du?‹ Da antwortete der im Schloß: ›Ich bin Ludwig von Stadion.‹ Drauf lächelte der Bündische und strich sich den Bart. ›Ist's also wie du sagst‹, rief er, ›so will ich's wenden‹, ritt zu ein paar Schanzkörben und warf sie um. Dann rief er dem Stadion zu, mit einigen Rittern herabzukommen, und miteinander einen Trunk zu tun.«

»Und sie kamen?« rief der Herzog; »die Ehrvergessenen kamen?«

»Auf dem Schloßberg vor dem äußersten Graben ist ein Platz, dort sieht man weit ins Land; hinab ins Neckartal, hinauf die Steinlach, hinüber an die Alb und Zollern, und viele Burgen schmücken die Aussicht. Dorthin ließen sie einen Tisch bringen und Bänke, und die Bundesobersten setzten sich zum Wein. Dann ging das Tor von Hohen-Tübingen auf, die Brücke fiel über den Graben, und Ludwig von Stadion mit noch sechs andern kamen über die Brücke; sie brachten Eure silbernen Deckelkrüge, sie brachten Eure goldenen Becher und Euren alten Wein, sie grüßten die Feinde mit Gruß und Handschlag und setzten sich, besprachen sich mit ihnen beim kühlen Wein.«

»Der Teufel gesegne es ihnen allen[36]!« unterbrach ihn der Ritter vom Lichtenstein, und schüttete seinen Becher aus. Der Herzog aber lächelte schmerzlich und gab Marx Stumpf einen Wink, fortzufahren.

»So taten sie sich gütlich bis in die Nacht und zechten bis sie rote Köpfe bekamen und taumelten; ich stand nicht ferne und keine ihrer verräterischen Reden entging mir. Als sie aufbrachen, nahm der Truchseß den Stadion bei der Hand; ›Herr Bruder‹, sagte er, ›in Eurem Keller ist ein guter Wein, lasset uns bald ein, daß wir ihn trinken.‹ Jener aber lachte darüber, schüttelte ihm die Hand und sagte: ›Kommt Zeit, kommt Rat.‹ Wie ich nun sah, daß die Sachen also stehen, beschloß ich mit Gott mein Leben dranzusetzen, und in die Burg zu den Verrätern zu gehen. Ich ging hinaus bis in die Grafenhalde, wo der kleinere, unterirdische Gang beginnt. Ungesehen stieg ich hinab und drang bis in die Mitte. Dort hatten sie das Fallgatter herabgelassen und einen Knecht hingestellt; er legte an auf mich, als er mich durch die Finsternis kommen hörte, und fragte nach der Losung. Ich sprach, wie Ihr befohlen, das Losungs-

216

---

36 »Der Tüfell gsegen in allen«, sind die Worte des Chronisten Stumphardt, die ihm unwillkürlich entschlüpfen, indem er die Unterhandlung der Ritter »beim kielen Wein« beschreibt.

wort Eures tapfern Ahnherrn Eberhards im Bart ›Atempto‹; der Kerl machte große Augen, zog aber das Gatter auf und ließ mich durch. Jetzt ging ich schnellen Schrittes weiter vor, und kam heraus im Keller. Ich schöpfte einige Augenblicke Luft, denn der Atem war mir schier ausgeblieben in dem engen Gang.«

»Armer Marx! geh trinke einen Becher, das Reden wird dir schwer«, sagte Ulerich; willig befolgte jener das gütige Geheiß seines Fürsten, und sprach dann mit frischer Stimme weiter:

»Im Keller hörte ich viele Stimmen, und es war mir als zanke man sich. Ich ging den Stimmen nach, und sah eine ganze Schar der Besatzung vor dem großen Faß sitzen und trinken. Es waren einige von Stadions Partei und Hewen und mehrere der Seinigen. Sie hatten Lampen aufgestellt und große Humpen vor sich; es sah schauerlich aus, fast wie das Femgericht. Ich barg mich in ihrer Nähe hinter ein Faß und hörte was sie sprachen. Georg von Hewen sprach mit rührenden Worten zu ihnen, und stellte ihnen ihre Untreue vor; er sagte, wie sie ja gar nicht nötig haben, sich zu ergeben, wie sie auf lange mit Vorräten versehen seien, wie Euer Durchlaucht ein Heer sammeln werden, Tübingen zu entsetzen, wie eher die Belagerer in Not kommen, als sie.«

»Ha! wackerer Hewen! und was gaben sie zur Antwort?«

»Sie lachten und tranken; ›Da hat es gute Weile, bis *der* ein Heer sammelt! wo das Geld hernehmen und nicht stehlen?‹ sagte einer. Hewen aber fuhr fort und sagte, wenn es auch nicht so bald möglich sei, so müssen sie sich doch halten bis auf den letzten Mann, wie sie Euch zugeschworen, sonst handeln sie als Verräter an ihrem Herrn. Da lachten sie wieder und tranken und sagten: ›Wer will auftreten und uns Verräter nennen?‹ Da rief ich hinter meinem Faß hervor: ›Ich, ihr Buben, ihr seid Verräter am Herzog und am Land!‹ Alle waren erschrocken, der Stadion ließ seinen Becher fallen, ich aber trat hervor, nahm meine Kappe ab und den falschen Bart, stellte mich hin und zog Euren Brief aus dem Wams. ›Hier ist ein Brief von eurem Herzog‹, sagte ich; ›er will ihr sollet euch nicht übergeben, sondern zu ihm halten; er selbst will kommen, und mit euch siegen oder in diesen Mauern sterben.‹«

»O Tübingen«, sagte der Herzog mit Seufzen, »wie töricht war ich, daß ich dich verließ! zwei Finger meiner Linken gebe ich um dich, was sage ich zwei Finger; die Rechte ließ ich mir abhauen, könnte ich dich damit erkaufen, und mit der Linken wollte ich dem Bund den Weg zeigen! Und gaben sie nichts, gar nichts auf meine Worte?«

»Die Falschen sahen mich finster an, und schienen nicht recht zu wissen was sie tun sollten. Hewen aber vermahnte sie nochmals. Da sagte Ludwig von Stadion: ›Ich komme schon zu spät. Achtundzwanzig der Ritterschaft wollen sich der Fehde mit dem Bunde begeben, und den Herzog solche allein ausmachen lassen. Komme er wieder mit Heeresmacht ins Land, so wollen sie getreulich zu ihm stehen, aber aufs Ungewisse wollen sie den Krieg nicht fortführen, denn ihre Burgen und Güter werden so lange beschädigt und gebrandschatzt, bis sie nicht mehr gegen den Bund dienen.‹ Ich verlangte nun, sie sollen mich hinaufführen in den Rittersaal, ich wolle versuchen, ob nicht Männer da seien, das Schloß zu halten, ich zählte auf, wen ich noch für treu halte die Nippenburg, die Gültlingen, die Ow, die beiden Berlichingen, die Westerstetten, die Eltershofen, Schilling, Reischach, Welwart, Kaltenthal – der von Hewen aber schüttelte den Kopf und sagte, ich habe mich in manchem geirrt!«

»Und Stammheim, Thierberg, Westerstetten, meine Getreuen hast du sie nicht gesehen?«

»O ja, sie saßen im Keller beim Stadion, und tranken Euren Wein. Hinauf wollten sie mich aber nicht lassen. Selbst Hewen, selbst Freiberg und Heideck, die mit ihm waren, rieten ab, sie sagten, die zwei Parteien seien ohnedies schon schwierig gegeneinander, der Stadion habe die Mehrzahl für sich und auch den größten Teil der Knechte. Wenn ich hinaufgehe, komme es im Schloßhof und im Rittersaal zum Kampfe, und es bleibe ihnen als den Geringeren nichts übrig, als zu sterben. So gerne sie nun auch für Euch den letzten Blutstropfen aufwenden, so wollen sie doch lieber in der Feldschlacht gegen den Feind fallen, als von ihren Landsleuten und Waffenbrüdern totgeschlagen werden Da blieb mir nichts übrig als sie zu bitten, sie möchten sich des Prinzen Christoph und Eures zarten Töchterleins annehmen, und ihnen das Schloß bei der Übergabe erhalten. Einige sagten zu, andere schwiegen und zuckten die Achsel, ich aber gab den Verrätern meinen Fluch als Christ und Ritter, sagte fünf von ihnen auf, und lud sie zum Kampf auf Leben und Tod, wenn der Krieg zu Ende sei; dann wandte ich mich und ging auf demselben Wege aus der Burg, wie ich gekommen war.«

»Herr Gott im Himmel! hätte ich dies für möglich gehalten«, rief Lichtenstein. »Zweiundvierzig Ritter, zweihundert Knechte, eine feste Burg, und sie doch verraten! Unser guter Name ist beschimpft; noch in späten Zeiten wird man von unserem Adel sprechen, und wie sie ihr

218

Fürstenhaus im Stich gelassen; das Sprichwort ›Treu und ehrlich wie ein Württemberger‹ ist zum Hohn geworden!«

»Wohl konnte man einst sagen, treu wie ein Württemberger«, sprach Herzog Ulerich, und eine Träne fiel in seinen Bart. »Als mein Ahnherr Eberhard einst hinabritt gen Worms, und mit den Kurfürsten, Grafen und Herren zu Tische saß, da sprachen und rühmten sie viel vom Vorzug ihrer Länder. Der eine rühmte seinen Wein, der andere sprach von seiner Frucht, der dritte gar von seinem Wild, der vierte grub Eisen in seinen Bergen. Da kam es auch an Eberhard im Bart. ›Von euren Schätzen weiß ich nichts aufzuweisen‹, sagte er, ›doch gehe ich abends durch den dunkelsten Wald, und komm ich nachts durch die Berge und bin müd und matt, so ist ein treuer Württemberger bald zur Hand, ich grüße ihn und leg mich in seinen Schoß und schlafe ruhig ein.‹ Des wunderten sich alle und staunten und riefen: ›Graf Eberhard hat recht!‹ und ließen treue Württemberger leben. Geht jetzt der Herzog durch den Wald, so kommen sie und schlagen ihn tot, und leg ich meine Treuen in die Burgen, kaum wende ich den Rücken, so handeln sie mit dem Feind. *Die* Treue soll der Kuckuck holen – doch fahre fort; gib mir den Kelch bis auf die Hefe, ich bin der Mann dazu ohne Furcht den Grund zu sehen.«

»Nun, daß ich's kurz sage, ich hielt mich noch in Tübingen auf, bis ich Gewißheit bekäme, wegen der Übergabe. Gestern am Ostermontag sind sie zusammengekommen, sie haben die Pakten schriftlich aufgesetzt, und nachher durch den Herold auf den Straßen ausrufen lassen, um fünf Uhr abends haben sie das Schloß übergeben. Ihr seid der Regierung förmlich entsetzt. Prinz Christoph, Euer Söhnlein behält Schloß und Amt Tübingen, doch zu des Bundes Dienst und unter seiner Obervormundschaft, und in das übrige heißt es, werden sich die Herren teilen. Ich habe viel Jammer erfahren in meinem Leben, ich habe einen Freund im Lanzenstechen umgebracht, ein liebes Kind ist mir gestorben und mein Haus abgebrannt, aber so wahr mir Gott gnädig sei und seine Heiligen, mein Schmerz war nie so groß als in jener Stunde, wo ich des Bundes Farben neben Euer Durchlaucht Panieren aufpflanzen, als ich ihr rotes Kreuz Württembergs Geweihe und den Helm mit dem Jagdhorn bedecken sah!«

So sprach Marx Stumpf von Schweinsberg. Die Sonne war während seiner Erzählung völlig heraufgekommen, auch an den äußersten Bergen war der Nebel gefallen, und was um die fernen Höhen von Asperg zog, war ein Duft, der wie ein zarter Schleier vom Horizont herabhing, und die Gegenden, über welche er sich breitete, nur in noch reizenderem Lichte durchschimmern ließ. Angetan mit dem sanften Grün der Saaten, mit den dunkleren Farben der Wälder, geschmückt mit freundlichen Dörfern, mit glänzenden Burgen und Städten lag Württemberg in seiner Morgenpracht. Sein unglücklicher Fürst überschaute es mit trüben Blicken. Die Natur hatte ihm einen festen Mut und ein Herz gegeben, das Kummer und Elend nicht zu brechen vermochte; nicht zu jeder Stunde, nicht jedem teilte er seine Empfindungen mit, und wenn ein großes Unglück über ihn kam, pflegte er zu schweigen und zu handeln.

Auch in diesen schrecklichen Momenten, wo mit der letzten, festen Burg seine letzte Hoffnung gefallen war, verschloß er einen großen Schmerz in einer tapfern Brust. Wer stand je an dem Sarg einer Mutter, und fühlte nicht, wenn er den letzten Blick auf die teuren, bleichen Züge, auf den verstummten Mund warf, bittere Empfindungen in sich aufsteigen? Es ist die Reue, was in solchen Augenblicken den Menschen übermannt. Man erinnert sich, wie unendlich viel sie für uns getan, wie sie uns als Kind so liebreich hegte, wie ihr kein Opfer zu schwer ward, das sie dem Jüngling nicht gebracht hätte. Und wie haben wir vergolten? wir waren gleichgültig gegen so viele rührende Liebe, wir glaubten, es müsse nun einmal so sein, wir waren sogar undankbar und murrten, wenn nicht alle unsere Wünsche schnell erfüllt wurden, wir verpraßten ihr Gut, und achteten nicht auf ihre stillen Tränen.

Jetzt wo dieses liebevolle Auge uns nicht mehr sieht, wo dieses Ohr auf immer verschlossen ist, das nur auf unsere Wünsche lauschte, wo diese Hände unsern letzten Druck nicht mehr fühlen, diese Hände, die uns mühsam nährten: jetzt bestürmen alle jene Gefühle von Reue, Dankbarkeit, Liebe unsere Brust, deren *eines* hingereicht hätte in den vorigen Tagen, sie glücklich zu machen!

220

Ein ähnliches Gefühl der Reue war es, was drückend auf der Brust Ulerichs von Württemberg lag, als er auf sein Land hinabschaute, das auf ewig für ihn verloren schien. Seine edlere Natur, die er oft im Gewühle eines prächtigen Hofes, und betäubt von den Einflüsterungen falscher Freunde verleugnet hatte, trauerte mit ihm, und es war nicht sein Unglück allein was ihn beschäftigte, sondern auch der Jammer des okkupierten Landes.

Als er sich daher nach geraumer Zeit von dem Anblick in die Ferne zu seinen Freunden wandte, staunten sie über den Ausdruck seiner Züge.

Sie hatten erwartet, Zorn und Grimm über den Verrat seiner Edlen auf seiner Stirne, in seinen Augen zu lesen, aber es war eine tiefe Rührung, ein stiller, großer Schmerz, was seinen Mienen einen Ausdruck von Milde gab, den sie nie an ihm gekannt hatten.

»Marx! wie verfahren sie gegen das Landvolk?« fragte er.

»Wie Räuber«, antwortete dieser; »sie verwüsten ohne Not die Weinberge, sie hauen die Obstbäume nieder und verbrennen sie am Wachtfeuer, Sickingens Reiter traben durch das Saatfeld, und treten nieder was die Pferde nicht fressen. Sie mißhandeln die Weiber und pressen den Männern das Geld ab. Schon jetzt murrt das Volk allerorten, und lasset erst den Sommer kommen und den Herbst! Wenn aus den zerstampften Fluren kein Korn aufgeht, wenn auf den verwüsteten Bergen keine Weinbeere wächst, wenn sie erst noch die ungeheure Kriegssteuer, die der Bundesrat umlegen wird, bezahlen müssen – da wird das Elend erst recht angehen.«

»Die Buben!« rief der Herzog, und ein edler Zorn sprühte aus seinen Augen; »sie rühmten sich mit großen Worten, sie kämen um Württemberg von seinem Tyrannen zu befreien, es zu entheben aller Not. Und sie hausen im Lande wie im Türkenkrieg. Aber ich schwöre es, so mir Gott eine fröhliche Urständ gebe, und seine Heiligen gnädig sein wollen meiner Seele, wenn keine Saat aufgeht in den verwüsteten Tälern des Neckars und auf seinen Höhen keine Traube reift, ich will kommen und mähen und Garben schneiden – in ihren Gliedern, ich will kommen mit schrecklichen Winzern, will sie treten und keltern und ihr Blut verzapfen. Ich will rächen was sie an mir und meinem Land getan, so mir der Herr helfe.«

»Amen!« sprach der Ritter vom Lichtenstein. »Aber ehe Ihr hereinkommt, müßt Ihr auf gute Art hinaus sein aus dem Land.

Es ist keine Zeit zu verlieren, wenn Ihr ungefährdet entkommen wollet.«

Der Herzog sann eine Weile nach, und antwortete dann: »Ihr habt recht, ich will nach Mömpelgard; von dort aus will ich sehen ob ich so viele Mannschaft an mich ziehen kann, um einen Einfall in das Land zu wagen. Komm her du treuer Hund, du wirst mir folgen ins Elend der Verbannung. Du weißt nicht was es heißt, die Treue brechen und den Eid vergessen.«

»Hier steht noch einer, der dies auch nicht kennt«, sagte Schweinsberg, und trat näher zu dem Herzog. »Ich will mit Euch ziehen nach Mömpelgard, wenn Ihr meine Begleitung nicht verschmähet.«

Aus den Augen des alten Lichtenstein blitzte ein kriegerisches Feuer: »Nehmt auch mich mit Euch, Herr!« sagte er. »Meine Knochen taugen freilich nicht mehr viel, aber meine Stimme ist noch vernehmlich im Rat.«

Marie sah mit leuchtenden Blicken auf den Geliebten, über die Wangen Georgs von Sturmfeder zog ein glühendes Rot, sein Auge leuchtete vom Mut der Begeisterung. »Herr Herzog!« sagte er. »Ich habe Euch meinen Beistand angetragen in jener Höhle, als ich nicht wußte, wer Ihr wäret, Ihr habt ihn nicht verschmäht. Meine Stimme gilt nicht viel im Rat, aber könnet Ihr ein Herz brauchen das recht treu für Euch schlägt, ein Auge das für Euch wacht, wenn Ihr schlafet, und einen Arm, der die Feinde von Euch abwehrt, so nehmt mich auf, und lasset mich mit Euch ziehen!«

Alle jene Empfindungen, die ihn zu dem Mann ohne Namen gezogen hatten, loderten in dem Jüngling auf, sein Unglück und die erhabene Art, wie er es trug, vielleicht auch jener aufmunternde Blick der Geliebten, erhöhten diese Flammen zur Begeisterung, und zogen ihn zu den Füßen des Herzogs ohne Land.

Der alte Herr von Lichtenstein blickte mit stolzer Freude auf seinen jungen Gast, gerührt sah ihn der Herzog an und bot ihm seine Hand, hob ihn auf von den Knieen, und küßte ihn auf die Stirne.

»Wo solche Herzen für uns schlagen«, sagte er, »da haben wir noch feste Burgen und Wälle, und sind noch nicht arm zu nennen. Du bist mir lieb und wert, Georg von Sturmfeder, du wirst mich begleiten, mit Freuden nehme ich deine treuen Dienste an. Marx Stumpf von Schweinsberg, dich brauche ich zu wichtigerem Geschäft als meinen Leib zu decken. Ich werde dir Aufträge geben nach Hohentwiel und der Schweiz; Eure Begleitung, guter Lichtenstein, kann ich nicht annehmen. Ich ehre Euch wie einen Vater, Ihr habt getreu an mir gehandelt, Ihr habt mir allnächtlich Eure Burg geöffnet; ich will's vergelten. Wenn ich mit Gottes Hülfe wieder ins Land komme, soll Eure Stimme die erste sein in meinem Rat.«

Sein Auge fiel auf den Pfeifer von Hardt, der demütig in der Ferne stand: »Komm her, du getreuer Mann!« rief er ihm zu, und reichte ihm seine Rechte, »du hast dich einst *schwer an Uns verschuldet,* aber du hast treu abgebüßt, was du gefehlt.«

»Ein Leben ist nicht so schnell vergolten«, sagte der Bauer, indem er düster zum Boden blickte, »noch bin ich in Eurer Schuld, aber ich will sie zahlen.«

»Gehe heim in deine Hütte, so ist mein Wille; treibe deine Geschäfte wie zuvor, vielleicht kannst du Uns treue Männer sammeln, wenn Wir wieder ins Land kommen. Und Ihr, Fräulein! wie kann ich Eure Dienste lohnen? Seit vielen Nächten habt Ihr den Schlaf geflohen, um mir die Türe zu öffnen und mich zu sichern vor Verrat! Errötet nicht so, als hättet Ihr eine große Schuld zu gestehen; jetzt ist es Zeit zu handeln. Alter Herr«, wandte er sich zu Mariens Vater; »ich erscheine als Brautwerber vor Euch, Ihr werdet den Eidam nicht verschmähen, den ich Euch zuführe?«

»Wie soll ich Eure Reden verstehen, gnädigster Herr«, sagte der Ritter, indem er verwundert auf seine Tochter sah.

Der Herzog ergriff Georgs Hand und führte ihn zu jenem. »*Dieser* liebt Eure Tochter und das Fräulein ist ihm nicht abhold, wie wäre es alter Herr, wenn Ihr ein Pärlein aus ihnen machtet? Zieht nicht die Stirne so finster zusammen, es ist ein ebenbürtiger Herr, ein tapferer Kämpe, dessen Arm ich selbst versuchte, und jetzt mein treuer Geselle in der Not.«

Marie schlug die Augen nieder, auf ihren Wangen wechselte hohe Röte mit Blässe, sie zitterte vor dem Ausspruch des Vaters. Dieser sah sehr ernst auf den jungen Mann: »Georg«, sagte er, »ich habe Freude an Euch gehabt seit der ersten Stunde, daß ich Euch sah; sie möchte übrigens nicht so groß gewesen sein, hätte ich gewußt, *was* Euch in mein Haus führte.«

Georg wollte sich entschuldigen, der Herzog aber fiel ihm in die Rede: »Ihr vergesset, daß *ich* es war, der ihn zu Euch schickte mit Brief und Siegel, er kam ja nicht von selbst zu Euch; doch was besinnet Ihr Euch so lange? Ich will ihn ausstatten wie meinen Sohn, ich will ihn belohnen mit Gütern, daß Ihr stolz sein sollet auf einen solchen Schwiegersohn.«

»Gebt Euch keine Mühe weiter, Herr Herzog«, sagte der junge Mann, gereizt, als der Alte noch immer unschlüssig schien. »Es soll nicht von mir heißen, ich habe mir ein Weib erbettelt und ihrem Vater mich aufdrängen wollen, dazu ist mein Name zu gut.« Er wollte im Unmut das Zimmer verlassen, der Ritter von Lichtenstein aber faßte seine Hand, »Trotzkopf!« rief er, »wer wird denn gleich so aufbrausen, da, nimm sie, sie sei dein, aber denke nicht daran, sie heimzuführen, solange ein fremdes Banner auf den Türmen von Stuttgart weht. Sei dem Herrn Herzog treu, hilf ihm wieder ins Land zu kommen, und wenn du treulich aushältst: am Tag wo ihr in Stuttgarts Tore einzieht, wo Württemberg seine Fahnen wieder aufpflanzt und seine Farben von den Zinnen wehen, will ich dir mein Töchterlein bringen, und du sollst mir ein lieber Sohn sein!«

»Und an jenem Tag«, sprach der Herzog, »wird das Bräutchen noch viel schöner erröten, wenn die Glocken tönen von dem Turme und die Hochzeit in die Kirche ziehet! Dann werde ich zum Bräutigam treten, und zum Lohn fordern was mir gebührt. Da guter Junge! gib ihr den Brautkuß, es ist zu vermuten, daß es nicht der erste ist, herze sie noch einmal, und dann gehörst du mein, bis an den fröhlichen Tag wo wir in Stuttgart einziehen. Lasset uns trinken, ihr Herren, auf die Gesundheit des Brautpaars.«

Auf Mariens holden Zügen stieg ein Lächeln auf, und kämpfte mit den Tränen, die noch immer aus den schönen Augen perlten. Sie goß die Becher voll, und kredenzte den ersten dem Herzog mit so dankbaren Blicken, mit so lieblicher Anmut, daß er Georg glücklich pries, und sich gestehen mußte, manch anderer machte um solchen Preis selbst sein Leben wagen.

Die Männer ergriffen ihre Becher und erwarteten, daß ihnen der Herzog einen guten Spruch dazu sagen werde nach seiner Weise. Aber Ulerich von Württemberg warf einen langen Abschiedsblick auf das schöne Land, von dem er scheiden mußte, einen Augenblick wollte sich eine Träne in seinem Auge bilden, er wandte sich kräftig ab. »Ich habe hinter mich geworfen«, sagte er, »was mir einst teuer war, ich werde es wiedersehen in besseren Tagen. Doch hier in diesen Herzen besitze ich noch Länder. Beklaget mich nicht, sondern seid getrosten Mutes, wo der Herzog ist und seine Treuen, *hie gut Württemberg allewege*!«

224

Dritter Teil

I.

In Schwaben, wo dein Vater Herzog war,
Wo ihn und dich ein biederes Volk geliebt,
Wo mancher jetzt auf seiner Feste haust,
Der unter deinem Banner einst gekämpft,
Dort muß von dir noch ein Gedächtnis sein,
Dorthin sei unser irrer Pfad gelenkt,
Des Schwarzwalds dichter Schatten nehm uns auf.

L. Uhland

Wohl nie so schwül hat ein Sommer über Württemberg gelegen, als der des Jahres 1519. Das ganze Land hatte dem Bunde gehuldiget, und meinte es werde jetzt Ruhe haben. Aber jetzt erst zeigten die Bundesglieder deutlich, daß es nicht die Wiedereinnahme von Reutlingen gewesen sei, was sie zusammenführte. Sie wollten bezahlt sein, sie wollten Entschädigung haben für ihre Mühe. Die einen wollten, man solle Württemberg unter sie teilen, die andern, man solle es an Östreich verkaufen, die dritten wollten es Ulerichs Kindern erhalten – aber unter des Bundes Obervormundschaft. Sie stritten sich um den Besitz des Landes, auf das weder der eine noch der andere gerechte Ansprüche machen konnte. Das Land selbst war in Spaltung und Parteien. Es sollte die Kriegskosten decken, und doch war niemand da, der zahlen wollte. Die Ritterschaft hielt es für eine erwünschte Gelegenheit, sich ganz vom Lande loszusagen, und sich für unabhängig zu erklären. Die Bürger und Bauern waren ausgesogen, ihre Felder waren verwüstet und zertreten, sie sahen nirgends eine Aussicht sich zu erholen; die Geistlichkeit wollte auch nicht allein bezahlen, und so war alles in Hader und Streit. Es ging auch vielen tief zu Herzen, daß ihr angeborner Fürst so schnöde behandelt worden war; manchen kam jetzt, da der Herzog fern von dem Lande seiner Väter in Verbannung hauste, Reue und Sehnsucht an. Sie verglichen sein Regiment mit dem jetzigen; es war nicht besser, wohl aber schlimmer geworden. Aber sie lebten unter zu hartem Zwang, als daß sie ihre Schmerzen hätten offenbaren können.

225

Der Regentschaft des Bundes entging diese Unzufriedenheit des Volkes nicht; sie mußte, wie sich in alten Berichten findet, »manche seltsame und böse Rede« hören. Sie suchten durch geschärfte Strenge sich Anhänglichkeit zu erwerben; sie streuten Lügen über den Herzog aus.[37] Man gebot den Priestern gegen ihn zu predigen, wer von ihm Gutes rede, soll gefangen werden, wer ihn heimlich unterstütze, soll der Augen beraubt, sogar enthauptet werden.

Aber Ulerich hatte noch treue Leute unter dem Landvolk, die ihm auf geheimen Wegen Kunde brachten, wie es in Württemberg stehe. Er saß in seiner Grafschaft Mömpelgard, und harrte dort mit den Männern, die ihm ins Unglück gefolgt waren, auf günstige Gelegenheit in sein Land zu kommen. Er schrieb an viele Fürsten, er beschwor sie ihm zu Hülfe zu kommen; aber keiner nahm sich seiner sehr tätig an. Er schrieb an die zur neuen Kaiserwahl versammelten Kurfürsten, sie halfen nicht; das einzige was sie taten, war, dem neuen Kaiser in seiner Kapitulation eine Klausel anzuhängen, die Württemberg und den Herzog betraf – er hat sie nicht geachtet. Als sich der Herzog von aller Welt also verlassen sah, wankte er dennoch nicht, sondern setzte alles daran, sein Land mit eigener Macht wiederzuerobern. Es waren einige Umstände, die für ihn sehr günstig schienen. Der Bund hatte nämlich, als er Kunde bekam, daß sich niemand des Vertriebenen annehmen wolle, seine Völker entlassen. Die meisten Städte und Burgen behielten nur sehr schwache Besatzungen, und selbst in Stuttgart waren nur wenige Fähnlein Knechte gelassen worden.

Durch diese Maßregel aber hatte sich der Bund einen Feind erworben, den man geringschätzte, der aber viel zur Änderung der Dinge beitrug – es waren dies die *Landsknechte.* Diese Menschen aus allen Enden und Orten des Reiches zusammengelaufen, boten gewöhnlich dem ihre Hülfe

37 Herzog Ulerich beklagt sich wiederholt, namentlich in diesem Zeitpunkt, daß seine Gegner so viele Lügen gegen ihn ausstreuen. Er verteidigt sich darüber, besonders in seinen Briefen an die schweizerische Eidgenossenschaft. So streuten seine Feinde im Jahr 1519 aus, er habe einen Edelknaben, Wilhelm von Janowiz entzweigehauen. Doch Janowiz lebte noch im Jahr 1562, und war Anno 1550 Kommandant der Feste Asperg. Aber jene Lüge machte damals großes Aufsehen, daher kam es, daß ein Schweizer, dem man diesen Mann zeigte und sagte, was die Feinde des Herzogs von ihm ausgestreut haben, antwortete: »*Er muß nochten ein guter Barbier gsyn syn, der den Knaben so suber gehailt hat.*« (Sattler II. §. 24.)

an, der sie am besten zahlte; für was und gegen wen sie kämpften war ihnen gleichgültig. Um sie zu halten mußte man ihnen vieles nachsehen, und Raub, Mord, Plünderung, Brandschatzen, führten sie auf ihre eigene Faust aus, um sich zu entschädigen, wenn sie den Sold nicht richtig bekamen. Georg von Frondsberg war der erste gewesen, der sie durch sein Ansehen im Heere, durch tägliche Übungen und unerbittliche Strenge, einigermaßen im Zaum hielt; er hatte sie in regelmäßige Rotten und Fähnlein eingeteilt, er hatte ihnen bestimmte Hauptleute gegeben, er hatte sie gelehrt, geordnet in Reihen und Gliedern zu fechten. Sie zeigten aber jetzt, daß sie aus einer guten Schule kamen; denn als sie vom Bunde entlassen waren, liefen sie nicht wie früher, zerstreut durch das Land, um Dienste zu suchen, sondern rotteten sich zusammen, richteten zwölf Fähnlein auf, erwählten *aus ihrer Mitte* Hauptleute[38], und selbst einen Obersten in der Person des *langen Peters*. Sie waren schwürig auf den Bund, nährten sich von Raub und Brandschatzen im Land, und führten Krieg auf eigene Rechnung. Die Anarchie war in Württemberg so groß, daß ihnen niemand die Spitze bot. Der Bund hatte sich an Streitkräften entblößt, und war zu sehr mit seinen eigenen Angelegenheiten beschäftigt, als daß er das arme Land von dieser Bande befreit hätte; die Ritterschaft war uneinig, sie saßen auf den Schlössern und sahen ruhig diesem Treiben zu; die Besatzung der Städte war zu gering, um ihnen mit Kraft Einhalt zu tun, und Bürger und Bauern sahen sogar diesen Haufen gerne, wenn seine Forderungen nur nicht allzu groß waren, denn die Landsknechte schimpften weidlich auf den Bund, dem niemand hold war; ja es ging sogar die Sage, diese Kriegsmänner seien nicht abgeneigt, dem Herzog wieder zu seinem Land zu verhelfen.

Es war ein schöner Morgen in der Mitte Augusts, als sich diese Leute in einem Wiesentale gelagert hatten, das der Grenze von Baden zunächst gelegen war. Die riesigen, schwarzen Tannen und Föhren, die das Tal auf drei Seiten einschlossen, gehörten noch dem Schwarzwald an, und

38 *Sattler* erzählt dies folgendermaßen: Der Schwäbische Bund hatte einen großen Teil seiner Kriegsknechte abgedankt, diese wurden darüber schwürig, sie rottierten sich zusammen, richteten zwölf Fähnlein auf, erwählten ihre Hauptleute und machten unter sich nach damaligem Gebrauch eine Regimentsordnung, es ist sehr wahrscheinlich, daß der Herzog diese Leute an sich gezogen. Geschichte der Herzoge v. Würt. II. S. 16. *Lands*knechte schreiben wir, nicht Lanzknechte wie man in neuerer Zeit getan, und berufen uns auf die »Historia der Herren von Frondsberg« etc.

das Flüßchen, das durch das Tal eilte, war die Würm. Halb überschattet vom Wald, halb in den Weidenbüschen des Tales versteckt, lag das kleine Heer in wunderlichen Gruppen und pflegte der Ruhe. In der Entfernung von zweihundert Schritten sah man Posten aufgestellt, deren blitzende Lanzen oder rotglühende Lunden schon von weitem Furcht einjagten. In der Mitte des Tales im Schatten einer Eiche saßen fünf Männer um einen ausgespannten Mantel, den sie als Tisch gebrauchten, um ein Spiel auf ihm zu spielen, das heute noch den Namen Landsknecht führt. Diese Männer zeichneten sich vor ihren übrigen Genossen durch breite, rote Binden aus, die sie über die Schulter und Brust herabhängen hatten, sonst aber hatte ihre Bekleidung auch das zerrissene und morsche Aussehen, wie das der übrigen Soldateska. Einige hatten Sturmhauben auf, andere große Filzhüte mit eisernen Bändern beschlagen, dazu Lederkoller, welche von Regen, Staub und Biwaks alle mögliche Schattierungen erhalten hatten.

Bei näherem Blick erkannte man übrigens noch zwei Dinge, durch welche sie sich von ihren Kameraden unterschieden. Sie führten nämlich keine Donnerbüchsen oder Spieße, wie sie die Landsknechte gewöhnlich trugen, sondern Raufdegen von ungemeiner Länge und Breite. Auch hatten sie, wie es damals die Edelleute und Anführer trugen, auf ihren Hüten und Sturmhauben, bunte, wallende Federbüsche aus Hahnenschwänzen, um sich ein ritterliches Ansehen zu geben.

Die fünf Männer schienen große Geschicklichkeit im Spiel zu besitzen, vorzüglich aber *einer,* der sich mit dem Rücken an die Eiche lehnte. Es war dies ein langer wohlbeleibter Mann. Er hatte einen Hut auf, dessen Rand sich wie ein bedeutender Mühlstein um den Kopf zog; der Hut war mit einer Goldtresse besetzt, auf der Stirnseite war er mit dem goldenen Bild des heiligen Petrus geschmückt, aus welchem zwei ungeheure rote Hahnenfedern hervorragten. Dieser Mann mußte weit in der Welt herumgekommen sein, denn er konnte auf französisch, italienisch, ungarisch fluchen, seinen Bart aber trug er ungarisch, er hatte ihn nämlich mit Pech so zusammengedreht, daß er wie zwei eiserne Stacheln auf beiden Seiten der Nase eine Spanne in die Luft hinausstarrte.

»Canto cacramento!« rief dieser große Mann mit einem dröhnenden Baß, »der kleine Wenzel ist mein; drauf! ich stech ihn mit dem Eichelkönig.«

»Mein ist er, mit Verlaub«, rief sein Nebenmann, »und der König dazu; da liegt die Eichelsau!«

»Mord de ma Vich, zagt der Franzoz; Hauptmann Löffler, Ihr wollt Eurem Oberst diesen Stich abjagen? Schämt Euch, schämt Euch; daz ist ein Rebeller, der daz tut; Gott straf mein Zeel, Ihr wollt mich vom Regiment absetzen?« Der große Mann funkelte zu diesen Worten gräßlich mit den Augen, schob seinen großen Hut auf das Ohr, daß seine überhängenden Augenbrau'n und eine mächtige rote Narbe auf der Stirne sichtbar wurden, die ihm ein ungemein kriegerisches Ansehen gaben.

»Beim Spiel, Herr Oberst Peter, gilt keine Kriegsordnung«, antwortete der andere Spieler. »Ihr könnet uns Hauptleuten befehlen, ein Städtchen zu blockieren und zu brandschatzen, aber beim Spiel ist jeder Landsknecht so gut wie wir.«

»Ihr zeid ein Meuter, ein Rebeller gegen die Obrigkeit, Gott straf mein Zeel, und wäre es nicht gegen meine Würde, ich wollt Euch in Kochstücke mazakerieren; aber spielt weiter.«

»Da liegt ein Daus« – »drauf der Quater« – »den stech ich mit dem Zinken«, – »Schellenwenzel, wer sticht den? –«

»Ich«, sprach der Große, »da liegt der Schellenkönig, Mordblei! der Stich ist mein.«

»Wie bringst du den Schellenkönig rauf?« rief ein kleines, dürres Männchen mit spitzigem Gesicht und kleinen, giftigen Äuglein und heiserer Stimme, »hab ich nicht gesehen als du ausgabst, daß er unten liegt? Er hat betrogen, der lange Peter hat schändlich betrogen.«

»Muckerle, Hauptmann vom achten Fähnlein! ich rat Euch, haltet Euer Maul«, sagte der Oberst, »Bassa manelka, ich versteh keinen Spaß; die Mauz zoll den Löwen nicht erzürnen.«

»Und ich sag's noch einmal; wo hättest du sonst den König her? Vor dem Papst und dem König von Frankreich will ich's beweisen; du falscher Spieler!«

»Muckerle«, erwiderte der Oberst, und zog kaltblütig seinen Degen aus der Scheide, »bete noch ein Ave Maria und ein Gratias, denn ich schlage dich tot, zo wie daz Spiel auz ist«

Die übrigen drei Männer wurden durch diese Streitigkeiten aus ihrer Ruhe aufgeschreckt. Sie erklärten sich für den kleinen Hauptmann, und gaben nicht undeutlich zu verstehen, daß man dem Obersten wohl dergleichen zutrauen könnte; dieser aber vermaß sich hoch und teuer, er habe nicht betrogen. »Wenn der heilige Petruz, mein gnädiger Herr Patron, den ich auf dem Hut trage, sprechen könnte, der würde mir, zo wahr er ein christlicher Landsknecht war, bezeugen, daß ich nicht betrogen!«

»Er hat nicht betrogen«, sagte eine tiefe Stimme, die aus dem Baum zu kommen schien. Die Männer erschraken und schlugen Kreuze wie vor einem bösen Spuk, selbst der tapfere Oberst erbleichte und ließ die Karte fallen, aber hinter dem Baum hervor trat ein Bauersmann, der mit einem Dolch bewaffnet war, und eine Zither an einem ledernen Riemen auf der Schulter hängen hatte. Er sah die Männer mit unerschrockenen Blicken an und sagte: »Es ist wie ich sagte, dieser Herr da hat nicht betrogen, er bekam schon beim Ausgeben, Schellen und Eichelkönig, Fünfe und Vier von Laub und den Schippenunter in die Hand.«

»Ha! du bist ein wackerer Kerl«, rief der Oberst vergnügt, »zo wahr ich ein ehrlicher Landsknecht – will zagen Oberst bin, ez ist all wahr waz du gezagt hast.«

»Was ist denn das?« rief der kleine Hauptmann Muckerle mit giftigen Blicken, »wie hat sich der Bauer daher eingeschlichen, ohne daß unsere Wachen ihn meldeten? Das ist ein Spion, man muß ihn hängen!«

»Zei nicht wunderlich, Muckerle; daz ist kein Spioner; komm, zez dich zu mir. Bist ein Spielmann, daß du die Cittarra umhängst, wie ein Spanier, wenn er zu zeinem Schätzerl geht?«

»Ja Herr! ich bin ein armer Spielmann; Eure Wachen haben mich nicht angehalten, als ich aus dem Wald kam. Ich sah Euch spielen, und wagte es den Herren zuzusehen.«

Die Hauptleute dieses Freikorps waren nicht gewohnt so höflich mit sich sprechen zu hören, daher faßten sie Zuneigung zu dem Spielmann, und luden ihn sehr herablassend ein, sich zu ihnen zu setzen, denn sie hatten in fremden Kriegsdiensten gelernt, daß große Könige und Feldherren sehr vertraulich mit den Meistern des Gesanges umgehen.

Der Oberste tat einen Trunk aus einer zinnernen Flasche, bot sie dem kleinen Hauptmann und sprach mit heiterer Miene: »Muckerle, daz zoll mein Tod zein, waz ich getrunken, wenn ich nicht allez vergesse; Hader und Zank haben ein Ende; wir wollen nicht weiterspielen, ihr Herren; ich liebe Gezang und Lautenspiel, wie wäre ez, wenn wir uns aufspielen ließen?«

Die Männer willigten ein, und warfen die Karten zusammen; der Spielmann stimmte seine Zither, und fragte was er singen solle?

»Sing ein Lied vom Spiel!« rief einer; »weil wir gerade dran sind.«

Der Spielmann sann ein wenig nach und hub an:

»Von dem Zinken, Quater und As
Kommt mancher in des Teufels Gaß,
Von Quater, Zinken und von Dreien
Muß mancher Waffengo schreien,
Von As, Seß und Daus
Hat mancher gar ein ödes Haus,
Von Quater Drei und Zinken
Muß mancher lauter Wasser trinken.
Von Zinken, Drei und Quater
Weinen oft Mutter, Kind und Vater,
Von Zinken, Quater und Seß
Muß Jungfrau, Metz und Agnes,
Oft gar lang unberaten bleiben
Will er die Läng das Spiel betreiben.«[39]

Der Oberst Peter und die Hauptleute lobten das Lied und reichten dem
Spielmann zum Dank die Flasche; »Gott gesegne es euch«, sagte dieser,
indem er die Flasche zurückgab; »viel Glück zu eurem Zuge; ihr seid
wohl Obersten und Hauptleute des Bundes und ziehet wieder zu Feld?
darf man fragen gegen wen?«

Die Männer sahen sich an und lächelten, der Oberst aber antwortete
ihm: »Ganz unrecht habt Ihr nicht, wir haben früher dem Bund gedient,
jetzt aber dienen wir niemand alz unz zelbst, und wer Leute braucht wie
wir zind.«

»Die Schweizer werden heuer ein gutes Jahr haben, man sagt ja, der
Herzog wolle wieder ins Land?«

»Aller Hund Krümmen komme auf die Schweizer«, rief der Oberst;
»wie übel zind zie an ihm gefahren; der gute Herzog hat all zeine Hoffnung auf zie gesetzt, und diavolo maledetto wie haben zie ihn im Stich
gelassen bei Blaubeuren!!«

»Sie haben ihn schändlich gelassen«, sagte der Hauptmann Muckerle
mit heiserer Stimme; »aber doch so man's beim Licht b'sieht, so g'schieht
ihm wohl halb recht, dann er sollt sie je wohl kennt haben; es leit doch
am Tag, daß sie kein dick's Brittlein bohren. Der Tüfell hol sie all«

---

39   Dieses Lied führte auch Lessing in der Sammlung auf, die den Namen
       trägt: »Altdeutscher Witz und Verstand.«

»Ja, der Herzog hat halt nichts Besseres haben können«, entgegnete der Spielmann; »freilich wenn er solche Herren gehabt hätte, wie ihr und eure tapfere Fähnlein, da wäre der Bund noch bei Ulm.«

»Du hast da ein wahrez Wort gesprochen, guter Gezell! Landsknecht' hätte er zollen haben und keine Schwyzer. Und hält er zich jetzt wieder zu ihnen, zo weiß ich waz ich von ihm halte. Landsknecht' hätt er zollen haben, ich zag's noch einmal. Nicht wahr, Magdeburger?«

»Dat well ich man och meenen«, antwortete der Magdeburger. »Landsknechte oder keener können den Heertog wieder eup den Stuhl setzen. Die Schweizer können man gar nichts als mit den Hellebarden in die Glieder stechen; dat ist all ihre Kunst. Aber Ihr solltet man sehen, wie wir die Donnerbüchsen laden, uf die Gabel legen un mit dem Lunden drauf, dat dich dat Wetter; dat Manäfer macht uns keener nich nach; Gott straf mir keener. Sie brauchen ein halve Stunde, um ihre Kugeln loszuschießen, und wir Landsknecht eene halbe Vertelstund.« 231

»Ja, alle Achtung vor den Herren Landsknechten«, sagte der Spielmann, und lüftete ehrerbietig die Mütze; »freilich euch Herren sollt er haben. Aber der Bund wird euch so gut belohnt haben, daß ihr dem armen Herzog nicht zu Hülfe ziehen möget.«

»Gelohnt, socht er?« rief der fünfte Hauptmann und lachte; »jo wenn er 's Geld von Blech schlagen könnt. Der schwäbisch' Hund! bei denen gilt's Sprichwort:

›Dien wohl und fordre keinen Sold,
So werden dir die Herren hold.‹

Ich sog schlecht hot er uns bezohlt; und wenn Seine Durchlaucht der Herr Herzog mi hoben will, i steh 'nem z'Dienst wie jedem.«

»Staberl, du hast recht«, sagte der Oberst, und wichste den ungarischen Bart. »Mordblei, die Kaz ist gern, wo man sie strählet; wenn der Herr Ulerich gut zahlt, zo wird, Gott straf mein Zeel, unsere ganze Mannschaft mit ihm ziehen.«

»Nun, das werdet Ihr bald sehen können«, entgegnete der Bauer listig lächelnd, »habt Ihr noch keine Antwort vom Herzog auf Eure Botschaft?«

Der Oberst Peter ward feuerrot bis in die Stirne. »Mordelement! wer bist denn du, Menschenkind, daz du mein Geheimnuz weißt? wer hat dir gezagt, daz ich zum Herzog schickte.«

»Zum Herzog hob Er g'schickt, Peter? Wos hobt er denn für G'heimnis mitenonder, doß wir's nit wissen dörften? Sog es nur gleich!«

»Nun, ich hab gedacht, ich müsse wieder einmal für euch alle denken wie immer und hab einen Mann zum Herzog geschickt, ihm in unzerm Namen einen schönen Gruz entboten und fragen lassen, ob er unz brauchen könnt. Dez Monats für den Mann einen halben Dicktaler, uns Obersten und Hauptleut aber ein Goldgülden und täglich vier Maaz alten Wein.«

»Dat is keen bitterer Vorschlach, der Teiwel! eenen Goldgülden monatlich? ich bin dabei und es wird keener wat dagegen haben. Hast du Antwort von den Heertog?«

»Bis jetzt noch keine; aber Bassa manelka! wie kamst du zu meinem Geheimnuz, Bauer? Ich hau dir ein Ohr ab, Gott straf mein Zeel, zo tu ich, wie mein Patron der heilige Petruz, war auch ein Landsknecht, dem Malchuz, der war von den jüdischen Schwyzern, ein Hellebardierer. Zag schnell oder ich hau.«

»Langer Peter!« rief der kleine Hauptmann Muckerle, mit ängstlicher Stimme, »laß um Gotts willen *den* gehen; der ist fest und kann hexen; ich weiß noch wie heut, daß wir ihn in Ulm fangen sollten und in Herrn von Krafts des Ratschreibers Stall kamen, wo er sich aufhielt, denn er war ein Kundschafter, so machte er sich klein und immer kleiner, bis er ein Spatz wurde und über uns 'naus flog.«

»Waz?« schrie der tapfere Oberst und rückte von dem Spielmann hinweg, »*der* ist's? Wo dann der Magistrat auzrufen ließ, man zolle alle Spatzen totschießen, weil zich ein württemberger Spioner in einen verwandelt habe? Man heißt zie glaub ich, jetzt noch die Ulmer Spatzen!«

»Der ist's«, flüsterte Muckerle; »es ist der Pfeifer von Hardt, ich hab ihn gleich erkannt.«

Der Oberst und die Hauptleute hatten sich von ihrem Erstaunen noch nicht ganz erholt. Sie sahen den Mann, von welchem der Ruf so wunderbare Dinge erzählte, halb ängstlich, halb neugierig an. Er selbst hatte ein zu wohlgeübtes Ohr, als daß er nicht verstanden hätte, was diese Leute unter sich flüsterten; aber er tat, als bemerke er ihr Staunen und Verstummen nicht; er beschäftigte sich ruhig mit seiner Zither. Endlich faßte sich der lange Peter, wohlbestallter Oberst dieses Heeres ein Herz, zwirbelte den Bart einigemal, zog dann den ungeheuern Hut vom Kopf und sprach: »Verzeihet doch, lieber Gezelle, wertgeschätzter Pfeifer, daß wir zo ohne alle Umstände mit Euch verfahren zind; konnten wir denn wissen, wen wir da neben unz haben? Zeit vielmal gegrüßet, hab schon oft, Gott straf mein Zeel, gedacht, möchte nur einmal den fürtrefflichen Kerl zehen, den Pfeifer von Hardt, der in Ulm am hellen Tag alz Spatz auzgeflogen.«

»Ist schon gut«, unterbrach ihn der Spielmann unmutig; »lasset die alten Geschichten ruhen. Nun, von wegen des Herzogs kam mir die Nachricht zu, ich soll euch Herren auf den heutigen Tag aufsuchen, und wenn ihr noch geneigt wäret, mit ihm zu ziehen, so wolle er gerne zahlen, was ihr ihm vorgeschlagen.«

»Canto cacramento! daz ist ein frommer Herr! ein Goldgülden dez Monats und täglich vier Maaz Wein! Er zoll leben!«

»Und wann wird er kommen?« fragte der Hauptmann Löffler; »wo werden wir zu ihm stoßen?«

»Wenn kein Unglück geschehen ist, heute noch. Heute ist er auf Heimsheim losgebrochen, die Besatzung ist schwach, wenn er sie überwältigt hat, rückt er heute noch weiter.«

»Schaut! reitet dort unten nicht ein Geharnischter? Sieht aus wie ein Ritter!« Die Männer sahen aufmerksam nach dem Ende des Tales; dort sah man einen Helm und Harnisch in der Sonne blinken, auch ein Pferd wurde hie und da sichtbar. Der Pfeifer von Hardt sprang auf und klimmte auf die Eiche hinan; von diesem hohen Standpunkt konnte er das Tal besser übersehen; noch war der Reiter zu fern, als daß er seine Züge hätte unterscheiden können, aber er glaubte seine Feldbinde zu erkennen, er glaubte den Mann zu erkennen, den er in dieser Stunde erwartete.

»Was siehst du?« riefen die Hauptleute, »ist es einer, der zufällig durchs Tal reitet, oder glaubst du, er kommt vom Herzog?«

»Richtig, weiß und blau ist die Schärpe«, sprach der Pfeifer; »das ist sein langes Haar, so sitzt er zu Pferd, ei du Goldjunge, willkommen in Württemberg! Jetzt sieht er eure Wachen, jetzt reitet er auf sie zu, schau wie die Bursche ihre Lanzen vorstrecken und die Beine ausspreizen!«

»Ja, was Landsknechte sind, die verstehen den Kriegsbrauch; darf keiner vorbei, wo die Hauptleute liegen, ohne daß er Rede steht.«

»Halt! jetzt rufen sie ihn an; er spricht mit ihnen, sie deuten hieher; er kommt!« Der Pfeifer von Hardt stieg mit freudeglühendem Gesicht vom Baum herab.

»Diavolo maledetto! bassa marendete! Zie werden ihn doch nicht allein reiten lassen? ez wird doch einer zein Roß am Zügel führen nach Kriegesbrauch! Wie? ist ez ein Ritter, der kommt?«

»Ein Edelmann so gut wie einer im Reich«, antwortete der Pfeifer; »und der Herzog ist ihm sehr gewogen.« Bei dieser Nachricht standen die Hauptleute auf, denn, ob sie sich gleich nicht wenig einbildeten, Hauptleute zu heißen, so wußten sie doch, daß sie eigentlich nur Landsknechte und dem Ritter jedes Zeichen von Ehrerbietung schuldig seien. Der Oberst aber setzte sich gravitätisch am Fuß der Eiche nieder, strich den Bart, daß er hell glänzte, setzte den großen Hut mit der Hahnenfeder zurecht, stützte sich auf seinen großen Hieber und erwartete so den Ritter.

II.

Der Herzog ist gekommen,
Er liegt nicht weit im Feld;
Er hat's dem Feind genommen,
Er bringt 'nen Sack mit Geld.

G. Schwab

Dem Platze, wo die Hauptleute und der lange Peter, ihr Oberst, versammelt waren, nahte sich jetzt ein geharnischter Reiter, dessen Pferd von zwei Landsknechten geführt wurde. Der Ritter hatte das Visier seines blanken Helmes herabgeschlagen, die breiten Schultern und die kräftigen Lenden und Beine waren mit Platten und Schienen von Stahl verhüllt, aber die wallenden Federn seines Helmbusches und die wohlbekannten Farben einer Schärpe, die über den Panzer herablief, die Haltung und das edle, kräftige Wesen des Nahenden hatten dem Pfeifer von Hardt längst gesagt, wen er zu erwarten habe. Und er betrog sich nicht, denn einer der Knechte trat jetzt vor den Oberst und berichtete, daß der »Edle von Sturmfeder« mit den Anführern der gesamten Landsknechte etwas zu sprechen habe.

Der lange Peter antwortete im Namen der übrigen: »Zag ihm, er ist willkommen, Peter Hunzinger der Oberst, Ztaberl von Wien, Kunrad der Magdeburger, Balthasar Löffler und der tapfere Muckerle, wohlbestallte Hauptleute erwarten ihn zum Gespräch. – Gott straf mein Zeel, er hat einen schönen Harnisch und einen Helm wie der König Franz; aber zein Gaul dürfte besser zein, Mordblei! er ist an allen vieren steif!«

»Dos ist holt, sog ich, weil er den gonzen Sommer g'stonden ist in Mömpelgard beim Herzog.«

Die Männer belächelten den Witz des Wieners, doch hüteten sie sich, ihre Freude laut werden zu lassen, denn der Ritter hielt nicht allzu ferne. Noch immer machte er aber keine Miene, abzusteigen und sich ihnen zu nahen; er sprach mit dem Knecht, schlug dann das Visier auf und zeigte ein schönes freundliches Gesicht. »Steht dort nicht Hanns der Spielmann?« rief er mir lauter Stimme. »Erlaubet, daß er ein wenig zu mir trete.«

Der Oberst nickte dem Pfeifer zu, er ging und der Junker schwang sich vom Pferde. »Willkommen in Württemberg, edler Herr«, rief der

Mann von Hardt, indem er den Handschlag des Junkers treuherzig erwiderte. »Bringt Ihr gute Botschaft? ich seh's Euch an den Augen an, es steht gut mit dem Herzog.«

»Komm! tritt hier ein wenig auf die Seite«, sagte Georg von Sturmfeder mit freudiger Hast. »Wie steht es auf Lichtenstein? denkt sie an mich? hast du einen Brief, ein paar Zeilen? o gib schnell! was läßt sie mir sagen, guter Hanns?«

Der Pfeifer lächelte schlau über die Ungeduld des liebenden Jünglings »Einen Brief hab ich nicht; keine Zeile. Sie ist gesund und der alte Herr auch; das ist alles was ich weiß.«

»Wie!« unterbrach ihn Georg; »keinen Gruß? keine Botschaft? *So* hat sie dich gewiß nicht ziehen lassen!«

»Als ich vorgestern Abschied nahm, sagte das Fräulein: ›*Sag ihm, er soll sich sputen, daß er einziehet in Stuttgart,*‹ sie wurde geradeso rot wie Ihr jetzt, als sie dies sprach.«

Der junge Mann errötete voll freudiger Gefühle, sein Auge glänzte und ein freundliches Lächeln zeigte, daß er den Sinn dieser Worte verstanden habe.

»Bald, bald werden wir einziehen, so Gott will«, sagte er. »Aber wie lebten sie diesen langen Sommer; nur dreimal kam uns Botschaft von ihnen zu! Warst du oft auf Lichtenstein, Hanns? War sie traurig? was sprach sie?«

»Lieber Herr«, antwortete der Mann von Hardt, »geduldet Euch noch, auf dem Marsch will ich Euch ein langes und breites erzählen, für jetzt nur so viel: sobald der Alte hört, daß Ihr auf Stuttgart ziehet, will er von Lichtenstein aufbrechen und Euch die *Braut* zuführen. Denn er zweifelt nicht, daß Ihr die Stadt überwältiget. Habt Ihr Heimsheim?«

»Wir haben es; ich jagte mit zwölf Reitern in die Tore, ehe sie sich's versahen. Die Besatzung war zwar etwas stärker, als wir, aber mutlos und unzufrieden. Ich handelte mit ihnen in des Herzogs Namen, da glaubten sie, er liege mit vielen Truppen noch im Hinterhalt und ergaben sich. So weit wären wir nun in Württemberg, aber wie ist der Weg weiterhin?«

»Offen, bis ins Herz offen. Ich bringe Euch wichtige Nachricht vom Ritter von Lichtenstein, daß die gewaltigen Herren aus dem Lande sind, wisset Ihr –«

»Sie halten einen Bundestag in Nördlingen[40], ist's nicht so? freilich wissen wir's, denn auf *diese* Nachricht, brach der Herzog aus Baden auf.«

»Nun, und wenn die Katzen fort sind, tanzen die Mäuse auf dem Tisch! Die Besatzungen sind überall unbesorgt; an den Herzog denkt kein Bündler mehr, sie sind nur aufmerksam auf den Bundestag, welchen Herrn wir bekommen werden; den Österreicher, den Bayer, den Prinzen Christophel oder ob uns der Städtebund, Augsburg und Aalen, Nürnberg und Bopfingen regieren werde.«

»Welche Augen sie machen werden«, rief Georg lächelnd, »wenn der Stuhl schon besetzt ist, um welchen sie streiten!

›Der Frosch hüpft wieder in sein Pfuhl,
Wenn er auch säß auf einem goldnen Stuhl‹,

sagt's Sprichwort; sie werden ihre Büchsen auf die Schulter nehmen und 's Regieren sein lassen.«

»Und die Württemberger? wie denken sie jetzt vom Herzog? glaubst du, er wird viel Anhang finden? Werden sie uns zu Hülfe ziehen?«

»Was Bürger und Bauern sind, ja. Von der Ritterschaft weiß ich's nicht und der alte Herr zuckte die Achsel, wenn ich ihn fragte und murmelte ein paar Flüche. Ich fürchte, es steht hier nicht alles, wie es soll. Aber Bürger und Bauern, die sind für den Herzog. Es sind allerlei sonderbare Zeichen geschehen, die das Volk aufmuntern. So ist neulich im Remstal ein Stein vom Himmel gefallen, drauf war ein Hirschgeweih eingegraben und die Worte: ›Hie gut Württemberg allweg‹ und auf der andern Seite soll man auf lateinisch gelesen haben: ›Herzog Ulerich soll leben!‹ «[41]

»Vom Himmel gefallen, sagst du?«

40 Der Schwaben- und Frankenbund hielt in diesem Sommer einen Bundestag in Nördlingen. Auch die Herzogin Sabina und der Herzog von Bayern fanden sich dort ein, um hauptsächlich über Württemberg zu entscheiden. Sattler II. §. 15.

41 Die Regentschaft mußte zu jener Zeit viel seltsamer, leichtfertiger und böser Reden hören. Der Keller in Göppingen berichtete einmal, man habe auf der Straße zwischen Grunbach und Heppach einen Kieselstein gefunden, auf dessen einer Seite ein Hirschgeweih mit der Unterschrift: »Hie gut Württemberg alleweg«, auf der andern Seite ein Jagdhorn mit den Worten: »Vive Dux Ulrice« zu sehen waren. Vergleiche Pfaffs Gesch. v. W. I. 306.

»So sagt man. Die Bauern hatten große Freude dran, aber die bündischen Herren wurden zornig, nahmen die Schulzen gefangen und wollten
ihnen abpressen, woher der Stein des Anstoßes komme. Und als man
bei hoher Strafe verbot, vom Herzog zu sprechen, da lachten die Männer
und sagten, jetzt träumen wir von ihm. Alles wünscht ihn zurück, denn
sie wollen sich lieber von ihrem anerkannten Herrn drücken als von
Fremden die Haut abziehen lassen.«

»Gut; der Herzog und seine Reiter können in wenigen Stunden hier
sein. Sein Plan ist, sich gerade durchs Land nach Stuttgart zu schlagen.
Ist die Hauptstadt unser, so fällt uns auch das Land zu. Und wie ist es
mit den Landsknechten dort? wollen sie mitziehen?«

»Fast hätte ich die vergessen«, sagte Hanns; »sie werden ungeduldig
werden, wenn wir sie zu lange warten lassen. Gehet doch recht klug mit
ihnen um, es sind stolze Gesellen und lassen sich Hauptleute schelten;
aber haben wir die fünfe gewonnen, so sind zwölf Fähnlein des Herzogs.
Besonders mit dem Oberst, dem langen Peter, müßt Ihr gar höflich sein.«

»Welcher ist der lange Peter?«

»Der dicke Mann, der unter der Eiche sitzt. Er hat einen steifen
Schnauzbart und einen vornehmen Hut auf dem Kopf. Der ist der
Höchste unter ihnen.«

»Ich will mit ihm reden, wie du sagst«, antwortete der junge Mann
und ging mit dem Pfeifer zu den Landsknechten. Die lange Unterredung
der beiden hatte sie schon etwas unmutig gemacht und der kleine
Muckerle schoß stechende Blicke auf den Gesandten des Herzogs. Als
dieser aber mit edlem Anstand und freiem, siegendem Blick unter sie
trat, wurden sie schüchtern und verlegen, und als er sie endlich mit
höflichen, schmeichelhaften Worten anredete, wurden ihre tapfere Herzen
von der Anmut Georgs von Sturmfeder für des Herzogs Sache gewonnen.

»Wohlerfahrner Oberst«, sprach er, »tapfere Hauptleute der versammelten Landsknechte, der Herzog von Württemberg hat sich den Grenzen
seines Landes genaht, hat die Stadt Heimsheim erobert und ist willens,
auf gleiche Weise sein ganzes Herzogtum wieder an sich zu bringen –«

»Gott straf mein Zeel, er hat recht; tät'z auch zo machen –«

»Er hat den tapfern Arm und die fürtreffliche Kriegskunst der
Landsknechte erprobt, als sie noch gegen ihn standen, er versieht sich
zu ihnen, daß sie ihm mit gleichem Mute jetzt beistehen werden, und
verspricht ihnen mit seinem fürstlichen Wort, die Bedingungen zu halten,
die sie ihm angeboten haben.«

»Ein frommer Herr«, murmelten sie untereinander mit beifälligem Nicken, »ein Goldgülden des Monats – und Mordblei – täglich vier Maß Wein für die Hauptleut!«

Der Oberst stand auf, entblößte sein kahles Haupt zum Gruß und sprach, von manchem Räuspern der Verlegenheit unterbrochen. »Wir danken Euch, hochedler Herr, wollen'z tun, wollen mitziehen – wir wollen dem Schwäbischen Bund heimgeben, waz er unz getan, zo wollen wir. Die allerbesten und tapfersten, wie auch fürtrefflichsten Leute haben zie fortgeschickt, als brauchten zie keine Landsknechte mehr. Da steht zum Beispiel der Hauptmann Löffler. Wenn'z einen tapferern Landsknecht gibt in der Christenheit, zo laß ich mir die Haut vom Leib schälen, und laß mich braten wie eine Zau. Da steht der Staberl von Wien; zo einen hat die Zonne noch nie beschienen und der Mond. – Da ist dann der Magdeburger, wie der, ficht keiner in der Türkei – und der Muckerle da, man zollt ihm'z nicht anzehen; aber daz ist der beste Schütz mit der Donnerbüchs und trifft auf vierzig Gäng inz Schwarze. – Von mir mag ich nicht reden, Eigenlob stinkt; aber Bassa manelka in Spanien und Holland hab ich gedient und Canto cacramento in Italia und Teutschland, Mordblei! in jedem Heere kennt man den langen Peter. Gott straf mein Zeel, wenn ich und die andern hinter den schwäbischen Hund, wollt zagen Bund, komme, diavolo maledetto! da werden zie daz Haazenpanier ergreifen und mit den Absätzen hinter sich hauen!«

Es war dies die längste Rede, die der lange Peter in seinem Leben gehalten hat und noch in späten Jahren, als er längst bei Pavia den Ruhm der deutschen Landsknechte mit dem Tod besiegelt hatte, führten seine Genossen, wenn sie den jüngern Kameraden vom langen Peter erzählten, diesen Moment als einen der erhabensten seines Lebens auf. Wie er dagestanden sei auf das lange Schwert gestützt, den großen Hut mit der Hahnenfeder kühn auf das Ohr gerückt, die rechte Hand in die Seite gestemmt und die Beine ausgespreizt, da habe ihm nichts gefehlt als ein besseres Wams und eine Gnadenkette, um ihn für einen echten Oberst und wahrhaften Feldherrn zu halten.

Die Hauptleute luden jetzt den Junker von Sturmfeder ein, eine Musterung über das neugeworbene Heer zu halten. Der dumpfe Schall der ungeheuern Trommeln, tönte durchs Tal und weckte die Schläfer aus ihrer Ruhe. Noch schien Frondsbergs kriegerischer Geist und sein strenger Ordnungssinn über ihnen zu schweben, denn in wenigen Augenblicken hatten sie sich zu drei großen Kreisen gebildet, die je aus vier Fähnlein bestanden. Einem Auge, das an die schnelle, taktmäßige Bewegung, die schöne Haltung und die gleiche Farbe der Regimenter unserer Zeit gewöhnt ist, möchte wohl jener Anblick überraschend, ja lächerlich erschienen sein. Die Landsknechte waren nach ihrem Geschmack gekleidet, doch hatte die Mode der Zeit im Schnitt ein wenig Gleichförmigkeit in ihren Anzug gebracht. Sie trugen gewöhnlich enge Wämser von Leder, oder auch Lederwesten mit Ärmeln von grobem Tuch. Die Lenden staken in ungeheuer weiten Pluderhosen, die am Knie zugebunden, durch ihre Litzenschwere noch etwas tiefer herunterhingen. Die vollen Waden umgaben grobe Strümpfe von hellen Farben und die Füße waren mit groben Bundschuhen von ungefärbtem Leder bekleidet. Ein Hut, eine Tuch- oder Ledermütze, eine erbeutete oder für eigene Rechnung gekaufte Blechhaube bedeckte den Kopf und die bärtigen Gesichter dieser Männer, die oft zwanzig Jahre unter allen Heeren und Himmelsstrichen Europas dienten, hatten einen kühnen, martialischen Ausdruck. Ihre Bewaffnung bestand in einem langen Dolch und einer Hellebarde, ein Teil war auch mit Donnerbüchsen bewaffnet, die man mit Lunden losbrannte.

So standen sie mit ausgespreizten Beinen, Fuß an Fuß geschlossen, wie ein festes Bollwerk und Georgs kriegerischen Sinn erfreute der Anblick dieser kampfgeübten Männer, die wohl zu wissen schienen, daß sie vereinzelt nichts, aber in Massen verbunden auch einer zahlreichen Schar von Feinden, furchtbar seien.

Die Hauptleute hatten den Kriegesbrauch und das Kommandowort ihrer früheren Anführer wohl im Gedächtnis behalten; sie traten daher mit dem jungen Ritter in einen dieser Kreise und der tiefe, weit tönende Baß des langen Peters befahl: »Gebt acht ihr Leut! kehrt euch um!«

Schnell hatten sich die Kreise nach innen gekehrt, und vernahmen nun die Reden ihrer Hauptleute, die ihnen jene Aufforderung des Herzogs von Württemberg auseinandersetzten. Ein freudiges Gemurmel zeigte, daß sie mit diesen Bedingungen zufrieden seien und Ulerich von Württemberg so eifrig dienen wollten, als sie vorher gegen ihn gedient hatten. Die Hauptleute ließen jetzt auch einige Übungen machen und Georg bewunderte die Geschicklichkeit der Landsknechte und glaubte fest man werde es in der Kriegskunst auf Erden schwerlich noch viel weiter bringen. Er täuschte sich! Doch sein Irrtum ist so verzeihlich, als jener unserer Großväter, welche die Heroen des großen Friederich für unübertrefflich hielten und den gottlosen Spott ihrer Enkel über Zopf- und Kamaschendienst nicht ahneten. Und wird nicht eine Zeit kommen, wo man auch über die guten alten Zeiten von 1829 lächeln wird? Freilich, so schlanke Taillen wie heutzutage sah man bei den Landsknechten und ihren Hauptleuten Anno 1519 nicht. Doch hätten jene martialischen Figuren einem ganzen heutigen Heere mit Normalbärten aushelfen können.

Etwa nach einer Stunde meldeten die Vorposten, daß man unten im Tale von der Gegend von Heimsheim her, Waffen blinken sehe, und wenn man das Ohr auf die Erde lege, seien die Tritte vieler Rosse deutlich zu vernehmen.

»Das ist der Herzog«, rief Georg, »führt mein Pferd vor, ich will ihm entgegenreiten.«

Der junge Mann galoppierte durch das Tal hin und die Hauptleute und ihre Gesellen blickten ihm nach und bewunderten die Kraft und Gewandtheit, mit welcher er in der schweren Rüstung aufs Pferd gesprungen war, lobten seinen Anstand und seine Haltung, solange sie ihn noch sehen konnten. Bald mischte sich sein Helmbusch mit den Büschen und Lanzenspitzen, die man unten im Tal bemerkte. Sie kamen näher, jetzt sah man Helme blinken, jetzt wurden die Reiter bis um die Brust sichtbar, jetzt erschienen sie auf einmal auf einer kleinen Anhöhe und man konnte die ganze Schar übersehen. Der Pfeifer von Hardt schaute mit blitzenden Augen in die Ferne. Seine Brust hob und senkte sich, die Freude schien ihn des Atems zu berauben, sprachlos nahm er den Obersten an der Hand und deutete auf die Reiterschar.

»Welcher ist der Herzog«, fragte dieser, »ist'z der auf dem Mohrenschimmel?«

»Nein, das ist der edle Herr von Hewen; seht Ihr das Banner von Württemberg, wie, seh ich recht? bei Gott, der Junker von Sturmfeder darf es tragen!«

»Daz ist eine große Ehr! Mordblei, ist erst fünfundzwanzig und darf die Fahne tragen! in Frankreich darf das nur der Connetabel tun, der erste Mann nach dem König Franz. Dort heißt man'z Ohrenflamme und ist aus lauter Gold. Aber welcher ist der Herzog Ulerich?«

»Seht Ihr den im grünen Mantel mit den schwarz und roten Federn auf dem Helm? er reitet neben dem Banner und spricht mit dem Junker, er reitet einen Rappen und zeigt gerade mit dem Finger auf uns – seht, das ist der Herzog.«

Die Reiterschar mochte ungefähr vierzig Pferde betragen, sie bestand meist aus Edelleuten und ihren Dienern, die dem Herzog in seine Verbannung nachgezogen waren, oder von seinem Einfall benachrichtigt, an der Grenze seines Landes sich an ihn angeschlossen hatten. Sie waren alle wohlberitten und bewaffnet. Georg von Sturmfeder trug Württembergs Panier, neben ihm ritt ganz geharnischt der Herzog. Als dieser Zug jetzt den Landsknechten etwa auf zweihundert Schritte nahe war, erhob der lange Peter seine Stimme und sprach: »Gebt acht, ihr Leut. Wann Zeine Durchlaucht nahe ist, und ich meinen Hut vom Scheitel reiße, zo schreiet: ›Vivat Ulericus!‹ schwenket die Fähnlein in der Luft; und ihr Trommler, rasselt auf euren Fellen, daß euch das Donnerwetter! schlagt den Wirbel wie beim Sturm auf eine Festung, Bassa manelka, haut drauf und wenn der Schlegel bricht – zo begrüßen die tapfern Landsknecht einen Fürsten.«

Diese kurze Anrede tat ihre vollkommene Wirkung; die kriegerische Schar murmelte das Lob des Herzogs, sie schüttelten ihre Hellebarden, stampften ihre Büchsen klirrend auf den Boden und die Trommler faßten ihre Schlegel krampfhaft in die Hand und als jetzt Georg von Sturmfeder, der Bannerträger von Württemberg, ansprengte und hinter ihm hoch zu Roß, erhaben wie in den Tagen seiner Herrschaft, mit kühnen, gebietenden Blicken Herzog Ulerich von Württemberg sich zeigte, da entblößte der lange Peter ehrfurchtsvoll sein Haupt, die Trommeln rasselten wie zum Sturm einer Feste, die Fähnlein neigten sich zum Gruß, und die Landsknechte riefen ein tausendstimmiges »Vivat Ulericus!«

Der Bauersmann von Hardt war still in der Ferne gestanden, hatte nicht auf diese kriegerischen Grüße gehört, seine ganze Seele schien nur in seinem Auge zu liegen, das trunken an seinem Herrn hing. Der Herzog hielt den Rappen an, blickte um sich und es war tiefe Stille unter den vielen Menschen. Da trat der Bauer vor, kniete nieder, hielt ihm den Bügel zum Absteigen und sprach: »Hie gut Württemberg alleweg!«

»Ha! bist *du* es, Hanns, mein Geselle im Unglück, der mir den ersten Gruß von Württemberg bringt? Meine Edeln habe ich hier erwartet, daß sie mich begrüßen bei meinem ersten Schritt auf württembergischem Grund, meinen Kanzler und meine Räte, wo sind die Hunde? Die Stände meiner Landschaft, wo blieben sie, will man mich nicht wiedersehen in der Heimat? Ist keiner von allen da, mir den Bügel zu halten, als der Bauer?«

Seine Begleiter drängten sich staunend um den Herzog her, als sie ihn also sprechen hörten. Sie wußten nicht, war es Ernst oder bitterer Scherz über sein Unglück; sein Mund schien zu lächeln, aber sein Auge blitzte mutig und seine Stimme klang ernst und befehlend. Sie sahen einander wegen dieser düstern Laune zweifelhaft an, aber der Pfeifer von Hardt erwiderte seinem Fürsten:

»Diesmal ist's nur der Bauer, der Euch auf Württembergs Boden hilft, aber verachtet nicht ein treues Herz und eine feste Hand. Die andern werden schon auch kommen, wenn sie hören, daß der Herr Herzog wieder im Lande sei.«

»Meinst du?« sprach Ulerich bitter lachend, indem er sich vom Pferde schwang. »Sie werden auch kommen. Bis jetzt haben wir wenig Kunde davon; aber ich will anklopfen an ihren Türen, daß sie merken sollen, es ist der *alte* Herr, der in sein Haus will!«

»Sind dies die Landsknecht, die mir dienen wollen?« fuhr er fort, indem er aufmerksam das kleine Heer betrachtete; »sie sind nicht übel bewaffnet und sehen männlich aus. Wieviel sind es?«

»Zwölf Fähnlein, Euer Durchlaucht«, antwortete der Oberst Peter, der noch immer mit gezogenem Hut vor ihm stand und hie und da verlegen den ungarischen Bart zwirbelte. »Lauter geübte Leut, Gott straf mein Zeel, tut mir leid, wenn ich geflucht hab, der König in Frankreich hat sie nicht besser.«

»Wer bist denn du?« fragte ihn der Herzog, der die große dicke Figur mit dem langen Hieber und dem roten Gesicht verwundert anschaute.

»Ich bin eigentlich ein Landsknecht meines Zeichenz, man nennt mich den langen Peter, jetzt aber wohlbestallter Oberst verzammelter –«

»Was, Oberst! diese Narrheit muß aufhören. Ihr mögt mir wohl ein tapferer Mann sein, aber zum Hauptmann seid Ihr nicht gemacht. Ich selbst will Euer Oberst sein und zu Hauptleuten werde ich einige meiner Ritter machen.«

»Bassa manelk – tut mir leid, wenn ich geflucht hab, aber erlaubt, Herr Herzog einem alten Kerl ein Wort, daz ist gegen unzern Pakt mit dem Goldgülden monatlich und den vier Maaz Wein tagtäglich. Da steht zum Beispiel der Staberl aus Wien, 'z gibt keinen Tapferern unter dem Mond –«

»Schon gut, Alter, schon gut! auf die Goldgülden und den Wein soll mir's nicht ankommen. Wer bisher Hauptmann war, soll es richtig bekommen; nur den Befehl müßt Ihr abgeben. Habt Ihr Pulver und Kugeln?«

»Das will ich meenen!« sagte der Magdeburger, »wir haben noch von Euer Durchlaucht eigenem Pulver und Blei, was wir in Tübingen mitgenommen. Wir haben Munition auf achtzig Schuß für den Mann.«

»Gut; Georg von Hewen und Philipp von Rechberg, ihr teilt euch in die Knechte, jeder nimmt sechs Fähnlein. Ihr da, die ihr euch Hauptleute nennet, könnet bei den einzelnen Fähnlein bleiben und den beiden Herren an die Hand gehen. Ludwig von Gemmingen seid so gut, und nehmet den Oberbefehl über das Fußvolk. Jetzt geraden Wegs auf Leonberg. Freu dich, mein treuer Bannerträger«, sagte Ulerich, als er sich aufs Pferd schwang, »so Gott will, ziehen wir morgen in Stuttgart ein.«

Die Reiterschar, den Herzog an der Spitze, zog fürder. Der lange Peter stand noch immer unverrückt auf dem Platz, den Hut mit der stolzen Hahnenfeder in der Hand und schaute den Reitern nach.

»Daz ist einmal ein Fürst!« sprach er zu den Hauptleuten, die neben ihm standen. »Waz der für eine gewaltige Stimme hat und wie er greulich mit den Augen funkelt, daz ez einem angst und bange wird. Hu, ich meine, er woll mich mit Haut und Haar verschlucken, alz er mich fragte: ›Wer bist denn du?‹«

»Mir wor's grod, wie wenn einer siedend Wasser über mein Leib schütten tät. In Wien ist doch auch 'n Kaiser, aber der tut nit so gwaltig wie der do!«

»Also Hauptleut sind wer gwesen«, sprach der Hauptmann Muckerle, »*die* Herrlichkeit hat nit lang dauert.«

»Narr! daz ist mir recht. ›Würde bringt Bürde‹, zagt ein Sprichwort. Die anderen haben oft nicht recht gehorcht, wenn wir befohlen haben, Diavolo, hat doch erst heute einer mich ausgelacht. Hat allez einen besseren Schick, wenn'z die Herren anführen; den Goldgülden und die vier Maaz haben wir ja doch, und daz bleibt die Hauptzache.«

»Dat meen ich ooch! und dat haben wer dem langen Peter tu verdanken. Er soll leben!«

»Dank' schön! aber daz zag ich, *der* Herr wird dem Bund aufzünden, Mordblei! wenn der erst ein Schwert in die Hand nimmt, der jagt die Städtler allein auz dem Land! Und zeine Räte und Kanzler und die Landschaft! Habt ihr gehört, wie greulich er über die geflucht hat? Ich möcht in keinez Haut stecken.«

Das Wirbeln der Trommeln unterbrach das Gespräch dieser tapferen Krieger; diese Töne erschollen nicht mehr auf ihren Befehl, aber der lange Peter war in seinen vielen Feldzügen so sehr an den Wechsel von Glück und Unglück, von Hoheit und Niedrigkeit gewöhnt worden, daß er über den Sturz seines Regiments nicht trauerte. Gelassen nahm er die Hahnenfeder von dem großen Hut, legte die rote Schärpe und den langen Hieber, die Zeichen seiner Würde ab und ergriff eine Hellebarde. »Gott straf mein Zeel, ez ist schwer für einen Kerl wie ich, zwölf Fähnlein zu regieren«, sagte er, als er sich wieder als guter Landsknecht in die Reihen seiner Kameraden stellte. »Aber bei Sankt Petruz, dem trefflichen 244 Landsknecht – er muß jetzt auch Oberst zein in den himmlischen Heerscharen Kyrie Eleyzon! – der Mensch muß allez probieren auf Erden.« Die Landsknechte schüttelten ihm die Hand und bestätigten es; es tat seinem tapferen Herzen wohl, zu hören, er habe sein Kommando trefflich verwaltet. Die drei Ritter, ihre Anführer, saßen auf und stellten sich zu ihren Fähnlein, die Landsknechte richteten sich in gewohnter Ordnung zum Marsch und Ludwig von Gemmingen ließ die Trommeln rühren zum Aufbruch. 245

III.

Erstiegen ist der Wall, wir sind im Lager!
Jetzt werft die Hülle der verschwiegnen Nacht
Von euch, die euren stillen Zug verhehlte,
Und macht dem Feinde eure Schreckensnähe
Durch lauten Schlachtruf kund –

Schiller

Es war in der Nacht vor Mariä Himmelfahrt, als Herzog Ulerich vor dem Rotenbildtor in Stuttgart anlangte. Er hatte auf seinem Zuge schnell das Städtchen Leonberg erobert und war dann unaufhaltsam immer weiter gedrungen. Vieles Volk lief zu, denn wie ein Lauffeuer hatte sich die Nachricht verbreitet, daß der Herzog wieder im Lande sei. Jetzt erst zeigte es sich, wie wenig Freunde der Bund sich erworben hatte; denn überall wurde die Freude laut, daß das gehässige Regiment des Bundes ein Ende habe, daß das angestammte Fürstenhaus wieder in seine alten Rechte sich einsetze.

Auch nach Stuttgart war bald diese Nachricht vorgedrungen und hatte die verschiedensten Empfindungen dort erregt. Der Adel, der sich in der Stadt befand, wußte nicht, was er sich vom Herzog zu versehen hatte; die Übergabe von Tübingen war noch in zu frischem Gedächtnis, als daß er ganz unbesorgt gewesen wäre. Aber die Erinnerung an den glänzenden Hof Ulerichs von Württemberg, an die fröhlichen Tage, die sie dort verlebt hatten, die Vergleichung dieser Zeit mit dem freudenlosen Leben der Bundesräte mochte sie günstig für den Herzog stimmen, wenn auch mancher Ursache hatte, seine Wiederkehr nicht gerade herbeizu-wünschen. Die Bürgerschaft konnte ihre Freude über diese Nachrichten kaum verbergen; sie verließen ihre Häuser, traten haufenweise auf den Straßen zusammen und besprachen sich über die Dinge, die ihrer warteten. Sie schimpften leise aber weidlich auf den Bund, ballten grimmig ihre Fäuste in der Tasche, und waren überaus patriotisch gesinnt. Sie erinnerten sich der erlauchten Ahnen des vertriebenen Fürsten, es war sein Name Württemberg, den auch sie trugen, sie zählten so manchen wackeren Herrn aus der Familie auf, unter welchem sie und ihre Väter glücklich gelebt, der Württembergs Namen berühmt gemacht hatte. Auch der Gedanke tat ihnen wohl, daß von ihrer Entscheidung für den einen oder den andern Teil so viel abhänge, weil man im ganzen Lande auf die Stuttgarter sehe. Sie waren zwar weit entfernt gegen die bündische Besatzung auf ihre eigene Faust einen Aufruhr zu unternehmen, aber sie sprachen zueinander: »Gevatter, wart nur, bis es Nacht wird; da wollen wir den Reichsstädtlern zeigen, wo sie her sind, wir Stuttgarter.«

Dem bündischen Statthalter, Christoph von Schwarzenburg entging diese Bewegung unter den Bürgern nicht. Zu spät sah er ein, wie töricht man getan habe, das Heer zu entlassen. Er wandte sich an die Bundesstände, die noch zu Nördlingen versammelt waren und begehrte Hülfe, aber er selbst gab die Hoffnung auf, Stuttgart so lange halten zu können, bis ein neues Heer im Feld erschienen sei. Er traf zwar einige Anstalten zur Gegenwehr, aber die Blitzesschnelle, mit welcher der Herzog erschien, vereitelte alle seine Bemühungen. Als er sah, daß er den Bürgern nicht trauen könne, daß ihm der Adel nicht beistehe, daß die Besatzung nicht einmal zur Sicherung der Tore hinreiche entwich er bei Nacht und Nebel mit den Bundesräten nach Eßlingen. Ihre Flucht war so eilig und geheim, daß sie sogar ihre Familien zurückließen und niemand in der Stadt ahnte, daß der Statthalter und die Räte nicht mehr in den Mauern seien. Daher waren die Anhänger des Bundes noch immer getrosten Mutes, und glaubten nicht an die Gerüchte von der schnellen Annäherung des Herzogs.

Der Marktplatz war damals noch das Herz der Stadt Stuttgart; zwar hatten sich schon zwei große Vorstädte, die Sankt Leonhards- und die Turnieracker-Vorstadt um sie gelagert, welche mit Graben, Mauern und starken Toren versehen, das Ansehen eigener Städte bekommen hatten; aber noch standen die Ringmauern und Tore der Altstadt, und ihre Bürger sahen nicht ohne Stolz herab auf die Vorstädtler. Der Marktplatz war es, wo nach alter Sitte bei jeder besondern Gelegenheit die Bürger 246 sich versammelten; auch an dem wichtigen Abend vor Mariä Himmelfahrt strömten sie dorthin zusammen. Zur Zeit, wo der Bürger noch mit der Wehre an der Seite auftreten durfte, hatte sein öffentlich gesprochenes Wort auch mehr zu bedeuten als in späteren Tagen, wo Tinte, Feder und Papier die Oberhand gewannen. Und wahrlich, die Bürger von Stuttgart waren bei Nacht und in Massen versammelt ganz andere Leute als morgens. Mancher, der, hätte man ihn vormittags um seine Meinung wegen des Herzogs gefragt, antwortete: »Was geht es mich an, bin ein friedlicher Bürgersmann«, erhob jetzt seine Stimme und schrie: »Wir wollen dem Herzog die Tore öffnen, fort mit den Bündischen – wer ist ein guter Württemberger?«

Der Mond schien hell auf die versammelte Menge herab, die unruhig hin und her wogte. Ein verworrenes Gemurmel drang von ihnen in die Lüfte; noch schienen sie unschlüssig, vielleicht weil keiner kühn genug war, sich an die Spitze zu stellen. Aus den hohen Giebelhäusern, die den Platz einschlossen, schauten viele hundert Köpfe auf den Markt hernieder; es waren die Weiber und Töchter der Versammelten, die ängstlich und gespannt auf das Gemurmel lauschten. Denn die Stuttgarter Mädchen waren damals ein neugieriges Völkchen und hielten es im Herzen aus Mitleiden mit dem Herzog.

Schon wurde das Murmeln der Menge immer lauter und verständlicher; der Ruf: »Wir wollen die Knechte vom Tor wegjagen und die Stadt dem Herzog auftun«, immer deutlicher, da sah man einen langen, hageren Mann auf eine Bank am Brunnen springen, wo er die ganze Menge überragte. Er focht mit ungeheuer langen Armen in der Luft umher, tat einen weiten Mund auf und schrie mit heiserer Stimme um Gehör. Es wurde nach und nach stiller auf dem Platz, man vernahm einzelne Worte aus seiner Rede: »Was? die ehrsamen Bürger von Stuttgart wollen ihren Eid brechen – habt ihr nicht dem Bunde geschworen? Wem wollet ihr die Tore öffnen? Dem Herzog? Er kommt mit ganz geringer Mannschaft, denn er hat ja kein Geld, um Leute zu bezahlen und da müsset dann ihr wieder den Beutel auftun und blechen! Da wird's heißen, Stuttgart zahlt zehntausend Gulden, weil es von uns abgefallen ist. Hört ihr? zehntausend Gulden sollt ihr zahlen!«

»Wer ist denn der lange Kerl?« fragten sich die Männer. – »Er hat nicht unrecht – werden tüchtig zahlen müssen. – Ist er ein Bürger, der da oben? Wer seid Ihr«, rief einer der Kühnsten; »woher wollt Ihr wissen, was wir zahlen müssen?«

»Ich bin der berühmte Doktor Calmus«, sprach der Redner mit feierlicher Stimme, »und weiß das ganz genau. Und wen wollt ihr vertreiben? Den Kaiser, das Reich, den Bund; so viele reiche Herren wollt ihr vor den Kopf stoßen? und warum? wegen dem Utz, der euch das Fell über die Ohren zieht; denkt nur an das geringere Gewicht, an die harten Jagdfrevel. Jetzt hat er gar kein Geld mehr; er ist ein Lump, hat alles verspielt in Mömpelgard –«

»Halt Er sein Maul«, schrieen die Bürger, »was geht das Ihn an, Er ist kein hiesiger Bürger, fort mit dem Kahlmäuser – schlagt ihn tot – werft ihn als Fisch in den Brunnen – der Herzog soll leben!«

Doktor Calmus erhob noch einmal seine Stimme, aber die Bürger überschrieen ihn. In diesem Augenblick kam ein neuer Trupp Bürger aus der obern Vorstadt herabgesprungen. »Der Herzog ist vor dem Rotenbildtor«, riefen sie, »mit Reiter- und Fußvolk. Wo ist der Statthalter? wo sind die Bundesräte? Er will in die Stadt schießen, wenn man nicht aufmacht! – Fort mit den Bündischen – wer ist gut württembergisch?«

Der Tumult wuchs von Sekunde zu Sekunde. Die Bürger schienen noch unschlüssig, da bestieg ein neuer Redner die Bank; es war ein feiner Herr, der durch sein schmuckes Äußere einen Augenblick den Bürgern imponierte: »Bedenket ihr Männer«, rief er mit feiner Stimme, »was wird der durchlauchtige Bundesrat dazu sagen, wenn ihr –«

»Was scheren wir uns um den Durchlauchtigen!« überschrie man ihn, »fort! reißt ihn herab mit dem rosenfarbenen Mäntelein und dem glatten Haar – das ist ein Ulmer! fort mit ihm – auf ihn, er ist von Ulm!«

Aber ehe sie noch diesen Entschluß ausführten, trat ein kräftiger Mann hinauf, warf mit *einem* Schlag den Doktor rechts und den Ulmer mit dem rosenfarbenen Mäntelein links von der Bank, und winkte mit der Mütze in die Luft. »Still! das ist der Hartmann«, flüsterten die Bürger, »der versteht's, hört was er spricht.«

»Höret mich!« sprach dieser; »der Statthalter und die Bundesräte sind nirgends zu finden, sie sind entflohen und haben uns im Stich gelassen, drum greifet diese beiden da, wir wollen sie als Geiseln behalten. Und jetzt hinauf ans Rotenbildtor. Dort steht unser rechter Herzog, 's ist besser wir machen selbst auf, als daß er mit Gewalt eindringt, wer ein guter Württemberger ist, folgt mir nach.«

Er stieg herab von der Bank, und jubelnd umgab ihn die Menge; die beiden Fürsprecher des Bundes wurden, ehe sie sich dessen versahen, gebunden und fortgeführt. Jetzt ergoß sich der Strom der Bürger vom Marktplatz zum obern Tor, hinaus über den breiten Graben der alten Stadt in die Turnieracker-Vorstadt, am Bollwerk vorbei zum Rotenbildtor. Die bündischen Knechte, die das Tor besetzt hielten, wurden schnell übermannt, das Tor ging auf, die Zugbrücke fiel herab und legte sich über den Stadtgraben.

Dort hatten indessen die Anführer des Fußvolkes ihre besten Truppen aufgestellt, denn man wußte nicht genau, wie die Bündischen sich bei

248

der Annäherung des Herzogs benehmen werden. Ulerich selbst hatte die Posten beritten. Vergeblich suchte Georg von Sturmfeder ihn zu überzeugen, daß die Besatzung von Stuttgart so schwach sei, daß sie ihnen nicht die Spitze bieten könne, vergeblich stellte er ihm vor, daß die Bürger ihn zurücksehnen, und willig ihre Tore öffnen werden; der Herzog schaute finster in die Nacht hinaus, preßte die Lippen zusammen und knirschte mit den Zähnen.

»Das verstehst du nicht«, murmelte er dem Jüngling zu; »du kennst die Menschen nicht; sie sind alle falsch, traue niemand als dir selbst. Sie drehen den Mantel nach jedem Wind! – Aber diesmal will ich sie fassen; meinst du, ich habe mein Land umsonst mit dem Rücken angesehen?«

Georg konnte diese Stimmung des Herzogs nicht begreifen. Im Unglück war er fest, sogar mild und sanft gewesen, hatte von manchem schönen Brauch gesprochen, den er einführen wolle, wenn er wieder ins Land komme, hatte selten Zorn über seine Feinde, beinahe nie Unmut über die Untertanen gezeigt, die von ihm abgefallen waren; aber sei es, daß mit dem Anblick der vaterländischen Gegenden auch das Gefühl der Kränkung stärker als zuvor in ihm erwachte, sei es, daß es ihm unangenehm auffiel, daß der Adel und die Stände noch nichts hatten von sich hören lassen, er war, seit er die Grenzen Württembergs überschritten, nicht freudig, gehoben, erwartungsvoll, sondern ein stolzer Trotz blitzte aus seinen Augen, seine Stirne war finster, und eine gewisse Strenge und Härte im Urteil, fiel seinen Umgebungen, besonders Georg von Sturmfeder auf, der sich in diese neue Seite von Ulerichs Charakter nicht gleich zu finden wußte.

Die Aufforderung an die Stadt mochte wohl schon seit einer halben Stunde ergangen sein; bald war die Frist abgelaufen, die er ihnen gegeben hatte, und noch immer war keine Antwort da; man hörte nur ein ängstliches Hin- und Herrennen in der Stadt, aus welchem man weder gute noch böse Zeichen deuten konnte.

Der Herzog ritt zu den Landsknechten vor, die erwartungsvoll auf ihren Hellebarden und Donnerbüchsen lehnten. Die drei Ritter, welche sie führten, standen am Graben, und hielten durch ihre Anwesenheit die Knechte in Ruhe und Ordnung. Beim Schein des Mondes betrachtete Georg ängstlich Ulerichs Züge. Die Ader auf seiner Stirne war aufgelaufen, eine tiefe Röte lag auf seinen Wangen, und seine Augen brannten in düsterer Glut.

»Hewen! laß Leitern anschleppen«, sagte er mit dumpfer Stimme. »Der Donner und das Wetter! es ist mein eigen Haus, vor dem ich stehe, und die Hunde wollen mich nicht einlassen. Ich laß noch *einmal* blasen, machen sie dann nicht sogleich auf, so schmeiß ich Feuer in die Stadt, daß ihre Käfigte zusammenbrennen.«

»Bassa manelka, waz mich daz freut!« sagte der lange Peter, der in der ersten Rotte neben dem Herzog stand, leise zu seinen Kameraden. »Jetzt werden Leitern beigeschleppt, wie die Katzen wir hinauf, mit den Hellebarden über die Mauer gestochen, daz die Kerl herunter müssen, mit den Büchsen drein gepfeffert, Canto cacramento!«

»Dat will ik meenen!« flüsterte der Magdeburger, »und dann hinunter in die Stadt, angezündet an den Ecken, geplündert gebürstet! da will ik man och bei sin.«

»Um Gottes willen, Herr Herzog«, rief Georg von Sturmfeder, welcher die Reden des Herzogs und die greuliche Freude der Landsknechte wohl vernommen hatte; »wartet nur noch ein kleines Viertelstündchen, es ist ja Eure eigene Residenzstadt. Sie beraten sich vielleicht noch. –«

»Was haben sie sich lange zu beraten?« entgegnete Ulerich unwillig; »ihr Herr ist hier außen vor dem Tor und fordert Einlaß. Ich habe schon zu lange Geduld gehabt. Georg' breite mein Panier aus im Mondschein, laß die Trompeter blasen, fordere die Stadt zum letztenmal auf! Und wenn ich dreißig zähle nach deinem letzten Wort, und sie haben noch nicht aufgemacht, beim heiligen Hubertus, so stürmen wir. Spute dich, Georg!«250

»O Herr! bedenket eine Stadt, Eure beste Stadt! wie lange habt Ihr in diesen Mauern gelebt, wollt Ihr Euch ein solches Brandmal aufrichten? Gebt noch Frist.«

»Ha!« lachte der Herzog grimmig, und schlug mit dem Stahlhandschuh auf den Brustharnisch, daß es weithin tönte durch die Nacht; »ich sehe, dich gelüstet nicht sehr in Stuttgart einzuziehen und dein Weib zu verdienen. Aber bei meiner Ungnade, jetzt kein Wort mehr, Georg von Sturmfeder. Schnell ans Werk. Ich sag, roll mein Panier auf, blast Trompeter, blast, schmettert sie auf aus dem Schlaf, daß sie merken, ein Württemberger ist vor dem Tor, und will trotz Kaiser und Reich in sein Haus. Ich sag, fordere sie auf, Sturmfeder.«

Georg folgte schweigend dem Befehl; er ritt bis dicht vor den Graben, und rollte das Panier von Württemberg auf. Die Strahlen des Mondes schienen es freundlich zu begrüßen, sie beleuchteten es deutlich und zeigten seine Felder und Bilder. Auf eine große Fahne von roter Seide war Württembergs Wappen eingewoben. Der Schild zeigte vier Felder. Im ersten waren die württembergischen Hirschhörner angebracht, im zweiten die Würfel von Teck, im dritten die Reichssturmfahne, die dem Herzog als Reichsbannerträger zukam, und im vierten die Fische von Mömpelgard, der Helm aber trug die Krone und das Uracher Jägerhorn. Der junge Mann schwenkte das schwere Panier in der starken Hand, drei Trompeter ritten neben ihm auf und schmetterten ihre wilden Fanfaren gegen die verschlossene Pforte.

Im Tore öffnete sich ein Fenster; man fragte nach dem Begehr. Georg von Sturmfeder erhob seine Stimme und rief: »Ulerich, von Gottes Gnaden Herzog zu Württemberg und Teck, Graf zu Urach und Mömpelgard, fordert zum zweiten- und letztenmal seine Stadt Stuttgart auf, ihm willig und sogleich die Tore zu öffnen. Widrigenfalls wird er die Mauer stürmen und die Stadt als feindlich ansehen.«

Noch während Georg dieses ausrief, hörte man das verworrene Geräusch vieler Tritte und Stimmen in der Stadt, es kam näher und näher, und wurde zum Tumult und Geschrei.

»Gott straf mein Zeel, zie machen einen Auzfall!« sagte der lange Peter, laut genug, um vom Herzog verstanden zu werden.

»Du könntest recht haben«, erwiderte dieser, indem er sich plötzlich zu dem erschrockenen Landsknecht wandte. »Schließt dichter an, streckt die Piken vor und haltet die Lunden bereit; wir wollen sie empfangen nach Verdienst.«

Die ganze Linie zog sich vom Graben zurück, nur die drei ersten Fähnlein stellten sich da, wo die Zugbrücke sich ans Land legen mußte, auf. Ein Wall von Piken starrte jedem Angriff entgegen und die Schützen hatten die Donnerbüchsen aufgelegt und hielten die Lunden über dem Zündloch; tiefe Stille der Erwartung war auf dieser Seite, desto brausender drang der Lärm aus der Stadt herüber. Die Brücke fiel herab, aber keine Feinde waren es, die zu einem Ausfall herüberdrangen, sondern drei alte graue Männer kamen aus dem Tor; sie trugen das Wappen der Stadt und die Schlüssel.

Als der Herzog dies sah, ritt er etwas freundlicher hinzu. Georg folgte ihm und betrachtete diese Übergabe. Zwei dieser Männer schienen Ratsherren oder Bürgermeister zu sein; sie beugten das Knie vor dem Herrn und überreichten ihm die Zeichen ihrer Unterwerfung. Er gab sie seinen Dienern und sagte zu den Bürgern: »Ihr habt Uns etwas lange warten lassen vor der Türe; wahrhaftig, wir wären bald über die Mauer gestiegen und hätten eigenhändig eure Stadt zu unserem Empfang beleuchtet, daß euch der Rauch die Augen hätte beizen sollen. Der Teufel! warum ließet ihr so lange warten?«

»O Herr!« sagte einer der Bürger; »was die Bürgerschaft betrifft, die war gleich bereit, Euch aufzutun, wir haben auch etliche vornehme Herren vom Bunde hier, die hielten lange und gefährliche Reden an das Volk, um es gegen Euch aufzuwiegeln. Das hat so lange verzögert.«

»Ha! wer sind diese Herren? Ich hoffe nicht, daß ihr sie habt entkommen lassen! mich gelüstet ein Wort mit ihnen zu sprechen.«

»Bewahre, Euer Durchlaucht! wir wissen, was wir unserm Herrn schuldig sind. Wir haben sie sogleich gefangen und gebunden. Befehlt Ihr, daß wir sie bringen?«

»Morgen früh ins Schloß! will sie selbst verhören, schicket auch den Scharfrichter; werde sie vielleicht köpfen lassen.«

»Schnelle Justiz, aber ganz nach Verdienst!« sprach hinter den beiden Bürgern eine heisere, krächzende Stimme.

»Wer spricht da mir ins Wort?« fragte der Herzog und schaute sich um; zwischen den beiden Bürgern heraus trat eine sonderbare Gestalt. Es war ein kleiner Mann, der den Höcker, womit ihn die Natur geziert hatte, unter einem schwarzen seidenen Mantel schlecht verbarg; ein kleines spitziges Hütlein saß auf seinen grauen, schlichten Haaren, tückische Äuglein funkelten unter buschigen, grauen Augenbrauen und der dünne Bart, der ihm unter der hervorspringenden Adlernase hing, gab ihm das Ansehen eines sehr großen Katers. Eine widerliche Freundlichkeit lag auf seinen eingeschrumpften Zügen, als er vor dem Herzog das Haupt zum Gruß entblößte, und Georg von Sturmfeder faßte einen unerklärlichen Abscheu und ein sonderbares Grauen vor diesem Mann gleich beim ersten Anblick.

Der Herzog sah den kleinen Mann an und rief freudig: »Ha! Ambrosius Volland unser Kanzler! Bist du auch noch am Leben? Hättest zwar früher schon kommen können, denn du wußtest, daß Wir wieder ins Land dringen – aber sei Uns deswegen dennoch willkommen.«

»Allerdurchlauchtigster Herr!« antwortete der Kanzler Ambrosius Volland, »bin wieder so hart vom Zipperlein befallen worden, daß ich beinahe nicht aus meiner Behausung kommen konnte; verzeihen daher, Euer –«

»Schon gut, schon gut!« rief der Herzog lachend, »will dich schon kurieren vom Zipperlein. Komm morgen früh ins Schloß, jetzt aber gelüstet uns, Stuttgart wiederzusehen. Heran mein treuer Bannerträger!« wandte er sich mit huldreicher Miene zu Georg; »du hast treulich Wort gehalten, bis an die Tore von Stuttgart; ich will's vergelten. Bei Sankt Hubertus, jetzt ist die Braut dein nach Recht und Billigkeit. Trag mir meine Fahne vor, wir wollen sie aufpflanzen auf meinem Schloß und jenes bündische Banner in den Staub treten! Gemmingen und Hewen, ihr seid heute nacht noch meine Gäste; wir wollen sehen, ob uns die Herren vom Schwabenbund noch ein Restchen Wein übriggelassen haben!«

So ritt Herzog Ulerich, umgeben von den Rittern, die seinem Zuge gefolgt waren, wieder in die Tore seiner Residenz. Die Bürger schrieen Vivat und die schönen Mädchen verneigten sich freundlich an den Fenstern zum großen Ärgernis ihrer Mütter und Liebhaber, denn alle dachten, diese Grüße gelten dem schönen jungen Ritter, der des Herzogs Banner trug und beleuchtet vom Fackelschein wie Sankt Georg der Lindwurmtöter aussah.

IV.

O Burg, von Geistern tapfrer Ahnen
Die tatenfreudig hier gelebt,
Und wackrer Fürsten Ruhm umschwebt,
Oh, deren Bild mit frommem Mahnen
Sich in des Nahen Bilder webt.

Ph. Conz

Das alte Schloß zu Stuttgart hatte damals, als es Georg von Sturmfeder am Morgen nach des Herzogs Einzug beschaute, nicht ganz die Gestalt, wie es noch in unsern Tagen zu sehen ist, denn dieses Gebäude wurde erst von Ulerichs Sohn, Herzog Christoph aufgeführt. Das Schloß der alten Herzoge von Württemberg stand übrigens an derselben Stelle und war in Plan und Ausführung nicht sehr verschieden von Christophs Werk, nur daß es zum größten Teil aus Holz gebaut war. Es war umgeben von breiten und tiefen Graben, über welche gegen Mitternacht eine Brücke in die Stadt führte. Ein großer, schöner Vorplatz diente in früheren Zeiten dem fröhlichen Hofe Ulerichs zum Tummelplatz für ritterliche Spiele und mancher Reiter wurde von des Herzogs eigener gewaltiger Hand in den Sand geworfen. Die Zeichen dieses ritterlichen Sinnes sprachen sich auch in andern Teilen des Gebäudes aus. Die Halle im unteren Teil des Schlosses war hoch und gewölbt wie eine Kirche, daß die Ritter in dieser »Tyrnitz« bei Regentagen fechten und Speere werfen und sogar die ungeheuren Lanzen ungehindert darin handhaben konnten. Von der Größe dieser fürstlichen Halle zeugt die Aussage der Chronisten, daß man bei feierlichen Gelegenheiten dort oft zwei- bis dreihundert Tische gedeckt habe. Von da führte eine steinerne Treppe aufwärts so breit, daß zwei Reiter nebeneinander hinaufreiten konnten. Dieser großartigen Einrichtung des Schlosses entsprach die Pracht der Zimmer, der Glanz des Rittersaales und die reichen, breiten Galerien, die zum Tanz und Spiele eingerichtet waren.

    Georg maß mit staunendem Auge diese verschwenderische Pracht der Hofburg. Er verglich den kleinen Sitz seiner Ahnen mit diesen Hallen, diesen Höfen, diesen Sälen, wie klein und gering kam es ihm vor! Er erinnerte sich der Sage von der glänzenden Hofhaltung Ulerichs, von seiner prachtvollen Hochzeit, wo er in diesem Schloß siebentausend

Gäste aus allen Teilen des deutschen Reiches speiste und tränkte, wo in dem hohen Gewölbe der Tyrnitz und in dem weiten Schloßhofe einen ganzen Monat lang Ritterspiel und Gelage gehalten wurden, und wenn der Abend einbrach, hundert Grafen, Ritter und Edelleute mit Hunderten der schönsten Damen in jenen Sälen und Galerien tanzten! Er blickte hinab in den herrlichen Schloßgarten, das Paradies genannt. Seine Phantasie bevölkerte diese Lustgehege und Gänge mit jenem fröhlichen Gewimmel des fröhlichen Hofes mit den Heldengestalten der Ritter, mit den festlich geputzten Fräulein, mit allem Jubel und Sang, der einst hier erscholl. Aber wie öde und leer deuchten ihm diese Mauern und Gärten, wenn er die Gegenwart mit den Bildern seiner Phantasie verglich. Die Gäste der Hochzeit, der glänzende, lustige Hof ist verschwunden, sprach er zu sich, die fürstliche Gemahlin ist entflohen, der glänzende Frauenkreis, der sie einst umgab, hat sich zerstreut, die Ritter und Grafen, die einst hier schmausten und ein reiches Leben voll Spiel und Tanz verlebten, sind von dem Fürsten abgefallen, die zarten Sprossen seiner Ehe sind in fernen Landen – er selbst sitzt einsam in dieser herrlichen Burg, brütet Rache an seinen Feinden und weiß nicht wie lange er nur in dem Hause seiner Väter bleiben wird; ob nicht aufs neue seine Feinde noch mächtiger heranziehen, ob er nicht noch unglücklicher wird als je zuvor.

Vergebens strebte der Jüngling diese trüben Gedanken, welche der Widerspruch der Pracht seiner Umgebungen mit dem Unglück des Herzogs in ihm erweckt hatten, zu unterdrücken. Vergebens rief er das Bild jenes holden Wesens herauf, das er jetzt bald auf ewig sein nennen durfte, vergebens malte er sich sein häusliches Glück an ihrer Seite mit den lockendsten, reizendsten Farben aus, jene trüben Bilder kehrten immer wieder. Sei es, daß jener Mann durch die Erhabenheit, die er im Unglück gezeigt hatte, einen so großen Raum in der Brust des Jünglings gewonnen hatte, sei es, daß ihn die Natur in einzelnen Augenblicken mit einem unwillkürlichen Gefühl der Ahnung begabte, er blieb sinnend und ernst und es war ihm, als sei der Herzog nichts weniger als glücklich, als müsse er ihn vor irgendeinem drohenden Unglück warnen.

»So überaus ernst, junger Herr?« fragte eine heisere Stimme hinter ihm und weckte ihn aus seinen Gedanken. »Ich dächte doch, Georg von Sturmfeder hätte alle Ursache, heiter und guter Dinge zu sein!«

Der junge Mann wandte sich verwundert um und schaute herab – auf den Kanzler Ambrosius Volland. War ihm dieser Mann schon gestern durch seine widrige Freundlichkeit, durch sein katerhaftes, schleichendes

Wesen unangenehm aufgefallen, so war dies heute noch mehr der Fall, da der Kanzler durch überladenen Putz seine Mißgestalt noch mehr herausgehoben hatte. Sein dunkelgelbes verwittertes Antlitz, mit dem ewigen stehenden Lächeln, die grünen Äuglein unter den langen, grauen Wimpern, die roten, entzündeten Ränder der Augenlider, der dünne Katzenbart stachen grell ab gegen ein rotes Barett von Samt und gegen einen Mantel von hellgelber Seide, der über den Höcker des kleinen Mannes hinabfloß. Unter diesem trug er einen grasgrünen Anzug, rosenrot ausgeschlitzt und rosenrote Knieebänder mit ungeheuren Maschen. Sein Kopf stak in den Schultern und das rote Barett stieß hinten sogleich auf den Höcker auf. Der Scharfrichter von Stuttgart pflegte daher zu sagen, unter allen Menschen, die er kenne, sei niemand schwerer zu köpfen als der Kanzler Ambrosius Volland.

Dieser Mann war es, der an Georg von Sturmfeder mit süßem Lächeln hinaufsah, und da ihn dieser noch immer anstarrte, zu sprechen fortfuhr: »Ihr kennet mich vielleicht nicht, wertgeschätzter junger Freund, ich bin aber Ambrosius Volland, Seiner Durchlaucht Kanzler. Ich komme, um Euch einen guten Morgen zu wünschen.«

»Ich danke Euch, Herr Kanzler; viele Ehre für mich, wenn Ihr Euch deswegen herbemühtet.«

»Ehre, wem Ehre gebühret! Ihr seid ja der Ausbund und die Krone unserer jungen Ritterschaft! Ja! wer meinem Herrn so treu beigestanden ist in aller Not und Fährlichkeit, der hat Anspruch auf meinen innigsten Dank und meine absonderliche Verehrung!«

»Ihr hättet das wohlfeiler haben können, wenn Ihr mitgezogen wäret nach Mömpelgard«, erwiderte Georg, den die Lobsprüche dieses Mannes beleidigten. »Treue muß man nie loben, eher Untreue schelten.«

Einen Augenblick blitzte ein Strahl des Zornes aus den grünen Augen des Kanzlers, aber er faßte sich schnell wieder zur alten Freundlichkeit. »Ja wohl, das mein ich auch! Was mich betrifft, so lag ich am Zipperlein hart darnieder und konnte also nicht wohl nach Mömpelgard reisen; werde aber jetzt mit meinem kleinen Licht, das mir der Himmel verliehen, dem Herrn desto tätlicher zur Hand gehen.« 256

Er hielt einen Augenblick inne und schien Antwort zu erwarten; aber der Jüngling schwieg und maß ihn nur hin und wieder mit einem Blick, den er nicht recht ertragen konnte. »Nun, Euch wird die Freude erst recht angehen. Der Herzog hält erstaunlich viel auf Euch! Natürlich, Ihr verdient es auch im höchsten Grad und der Herzog hat seinen Liebling gut gewählt. Wollet doch erlauben, daß Ambrosius Volland Euch auch eine kleine Erkenntlichkeit zeige. Seid Ihr Freund von schönen Waffen? Kommet in meine Behausung auf dem Markt, wählet Euch aus meiner Armatur was Euch beliebt. Vielleicht dienen Euch schöne Bücher, habe einen ganzen Kasten voll; wählet Euch aus, was Ihr wollet, wie es unter Freunden gebräuchlich. Esset auch zuweilen bei mir zu Mittag, meine Base, ein feines Kind von siebzehn Jahren hält mir haus; sehet ihr nur, hi, hi, hi – sehet ihr nur nicht zu tief in die Augen.«

»Seid ohne Sorgen, bin schon versehen.«

»So? ei das ist recht christlich gedacht; das muß ich loben; man trifft solchen wackern Sinn nicht immer unter unserer heutigen Jugend. Ich sagte es ja gleich; der Sturmfeder, das ist ein Ausbund von Tugenden. Nun, was ich noch sagen wollte, wir sind bis jetzt so zusammen die einzigen von des Herzogs Hofstaat, stehen wir zusammen, so werden nur Leute aufgenommen, die wir wollen. Verstehet mich schon, hi, hi, eine Hand wäscht die andere. Darüber läßt sich noch sprechen; Ihr beehret mich doch zuweilen mit einem Besuche?«

»Wenn es meine Zeit erlauben wird, Herr Kanzler.«

»Würde mich gerne noch länger bei Euch aufhalten, denn in Eurer Gegenwart ist mir ganz wohl ums Herz; muß aber jetzt zum Herrn. Er will heute früh Gericht halten über die zwei Gefangenen, die gestern nacht das Volk aufwiegeln wollten. Wird was geben, der Beltle ist schon bestellt.«

»Der Beltle?« fragte Georg, »wer ist er?«

»Das ist der Scharfrichter, wertgeschätzter, junger Freund.«

»Ich bitte Euch! der Herzog wird doch nicht den ersten Tag seiner neuen Regierung mit Blut beflecken wollen!«

Der Kanzler lächelte greulich und antwortete: »Was das wieder Eurem fürtrefflichen Herzen Ehre macht, aber zum Blutrichter taugt Ihr nicht. Man muß ein Exempel statuieren. Der eine«, fuhr er mit zarter Stimme fort, »der eine wird geköpft, weil er von Adel ist, der andere wird gehängt. Behüt Euch Gott, Lieber!«

So sprach der Kanzler Ambrosius Volland und ging mit leisen Schritten die Galerie entlang den Gemächern des Herzogs zu. Georg sah ihm mit düsteren Blicken nach. Er hatte gehört, daß dieser Mann früher durch seine Klugheit, vielleicht auch durch unerlaubte Künste großen Einfluß auf Ulerich gewonnen hatte; er hatte den Herzog selbst oft mit großer Achtung von der Staatsklugheit dieses Mannes sprechen gehört;

aber er wußte nicht warum, er fürchtete für den Herzog, wenn er sich dem Kanzler vertraue, er glaubte Tücke und Falschheit in seinen Augen gelesen zu haben.

Er sah gerade den Höcker und den wehenden gelben Mantel um die Ecke schweben, als eine Stimme neben ihm flüsterte: »Trauet dem Gelben nicht!« Es war der Pfeifer von Hardt, der sich unbemerkt an seine Seite gestellt hatte.

»Wie? bist du es, Hanns?« rief Georg und bot ihm freundlich die Hand. »Kommst du ins Schloß, uns zu besuchen? Das ist schön von dir, bist mir wahrhaftig lieber als der mit dem Höcker; aber was wolltest du mit dem Gelben, dem ich nicht trauen solle?«

»Das ist eben der mit dem Höcker, der Kanzler, der ist ein falscher Mann; ich habe auch den Herzog verwarnt, er soll nicht alles tun, was er ihm rät, aber er wurde zornig und – es mag wahr sein, was er sagte.«

»Was sagte er denn? hast du ihn heute schon gesprochen?«

»Ich kam, um mich zu verabschieden, denn ich gehe wieder heim nach Hardt zu Weib und Kind; der Herr war erst gerührt und erinnerte sich an die Tage seiner Flucht und sagte, ich soll mir eine Gnade ausbitten. Ich aber habe keine verdient, denn was ich getan, ist eine alte Schuld, die ich abgetragen. Da sagte ich, weil ich nichts anders wußte, er soll mich meinen Fuchs frei schießen lassen, und nicht strafen als Jagdfrevel. Des lachte er und sprach: das könne ich tun, das sei aber keine Gnade, ich solle weiter bitten. Da faßte ich ein Herz und antwortete: ›Nun, so bitt ich, Ihr möget dem schlauen Kanzler nicht allzuviel trauen und folgen. Denn ich meine, wenn ich ihn sehe, er meint es falsch – ‹«

»So geht es mir gerade auch«, rief Georg, »es ist, als wolle er mir die Seele ausspionieren mit den grünen Augen und ich wette, er meint es falsch; aber was gab dir der Herzog zur Antwort?«

»›Das verstehst du nicht‹, sagte er, und wurde böse; ›in Klüften und Höhlen magst du wohl bewandert sein, aber im Regiment kennt der Kanzler die Schliche besser als du.‹ Kann sein, ich habe unrecht und es soll mir lieb sein, um den Herzog! Nun lebet wohl, Junker! Gott sei mit Euch; amen.«

»Und wolltest du also gehen; wolltest nicht noch zu meiner Hochzeit bleiben? Ich erwarte den Vater und das Fräulein heute. Bleibe noch ein paar Tage; du warst so oft der Liebesbote und darfst uns nicht fehlen!«

»Was soll so ein geringer Mann, wie ich, bei der Hochzeit eines Ritters? Zwar könnte ich mich hinaufsetzen zu den Spielleuten und auch eines aufspielen zum Ehrentanz, aber das tun andere so gut als ich, und mein Haus verlangt nach mir.«

»Nun, so lebe wohl; grüße mir dein Weib und Bärbele, dein schmuckes Töchterlein und besuche uns fleißig auf Lichtenstein; Gott sei mit dir.«

Dem Jüngling hing eine Träne im Auge, als er dem Bauer die Hand zum Abschied bot, denn er hatte in ihm einen kräftigen, biedern Mann, einen treuen Diener seines Fürsten, einen mutigen Genossen in Gefahren und einen heitern Gesellen im Unglück erkannt. Wohl schwebte ihm noch manche Frage über das geheimnisvolle Walten dieses Mannes, über seine wunderbare Anhänglichkeit an den Herzog auf den Lippen, aber er unterdrückte sie, überwältigt von jener unerklärlichen Macht, von jener natürlichen Größe und Würde, welche den Pfeifer von Hardt auch im unscheinbaren Gewand des Bauers umgab.

»Noch eins!« rief Hanns, als er eben nach dem letzten Händedruck des Junkers scheiden wollte, »wisset Ihr auch, daß Euer ehemaliger Gastfreund und zukünftiger Vetter, Herr von Kraft hier ist?«

»Der Ratsschreiber? wie sollt der hieher kommen? Er ist ja bündisch!«

»Er ist hier, und nicht gerade im anmutigsten Klosett, denn er sitzt gefangen. Gestern abend, als das Volk zusammenlief wegen des Herzogs, soll er für den Bund öffentlich gesprochen haben.«

»Gott im Himmel! das war Dieterich Kraft, der Ratsschreiber? Da muß ich schnell zum Herzog, er richtet schon über ihn und der Kanzler will ihn köpfen lassen! Gehab dich wohl!«

Mit diesen Worten eilte der Jüngling den Korridor entlang zu den Gemächern des Herzogs. Er war in Mömpelgard zu allen Tageszeiten zum Herzog gegangen, daher machten ihm auch jetzt die Türhüter ehrerbietig Platz. Er trat hastig in das Gemach; der Herzog sah ihn verwundert und etwas unwillig an, der Kanzler aber hatte das ewige süße Lächeln wie eine Larve vorgehängt.

»Guten Morgen, Sturmfeder!« rief der Herzog, der in einem grünen, goldgestickten Kleide, den grünen Jagdhut auf dem Kopf am Tisch saß, »hast du gut geschlafen in meinem Schlosse? was führt dich schon so früh zu uns? wir sind beschäftigt.«

Die Augen des jungen Mannes hatten indessen unruhig im Zimmer umhergestreift und den Schreiber des Ulmer Rats in einer Ecke gefunden. Er war blaß wie der Tod, sein sonst so zierliches Haar hing in Verwirrung herab und ein rosenfarbenes Mäntelein, das er über ein schwarzes Kleid trug, war in Fetzen zerrissen. Er warf einen rührenden Blick auf den

Junker Georg und sah dann auf zum Himmel, als wollte er sagen, »Mit mir ist's aus!« Neben ihm standen noch einige Männer und auch ein langer, hagerer Mann, den er schon gesehen zu haben sich erinnerte. Die Gefangenen wurden von Petrus, dem tapfern Magdeburger und dem Kasperl aus Wien bewacht. Sie standen mit ausgespreizten Beinen, die Hellebarden auf den Boden gestemmt, kerzengerade auf ihrem Posten.

»Ich sag, wir haben zu tun«, fuhr der Herzog fort; »was schaust du nur immer nach dem rosenfarbenen Menschenkind; das ist ein verstockter Sünder; das Schwert wird schon für ihn gewetzt.«

»Euer Durchlaucht erlauben mir nur *ein* Wort«, entgegnete Georg. »Ich kenne jenen Mann und wollte mich mit Hab und Gut für ihn verbürgen, daß er ein friedlicher Mann ist und gewiß kein Verbrecher, der den Tod verdiente.«

»Bei Sankt Hubertus, das ist kühn! Die Natur hat sich geändert. Mein Kanzler, der treffliche Jurist, hat sich aufgeputzt wie ein junger Krieger und mein junger Krieger dort will den Advokaten machen! Was sagt Ihr dazu, Ambrosius Volland?«

»Hi, hi! ich habe Euer Durchlaucht durch meine Person Spaß machen wollen; weiß aus früherer Zeit, daß Ihr einen kleinen Scherz liebet; nun, der liebe, gute Sturmfeder will die Lustbarkeit vermehren und den Juristen spielen. Hi, hi, hi! wird ihm aber nichts helfen, dem Rosenfarbenen. Majestätsverbrechen! wird halt doch geköpft, der im Mäntelein.«

»Herr Kanzler!« rief der Jüngling vor Unmut glühend. »Der Herr Herzog wird mir bezeugen können, daß ich mich nie zum Schalksnarren hergegeben habe. Diese Rolle mache ich andern nicht streitig. Und mit Menschenleben spiele und scherze ich nie!

Es ist mein wahrer Ernst, ich verbürge mich mit meinem Leben für gegenwärtigen Edlen von Kraft, Ratsschreiber in Ulm. Ich hoffe, meine Bürgschaft kann angenommen werden.«

»Wie?« sagte Ulerich, »das ist wohl der zierliche Herr, dein Gastfreund, von dem du mir so oft erzähltest? Tut mir leid um ihn, aber er wurde in einem Aufruhr unter sehr gefährlichen Umständen gefangen!«

»Freilich!« krächzte Ambrosius, »ein crimen laesae majestatis!«

»Erlaubet Herr! ich habe die Rechte lange genug studiert, um zu wissen, daß hier durchaus nicht von einem solchen Verbrechen die Rede sein kann. Gestern nacht waren die Bundesräte und der Statthalter noch hier; folglich war Stuttgart noch in Gewalt des Bundes, und der Ratsschreiber, der durchaus kein Untertan Seiner Durchlaucht ist, hat nicht anders gehandelt, als jeder bündische Soldat, der auf Befehl seines Oberen gegen uns zu Felde zog.«

»Ei, die Jugend, die Jugend! wie Ihr alles überhaspelt, junger, sehr wertgeschätzter Freund! Sobald der Herzog die Stadt aufgefordert hatte, und den *animum possidendi* hatte, war auch alles, was in den Mauern sich befand, *sein*. Folglich wer eine Verschwörung gegen ihn anzettelte, ist ein Majestätsverbrecher. Besagter Herr von Kraft aber hat schrecklich gefährliche Reden an das Volk gehalten.«

»Nicht möglich; es wäre ganz gegen seine Art und Weise! Herr Herzog! das kann nicht sein!«

»Georg!« sagte dieser ernst, »wir haben lange Geduld gehabt, dich anzuhören. Es hilft deinem Freunde doch nichts. Hier liegt das Protokoll; der Kanzler hat, ehe ich kam, ein Zeugenverhör angestellt, worin alles sonnenklar bewiesen ist. Wir müssen ein Exempel statuieren! Wir müssen unsere Feinde recht ins Herz hinein verwunden, der Kanzler hat ganz recht, darum kann ich keine Gnade geben.«

»So erlaubt mir nur noch eine Frage an ihn und die Zeugen, nur ein paar Worte.«

»Ist gegen alle Form Rechtens«, fiel der Kanzler ein; »ich muß dagegen protestieren, Lieber; es ist ein Eingriff in mein Amt.«

»Laß ihn, Ambrosius; mag er meinetwegen noch ein paar Fragen an den armen Sünder tun, er ist doch verloren.«

»Dieterich von Kraft«, fragte Georg, »wie kommt Ihr hieher?«

Der arme Ratsschreiber, den der Tod schon an der Kehle gefaßt hatte, verdrehte die Augen und seine Zähne schlugen aneinander; endlich konnte er einige Worte herausstoßen: »Bin hieher geschickt worden vom Rat, wurde Schreiber beim Statthalter –«

»Wie kamet Ihr gestern nacht zu den Bürgern von Stuttgart?«

»Der Statthalter befahl mir abends, wenn etwa die Bürger sich aufrührerisch zeigten, sie anzureden und zu ihrer Pflicht und Eid zu verweisen.«

»Ihr sehet, er kam also auf höheren Befehl dorthin; wer nahm Euch gefangen?« fuhr Georg zu fragen fort.

»Der Mann, der neben Euch steht.«

»Ihr habt diesen Herrn gefangen? also müßt Ihr auch gehört haben, was er sprach? was sagte er denn?«

»Ja, was wird er gesagt haben«, antwortete der Bürger, »er hat keine sechs Worte gesprochen, so warf ihn der Bürgermeister Hartmann von der Bank herunter; ich weiß noch, er hat gesagt: ›Aber bedenket, ihr

Leute, was wird der durchlauchtigste Bundesrat dazu sagen!‹ Das war alles, da nahm ihn der Hartmann beim Kragen und warf ihn herunter. Aber dort der Doktor Calmus, der hielt eine längere Rede.«

Der Herzog lachte, daß das Gemach dröhnte und sah bald Georg, bald den Kanzler an, der ganz bleich und verstört sich umsonst bemühte, sein Lächeln beizubehalten. »Das war also die gefährliche Rede, das Majestätsverbrechen? ›Was wird der Bundesrat dazu sagen!‹ Armer Kraft! wegen dieses kraftvollen Sprüchleins verfielst du beinahe dem Scharfrichter. Nun, das haben selbst unsere Freunde oft gesagt: ›Was werden die Herren sagen, wenn sie hören, der Herzog ist im Land.‹ Deswegen soll er nicht bestraft werden. Was sagst du dazu, Sturmfeder!«

»Ich weiß nicht, was Ihr für Gründe habt, Herr Kanzler«, sagte der Jüngling, indem sein Auge noch immer von Unmut strahlte, »die Sachen so auf die Spitze zu stellen, und dem Herrn Herzog zu Maßregeln zu raten, die ihn überall – ja ich sage es, die ihn überall als einen Tyrannen ausschreien müssen. Wenn es nur Diensteifer ist, so habt Ihr diesmal schlecht gedient.«

Der Kanzler schwieg, und warf nur einen grimmigen, stechenden Blick aus den grünen Äuglein auf den jungen Mann. Der Herzog aber stund auf und sprach: »Laß mir mein Kanzlerlein gehen, diesmal freilich war er zu strenge. Da – nimm deinen rosenroten Freund mit dir; gib ihm zu trinken auf die Todesangst, und dann mag er laufen wohin er will. Und du Hund von einem Doktor, der du zu schlecht zu einem Hundedoktor bist, für dich ist ein württembergischer Galgen noch zu gut. Gehängt wirst du doch noch einmal, ich will mir die Mühe nicht geben. Langer Peter! nimm diesen Burschen, binde ihn rückwärts auf einen Esel und führe ihn durch die Stadt; und dann soll man ihn nach Eßlingen führen – zu den hochweisen Räten, wo er und sein Tier hingehöre. Fort mit ihm.« 262

Die Züge des Doktor Kahlmäuser, in welchen schon der Tod gesessen war, heiterten sich auf; er holte freier Atem und verbeugte sich tief. Peter, Kasperle und der Magdeburger fielen mit grimmiger Freude über ihn her, luden ihn auf ihre breiten Schultern und trugen ihn weg.

Der Ratsschreiber von Ulm vergoß Tränen der Rührung und Freude; er wollte dem Herzog den Mantel küssen, doch dieser wandte sich ab und winkte Georg, den Gerührten zu entfernen. 263

V.

O tu es nicht! Tu's nicht!
Sieh deine reinen edlen Züge wissen
Noch nichts von dieser unglücksel'gen Tat:
Bloß deine Einbildungskraft befleckt sie;
Die Unschuld will sich nicht vertreiben lassen
Aus deiner hoheitblickenden Gestalt.

Schiller

Der Schreiber des großen Rates schien noch nicht Fassung genug erlangt zu haben, um auf dem Weg durch die Gänge und Galerien des Schlosses die vielen Fragen seines Erretters zu beantworten. Er zitterte noch an allen Gliedern, seine Knie wankten, und oft drehte er sich um und schaute mit verwirrten Blicken hinter sich, als fürchte er, den Herzog möchte seine Gnade gereuen, und der greuliche Kanzler im gelben Mantel möchte ihm nachschleichen, und ihn plötzlich am Genick packen. Auf Georgs Zimmer angekommen, sank er erschöpft auf einen Stuhl, und es verging noch eine gute Weile, ehe er geordnet zu denken und zu antworten vermochte.

»Eure Politika, Vetter! hat Euch einen schlimmen Streich gespielt,« sagte Georg; »was fällt Euch aber auch ein, in Stuttgart als Volksredner auftreten zu wollen? Wie konntet Ihr überhaupt nur Eure bequeme Haushaltung, die sorgsame Pflege der Amme und die Nähe der holden Berta fliehen, um hier dem Statthalter zu dienen?«

»Ach! sie ist es ja gerade, die mich in den Tod geschickt hat. Berta ist an allem schuld; ach, daß ich nie mein Ulm verlassen hätte! Mit dem ersten Schritte über unsere Markung fing mein Jammer an.«

»Berta hat Euch fortgeschickt?« fragte Georg; »wie, seid Ihr nicht zum Ziele Eurer Bemühungen gelangt? Sie hat Euch abgewiesen, und aus Verzweiflung seid Ihr –«

»Gott behüt; Berta ist so gut als meine Braut. Ach, das ist gerade der Jammer! Wie Ihr von Ulm abgezogen waret, bekam ich Händel mit Frau Sabina, der Amme; da entschloß ich mich, und hielt bei meinem Oheim um das Bäschen an. Nun habt Ihr aber dem Mädchen durch Euer kriegerisches Wesen gänzlich den Kopf verrückt. Sie wollte, ich solle vorher zu Feld ziehen und ein Mann werden wie Ihr. – Dann wolle sie mich heiraten. Ach, du gerechter Gott!«

»Und da seid Ihr förmlich zu Feld gezogen gegen Württemberg? Welche kühne Gedanken das Mädchen hat!«

»Bin zu Feld gezogen; die Strapazen vergesse ich in meinem Leben nicht! Mein alter Johann und ich rückten mit dem Bundesheer aus. Das war ein Jammer! Mußten oft täglich acht Stunden reiten. Die Kleider kamen in Unordnung, alles wurde bestaubt und unsauber, der Panzer drückte mich wund; ich hielt es nicht mehr aus, und Johann lief heim nach Ulm, da bat ich um eine Stelle bei der Feldschreiberei, mietete mir eine Sänfte und zwei tüchtige Saumrosse dazu, und so ging es doch erträglicher.«

»Da wurdet Ihr also zu Feld getragen, wie der Hund zum Jagen. Habt Ihr auch einem Treffen beigewohnt?«

»O ja; bei Tübingen kam ich hart ins Gedränge. Keine zwanzig Schritte von mir wurde einer maustot geschossen. Ich vergesse den Schrecken nicht, und wenn ich achtzig Jahr alt werde! Als wir dann das Land völlig besiegt hatten, bekam ich die ehrenvolle Stelle beim Statthalter. Wir lebten ruhig und in Frieden; da kommt auf einmal wieder der unruhige Herr ins Land; ach, daß ich meinem Kopf gefolgt, und mit den Bundesobersten nach Nördlingen auf den Bundestag gezogen wäre; aber ich scheute die beschwerliche Reise.«

»Warum seid Ihr aber nicht mit dem Statthalter davongegangen, als wir kamen. Der sitzt jetzt im trockenen in Eßlingen, bis wir ihn weiterjagen.«

»Er hat uns im Stiche gelassen und meinem Kopf alles anvertraut; und beinahe hätte ich mit dem Kopf dafür büßen müssen. Ich dachte nicht, daß die Gefahr so groß sei, ließ mich von Doktor Calmus verführen, eine Rede ans Volk zu halten und Württemberg dem Bunde zu retten. Das hätte gewiß Aufsehen gemacht, und Berta wäre noch eins so freundlich gewesen. Aber die Leute da unten in Württemberg sind Barbaren, und ohne alle Lebensart; sie ließen mich nicht einmal zum Wort kommen, warfen mich herab, und behandelten mich ganz gemein und roh. Seht nur meinen Mantel an, wie sie ihn zerrissen haben! Es ist schade dafür, er hat mich vier Goldgulden gekostet, und Berta behauptete immer, daß mir rosenfarb so gut zu Gesicht stehe.«

Georg wußte nicht, ob er über die Torheit des Schreibers lachen, oder es als hohen stoischen Gleichmut bewundern sollte, daß er, kaum dem

264

Tode entgangen, sein zerrissenes Mäntelein bedauern konnte. Er wollte ihn noch weiter über seine Schicksale befragen, als ihn ein Geräusch vom Vorplatz des Schlosses her ans Fenster lockte; er sah hinaus und winkte schnell Herrn Dieterich herbei, um ihm das Schauspiel gefallener irdischer Größe zu zeigen.

Der Doktor Calmus hielt seinen Umzug durch die Stadt. Er saß verkehrt auf einem Esel; die Landsknechte hatten ihn wunderlich ausgeschmückt, sie hatten ihm eine spitzige Mütze von Leder aufgesetzt, an deren Spitze eine Hahnenfeder angebracht war. Vor ihm gingen zwei Trommler, zu seinen Seiten sah man in gravitätischen Schritten den Magdeburger und den Wiener, den ehemaligen Hauptmann Muckerle und seinen tapfern Oberst gehen, die hin und wieder mit den Enden ihrer Hellebarden den Esel zu kühnen Sprüngen antrieben. Ein ungeheurer Volkshaufe umschwärmte ihn und warf ihn mit Eiern und Erde.

Der Ratsschreiber schaute trübselig auf seinen Gefährten hinab und seufzte: »'s ist hart, auf dem Esel reiten zu müssen«, sagte er, »aber doch immer noch besser als gehängt werden.« Er wandte sich ab von dem Schauspiel und blickte nach einer andern Seite des Schloßplatzes. »Wer kommt denn hier?« fragte er den jungen Ritter. »Schaut, in einem solchen Kasten zog ich zu Felde.«

Georg wandte sich um. Er sah einen Zug von Reisigen, die eine Sänfte in ihrer Mitte führten. Ein alter Herr zu Pferd folgte dem Zug, der jetzt aufs Schloß einbeugte; Georg sah schärfer hinab, »Sie sind's«, rief er, »wahrhaftig, es ist der Vater und in der Sänfte wird sie sitzen!« In *einem* Sprung war er zur Türe hinaus, und der Ratsschreiber sah ihm staunend nach. »Wer soll es sein, welcher Vater?« fragte er; er schaute noch einmal durchs Fenster, die Sänfte hielt vor der Zugbrücke des Schlosses, und in demselben Augenblicke stürzte Georg aus dem Tor. Herr Dieterich sah ihn die Türe der Sänfte ungestüm aufreißen, eine verschleierte Dame stieg aus, sie schlug den Schleier zurück – und wunderbar! es war das Bäschen Marie von Lichtenstein. »Ei! sehe doch einer; er küßt sie auf öffentlicher Straße«, sprach der Ratsschreiber kopfschüttelnd vor sich hin, »was das eine Freude ist. Aber wehe, jetzt kommt der Alte um die Sänfte herum, der wird Augen machen! Der wird schimpfen! – doch wie! er nickt dem Junker freundlich zu, er steigt ab; er umarmt ihn. Nein! das geht nicht mit rechten Dingen zu.«

Und dennoch schien es durchaus mit rechten Dingen zuzugehen; denn als der Schreiber des Großen Rates aus dem Zimmer auf die Galerie trat, um sich zu überzeugen, daß ihn seine Augen getäuscht haben müssen, kam sein Oheim der alte Herr von Lichtenstein die Treppe herauf. An der rechten Hand führte er Georg von Sturmfeder, an der linken – Bäschen Marie. Welche Veränderung war mit jenen holden Zügen vorgegangen, die sich so tief in sein Herz, in sein Gedächtnis geprägt hatten.

In Ulm war sie ihm zum erstenmal wie ein Bote aus einem unbekannten Lande erschienen, so erhaben war der Blick ihrer schönen blauen Augen, so majestätisch ihre Stirne, so sinnig jenes kleine Fleckchen zwischen den schönen dunkeln Bogen der Brau'n. Er hatte oft und viel darüber nachgedacht, in was denn der Zauber bestehe, der ihn so unwiderstehlich feßle? Die Ulmer Mädchen hatten frischere Wangen, lebhaftere Augen, ein schalkhafteres Lächeln und den fröhlichen frischen Glanz einer heitern Jugend. Und dennoch war Marie unter ihnen gestanden, still und groß wie eine Königin. War es vielleicht der dunkle Schleier ihrer Wimpern, der sich oft mit unnennbarem Reiz über das Auge herabsenkte, um das Geheimnis einer stillen Träne zu verhüllen? Waren es die feinen geschlossenen Lippen, von süßer Wehmut umlagert? War es der zarte Wechsel der Farben auf ihren Zügen, die bald nur gebietende Hoheit auszustrahlen, bald das reizende Geheimnis leidender Liebe zu verraten schienen? Bertas Heiterkeit, Bertas fröhliche neckende Gunst hatte dieses ernstere Bild längst aus seinem Herzen verdrängt, und doch fühlte der arme Herr Dieterich die alte Wunde wieder bluten, als das Fräulein von Lichtenstein sich nahte. Aber welcher unbekannten Macht sollte er es zuschreiben, daß Mariens Züge einen ganz anderen Ausdruck gewonnen hatten? Wohl lag noch eine hohe Würde in ihrer Haltung, auf ihrer Stirne, aber in ihren Augen glühte eine stille Freude, ihr Mund lächelte und scherzte, auf ihren Wangen waren die schönsten Rosen aufgeblüht. Sprachlos hatte Dieterich von Kraft diese Erscheinung angestarrt, und jetzt erst wurde auch er von dem alten Ritter bemerkt. »Seh ich recht«, rief dieser, »Dieterich Kraft, mein Neffe! was führt denn dich nach Stuttgart, kommst du etwa zur Hochzeit meiner Tochter mit Georg von Sturmfeder? Aber wie siehst du aus? Was fehlt dir doch? Du bist so bleich und elend, und deine Kleider hängen dir in Fetzen vom Leibe!«

Der Ratsschreiber sah herab auf das rosenfarbene Mäntelein und errötete: »Weiß Gott«, rief er, »ich kann mich vor keinem ehrlichen Menschen sehen lassen! Diese verdammten Württemberger, diese Weingärtner und Schustersjungen haben mich so zerfetzt. Aber wahrhaftig! der ganze durchlauchtige Bund ist in meiner Person angegriffen und beleidigt!«

»Ihr dürft froh sein, Vetter! daß Ihr so davongekommen seid«, sagte Georg, indem er die Angekommenen in sein Gemach einführte; »bedenket Herr Vater, gestern nacht, als wir vor den Toren standen, hielt er Reden an die Bürger, um sie aufzuwiegeln gegen uns; da hat ihn heute frühe der Kanzler wollen köpfen lassen; mit großer Mühe bat ich ihn los, und jetzt klagt er die Württemberger wegen seines zerfetzten Mänteleins an.«

»Mit gnädiger Erlaubnis«, sagte Frau Rosel, und verbeugte sich dreimal vor dem Ratsschreiber, »wenn Ihr meine Hülfe annehmen wollet, so will ich den Mantel flicken, daß es eine Lust ist. Da geht's wie im Sprüchwort: ›Hat der Junge den Rock zerrissen, hat der Alt' ihn flicken müssen.‹«

Herrn Dieterich war diese Hülfe sehr angenehm; er bequemte sich zu der Frau Rosel ans Fenster zu sitzen, um sich seine Gewänder zurechtrichten zu lassen. Sie zog aus ihrer großen Ledertasche Zwirn von allen Farben und machte sich an die Wunden, die ihm die Württemberger geschlagen hatten. Sie unterhielt ihn dabei mit ergötzlichen Reden von der Haushaltung und der Zubereitung verschiedener Speisen, die in Frau Sabinas Kochregister nicht vorgekommen waren. Entfernt von diesem Paar um die ganze Breite des Zimmers, saßen Georg und Marie im traulichen Flüstern der Liebe. Weder der gelehrte Johannes Tethingerus, noch ein Johannes Bezius, weder Gabelkofer noch Crusius, so wichtige Kunden wir ihnen über diese Zeiten verdanken, melden uns, was diese beiden an jenem Morgen zusammen flüsterten, nur so viel können wir berichten, daß eine süße Ruhe auf Mariens Zügen lag, daß sie die schönen Augen bald freudig aufschlug, bald verschämt wieder senkte, daß sie bald lächelte, bald tief errötete, und manche Frage des Geliebten mit Küssen zurückdrängte.

Der Leser wird es uns Dank wissen, wenn wir ihn von einer Szene, die so wenig historischen Grund und Boden, also nach neueren Begriffen auch keinen Wert hat, hinwegführen, und den Schritten des Ritters von Lichtenstein folgen. Er hatte seine Tochter unter der Pflege Georgs, seinen Neffen unter der kunstreichen Hand der Frau Rosalia gelassen, und schritt nun den Gemächern des Herzogs zu. Seine Züge, welchen Alter und Erfahrung einen sinnenden Ernst eingedrückt hatten, erschienen in dieser Stunde noch ernster – beinahe traurig. Dieser Mann hatte von seinen Vätern die Liebe zum Hause Württemberg geerbt, Gewohnheit und Neigung hatten ihn an die Regenten gefesselt, die während seines langen Lebens über Württemberg geherrscht hatten, und das Unglück und die Verleumdung, welche auf Ulerich unablässig hereinstürmten, hatten das Herz des alten Herrn nicht von diesem Herzog losreißen können – sie fesselten ihn nur mit noch stärkeren Banden. Mit der Freude eines Bräutigams, der zur Hochzeit zieht, mit der Kraft eines Jünglings hatte er den weiten und beschwerlichen Weg von seinem Schloß nach Stuttgart zurückgelegt, als man ihm gemeldet hatte, daß der Herzog Leonberg erobert habe und auf Stuttgart zu ziehe. Keinen Augenblick zweifelte er an dem Siege des Herzogs und so traf es sich, daß er schon am andern Morgen der neuen Herrschaft Ulerichs nach Stuttgart kam.

Nicht so fröhlicher Art waren die Nachrichten, die ihm Georg mitteilte, als er mit ihm und Marien die Treppe heraufstieg. »Der Herzog«, hatte ihm jener zugeflüstert, »der Herzog ist nicht so wie er sollte; Gott weiß was er mit seinem Lande machen will, er hat unterweges sonderbare Reden fallen lassen, und ich fürchte er ist nicht in den besten Händen. Der Kanzler Ambrosius Volland –« Dieser einzige Name reichte hin, in dem Ritter von Lichtenstein große Besorgnisse aufzuregen. Er kannte diesen Volland, er wußte, daß er zwar gelehrt, in allen Regierungsgeschäften überaus wohlerfahren, zu jedem, auch dem schwersten Dienst bereit, aber dabei ein Mann sei, der zum wenigsten schon öfter ein gewagtes, wo nicht falsches Spiel gespielt habe.

»Wenn der Herzog diesem sein Vertrauen schenkt, wenn er nur seine Ratschläge befolgt, dann sei Gott gnädig. Dem Ambrosius ist das Land ein Stück Leder, das man nach Willkür handhaben kann, er wird es zurechtschneiden wollen zu einem Koller für den Herzog und die Abschnipfel für sich behalten. Aber wie Frau Rosel zu sagen pflegt: ›Zerschneiden kann jeder Narr, aber wie zusammennähen?‹ « So sprach der alte Herr von Lichtenstein zu sich, als er durch die Galerien ging; er streichelte unmutig seinen langen weißen Bart, und seine Augen glühten vom Eifer für die gute Sache Württembergs.

Er wurde sogleich vorgelassen, und traf den Herzog in großer Beratung mit Ambrosio. Der letztere hatte eine ungeheure Schwanenfeder in der einen Hand, in der andern hielt er ein Pergament, das mit schwarzer, roter und blauer Dinte in vielen zierlichen Schnörkeln beschrieben war. Der Herzog spielte mit einem großen Sigill, das er in der Hand hielt, er schien mit sich zu kämpfen, er sah bald seinen Kanzler durchdringend an, bald heftete sich sein Blick wieder auf das Sigill. Sie waren beide so vertieft, daß Lichtenstein einige Minuten im Zimmer stand, ohne von ihnen bemerkt zu werden; er betrachtete mit großer Teilnahme die edlen

Züge Ulerichs von Württemberg. Er sah, wie auf seiner Stirne, in seinen sprechenden Augen, so verschiedene Empfindungen wechselten. Bald runzelte sich seine Stirne, seine Augenbrau'n zuckten, sein Auge rollte, dann glätteten sich diese Falten, aus seinen Blicken strahlte nur ein tiefer Ernst, der in Nachdenken überging, und oft schien ein Anflug von Güte den strengen Ausdruck seiner Züge zu mildern. Aber der im gelben Mäntelein, mit der Schwanenfeder in der Hand, stand wie der Versucher vor ihm; er wandt' und drehte sich vor ihm, wie die Schlange im Paradies, und das ewig stehende Lächeln, der Ausdruck von Ehrlichkeit, den er seinen grünen Äuglein zu geben wußte, wenn ihn sein Herr scharf ansah, sollten einladen den Apfel anzubeißen.

»Ich kann nicht begreifen«, sprach er mit heiserer feiner Stimme, »warum Ihr es nicht tun möget. Hat wohl Cäsar so lange gezaudert, als er über den Rubikon ging? Ein großer Mann hat große Mittel nötig, und die Mitwelt und die Nachwelt wird Euch preisen, daß Ihr diese Fesseln von Euch geworfen.«

»Weißt du dies so gewiß, Ambrosius Volland?« entgegnete der Herzog, indem er ihn düster anblickte. »Man wird sagen: Herzog Ulerich war ein Tyrann. Er hat die alte Ordnung umgestoßen, die seinen Vätern heilig war, er hat den Vertrag, den er selbst aufgerichtet, gebrochen, er hat sein Land wie ein fremdes behandelt, er hat die Gesetze nicht gehalten, die –«

»Erlaubet«, unterbrach ihn jener, »es kommt nur allein auf die Frage an: ›Wer ist Herr? der Herzog oder das Land?‹ Wenn das Land Herr ist, dann ist's was anderes. Dann freilich sind allerlei Pakten, Verträge, Klauseln und dergleichen nötig. Die Ritterschaft, die Prälaten und die Landschaft sind dann Meister, und Euer Durchlaucht – nun, sind dann *der,* welcher den Namen dazu hergibt. Seid Ihr aber, was man so eigentlich Herr nennt, dann seid *Ihr* es auch, der Gesetze gibt. Jetzt habt Ihr das Heft in der Hand; jetzt noch seid Ihr Herr und Meister. Drum fort mit dem alten Recht, hier ist ein neues – da, nehmt in Gottes Namen die Feder, unterzeichnet.«

Der Herzog stand noch eine Weile unschlüssig, seine Wangen glühten, seine ganze Gestalt richtete sich höher auf, aber sein Auge haftete noch am Boden. Jetzt schlug er es auf, und es blitzte vom Gefühl seiner Würde. »Ich heiße Württemberg«, sagte er; »*ich* bin das Land und das Gesetz – ich unterschreibe.« Er streckte die Rechte aus, die Schwanenfeder aus der Hand seines Kanzlers zu empfangen, aber mit sanfter Gewalt wurde sein Arm von einer fremden Hand ergriffen und weggezogen. Erstaunt sah er sich um, und blickte in die ruhigen aber ernsten Züge des Ritters von Lichtenstein.

»Ha! willkommen«, rief er, »mein getreuer Lichtenstein; sogleich steh ich Euch Rede, lasset mich nur zuvor dies Pergament unterzeichnen.«

»Erlauben Euer Durchlaucht«, sagte der alte Mann, »Ihr habt mir eine Stimme zugesagt in Eurem Rat, darf ich nicht auch wissen um die erste Verordnung, die Ihr an Euer Land ergehen lasset.«

»Mit Euer hochedeln Erlaubnis«, fiel Ambrosius Volland hastig ein, »das Ding hat Eile; die Bürgerschaft von Stuttgart versammelt sich schon auf der Wiese; diese Schrift muß ihr vorgelesen werden; es hat wahrhaftig Eile.«

»Nun, Ambrosius!« sagte der Herzog, »So gar eilig ist es nicht, daß wir unserem alten Freund die Sache nicht mitteilen sollten. Wir haben nämlich beschlossen, uns huldigen zu lassen, und zwar nach neuen Verträgen und Gesetzen. Die alten sind null und nichtig.«

»Das habt Ihr beschlossen? um Gottes willen, habt Ihr auch bedacht, zu was dies führt? Habt Ihr nicht erst vor wenigen Tagen den Tübinger Vertrag beschworen?«

»Tübingen!« rief der Herzog mit schrecklicher Stimme, indem seine Augen von Zorn glühten. »Tübingen! nenne dies Wort nicht mehr. Dort hatte ich all meine Hoffnung, dort war mein Land, meine Kinder, ha, und dort haben sie mich verraten und verkauft. Ich bat, ich flehte, sie sollen zu mir halten, ich wolle Gut und Blut mit ihnen teilen – nichts! man wollte von Ulerich nichts mehr; das neue Regiment gefiel ihnen besser, im Elend haben sie mich schmachten lassen, haben zugegeben, daß ihr Herzog in Verbannung war, haben geduldet, daß der Name Württemberg ein Hohngelächter wurde in allen Reichen – jetzt bin ich wieder Herr und Meister, habe das Heft in der Hand, und will mir's nicht wieder aus der Hand wenden lassen. Haben *sie* ihren Eid vergessen, bei Sankt Hubertus, so ist *mein* Gedächtnis auch nicht länger. Tübinger Vertrag? Ich sag, der Teufel soll alles holen, was mit diesem Namen sich verknüpft!«

»Aber bedenken Euer Durchlaucht!« sprach Lichtenstein, von diesem Ausbruch der Leidenschaft erschüttert, »bedenket doch, welchen Eindruck ein solcher Schritt auf das Land machen muß. Noch habt Ihr nichts als Stuttgart und die Gegend; noch liegen in Urach, Asperg, Tübingen, Göppingen, überall noch bündische Besatzungen. Wird die Landschaft

Euch beistehen, den Bund zu verjagen, wenn sie hört, auf welche neue Ordnung sie huldigen solle?«

»Ich sag: ist mir die Landschaft beigestanden, als ich Württemberg mit dem Rücken ansehen mußte? Sie haben mich laufen lassen und dem Bund gehuldigt!«

»Vergebt mir, Herr Herzog«, entgegnete der Alte mit bewegter Stimme; »dem ist nicht also. Ich weiß noch wohl den Tag bei Blaubeuren. Wer hielt da zu Euch, als die Schweizer abzogen? Wer bat Euch nicht vom Land zu lassen, wer wollte Euch sein Leben opfern? Das waren achttausend Württemberger. Habt Ihr *den* Tag vergessen?«

»Ei, ei, Wertester!« sagte der Kanzler, dem es nicht entging, welchen mächtigen Eindruck diese Worte auf Ulerich machten. »Ei! Ihr sprechet doch auch etwas zu kühnlich. Ist übrigens jetzt auch gar nicht die Rede von *damals,* sondern von *jetzt.* Die Landschaft ist von der alten Huldigung gänzlich abgekommen, hat dem Bunde eine andere Huldigung getan; Seine Durchlaucht ist jetzt als ein neuangekommener Herr anzusehen; er hat dies Land mit Gewalt erobere; hat sich nun der Bund auf besondere Verträge huldigen lassen, so kann es der Herzog ebenso halten. Neuer Herr, neu Gesetz. Man kann sich in allewege nach eigenem Gutdünken huldigen lassen. Soll ich die Feder eintauchen, gnädiger Herr?«

»Herr Kanzler!« sagte Lichtenstein mit fester Stimme, »habe alle mögliche Ehrfurcht vor Eurer Gelahrtheit und Einsicht, aber was Ihr da sagt, ist grundfalsch und kein guter Rat. Jetzt gilt es zu wissen, wen das Volk liebt. Der Bund hat durch sein Walten im Land alles gegen sich aufgebracht, es war die rechte Zeit, daß Seine Durchlaucht wiederkam, jetzt fliegen ihm alle Herzen zu –; wird er sie nicht gewaltsam von sich stoßen, wenn er alles Alte umreiße und nach eigener neuerer Satzung schaltet und waltet! Oh, bedenkt, bedenkt, die Liebe eines Volkes ist eine mächtige Stütze!«

Der Herzog stand mit untergeschlagenen Armen da, düster vor sich hinblickend, er antwortete nicht. Desto eifriger tat dies der Kanzler im gelben Mäntelein. »Hi, hi, hi! wo habt Ihr die schönen Sprüchlein her? Liebwerter, Hochgeschätzter! Liebe des Volkes, sagt Ihr? Schon die Römer wußten was davon zu halten sei. Seifenblasen, Seifenblasen! hätt Euch für gescheiter gehalten. Wer ist denn das Land? hier, *hier* steht es in persona, das ist Württemberg; dem gehört's; hat's geerbt und jetzt noch dazu erobert. Volksliebe! Aprillenwetter! wäre ihre Liebe so stark gewesen, so hätten sie nicht dem Bunde gehuldigt.«

»Der Kanzler hat recht!« rief Ulerich aus seinen Gedanken erwachend. »Du magst es gut meinen, Lichtenstein. Aber er hat diesmal recht. Meine Langmut hat mich zum Land hinaufgetrieben; Jetzt bin ich wieder da; und sie sollen fühlen, daß ich Herr bin. Die Feder her, Kanzler, ich sag so will ich's; so wollen wir uns huldigen lassen!«

»O Herr! tut nichts in der ersten Hitze! wartet bis Euer Blut sich abkühlt. Rufet die Landschaft zusammen; machet Änderungen nach Eurem Sinne, nur jetzt nicht, nur nicht solange der Bund noch Land besitzt in Württemberg; es könnte Euch schaden bei den übrigen. Gestattet nur noch eine kurze Frist. –«

»So?« unterbrach ihn der Kanzler, »daß man dann alsgemach wieder in das alte Wesen hineinkommt. Gebt acht, wenn die Landschaft erst beisammen ist, wenn sie sich erst zusammen beraten, meinet Ihr, da werden sie so gutwillig nachgeben. Hi! hi! da wird man Gewalt anwenden müssen, und *das* macht erst verhaßt. Schmiedet das Eisen, solange es warm ist. Oder gelüstet Euer Durchlaucht wieder ganz gehorsamlich unter das alte Joch zu stehen, und den Karren zu ziehen?«

Der Herzog antwortete nicht. Er riß mit einer hastigen Bewegung Feder und Pergament dem Kanzler aus der Hand, warf einen schnellen durchdringenden Blick auf ihn und den Ritter, und ehe noch dieser es verhindern konnte, hatte Ulerich seinen Namen unterzeichnet. Der Ritter stand in stummer Bestürzung; er senkte bekümmert das Haupt auf die Brust herab. Der Kanzler blickte triumphierend auf den Ritter und den Herzog. Doch dieser ergriff eine silberne Glocke, die auf dem Tisch stund, und klingelte. Ein Diener erschien und fragte nach seinem Befehl.

»Ist die Bürgerschaft versammelt?« fragte er.

»Ja, Euer Durchlaucht! auf den Wiesen gegen Cannstatt sind sie versammelt. Amt und Stadt; die Landsknechte rücken soeben aus; sechs Fähnlein.«

»Die Landsknechte? wer gab die Erlaubnis?«

Der Kanzler zitterte vor dem Ton dieser Frage. »Es ist nur wegen der Ordnung«, sagte er, »ich habe gedacht, weil es bei solchen Fällen gebräuchlich sei, daß bewaffnete Mannschaft –«

Der Herzog winkte ihm zu schweigen; er begegnete einem trüben, fragenden Blick des alten Lichtenstein, der ihn erröten machte. »Mit meinem Befehl geschah es nicht«, sprach er, »doch – es möchte auffallen, wenn wir sie zurückriefen. Es ist ja gleichgültig. Man bringe mir den roten Mantel und den Hut; schnell!«

Der Herzog trat ans Fenster, und sah schweigend hinaus; der Kanzler schien nicht recht zu wissen, ob sein Herr erzürnt sei oder nicht, er wagte nicht zu sprechen, und der Ritter von Lichtenstein verstarrte in seinem trüben Schweigen. So standen sie geraume Zeit, bis sie von den Dienern unterbrochen wurden. Es traten vier Edelknaben ins Gemach, der erste trug den Mantel, der zweite den Hut, der dritte eine Kette von Gold und der vierte des Herzogs Schlachtschwert. Sie bekleideten den Herzog mit dem Fürstenmantel von purpurrotem Samt mit Hermelin verbrämt. Sie reichten ihm den Hut, der die rot und gelbe Farbe des Hauses Württemberg in reichen wehenden Federn zeigte, diese wurden zusammengehalten von einer Agraffe aus Gold und Edelsteinen, die eine Grafschaft wert war. Der Herzog bedeckte sein Haupt mit diesem Hut. Seine kräftige Gestalt schien in diesem fürstlichen Schmuck noch erhabener als zuvor, und die freie, majestätische Stirne, das glänzende Auge sahe gebietend unter den wallenden Federn hervor. Er ließ sich die Kette umhängen, steckte das Schlachtschwert an, und winkte seinem Kanzler aufzubrechen.

Noch immer sprach der Ritter von Lichtenstein kein Wort; mit bekümmerter Miene hatte er diesen Anstalten zugesehen, und sich dann abgewendet. Der Herzog schritt mit leichtem Neigen des Hauptes, an dem alten Ritter vorüber zur Türe, und die wunderliche Figur des Kanzlers Ambrosius Volland folgte ihm mit majestätischen Schritten. Hatte der Herr den Alten nicht gegrüßt, glaubte auch der Kanzler ihm dies nicht schuldig zu sein, er warf nur einen tückischen Blick nach dem Platz hinüber wo jener noch immer stand, und sein großer, zahnloser Mund verzog sich zu einem höhnischen Lächeln. In der Türe stand der Herzog stille, er sah rückwärts, seine bessere Natur schien über ihn zu siegen, er kehrte zur Verwunderung des Kanzlers zurück und trat zu Lichtenstein.

»Alter Mann!« sagte er, indem er vergeblich strebte, seine tiefe Bewegung zu unterdrücken, »du warst mein einziger Freund in der Not, und in hundert Proben habe ich deine Treue bewährt gefunden, du kannst es mit Württemberg nicht schlimm meinen; ich fühle, es ist einer der wichtigsten Schritte meines Lebens, und ich gehe vielleicht einen gewagten Gang; – aber wo es das Höchste gilt, muß man alles wagen. –«

Der Ritter von Lichtenstein richtete sein greises Haupt auf in den weißen Wimpern hingen Tränen; er ergriff Ulerichs Hand: »Bleibet«, rief er, »nur diesmal, diesmal folget meiner Stimme; mein Haar ist grau; ich habe lange gelebt, Ihr erst drei Jahrzehnte. –« Indem ertönten die

Trommeln der Landsknechte in dem Hof. Das ungeduldige Stampfen der Rosse drang herauf, und die Herolde stießen zur Huldigung rufend, in die Trompeten.

»›Jacta alea esto!‹ war der Wahlspruch Cäsars«, sagte der Herzog mit mutiger Miene; »jetzt gehe ich über *meinen* Rubikon. Aber dein Segen möchte mir frommen, alter Mann, zum Rat ist es zu spät!«

Der Ritter blickte schmerzlich aufwärts; die Stimme versagte ihm, er drückte segnend seines Herzogs Rechte an die Brust. Noch zögerte Ulerich bei ihm, da streckte der Kanzler den langen dürren Arm unter dem gelben Mäntelein hervor, winkte ihm mit der Pergamentrolle; er war anzuschauen wie der Versucher, dem es gelingt, eine arme Seele mit sich hinabzuziehen. Ulerich von Württemberg riß sich los und ging, um sich von seiner Hauptstadt huldigen zu lassen.

VI.

Kein Feuer, keine Kohle
Kann glühen so heiß,
Als eine stille Liebe,
Von der niemand nichts weiß.

Altes Sprichwort

Die Besorgnisse des alten Herrn schienen nicht so ungegründet gewesen zu sein, als Ambrosius Volland sie dargestellt hatte. Ein sehr großer Teil des Landes fiel zwar dem Herzog zu, weil die Vorliebe für den angestammten Regenten, der Druck des Bundes und die anfangs so siegreichen Waffen Ulerichs, viele bewogen, die Huldigung, die sie gezwungenerweise dem Bunde getan, zu vergessen und sich für Württemberg zu erklären.

Aber die neue Huldigung, die alle frühern Verträge umstieß, das Gerücht, daß manche Stadt durch Gewalt zu diesen Formen gezwungen worden sei, bewirkte wenigstens, daß der Herzog keine Popularität gewann, ein Mangel, der in so zweifelhafter Lage oft nur zu bald fühlbar wird. Noch beharrten Urach, Göppingen und Tübingen auf ihren, dem Bund geleisteten Pflichten, denn ihre bündisch gesinnten Obervögte zwangen sie mit Gewalt dazu; zu Urach hauste Dieterich Spät, des Herzogs bitterster Feind; er brachte in wenigen Tagen so viel Mannschaft auf, daß er nicht nur sein ganzes Amt im Zaume hielt, sondern auch Einfälle in die Ländereien machte, die dem Herzog wieder zugefallen waren. Es ging auch das Gerücht, die Bundesstände seien schnell von Nördlingen aufgebrochen, jeder in seine Heimat geeilt, um frische Heere aufzubieten und Ulerich zum zweitenmal auf Leben und Tod zu bekämpfen.

Ulerich selbst schien weder der einen noch der andern dieser Besorgnisse Raum zu geben. Er pflog bei verschlossenen Türen mit Ambrosius Volland Rat; man sah viele Eilboten kommen und abgehen, aber niemand erfuhr, was sie brachten. In Stuttgart aber glaubte man fest, der Herzog müsse in der fröhlichsten Stimmung sein, denn wenn er mit seinem glänzenden Gefolge durch die Straßen ritt, alle schönen Jungfrauen grüßte und mit den Herren zu seiner Seite scherzte und lachte, da sagten sie: »Herr Ulerich ist wieder so lustig, wie vor dem Armen Konrad.« Er hatte seinen Hofstaat wieder glänzend eingerichtet. Zwar war es nicht mehr wie früher der Sammelplatz der bayerischen, schwäbischen und fränkischen Grafen und Herren, zwar fehlte die Fürstin, die sonst einen schönen Kranz blühender Fräulein um sich versammelt hatte, aber dennoch fehlte es nicht an schönen Frauen und schmucken Edeln seinen Hof zu verherrlichen, und die Luft dieser Stadt schien schon damals der Schönheit so günstig zu sein, daß die bunten Reihen in den Sälen und Hallen des Schlosses nicht einer gewöhnlichen Versammlung, sondern einer Auswahl aus den schönen Frauen des Landes glich.

Tänze und Ritterspiele waren in ihre alten Rechte eingesetzt worden, Fest drängte sich an Fest und Ulerich schien eifrig nachholen zu wollen, was er in der Zeit seines Unglücks versäumt hatte. Keines der geringsten dieser Feste war die Hochzeit Georgs von Sturmfeder mit der Erbin von Lichtenstein.

Der alte Herr hatte sich lange nicht entschließen können, sein Wort zu halten; nicht daß er die Wahl seiner Tochter mißbilligt hätte, denn er liebte seinen Eidam väterlich, er sah in ihm seine eigene Jugend wieder aufblühen, er schlug ihm seine freiwillige Verbannung mit dem Herzog hoch an; aber wie der Horizont von Ulerichs Glück, so war auch die Stirne des alten Mannes noch immer umwölkt, denn er ahnte, daß es nicht so bleiben werde, wie es jetzt war, und tief schmerzte es ihn, daß der Herzog in so mancher wichtigen Angelegenheit von seinem Rat nicht Gebrauch machte, sondern alles heimlich mit seinem Kanzler abhandelte. So hatte er unschlüssig und betrübt diesen Tag der Freude immer hinausgeschoben, aber die schönen Augen seiner Tochter, in welchen er oft einen leisen Vorwurf zu lesen glaubte, Georgs Bitten nötigten ihm endlich einen bestimmten Termin ab. Der Herzog ließ es sich nicht nehmen, die Hochzeit auszurichten Er mochte sich jener Nächte erinnern, wo der Vater nicht müde ward, ihm seine Anhänglichkeit zu bezeugen; wo die zarte Tochter keinen Sturm, keine Kälte scheute, um ihn am Burgtor zu empfangen, um ihn mit warmen Speisen zu laben. Er mochte sich noch aus der jüngsten Vergangenheit der Opfer erinnern, die ihm der Bräutigam gebracht hatte, er zeigte auf glänzende Art, wie er Treue, Aufopferung und Liebe, die sich ihm so selten bewährt hatten, zu vergelten wisse. Der Ritter und seine Tochter waren bisher noch immer seine Gäste im Schloß zu Stuttgart gewesen, jetzt ließ er ein schönes Haus nächst der Kollegiaten-Kirche mit neuem Hausgeräte versehen und übergab am Vorabend der Hochzeit den Schlüssel dem Fräulein von

Lichtenstein, mit dem Wunsche, sie möchte es, sooft sie in Stuttgart sei, bewohnen.

Und jetzt endlich war der Tag gekommen, welchen Georg oft in ungewisser Ferne aber immer mit gleicher Sehnsucht geschaut hatte. Er rief sich am Morgen dieses Tages das ganze Leben seiner Liebe zurück; er wunderte sich, wie alles so ganz anders gekommen war, als er sich gedacht hatte. Wie hätte er, als er damals durch den Schönbuch nach der Heimat zog, denken können, daß das Glück, die Geliebte ganz zu besitzen, nicht mehr so ferne liegen werde, als er fürchtete. Wie hätte er, als er sich an das Bundesheer anschloß, ahnen können, daß der Herzog, welchen er zu bekriegen kam, sein Glück gründen werde. Mit welch heiterer Ruhe dachte er jetzt an die Stürme jener Tage zurück, wo es ihm zuerst wieder möglich geworden war, der Geliebten ein Wörtchen der Liebe zuzuflüstern, wo er die Schreckenskunde vernahm, daß ihr Vater ein Feind des Bundes, sie mit sich hinwegführen werde; wo er in Bertas Garten die unglücklichste Stunde seines Lebens im schmerzlichen Abschied von der Geliebten hinbrachte, wo er auf lange, vielleicht auf ewig verloren glaubte, was heute auf ewig sein werden sollte. Jedes Wort der Geliebten kehrte wieder in seiner Erinnerung, und er mußte aufs neue ihre hohe Zuversicht, ihren schönen Glauben an ein gütiges Geschick bewundern, den sie auch damals, wo die Zukunft mit einem düsteren Schleier verhüllt, und keine Aussicht, keine Hoffnung mehr war, nicht verlor, den sie mit dem letzten Abschiedskusse auch ihm mitzuteilen wußte.

»Er hat uns nicht gelogen, dieser Glaube«, sprach der junge Mann, von der Erinnerung bewegt, zu sich, »es lebt eine heilige, ahnungsvolle Stimme in ihrer reinen Seele, und ihr klares Auge das in dem meinigen die Gewißheit meiner Liebe las, tauchte auch damals tief in die Zukunft und verkündete Glück, es wird sie auch jetzt nicht täuschen, wenn es ein süßes, ungestörtes Glück in unserer Verbindung liest.«

Ein bescheidenes Pochen an der Türe unterbrach die lange Gedankenreihe, die sich an den heutigen Tag knüpfen, und in die ferne Zukunft hinausziehen wollte. Es war Herr Dieterich von Kraft, der stattlich geschmückt zu ihm eintrat.

»Wie?« rief dieser Schreiber des Großen Rates zu Ulm, und schlug voll Verwunderung die Hände zusammen. »Wie? in diesem Wams wollet Ihr Euch doch hoffentlich nicht trauen lassen? Es ist schon neun Uhr, die Gänge und Treppen des Schlosses wimmeln von Hochzeitgästen, die von Samt und Seide glänzen, und Ihr, die Hauptperson im Stück, schauet ruhig zum Fenster hinaus, statt Euren Anzug zu besorgen?«

»Dort liegt der ganze Staat«, erwiderte Georg lächelnd; »Barett und Federn, Mantel und Wams, alles aufs schönste zubereitet, aber Gott weiß, ich habe noch nicht daran gedacht, daß ich dieses Flitterwerk an mich hängen solle. Dies Wams ist mir lieber als jedes schöne neue. Ich habe es in schweren, aber dennoch glücklichen Tagen getragen.«

»Ja, ja! ich kenne es wohl; das habt Ihr bei mir in Ulm getragen, und es ist mir noch wohl erinnerlich, wie Euch Berta in diesem blauen Kleid abschilderte, daß ich recht eifersüchtig ward. Aber Flitterwerk nennt Ihr die Kleider da? Ei, der Tausend! Hätte ich nur mein Leben lang solche Flitter. Ha, das weiße Gewand mit Gold gestickt, und der blaue Mantel von Samt! Kann man was Schöneres sehen? Wahrlich Ihr habt mit Umsicht ausgewählt, das mag trefflich stehen zu Euren braunen Haaren.«

»Der Herzog hat mir es zugeschickt«, antwortete Georg, indem er sich ankleidete, »mir wäre alles zu kostbar gewesen.«

»Ist doch ein prächtiger Herr, der Herzog, und jetzt erst, seit ich einige Zeit hier bin, sehe ich ein, daß man ihm bei uns in Ulm zuviel getan hat. An einem solchen Hofe ist es doch was anderes als in den Städten; und Herzog von Württemberg klingt auch schöner als Bürgermeister von Ulm. Und doch möcht ich nicht in seiner Haut stecken; Ihr werdet sehen, Vetter, es geht noch einmal bergab mit ihm.«

»Das ist Euer altes Lied, Herr Dieterich; erinnert Ihr Euch noch, wie Ihr damals in Ulm großtatet mit Eurer Politika und wie Ihr regieren wolltet in Württemberg? Wie ist es denn jetzt?«

»Ist nicht alles eingetroffen«, erwiderte der Ratsschreiber mit weiser Miene; »weiß noch wie heute, daß ich prophezeite die Schweizer ziehen heim, die Landschaft werden wir für uns gewinnen, und die Burgen werden wir einnehmen.«

»Ja, ja! Ihr habt sie erobern helfen«, lachte Georg, »seid ja in einer Sänfte zu Feld getragen worden; aber damals sagtet Ihr auch, der Herzog werde nie zurückkehren, und jetzt sitzt er ganz warm und ruhig hier.«

278

»Nicht so ruhig als Ihr glaubt. Zwar ich wollte ihm und Euch wünschen, er behielte sein Land; uns hat es doch nichts genützt, die großen Herren nehmen alles für sich, an unsereinen kam nichts als etwa die Ehre für den Bund geköpft zu werden; möchte es ihm wohl gönnen; aber – glaubet mir, es sieht nicht so ruhig aus, als man hier meint. Die vertriebenen Räte haben von Eßlingen aus an den Kaiser und das Reich geschrieben und geklagt, der Bund ist wieder auf den Beinen; bei Ulm steht schon wieder ein neues Heer.«

»Gerede, nichts weiter; ich weiß gewiß, daß der Herzog sich mit Bayern versöhnen wird.«

»Ja *will,* aber nicht versöhnen *wird.* Das hat noch manchen Haken. Aber was sehe ich; Ihr werdet doch nicht den alten Fetzen von einer Feldbinde zu dem stattlichen Hochzeitschmuck anlegen wollen? Pfui, das paßt nicht zusammen, lieber Vetter.«

Der Bräutigam betrachtete die Schärpe mit inniger Liebe. »Das verstehet Ihr nicht«, sagte er, »wie gut sich dies zum Hochzeitgewande schickt. Es ist ihr erstes Geschenk; sie flocht sie heimlich bei Nacht auf ihrem Kämmerlein, als ihr die Kunde kam, daß sie bald scheiden müsse. Sie hat manche Träne hineingewoben, hat das Gewebe oft an die Lippen gedrückt, drum ward es mir eine Zauberbinde, und meinen Augen ein Trost, wenn ich im Unglück auf die Brust herniedersah. Sie darf nicht fehlen diese Binde, hat sie die Not mit mir getragen, so sei sie mir ein heiliger Schmuck am Tage des Glückes.«

»Nun, wie Ihr wollt, hängt sie in Gottes Namen um, jetzt noch das Barett aufgesetzt und schnell den Mantel umgehängt, sie läuten schon das erste drüben in der Kirche. Sputet Euch, lasset das Bräutlein nicht so lange warten!«

Der Ratsschreiber stellte sich noch einmal vor den jungen Mann, und musterte mit strengen Kenneraugen seinen Anzug. Er zog dort eine Spange schärfer an, er verwischte dort eine Falte, steckte hier eine Feder höher, und immer zufriedener wurden seine Blicke. Er gestand sich, daß der große, schlanke junge Mann, sein schöner Kopf, die klaren mutigen Augen ganz des lieblichen Bäschens würdig sei. »Weiß Gott«, sagte er, »Ihr sehet aus, Vetter, als wäret Ihr von unserem Herrgott gerade zum Hochzeiter erschaffen worden. Es ist mir lieb, daß Euch heute Berta nicht sehen kann, es möchte ihr wieder auf acht Tage schwindelnd werden, dem armen Kind! – Kommt, kommt; ich fühle mich stolz, Euer Geselle zu sein; wenn ich auch vierzehn Tage zu spät nach Ulm zurückkehre.« –

Georgs Wangen röteten sich, sein Herz pochte, als er sein Gemach verließ. Die Freude, die Erwartung, die Erfüllung jahrelanger Wünsche bestürmten seine Sinne, und wie trunken ging er neben Herrn Dieterich durch die Galerien. Die Türe ging auf, und Marie im Glanze ihrer Schönheit stand umgeben von vielen Frauen und Fräulein, die vom

Herzog eingeladen, heute ihre Begleitung bilden sollten. Marie errötete, als sie den Geliebten sah, sie betrachtete ihn staunend, als seien seine Züge heute mit einem neuen Glanze übergossen, sie schlug die Augen nieder, als sie seinen freudetrunkenen Blicken begegnete. Was hätte Georg dafür gegeben, die Geliebte an sein Herz ziehen, den Morgengruß der Liebe auf ihre Lippen drücken zu dürfen, aber die strenge Sitte der Zeit trennte an diesem Tage durch eine weite Kluft, was sich sonst schon längst gefunden hätte. Dem Bräutigam war es nicht erlaubt, die Hand der Braut zu berühren, ehe sie der Priester in die seinige legte, und der Braut wurde es übel aufgenommen, wenn sie den Bräutigam gar zuviel und gar zu lange ansah. Züchtig, ehrbar, die Augen auf den Boden geheftet, die Hände unter der Brust gefaltet, mußte sie stehen – so wollt es die Sitte.

Bei mancher andern möchte diese Stellung erzwungen und steif erschienen sein, doch, wie die Natur über ihre lieblichsten Töchter in jeder Lage, in Trauer und Freude, den Zauber der Schönheit ausgießt, so war auch diese unnatürliche Haltung der Braut, bei Marien zum gelungensten Bild geworden; die zarte Röte, die alle Augenblicke auf ihren Wangen wechselte, der süße Mund, in dessen Winkeln ein Lächeln aufzukeimen schien, der feine weiche Vorhang der gesenkten Lider, die zarten Fransen der dunkeln Wimpern, durch welche die blauen glänzenden Augen wie eine aufgehende Sonne kaum sichtbar durchschimmerten, sie gaben ein Bild holder verschämter Liebe, die dem Geliebten die Arme öffnen, die seinen Namen mit den süßesten Tönen aussprechen, die die Augen aufschlagen möchte, um ihm durch *einen* Blick ihre Wünsche zu verkünden; doch die mächtigere Natur, das verwirrende Gefühl der Beschämung windet ihr die Hände nur noch fester zusammen, schlägt die zarte Hülle der Wimpern vor das glühende Auge herab, und verschließt den Mund, daß er nur heimlich und stille lächelt, aber das Geheimnis der Liebenden nicht ausspricht.

Verschwunden war die erhabene Haltung Mariens, verschwunden die Majestät ihrer Stirne und jener gebietende ernste Blick, der auch den Kühnsten gefesselt hätte; aber man war versucht, jene erhabeneren Schönheiten nicht zurückzuwünschen; lag doch in diesem verschämten Bekenntnis, durch einen Blick des Geliebten überwunden zu sein, ein höherer Reiz, als wenn das stolze Auge frei um sich geblickt, und dieser geschlossene Mund das Geständnis der Liebe laut und offen ausgesprochen hätte. So hatte die Natur Marien an diesem Tage einen neuen

Zauber verliehen, der so mächtig wirkte, daß Georg einige Momente seine Braut verwunderungsvoll betrachtete und sein Herz sich stolzer hob, im Gefühle dieses liebliche Kind sein nennen zu dürfen.

Jetzt kam auch der Herzog, der den Ritter von Lichtenstein an der Hand führte. Er musterte mit schnellen Blicken den reichen Kreis der Damen, und auch er schien sich zu gestehen, daß Marie die schönste sei. »Sturmfeder!« sagte er, indem er den Glücklichen auf die Seite führte, »dies ist der Tag, der dich für vieles belohnt. Gedenkst du noch der Nacht, wo du mich in der Höhle besuchtest und nicht erkanntest? Damals brachte Hanns, der Pfeifer, einen guten Trinkspruch aus: ›Dem Fräulein von Lichtenstein! möge sie blühen für Euch.‹ – Jetzt ist sie dein, und was nicht minder schön ist, auch dein Trinkspruch ist erfüllt; Wir sind wieder eingezogen in die Burg Unserer Väter.«

»Mögen Euer Durchlaucht dieses Glück so lange genießen, als ich an Mariens Seite glücklich zu sein hoffe. Aber Eurer Huld und Gnade habe ich diesen schönen Tag zu verdanken, ohne Euch wäre vielleicht der Vater –«

»Ehre um Ehre, du hast Uns treulich beigestanden, als Wir Unser Land wiedererobern wollten, drum gebührte es sich, daß auch Wir dir beistanden, um sie zu besitzen. – Wir stellen heute deinen Vater vor, und als solchem wirst du Uns schon erlauben, nach der Kirche deine schöne Frau auf die Stirne zu küssen.«

Georg gedachte jener Nacht, als der Herzog unter dem Tor von Lichtenstein sich auf diesen Tag vertröstete, unwillkürlich mußte er lächeln, wenn er der Würde und Hoheit gedachte, mit welcher die Geliebte den Mann der Höhle damals zurückgewiesen hatte. »Immerhin, Herr Herzog, auch auf den Mund; Ihr habt es längst verdient durch Eure großmütige Fürsprache; ich denke, auch Marie wird sich nicht wieder sträuben, wie damals unter der Halle.«

»Wie?« rief Ulerich errötend; »hat dir das Fräulein etwas gesagt?«

»Kein Wort, Herr! aber ich stand hinter der Türe und sah zu, wie Ihr so herablassend gegen des Ritters Töchterlein waret.«

»Bei Sankt Hubertus«, entgegnete der Herzog lachend, »du bist ein eifersüchtiger Kauz. Das mußt du dir abgewöhnen, sonst hast du keine ruhige Stunde.«

»Freilich, wenn Euer Durchlaucht mir dies raten, so werde ich nie mehr eifersüchtig werden.«

Der Ton dieser Antwort, der einen leisen Spott zu verraten schien, erinnerte den Herzog, daß auch er einst diese Empfindung gehegt, daß sie ihn zu einer blutigen Rache angetrieben habe; er brach schnell ab, denn er liebte solche Erinnerungen nicht. »Laß es gut sein«, sagte er, »es ist Zeit in die Kirche zu gehen. Wer sind deine Gesellen, die dich zum Altar geleiten?«

»Marx Stumpf und der Ulmer Ratsschreiber, ein Vetter von Lichtenstein.«

»Wie, das feine Männlein, den mein Kanzler köpfen lassen wollte? Da hast du links den zierlichsten, und rechts den tapfersten Mann des Schwabenlandes. Glück zu junger Herr, doch will ich dir raten, mehr *rechts* zu halten als links, dann kann es dir nie fehlen auf Erden, und wärst du so eifersüchtig als ein Türke. Sieh, sieh, da kommt ja der Rechte; sieh, wie seine breite kurze Gestalt sich wunderlich ausnimmt unter den Frauenzimmern. Und wie er sich stattlich angetan hat! Den verschossenen grünen Mantel trug er schon Anno eilf, auf Unserer Hochzeit mit Frau Sabina Lobesan.«

»Kann mich nicht viel mit dem Anzug befassen«, erwiderte der tapfere Ritter von Schweinsberg, der die letzten Worte noch gehört hatte; »auch mit dem Tanzen will es nicht recht gehen, Ihr werdet mich entschuldigen; will aber heute abend im Ritterspiel der neue Eheherr eine Lanze mit mir brechen, so –«

»So willst du ihm aus lauter Zärtlichkeit und Höflichkeit ein paar Rippen einstoßen!« lachte der Herzog; »das heiße ich einen Bräutigamsgesellen von echter Art. Nein, da rate ich dir, Georg, dich lieber links zu halten, der Ulmer wird dir nicht wehe tun«

Die Flügeltüren öffneten sich jetzt, und man sah auf der breiten Galerie das Hofgesinde des Herzogs in Ordnung aufgestellt. An diese schlossen sich die Edelknaben an, welche brennende Kerzen trugen; dann folgte der glänzende Zug der Fräulein und Edelfrauen, die sich zu diesem Feste eingefunden hatten. Sie waren in reiche, mit Gold und Silber durchwirkte Stoffe gekleidet, und jede hatte einen Blumenstrauß und eine Zitrone in der Hand. Die Braut wurde von Georg von Hewen und Reinhardt von Gemmingen geführt. Viele Ritter und Edelleute schlossen sich an diese an, in ihrer Mitte ging Georg von Sturmfeder; Marx Stumpf zu seiner Rechten, der Ratsschreiber Dieterich Kraft zu seiner Linken. Sein ganzes Wesen schien von einer würdigen Freude gehoben, seine Augen blinkten freudig, sein Gang war der Gang eines Siegers. Er ragte mit dem wallenden Haar, mit den wehenden Federn des Baretts weit über seine Gesellen hervor. Die Leute betrachteten ihn staunend, die Männer lobten laut seine hohe, männliche Gestalt, seine edle Haltung, aber die Mädchen flüsterten leise und priesen seine schönen Züge und das freie, glänzende Auge.

So ging der Zug aus dem Tore des Schlosses nach der Kirche, die nur durch einen breiten Platz von ihm getrennt war. Kopf an Kopf standen die schönen Mädchen und die redseligen Frauen, sie musterten die Anzüge der Fräulein, strengten die Blicke an, als die schöne Braut vorbeiging, und waren voll Lobes über den Bräutigam.

Unter den zahlreichen Zuschauern sah man auch eine rüstige, runde Bauersfrau mit ihrem Töchterlein stehen. Diese Frau verneigte sich immerwährend zu großer Belustigung der Städtler umher, die nur der Braut und dem Herzog diese Aufmerksamkeit bewiesen. Sie unterhielt sich dabei eifrig mit ihrer Tochter. Das schöne Kind an ihrer Seite schien aber wenig auf ihre Reden zu achten; sie übersah den glänzenden Zug der Fräulein, ihre hellen Augen waren nur immer auf die nahende Braut gerichtet. Je näher diese kam, desto röter färbten sich die Wangen des Mädchens, das rote Mieder hob und senkte sich ungestüm, und das pochende Herz schien die silbernen Ketten, womit es eingeschnürt war, zersprengen zu wollen. Sie sah Marien fest und durchdringend an, die hohe Schönheit der jungen Braut schien sie zu überraschen, ein wehmütiges Lächeln zuckte um ihren kleinen Mund: »Sie ist's!« rief sie unwillkürlich aus, und verbarg dann schnell ihr Gesicht hinter dem Rücken ihrer Mutter, denn die Umstehenden sahen verwundert nach ihr hin.

»Jo, dia ist's, Bärbele! dia ist grausig schö!« flüsterte die runde Frau, und neigte sich tief. »Jetzt wellet mer uf da Junker bassa.«

283 Das Mädchen schien diesen Rat nicht erst zu bedürfen, denn sie blickte längst hinüber nach jener Seite, woher er kommen mußte. »Er kommt, er kommt«, hörte sie ihre Nachbarn flüstern, »der ist's in dem weißen Kleid, mit dem blauen Mantel, er geht gerade vor dem Herzog.« Sie sah ihn, nur *einen* Blick warf sie nach ihm hin, und wagte dann nicht mehr aufzublicken; die tiefe Röte ihrer Wangen verschwand, als er vorüberging, sie zitterte, eine Träne fiel herab auf das rote Mieder; – jetzt war er vorüber, jetzt hob sie das Köpfchen wieder ein wenig auf, und sandte ihm einen Blick nach, der *mehr* auszudrücken schien, als die reine Bewunderung oder das Staunen der Neugierde.

Als der Zug vorüber war, drängten sich die Zuschauer mit Ungestüm zu den Kirchtüren, und in einem Augenblick war der Platz, der noch kurz zuvor den Anblick einer bunten wogenden Menge dargeboten hatte, wie ausgestorben. Die runde Frau blickte noch immer staunend den schönen geputzten Stadtjungfern nach, welche mit ihren brokatenen Hauben und goldgestickten Miedern, mit ihren feinen langen Röcken, an welchen man nur um Hals und Busen den Zeug allzusehr gespart zu haben schien, in der Bauersfrau mächtige Sehnsucht nach solcher Pracht und Herrlichkeit erweckt hatten.

Als sie sich umwandte, erschrak sie nicht wenig, denn ihr holdes Kind hatte das blühende Gesichtchen in die Hände verborgen und weinte. Sie konnte nicht begreifen was dem Mädchen begegnet sein könne, sie faßte ihre Hand, zog sie herab von den Augen – sie weinte bitterlich. »Was hoscht denn, Bärbele«, fragte sie halb unmutig, doch nicht ohne Teilnahme, »was heulscht denn? Hoscht's denn et gseha? Gang, 's ist jo a Schand! wenn's jo ebber sieht; so sag no worum da heulscht?«

»I wois et, Muater!« flüsterte sie, indem sie vergeblich ihre Tränen zu bezwingen suchte; »es ist mer so weh im Herz drin, i woiß et worum.«

»Laß jetzt bleiba, sag e! Komm, sonst kommemer z'spot in d'Kirch. Hairsch, wie se musizieret und singet? komm, sonst seha mer nix mai!« Die Frau zog bei diesen Worten das Mädchen nach der Kirche. Bärbele folgte, sie bedeckte die Augen mit der weißen Schürze, um nicht den Stadtleuten zum Gespött zu werden, aber die tiefen Seufzer, die sich aus ihrer Brust heraufstahlen, ließen ahnen, daß sie einen tiefen Schmerz vergeblich zu unterdrücken suche. Die Orgel schwieg, der Chorgesang verstummte, als sie an der Kirchtüre anlangten; die Einsegnung des schönen Paares mußte in diesem Augenblick beginnen. Aber vergebens suchte die runde Frau durch die dichten Reihen zu dringen, welche die Türe füllten, sie wurde, sooft sie sich in einen freien Raum zu schieben suchte, unwillig und mit Scheltworten zurückgestoßen.

»Komm, Muater!« sprach das Mädchen, »mer wellet hoim; mer sent arme Leut, uns lasset se et in d'Kirch; komm hoim.«

»Was? d'Kircha sind für älle Leut erschaffa; au für d'arme. Wia, ihr Herra, lent es e bisle do nei. Mer sehet jo gar nix.«

»Waz!« sprach der Mann, an den sie sich gewendet hatte, und kehrte ihr ein rotbraunes Gesicht mit schrecklichem Bart zu. »Waz? packt Euch fort, wir lassen niemand durch; wir zind die allergnädigsten herzoglichen Landsknechte wir, und nach dem Zanktus, hat der Hauptmann befohlen, darf keine Zeele mehr durch; Mordblei! tut mir leid, wenn ich in der Kirche fluche, aber ich zag, weg da!«

»Die Olte muß weg, sogen wer, ober das Dienderl dorf rein; komm Schätzerl! Do konnst's recht gut sehen! schaut's, jetzt stecht ihr der Probst den Ring on, jetzt legt er ihne die Händ zusommen – gib mir en Schmatzerl, dann darfst sehn.« Der Kasperle von Wien streckte bei diesen Worten seine tapfere Hand nach dem Mädchen aus, doch diese schrie laut auf, und entfloh weinend; die runde Frau aber verwünschte die Stadtleute, die Stadtkirchen und die unanständigen Landsknechte, und folgte ihrer Tochter.

VII.

So hab ich endlich dich gerettet
Mir aus der Menge wilden Reihn
Du bist in meinen Arm gekettet,
Du bist nun mein, nun einzig mein.
Es schlummert alles diese Stunde,
Nur wir noch leben auf der Welt;
Wie in der Wasser stillem Grunde
Der Meergott seine Göttin hält.

L. Uhland

Herzog Ulerich von Württemberg liebte eine gute Tafel, und wenn in guter Gesellschaft die Becher kreisten, pflegte er nicht so bald das Zeichen zum Aufbruch zu geben. Auch am Hochzeitfeste Mariens von Lichtenstein blieb er seiner Gewohnheit treu. 285

Man war, als die heilige Handlung in der Kirche vorüber war, in den Lustgarten am Schloß gezogen; dort hatten sich in den Laubgängen und künstlich verschlungenen Wegen die Hochzeitgäste ergangen, oder an den zahmen Hirschen und Rehen im Gehege, oder an den Bären die in einem der Gräben des Schlosses umherwandelten, sich ergötzt. Um zwölf Uhr hatten die Trompeten zur Tafel gerufen. Sie wurde in der Tyrnitz gehalten, einer weiten hohen Halle, die viele hundert Gäste faßte. Diese Halle war die Zierde des Schlosses zu Stuttgart. Sie maß wohl hundert Schritte in der Länge; die eine Seite, die gegen den Garten des Schlosses lag, war von vielen breiten Fenstern unterbrochen, und der freundliche Tag ergoß sich durch die vielfarbigen Scheiben, und erhellte überall das ungeheure Gemach, das mit seinen Wölbungen und Säulen mehr einer Kirche als einem Tummelplatz der Freude glich. Um die drei übrigen Seiten liefen Galerien mit Teppichen reich behängt, sie waren für die Geiger und Trompeter und für die Zuschauer bei einem fürstlichen Mahle bestimmt, oft aber dienten sie den Damen und Kampfrichtern zu Tribünen, wenn nicht der Klang der Becher, sondern Schwerthiebe, das Krachen der Lanzen, das Sausen der Speere, und das Gelächter und Geschrei der Kämpfer beim freien Waffenspiel in der Halle erscholl.

Aber heute sah man hier einen gemischten Kreis schöner Frauen und fröhlicher Männer um reichbesetzte Tafeln sitzen. Auf den Galerien schwangen die Geiger lustig ihre Fiedelbogen, die Zinkenisten bliesen ihre Backen auf, die Trommler schlugen kräftig auf die Felle, und mit Jauchzen und Hallo! stimmte die Volksmenge, die man auf den übrigen Teilen der Galerien zugelassen hatte, ein, wenn die Herren unten einen Trinkspruch ausgebracht hatten. Am oberen Ende der Halle, saß unter einem Thronhimmel der Herzog. Er hatte seinen Hut weit aus der Stirne gerückt, schaute fröhlich um sich, und sprach dem Becher fleißig zu. Zu seiner Rechten, an der Seite des Tisches, saß Marie; jetzt wollte die Sitte nicht mehr, daß sie die Augen niederschlug, und sechs Schritte von dem Geliebten entfernt bleibe. Ein fröhliches Leben war in ihre Augen, um ihren Mund eingezogen; sie blickte oft nach ihrem neuen Gemahl, der ihr gegenüber saß, es war ihr oft, als müsse sie sich überzeugen, daß dies alles kein Traum, daß sie wirklich eine Hausfrau sei, und den Namen, den sie achtzehn Jahre getragen, gegen den Namen Sturmfeder vertauscht habe; sie lächelte, sooft sie ihn ansah, denn es kam ihr vor, als gebe er sich, seit er aus der Kirche kam, eine gewisse Würde. »Er ist mein Haupt«, sagte sie lächelnd zu sich; »mein Herr, mein Gebieter, o der gute Herr! das liebe Haupt!«

Und es war so wie Marie zu bemerken glaubte; Georg fühlte sich gehobener, mit einer neuen Würde umgeben; es schien ihm, als zeigen ihm die Junker mehr Ehrfurcht, als ziehen ihn die älteren Ritter freundlicher zu sich heran, seit er nicht mehr allein in der Welt stand, sondern wie sie, ein Hausvater, vielleicht der Stifter eines glänzenden Geschlechtes geworden war. Denn in den guten alten Zeiten waren die Begriffe noch anders als heutzutag, und man dachte sich den Edelmann und den Bürger nicht anders, als mit Weib und Kindern und überließ das Zölibat den Mönchen.

In die Nähe des Herzogs war der Ritter von Lichtenstein, Marx Stumpf von Schweinsberg und der Kanzler gezogen worden, und auch der Ratsschreiber von Ulm saß nicht ferne, weil er heute als Geselle des Bräutigams diesen Ehrenplatz sich erworben hatte. Der Wein begann schon den Männern aus den Augen zu leuchten und den Frauen die Wangen höher zu färben, als der Herzog seinem Küchenmeister ein Zeichen gab. Die Speisen wurden weggenommen, und im Schloßhof unter die Armen verteilt; auf die Tafel kamen jetzt Kuchen und schöne Früchte, und die Weinkannen wurden für die Männer mit besseren Sorten gefüllt; den Frauen brachte man kleine silberne Becher mit spanischem, süßem Weine. Sie behaupteten zwar keinen Tropfen mehr trinken zu können, doch nippten und nippten sie von dem süßen Nektar immer wieder, bis man die Nagelprobe hätte machen können. Jetzt war der Augenblick gekommen, wo nach der Sitte der Zeit dem neuen Ehepaar Geschenke überbracht wurden. Man stellte Körbe neben Marien auf, und als die Geiger und Pfeifer von neuem gestimmt hatten und aufzuspielen anfingen, bewegte sich ein langer glänzender Zug in die Halle. Voran gingen die Edelknaben des fürstlichen Hofes, sie trugen goldene Deckelkrüge, Schaumünzen, Schmuck von edlen Steinen als ein Geschenk des Herzogs.

»Mögen euch diese Becher, wenn sie bei den Hochzeiten eurer Kinder, bei den Taufen eurer Enkel kreisen, mögen sie euch an einen Mann erinnern, dem ihr beide im Unglück Liebe und Treue bewiesen, an einen Fürsten, der im Glück euch immer gewogen und zugetan ist.«

Georg war überrascht von dem Reichtum der Geschenke; »Euer Durchlaucht beschämen uns«, rief er, »wollet Ihr Liebe und Treue *belohnen*, so wird sie nur zu bald um Lohn feil sein.«

»Ich habe sie selten rein gefunden«, erwiderte Ulerich, indem er einen unmutigen Blick über die lange Tafel hinschickte, und dem jungen Mann die Hand drückte, »noch seltener, Freund Sturmfeder, hat sie mir Probe gehalten, drum ist es billig, daß wir die reine Treue mit reinem Golde, und edle Liebe mit edlen Steinen zu belohnen suchen. Doch wie, Eure schöne Frau vergießt Tränen? Ich weiß die Quelle dieses klaren Taues, es ist die Erinnerung an unser bitteres Geschick, die wir selbst heraufbeschworen haben. Hinweg mit diesen Tränen, schöne Frau. Am Hochzeittag ist es kein gutes Zeichen. Doch mit Verlaub Eures Eheherrn will ich jetzt eine alte Schuld einziehen, Ihr wißt noch welche?«

Marie errötete, und warf einen forschenden Blick nach Georg hinüber, als fürchte sie, jenes alte Übel, das sie oft kaum zu beschwören vermochte, möchte wiederkehren. Georg wußte recht wohl, was der Herzog meine, denn jene Szene, die er hinter der Türe belauschte, war ihm noch immer im Gedächtnis; doch er fand Gefallen daran, den Herzog und Marien zu necken, und antwortete als diese noch immer schwieg: »Herr Herzog, wir sind jetzt zusammen ein Leib und eine Seele, wenn also meine Frau in früheren Zeiten Schulden gemacht hat, so steht es mir zu sie zu bezahlen.«

»Ihr seid zwar ein hübscher Junge«, entgegnete Ulerich mit Laune, »und manche unserer Fräuleins hier am Tische möchte vielleicht gerne einen solchen Schuldbrief an Euren schönen Mund einzufordern haben;

mir aber kann dies nicht frommen, denn meine Urkunde lautet auf die roten Lippen Eurer Frau.«

Der Herzog stand bei diesen Worten auf und näherte sich Marien, die bald errötend bald erbleichend ängstlich auf Georg herübersah; »Herr Herzog«, flüsterte sie, indem sie den schönen Nacken zurückbog, »es war nur Scherz; – ich bitte Euch.« Doch Ulerich ließ sich nicht irremachen, sondern zog die Schuld samt Zinsen von ihren schönen Lippen ein.

Der alte Herr von Lichtenstein sah bei dieser Szene finster bald auf den Herzog, bald auf seine Tochter, vielleicht mochte ihm Ulerich von Hutten beifallen, denn seine Blicke streiften auch ängstlich auf seinen Schwiegersohn. Der Kanzler Ambrosius Volland aber schaute mit höhnischer Schadenfreude aus den grünen Äuglein auf den jungen Mann; »Hi, hi«, rief er ihm zu; »ich leere meinen Becher auf gutes Wohlsein. Eine schöne Frau ist eine gute Bittschrift in aller Not; wünsche Glück, liebster, wertgeschätzter Herr; hi! hi! 's ist ja auch was Unschuldiges, solange es vor den Augen des Ehemanns geschieht.«

»Allerdings, Herr Kanzler!« erwiderte Georg mit großer Ruhe, »um so unschuldiger als ich selbst dabei war, wie meine Frau Seiner Durchlaucht diesen Dank zusagte. Der Herr Herzog versprach beim Vater für uns zu bitten, daß er mich zu seinem Eidam annehme, und bedung sich dafür diesen Lohn an unserem Hochzeittage.«

Der Herzog sah den jungen Mann mit Staunen an, Marie errötete von neuem, denn sie mochte sich jene ganze Szene ins Gedächtnis zurückrufen, aber keines von beiden widersprach ihm, sei es, weil sie es für unschicklich hielten, ihn Lügen zu strafen, sei es, weil sie ahneten er könne sie belauscht haben. Aber Ulerich konnte doch nicht unterlassen, ihn heimlich um die näheren Umstände zu befragen, er teilte sie ihm in wenigen Worten mit.

»Du bist ein sonderbarer Kauz!« flüsterte der Herzog lachend, »was hättest du denn gemacht, wenn Wir damals ein Küßchen erobert hätten?«

»Ich kannte Euch noch nicht«, flüsterte Georg ebenso leise, »drum hätte ich Euch auf der Stelle niedergestochen und an die nächste Eiche aufgehängt.«

Der Herzog biß sich in die Lippen und sah ihn verwundert an; dann aber drückte er ihm freundlich die Hand und sagte: »Da hättest du alles Recht dazu gehabt, und Wir wären in Unseren Sünden abgefahren. – Doch siehe, da bringen sie wieder Spenden für die Braut.«

Es erschienen jetzt die Diener der Ritter und Edeln, die zur Hochzeit geladen waren, die trugen allerlei seltenes Hausgeräte, Waffen, Stoff zu Kleidern und dergleichen; man wußte zu Stuttgart, daß es der Liebling des Herzogs sei, dem dieses Fest gelte, drum hatte sich auch eine Gesandtschaft der Bürger eingestellt, ehrsame angesehene Männer in schwarzen Kleidern; kurze Schwerter an der Seite; mit kurzen Haaren und langen Bärten. Der eine trug eine aus Silber getriebene Weinkanne, der andere einen Humpen aus demselben Metall, mit eingesetzten Schaumünzen geschmückt. Sie nahten sich ehrerbietig zuerst dem Herzog, verbeugten sich vor ihm, und traten dann zu Georg von Sturmfeder. 289

Sie verbeugten sich lächelnd auch vor ihm, und der mit dem Humpen hub an:

»Gegrüßet sei das Ehepaar
Und leb zusamt noch manches Jahr;
Um euch zu fristen langes Leben
Will Stuttgart euch ein Tränklein geben.
Des Lebens Tränklein ist der Wein,
Komm guter Geselle schenk mir ein.«

Der andere Bürger goß aus der Flasche den Humpen voll, und sprach während der erste trank:

»Von diesem Tränklein steht ein Faß
Vor eurer Wohnung auf der Gaß.
Es ist vom besten, den wir haben,
Er soll euch Leib und Seele laben;
Er geb euch Mut, Gesundheit, Kraft,
Das wünscht euch Stuttgarts Bürgerschaft.«

Der erstere hatte indessen ausgetrunken und füllte den Becher von neuem, und sprach, indem er ihn dem jungen Mann kredenzte:

»Und wenn ihr trinkt von diesem Wein
Soll euer erster Trinkspruch sein:
›Es leb der Herzog und sein Haus!‹
Ihr trinkt bis auf den Boden aus;
Dann schenkt ihr wieder frischen ein:

›Hoch leb Sturmfeder und Lichtenstein.‹
Und lüstet euch noch eins zu trinken,
Mögt ihr an Stuttgarts Bürger denken.«

Georg von Sturmfeder reichte beiden die Hand, und dankte ihnen für ihr schönes Geschenk; Marie ließ ihre Weiber und Mädchen grüßen, und auch der Herzog bezeugte sich ihnen gnädig und freundlich. Sie legten den silbernen Becher und die Kanne in den Korb zu den übrigen Geschenken, und entfernten sich ehrbaren und festen Schrittes aus der Tyrnitz. Doch die Bürger waren nicht die letzten gewesen, welche Geschenke gebracht hatten; denn kaum hatten sie die Halle verlassen, so entstand ein Geräusch an der Türe, wo die Landsknechte Wache hielten, das selbst die Aufmerksamkeit des Herzogs auf sich zog. Man hörte tiefe Männerstimmen fluchen und befehlen, dazwischen ertönten hohe Weiberstimmen, von denen besonders eine, die am heftigsten haderte, der Gesellschaft am obersten Ende der Tafel sehr bekannt schien.

»Das ist wahrhaftig die Stimme der Frau Rosel!« flüsterte Lichtenstein seinem Schwiegersohn zu, »Gott weiß, was sie wieder für Geschichten hat.«

Der Herzog schickte einen Edelknaben hin, um zu erfahren was das Lärmen zu bedeuten habe; er erhielt zur Antwort, einige Bauernweiber wollen durchaus in die Halle, um den Neuvermählten Geschenke zu bringen; da es aber nur gemeines Volk sei, so wollen sie die Knechte nicht einlassen. Ulerich gab Befehl sie vorzubringen, denn die Sprüchlein der Bürger hatten ihm gefallen, und auch von den Bauersleuten versprach er sich Kurzweil. Die Knechte gaben Raum, und Georg erblickte zu seinem Erstaunen die runde Frau des Pfeifers von Hardt mit ihrem schönen Töchterlein, geführt von der Frau Rosel ihrer Base.

Schon auf dem Wege in die Kirche hatte er die holden Züge des Mädchens von Hardt, die er nicht aus seinem Gedächtnis verloren, zu bemerken geglaubt; aber wichtigere Gedanken und die Heiligkeit des Sakraments, die seine ganze Seele füllten, hatten diese flüchtige Erscheinung verdrängt. Er belehrte die Gesellschaft, wer die Nahenden seien, und mit großem Interesse blickten sie alle auf das Kind jenes Mannes, dessen wunderbares Eingreifen in das Schicksal des Herzogs ihnen oft so unbegreiflich gewesen war, dessen Treue ihnen so erhaben, dessen Hülfe in der Not so willkommen erschienen war. Das Mädchen hatte die blonden Haare, die offene Stirne, die Züge ihres Vaters; nur die List, die aus seinen Augen, die Kühnheit und Kraft, die aus seinem Wesen sprach, war bei ihr, wenn sie nicht schüchtern und blöde war, in eine neckende Freundlichkeit und in rüstiges behendes Wesen übergegangen. So hatte sie Georg erkannt, als er im Hause des Pfeifers wohnte, doch heute schien sie vor den vielen vornehmen Leuten etwas schüchtern, ja es wollte ihm sogar scheinen, als sei ein neuer Zug in ihr Gesicht gekommen, den er früher nicht an ihr bemerkt hatte, eine gewisse Wehmut und Trauer, die sich um ihren Mund und in ihren Augen aussprach.

Die Pfeifersfrau wußte was Lebensart sei, sie verbeugte sich daher von der Türe der Tyrnitz in einem fort, bis sie zum Stuhl des Herzogs kam. Frau Rosel hatte noch die Röte des Zornes auf ihren magern Wangen, denn die Landsknechte, namentlich der Magdeburger und Kaspar Staberl, hatten sie höchlich beleidigt, und sie eine dürre Stange geheißen. Ehe sie noch sich sammeln und den Herrschaften geziemend die Familie ihres Bruders vorstellen konnte, hatte die runde Frau schon einen Zipfel von des Herzogs Mantel gefaßt und ihn an die Lippen gedrückt: »Guetan Obed, Herr Herzich«, sprach sie dazu mit tiefen Knicksen; »wie got Ich's, seit Er wieder in Schtuagerdt send; mei Ma loßt Ich schö grüaßa; mer komme aber et zum Herr Herzich, noi, zu dem Herra dort drübe welle mer. Mer hent a Hochzeitschenke für sei Frau. Do siezt se jo, gang Bärbele, lang's aus em Krättle.«

»Ach! du lieber Gott«, fiel Frau Rosel ihrer Schwägerin ins Wort; »bitt' untertänigst um Verzeihung, Euer Durchlaucht, daß ich die Leut reingebracht habe; 's ist Frau und Kind vom Pfeifer von Hardt; ach! du Herr Gott, nehmet doch nichts übel, Herr Herzog; die Frau meint's gwiß gut.«

Der Herzog lachte mehr über diese Entschuldigung der Frau Rosel, als über die Reden ihrer Schwägerin: »Was macht denn dein Mann, der Pfeifer? Wird er uns bald besuchen? Warum kam er nicht mit euch?«

»Sell hot sein Grund, Herr!« erwiderte die runde Frau; »wenn's Krieg geit, bleibt er gwiß et aus; do ka mer'n brauche; aber im Frieda? Noi, do denkt er, mit grauße Herra ist's et guet Kirscha fressa.«

Frau Rosel wollte beinahe verzweifeln über die Naivetät der runden Frau, sie zog sie am Rock und am langen Zopfhand, es half nichts, die Frau des Pfeifers sprach zu großer Ergötzung des Herzogs und seiner Gäste immer weiter, und das unauslöschliche Gelächter, das ihre Antworten erregten, schien ihr Freude zu machen. Bärbele hatte indessen mit dem Deckel des Körbchens gespielt, sie hatte einigemal gewagt, ihre Blicke zu erheben, um jenes Gesicht wiederzusehen, das im Fieber der

Krankheit so oft an ihrem Busen geruht, und in ihren treuen Armen Ruhe und Schlummer gefunden hatte, jenen Mund wiederzusehen, den sie so oft heimlicherweise mit ihren Lippen berührt hatte, und jene Augen, deren klarer, freundlicher Strahl ewig in ihrem Gedächtnis fortglühte. Sie erhob ihre Blicke immer wieder von neuem doch, wenn sie bis an seinen Mund gekommen war, schlug sie sie wieder – aus Furcht, seinem Auge zu begegnen – herab.

»Siehe, Marie«, hörte sie ihn sagen, »das ist das gute Kind, das mich pflegte als ich krank in ihres Vaters Hütte lag; das mir den Weg nach Lichtenstein zeigte.«

Marie wandte sich um und ergriff gütig ihre Hand; das Mädchen zitterte, und ihre Wangen färbte ein dunkles Rot; sie öffnete ihr Körbchen und überreichte ein Stück schöner Leinwand und einige Bündel Flachs, so fein und zart wie Seide. Sie versuchte zu sprechen, aber umsonst, sie küßte die Hand der jungen Frau, und eine Träne fiel herab auf ihren Ehering.

»Ei, Bärbele«, schalt Frau Rosel, »sei doch nicht so schüchtern und ängstlich; gnädige Fräulein – wollte sagen, gnädige Frau, habt Nachsicht, sie kommt selten zu vornehmen Leuten. ›Es ist niemand so gut, er hat zweierlei Mut‹, heißt es im Sprüchwort: das Mädchen kann sonst so fröhlich sein wie eine Schwalbe im Frühling –«

»Ich danke dir, Bärbele!« sagte Marie, »wie schön deine Leinewand ist! Die hast du wohl selbst gesponnen?«

Das Mädchen lächelte durch Tränen; sie nickte ein Ja! – zu sprechen schien ihr in diesem Augenblick unmöglich zu sein. Der Herzog befreite sie von dieser Verlegenheit, um sie noch in eine größere zu ziehen. »Wahrhaftig, ein schönes Kind hat Hanns der Spielmann«, rief er aus, und winkte ihr näher zu treten; »hoch gewachsen und lieblich anzuschauen! schaut nur, Herr Kanzler, was ihr das rote Mieder und das kurze Röckchen gut ansteht; wie? Ambrosius Volland, meinst du nicht, wir könnten durch ein allgemeines Edikt diese niedliche Tracht auch bei unseren Schönen in Stuttgart einführen?«

Der Kanzler verzog sein Gesicht zu einem greulichen Lächeln; er beschaute das errötende Mädchen mit seinen Äuglein vom Kopf bis zu den Füßen. »Man könnte zum Grund angeben«, sagte er, »daß dadurch eine Elle in der Länge erspart würde; so gut Euer Durchlaucht vor einigen Jahren das Maß und Gewicht hat kleiner machen lassen, habt Ihr nach allen Regeln der Logika auch das Recht dem Frauenzimmer die Röcklein zu verkürzen. Wäre aber damit nichts gewonnen, denn – hi, hi, hi! schaut nur, was dort wegfiele, müßten dann die hiesigen Schönen oben wieder ansetzen. Und wer weiß, ob sie sich gerne dazu verstünden? Sie gehören zum Geschlecht der Pfauen, und Ihr wißt schon, daß diese nicht gerne auf ihre Beine sehen.«

»Hast recht! Ambrosius«, lachte der Herzog; »es geht doch nichts über einen gelehrten Herrn! Aber sag einmal, Kind, hast du auch schon einen Schatz? einen Liebsten?«

»Ei was, Euer Durchlaucht!« unterbrach ihn die runde Frau, »wer wird so ebbes von so ema Kind denka! Se ist a ehrlichs Mädle, Herr Herzich!«

Der Herzog schien nicht auf diese Bemerkung zu hören; er betrachtete lächelnd die Verlegenheit, die sich auf den reinen Zügen des Mädchens abspiegelte; sie seufzte leise, sie spielte mit den bunten Bändern ihrer Zöpfe, sie sandte unwillkürlich einen Blick, aber einen Blick voll Liebe auf Georg von Sturmfeder, und schlug dann errötend wieder die Augen nieder. Der Herzog, dem dies alles nicht entging, brach in lautes Lachen aus, in das die übrigen Männer einstimmten. »Junge Frau!« sagte er zu Marien, »jetzt könnt Ihr billig die Eifersucht Eures Herrn teilen, wenn Ihr gesehen hättet was ich sah, könntet Ihr allerlei deuteln und vermuten.«

Marie lächelte und blickte teilnehmend auf das schöne Mädchen; sie fühlte, wie wehe ihr der Spott der Männer tun müsse. Sie flüsterte der Frau Rosel zu, sie und die runde Frau zu entfernen. Auch dieses bemerkte Ulerichs scharfer Blick und seine heitere Laune schrieb es der schnell erwachten Eifersucht zu. Marie aber band ein schönes, aus Gold und roten Steinen gearbeitetes Kreuzchen ab, das sie an einer Schnur um den Hals getragen, und reichte es dem überraschten Mädchen. »Ich danke dir«, sagte sie ihr dazu; »grüße deinen Vater und besuche uns recht oft hier und in Lichtenstein! Wie wäre es, wenn du mir dientest als Zofe? Du sollst es gut haben, und hast ja auch deine Muhme, Frau Rosel, bei uns.«

Das Mädchen erschrak sichtbar; sie schien mit sich zu kämpfen, oft schien ein freundliches Lächeln »ja« sagen zu wollen, aber ebensooft drängte ein schmerzlicher Zug um den Mund diesen Entschluß zurück: »I dank schö; gnädige Frau!« antwortete sie, indem sie Mariens schöne Hand küßte; »aber i mueß daheim bleibe; d'Mueter wird alt und braucht me, b'hüt Ich Gott der Herr, älle Heilige walten über Ich, und die heilige Jungfrau sei Ich gnädig. Lebet gsund und froh mit Euerem Herra, es ist a gueter, lieber Herr!« Noch einmal beugte sich Bärbele herab auf Mariens Hand, und entfernte sich dann mit ihrer Mutter und der Base.

»Hör einmal«, rief ihr der Herzog nach, »wenn deine Mutter einmal zugibt, daß du einen Liebsten bekommst, so bring ihn mir; ich will dich ausstatten, du hübsches Pfeiferskind!«

Unter diesen Szenen war es vier Uhr geworden, und der Herzog hob die Tafel auf. Dies war das Zeichen, daß sich jetzt das Volk von den Galerien entfernen müsse, die sogleich mit Polstern und Teppichen belegt, und zum Empfang der Damen eingerichtet wurden. In dem Parterre der Tyrnitz wurden schnell die Tafeln weggeräumt, Lanzen, Schwerter, Schilde, Helme und der ganze Apparat zu Ritterspielen herbeigeschleppt, und in einem Augenblicke war diese große Halle, die noch soeben der Sitz der Tafelfreuden gewesen war, zum Waffensaal eingerichtet. Wie die Damen in unseren Tagen gerne lauschen, wenn die Männer sich in gelehrte Diskussionen und politische Streitigkeiten einlassen, wie jede wünscht den Geliebten oder Gemahl am scharfsinnigsten urteilen, am schnellzüngigsten disputieren zu hören, so war es in den guten alten Zeiten den Frauen Freude, selbst blutige Kämpfe ihrer Männer zu beobachten, und aus manchem schönen Auge blitzte das Hochgefühl, einem Tapfern anzugehören, manche holde Wange schmückte ein höheres Rot, nicht wenn der Geliebte in Gefahr, sondern wenn er sich zurückzuziehen schien, oder seine Hiebe nicht so kräftig waren wie die seines Gegners.

Es wurden an diesem Abend sogar Pferde in die Halle geführt, und Marie hatte die Freude, ihrem Geliebten den zweiten Dank im Rennen überreichen zu können, denn er machte den Herrn von Hewen zweimal im Sattel wanken. Der tapferste Kämpfer war Herzog Ulerich von Württemberg, eine Zierde der Ritterschaft seiner Zeit. Meldet ja doch die Sage von ihm, daß er an seinem eigenen Hochzeittag, acht der stärksten Ritter des Schwaben- und Frankenlandes in den Sand warf. Nachdem die Ritterspiele einige Stunden gedauert hatten, zog man zum Tanz in den Rittersaal, und den Siegern im Kampfe wurden die Vortänze eingeräumt. Der fröhliche Reigen ertönte bis in die Nacht; der Herzog schien alle Sorgen vor der bangen Zukunft auf den Höcker seines Kanzlers geschoben zu haben, der wie die böse Zeit in einem Fenster saß, und mit bitterem Lächeln einem Vergnügen zuschaute, von welchem ihn seine eigene Mißgestalt ausschloß.

Zum letzten Tanz vor dem Abendtrunk wollte Ulerich die Krone des Festes, die junge, schöne Frau Marie aufrufen, doch im ganzen Saal suchte er und Georg sie vergebens auf, und die lächelnden Frauen gestanden, daß sechs der schönsten Fräulein sie entführt, und in ihre neue Wohnung begleitet haben, um ihr dort, wie es die Sitte wolle, die mysteriösen Dienste einer Zofe zu erzeigen.

»Sic transit gloria mundi!« sagte der Herzog lächelnd; »und siehe, Georg, da nahen sie schon mit den Fackeln, deine Gesellen und zwölf 295 Junker, sie wollen dir ›heimzünden‹ Doch zuvor leere noch einen Becher mit Uns – Geh Mundschenk! bring vom Besten.«

Marx Stumpf von Schweinsberg und Dieterich von Kraft naheten sich mit Fackeln, und boten sich an, Georg nach Hause zu geleiten. An sie schlossen sich zwölf Junker, ebenfalls mit Fackeln an, um dem jungen Mann diese Ehre zu erweisen; denn so wollte es die Sitte der guten alten Zeit. Der Mundschenk goß die Becher voll, und kredenzte sie seinem Herzog und Georg von Sturmfeder.

Ulerich sah ihn lange und nicht ohne Rührung an; er drückte seine Hand und sagte:

»Du hast Probe gehalten. Als ich verlassen und elend unter der Erde lag, hast du dich zu mir bekannt; als jene vierzig meine Burg übergaben und kein Stückchen Württemberg mehr mein war, bist du mir aus dem Land gefolgt, hast mich oft getröstet und auch auf diesen Tag verwiesen. Bleibe mein Freund, wer weiß was die nächsten Tage bringen. Jetzt kann ich wieder Hunderten gebieten, und sie schreie: ›Hoch!‹ auf das Wohl meines Hauses, und doch war mir dein Trinkspruch mehr wert, den du in der Höhle ausbrachtest, und den das Echo beantwortete. Ich erwidere es jetzt und gebe es dir zurück: Sei glücklich mit deinem Weibe, möge dein Geschlecht auf ewige Zeiten grünen und blühen; möge es Württemberg nie an Männern fehlen, so mutig im Glück, so treu im Unglück wie du!«

Der Herzog trank und eine Träne fiel in seinen Becher. Die Gäste stimmten jubelnd in seinen Ruf, die Fackelträger ordneten sich, und seine Gesellen führten Georg von Sturmfeder aus dem Schloß der Herzoge von Württemberg. 296

VIII.

Auch aus entwölkter Höhe
Kann der zündende Donner schlagen,
Darum in deinen glücklichen Tagen
Fürchte des Unglücks tückische Nähe.

Schiller

Der Weg, den die berühmtesten Novellisten unserer Tage bei ihren Erzählungen aus alter oder neuer Zeit einschlagen, ist ohne Wegsäule zu
finden, und hat ein unverrücktes, bestimmtes Ziel. Es ist die Reise des
Helden zur Hochzeit. Mag sein Weg sich noch so oft krümmen, wagt
er es sogar Abstecher zu machen, und in Wirtshäusern und Burgen un-
gebührlich lange zu verweilen, er eilt nachher um so rascheren Schrittes
seinem Ziele zu, und wenn er endlich nach so vielen Leiden mit gehöriger
Würde in die Brautkammer geschoben ist, pflegt der Autor dem Leser
die Türe vor der Nase zuzuwerfen und das Buch zu schließen. Auch wir
hätten mit dem herrlichen Reigen im Schlosse zu Stuttgart schließen,
oder den Leser mit dem Fackelzug des Bräutigams aus dem Buche hin-
ausbegleiten können, aber die höhere Pflicht der Wahrheit und jenes
Interesse, das wir an einigen Personen dieser Historie nehmen, nötigt
uns den geneigten Leser aufzufordern, uns noch einige wenige Schritte
zu begleiten, und den Wendepunkt eines Schicksals zu betrachten, das
in seinem Anfang unglücklich, in seinem Fortgang günstiger, durch seine
eigene Notwendigkeit sich wieder in die Nacht des Elends verhüllen
mußte.

Das Motto, womit wir diesen Abschnitt bezeichneten, ist eine Geister-
stimme, die warnend durch die Weltgeschichte tönt, die von vielen vernommen, von den meisten überhört, von wenigen befolgt wurde; zu allen
Zeiten ging ein finsterer Geist durch das Haus der Erde, man vernahm
oft sein Rauschen, man suchte es durch die Töne der Freude zu übertäu-
ben. Ulerich von Württemberg hatte jene Stimme in mancher Nacht
vernommen, die er sorgenvoll auf seinem Lager durchwachte. Er glaubte
das Geräusch vieler Gewappneter, und die dröhnenden Tritte eines
Heeres zu vernehmen, er glaubte sie näher und näher um ihn sich lagern
zu hören, und wenn er sich auch überzeugte, daß es nur die Nachtluft
war, die um die Türme seines Schlosses brauste, so blieb doch eine fin-

stere Ahnung in ihm zurück, daß sein Schicksal noch einmal sich wenden könnte. Jene Warnung des alten Ritters von Lichtenstein tönte oft in seiner Seele wider, und vergeblich strengte er sich an, die künstlichen Folgerungen seines Kanzlers sich zu wiederholen, um ein Verfahren bei sich zu entschuldigen, das ihm jetzt zum wenigsten nicht genug überdacht schien. Denn seine alten Feinde rüsteten sich mit Macht. Der Bund hatte ein neues Heer geworben und drang herab ins Land, näher und näher an das Herz von Württemberg. Die Reichsstadt Eßlingen bot für diese Unternehmungen einen nur zu günstigen Stützpunkt. Sie liegt nur wenige Stunden von der Hauptstadt, beinahe mitten im Lande, und war, sobald das Heer des Bundes die Kommunikation mit ihr hergestellt hatte, eine furchtbare Schanze, um Ausfälle nach Württemberg zu begünstigen und zu decken. Das Landvolk nahm an vielen Orten den Bund günstig auf, denn der Herzog hatte sie durch die neue Art, wie er sich huldigen ließ, ängstlich gemacht. Der Württemberger liebt von jeher das Alte und Hergebrachte. Altes Recht, alte Ordnung, sind ihm goldene Worte, wenn er auch oft nicht weiß, was sie bedeuten, und ob das Neue nicht besser ist. Seine Ruhe, die er bei anderen Zufällen des Lebens zeigt, verläßt ihn, wenn man von Neuerungen spricht, und ein Eigensinn, der sogar Trotz wird, läßt ihn das Alte mit einer Glut, mit einer natürlichen Begeisterung umfassen, die ihm sonst fremd ist, und gänzlich außer seinem Wesen, der ruhigen, biederen Geschäftigkeit, liegt.

Diese Liebe zum Alten hatte der Herzog an seinem Volk erfahren, als er einige Jahre zuvor seinen Räten folgte, und zur Verbesserung seiner Finanzen ein neues Maß und Gewicht einführte. Der »Arme Konrad«, ein förmlicher Aufstand armer Leute hatten ihn nachdenklich gemacht und den Tübinger Vertrag eingeleitet. Diese Liebe zum Alten hatte sich auf eine rührende Weise an ihm gezeigt, als der Bund ins Land fiel, und das Haupt des alten Fürstenstammes verjagen wollte. Ihre Väter und Großväter hatten unter den Herzogen und Grafen von Württemberg gelebt, darum war ihnen jeder verhaßt, der diese verdrängen wollte; wie wenig sie das Neue lieben, hatten sie dem Bunde und seinen Statthaltern oft genug bewiesen.

Der alte angestammte Herzog, ein Württemberger, kam wieder ins Land; sie zogen ihm freudig zu; sie glaubten jetzt werde es wieder hergehen wie »vor alters«; sie hätten recht gerne Steuern bezahlt, Zehnten gegeben, Gülten aller Art entrichtet und Fronen geleistet; sie hätten über Schwereres nicht gemurrt, wenn es nur nach hergebrachter Art geschehen wäre. So gut ward es ihnen aber nicht; die alten Formeln waren aus dem Huldigungseid verschwunden, die Steuern wurden nicht mehr nach hergebrachter Sitte eingezogen, es war alles anders als früher, kein Wunder wenn sie den Herzog als einen neuen Herren ansahen, und murrend nach dem alten Recht verlangten. Sie hatten zu Ulerich kein Zutrauen mehr, nicht weil seine Hand schwerer auf ihnen ruhte als vorher, nicht weil er bedeutend mehr von ihnen wollte als früher, sondern weil sie die neuen Formen mit argwöhnischen Augen ansahen.

Ein Herzog, besonders wenn er einem Ambrosius Volland sein Ohr leiht, erfährt selten genau wie man über ihn denkt, und ob die Maßregeln klug berechnet waren, die ihm seine Räte an die Hand geben. Und dennoch entging Ulerichs hellem Auge die Unzufriedenheit seines Volkes nicht ganz. Er merkte, daß er im schlimmen Falle sich nicht auf sie werde verlassen können, so wenig als auf die Ritterschaft des Landes, die, seit er wieder im Land war, sich sehr neutral verhalten hatte.[42]

Seine Unruhe über diese Bemerkungen suchte er jedem Auge zu verbergen. Er beschwor die wildesten Töne der Freude herauf, und oft gelang es ihm sogar selbst zu vergessen, vor welchem Abgrund er stehe. Er versuchte, um seinem Volk und dem Heer, das er in und um Stuttgart versammelt hatte, Vertrauen und Mut einzuflößen, einige Einfälle, welche die Bündischen von Eßlingen aus in sein Land gemacht hatten, verdoppelt heimzugeben. Er schlug sie zwar und verwüstete ihr Gebiet, aber er verhehlte sich nicht, wenn er nach einem solchen Siege in seine Stellungen zurückging, daß das Kriegsglück ihn vielleicht verlassen könnte, wenn der Bund einmal mit dem großen Heere im Feld erscheinen werde.

Und er erschien frühe genug für Ulerichs zweifelhaftes Geschick. Noch wußte man in Stuttgart wenig oder nichts von dem Aufgebot des Bundes, noch lebte man am Hof und in der Stadt in Ruhe und in Freude, als auf einmal am zwölften Oktober die Landsknechte, welche der Herzog ein Lager bei Cannstatt hatte beziehen lassen, flüchtig nach Stuttgart kamen, und von einem großen bündischen Heer erzählten, das sie zurückgeworfen habe. Jetzt merkten die Bewohner Stuttgarts, daß eine wichtige Entscheidung nahe, jetzt sahen sie ein, daß der Herzog längst um diesen drohenden Einfall gewußt haben müsse, denn er ließ an diesem Tage die Ämter aufbieten, ließ die Truppen sich versammeln, die auf das Land

---

42 Über dieses neutrale Verhalten des Adels ist zu vergleichen Sattler II. §. 19.

umher verlegt gewesen waren, und hielt noch am Abend dieses Tages eine Musterung über zehntausend Mann.[43]

Noch in der Nacht zog er mit einem großen Teil der Mannschaft aus, um die Stellungen, die ein Teil der Landsknechte zwischen Cannstatt und Eßlingen genommen hatte, zu verstärken.

In jener Nacht wurde in Stuttgart manche Träne von schönen Augen geweint, denn Männer und Jünglinge, was die Waffen führen konnte, zog mit dem Herzog in die Schlacht. Doch das Rauschen des abziehenden Heeres übertönte die Klagen der Mädchen und Frauen, sie verhallten wie das Wimmern eines Kindes im Kampf der Elemente. Mariens Schmerz war stumm, aber groß, als sie den Gatten unter die Türe herabgeleitete, wo die Knechte mit den Rossen für ihn und den Vater hielten. Sie hatten still und einsam, nur mit ihrem Glück beschäftigt, die ersten Tage ihrer Ehe verlebt. Sie dachten wenig an die Zukunft, sie glaubten im Hafen zu sein, und indem sie nur sich selbst lebten, überhörten sie das Flüstern, die geheimnisvolle Unruhe, die einem nahenden Sturm vorangeht. Sie waren gewöhnt, den Vater ernst und düster zu sehen, es fiel ihnen nicht auf, wie sein Auge immer trüber, seine Stirne finsterer, seine Mienen beinahe traurig wurden. Er sah ihr süßes Glück, er fühlte mit ihnen, er verbarg, um sie nicht zu frühe aufzustören, was ihm eine bange Ahnung oft genug sagte. Aber endlich nahte der entscheidende Schlag. Der Herzog von Bayern war bis in die Mitte des Landes vorgedrungen, und der Ruf zu den Waffen schreckte Georg aus den Armen seines geliebten Weibes.

Die Natur hatte ihr eine starke Seele und jene entschiedene Erhabenheit über jedes irdische Verhängnis gegeben, die nur in einer reinen Seele und in der mutigen Zuversicht auf einen höhern Beistand bestehen kann. Sie wußte, was Georg der Ehre seines Namens, und seinem Verhältnis zum Herzog schuldig sei, darum erstickte sie jeden lauten Jammer, und brachte ihrer schwächeren Natur nur jenes Opfer schmerzlicher Tränen, die dem Auge, das den Geliebten tausend Gefahren preisgegeben sieht, unwillkürlich entströmen.

43 »Der Herzog zog sich mit ungefähr 6000 Landvolk nach Stuttgart, und die angeworbenen Knechte legte er nach Cannstatt.« Sattler II. § 21. »Der Herzog, als er erfuhr, daß der Feind so nahe sei, rief die Seinigen schnell aus Städten und Dörfern herbei, die auch sogleich erschienen.« Tethingeri Commentarius etc. lib. III.

»Siehe, ich kann nicht glauben, daß du auf immer von mir gehst«, sagte sie, indem sie ihre schönen Züge zu einem Lächeln zwang; »wir haben jetzt erst zu leben begonnen, der Himmel kann nicht wollen, daß wir schon Aufhören sollen. Drum kann ich dich ruhig ziehen lassen, ich weiß ja zuversichtlich, daß du mir wiederkehrst.«

Georg küßte die schönen, weinenden Augen, die ihn so mild und voll Trost anblickten. Er dachte in diesem Augenblick nicht an die Gefahr, der er entgegengehe, nicht an die Möglichkeit, daß vielleicht schon das nächste Morgenrot seine Leiche bescheinen werde; er dachte nur daran, wie groß für das teure Wesen, das er in den Armen hielt, der Schmerz sein müßte, wenn er nicht mehr zurückkehrte: wie sie dann ein langes Leben einsam, nur in der Erinnerung an die wenigen Tage des Glückes, fortleben könnte. Er preßte sie heftiger in die Arme, als wolle er dadurch diese schwarzen Gedanken verscheuchen, seine Blicke tauchten tiefer in ihre Augen herab, um dort Vergessenheit zu suchen, und es gelang ihm, wenigstens trug er ein schönes Bild der Hoffnung und der Zuversicht mit sich hinweg.

Die Ritter stießen vor dem Tor gegen Cannstatt zu dem Herzog. Es war dunkle Nacht, das erste Viertel des Mondes und das Heer der Sterne warfen einen matten Schein herab; Georg glaubte zu bemerken, daß der Herzog finster und in sich gekehrt sei, denn seine Augen waren niedergeschlagen, seine Stirne kraus, und er ritt stumm seinen Weg weiter, nachdem er sie flüchtig mit der Hand gegrüßt hatte.

Ein nächtlicher Marsch hat immer etwas Geheimnisvolles, Bedeutendes an sich. Die Sonne, heitere Gegenden, der Anblick vieler Kameraden, der Wechsel der Aussichten locken bei Tag den Soldaten zum Gespräch, wohl auch zum Gesang. Weil die Eindrücke von außen stärker sind, denkt man weniger nach über das Ziel des Marsches, über das Ungewisse des Krieges, über die Zukunft, die niemand dunkler verhängt ist, als dem Kriegsmann im Felde. Ganz anders auf dem Marsch in der Nacht. Man hört nur das Gedröhn des Zuges, den taktartigen Hufschlag der Rosse, ihr Schnauben, das Klirren der Waffen; und die Seele, die durch das Auge keine Bilder mehr empfängt, wird durch dieses eintönige Gemurmel ernster; Scherz und Gelächter sind verstummt, das laute Gespräch sinkt zum Geflüster herab, und auch dieses gilt nicht mehr gleichgültigen Gegenständen, sondern der Entscheidung, welcher man entgegenzieht.

So war auch der Zug in jener Nacht, ernst und von keinem Laut der Freude unterbrochen. Georg ritt neben dem alten Herrn von Lichtenstein, und warf hie und da ängstliche Blicke auf diesen, denn er hing wie von Kummer gebückt im Sattel, und schien ernster als je zu sein. Er hätte beinahe ohne Leben geschienen, wenn nicht hin und wieder ein Seufzer aus seiner Brust heraufgestiegen wäre, und seine glänzenden Augen nach den Wölkchen schauten, die um die bleiche Sichel des Mondes zogen.

»Glaubt Ihr, es werde morgen zum Gefecht kommen, Vater?« flüsterte Georg nach einer Weile.

»Zum Gefecht? zur Schlacht.«

»Wie? Ihr glaubt also, das Bundesheer sei so stark, daß es uns jetzt schon werde die Spitze bieten können? Es ist nicht möglich. Herzog Wilhelm müßte Flügel haben, wenn er seine Bayern herabgeführt hätte, und Frondsberg ist in seinen Entschlüssen bedächtig. Ich glaube nicht, daß sie viel über sechstausend stark sind.«

»Zwanzigtausend«, antwortete der Alte mit dumpfer Stimme.

»Bei Gott, das hab ich nicht gedacht«, entgegnete der junge Mann mit Staunen. »Freilich, da werden sie uns hart zusetzen. Doch wir haben geübtes Volk, und des Herzogs Augen sind schärfer als irgendeines im Bundesheere, selbst als Frondsbergs. Glaubt Ihr nicht auch, daß wir sie schlagen werden?«

»Nein.«

»Nun, ich gebe die Hoffnung nicht auf. Ein großer Vorteil für uns liegt schon darin, daß wir für das Land fechten, die Bündischen aber dagegen; das macht unseren Truppen Mut; die Württemberger kämpfen für ihr Vaterland.«

»Gerade darauf traue ich nicht«, sprach Lichtenstein; »ja wenn der Herzog sich anders hätte huldigen lassen, so aber – hat er das Landvolk nicht für sich; sie streiten, weil sie müssen und ich fürchte, sie halten nicht lange aus.«

»Das wäre freilich schlimm«, erwiderte Georg; »doch die Schwaben sind ein biederes, ehrliches Volk, sie werden den Herzog nicht in der Not verlassen! Wo glaubt Ihr, daß wir dem Feind begegnen? wo werden wir uns stellen?«

»Zwischen Eßlingen und Cannstatt, bei Untertürkheim haben die Landsknechte einige Schanzen aufgeworfen, und stehen dort zu dritthalbtausend Mann; wir werden uns noch in dieser Nacht an sie anschließen.«

Der Alte schwieg und sie ritten wieder eine geraume Zeit stille nebeneinander hin. »Höre Georg!« hub er nach einer Weile an; »ich habe schon oft dem Tod Aug in Auge gesehen, und bin alt genug mich nicht vor ihm zu fürchten; es kann jedem etwas Menschliches begegnen – tröste dann mein liebes Kind, Marie.«

»Vater!« rief Georg, und reichte ihm die Hand hinüber, »denket nicht solches! Ihr werdet noch lange und glücklich mit uns leben.«

»Vielleicht«, entgegnete der alte Mann mit fester Stimme, »vielleicht auch nicht. Es wäre töricht von mir, dich aufzufordern, du sollst dich im Gefecht schonen. Du würdest es doch nicht tun. Doch bitte ich, denk an dein junges Weib, und begib dich nicht blindlings und unüberlegt in Gefahr. Versprich mir dies.«

»Gut, hier habt Ihr meine Hand; was ich tun muß, werde ich nicht ablehnen; leichtsinnig will ich mich nicht aussetzen; aber auch Ihr, Vater, könntet dies geloben.«

»Schon gut, laß das jetzt; wenn ich etwa morgen totgeschossen werden sollte, so gilt mein letzter Wille, den ich beim Herzog niedergelegt habe; Lichtenstein geht auf dich über, du wirst damit belehnt werden. Mein Name stirbt hierzuland mit mir, möge der deinige desto länger tönen.«

Der junge Mann war von diesen Reden schmerzlich bewegt; er wollte antworten, als eine bekannte Stimme seinen Namen rief. Es war der Herzog, der nach ihm verlangte. Er drückte Mariens Vater die Hand und ritt dann schnell zu Ulerich von Württemberg.

»Guten Morgen, Sturmfeder!« sprach dieser, indem seine Stirne sich etwas aufheiterte; »ich sag guten Morgen, denn die Hähne krähen dort unten in dem Dorf. Was macht dein Weib? hat sie gejammert als du wegrittst?«

»Sie hat geweint« antwortete Georg; »aber sie hat nicht mit einem Wort geklagt.«

»Das sieht ihr gleich; bei Sankt Hubertus, Wir haben selten eine mutigere Frau gesehen. Wenn nur die Nacht nicht so finster wäre, daß ich recht in deine Augen sehen könnte, ob du zum Kampf gestimmt bist und Lust hast, mit den Bündlern anzubinden?«

»Sprecht, wohin ich reiten soll; mitten drauf soll es gehen im Galopp. Glauben Euer Durchlaucht, ich habe in meinem kurzen Ehestand so ganz vergessen, was ich von Euch erlernte, daß man in Glück und Unglück den Mut nicht sinken lassen dürfe?«

»Hast recht; impavidum ferient ruinae; Wir haben es auch gar nicht anders von Unserem getreuen Bannerträger erwartet. Heute trägt meine Fahne ein anderer, denn dich habe ich zu etwas Wichtigerem bestimmt. Du nimmst diese hundertundsechzig Reiter, die hier zunächst ziehen,

läßt dir von einem den Weg zeigen, und reitest Trab gerade auf Untertürkheim zu. Es ist möglich, daß der Weg nicht ganz frei ist, daß vielleicht die von Eßlingen schon herabgezogen sind, uns den Paß zu ver-
sperren; was willst du tun, wenn es sich so verhält?«

»Nun, ich werfe mich in Gottes Namen mit meinen hundertundsechzig
Pferden auf sie und hau mich durch, wenn es kein Heer ist. Sind sie zu
stark, so decke ich den Weg bis Ihr mit dem Zug heran seid.«

»Recht gut gesagt, gesprochen wie ein tapferer Degen, und haust du
so gut auf sie wie auf *mich* bei Lichtenstein, so schlägst du dich durch
sechshundert Bündler durch. Die Leute, die ich dir gebe, sind gut. Es
sind die Fleischer, Sattler und Waffenschmiede von Stuttgart und den
anderen Städten. Ich kenne sie aus manchem Kampf, sie sind wacker,
und hauen einen Schädel bis aufs Brustbein durch. Das Schwert in der
Faust, reiten sie dir in die Hölle, wenn sie dir einmal zugetan sind, und
wen sie einmal ans Hirn getroffen haben, der braucht keinen Arzt mehr
auf dieser Welt. Das sind die echten Schwabenstreiche.«

»Und bei Untertürkheim soll ich mich aufstellen?«

»Dort triffst du auf einer Anhöhe die Landsknechte unter Georg von
Hewen und Schweinsberg. Die Losung is ›Ulericus für immer‹. Den
beiden Herren sagst du, sie sollen sich halten bis fünf Uhr, ehe der Tag
aufgeht, sei ich mit sechstausend Mann bei ihnen, und dann wollen wir
den Bund erwarten. Gehab dich wohl, Georg.«

Der junge Mann erwiderte den Gruß, indem er sich ehrerbietig neigte;
er ritt an der Spitze der tapfern Reiter, und trabte mit ihnen das Tal
hinauf. Es waren kräftige Gestalten, mit breiten Schultern und starken
Armen, unter den Sturmhauben hervor blickten ihn mutige Augen und
breite ehrliche Gesichter freundlich an; er fühlte sich ehrenvoll ausgezeichnet eine solche Schar zu führen. Bald ging jetzt der Weg bergan,
man näherte sich dem Fuß des Rothenberges, auf dessen Gipfel das
Stammschloß von Württemberg weit über das schöne Neckartal hinsah.
Es war vom Sternenschimmer matt erhellt, und Georg konnte seine
Formen nicht deutlich unterscheiden, aber dennoch blickte er immer
wieder nach diesen Türmen und Mauern hinauf; er erinnerte sich jener
Nacht, wo Ulerich in der Höhle mit Wehmut von der Burg seiner Väter
sprach, von welcher er sonst auf ein schönes Land voll Obst, Wein und
Frucht hinabgeschaut, und dies alles *sein* genannt hatte. Er versank in
Gedanken über das unglückliche Schicksal dieses Fürsten, das ihm aufs
neue den Besitz des schönen Landes streitig zu machen schien; er dachte

nach über die sonderbare Mischung seines Charakters, wie hier wahrhafte Größe oft durch Zorn, Trotz und unbeugsamen Stolz entweiht sei.

»Was Ihr dort unten unterscheiden könnet zwischen den beiden Bäumen«, unterbrach ihn der Reiter, welcher ihm den Weg zeigte, »ist die Turmspitze von Untertürkheim. Es geht jetzt wieder etwas ebener, und wenn wir Trab reiten, können wir bald dort sein.«

Der junge Mann trieb sein Pferd an, der ganze Zug folgte seinem Beispiel, und bald waren sie im Angesicht dieses Dorfes. Hier war eine doppelte Linie von Landsknechten aufgestellt, welche ihnen drohend die Hellebarden entgegenstreckten. An vielen Punkten sah man den rötlichen Schimmer glühender Lunden, die wie Scheinwürmchen durch die Nacht funkelten.

»Halt, wer da?« rief eine tiefe Stimme aus ihren Reihen. »Gebt die Losung!«

»Ulericus für immer«, rief Georg von Sturmfeder. »Wer seid Ihr?«

»Gut Freund!« rief Marx Stumpf von Schweinsberg, indem er aus den Reihen der Landsknechte heraus, und auf den jungen Mann zuritt. »Guten Morgen, Georg; Ihr habt lange auf Euch warten lassen, schon die ganze Nacht sind wir auf den Beinen, und harren sehnlich auf Verstärkung, denn dort drüben im Wald sieht es nicht geheuer aus, und wenn Frondsberg den Vorteil verstanden hätte, wären wir schon längst übermannt.«

»Der Herzog zieht mit sechstausend Mann heran«, erwiderte Sturmfeder. »Längstens in zwei Stunden muß er da sein.«

»Sechstausend, sagst du? bei Sankt Nepomuk, das ist nicht genug; wir sind zu dritthalbtausend, das macht zusammen gegen neuntausend; weißt du, daß sie über zwanzigtausend stark sind, die Bündischen? Wie viel Geschütz bringt er mit?«

»Ich weiß nicht; es wurde erst nachgeführt als wir ausritten.«

»Komm, laß die Reiter absitzen und ruhen«, sagte Marx Stumpf; »sie werden heute Arbeit genug bekommen.«

Die Reiten saßen ab und lagerten sich; auch die Landsknechte lösten ihre Reihen auf und stellten nur starke Posten auf den Anhöhen und am Neckar auf. Marx Stumpf besichtigte alle Anstalten, und Georg legte sich in seinen Mantel gehüllt, nieder, um noch einige Stunden zu ruhen. Die Stille der Nacht, nur durch den eintönigen Ruf der Wachen unterbrochen, senkte ihn bald in einen Schlummer, der seine Seele weit hinweg über Krieg und Schlachten, in die Arme seines Weibes entführte.

IX.

In schwarzen Pulverdämpfen
Verbirgt sich Mann und Roß;
Ihr schlagt euch immer kecker
Bergunter alle zumal;
Jetzt sprengt ihr durch den Necker,
Jetzt fechtet ihr im Tal.

G. Schwab

Georg erwachte am Wirbeln der Trommeln, die das kleine Heer unter
die Waden riefen. Ein schmaler Saum war am Horizont helle, der Morgen
kam, die Truppen des Herzogs sah man in der Ferne daherziehen. Der
junge Mann setzte den Helm auf, ließ sich den Brustharnisch wieder
anlegen und stieg zu Pferd, den Herzog an der Spitze seiner Mannschaft
zu empfangen. Aus Ulerichs Zügen war zwar nicht der Ernst, wohl aber
alle Düsterkeit verschwunden. Sein Auge sprühte von einem kriegerischen
Feuer, und aus seinen Mienen sprach Mut und Entschlossenheit. Er war
ganz in Stahl gekleidet, und trug über seinem schweren Eisenkleid einen
grünen Mantel mit Gold verbrämt. Die Farben seines Hauses wehten in
seinem großen wallenden Helmbusch. Sonst unterschied er sich in nichts
von den übrigen Rittern und Edeln, die ebenfalls in blankes Eisen »bis
an die Zähne« gekleidet, den Herzog in einem großen Kreis umgaben.
Er begrüßte freundlich Hewen, Schweinsberg und Georg von Sturmfeder,
und ließ sich von ihnen über die Stellung des Feindes berichten.[44]

Noch war von diesem nichts zu sehen; nur an dem Saum des Waldes
gegen Eßlingen hin, sah man hin und wieder seine Posten stehen. Der
Herzog beschloß den Hügel, den die Landsknechte besetzt gehalten hat-
ten, zu verlassen, und sich in die Ebene hinabzuziehen. Er hatte wenig
Reiterei, der Bund aber, so berichteten Überläufer, zählte dreitausend
Pferde. Im Tal hatte er auf einer Seite den Neckar, auf der andern einen
Wald, und so war er wenigstens auf den Flanken vor einem Reiterangriff
sicher.

---

44 Wir benützen zur Beschreibung dieser Schlacht hauptsächlich: Joh. Betzii
    hist. Ulrici Ducis Würt. und Tethinger, der besonders bei dem Angriff der
    Reiterei auf den mit Geschütz besetzten Hügel sehr ins einzelne geht.

Lichtenstein und mehrere andere widerrieten zwar diese Stellung im Tal, weil man vom Hügel zu nahe beschossen werden könne; doch Ulerich folgte seinem Sinn und ließ das Heer hinabsteigen. Er stellte zunächst vor Türkheim die Schlachtordnung auf und erwartete seinen Feind. Georg von Sturmfeder wurde beordert, in seiner Nähe mit den Reitern, die er ihm anvertraut hatte, zu halten; sie sollten gleichsam seine Leibwache bilden; zu diesen berittenen Bürgern gesellten sich noch Lichtenstein und vierundzwanzig andere Ritter, um bei einem Reiterangriff den Stoß zu verstärken. In jenen Tagen war ein Treffen oft in viele kleine Zweikämpfe zerstreut, die Ritter, die einem Heere folgten, fochten *selten* in geschlossenen Massen, sondern suchten mit schnellem Blicke einen Gegner unter den Reihen des Feindes, den sie dann mit Schwert und Lanze bekämpften. Eine solche Schar war es, die bei Georgs Reiterhaufen stand, und den Herzog selbst gelüstete es, seine ungeheure Kraft, seine weitberühmte Fertigkeit in einem solchen Zweikampf zu erproben, und nur die inständigen Bitten der Ritter hielten ihn ab, diese romantische Idee auszuführen. Neben dem Herzog hielt eine sonderbare Figur, beinahe wie eine Schildkröte, die zu Pferd sitzt, anzusehen. Ein Helm mit großen Federn saß auf einem kleinen Körper, der auf dem Rücken mit einem gewölbten Panzer versehen war; der kleine Reiter hatte die Kniee weit heraufgezogen, und hielt sich fest am Sattelknopf. Das herabgeschlagene Visier verhinderte Georg zu erkennen, wer dieser lächerliche Kämpfer sei; er ritt daher näher an den Herzog heran und sagte:

»Wahrhaftig, Euer Durchlaucht haben sich da einen überaus mächtigen Kämpen zum Begleiter *ausersehen*. Sehet nur die dürren Beine, die zitternden Arme, den mächtigen Helm zwischen den kleinen Schultern – wer ist denn dieser Riese?«

»Kennst du den Höcker so schlecht?« fragte der Herzog lachend. »Sieh nur, er hat einen ganz absonderlichen Panzer an, der wie eine große Nußschale anzusehen, um seinen *teuren* Rücken zu verwahren, wenn es etwa zur Flucht käme. Es ist mein getreuer Kanzler, Ambrosius Volland!«

»Bei der heiligen Jungfrau! dem habe ich bitter unrecht getan«, entgegnete Georg; »ich dachte er werde nie ein Schwert ziehen und ein Roß besteigen, und da sitzt er auf einem Tier so hoch wie ein Elefant, und trägt ein Schwert so groß als er selbst ist. Diesen kriegerischen Geist hätte ich ihm nimmer zugetraut.«

»Meinst du, er reite aus eigenem Entschluß zu Felde? Nein ich habe ihn mit Gewalt dazu genötigt. Er hat mir zu manchem geraten, was mir nicht frommte, und ich fürchte er hat mich mit böslicher Absicht aufs Eis geführt; drum mag er auch die Suppe mit verzehren, die er eingebrockt hat. Er hat geweint, wie ich ihn dazu zwang; er sprach viel vom Zipperlein und von seiner Natur, die nicht kriegerisch sei; aber ich ließ ihn in seinen Harnisch schnüren und zu Pferd heben, er reitet den feurigsten Renner aus meinem Stall!«

Während dies der Herzog sprach, schlug der Ritter vom Höcker das Visier auf, und zeigte ein bleiches, kummervolles Gesicht. Das ewig stehende Lächeln war verschwunden, seine stechenden Äuglein waren groß und starr geworden, und drehten sich langsam und schüchtern nach der Seite; der Angstschweiß stand ihm auf der Stirne und seine Stimme war zum zitternden Flüstern geworden: »Um Gottes Barmherzigkeit willen, wertgeschätzter Herr von Sturmfeder, viellieber Freund und Gönner, leget ein gutes Wort ein, beim gestrengen Herrn, daß er mich aus diesem Fastnachtsspiel entläßt. Es ist des allerhöchsten Scherzes jetzt genug. Der Ritt in den schweren Waffen hat mich grausam angegriffen, der Helm drückt mich aufs Hirn, daß meine Gedanken im Kreise tanzen, und meine Knie sind vom Zipperlein gekrümmt; bitte, bitte! leget ein gutes Wort ein, für Euren demütigen Knecht, Ambrosius Volland; will's gewißlich vergelten.«

Der junge Mann wandte sich mit Abscheu von dem grauen feigen Sünder. »Herr Herzog«, sagte er, indem ein edler Zorn seine Wangen rötete; »vergönnt ihm, daß er sich entferne. Die Ritter haben ihre Schwerter gelüftet und die Helme fester in die Stirne gerückt, das Volk schüttelt die Speere und erwartet mutig das Zeichen zum Angriff, warum soll ein Feigling in den Reihen von Männern streiten?«

»Er bleibt, sag ich«, entgegnete der Herzog mit fester Stimme »bei dem ersten Schritt rückwärts hau ich ihn selbst vom Gaul herunter. Der Teufel saß auf deinen blauen Lippen, Ambrosius Volland, als du Uns geraten, Unser Volk zu verachten und das Alte umzustoßen. Heute, wenn die Kugeln sausen und die Schwerter rasseln, magst du schauen, ob dein Rat Uns frommte.«

Des Kanzlers Augen glühten vor Wut, seine Lippen zitterten, und seine Mienen verzerrten sich greulich. »Ich habe Euch nur geraten; warum habt Ihr es getan?« sagte er, »Ihr seid Herzog, Ihr habt befohlen und Euch huldigen lassen; was kann denn ich dafür?«

Der Herzog riß sein Pferd so schnell um, daß der Kanzler bis auf die Mähnen seines Elefanten niedertauchte, als erwarte er den Todesstreich.

»Bei Unserer fürstlichen Ehre«, rief er mit schrecklicher Stimme, indem seine Augen blitzten, »Wir bewundern Unsere eigene Langmut. Du hast Unsern ersten Zorn benützt, du hast dich in Unser Vertrauen einzuschwatzen gewußt; hätten Wir dir nicht gefolgt, du Schlange, so stünden heute zwanzigtausend Württemberger hier, und ihre Herzen wären eine feste Mauer für ihren Fürsten. Oh, mein Württemberg! mein Württemberg! daß ich deinem Rat gefolgt wäre, alter Freund; ja, es heißt was, von seinem Volk geliebt zu sein!«

»Entfernet diese Gedanken vor einer Schlacht«, sagte der alte Herr von Lichtenstein, »noch ist es Zeit, das Versäumte einzuholen. Noch stehen sechstausend Württemberger um Euch, und bei Gott, sie werden mit Euch siegen, wenn Ihr mit Vertrauen sie in den Feind führet. O Herr! hier sind lauter Freunde, vergebet Euren Feinden, entlaßt den Kanzler, der nicht fechten kann!«

»Nein! her zu mir, Schildkröte! an meine Seite her, Hund von einem Schreiber! wie er zu Rosse sitzt, als hätte ihn unser Herrgott hinaufgeschneit, den Schneemann! Du hast mein Volk verachtet in deiner Kanzlei, und ihnen Gesetze gegeben mit deiner Schwanenfeder, jetzt sollst du sehen wie sie streiten; jetzt sollst du sehen wie Württemberg siegt oder – untergeht. Ha! seht ihr sie dort auf dem Hügel? seht ihr die Fahnen mit dem roten Kreuz? seht ihr das Banner von Bayern? wie ihre Waffen blitzen im Morgenrot, wie ihre Glieder von tausend Lanzen starren, wie der Wind in ihren Helmbüschen spielt. – Guten Tag ihr Herren vom Schwabenbund! jetzt geht mir das Herz auf; das ist ein Anblick für einen Württemberg.«

»Schaut! sie richten schon die Geschütze«, unterbrach ihn Lichtenstein; »zurück von diesem Platz, Herr! hier ist Euer Leben in augenscheinlicher Gefahr; zurück, zurück, *wir* halten hier; schickt uns Eure Befehle von dort zu, wo Ihr sicher seid.«

Der Herzog sah ihn groß an: »Wo hast du gehört«, sagte er, »daß ein Württemberg gewichen sei, wenn der Feind zum Angriff blasen ließ? meine Ahnen kannten keine Furcht, und meine Enkel werden noch aushalten wie sie, *furchtlos und treu!* Sieh wie der Berg sich dunkler und dunkler füllt von ihren Scharen. Siehst du jene weißen Wolken am Berg, Schildkröte? hörst du sie krachen? das ist der Donner der Geschütze, der in unsere Reihen schlägt; jetzt wenn du ein gutes Gewissen hast, wirst du leichter Atem holen, denn um dein Leben gibt dir keiner einen Pfennig.«

»Lasset uns beten«, sagte Marx von Schweinsberg, »und dann drauf in Gottes Namen.«

Der Herzog faltete andächtig die Hände, seine Begleiter folgten seinem Beispiel und beteten zum Anfang der Schlacht, wie es Sitte war in den alten Tagen. Der Donner der feindlichen Geschütze tönte schauerlich in diese tiefe Stille, in welcher man jeden Atemzug, jedes leise Flüstern der Betenden hörte. Auch der Kanzler faltete die Hände, aber seine Augen richteten sich nicht gläubig auf zum Himmel, sie irrten zagend an den Bergen umher, und das Beben seines Körpers, sooft Blitz und Rauch aus den Feldstücken des Feindes fuhr, zeigte, daß seine Seele nicht zu *dem* sich aufzuschwingen vermöge, der aus den Strahlen seiner Morgensonne über Freunde und Feinde herabblickte.

Ulerich von Württemberg hatte gebetet, und zog sein Schwert aus der Scheide; die Ritter und Reisigen folgten ihm, und in einem Augenblick blitzten tausend Schwerter um ihn her. »Die Landsknechte sind schon im Gefecht«, sagte er, indem sein Adlerauge schnell das Tal überschaute; »Georg von Hewen! Ihr rückt ihnen mit tausend zu Fuß nach. Schweinsberg lehne sich mit achthundert an den Wald, und warte bis auf weiteres. Reinhardt von Gemmingen! wollet mit den Eurigen *geradeaus* ziehen, und den mittleren Raum zwischen dem Wald und dem Neckar einnehmen. Sturmfeder, du bleibst mit deiner Abteilung Reitern; doch bist du jeden Augenblick bereit, vorzubrechen. Gott befohlen, ihr Herren; sollten wir uns hier unten nicht wiedersehen, so grüßen wir uns desto freudiger oben.« Er grüßte sie, indem er sein großes Schwert gegen sie neigte. Die Ritter erwiderten den Gruß und zogen mit ihren Scharen dem Feinde zu, und ein tausendstimmiges »Ulerich für immer!« ertönte aus ihren Reihen.

Das bündische Heer, das auf dem Hügel, den die Herzoglichen früher besetzt gehalten hatten, angekommen war, begrüßte seinen Feind aus vielen Feldschlangen und Kartaunen; dann zogen sie sich allmählich herab ins Tal; sie schienen durch ihre ungeheure Anzahl das kleine Heer des Herzogs erdrücken zu wollen. In dem Augenblick, als die letzten Glieder den Hügel verlassen wollten, wandte sich der Herzog zu Georg von Sturmfeder. »Siehst du ihre Feldstücke auf dem Hügel?« fragte er.

»Wohl; sie sind nur durch wenige Mannschaft bedeckt.«

»Frondsberg glaubt, weil wir nicht über ihn wegfliegen können, sei es unmöglich sein Geschütz zu nehmen. Aber dort am Wald biegt ein Weg links ein, und führt in ein Feld. Das Feld stößt an jenen Hügel. Kannst du mit deinen Reitern ungehindert bis in jenes Feld vordringen, so bist du beinahe schon im Rücken der Bündischen. Dort läßt du die Pferde verschnauben, legst dann an, und im Galopp den Hügel hinauf, die Geschütze müssen unser sein!«

Georg verbeugte sich zum Abschied, aber der Herzog bot ihm die Hand. »Lebe wohl, lieber Junge!« sagte er; »es ist hart von Uns einen jungen Ehemann auf so gefährliche Reise zu schicken, aber Wir wußten keinen Rascheren und Besseren als dich.«

Die Wangen des jungen Mannes glühten, als er diese Worte hörte, und seine Augen blinkten mutig. »Ich danke Euch, Herr, für diesen neuen Beweis Eurer Gnade«, rief er, »Ihr belohnt mich schöner, als wenn Ihr mir die schönste Burg geschenkt hättet. – Lebet wohl, Vater, und grüßt mein Weibchen.«

»So ist's nicht gemeint!« entgegnete lächelnd der alte Lichtenstein; »ich reite mit dir unter deiner Führung –«

»Nein, Ihr bleibet bei mir, alter Freund«, bat der Herzog, »soll mir denn der Kanzler hier im Felde raten? Da könnte ich so übel fahren wie mit seinen anderen Ratschlüssen. Bleibet mir zur Seite; machet den Abschied kurz, Alter! Euer Sohn muß weiter.«

Der Alte drückte Georgs Hand; lächelnd und mit freudigem Mute erwiderte dieser den Abschiedsgruß, schwenkte mit seinen Reitern ab, und »Ulerich für immer!« riefen die Stuttgarter Bürger zu Pferd, welche er in dieser entscheidenden Stunde gegen den Feind führte. Georg betrachtete, als er an dem Waldsaum hinritt, sinnend die Schlacht. Die Württemberger hatten eine gute Stellung, denn der Wald und der Neckar deckte sie, und ihre Flügel und das Zentrum waren stark genug, um auch einen mächtigen Stoß von Reiterei auszuhalten. Er konnte sich aber nicht verhehlen, daß wenn sie sich aus dieser Stellung herauslocken lassen, müssen sie alle diese Vorteile verlieren, weil sie dann entweder zwischen dem Wald und dem linken Flügel einen bedeutenden Zwischenraum lassen, oder um diesen auszufüllen, ihre Schlachtlinie so weit ausdehnen müßten, daß sie an innerer Stärke verlieren würden und leichter durchbrochen werden könnten. Ein großer Nachteil für die Württemberger war auch ihre geringe Anzahl, denn der Feind zählte zwei Dritteile mehr. Er konnte zwar in dem engen Tal seine Streitkräfte nicht entwickeln, und nur wenige Mannschaft auf einmal ins Treffen führen, doch war dies immer genug, um die Herzoglichen unausgesetzt zu beschäftigen, der Feind behielt dadurch immer frische Leute, und es war zu befürchten, daß die sechstausend Württemberger, wenn sie auch noch so tapfer standhalten sollten, endlich aus Ermattung werden unterliegen müssen.

Der Wald nahm jetzt Georg und seine Schar auf; sie rückten still und vorsichtig weiter, denn Georg wußte wohl, wie schwierig es für einen Reiterzug sei, im Wald von Fußvolk angegriffen zu werden. Doch ungefährdet kamen sie bis auf das Feld heraus, das ihnen der Herzog bezeichnet hatte. Rechts über dem Wald hin wütete die Schlacht. Das Geschrei der Angreifenden, das Schießen aus Donnerbüchsen und Feldstücken, das Wirbeln der Trommeln hallte schrecklich herüber.

Vor ihnen lag der Hügel, von dessen Gipfel eine gute Anzahl Kartaunen in die Reihen der Württemberger spielte; dieser Hügel erhob sich von der Seite des Wäldchens allmählich, und Georg bewunderte den schnellen Blick des Herzogs, der diese Seite sogleich erspäht hatte, denn von jeder andern Seite wäre, wenigstens für Reiter, der Angriff unmöglich gewesen. Das Geschütz wurde, soviel man von unten sehen konnte, nur durch eine schwache Mannschaft bedeckt, und als daher die Pferde ein wenig geruht hatten, ordnete Georg seine Schar, und brach im Galopp an der Spitze der Reiter vor. In einem Augenblick waren sie auf dem Gipfel des Hügels angekommen, und Georg rief den bündischen Soldaten zu, sich zu ergeben.

Sie zauderten, und die Fleischer, Sattler und Waffenschmiede von Stuttgart ersparten ihnen die Mühe, denn mit gewaltigen Streichen hieben sie Helme und Köpfe durch, daß von der Bedeckung bald wenige mehr übrig waren. Georg warf einen frohlockenden Blick auf die Ebene hinab seinem Herzog zu, er hörte das Freudengeschrei der Württemberger aus vielen tausend Kehlen aufsteigen, er sah wie sie frischer vordrangen, denn ihre Hauptfeinde, die Feldstücke auf dem Hügel waren jetzt zum Schweigen gebracht.

Aber in diesem Augenblick der Siegesfreude gewahrte er auch, daß jetzt der zweite und schwerere Teil seiner schnellen Operation *der Rückzug* gekommen sei; denn auch die Bündischen hatten bemerkt, wie ihr Geschütz plötzlich verstummt sei, und ihre Obersten hatten alsobald eine Reiterschar gegen den Hügel aufbrechen lassen. Es war keine Zeit mehr, die schweren, erbeuteten Feldstücke hinwegzuführen; darum befahl Georg mit Erde und Steinen ihre Mündungen zu verstopfen, und sie auf diese Weise unbrauchbar zu machen. Dann warf er einen Blick auf den Rückweg; zwischen ihm und den Seinigen lag der Wald auf der einen, das feindliche Heer auf der andern Seite. Wurde er nur von Reiterei

312

angegriffen, so war der Rückweg durch den Wald möglich, weil dann der Feind dieselben Schwierigkeiten zu überwinden hatte, wie er. Aber seinem scharfen Auge entging nicht, daß ein großer Haufe bündischen Fußvolkes in den Wald ziehe, um ihm den Rückzug abzuschneiden, und so sah er sich von dem Walde ausgeschlossen. Das große Heer des Bundes zu durchbrechen, sich mit hundertundsechzig Pferden durch zwanzigtausend durchzuschlagen, wäre Tollkühnheit gewesen. Es blieb nur ein Weg, und auch auf diesem war der Tod gewisser als die Rettung. Zur Linken des feindlichen Heeres floß der Neckar. Am anderen Ufer war kein Mann von bündischer Seite; konnte er dieses Ufer gewinnen, so war es möglich sich zum Herzog zu schlagen. Schon waren die Reiter des Bundes wohl fünfhundert stark am Fuß des Hügels angelangt, er glaubte an ihrer Spitze den Truchseß von Waldburg zu erblicken, jedem andern, selbst dem Tod wollte er sich lieber ergeben als diesem.

Drum winkte er den tapfern Württembergern nach der steilern Seite des Hügels hin, die zum Neckar führte. Sie stutzten; es war zu erwarten, daß unter zehn immer acht stürzen würden, so jähe war diese Seite, und unten stand zwischen dem Hügel und dem Fluß ein Haufen Fußvolk, das sie zu erwarten schien. Aber ihr junger, ritterlicher Führer schlug das Visier auf, und zeigte ihnen sein schönes Antlitz, aus welchem der Mut der Begeisterung sie anwehte; sie hatten ihn ja noch vor wenigen Wochen eine holde Jungfrau zur Kirche führen sehen, durften sie an Weib und Kinder denken, da er diese Gedanken weit hinter sich geworfen hatte?

»Drauf, wir wollen sie schlachten«, riefen die Fleischer, »drauf, wir wollen sie hämmern«, riefen die Schmiede, »immer drauf, wir wollen sie lederweich klopfen«, riefen ihnen die Sattler nach, »drauf, mit Gott, Ulerich für immer!« rief der hochherzige Jüngling, drückte seinem Roß die Sporen ein, und flog ihnen voran den steilen Hügel hinab. Die feindlichen Reiter trauten ihren Augen nicht, als sie den Hügel heraufkamen, die verwegene Schar gefangenzunehmen, und sie schon unten, mitten unter dem Fußvolk erblickten. Wohl hatte mancher den kühnen Ritt mit dem Leben bezahlt, mancher war mit dem Roß gestürzt und in Feindeshand gefallen, aber die meisten sah man unten tapfer auf das Fußvolk einhauen, und der Helmbusch ihres Anführers wehte hoch und mitten im Gedräng. Jetzt waren die Reihen des Fußvolkes gebrochen, jetzt drängten sich die Reiter nach dem Neckar – jetzt – setzte ihr Führer an, und war der erste im Fluß. Sein Pferd war stark, und doch vermochte es nicht mit der Last seines gewappneten Reiters gegen die Gewalt des vom Regen angeschwellten Stromes anzukämpfen, es sank, und Georg von Sturmfeder rief den Männern zu, nicht auf ihn zu achten, sondern sich zum Herzog zu schlagen und ihm seinen letzten Gruß zu bringen. Aber in demselben Augenblick hatten zwei Waffenschmiede sich von ihren Rossen in den Fluß geworfen; der eine faßte den jungen Ritter am Arm, der andere ergriff die Zügel seines Pferdes, und so brachten sie ihn glücklich ans Land heraus.

Die Bündischen hatten ihnen manche Kugel nachgesandt, aber keine hatte Schaden getan, und im Angesicht beider Heere, durch den Fluß von ihnen getrennt, setzte die kühne Schar ihren Weg zum Herzog fort. Es war unweit seiner Stellung eine Furt, wo sie ohne Gefahr übersetzen konnten, und mit Jubel und Freudengeschrei wurden sie wieder von den Ihrigen empfangen.

Ein Teil des feindlichen Geschützes war zwar durch diesen ebenso schnellen als verwegenen Zug Georgs von Sturmfeder zum Schweigen gebracht worden, aber das Verhängnis Ulerichs von Württemberg wollte, daß ihn diese kühne Waffentat zu nichts mehr nützen sollte; die Kräfte seiner Völker waren durch die immer erneuerten Angriffe, des an Zahl weit überlegenen Feindes endlich völlig erschöpft worden; die Lands-knechte hielten zwar mit ihrem gewöhnlichen kriegerischen Feuer aus, aber ihre Anführer hatten sich schon genötigt gesehen, sie in Kreise zu stellen, um den Andrang der feindlichen Kavallerie abzuwehren; dadurch war die Linie hin und wieder unterbrochen, und das Landvolk, das man durch eilige Bewaffnung nicht zu Kriegern hatte machen können, füllte nur schlecht diese Lücken aus. In diesem Augenblick wurde dem Herzog gemeldet, daß der Herzog von Bayern Stuttgart plötzlich überfallen und eingenommen habe, daß ein neues feindliches Heer in seinem Rücken am Fluß heraufziehe, und kaum noch eine Viertelstunde entfernt sei. Da merkte er, daß er an diesem Tage sein Reich zum zweitenmal verloren habe, daß ihm nichts mehr übrigbleibe, als Flucht oder Tod, um nicht in die Hände seiner Feinde zu fallen. Seine Begleiter rieten ihm, sich in sein Stammschloß Württemberg zu werfen, und sich dort zu halten, bis er Gelegenheit fände heimlich zu entrinnen; er schaute hinauf nach dieser Burg, die von dem Glanz des Tages bestrahlt, ernst auf jenes Tal her-abblickte, wo der Enkel ihrer Erbauer den letzten verzweifelten Kampf um sein Herzogtum kämpfte. Aber er erbleichte und deutete sprachlos hinauf, denn auf den Türmen und Mauern dieser Burg erschienen rote, glänzende Fähnlein, die im Morgenwind spielten: die Ritter blickten schärfer hin, sie sahen wie die Fähnlein wuchsen und größer wurden, und ein schwärzlicher Rauch, der jetzt an vielen Stellen aufstieg, zeigte ihnen, daß es die Flamme sei, welche ihre glühende Paniere siegend auf den Zinnen aufgesteckt hatte. Württemberg brannte an allen Ecken, und sein unglücklicher Herr sah mit dem greulichen Lachen der Verzweiflung diesem Schauspiel zu. Jetzt bemerkten auch die Heere die brennende Burg. Die Bündischen begrüßten diese Flammen mit einem Freudengeschrei, den Württembergern entsank der Mut, es war ihnen, als sei dies ein Zeichen, daß das Glück ihres Herzogs ein Ende habe.

Schon tönten die Trommeln des im Rücken heranziehenden Heeres vernehmlicher, schon wich an vielen Orten das Landvolk, da sprach Ulerich: »Wer es noch redlich mit Uns meint, folge nach, Wir wollen Uns durchschlagen durch ihre Tausende oder zugrund gehen. Nimm mein Banner in die Hand, tapferer Sturmfeder, und reite mutig mit uns in den Feind!« Georg ergriff das Panier von Württemberg, der Herzog stellte sich neben ihn, die Ritter und die Bürger zu Pferd umgaben sie, und waren bereit, ihrem Herzog Bahn zu brechen. Der Herzog deutete auf eine Stelle, wo die Feinde dünner standen, dort müsse man durchkommen oder alles sei verloren. Noch fehlte es an einem Anführer, und Georg wollte sich an die Spitze stellen, da winkte ihm der Ritter von Lichtenstein seinen Platz an der Seite des Herzogs nicht zu verlassen, und stellte sich vor die Reiter; noch einmal wandte er die ehrwürdigen Züge dem Herzog und seinem Sohne zu, dann schloß er das Visier und rief: »Vorwärts, hie gut Württemberg alleweg!«

Dieser Reiterzug war wohl zweihundert Pferde stark, und bewegte sich in Form einer Keile im Trab vorwärts. Der Kanzler Ambrosius Volland sah sie mit leichtem Herzen abziehen, denn der Herzog schien ihn ganz vergessen zu haben, und er hielt jetzt mit sich Rat, wie er ohne Gefahr von seinem hochbeinigen Tier herabkommen sollte. Doch der edle Renner des Herzogs hatte mit klugen Augen den Reitern nachgeschaut; solange sie sich im Trab fortbewegten, stand er stille und regungslos, jetzt aber ertönten die Trompeten zum Angriff, man sah das Panier von Württemberg hoch in den Lüften wehen, und die tapfere Reiterschar im Galopp, auf den Feind ansprengen. Auf diesen Moment schien der Renner gewartet zu haben; mit der Schnelligkeit eines Vogels strich er jetzt über die Ebene hin, den Reitern nach; dem Kanzler vergingen die Sinne, er hielt sich krampfhaft am Sattelknopf, er wollte schreien, aber die Blitzesschnelle, womit sein Roß die Luft teilte, unterdrückte seine Stimme; in einem Augenblick hatte er den Zug eingeholt, so schnell sie ihre Rosse auslaufen ließen, er überholte sie, und so hatte es der Kanzler in kurzer Zeit bis zum Anführer der Reiter gebracht. Der Feind stutzte über die sonderbare Gestalt, die mehr einem geharnischten Affen als einem Krieger glich, noch ehe sie sich recht besinnen konnten, war der fürchterliche Mann mitten in ihren Reihen, die Württemberger brachen, trotz des entscheidenden Augenblickes, in ein lustiges Gelächter aus, und auch dieses mochte beitragen, die tapfern Truppen von Ulm, Gmünd, Aalen, Nürnberg und noch zehn andern Reichsstädten, welche dieser unerwartete Angriff traf, zu verwirren; sie zerstiebten vor der ungeheuren Wucht der zweihundert Pferde, und die ganze Schar war im Rücken des Feindes. Sie setzte eilig ihren Marsch fort, und ehe noch die bündische Reiterei zum Nachsetzen herbeigerufen werden konnte, hatte der Herzog mit wenigen Begleitern sich zur Seite geschlagen; er gewann einen großen Vorsprung, denn die Reiterei des Bundes erreichte die berittene Schar der Bürger erst vor den Toren von Stuttgart, und es fand sich unter ihnen weder der Herzog, noch einer seiner wichtigeren Anhänger, außer dem Kanzler Ambrosius Volland, den man halbtot vom Pferde hob. Die bündischen Kriegsleute behandelten ihn, nachdem man ihm die gewölbte Rüstung vom Leib geschält hatte, sehr übel, denn nur seiner fürchterlichen, alle Begriffe übersteigenden Tapferkeit, schrieben sie es zu, daß ihnen der Herzog und mit ihm eine Belohnung von tausend Goldgulden entgangen war. So geschah es, daß dieser tapfere Kanzler, nicht wie sein Herzog *in* der Schlacht, sondern *nach* der Schlacht *geschlagen* wurde. 316

X.

Wohl wieget *eines* viele Taten auf –
Sie achten drauf –
Das ist um deines Vaterlandes Not
Der Heldentod.
Sieh hin, die Feinde fliehen, blick hinan,
Der Himmel glänzt, dahin ist unsre Bahn.

L. Uhland

Die Nacht, welche diesem entscheidenden Tag folgte, brachten Herzog Ulerich und seine Begleiter in einer engen Waldschlucht zu, die durch Felsen und Gesträuche einen sicheren Versteck gewährte, und noch heute bei dem Landvolk die »Ulerichshöhle« genannt wird. Es war der Pfeifer von Hardt, der ihnen auf ihrer Flucht als ein Retter in der Not erschienen war, und sie in diese Bucht führte, die nur den Bauern und Hirten der Gegend bekannt war. Der Herzog hatte beschlossen, hier zu rasten, um dann, sobald der Tag graute, seine Flucht nach der Schweiz fortzusetzen. Wohl wäre ihm hiezu die Nacht günstiger gewesen, denn die Bundestruppen hatten schon das Land besetzt, und es war wenig Wahrscheinlichkeit vorhanden, daß er sie täuschen und ungehindert entkommen werde; aber die Pferde waren von dem heißen Schlachttag ermüdet, und es war unmöglich, den Herzog und seine notwendige Begleitung von neuem beritten zu machen, ohne die Nachforschung des Feindes nach diesem Schlupfwinkel zu leiten.

Die Männer hatten sich um ein spärliches Feuer gelagert. Der Herzog war längst dem Schlummer in die Arme gesunken, und vergaß vielleicht in seinen Träumen, daß er ein Herzogtum verloren habe; auch der alte Herr von Lichtenstein schlief, und Marx Stumpf von Schweinsberg hatte seine mächtigen Arme auf die Kniee gestützt, sein Gesicht in die Hände verborgen, und man war ungewiß, ob er schlafe oder in Kummer versunken, über das Schicksal des Herzogs nachdachte, das sich mit *einem* Schlag so furchtbar gewendet hatte. Georg von Sturmfeder besiegte die Macht des Schlummers, der sich immer wieder über ihn lagern wollte; er war der jüngste unter allen, und hatte freiwillig in dieser Nacht die Wache übernommen. Neben ihm saß Hanns, der Pfeifer von Hardt; er sah unverwandt ins Feuer, und seine Gedanken schienen sich in einem

Liedchen zu sammeln, dessen melancholische Weisen er mit leiser unterdrückter Stimme vor sich hin sang. Wenn das Feuer heller aufflackerte, schaute er mit einem trüben Blick nach dem Herzog, und wenn er sah, daß jener noch immer schlafe, versank er wieder in den flüsternden, traurigen Gesang.

»Du singst eine traurige Weise, Hanns!« unterbrach ihn Georg, den die melancholischen Töne dieses Liedes unheimlich anregten; »es tönt wie Totengesang und Sterblieder, ich kann es nicht ohne Schaudern hören.«

»Wir können alle Tage sterben«, sagte der Spielmann, indem er düster in die Flamme blickte; »drum sing ich gerne ein solches Lied, es ist mir, als könnte ich mit solchen Gedanken würdiger sterben.«

»Wie kommst du auf einmal zu diesen Todesgedanken Hanns? Du warst doch sonst ein fröhlicher Bursche zur Herbstzeit, und deine Zither tönte auf mancher Kirchweih. Da hast du gewiß keine Totenlieder gesungen.«

»Meine Freude ist aus«, erwiderte er und wies auf den Herzog; »all meine Mühe, all meine Sorge war vergebens; es ist aus mit dem Herrn und ich – ich bin sein Schatten; auch mit mir ist's aus; hätte ich nicht Frau und Kind, ich möchte heute nacht noch sterben.«

»Wohl warst du immer sein getreuer Schatten«, sagte der junge Mann gerührt, »und oft habe ich deine Treue bewundert; höre Hanns! wir sehen uns vielleicht lange nicht mehr. Jetzt haben wir Zeit zu schwatzen, erzähle mir was dich so ausschließlich und enge an den Herzog knüpft; wenn es etwas ist, das du erzählen kannst.«

Er schwieg einige Augenblicke und schürte das Feuer zurecht ein unruhiges Feuer blitzte in seinen Augen, und Georg war ungewiß ob es die Flamme oder eine innere Bewegung sei, was seine ausdrucksvollen Züge mit wechselnder Röte übergoß. »Das hat seine eigene Bewandtnis«, sagte er endlich, »und ich spreche nicht gerne davon. Doch Ihr habt recht, Herr, auch mir ist es als werden wir uns lange nicht mehr sehen, so will ich Euch denn erzählen. Habt Ihr nie von dem ›Armen Konrad‹ gehört?«

»O ja«, erwiderte Georg, »das Gerücht davon kam noch weiter als bis zu uns nach Franken; war es nicht ein Aufstand der Bauern? wollte man nicht sogar dem Herzog ans Leben?«

»Ihr habt ganz recht, der Arme Konrad war ein böses Ding. Es mögen nun 7 Jahre sein. Da gab es unter uns Bauern viele Männer, die mit der

Herrschaft unzufrieden waren; es waren Fehljahre gewesen, den Reicheren ging das Geld aus, die Armen hatten schon lange keines mehr, und doch sollten wir zahlen ohne Ende, denn der Herzog brauchte gar viel Geld für seinen Hof, wo es alle Tage zuging wie im Paradies.«

»Gaben denn eure Landstände nach, wenn der Herr so viel Geld verlangte?« fragte Georg.

»Sie wagten eben auch nicht immer nein zu sagen, des Herzogs Beutel hatte aber gar ein großes Loch, das wir Bauern mit unserem Schweiß nicht zuleimen konnten. Da gab es nun viele die ließen die Arbeit liegen, weil das Korn das sie pflanzten, nicht zu ihrem *Brot wuchs,* und der Wein den sie kelterten, nicht für sie in die Fässer floß. Diese, als sie dachten, daß man ihnen nichts mehr nehmen könne als das arme Leben, lebten lustig und in Freuden, nannten sich Grafen zu Nirgendsheim, sprachen viel von ihren Schlössern auf dem Hungerberge und von ihren bedeutenden Besitzungen in der Fehlhalde und am Bettelrain; und diese Gesellschaft war der Arme Konrad.«

Der Pfeifer legte sinnend seine Stirne in die Hand und schwieg.

»Von *dir* wolltest du ja erzählen, Hanns!« sagte Georg, »von dir und dem Herzog.« –

»Das hätte ich beinahe vergessen«, antwortete dieser. – »Nun«, fuhr er fort, »es kam endlich dahin, daß man Maß und Gewicht geringer machte, und dem Herzog gab, was damit gewonnen wurde. Da ward aus dem Scherz bitterer Ernst. Es mochte mancher nicht ertragen, daß ringsumher volles Maß und Gewicht, und nur bei uns kein Recht sei. Im Remstal trug der Arme Konrad das neue Gewicht hinaus und machte die Wasserprobe.«

»Was ist das«, fragte der junge Mann.

»Ha!« lachte der Bauer, »das ist eine leichte Probe. Man trug den Pfundstein mit Trommeln und Pfeifen an die Rems und sagte: ›Schwimmt's oben, hat der Herzog recht; sinkt's unter, hat der Bauer recht.‹

Der Stein sank unter und jetzt zog der Arme Konrad Waffen an. Im Remstal und im Neckartal bis hin auf gegen Tübingen und hinüber an die Alb standen die Bauern auf und verlangten das alte Recht. Es wurde gelandtagt und gesprochen, aber es half doch nichts. Die Bauern gingen nicht auseinander.«

»Aber *du,* von *dir* sprichst du ja gar nicht?«

»Daß ich's kurz sage, ich war einer der Ärgsten«, antwortete Hanns,
»ich war kühn und trotzig, mochte nicht gerne arbeiten und wurde wegen
Jagdfrevel unmenschlich abgestraft, da trat ich in den Armen Konrad,
und bald war ich so arg als der Gaispeter und der Bregenzer. Der Herzog
aber, als er sah, daß der Aufruhr gefährlich werden könne, ritt selbst
nach Schorndorf. Man hatte uns zur Huldigung zusammenberufen, wir
erschienen zu vielen Hunderten – aber bewaffnet. Der Herzog sprach
selbst zu uns, aber man hörte ihn nicht an. Da stand der Reichsmarschall
auf, erhob seinen goldenen Stab und sprach: ›Wer es mit dem Herzog
Ulerich von Württemberg hält, trete auf seine Seite‹; der Gaispeter aber
trat auf einen hohen Stein und rief: ›Wer es mit dem Armen Konrad
vom Hungerberg hält, trete hieher.‹ Siehe, da stand der Herzog verlassen
unter seinen Dienern. Wir andern hielten zu dem Bettler.«

»Oh, schändlicher Aufruhr«, rief Georg vom Gefühl des Unrechts ergriffen, »schändlich vor allen die, welche es so weit kommen ließen! Da
war gewiß Ambrosius Volland der Kanzler, an vielem schuld?«

»Ihr könnet recht haben«, erwiderte der Spielmann; »doch höret weiter;
der Herzog als er sah, daß seine Sache verloren sei, schwang sich auf
sein Roß, wir aber drängten uns um ihn her, doch noch wagte es keiner,
den Fürsten anzutasten, denn er sah gar zu gebietend aus seinen großen
Augen auf uns herab. ›Was wollt ihr, Lumpen!‹ schrie er und gab seinem
Hengst die Sporn, daß er sich hoch aufbäumte und drei Männer nieder-
riß. Da erwachte unser Grimm, sie fielen seinem Roß in die Zügel, sie
stachen nach ihm mit Spießen, und ich, ich vergaß mich so, daß ich ihn
am Mantel packte und rief: ›Schießt den Schelmen tot.‹«

»*Das warst du*, Hanns?« rief Georg, und sah ihn mit scheuen Blicken
an.

»*Das war ich*,« sagte dieser langsam und ernst; »aber es ward mir dafür
was mir gebührte. Der Herzog entkam uns damals und sammelte ein
Heer; wir konnten nicht lange aushalten und ergaben uns auf Gnad und
Ungnad. Es wurden zwölf Anführer des Aufruhrs nach Schorndorf geführt
und dort gerichtet, ich war auch unter diesen. Aber als ich so im Kerker
lag und mein Unrecht und den nahen Tod überdachte, da graute mir
vor mir selbst, und ich schämte mich, mit so elenden Gesellen wie die
eilf anderen waren, gerichtet zu werden.«

»Und wie wurdest du gerettet?« fragte Georg teilnehmend.

»Wie ich Euch schon in Ulm sagte, durch ein Wunder. Wir zwölf
wurden auf den Markt geführt, es sollte uns dort der Kopf abgehauen

werden. Der Herzog saß vor dem Rathaus und ließ uns noch einmal vor sich führen. Jene eilfe stürzten nieder, daß ihre Ketten fürchterlich rasselten, und schrieen mit jammernder Stimme um Gnade. Er sah sie lange an und betrachtete dann mich. ›Warum bittest du nicht auch?‹ fragte er. ›Herr‹, antwortete ich, ›ich weiß was ich verdient habe, Gott sei meiner Seele gnädig.‹ Noch einmal sah er auf uns, dann aber winkte er dem Scharfrichter. Sie wurden nach dem Alter gestellt, ich, als der jüngste, war der letzte. Ich weiß wenig mehr von jenen schrecklichen Augenblicken; aber nie vergesse ich den greulichen Ton, wenn die Halsknorpel krachten –«

»Um Gottes willen hör auf«, bat Georg, »oder übergehe das Gräßliche!«

»Neun Köpfe meiner Gesellen staken auf den Spießen, da rief der Herzog: ›Zehn sollen bluten, zwei frei sein. Bringt Würfel her, und laßt die drei dort würfeln!‹ Man brachte Würfel, der Herzog bot sie mir zuerst; ich aber sagte: ›Ich habe mein Leben verwirkt und würfle nicht mehr darüber!‹ Da sprach der Herzog: ›Nun so würfle *ich* für dich.‹ Er bot den zwei andern die Würfel hin. Zitternd schüttelten sie in den kalten Händen die Würfel, zitternd zählten sie die Augen; der eine warf neun, der andere vierzehn; da nahm der Herzog die Würfel und schüttelte sie. Er faßte mich scharf ins Auge, ich weiß, daß ich nicht gezittert habe. Er warf – und deckte schnell die Hand darauf. ›Bitte um Gnade‹ , sagte er, ›noch ist es Zeit‹. ›Ich bitte, daß Ihr mir verzeihen möget, was ich Euch Leids getan‹ , antwortete ich, ›um Gnade aber bitt ich nicht, ich habe sie nicht verdient und will sterben.‹ Da deckte er die Hand auf, und siehe er hatte achtzehn geworfen. Es war mir sonderbar zumut, es kam mir vor als habe er gerichtet an Gottes Statt. Ich stürzte auf meine Kniee nieder und gelobte fortan in seinem Dienst zu leben und zu sterben. Der zehnte ward geköpft, wir beide waren frei.« –

Mit immer höher steigender Teilnahme hatte Georg der Erzählung des Pfeifers von Hardt zugehört; aber als er schloß, als sich das sonst so kühn und listig blickende Auge mit Tränen füllte, da konnte er sich nicht enthalten seine Hand zu fassen, sie fest und herzlich zu drücken. »Es ist wahr«, sagte der junge Mann, »du hast Schweres an deinem Landesherrn verschuldet, aber du hast auch schrecklich gebüßt, denn du hast den Tod dennoch erlitten; jenes schnelle Zücken des Schwertes ist nichts mehr gegen das Gefühl, so viele bekannte Menschen hinrichten, und sich den Tod immer näher kommen zu sehen! Und hast du nicht durch ein Leben voll Treue, durch Aufopferung und Wagnis aller Art den Fürsten versöhnt, an den du deine Hand legtest? Wie oft hast du ihm Freiheit, vielleicht das Leben gerettet; wahrlich, deine Schuld ist reichlich abgetragen.«

Der arme Mann hatte, nachdem er seine Erzählung geschlossen, wieder mit düsterem Sinnen ins Feuer geschaut. Er hätte ganz teilnahmslos geschienen, wenn nicht unter den Worten Georgs nach und nach ein trübes Lächeln auf seinen Zügen erschienen wäre. »Meint Ihr«, sagte er, »ich hätte gebüßt und meine Schuld abgetragen? Nein, solche Schulden tilgen sich nicht so bald, und ein geschenktes Leben muß für den aufgesetzt werden, der es uns fristete. Das Umherschleichen in den Bergen, Kundschaft bringen aus Feindes Lager, Höhlen zeigen wo man sich verbergen kann, das ist keine schwere Sache, Herr, und das allein tut's nicht. Ich weiß, ich werde noch einmal für ihn sterben müssen – und dann, Herr, nehmt Euch meines Weibes und meiner Tochter an.«

Eine Träne fiel in seinen Bart, doch als schäme er sich so weich zu sein, verbarg er sein Gesicht in der Hand und fuhr fort: »Doch dazu bin ich noch gut genug; wie jeder Kriegsmann, wie jeder im Volk, darf ich für ihn sterben, o könnte ich durch meinen Tod seine Huldigung abändern, und ihm das Land wieder verschaffen, noch in dieser Stunde wollte ich sterben!«

Der Herzog erwachte; er richtete sich auf, er sah mit verwunderten Blicken um sich her, als sei er durch einen Zauber in diese Erdschlucht versetzt, und sehe jetzt erst diese Felsen und Bäume, das spärliche Feuer und die von den Flammen beschienenen Männer, seine Begleiter; er bedeckte seine Augen mit der Hand, doch er sah wieder auf als prüfe er, ob diese Erscheinungen bleiben; – sie blieben, und schmerzlich sah er bald den einen, bald den andern an. »Ich habe heute ein Land verloren«, sprach er, »es hat mich nicht so geschmerzt als dieses Erwachen, denn ich habe es im Traume wieder und noch viel schöner besessen.«

»Seid nicht ungerecht, Herr«, sagte Marx Stumpf von Schweinsberg, indem er sich aus seiner gebückten Stellung aufrichtete; »seid nicht ungerecht gegen diese Wohltat der Natur. Wie unglücklich wäret Ihr, wenn Ihr auch im Schlummer, der Eure Kräfte für das schwere Unglück stärken soll, Euren Verlust noch fühltet, auch da noch so düster darüber gebrütet hättet. Ihr seid finster und verschlossen eingeschlummert, jetzt sind Eure Züge freundlicher und milder, verdanken wir dies nicht auch Eurem Traum?«

322

»So hätte ich mögen nie erwachen; oh, daß ich Jahrhunderte fortge-
träumt hätte, und dann erwacht wäre; es war so schön, so tröstlich was
ich träumte!«

Er stützte die Stirne in die Hand und schien schmerzlich bewegt. Der
alte Herr von Lichtenstein war von den Stimmen der Sprechenden erweckt worden; er kannte Ulerich und wußte, daß man ihn nicht über
seinen schmerzlichen Verlust brüten lassen dürfe; er rückte ihm daher
näher und sprach:

»Nun, und wollt Ihr uns nicht auch sagen, was Ihr geträumt habt?
vielleicht liegt auch für uns ein Trost darin, denn wisset, ich glaube an
Träume, wenn sie in einer wichtigen, verhängnisvollen Stunde in unsere
Seele einziehen, und ich glaube sie kommen von *oben,* um uns zu trösten.«

Der Herzog schwieg noch eine Weile, er schien über die Worte des
Ritters nachzusinnen; dann fing er an zu erzählen: »Mein Schwager,
Wilhelm von Bayern, hat mir heute zur Probe seiner Freundschaft die
Burg meiner Ahnen niedergebrannt. Dort hausten seit undenklichen
Zeiten die Württemberger und das Land, das wir besitzen, trägt von
diesem Schloß den Namen. Es scheint als habe er damit uns eine Todes-
fackel anzünden, und mit diesen Flammen unser Wappen und Gedächtnis, und selbst den Namen Württemberg vertilgen wollen. Und fast
könnte er recht haben; denn mein einziges Söhnlein, Christoph, ist in
fernen Landen, mein Bruder Georg, hat noch keine Kinder, und ich–
– bin geschlagen, verjagt, sie haben wiederum mein Land besetzt, und
wo ist Hoffnung, daß ich es wieder einmal erlange?! – – Wie ich nun
so ganz verlassen und elend hier am Feuer saß, wie ich nachdachte über
mein kurzes Glück, und wie ich vielleicht mein Unglück selbst verschuldet
habe; wie ich bedachte auf welch schwachen Stützen meine Hoffnung
beruhe, und wie selbst der Name Württemberg auslöschen könne, gleich
den letzten Funken in der Asche meiner Stammburg, da übermannte
mich der Jammer, und bitterer als je fühlte ich die Schläge meines
Schicksals. Unter diesen Gedanken entschlief ich. Doch wie im Wachen
meine Seele mit Sehnsucht und Trauer auf den Höhen des Rotenberges,
und um die rauchenden Trümmer von Württemberg schwebte, so erging
sich mein Geist auch im Traume dort.«

Ulerich hielt inne; es war als fülle ein Bild seine Seele, das zu schön,
zu groß sei, um es mit sterblichen Lippen zu beschreiben; ein milder
Friede lag auf den Zügen des unglücklichsten Fürsten, und ein wunder-

barer Glanz drang aus seinen aufwärts gerichteten Augen. Die Männer umher blickten ihn staunend an; sie hingen an seinen Lippen und lauschten auf seine Rede, die ihnen so Wichtiges zu verkünden schien.

»Höret weiter«, fuhr er fort; »ich sah herab auf das schöne Neckartal. Der Fluß zog wie sonst in schönen blauen Bogen hin, aber das Tal und die Berge schienen mir lieblicher, glänzender, die Wälder auf den Höhen waren verschwunden, die Wiesen waren nicht mehr, sondern von Berg zu Berg zog sich *ein* großer Garten voll grüner Reben, und im Tal sah man Obstbäume und schöne blühende Gärten ohne Zahl. Ich stand entzückt und schaute und schaute immer wieder hin, denn die Sonne erschien freundlicher, der Himmel blauer und reiner, das Grün der Reben und Bäume glänzender als jetzt. Und als ich mein trunkenes Auge erhob und hinüberschaute über den Neckar, da gewahrte ich auf einem Hügel am Fluß ein freundliches Schloß, das im Glanz der Morgensonne sich spiegelte; es lag so friedlich da, daß sein Anblick meiner Seele wohltat, denn keine Gräben und hohe Mauern, keine Türme und Zinnen, kein Fallgatter, keine Zugbrücke erinnerte an den Zwist der Völker, und an das unsichere, wechselnde Geschick der Sterblichen.

Und als ich verwundert über den tiefen Frieden des Tales und jenes unbewachten Schlosses mich umsah, waren auch die Mauern *meiner* Burg verschwunden; doch hier wenigstens log mir der Traum nicht, denn ich sah ja gestern die Zinnen stürzen und den Wartturm sinken, von welchem sonst mein Panier in den Lüften wehte. Kein Stein von Württemberg war mehr zu sehen, aber ein Tempel stand dort mit Säulen und Kuppel, wie man sie in Rom und Griechenland findet. Ich dachte nach, wie dies alles auf einmal so habe kommen können, da gewahrte ich Männer in fremder Kleidung, die nicht weit von mir standen und auf das Land hinabschauten.

Der eine dieser Männer zog vor den übrigen meine Aufmerksamkeit auf sich; er hatte einen schönen Knaben an der Hand, dem er das Tal zu seinen Füßen, und die Berge umher, und den Fluß und die Städte und Dörfer in der Nähe und Ferne, zeigte. Ich betrachtete den Mann, er trug die Züge meines Bruders Georg[45], und es war mir als müsse er

---

45 Graf Georg von Württemberg und Mömpelgard, der Bruder Ulerichs, ist
    der Stammvater des jetzigen Regentenhauses von Württemberg. Sein Sohn
    war Friedrich, VI. reg. Herzog, der das Herzogtum erhielt, weil Ludwig,
    Christophs Sohn, ohne männliche Deszendenz starb.

zum Stamm meiner Ahnen gehören und ein Württemberg sein; er stieg mit dem Knaben den Berg hinab ins Tal, und die andern Männer folgten ihm in ehrerbietiger Entfernung; den letzten hielt ich auf und fragte ihn: wer jener gewesen sei, der dem Knaben das Land gezeigt habe? ›Das war der König‹ , sagte er, und stieg den Berg hinab.«

Der Herzog schwieg und sah die Ritter forschend an, als wollte er ihre Meinung hören; sie schwiegen lange, endlich nahm der Ritter von Lichtenstein das Wort und sprach: »Ich bin fünfundsechzig Jahre alt, und habe vieles gesehen und gehört auf Erden, und manches, worüber der menschliche Geist erstaunte, und wo ein frommer Sinn den Finger der Gottheit sah. Glaubet mir, auch die Träume kommen von Gott, denn nichts geschieht auf Erden ohne Ursache. Es hat in alten Zeiten Seher und Propheten gegeben, warum sollte nicht auch in unseren Tagen der Herr seiner Heiligen einen herabsenden, daß er einem Unglücklichen im Traume die dunkeln Pforten der Zukunft öffnen, und ihn einen Blick in künftige, schönere Tage tun lasse? Drum seid getrosten Mutes, Herr! Eure Feste hat der Feind verbrannt, Ihr habt an *einem* Tage ein Herzogtum verloren, aber dennoch wird Euer Name nicht verlöschen, und Euer Gedächtnis wird nicht verloren sein in Württemberg.«

»Ein König –« sprach der Herzog sinnend, »ist es nicht vermessen, jetzt wo ich hinaus muß ins Elend, jetzt an einen König meines Stammes zu denken? Kann nicht auch die Hölle solche Träume vorspiegeln um uns nachher desto bitterer zu täuschen?«

»Was zweifelt Ihr an der Zukunft?« sagte Schweinsberg lächelnd. »Hätte *einer* Eurer ritterlichen Ahnen, die auf Württemberg hausten, hätte *einer* wissen können, daß seine Enkel Herzoge sein, daß das weite, schöne Land ihren Namen Württemberg tragen werde? Nehmet Euren Traum als den Wink des Schicksals hin, daß Euer Name in ferner, ferner Zeit auf diesem Lande bleiben, daß die spätern Fürsten Württembergs die Züge Eures Stammes tragen werden.«

»Wohlan, so will ich hoffen«, erwiderte Ulerich von Württemberg; »will hoffen, daß Uns das Land verbleibe, wie dunkel auch jetzt Unsere Lose seien. Mögen Unsere Enkel nie so harte Zeiten sehen wie Wir; möge man auch von ihnen sagen, sie sind – *furchtlos!*«

»*Und treu!*« sprach der Bauer mit Nachdruck, und stand auf. »Doch es ist Zeit, Herr Herzog, daß Ihr aufbrechet. Das Morgenrot ist nicht mehr fern, und über den Neckar wenigstens müssen wir kommen, solange
es noch dunkel ist.«

Sie standen auf und waffneten sich; die Pferde wurden herbeigeführt, sie saßen auf, und der Pfeifer ging voran den Weg aus der Schlucht zu zeigen. Die Reise des Herzogs zum Land hinaus war mit großer Gefahr verbunden, denn der Bund suchte seiner mit aller Mühe habhaft zu werden. Um auf einen Weg zu gelangen, wo er sicher seinen Feinden entgehen könnte, war der Herzog genötigt, noch einmal über den Neckar zu gehen. Dieser Übergang war nicht ohne Gefahr; ein starker Gewitterregen hatte den Fluß angeschwellt, so daß es nicht möglich schien, ihn mit den Pferden zu durchschwimmen; die Brücken aber waren zum größten Teil von dem Bunde besetzt worden; doch auch hier wußte Hanns guten Rat, denn er hatte durch treue Leute ausgespäht, daß die Brücke von Köngen noch frei sei; man hatte sich wohl nicht die Mühe genommen, sie zu besetzen, weil sie Eßlingen und dem feindlichen Lager allzu nahe war, als daß man hätte glauben können, der Herzog werde dort vorüberkommen. Dieser Weg schien wegen seiner großen Gefahr, die meiste Sicherheit zu gewähren; ihn wählte Ulerich, und so zogen sie stille und vorsichtig dem Neckar zu.

Als sie aus dem Wald ins Feld herauskamen, säumte schon das Morgenrot den Horizont. Sie ritten jetzt auf besserem Wege schärfer zu, und bald sahen sie den Neckar schimmern, und die hochgewölbte Brücke lag nicht ferne mehr von ihnen. In diesem Augenblick sah sich Georg um, und gewahrte eine bedeutende Anzahl Reiter, die von der Seite her, hinter ihnen, zogen; er machte seine Begleiter darauf aufmerksam; sie sahen sich besorgt um und musterten den Zug, der wohl fünfundzwanzig Pferde betragen mochte. Es schien bündische Reiterei zu sein, denn des Herzogs Völker waren gesprengt, und zogen nicht mehr in so geordneten Scharen wie diese.

Noch zogen jene ruhig ihren Weg, und schienen die kleine Gesellschaft nicht zu bemerken, aber dennoch schien es ratsam, die Brücke zu gewinnen, wo sich drei Wege schieden, ehe man von ihnen angerufen und befragt würde. Der Pfeifer lief voran so schnell er konnte, der Herzog und die Ritter folgten ihm in gestrecktem Trab, und je weiter sie sich von den Bündischen entfernten, desto leichter wurde ihnen ums Herz, denn alle bangten nicht für ihr eigenes Leben, wohl aber für die Freiheit Ulerichs.

Sie hatten die Brücke erreicht, sie zogen hinauf, aber in demselben Augenblick, wo sie oben auf der Mitte der hohen Wölbung angekommen waren, sprangen zwölf Männer mit Spießen, Schwertern und Büchsen bewaffnet, hinter der Brücke hervor und besetzten den Ausgang; der Herzog sah, daß er entdeckt war, und winkte seinen Begleitern rückwärts; Lichtenstein und Schweinsberg, die letzten, wandten ihre Rosse, aber schon war es zu spät, denn die bündischen Reiter, die ihnen im Rücken nachgezogen waren, hatten sich in Galopp gesetzt, und den Eingang der Brücke in diesem Augenblick erreicht und besetzt.

Noch war es zu dunkel, als daß man den Feind genau hätte unterscheiden können, doch nur zu bald zeigten sich seine feindlichen Absichten. »Ergebt Euch, Herzog von Württemberg«, rief eine Stimme, die den Rittern nicht unbekannt schien; »Ihr sehet, es ist kein Ausweg da zur Flucht!«

»Wer bist du, daß Württemberg sich dir ergeben soll?« antwortete Ulerich mit grimmigem Lachen, indem er sein Schwert zog; »du sitzt ja nicht einmal zu Roß; bist du ein Ritter?«

»Ich bin der Doktor Calmus«, entgegnete jener, »und bin bereit, die vielen Liebesdienste zu vergelten, die Ihr mir erwiesen habt. Ein Ritter bin ich, denn Ihr habt mich ja zum Ritter vom Esel gemacht; aber ich will Euch dafür zum Ritter ohne Roß machen. Abgestiegen, sag ich, im Namen des durchlauchtigsten Bundes.«

»Gib Raum, Hanns«, flüsterte der Herzog mit unterdrückter Stimme dem Spielmann zu, der mit gehobener Axt zwischen ihm und dem Doktor stand, »geh, tritt auf die Seite; ihr Freunde schließt euch an, wir wollen plötzlich auf sie einfallen, vielleicht gelingt es durchzubrechen!« Doch nur Georg vernahm diesen Befehl des Herzogs, denn die andern Ritter hielten wohl zehn Schritte hinter ihnen den Eingang besetzt, und waren schon mit den bündischen Reitern im Gefecht, die umsonst dieses ritterliche Paar zu durchbrechen, und zu dem Herzog durchzudringen versuchten. Georg schloß sich an Ulerich an, und wollte mit ihm auf den Doktor und die Knechte einsprengen, aber diesem war das Flüstern des Herzogs nicht entgangen. »Drauf ihr Männer, der im grünen Mantel ist's; lebendig oder tot!« rief er, drang mit seinen Knechten vor und griff zuerst an. Sein langer Arm führte einen fünf Ellen langen Spieß; er zückte ihn nach Ulerich, und es wäre vielleicht um ihn geschehen gewesen, da er ihn in der Dunkelheit nicht gleich bemerkte, doch Hanns kam ihm zuvor, und indem der berühmte Doktor Kahlmäuser nach der Brust seines Herrn stieß, war ihm die Axt des Pfeifers tief in die Stirne gedrungen; er fiel, so lang er war, mit Gebrüll auf die Knechte zurück. Sie stutzten, der Bauersmann schien ein schrecklicher Kämpfer, denn seine

Axt schwirrte immer noch in den Lüften, er bewegte sie wie eine Feder hin und her; sie zogen sich sogar einige Schritte zurück. Diesen Augenblick benützte Georg, riß dem Herzog den grünen Mantel ab, hing ihn sich selbst um, und flüsterte ihm zu, sein Pferd zu spornen, und sich über die Brüstung der Brücke hinabzustürzen. Der Herzog warf einen Blick auf die hochgehenden Wellen des Neckars und hinauf zum Himmel; es schien keine andere Rettung möglich, und er wollte lieber auf Leben und Tod den Sprung wagen, als seinen Feinden in die Hände fallen; doch der Anblick, der sich ihm in diesem schrecklichen Moment darbot, zog ihn noch einmal zurück.

Die Knechte hatten die Speere vorgestreckt und drangen vor; der Pfeifer stand noch immer, obgleich aus mehreren Wunden blutend, und schlug mit der Axt ihre Speere nieder. Seine Augen blitzten, seine kühnen Züge trugen den Ausdruck von freudiger Begeisterung, und das Lächeln, das um seinen Mund zog, war nicht das der Verzweiflung, nein, seine mutige Seele erbebte nicht vor dem nahenden Tod, er blickte ihm mit stolzer Freude entgegen, als sei *er* der Kampfpreis, um den er so viele Sorgen und Gefahren auf sich genommen habe. Noch *einen* schlug er mit seiner starken Rechten zu Boden, da stieß ihm einer der Knechte von der Seite her die Hellebarde in die Brust, in diese treue Brust, die noch im Tod ein Schild für den unglücklichen Fürsten war, dem nie ein treueres Herz geschlagen hatte. Er wankte, er sank zusammen, er heftete das brechende Auge auf seinen Herrn: »Herr Herzog, wir *sind quitt!*« rief er freudig aus, und senkte sein Haupt zum Sterben.

An ihm vorüber ging der Weg der Knechte, die mit Freudengeschrei näher zudrangen – da warf sich Georg von Sturmfeder in die Mitte; seine Klinge schwirrte in der Luft, und sooft sie niederfiel, zuckte einer der Feinde am Boden. Es war der letzte Schild Herzog Ulerichs von Württemberg; sank dieser noch, so war Gefangenschaft oder Tod unvermeidlich. Drum wandte er sich zum letzten Mittel; er warf noch einen tränenschweren Blick auf die Leiche jenes Mannes, der seine Treue mit dem Tod besiegelt hatte; dann riß er sein mächtiges Streitroß zur Seite, sporn te es, daß es sich hoch aufbäumte, wandte es mit einem starken Druck rechts, und – in einem majestätischen Sprung, setzte es über die Brüstung der Brücke, und trug seinen fürstlichen Reiter hinab in die Wogen des Neckars.

Georg hielt inne zu fechten; er sah dem Herzog nach; Roß und Reiter waren niedergetaucht, doch das mächtige Tier kämpfte mit den Wirbeln,

328

schwamm, arbeitete sich herauf, und wie die beste Barke schwamm es mit dem Herzog den Strom hinab. Dies alles war das Werk weniger Augenblicke, einige der Knechte wollten hinabspringen ans Ufer, um sich des kühnen Ritters zu bemächtigen, doch einer, der Georg am nächsten war, rief ihnen zu: »Laßt ihn schwimmen, an *dem* ist nichts gelegen, das hier ist der grüne Vogel, das ist der grüne Mantel; den laßt uns fassen.« Georg blickte dankbar auf zum Himmel; er ließ sein Schwert sinken und ergab sich den Bündischen. Sie schlossen einen Kreis um ihn, und ließen es willig geschehen, daß er abstieg und zu der Leiche jenes Mannes trat, der ihnen so schrecklich erschienen war. Georg faßte die Hand, welche noch immer die blutige Axt festhielt. Sie war kalt. Er suchte, ob das treue Herz noch schlage, aber der tödliche Stoß der Lanze hatte es nur zu gut getroffen. Das Auge, das einst so kühn und mutig blickte, war gebrochen, geschlossen der Mund, der auch in den trübsten Stunden einen ungebeugten, frohen Sinn verkündete; seine Züge waren erstarrt, aber noch schwebte um seine Lippen jenes Lächeln, das den letzten Gruß, den er seinem Herrn entbot, begleitet hatte. Georgs Tränen fielen auf ihn herab; er drückte noch einmal die Hand des Pfeifers, schloß ihm die Augen zu und schwang sich auf, um den Knechten in ihr Lager zu folgen.

329

XI.

O schöner Tag, wann endlich der Soldat
Ins Leben heimkehrt, in die Menschlichkeit –
Oh! glücklich wem dann auch sich eine Tür,
Sich zarte Arme sanft umschlingend öffnen.

Schiller

Nach einem Marsch von beinahe drei Stunden näherte sich der Trupp der bündischen Knechte, den Gefangenen in ihrer Mitte, dem Lager. Sie hatten nicht gewagt sich laut zu unterreden, aber ihre Mienen verkündeten großen Triumph, und Georgs scharfem Ohr entging es nicht, wie sie flüsternd den Gewinn berechneten, den sie aus dem Herzog im grünen Mantel ziehen werden. Ein freudiges Gefühl bewegte seine Brust, er glaubte hoffen zu dürfen, daß der unglückliche Fürst durch seine kühne Aufopferung Zeit gewonnen habe, sich zu retten. Nur der Gedanke an Marie trübte auf Augenblicke seine Freude. Wie groß mußte ihr Kummer schon gewesen sein, als sie die Nachricht von dem Ausgang der Schlacht bekam; er hatte ihr zwar durch treue Männer die Nachricht gesandt, daß er unverletzt aus dem Streit gegangen sei; aber wußte er nicht, daß die traurige Entscheidung von Württembergs Schicksal ihre Seele tief betrüben, daß ihre Blicke ängstlich dem Geliebten auf den Gefahren der Flucht folgen werden, daß ihre Sehnsucht zu jeder Stunde seinen Namen nenne und ihn zurückrufe?

Und durfte er hoffen, vom Bunde zum zweitenmal so leicht entlassen zu werden, wie damals in Ulm? Gefangen mit den Waffen in der Hand, bekannt als eifriger Freund des Herzogs – mußte er nicht fürchten, einer langen Gefangenschaft, einer grausamen Behandlung entgegenzugehen? Die Ankunft an dem äußeren Posten des Lagers unterbrach diese düsteren Gedanken. Die Knechte schickten einen aus ihrer Mitte ab, um die Bundesobersten von ihrem Fang zu benachrichtigen und Befehle einzuholen, wohin man ihn führen solle. Es war dies eine peinliche Viertelstunde für Georg; er wünschte wo möglich mit Frondsberg zusammenzutreffen, er glaubte hoffen zu dürfen, daß dieser edle Freund seines Vaters ihm seine gütigen Gesinnungen erhalten haben möchte, daß er ihn zum wenigsten billiger beurteilen werde als Waldburg-Truchseß und so mancher andere, der ihm früher nicht günstig war.

Der Knecht kam zurück; der Gefangene sollte so still als möglich und ohne Aufsehen in das große Zelt geführt werden, wo die Obersten gewöhnlich Kriegsrat hielten. Man schlug zu diesem Gang einen Seitenweg ein, und die Knechte baten Georg, seinen Helm zu schließen, daß man ihn nicht erkenne, ehe er vor den Rat geführt würde. Gerne befolgte er diese Bitte, denn es war ihm in einem solchen Falle nichts unerträglicher, als sich den Blicken neugieriger oder schadenfroher Menschen aussetzen zu müssen. Sie gelangten endlich an das große Zelt. Diener aller Art waren hier versammelt, und die verschiedenen Farben und Binden, mit welchen sie geschmückt waren, ließen auf eine zahlreiche Versammlung edler Herren und Ritter im Innern des Zeltes schließen.

Schon mochte die Nachricht unter sie gekommen sein, daß einige Knechte einen Mann von Bedeutung gefangen haben, denn sie drängten sich nahe herbei, als Georg sich aus dem Sattel schwang, und ihre neugierigen Blicke schienen durch die Öffnungen des Visieres dringen zu wollen, um die Züge des Gefangenen zu schauen. Ein Edelknabe suchte Raum zu machen, und er mußte seine Zuflucht zu dem »Namen der Bundesobersten« nehmen, um diese dichte Masse zu durchbrechen, und dem gefangenen Ritter einen Weg in das Innere des Zeltes zu bahnen. Drei jener Knechte, die ihn begleitet hatten, durften folgen; sie glühten vor Freude, und glaubten nicht anders als jene Goldgülden sogleich in Empfang nehmen zu können, die auf die Person des Herzogs von Württemberg gesetzt waren.

Der letzte Vorhang tat sich auf, und Georg trat mutig und festen Schrittes ein, und überschaute die Männer, die über sein Schicksal entscheiden sollten. Es waren wohlbekannte Gesichter, die ihn so fragend und durchdringend anschauten. Noch waren die düsteren Blicke und die feindliche Stirne des Truchseß von Waldburg seinem Gedächtnis nicht entfallen, und der spöttische, beinahe höhnische Ausdruck in den Mienen dieses Mannes weissagte ihm nichts Gutes. Sickingen, Alban von Closen, Hutten – sie alle saßen wie damals vor ihm, als er dem Bund auf ewig Lebewohl sagte, aber wie vieles hatte sich verändert. Und eine Träne füllte sein Auge, als es auf jene teure Gestalt, auf jene ehrwürdigen Züge fiel, die sich tief in sein dankbares Herz gegraben hatten. Es war nicht Hohn, nicht Schadenfreude, was man in Georg von Frondsbergs Mienen las, nein, er sah den Nahenden mit jenem Ausdruck von würdigem Ernst, von Wehmut an, womit ein edler Mann den tapferen, aber besiegten Feind begrüßt.

Als Georg diesen Männern gegenüberstand, hub der Truchseß von Waldburg an: »So hat doch endlich der Schwäbische Bund einmal die Ehre, den erlauchten Herzog von Württemberg vor sich zu sehen, freilich war die Einladung zu uns nicht allzu höflich, doch –«

»Ihr irrt Euch!« rief Georg von Sturmfeder, und schlug das Visier seines Helmes auf. Als sähen sie Minervas Schild und sein Medusenhaupt, so bebten die Bundesräte vor dem Anblick der schönen Züge des jungen Ritters. »Ha! Verräter! ehrlose Buben! ihr Hunde!« rief Truchseß den drei Knechten zu; »was bringt ihr uns diesen Laffen, dessen Anblick meine Galle aufregt, statt des Herzogs? Geschwind, wo ist er? sprecht!«

Die Knechte erbleichten. »Ist's nicht dieser?« fragten sie ängstlich. »Er hat doch den grünen Mantel an.«

Der Truchseß zitterte vor Wut und seine Augen sprühten Verderben; er wollte auf die Knechte hinstürzen, er sprach davon sie zu erwürgen, aber die Ritter hielten ihn zurück, und Hutten, zornbleich, aber gefaßter als jener, fragte: »Wo ist der Doktor Calmus, laßt ihn hereinkommen, er soll Rechenschaft ablegen, er hat den Zug übernommen.«

»Ach Herr«, sagte einer der Knechte, »der legt Euch keine Rechenschaft mehr ab; er liegt erschlagen auf der Brücke bei Köngen!«

»Erschlagen?« rief Sickingen, »und der Herzog ist entkommen? erzähle ihr Schurken.«

»Wir legten uns, wie uns der Doktor befahl, bei der Brücke in Hinterhalt. Es war beinahe noch dunkel, als wir den Hufschlag von vier Rossen hörten, die sich der Brücke näherten, zugleich vernahmen wir das Zeichen, das uns die Reiter über dem Fluß geben sollten, wenn die Herzoglichen aus dem Wald kämen. ›Jetzt ist's Zeit‹, sagte der Kahlmäuser. Wir standen schnell auf und besetzten den Ausgang der Brücke. Es waren, soviel wir im Halbdunkel unterscheiden konnten, vier Reiter und ein Bauersmann; die zwei hintersten wandten sich um und fochten mit unseren Reitern, die zwei vorderen und der Bauer machten sich an uns. Doch wir streckten ihnen die Lanzen entgegen, und der Doktor rief ihnen zu, sich zu ergeben. Da drangen sie wütend auf uns ein; der Doktor sagte uns, der im grünen Mantel sei der Rechte; und wir hätten ihn bald gehabt, aber der Bauer wenn es nicht der Teufel selbst war, schlug den Doktor und noch zwei von uns nieder. Jetzt stach ihm einer die Hellebarde in den Leib, daß er fiel und dann ging es auf die Reiter. Wir packten allesamt den im grünen Mantel, wie uns der Kahlmäuser geheißen, der andere aber stürzte sich mit seinem Roß über die Brücke hinab in den Neckar und schwamm davon. Wir aber ließen ihn ziehen, weil wir den Grünen hatten, und brachten diesen hieher.«

»Das war Ulerich und kein anderer«, rief Alban von Closen »ha! über die Brücke hinab in den Neckar! das tut ihm keiner nach.«

»Man muß ihm nachjagen«, fuhr der Truchseß auf; »die ganze Reiterei muß aufsitzen und hinab am Neckar streifen, ich selbst will hinaus –«

332 »O Herr«, entgegnete einer der Knechte. »Da kommt Ihr zu spät; es ist drei Stunden jetzt, daß wir von der Brücke abzogen, der hat einen guten Vorsprung, und kennt das Land wohl besser als alle Reiter!«

»Kerl! willst du mich noch höhnen? ihr habt ihn entkommen lassen, an euch halte ich mich, man rufe die Wache; ich laß euch aufhängen.«

»Mäßigt Euch«, sagte Frondsberg, »die armen Bursche trifft der Fehler nicht; sie hätten sich gerne das Gold verdient, das auf den Herzog gesetzt war. Der Doktor hat gefehlt und Ihr hört, daß er es mit dem Leben zahlte.«

»Also Ihr habt heute den Herzog vorgestellt?« wandte sich Waldburg zu Georg, der stille dieser Szene zugesehen hatte; »müßt Ihr mir überall in den Weg laufen, mit Eurem Milchgesicht? Überall hat Euch der Teufel, wo man Euch nicht braucht. Es ist nicht das erste Mal, daß Ihr meine Pläne durchkreuzet –«

»Wenn Ihr es gewesen seid, Herr Truchseß«, antwortete Georg, »der bei Neuffen den Herzog meuchlings überfallen lassen wollte, so bin ich Euch leider in den Weg gekommen, denn Eure Knechte haben *mich* niedergeworfen.«

Die Ritter erstaunten über diese Rede, und sahen den Truchseß fragend an. Er errötete, man wußte nicht aus Zorn oder Beschämung, und entgegnete: »Was schwatzt Ihr da von Neuffen; ich weiß von nichts; doch wenn man Euch dort niedergeworfen hat, so wünsche ich, Ihr wäret nimmer aufgestanden, um mir heute vor Augen zu kommen. Doch es ist auch so gut, Ihr habt Euch als einen erbitterten Feind des Bundes bewiesen, habt heimlich und offen für den geächteten Herzog gehandelt, teilet also seine Schuld gegen den Bund und das ganze Reich, seid überdies heute mit den Waffen in der Hand gefangen worden – Euch trifft die Strafe des Hochverrats an dem allerdurchlauchtigsten Bund des Schwaben- und Frankenlandes.«

»Dies dünkt mir eine lächerliche Beschuldigung«, erwiderte Georg mit mutigem Ton; »Ihr wisset wohl, wann und wo ich mich von dem Bunde losgesagt habe; Ihr habt mich auf vierzehn Tage Urfehde schwören lassen;

so wahr Gott über mir ist, ich habe sie gehalten. Was ich nachher getan, davon habt Ihr nicht Rechenschafe zu fordern, weil ich Euch nicht mehr verpflichtet war, und was meine Gefangennehmung mit den Waffen in der Hand betrifft, so frage ich euch, edle Herren, welcher Ritter wird, wenn er von sechs oder acht angegriffen wird, sich nicht seines Lebens wehren? Ich verlange von euch ritterliche Haft, und erbiete mich Urfehde zu schwören auf sechs Wochen; mehr könnet ihr nicht von mir verlangen.«

»Wollt Ihr uns Gesetze vorschreiben? Ihr habt gut gelernt bei dem übermütigen Herzog; ich höre ihn aus Euch sprechen; doch keinen Schritt sollt Ihr zu Eurer Sippschaft tun, bis Ihr gesteht, wo der alte Fuchs, Euer Schwiegervater, sich aufhält, und welchen Weg der Herzog genommen hat.«

»Der Ritter von Lichtenstein wurde von Euren Reitern gefangengenommen, welchen Weg der Herzog nahm, weiß ich nicht, und kann es mit meinem Wort bekräftigen.«

»Ritterliche Haft?« rief der Truchseß bitter lachend. »Da irrt Ihr Euch gewaltig; zeiget vorher, wo Ihr die goldenen Sporen verdient habt! Nein, solches Gelichter wird bei uns ins tiefste Verlies geworfen, und mit Euch will ich den Anfang machen.«

»Ich denke dies ist unnötig«, fiel ihm Frondsberg ins Wort; »ich weiß, daß Georg von Sturmfeder zum Ritter geschlagen wurde; überdies hat er einem bündischen Edlen das Leben gerettet, Ihr werdet Euch wohl an die Aussage des Dieterich von Kraft erinnern. Auf Verwenden dieses Ritters wurde er von einem schmählichen Tod befreit, und sogar in Freiheit gesetzt. Er kann dieselbe Behandlung von uns verlangen.«

»Ich weiß, daß Ihr ihm immer das Wort geredet; daß er Euer Schoßkind war, aber diesmal hilft es ihm nicht, er muß nach Eßlingen in den Turm, und jetzt den Augenblick –«

»Ich leiste Bürgschaft für ihn«, rief Frondsberg, »und habe hier so gut mitzusprechen wie Ihr. Wir wollen abstimmen über den Gefangenen, man führe ihn einstweilen in mein Zelt.«

Einen Blick des Dankes warf Georg auf die ehrwürdigen Züge des Mannes, der ihn auch jetzt wieder aus der drohenden Gefahr rettete. Der Truchseß aber winkte mürrisch den Knechten, dem Befehl des Oberfeldhauptmanns zu folgen; und Georg folgte ihnen durch die Straßen des Lagers nach Frondsbergs Zelt.

Nicht lange nachher stand der Mann vor ihm, dem er so unendlich viel zu danken hatte. Er wollte ihm danken, er wußte nicht wie er ihm seine Ehrfurcht bezeugen sollte; doch Frondsberg sah ihn lächelnd an und zog ihn in seine Arme. »Keinen Dank, keine Entschuldigung!« sprach er, »sah ich doch alles dies voraus, als ich in Ulm von dir Abschied nahm, doch du wolltest es nicht glauben, wolltest dich vergraben in die Burg deiner Väter. Ich kann dich nicht schelten; glaube mir, das Feldlager und die Stürme so vieler Kriege haben mein Herz nicht so verhärtet, daß ich vergessen könnte wie mächtig die Liebe zieht!«

»Mein Freund, mein Vater!« rief Georg, indem er freudig errötete.

»Ja, das bin ich; der Freund deines Vaters, dein Vater; drum war ich oft stolz auf dich, wenn du auch in den feindlichen Reihen standest; dein Name wurde so jung du bist, mit Ehrfurcht genannt, denn Treue und Mut ehrt ein Mann, auch an dem Feinde. Und glaube mir, es kam den meisten von uns erwünscht, daß der Herzog entkam; was konnten wir mit ihm beginnen; der Truchseß hätte vielleicht einen übereilten Streich gemacht, den wir alle zu büßen gehabt hätten.«

»Und was wird mein Schicksal sein?« fragte Georg. »Werde ich lange in Haft gehalten werden? wo ist der Ritter von Lichtenstein? O mein Weib! darf sie mich nicht besuchen?«

Frondsberg lächelte geheimnisvoll. »Das wird schwer halten«, sagte er, »du wirst unter sicherer Bedeckung auf eine Feste geführt, und einem Wächter übergeben werden, der dich streng bewachen und nicht so bald entlassen wird! Doch sei nicht ängstlich, der Ritter von Lichtenstein wird mit dir dorthin abgeführt werden, und ihr beide müsset auf ein Jahr Urfehde schwören.«

Frondsberg wurde hier durch drei Männer unterbrochen, die in das Zelt stürmten; es war der Feldhauptmann von Breitenstein und Dieterich von Kraft, die den Ritter von Lichtenstein in ihrer Mitte führten.

»Hab ich dich wieder, wackerer Junge«, rief Breitenstein, indem er Georgs Hand drückte. »Du machst mir schöne Streiche; dein alter Oheim hat dich mir auf die Seele gebunden, ich solle einen tüchtigen Kämpen aus dir ziehen, der dem Bunde Ehre mache, und nun laufst du zu dem Feind, und haust und stichst auf uns, und hättest gestern beinahe die Schlacht gewonnen, durch dein tollkühnes Stückchen auf unsere Geschütze.«

»Jeder nach seiner Art«, entgegnete Frondsberg, »er hat uns aber auch in Feindes Reihen Ehre gemacht.«

Der Ritter von Lichtenstein umarmte seinen Sohn. »Er ist in Sicherheit«, flüsterte er ihm zu, und beider Augen glänzten von Freude, zu der Rettung des unglücklichen Fürsten beigetragen zu haben. Da fielen die Blicke des alten Ritters auf den grünen Mantel, der noch immer um Georgs Schultern hing; er erstaunte, er sah ihn näher an. »Ha! jetzt erst verstehe ich ganz, wie alles so kommen konnte«, sprach er bewegt, und eine Träne der Freude hing in seinen grauen Wimpern; »sie nahmen 335 *dich* für ihn; was wäre aus ihm geworden, wenn dich der Mut nur einen Augenblick verlassen hätte? Du hast mehr getan als wir alle, du hast gesiegt, wenn wir jetzt auch Besiegte heißen; komm an mein Herz, du würdiger Sohn.«

»Und Marx Stumpf von Schweinsberg?« fragte Georg; »auch er gefangen?«

»Er hat sich durchgehauen, wer vermöchte auch seinen Hieben zu widerstehen; meine alten Knochen sind mürbe, an mir liegt nichts mehr, aber er ist dem Herzog nachgezogen, und wird ihm eine bessere Hülfe sein als fünzig Reiter. Doch den Pfeifer sah ich nicht; sage, wie ist er entkommen aus dem Streit?«

»Als ein Held«, erwiderte der junge Mann, von der Wehmut der Erinnerung bewegt; »er liegt erstochen an der Brücke.«

»Tot?« rief Lichtenstein, und seine Stimme zitterte; »die treue Seele! doch wohl ihm, er hat getan wie ein Edler, und ist gestorben, treu wie es Männern ziemt!«

Frondsberg näherte sich ihnen und unterbrach ihre Reden. »Ihr scheint mir so niedergeschlagen«, sagte er; »seid mutig und getrost, alter Herr! das Kriegsglück ist wandelbar, und Euer Herzog wird wohl auch wieder zu seinem Lande kommen, wer weiß ob es nicht besser ist, daß wir ihn noch auf einige Zeit in die Fremde schickten. Leget Helm und Panzer ab; das Gefecht zum Frühstück wird Euch die Lust zum Mittagessen nicht verdorben haben. Setzet Euch zu uns. Ich erwarte gegen Mittag den Wächter, unter dessen Obhut Ihr auf eine Burg gebracht werden sollet. Bis dahin lasset uns noch zusammen fröhlich sein!«

»Das ist ein Vorschlag der sich hören läßt«, rief Breitenstein. »Zu Tisch ihr Herren; wahrlich Georg, mit dir habe ich nicht mehr gespeist, seit dem Imbiß im Ulmer Rathaussaal. Komm, wir wollen redlich nachholen was wir versäumten.«

Hans von Breitenstein zog Georg zu sich nieder, die anderen folgten seinem Beispiel; die Knechte trugen auf, und der edle Wein machte den

Ritter von Lichtenstein und seinen Sohn vergessen, daß sie in mißlichen Verhältnissen, im feindlichen Lager seien, daß sie vielleicht einem ungewissen Geschick, und wenn sie die Reden Frondsbergs recht deuteten, einer langen Gefangenschaft entgegengehen. Gegen das Ende der Tafel wurde Frondsberg hinausgerufen; bald kam er zurück und sprach mit ernster Miene: »So gerne ich noch länger eure Gesellschaft genossen hätte, liebe Freunde, so tut es jetzt not aufzubrechen. Der Wächter ist da, dem ich euch übergeben muß, und ihr müßt euch sputen, wollet ihr heute noch die Feste erreichen.«

»Ist er ein Ritter, dieser Wächter?« fragte Lichtenstein, indem sich seine Stirne in finstere Falten zog; »ich hoffe man wird auf unseren Stand Rücksicht genommen haben, und uns ein anständiges Geleite geben?«

»Ein Ritter ist er nicht«, antwortete Frondsberg lächelnd, »doch ist er ein anständiges Geleite; ihr werdet euch selbst davon überzeugen.« Er lüftete bei diesen Worten den Vorhang des Zeltes, und es erschienen die holden Züge Mariens; mit dem Weinen der Freude stürzte sie an die Brust ihres Gatten, und der alte Vater stand stumm von Überraschung und Rührung, küßte sein Kind auf die schöne Stirne, und drückte die Hand des biedern Frondsberg.

»Das ist euer Wächter«, sprach dieser, »und der Lichtenstein die Feste wo sie euch gefangenhalten soll. Ich sehe es ihren Augen an, sie wird den jungen Herrn nicht zu strenge halten, und der alte wird sich nicht über sie beklagen können; doch rate ich Euch, Töchterchen, habet ein wachsames Auge auf die Gefangenen, lasset sie nicht wieder von der Burg, gestattet nicht, daß sie wieder Verbindungen mit gewissen Leuten anknüpfen, Ihr haftet mit Eurem Kopf dafür!«

»Aber lieber Herr«, entgegnete Marie, indem sie den Geliebten inniger an sich drückte und lächelnd zu dem strengen Herrn aufblickte; »bedenket, *er* ist ja mein Haupt, wie kann ich ihm etwas befehlen?«

»Eben deswegen hütet Euch, daß Ihr dieses Haupt nicht wieder verlieret; bindet ihn mit einem Liebesknoten recht fest, daß er Euch nicht entlaufe, er ändert nur gar zu leicht die Farbe; wir haben Beispiele!«

»Ich trug nur *eine* Farbe, mein väterlicher Freund!« entgegnete der junge Mann, indem er in die Augen seiner schönen Frau und auf die Feldbinde niedersah, die seine Brust umzog; »nur *eine,* und dieser blieb ich treu –«

»Wohlan! so halte ferner nur zu *ihr,*« sagte Frondsberg, und reichte ihm die Hand zum Abschied. »Lebe wohl! Die Pferde harren vor dem

Zelt; bringet Eure Gefangenen sicher auf die Feste, schöne Frau, und gedenket huldreich des alten Frondsberg.«

Marie schied von diesem Edeln mit Tränen in den Augen, auch die Männer nahmen bewegt seine Hand, denn sie wußten wohl, daß ohne seine Hülfe ihr Geschick sich nicht so freundlich gewendet hätte. Noch lange sah ihnen Georg von Frondsberg nach, bis sie an der äußersten Zeltgasse um die Ecke bogen. »Er ist in guten Händen«, sagte er dann, indem er sich zu Breitenstein wandte, »wahrlich, der Segen seines Vaters ruht auf ihm. Ein gutes schönes Weib und ein Erbe, wie wenige sind im Schwabenland.«

»Ja, ja!« erwiderte Hans von Breitenstein, »seiner Klugheit und Vorsicht hat er es nicht zu danken; doch wer das Glück hat führt die Braut heim; ich bin fünfzig alt geworden, und gehe noch auf Freiersfüßen; Ihr auch, Herr Dieterich von Kraft, nicht wahr?«

»Mitnichten und im Gegenteil«, sagte dieser wie aus einem Traum erwachend; »wenn man ein solches Paar sieht, weiß man was man zu tun hat. In dieser Stunde noch setze ich mich in meine Sänfte, reise nach Ulm und führe meine Base heim; lebt wohl ihr Herren!«

Als der Schwäbische Bund Württemberg wiedererobert hatte, richtete er seine Regierung wieder ein und beherrschte das Land wieder wie im Sommer 1519. Die Anhänger des vertriebenen Herzogs mußten Urfehde schwören und wurden auf ihre Burgen verwiesen. Georg von Sturmfeder und seine Lieben, die dieses Schicksal mit betraf, lebten zurückgezogen auf Lichtenstein, und Marien und ihrem Gatten ging in ihrem stillen häuslichen Glück ein neues Leben auf.

Noch oft wenn sie am Fenster des Schlosses standen, und hinabschauten auf Württembergs schöne Fluren, gedachten sie des unglücklichen Fürsten, der einst hier mit ihnen auf sein Land hinabgeblickt hatte; und dann dachten sie nach über die Verkettung seiner Schicksale, und wie durch eine sonderbare Fügung auch ihr eigenes Geschick mit dem seinigen verbunden war; und wenn sie sich auch gestanden, daß ihr Glück vielleicht nicht so frühe, nicht so schön aufgeblüht wäre ohne diese Verknüpfung, so wurde doch ihre Freude durch den Gedanken getrübt, daß der Stifter ihres Glückes noch immer ferne von seinem Lande, im Elend der Verbannung lebe. Erst viele Jahre nachher gelang es dem Herzog, Württemberg wieder zu erobern. Doch als er geläutert durch Unglück als ein weiser Fürst zurückkehrte, als er die alten Rechte ehrte und die Herzen seiner Bürger für sich gewann, als er jene heiligen Lehren, die er in fernem Lande gehört, die so oft sein Trost in einem langen Unglück geworden waren, seinem Volke predigen ließ, und einen geläuterteren Glauben mit den Grundgesetzen seines Reiches verband, da erkannten Georg und Marie den Finger einer gütigen Gottheit in den Schicksalen Ulerichs von Württemberg, und sie segneten *den,* der dem Auge des Sterblichen die Zukunft verhüllt, und auch hier wie immer durch Nacht zum Lichte führte.

Der Name der Lichtenstein im Württemberger Land, ging mit dem alten Ritter zu Grabe; doch erlebte er noch in hohem Alter die Freude, seine blühenden Enkel waffenfähig zu sehen. So geht Geschlecht um Geschlecht über die Erde hin; *das* Neue verdrängt das Alte, und nach dem kurzen Zeitraum von fünfzig oder hundert Jahren sind biedere Männer, treue Herzen vergessen; ihr Gedächtnis übertönt der rauschende Strom der Zeiten, und nur wenige glänzende Namen tauchen auf, aus diesen Fluten des Lethe, und spielen in ihrem ungewissen Schimmer auf den Wellen. Doch wohl dem, dessen Taten jene stille Größe in sich tragen, die den Lohn in sich selbst findet, und ohne Dank bei der Mitwelt, ohne Ansprüche auf die Nachwelt entsteht, ins Leben tritt- verschwindet. So ist auch der Name des Spielmanns von Hardt verklungen, und nur leise Nachklänge von seinem Wirken wehen uns an, wenn die Hirten der Gegend die Ulerichshöhle zeigen und von dem Mann sprechen, der seinen unglücklichen Herzog hier verbarg; so sind selbst jene romantischen Züge aus Ulerichs Leben zur Fabel geworden, der Geschichtschreiber verschmäht sie als unwesentliche Außendinge, und sie erscheinen uns nur, wenn man auf den Höhen von Lichtenstein von dem Herzog erzählt, der allnächtlich vor das Schloß kam, und wenn man uns auf der Brücke von Köngen die Stelle zeigt, wo jener »Unerschrockene« den Sprung auf Leben und Tod in die Tiefe wagte.

Und sie erscheinen uns da, diese Sagen, wie ungewisse Schatten, die eine große Gestalt vom Berge in die Nebel des Tales wirft, und der kältere Beobachter lächelt, wenn man ihnen wirkliches Leben und jene Farben verleihen will, die ihr unsicheres Grau zu einem Bild des Lebens umwandeln. Auch Lichtensteins alte Feste ist längst zerfallen, und auf den Grundmauern der Burg erhebt sich ein freundliches Jägerhaus, fast so luftig und leicht wie jene spanischen Schlösser, die man in unseren Tagen auf die Grundpfeiler des Altertums erbaut. Noch immer breiten sich Württembergs Gefilde so reich und blühend wie damals vor dem entzückten Auge aus, als Marie an des Geliebten Seite hinabsah, und der unglücklichste seiner Herzoge den letzten Scheideblick von Lichtensteins Fenstern auf sein Land warf. Noch prangen jene unterirdischen Gemächer, die den Geächteten aufnahmen, in ihrer alten Pracht und Herrlichkeit, und die murmelnden Wasser, die sich in eine geheimnisvolle Tiefe stürzen, scheinen längst verklungene Sagen noch einmal wiedererzählen zu wollen.

Es ist eine schöne Sitte, daß die Bewohner dieses Landes auch aus entfernteren Gegenden, um die Zeit des Pfingstfestes sich aufmachen, um Lichtenstein und die Höhle zu besuchen. Viele hundert schöne Schwabenkinder und holde Frauen, begleitet von Jünglingen und Männern ziehen herauf in diese Berge; sie steigen nieder in den Schoß der Erde, der an seinen kristallenen Wänden den Schein der Lichter tausendfach wiedergibt, sie füllen die Höhle mit Gesang, und lauschen auf ihr Echo, welches die murmelnden Bäche der Tiefe melodisch begleiten, sie bewundern die Werke der Natur, die sich auch ohne das milde Licht der Sonne, ohne das fröhliche Grün der Felder, so herrlich zeigt. Dann steigen sie herauf zum Lichte, und die Erde will ihnen noch schöner bedünken als zuvor; ihr Weg führt immer aufwärts zu den Höhen von Lichtenstein, und wenn dort die Männer im Kreise schöner Frauen, die Becher in der Hand, auf die weiten Fluren hinabschauen, wie sie bestrahlt von einer milden Sonne im lieblichsten Schmelz der Farben sich ausbreiten, dann preisen sie diese lichten Höhen, dann preisen sie ihr gesegnetes Vaterland.

Dann kehrt, wie in den alten Tagen, Gesang und Jubel, und der fröhliche Klang der Pokale auf den Lichtenstein zurück, und weckt das Echo seiner Felsen, und weckt mit ihm die Geister dieser Burg, daß sie die fröhlichen Gäste umschweben, und mit ihnen hinabschauen auf das alte Württemberg. Ob auch das holde Fräulein vom Lichtenstein, ob Georg und der alte Ritter mit ihnen heraufschwebt, ob jener treue Spielmann in den Tagen des Frühlings seinem Grab entsteigt, und wie er im Leben zu tun pflegte, hinaufzieht nach der Burg, das Fest mit Gesang und Spiel zu schmücken –? Wir wissen es nicht; doch wenn wir im Abendscheine auf den Felsen gelagert, die Landschaft überschauten, wenn wir von den alten guten Zeiten und ihren Sagen sprachen, wenn sich die Sonne allmählich senkte, und nur das Schlößchen noch selig und freundlich in seiner Einsamkeit, von den letzten Strahlen mit einem rötlichen Schein umgossen, auf seinem Felsen ruhte – da glaubten wir

im Wehen der Nachtluft, im Rauschen der Bäume, im Säuseln der Blätter bekannte Stimmen zu vernehmen, es war uns, als flüstern sie uns ihre Grüße zu, als erzählen sie uns alte Sagen von ihrem Leben und Treiben. Manches haben wir an solchen Abenden erfahren, manches Bild stieg in uns auf, und schien sich vor unseren Blicken zu verwirklichen, und die es uns woben und malten, die uns ihre romantischen Sagen zuflüster-
ten, wir glauben es waren – die »*Geister von Lichtenstein.*«

341

Biographie

1802   *29. November:* Wilhelm Hauff wird in Stuttgart als Sohn des Regierungssekretärs August Friedrich Hauff und seiner Frau Wilhelmine Hauff, geb. Elsäßer, geboren.

1808   Die Familie siedelt nach Tübingen über.

1809   Tod des Vaters.

1817   Eintritt in die Klosterschule Blaubeuren (bis 1820).

1820   *Oktober:* Beginn des Studiums der Theologie und Philosophie am Tübinger Stift (bis 1825).

1822   *Herbst:* Reise an den Rhein.

1824   *Frühjahr:* Verlobung mit der Kusine Luise Hauff.

August: Promotion zum Doktor der Philosophie.

»Kriegs- und Volkslieder« (Sammlung, die auch eigene Gedichte enthält, 10 Bände).

Herbst: Hauff wird von der Familie des Freiherrn von Hügel als Erzieher und Hauslehrer angestellt (bis 1826).

1825   »Mittheilungen aus den Memoiren des Satan« (1. Band, vordatiert auf 1826).

Unter dem Namen H. Clauren, den der Unterhaltungsschriftsteller Karl Gottlieb Samuel Heun als Pseudonym verwendet, veröffentlicht Hauff »Der Mann im Mond oder Der Zug des Herzens ist des Schicksals Stimme« (2 Bände, vordatiert auf 1826) eine Parodie auf Heuns sentimentale Unterhaltungsliteratur.

Hauff publiziert seine erste Märchensammlung »Mährchen-Almanach auf das Jahr 1826 für Söhne und Töchter gebildeter Stände«, der u.a. die im Orient spielenden Märchen »Kalif Storch« und »Geschichte von dem kleinen Muck« enthält.

Dezember: Heun/Clauren strengt einen Prozeß gegen Hauff wegen unrechtmäßiger Verwendung des Pseudonyms an.

1826   Der zweite »Mährchen-Almanach« Hauffs erscheint, er enthält u.a. »Zwerg Nase« und »Der Affe als Mensch« sowie Märchen anderer Autoren, z.B. von Wilhelm Grimm »Schneeweißchen und Rosenrot«. Der Schauplatz der Märchen Hauffs ist nun nicht mehr der Orient, sondern Deutschland.

Frühjahr: Hauff beginnt eine Bildungsreise durch Frankreich, Deutschland und die Niederlande.

Aufenthalt in Dresden und Besuch bei Ludwig Tieck.

»Mittheilungen aus den Memoiren des Satan« (2. Band, vordatiert auf 1827).

Der erste deutsche historische Roman erscheint, Hauffs Ritterroman »Lichtenstein, romantische Sage aus der württembergischen Geschichte« (3 Bände).

»Othello« (Novelle, gedruckt in der »Abend-Zeitung«).

»Die Sängerin« (Novelle, im »Frauentaschenbuch auf das Jahr 1827«).

»Die Bettlerin vom Pont des Arts« (Novelle, im »Morgenblatt für gebildete Stände«).

»Controvers-Predigt über H. Clauren und den Mann im Monde« (vordatiert auf 1827).

Dezember: Hauff wird von der evangelischen Verwaltungsbehörde für drei Jahre vom Kirchendienst freigestellt.

1827 *Januar:* Johann Friedrich Cotta beauftragt Hauff mit der Redaktion des »Morgenblatts«, in dem er weiterhin eigene Texte veröffentlicht.

Februar: Heirat mit Luise Hauff.

Erste Arbeiten an einer Oper »Das Fischerstechen«.

Arbeit an dem Roman »Andreas Hofer«, der als Gegenstück zum »Lichtenstein« auf dem Hintergrund der Geschichte Tirols spielen soll.

Studienreise nach Tirol zur Vorbereitung des Hofer-Romans.

»Phantasien im Bremer Rathskeller«.

10. November: Geburt der Tochter Wilhelmine.

18. November: Hauff stirbt in Stuttgart an einer Infektionskrankheit.

Der dritte »Mährchen-Almanach« Hauffs, »Das Wirtshaus im Spessart« erscheint. Er enthält u.a. »Das kalte Herz«.

»Novellen« (3 Bände, datiert auf 1828).

Erzählungen der Frühromantik

1799 schreibt Novalis seinen Heinrich von Ofterdingen und schafft mit der blauen Blume, nach der der Jüngling sich sehnt, das Symbol einer der wirkungsmächtigsten Epochen unseres Kulturkreises. Ricarda Huch wird dazu viel später bemerken: »Die blaue Blume ist aber das, was jeder sucht, ohne es selbst zu wissen, nenne man es nun Gott, Ewigkeit oder Liebe.«

Tieck Peter Lebrecht **Günderrode** Geschichte eines Braminen **Novalis** Heinrich von Ofterdingen **Schlegel** Lucinde **Jean Paul** Des Luftschiffers Giannozzo Seebuch **Novalis** Die Lehrlinge zu Sais
ISBN 978-3-8430-1878-4, 416 Seiten, 29,80 €

Erzählungen der Hochromantik

Zwischen 1804 und 1815 ist Heidelberg das intellektuelle Zentrum einer Bewegung, die sich von dort aus in der Welt verbreitet. Individuelles Erleben von Idylle und Harmonie, die Innerlichkeit der Seele sind die zentralen Themen der Hochromantik als Gegenbewegung zur von der Antike inspirierten Klassik und der vernunftgetriebenen Aufklärung.

Chamisso Adelberts Fabel **Jean Paul** Des Feldpredigers Schmelzle Reise nach Flätz **Brentano** Aus der Chronika eines fahrenden Schülers **Motte Fouqué** Undine **Arnim** Isabella von Ägypten **Chamisso** Peter Schlemihls wundersame Geschichte **Hoffmann** Der Sandmann **Hoffmann** Der goldne Topf
ISBN 978-3-8430-1879-1, 408 Seiten, 29,80 €

Erzählungen der Spätromantik

Im nach dem Wiener Kongress neugeordneten Europa entsteht seit 1815 große Literatur der Sehnsucht und der Melancholie. Die Schattenseiten der menschlichen Seele, Leidenschaft und die Hinwendung zum Religiösen sind die Themen der Spätromantik.

Brentano Die drei Nüsse **Brentano** Geschichte vom braven Kasperl und dem schönen Annerl **Hoffmann** Das steinerne Herz **Eichendorff** Das Marmorbild **Arnim** Die Majoratsherren **Hoffmann** Das Fräulein von Scuderi **Tieck** Die Gemälde **Hauff** Phantasien im Bremer Ratskeller **Hauff** Jud Süss **Eichendorff** Viel Lärmen um Nichts **Eichendorff** Die Glücksritter
ISBN 978-3-8430-1880-7, 440 Seiten, 29,80 €